贾平凹文选

中篇小说卷

倒流河

22

贾平凹／著　　作家出版社

目 录

倒流河

有一条倒流河，河北是两个镇，河南是三个镇。河北、河南的要往来了，没有桥，只有老笨的一条船，那就得去搭船，搭吧。于是，来人在渡口喊：船过来哟——老笨。

老笨就放下水烟锅，使劲儿地摇橹，力气已经不够了。但河面上空横拉着一道铁丝，船绳套在上边，船不至于被水刮走。

搭船的人往船上来，老笨认得邻村的顺顺，顺顺头上新别了一个发卡，绿莹莹的像落上去的蜻蜓。

大家开始取笑老笨的牙，门牙没了，嘴角两边的牙便显得特别长，那是要长出象牙吗？又戏谑说：人清闲了坐在炕桌前才吸水烟锅的，你拿到船上用，是长年在水上的缘故呢，还是扎个势，要显摆？老笨哧啦哧啦地笑，却说：你们在河南好好地两条腿走路，咋就去河北趴下四条腿？老笨还会挖苦人，大家扑过去扯他的嘴，船就晃荡不已，在河面上打旋儿。

天上满是些疙瘩子云，船到了对岸，老笨又吸起水烟锅了，一边轻吹细捻，听烟锅子里的咕噜声响，一边望着下了船的人爬到了塄畔。塄畔上一簇一簇的白花。其实那不是花，是干枯了一冬的野棉蒿裂出的绒絮。河南的樱桃已经开了，而河北，绒絮还在风里扯着。

河北那是产煤的地方，到处都是些小煤窑。夜里如果有了流星，朝着流星坠落的方向去寻陨石，那峁呀梁呀下面会发现一个洞，洞斜着就钻进去

1

了。这些洞差不多靠近某一个村庄，三里路或者五里路，路都是黑的。长长的白天里，驴无声地驮着煤筐走，偶尔开过的卡车和拖拉机留下了车辙，很深又很硬，驴在辙里拐了蹄，便被赶驴人日娘搞老子地骂。

骂声让石峁梁上的人听到了，那也是个赶驴的，不免相互喊话，话却在半空里就乱了，嗡嗡一团，只好你招招手，我也招招手。

沟岔底的那个洞，和别的洞不一样，洞旁边搭了个棚，还种了一窝南瓜。因为有了一场好雨水，藤蔓叶大如头，竟爬上了棚顶。下面坐着一伙媳妇，她们是来送饭的，等候得久了，就数起黄灿灿的南瓜花，说哪朵是实花，花下已经有了小瓜胚子，而哪朵没结瓜，是朵谎花。顺顺当下就不数了，坐到一边去，把包着饭罐的帕帕解开了，又包上，再要解开时结紧得怎么也解不开，脸色难看。别的人赶紧使眼色，不说谎花了，说罐子，说：咋还不出来，罐子都凉了。

罐子都是一样，罐子里的饭却不同。有的是红豆米饭，炒了土豆丝或炖了萝卜；有的是油泼的捞面；有的是四个杠头馍，全掰开了，夹了辣子酱豆和葱，还有一疙瘩蒜，说：我那人饭量大。立本年前就害上了胃疼，顺顺给他摊了煎饼，为了软和，煎时在面糊里多加了西葫芦丝，饼子都煎得不囫囵，她羞于给别人看，把罐子抱在怀里了，暖着热气。

一阵响动，洞口里就扔出了个安全帽来，接着爬出来一个人，再接着五个六个都爬出来了。这些男人各自看着自己的媳妇便笑，但媳妇们看着他们都是一样黑衣服黑脸，一时倒认不清。顺顺是第一个抱着饭罐跑过来，立本的眼白多，现在更白了，比别的人都白。立本伸手就抓煎饼，煎饼上留下黑指印，顺顺说：急死你！扯了片南瓜叶子让先擦手。

吃过了饭，媳妇们就走了，男人横七竖八地躺下晒太阳，吸纸烟，开始说自己媳妇。一个说：我呀，晚上回去，她就把长面捞到碗里了。一个说：我回去先上炕，她再忙，擦擦手也就来了。立本说哼，哼了几下，心里想：那算个屁！我一进门，顺顺一手端了饭，一手提裤子，问先吃呀还是……他就闭上眼，眯瞪了。旁边人说：你哼啥哩？立本，立本！立本已经睡着了。怎么叫立本都不醒，掏出一枚硬币轻轻放到他手里，手却立即攥紧了，气得大家都笑，骂：瞧这货，这货！

但洞口经常也有哭声。不定在什么时候，洞里爬出的人双肩上套了绳索，人爬出来了，再把绳索往出拉，就拉出个铁皮斗子，斗子里不是煤块，是另一个血肉模糊的人。洞口就呼天抢地，一片哭声。

棚边的南瓜藤蔓干枯后，露出一堆一堆纸钱灰，有的纸钱没烧尽，风吹着总往人身上沾。沾在立本的裤腿上了，立本就要呸口唾沫，说：我和你没吵过架，也没欠钱，别寻我！

四里外的村口一直有家小卖铺，挖煤的常在那里买酒喝。村里人把挖煤的叫煤黑子，煤黑子买了酒多半要先赊账，店掌柜就在墙上写了人名和钱数。有些账还在，人却在事故中没了，权当给烧了纸吧，墙上就在那个人名上画个叉。不久，都在传说：一个月黑风高的夜里，有三个人敲小卖铺的门，要买烟酒和方便面。掌柜见是煤黑子，说：不赊账啊？三人说：给现吧！天明后掌柜点钱，发现都是些阴票子。

从此，煤黑子的媳妇们都在租住的村屋里贴菩萨像，天天给菩萨上香。顺顺在立本上窑上时，往怀里放一个桃木节，或者一个小纸包，包着朱砂。立本爱显摆，有一回在洞里掏出纸包给别人看，里边却不是朱砂了，是一张棉布片，上面有血。大家当然知道那是什么血，取笑了一番。立本回来给顺顺发脾气，顺顺才说是村里来了个阴阳师，告诉她经血最能辟邪，立本火降下来，但碗已经拿起来要摔了，就拣了个破碗摔碎。

这个窑的煤黑子有县东的人也有县西的人，而大多是河南、河北的。河南来的八个人，不到六年，死了五个，一个断腿，还有一个躺在炕上能出气，叫不应，活成了植物。而立本活着，立本给人夸自己的那个地方长着一颗痣的，旁人说：还不是顺顺给你的平安！立本也觉得顺顺好，回来把顺顺抱在怀里亲，还亲了她的肚子。

顺顺明白立本的意思，夜里老实得像个猫儿，任着折腾。事毕了，她要给立本去倒温水洗，立本说：不敢让流了！给了个枕头垫在屁股下，顺顺就把头吊在炕沿下。

顺顺已经给将来的孩子起了个名字叫安然。但又过了一年，顺顺还是没怀上。

那时候，煤的市场不景气，小煤窑的煤里矸石又多，更是卖着艰难。矿主就鼓励人去推销，推销出一吨可以提百分之五的成。顺顺给立本说：你的胃病好多了，我给咱跑生意去，两个人赚着总比一个人赚着多，攒够盖新房的钱，明年就该回去了。立本说：那我咋吃饭呀？顺顺说：搭老魏的伙。老魏的媳妇也是送饭的，顺顺出一份钱，老魏同意，老魏的媳妇也同意。

顺顺先回到河南。别人家的稻子都扬花了，她家的稻田遭了虫害，稻叶子一疙瘩一疙瘩锈着色，忙着二天两夜挑料虫。从田这头到田那头走一趟，料虫能挑少半筐，倒在坑里用木杵砸，而腿上却趴了蚂蟥。蚂蟥往肉里钻，捏不出来，血就顺腿流，过路人说：拍，一拍它才肯出来！拍了三下，蚂蟥掉下来了，那人说：看把庄稼做成啥了！顺顺觉得下煤窑没挣下钱，庄稼也荒了，让人笑话。就发誓要好好推销煤。

县城里各个单位都有着锅炉，一到冬天居民家里又烧炉子取暖，顺顺就挨家挨户给人说好话。头一两个月自己单独骑自行车，早去晚归，后来叫上立本的一个老叔一块儿去。老叔胖，坐在自行车后座上，顺顺便骑得一身的水，还和人撞过三次，把老叔跌下来，断了一颗牙。顺顺承诺将来要给老叔补个金牙，每次到了县城东门外，老叔跑北城片，顺顺就跑南城片，在一棵柳树后把旧袄脱下，换上一件红底碎花衫子。她喜欢这件衫子，换上了要对着城河水照几回。

在单位里和人家谈价钱，往往谈到最后了，人家就提出要回扣。回扣有五百元的，也有一千元的，顺顺老是心疼，后来灵醒了，再不给现金，运去十吨煤，打的条子上却写上十三吨。但是，卸煤时，烧锅炉的要让她请吃饭，饭就不请了，把饭钱给塞兜，还搭一包纸烟，她帮着一块儿卸。烧锅炉的时不时拿眼光在顺顺身上蹭，说：听说在窑里挖一年煤要尿三年的黑水？顺顺说：你唾唾沫，唾沫也是黑的嘛。两人都笑，说咱们这是干啥哩，老鸦还嫌猪黑？

推销得好，顺顺五天或七天了到窑上领推销款，晚上就不走，要尽女人的责任，但立本总是下了班就去喝酒。等到醉得摇摇晃晃回来了，立本很张狂，把一沓子钱往顺顺面前一甩，说：给！妈的×。顺顺笑着，也就从怀里掏出钱来，她的钱沓子比立本的钱沓子厚。

撑船的老笨入秋后就一直喊脊背疼，喜欢搭船的人拿鞋底给他拍。去看医生，医生说是受了潮，要求每天去镇卫生院刮一次痧。儿子用自行车带他去了一次，说：不就是用牛骨板在身上刮嘛，你把钱给我，我夜夜给你刮。老笨哼了哼，赶紧把帽子按了按，帽壳儿里有着一百元的票子。

三十年前，老笨刚开始撑船，河里涨水，一条鲇鱼跳到船上，捉住了提回家，老婆正好给他生下个儿子，他就给儿子起名鱼，宋鱼。这宋鱼长大了，去城里干过传销，传销被政府取缔了才回村种庄稼，庄稼种得不好，却染上了赌博。曾经钻进苞谷地里和人掷色子，掷了三天三夜，胡子长出一指长，从此就留个小胡子。

老笨说：你三更半夜不沾家，你给我刮？

宋鱼听了爹的话，故意把自行车往一个小石头上骑，差点把老笨颠下去。骑到一个小商店门口了，却进去买了个木挠挠，木挠挠是专门搔痒的，河南人都叫它是：孝顺。宋鱼说：我不沾家，它就替我嘛。

老笨说：儿呀，你这么浪荡着咋行？你也去河北下下窑嘛。

宋鱼说：我去下窑？当兵的是死了没埋的人，挖煤的是埋了没死的人！

后来宋鱼赌得大了，面前放一袋子钱，和人坐在公路边上猜车号的尾数是单还是双，谁猜对了就把钱袋子提走。宋鱼输过，也赢过，幸运的是多赢了几次，就买了辆摩托，整天放着响屁地跑，还在后座上驮了女孩子，女孩子的裙子经风一吹，腿像两个白萝卜。

县城里人常有开了车来游玩的，要看倒流河的水是怎么倒流的，还要看河南的老房子。别的地方建房三十年木头就坏了，土墙也坍了，河南的房子砖砌皮，里边的土心也是浸了米浆捶打的，百十年的民居在，而且明代的龙王庙在，清代的魁星阁在，还有一个木刻砖雕的老戏楼子。这天，就有个人停了车，端了照相机四处拍，拍到一座房子，这房子虽也砖砌皮，却椽头腐了，檐角垮了，屋顶上苫了塑料布，拿石头压着还呼啦呼啦响。对着门楼拍那匾额"积善流光"四个字，门道里卧了一条狗，龇了龇牙，没有叫。又转到房的山墙后，那里搭了一间土屋，里边站着一头牛。牛体瘦毛红，脚下垫着的土和草料被粪尿搅和成了稀泥，苍蝇乱飞，臭气烘烘。拍照的说：这牛若是人变的，那人是囚徒。宋鱼就跑过来，喊：哎，干啥的，干啥？

这房子并不是老笨的家，但宋鱼就是不让拍。照相的不拍了，却对着牛圈门口的一块儿石头说：这石头是老石头。宋鱼说：二百年的捶布石！照相的喜欢捶布石平整光滑，更感叹它挨了多少棒槌击打，就说：把这石头给我吧。宋鱼却要钱，要了一百元，他吭哧吭哧把石头抱上了汽车，狗却汪汪地叫。照相的说：这钱应该给这家主人吧？宋鱼说：走你的，狗说不了人话！

煤还是卖不动，而窑上事又不断，许多煤窑就关停了，或者廉价转售。从河北回河南的人多起来，或一脸灰黑，背着被褥卷儿，或拖家带口的，男人在前边走，媳妇拉着孩子老撵不上。老笨很忙，夜里还得撑一次船。空中的月亮一团明光，船撑到河南岸了，最后下船的是个年轻女子，怀里抱了个婴儿。老笨知道在河北挖煤挣不下钱了，但却躲过了计划生育，说：这世道呀，娃都生娃了。年轻女子不爱听，回过头说：不生娃生老汉呀？戗得老笨半天缓不过气来。

立本没有回河南，却谋划着和另一个人要把沟岔底的小煤窑买下来。两人回到河南来筹款，顺顺在新草帽上搓麻什给他们吃。顺顺的指头嫩嘟嘟的，搓出的麻什像猫耳朵，那人说：手真好！顺顺侧过头了，无声地笑。那人出了厨房，在院子里给立本说：你娶了个好媳妇！顺顺想听自己的男人怎么说，立本却只嘿嘿了一下。

立本把购窑的事说给顺顺，顺顺吓了一跳，不敢同意，立本就反复给她讲，现在的煤窑设备不行，又没有木支护，所以老出事故。矿主只会骂人，不善经营，煤就卖不出去。趁着眼下煤价落到了底，咱买了肯定是好事，一时煤卖不动，总有能卖动的时候呀。如果咱命好，那挖的就不是煤，是金，日进斗金。顺顺说：那咱命就能好？立本说：我那个地方长着痣啊！顺顺想了想，说：我依你吧。就同意了。

决定了买煤窑，那人出五十万，立本也要出五十万，而立本总共积攒了十万，还准备要翻修老屋的。立本去贷款，信用社不给贷，顺顺说：我给你过三十六吧。

　　三十六是男人生命中最重要的岁数，河南的乡俗就是摆宴席，亲朋众友来相贺。立本的生日原本在腊月，顺顺却给他提前过，为的是能收一笔礼，还可以向亲戚们借钱。但是，席桌上顺顺说了借钱的事，立本却站了起来说：这不是借钱，是让大家入股哩，有十万的入十万，没十万的五万八万也行，我给经营着，明年就给你们分红。立本还介绍了这个煤窑的情况，也讲了它的光明前景，拍着腔子说要让大家的钱鸡生蛋，蛋生鸡，不停地生下去。亲戚们被他煽呼起来了，顺顺的二舅当下拿出五万，说他要买水泥铺院子呀，不铺了。二舅一带头，大姨父应允了五万，二姨父应允了五万，大伯五万，二伯四万，三伯三万，姑姑六万，大舅四万，三舅四万，三个侄子各五万，五个舅表姑表各四万，六个侄女和外甥女各三万。顺顺娘有个干姨妹，其儿子和女婿来了，心也热了，说：让我们也沾个光吗？立本说：你们也是亲戚嘛，行呀。那两人各应承了两万。

　　三天后，所有的钱都拿到手了，九十八万，顺顺又卖了要翻修老屋的一副大梁担，还有她的一双银镯子，共两万整数。账一笔一笔写好，账本装在一个盒子里，顺顺抱着盒子要放到屋梁上去，一只老鼠在看她，又担心老鼠会咬盒子，便把盒子用铁丝吊在梁上，铁丝上还加个旧电灯罩。天开始下雨，雨也关心着，敲得屋外树叶子响。顺顺给立本说：这不老鼠爬不下来了！

　　有了自己的小煤窑，立本很辛苦，扩拓了坑道，加固了木支护，又新招了一批煤黑子，忙得小便都尿不净，裤裆里老是湿的。顺顺让老叔继续推销，自己也在窑上忙活，她办了一个大灶，媳妇们都不各自送饭了，省了的人手都运煤装车。她不愿意窑后的坡上只是野棉蒿，从河南挖了一桃树栽在那里，时常提了水去浇，希望能活。

　　桃树真的活了，可顺顺一年下来，人瘦了一圈，再穿那件红底碎花衫，又宽又长，衣不附体，风一吹，大家都说：你要上天呀！

　　夜里回到出租屋，立本当然还要做那事，顺顺心里不要，把身子给他，但黑暗里睁大了眼，要听着远处有没有狗咬，炕台上的电话会不会突然响起，提心吊胆着窑上出事。

　　月底发工资，还放一天假，煤黑子们都去喝酒了，顺顺领着一伙媳妇去坡上拾地软，嚷嚷着回去包饺子捏馄饨。等着大家都下坡了，顺顺坐在那里看桃树，几日不来，春便老了，桃花落了一地。

不觉得就春节了，回到河南，立本说：初五把亲戚都召来吃顿饭吧。所有出过钱的亲戚都来了，口口声声叫着立本是老板，盼望老板分红呀。饭菜吃了一半，立本给各位敬酒，却说这一年窑上的煤依然卖不动，还伤了三个人，虽生命都保住，可住院和补偿就花去了二十三万，总之，是赔了。大家面面相觑，就往顺顺脸上瞅，顺顺脸也茫然，立本又说了：做生意就是有风险嘛，既然赔了，如果各位还要把这个窑维持住，就等待以后的大分红，那就需要各家再缴三万。三舅说：赔得血本都没了，还敢再缴！立本说：都是亲戚嘛，不愿意我也不强迫，那就不缴了，也就没股了。

顺顺不知道该说些什么，但她得依着立本。亲戚们七嘴八舌议论了半天，都是不再缴钱了，怨恨自己当初发财心切，不该听立本的话，他只是个煤黑子，哪里是当老板的料呢？饭没吃毕，屁股一拧都出门走了。

顺顺的娘家人再不和顺顺往来，顺顺的眼泪流到了正月十五。

正月十六，村长得了孙子要过满月，宋鱼张罗着通知来客。十五的晌午他就站在村前公路上见人便说：村长给孙子过满月呀，让请你哩！被挡住的人说：哦，那就去随礼嘛。也有不说去也不说不去的，却问：把你积极的，是不是村长让你承包修水渠上的那个涵洞呀？宋鱼说：我不赚那小钱。那人说：那你给人家的孙子出过力？宋鱼说：他那儿媳妇……我口没那么粗吧？嘻嘻地笑。

宋鱼骑了摩托再往另一个路口去，路上就有人和牛挡了路，中间是一个老汉，两边各一头孺牛，悠闲缓慢地走。宋鱼鸣喇叭，那老汉没反应，左边的牛却立刻走向了右边，宋鱼骑过去了骂：你不如个牛，牛都知道靠右行哩！顺顺刚好过来，说：他是个聋子，你骂他哩？宋鱼见是顺顺，也通知了顺顺，说：你一定得去的。顺顺说：那为啥哩？我和他不是本家子。宋鱼说：他是村长呀，你和立本树梢子在河北，树根子在河南呀！

顺顺回来给立本说去呀不去，立本不去，说：礼钱咱能赚回来？顺顺明白立本在吃醋，把头低了没再多说。但第二天，她还是一个人带了礼去了村长家，把人家的小孙子抱着喜欢了半天。

村里过红白事，是乡里乡亲维持关系的平台，都去帮忙呀，上礼呀，即使有小怨小仇的也去示个好，隔隙也可修复。而村长这天村人去了多半，仍有小半没来，村长脸上挂不住，问宋鱼：你咋通知的？宋鱼说：我再去喊。

宋鱼又站在门外十字路口喊人，有几户来了却来的不是大人，是孩子，还有来的人把礼钱一上又顺门要走了。宋鱼说：走呀？走的人说：礼上了。宋鱼说：那得吃饭呀！走的人说：为啥不吃，叫他想去！

入了夏，河南的树荫把村都罩了，夜夜蝉声嘶叫，蛙声如雷，河北的岿梁上草长不到半尺高，牛虻却多得像苍蝇，撵着人隔衣服蜇。

窑上的生意不好也不差，收入盘点后，合伙人提出再买一个窑，立本又和顺顺商量，顺顺这回是坚决反对，因为不可能再筹到钱了。立本说：咱卖老屋房，把房卖了。立本是入赘到顺顺家的，顺顺说了狠话：那是我爹我娘给我留的，你别打它主意！结果合伙人拿了他的红，又抽走了当初买窑的一半钱，自己单独去干了。

大部分的钱都被抽走，煤黑子的工资发不了，原本关系还和和气气的，这下子红脖子涨脸，闹僵了，有人竟把三十个安全帽偷走了。顺顺得知那人是邻村的，并且回了河南，就也撵了去要。那人说：这不是偷，是顶账的。顺顺说：兄弟，我用别的给你顶账，你把帽子还我，下窑没帽子你这不是卡我脖子吗？带那人到了老屋，指着那个五格子板柜，让抬走了。板柜一抬走，顺顺趴在地上给她爹她娘磕头，爹娘下世早，只有照片挂在墙上，她就呜呜地哭。

把安全帽装了两麻袋，一袋先背着走一段路，放下来，又反身去背另一个麻袋，黑水汗流地背到老笨的船上了，头上的发卡不知道遗在了哪里，头发扑撒了半脸。老笨说：哎哟，现在兴减肥哩，顺顺你减得有效果。顺顺说：你是说我黑瘦得没人样了？她不敢坐到船头去，害怕水里照出影子。

仅仅是过了四个月，谁也没想到，窑上的煤突然卖得快了，而且价格越来越高，已经用不着去推销了，拉煤车在每一个窑前都排队，还是现金交易，来人提着一口袋一口袋的钱。

立本觉得奇怪，顺顺更是要呆了，晚上关了门，两个人在炕上数钱，手指头把嘴里的唾沫都蘸干了，还没数完。顺顺说：这不是在梦里吧？立本说：我拧拧你的脸。拧了一把，拧得重，顺顺疼得哎哟了一声，立本就扑过去压她，顺顺要把钱收拾了再说，他说就在钱上，钱欺负了他半辈子，他也该给钱点颜色。那几天顺顺还真来了那个，好多钱就成了红钱。

河北的羊多，镇街上有几家水盆羊肉店，立本一定要带着顺顺去吃一顿。路上顺顺说有人看他们的眼神邪邪的，是不是要打劫？立本说：走你的路，越紧张贼越看出咱有钱了。顺顺又操心家里的钱全放在炕洞里安全吗，立本不理她了，解开外套扣子，说：咋这阵热的！顺顺想笑，但她没笑，心里说：钱烧的来呗。

进了一家店，要的是包间，包间里没窗子，灯不甚亮，屋顶棚还黑乎乎的。立本喊：来个妇女！店主跑来了很疑惑，立本说：端盘子的女服务员呢，把灯泡换个瓦数大的嘛！店主说：应该是叫小姐。吃了一半，立本在汤里发现了一只苍蝇，责问小姐汤里怎么能有苍蝇，小姐说整天杀羊哩还能没苍蝇？顺顺这才发现灯泡吊绳上爬满了苍蝇，而顶棚上也是苍蝇趴得多了才黑的。

这顿饭没有吃好，但是包间是木板隔的，隔板那边的包间里也有人吃饭，在说着国家改革的事。他们说南方改革的力度大呀，一个镇的财政收入抵过了西北地区一个县的财政收入。还说，现在中央政府的经济政策向西北倾斜了，给的大型基础建设项目多了几倍，一起上马，咱这里要振兴呀。顺顺不懂得振兴，却明白振兴了才使窑上的煤卖得快嘛。

立本突然大骂以前的合伙人。

顺顺说：煤能卖了，可惜他走了。

立本说：他舅在县上是干部，他肯定是早知道国家的政策了才闹着要分手的。你知道不，他新买了三个窑。

立本开始恨顺顺当时不让再买窑，顺顺也后悔，可谁能长前后眼呢？庆幸的毕竟还有着这个窑，够了，这就够了嘛。立本说：够啥呀，风来了就要多扬几木锨啊！他警告着顺顺：以后有决策的事，要听他的！

于是，立本谋划着再买几个窑，可跑了几个地方，窑都涨了价，是以前的五倍，而且第一次去问一个窑五百万，过了几天，又成了八百万。等到下了决心再去买吧，已经是一千二百万了。立本当然掏不起这么多钱，回来就喝酒，发酒疯，顺顺劝他，他踢凳子，把凳子腿都踢断了。

顺顺说：你疯啦？

立本说：煤疯啦，河北疯啦！

河南的人又多往河北跑，跑得像一窝蜂。老笨撑船的次数比往常多了五趟，就让宋鱼在岸边搭了个茅屋，把被褥拿来，也支了锅灶，基本上就不回家了。宋鱼十天半月来送一次米面和蔬菜。但来一次，老笨的钱就少了些，他不清楚儿子怎么就知道他把钱一卷一卷塞在那些破鞋窠里，鞋又是藏在床角的麦草里。他和儿子嚷，宋鱼说：你要那么多钱干啥，我是你儿哩，你不给你儿花？

老笨夜里躺在茅屋，水鸟在河滩的芦苇丛里一声声叫，他想：家里那院房子保不定什么时候就让儿子卖了，自己会不会最后就死在这茅屋呢？睡不着，起来又坐在门口吸水烟锅，成群的萤火虫在面前飞，像是星星从空里掉下来了，明的明，灭的灭。

到了六月二十四日，是荷花生日。河南的三个镇都有水田，每个村前又都有荷塘，六月二十四日就要给荷花过生日，企盼着荷花长得好了也就是水稻也收成好。老笨回了一趟家，拿了一把香在塘边刚点燃，村长就急急忙忙来喊他快去渡口：来了大领导要过河呀。

过河的是有十几个人，大多穿着褂子，五个人却西服领带的穿戴整齐。老笨拉住村长问：那是多大的领导？村长说：是市长和县长，你把船撑稳些。老笨说：穿得恁厚的？知道西服领带的就是官服，觉得那些煤黑子搭船时也有穿过西服的，但没有领带，还穿着旧布鞋，怪不得那么不好看。

船到了河心，市长对县长说：这河上得修座大桥呀。县长说：我们已经规划了。老笨听了，想：呀，修了大桥，我这船就撑不成了。迟疑了一下，船就顺水往下漂，赶紧摇了几下橹。却又想，这么大的河面怎么修桥呢？县长或许说说就是了，前几年县上办葡萄酒厂让河南人大种葡萄，把葡萄能增加收入的话说得天花乱坠，可葡萄种了，收葡萄时却没钱，农民把葡萄一架子车一架子车倒在县政府门口，来年全把葡萄园铲了。难道为了方便运煤，县上就给这里修大桥？咋会呢？不会。

船靠到河北，领导们上了岸，岸崖上有几辆小车在迎候，还整齐站了一排人。县长给市长介绍着这位是某某老板，那位是某某老板，都是煤老板。老笨远远地看到煤老板里有着立本，而顺顺却和一伙人走下了岸崖上船，他们要回河南去。

顺顺给老笨说：船年头久了，该换换新的了。

老笨说：再耐活几年吧。

顺顺也是回家来要给荷花过生日的，虽然有钱了，再不指靠家里的庄稼，但顺顺坚持要给荷花过生日。还有一桩心事，惦记着院子里那棵石榴树开花了没，石榴多子，她也要拜拜，希望自己今年怀上孕。

傍晚里，河南人家家做了麦仁粥，端了饭把粥一疙瘩一疙瘩放在塘靠边的荷叶上，就眼望着这儿的一朵朵荷花开了，那儿的一朵朵荷花也开了。宋鱼在家里把粥盛在碗里，说：我先吃一口。院门外就进来了讨债人。

宋鱼顺梯子到院墙头要逃，来人把梯子扳倒，宋鱼跌下来，说：不就是一万元吗，我给你取。进了堂屋，出来时手里却拿了一把刀，当着讨债人就在自己腿上开了一个大口子。讨债人说：我不吃这个！宋鱼说：我不是自残赖账，你权当我是个女的，我开个肉缝给你。那人扇了他一个耳光，又扇了个耳光，宋鱼眼前满是星星，看讨债人也是两个三个，待看清只是一个人了，他躁了，拿刀朝前一戳。

讨债人没有死，他就坐了两年牢。

两年牢出来，村里人少了许多，他更找不下个媳妇，连妇女也都往河北去了。他才知道河北现在富得流油哩，一个窑的价钱是两千万三千万，而立本也拥有了四个窑，是河南三个镇里最有钱的人。

三个镇的小学都找过立本赞助，立本先是给了一个小学十万元，又给了另一个小学十五万，剩下的那个小学去说如果能给二十万，小学就以他的名字命名，立本就给了二十万。校长领了一百多学生抬了个大匾过了河送到窑上。窑上已经有了大楼，立本的办公室很豪华，还供着一尊铜铸的关公像，说关公义气，是个财神。大匾往墙上挂时，却掉下来拦腰断了，顺顺觉得这是立本承受不了这样的大匾，给立本说：你不识几个大字，咋能把名字做校名？立本才改了主意。

宋鱼给村长鼓动，立本钱这么多了，他应该给村里硬化道路呀，若能给十七八万，咱两个负责修，每人还不落三四万？村长却有他的想法：何不以村的名义去贷款，也买一个窑来？两人先去河北打探，一个窑已涨到三千五百万，买不起了，再去见立本，立本却迟迟不肯见。村长气得骂，宋鱼说：咱是向人家要钱呀，还怕伤脸？他找到顺顺，让顺顺通融。顺顺劝立本，说：村里人不敢得罪，尤其是村长。立本才同意村长和宋鱼到他办公室。

立本坐在沙发上，没给村长和宋鱼让座，也没给递纸烟，刚说起硬化村道的事，立本就开始打电话了。一个电话是让财务室催督市某某部门把两千万快打过来呀，另一个电话却是询问县长的秘书，县长来检查工作是后天上午还是下午，是爱吃烤全羊呢还是喜欢狗肉，冬天里吃狗肉喝烧酒最好。电话打完了，立本说：不就是硬化个路吗？从抽屉里拿出了二十万。又让宋鱼回河南到三个镇里去看有没有百年的桂花树，有了，想办法买来他要栽到公司大楼的门口，钱的事回来了报账。宋鱼应承了，却问：你还是四个窑吗？立本说：卖了两个。宋鱼说：一个卖三千五，你命里有钱，钱就引钱哩！立本说：屁！人家买过去又一转手，卖到四千万了。村长和宋鱼则暗自后悔逮不住机会，活该看着别人吃肉自己只能舀一勺油腥汤喝喝罢了。

硬化了村道，宋鱼净落了三万，又买了两棵大桂花树，一棵一万元，给立本说一棵是两万，再落了两万。拿这些钱就在镇街上办了个商店，进的都是高档货，一般人买不起，专门供应从河北过来的老板买。

立本就来买过几次，每一次都是山参呀鹿茸呀，或是名酒名烟和普洱茶，那时都兴着喝普洱茶，装满了车的后厢，开到县城去。

有一次，立本又来了，他算计着要当人大代表或政协委员，问宋鱼能不能弄到钱钱肉？钱钱肉就是驴鞭，烹制好了吃时要切成片片，样子像铜钱。宋鱼说：这难呀，再难我给你弄去！宋鱼去了河南再往东五十里的凤阳镇，那里能做钱钱肉，他买了大叫驴，还亲眼看着把活驴杀了取鞭，弄了五根，他想县上是四套领导班子，每个班子的一把手一根，得给自己留一根吧。

立本来取货，宋鱼吹嘘这是大叫驴的，而且别人买的都是病驴死了才割的，它这是割了才杀驴，一根一万五千元。把驴鞭摆出来，四根上都贴了纸条，上面写着书记的，县长的，主任的，主席的，还有一根写着：我。立本说：我是谁？宋鱼说：我给我留的。立本说：你吃啥哩！顺手也拿走了。

立本当上了县政协委员，经常要去县上开会，好多人都帮着他打扮形象，立本也慢慢会讲究了，名牌西服，名牌皮鞋和皮带，后来又戴上了外国进口的名表。当然也给顺顺买了几箱子时兴衣服，顺顺开始穿着不自在，出了门手不知道在哪儿放。立本说要给顺顺买高跟鞋，顺顺说：这我不穿，那么细的跟，咋走路呀，咋干活呀？但立本还是买了回来，不止是一双，是五双，逼着让她穿。

立本给顺顺讲了一件事，说他认识的一个煤老板，钱都几个亿了，就是穿戴上不讲究，北京一个歌星在市里演出，有人给拉皮条，肯出一万元就能和人家共度一夜。这老板提了钱去宾馆敲门，歌星开了门，一见是个农民嘛，衣服扑稀邋遢的，嫌脏，把钱袋子扔出来门就关了。

立本说这故事的时候，耻笑那个老板给企业家把人丢了，顺顺心里想：如果那歌星不嫌呢……就把事情做了？

顺顺穿了高跟鞋，身子总挺不直，屁股就耷拉着，头一天脚就磨烂了，一回家脱下，指着骂：鞋，鞋，你害我！但她还得穿，给立本穿，就买了一盒创可贴装在了兜里。

立本做那事时，开始有了各种姿势，这让顺顺感到不适应，她说：你折腾啥呀？老催快点。立本就不做了，坐到桌前去喝酒，还摔烟灰缸。顺顺又觉得欠了立本的，主动说：那你来吧。立本却自己不行了，顺顺说：这不怪我。立本嫌她不吱声，像个死人，说：你要叫床哩，你一叫床我就很厉害。顺顺便低声叫：床呀，床呀！立本打了顺顺一拳头，穿衣出门走了。

这是立本第一次打顺顺，顺顺觉得委屈，决心要和立本闹一场。可立本一走五天没回来，整得顺顺没脾气了，又自己寻自己的不是：是我不好，没给他生个一男半女的，又没能满足他。她到公司去找立本，立本当着众人没有给她脸色看，却说下午要去市里办事，打发她回家。这一走，竟然走了一个月。

宋鱼的商店赚了钱，几次拿了点心给他爹，还带来三只鸡，杀了让爹熬汤喝。老笨说：买这么多东西干啥？宋鱼说：花你的，有的是钱。给爹又掏出一条纸烟，把老笨的水烟锅丢到河里去了。害得老笨又下河捞了半天，才把水烟锅捞回来。

老笨对儿子说：有钱了你就攒着，你要攒不住，拿来交给我攒，攒够了娶个媳妇。为娶媳妇，老笨急，宋鱼不急，父子俩捣了几次嘴。

村长的兄弟在镇政府工作，胖得腆个大肚子，老笨对宋鱼说：人家和你同岁，娃都上小学了。宋鱼说：生娃还不容易？老笨撇了撇嘴，又说：三十多岁的人了，连个肚子都没鼓起来，看人家多富态！宋鱼说：有本事的搞大别人的肚子，没本事的才把自己的肚子搞大。老笨就气得不和儿子说了。

从此宋鱼又不好好经营商店，往河北跑，而且每次都领着三四个年轻女子。老笨每次载儿子和年轻女子过河，他都兴奋，橹摇得特别欢。他觉得儿子是生心了，认识了这么多年轻女子，是不是和其中一个谈恋爱呢？便暗暗打量这些年轻女子，给儿子悄悄说那个穿红衣服的看着身体蛮好的，千万不要那个长腿细腰的，腿长细腰了不好生娃。宋鱼说：去去去！宋鱼把几个年轻女子领去河北了，几天后又带回来，再过几天重新带了几个还去河北。

又是一个清明，顺顺早早几天就催立本回河南给亡去的老人祭坟，立本也就和顺顺回了一趟村子。他们带了香烛烧纸、水果和酒，跪在坟前祭奠，阴票子印得像真的人民币，但面额都是亿元、十亿元的。顺顺说：这么大的数怎么花呀，我爹上集吃碗凉粉得有个零钱。还是掏出一百元的人民币在那些烧纸上一正一反地拍打了一遍。纸烧了起来，立本说：爹呀，娘呀，我现在是政协委员了！政协委员的势儿有多大，给你们说你们也听不懂，就是当年西镇的许县长！

许县长是民国的一个副县长，顺顺也听她爹在生前说过这人，是河南三

15

个镇出的最大的官，那时穿着四个兜的中山装，戴着礼帽，胳膊上迟早都挂个文明杖。

立本的话让司机听到了，很快在河南、河北传开，也传到了县城。再开政协会，政协主席见了立本，说：你怎么拿敌伪县长比政协委员？脸色很严肃。立本慌了，赶忙解释，说：主席，这话你都听到了？那是哄鬼哩，哄鬼哩嘛！主席扑哧笑了，事情才安然过去。

宋鱼已经是立本公司的人了，专门负责采买礼品，比如衣服呀，烟酒呀，手表玉器甚至家具，不一定是最好的，但一定是时兴的最贵的，采买了又要亲自送到该送的人家去。在县委县政府的家属院里，宋鱼从来没有送礼送错过门，也从来没有给张三送时让李四看见。立本对宋鱼很信任，后来出门，一般就让他在身后跟着。宋鱼的眼色又活，立本要上电梯了，他肯定先小跑去摁键；立本进了厕所，他肯定在厕所门口拿着手纸；立本招待客人去歌舞厅娱乐，他会在门口组织一拨一拨坐台的女子进去陪酒。立本差不多离不开宋鱼了，一有事，就习惯地扭头看，宋鱼就说：我在这儿。

这一年春节，顺顺和立本都没有回河南，而河南的风俗是年三十夜里要在屋门上挂红灯，还要去祖坟上挂红灯，以彰显这家有人，鬼也不是绝死鬼。立本就支派了宋鱼去。宋鱼把最大最亮的灯笼在顺顺家的大门上挂了，也在顺顺家的祖坟上挂了，才去河边的茅屋看他爹。老笨在喝买来的苞谷酒，他陪着喝，自己醉得吐了，老笨给他擦洗了半夜。

回到河北，宋鱼给立本建议：得修修老屋了，虽然人不在那里住了，但老屋修得高大堂皇了摆在那里，也是光前裕后的象征，事业干得这么大了不在村里显耀，那如锦衣夜行。立本同意了，就委派他去监修老屋。

宋鱼给立本和顺顺说：我会把老屋修得像个祠堂。

宋鱼到河上游的山里买了上等的木料，运不下来，就放在河里吃排，吃到村前的河滩捞取，结果吃失了三根檩木。买了砖请泥水匠先磨砖，要求每人一天只磨十块，必须棱齐面平，然后各类工匠都到齐了，给准备吃的喝的，仅辣子面就买了两斗。

老屋热热闹闹修着的时候，县委书记也交给了立本一个特殊任务。县上的领导差不多有十多年了没有被提拔高升的，请了阴阳师察看县城的形胜，说不该在修高速路时把城南的山梁挖开一个豁口，要补换风水，就得在豁口旁建一个寺或一个塔。县委书记当然不能建寺筑塔，就让立本盖一座楼，要盖得像市里的钟楼，县上可以拨一块儿位置好的地让立本便宜购买。

宋鱼得到消息，心里酸得怨立本这么大的事没告诉他，也没让他去负责工程，便喝了闷酒。

闷酒是在村长家喝的，喝高了才到修老屋的现场去，风一吹，脚下发软，倒在院里的石榴树下，树枝把脸剐破了，气得起来让人拿刀砍了树。那个中午，新的房子立木上梁，苫板已经铺了，坨泥苫瓦进行了一半，宋鱼却说柱子下的顶石雕刻得不好，大发脾气，要求换掉。换柱石得把柱子用杠子撬起来，可四根杠子把柱子撬起来了，抱着柱子脚的人原本有经验，以前也做过房子调整的事，可偏偏这回他在抱着的时候咳嗽了一下，身子打个闪，柱脚就斜了，听到屋梁上嘎巴嘎巴响。有人忙喊，快跑！撬柱子的人就往外跑，而屋顶即刻塌下来，把抱柱脚的人压死在下边。

一出事，宋鱼酒醒了，也害怕了，决定这得跑了，就说：我给老板打个电话。拿了手机放在耳朵上，一边走一边回头，走到村口撒脚就跑了。

老笨是在立本和顺顺从河北回来坐船时才知道修房出了人命，要跟着一块儿去现场。立本说：你去干啥，让人知道宋鱼那瞎货是你养的？立本和顺顺走后，老笨心慌意乱，头晕得差点栽到河里。

下午，船不撑了，老笨还是去了顺顺家。立本在处理后事，顺顺坐在院子里哭，立本不让哭，给了被压死的那匠人家五十万，让入土为安，却继续要匠人们盖新房，不但要盖，还要盖得更好。老笨跟前跑后给立本赔情道歉，顺顺说：这与你没关系的。老笨说：儿是我的儿呀！自己打自己的脸，然后去搬砖搬瓦，黑水汗流得谁也挡不住。

顺顺没有很快回河北，她怕出这事故招村里人耻笑，特意要多待些日子，拉扯拉扯和四邻友舍的关系。她没再穿那些鲜亮衣服，更是脱了高跟鞋，没事了就和村人拉家常。四天后，一户人家给儿子结婚，又恰逢镇街逢集，她去集市上给匠人们买了烟酒，又买了些水果糖回来给孩子们散发。水果糖散发完了，才拍打着衣服要去结婚的那家坐席吃宴，村长的兄弟媳妇就拉了孩子到院里，说：快叫你富婶，你富婶给你糖呀！孩子就叫着婶，富婶，顺顺没了糖，尴尬得脸都红了。那媳妇还在说：你富婶当年搞推销时，我给你富婶揉过腰，你富婶还能不给你糖？顺顺在口袋里掏出一百元钱，塞给了孩子。

结婚的那家见了顺顺，拉着让坐上席，顺顺不，一头钻到厨房帮着洗菜淘米，端了一盆泔水倒到猪槽去，上房台阶上有礼桌，好多人去上了礼。村长说：顺顺给上过礼了？顺顺说：还没哩。提着盆子去上了五百元。记礼单的说：呀呀五百元！旁边有人说：人家五百元算个啥！顺顺又回到厨房，村长进来了，黑脸训她：你再有钱你不能害大家嘛！顺顺说：咋啦？村长说：你又不是没在村里生活过，村人行礼都是五十元，你一下子来个五百元，别人还活不活？顺顺没和村长争辩，但吃饭时喉咙噎得难受，吃了半碗就回了家。

立本还是爱喝酒，却好像不胜了酒力，喝到半斤就喝多了，常常被人三更半夜地背着回来。顺顺总是埋怨送的人，埋怨得多了，立本再喝醉，送的人把立本背到门外了，使劲儿敲一阵门，人就跑了。立本酒醒后，嫌顺顺埋怨送他的人，影响了他的声誉，说：我要应酬能不喝酒？我的事你不要管！顺顺和立本吵了一顿，顺顺没有赢，她想要控制住立本，立本却拿住了她，酒照旧喝，一喝多了就不再回家来睡。

之后，凡是夜里立本没回来，那必定又喝多了。时间一长，顺顺想，我怎么成了个闲人了，老窝在家里？她去了几次公司，立本不让她干活，说老板的夫人了再干活就丢身份。顺顺想想也是，又回到家里闲着，把头发烫卷了又拉直，拉直了又烫卷，也往脸上抹各种润肤油。一天公司销售主任的老婆来家串门，说用黄瓜切了片往脸上敷能防皱纹，顺顺当下就切了黄瓜，两人睡在床上，贴了一脸的黄瓜片。两人说了一阵话，那老婆突然说：老板还是不回来睡？顺顺说：他事情多呀。心里却想，她怎么知道立本不回来睡？那老婆说：他不回来，你能睡得住，不想那事呀？顺顺说：这么大年纪了还想那事，从来都没想要过。那老婆说：男人和女人不一样。顺顺想，她怎么说这话，是立本在外头胡来哩？但嘴上却说：胡来就胡来吧，那就把咱轻省了。说完还呵呵呵地笑。

顺顺明显地觉得自己年龄大了，头上有了白毛，腰上的赘肉也长出来了。夜里当然是睡不踏实，坐起来要吸几根纸烟，然后睡下了却一觉又能睡四五个钟头。她要求立本把存折都交给她管，她说：我只管存折！心里想，管好存折就管好这个家了。

河北的镇街是三天一集，集市上有个妇女在卖一窝狗娃，一只白毛黑蹄的见了她就叫，声音细得像猫儿似的，顺顺觉得可爱就买了。妇女见顺顺还买了许多东西，打发自己的女儿把狗给她送去。那女儿水灵灵地漂亮，顺顺就和那女儿说了一路的话，知道名字叫苗苗，说：我喜欢你，给你改个名吧，叫安然。到家后还留安然吃了一顿饭。

以后的日子，狗长得很快，顺顺也是三天两头就给安然打电话，安然便跑来陪她说话，一块儿吃饭，走时还要给送条丝巾呀或者一双皮鞋。安然要叫顺顺是婶，顺顺说：叫姐。

立本回来过一次也见了安然，说：河北还有这么漂亮的人？要让安然到公司去上班，顺顺不愿意，要安然就跟着她，说：你真喜欢她了，就给她每月发一份工资。

终于有一夜，门外的狗叫，顺顺一听脚步声，知道是立本回来了，急得要去开门，把拖鞋穿成了对脚，开了门才发现衣服也披反了。立本又是喝多了，但这回身后没人，顺顺说：咋没人送你？立本说：啊！吐了她一怀。顺顺说：怎么能没人送呢，真是的！扶立本进屋到床上，要给立本脱衣服，立本却怎么都不让脱，躺在那里就睡着了。这半夜，顺顺被酒气熏着，被鼾声聒着，她有些兴奋，人回来了还是好，两个人睡觉总比一个人睡觉着好。她睡一会儿要起来捂捂立本身上的被子，又要去盛开水给立本喝，端着开水一边吹着一边看了窗外，天上正是天狗吃月亮，月亮只剩下半个细牙儿，特别白，特别亮，像是银打的簪子。

河北的矿区现在成了一个新的镇，四面八方的人全来讨生活，求发财。立本从镇街上走过，许多人都问候他，尤其河南来的人更希望能在他的公司寻个活干。立本不愿意河南人到他公司来，因为他们知道他的根根底底，又担心他们来了难管理，要干就去挖煤吧。但河南人不想挖煤，也不死心，就让媳妇们去缠立本，立本出现总是被一些媳妇围上纠缠，镇上人就说：瞧这个煤老板是唐僧吗，惹得白骨精多！

立本虽然注意着体形，但毕竟还是胖了，当陪着县工业局的领导检查工作了，领导也是个胖子，两个人都凸个肚。领导问立本：你站直看得见小弟弟吗？立本说：两年了没看见过。领导说：要减肥哩，下决心得减肥了。往窑上去，沿途的电线杆上都贴着治性病的野广告，领导问：你没性病吧？立本说：我怎么害性病？领导说：当老板的能不害性病？你也让领导害害病嘛，害性病不是你们的专利啊！两人哈哈大笑。

宋鱼在外跑了两年，混得不好，打听到修房死人的事早已了结，就又跑回河南。他没脸再去见立本和顺顺，却又阴谋着怎样还能在立本的身上再挣到钱，后来真找了个智障的流浪汉，让另外两个同伙带着去立本的煤窑挖煤，挖了半个月，寻机把流浪汉从一处煤层面推进一个坑里，又弄坏几根木支护，让煤块掉下去压死。窑里死了人，立本就慌了，害怕县上安检局要追究责任，影响他的政协委员，于是严格封锁消息，想偷偷联系死者家属，以私了完事。宋鱼立即又派一个同伙冒充了流浪汉的本家哥去立本的公司谈判，要求赔偿一百万。立本不同意给一百万，给了七十万。

顺顺的老叔得知亡者运回河南后是宋鱼把尸首在山坡挖了个坑埋的，把话说给了立本，立本明白了是宋鱼在搞的鬼，气得破口大骂，发誓要报复，要报警。顺顺知道后，到公司去看立本，说：看你交的啥人嘛！数说了一顿，和立本商量对策，一夜愁得头发全白了。天明时，顺顺给立本煮了一碗荷包蛋，说：吃饱了，脑子就清白了。她的主意是不要报复，也不要报警，以免事情弄大了拔出萝卜带出泥，说：咱扑索扑索心口，咽了这亏。

立本听了顺顺的话，却窝了一口气，不久就病了。

为了让立本散心，顺顺要立本跟她去矿区西北的月亮岭上采野菊。月亮岭上的野菊全开了花，一朵花小是小，并不起眼，可一面坡上小花一朵挨着一朵密密实实铺开来，却金光耀眼，极其壮阔。立本采着采着，觉得后背疼，以为是岔了气，也没在意。回来把野菊泡水喝，喝了拉肚子，吃止泻药都不行，就去了医院治。住了三天医院，腹泻停了，顺顺说那就势把后背疼也检查一下吧，这一检查，医生说拍出的片子上在乳房部位有块阴影，怀疑是癌，乳腺癌。立本当时就躁了，说：我怎么能患癌，一个大男人的患什么乳腺癌？

在省城的大医院经过确诊，立本确实患的是乳腺癌，很快就做了手术。手术是傍晚开始做的，顺顺在手术室外的椅子上坐不住，跑到楼下的花园里哭，哭到天黑。那一夜天阴着没一颗星，顺顺合着掌说：要是能出来个星星，他的病就能好的。仰头在天上寻，寻了半个小时还是没有星星。她得去手术室门口了，仍不死心，一边往楼门道走还仰头往天上看，就在进楼门道时终于看到了小小的一颗，啊地叫了一声，手术室在十楼，她一口气就跑了上去。

做完了手术，立本能说话了，第一句话就问医生：我还能活多久？医生说：你这是早期，而且这种病多半是能康复的。立本说：那我就是那多半！顺顺也高兴立本有这种信念，说：你当然会好的，你不是那地方长着痣吗？立本竟然还让顺顺拿了镜子来，躺在那里照了看，说：我死不了，县上的那座楼就继续盖，你去省城买一套商品房吧，要精装过的，出了院我就住下来做化疗。这事一定不能给任何人说，消息封牢焊死最少三个月，三个月我就回去了！

顺顺也就在省城买了房，出院后在新房里伺候立本。伺候了半月，立本就让顺顺回河北料理公司的一摊子事，顺顺不愿意回去，立本必须让她回去，顺顺就雇了保姆，让司机也留下，她回到了河北。

顺顺突然地坐镇公司，公司里的人都莫名其妙，顺顺解释是老板出国了，去考察了。她去了窑上三次，去了销售部一次，去了财务室一次，还去了县上盖楼的施工现场一次。检查工作严肃认真，一丝不苟，检查完了却宣布发补贴发奖金，数额是立本在时的三倍。她觉得人赚钱不能太多，钱太多了就反过来伤人。

顺顺忙过了公司的事，回到家里就指教安然，安然也知道了立本的病，问顺顺几时去省城呀。顺顺说：我不去了，这得你去。她就每天晚上给安然讲立本爱吃什么，爱穿什么，是什么性格和脾气，手把手教安然做饭，炒菜，熬汤，如何叠衣服，如何布置房间，还有怎么站怎么坐怎么笑。有一天说到洗澡，顺顺就说：哦，他背上以前受过伤，搓澡的时候不敢太用劲。还有，他睡觉打呼噜，别让他窝住了头。安然说：咋给我说这些？顺顺说：这有啥哩，你应该知道。

两个月后，顺顺让司机回来，把安然送去了省城。走的时候，给安然理了刘海，说：你真漂亮！车一走，两股子眼泪却流下来。

立本在城里住着，三个月并没有回来，五个月也没有回来，但他几乎三天就能接到顺顺的一次电话，先是询问身体怎样，又询问安然表现怎样，末了汇报公司的情况。立本知道了煤又卖不动了，是越来越卖不动，曾经拉煤车排得像长龙一样的，如今一天来不了三辆。

立本在电话里问：那是怎么回事？

顺顺说：不知道呀！

立本又问：是不是管理上出了问题？

顺顺说：别的公司都这样呀！

立本看报纸，他看报纸字老认不全，让安然给他念，报上不断地写着美国金融危机、欧洲金融危机，全球的经济都在衰退，也影响到了中国。他去医院化疗时遇着一个年轻女子陪她母亲也化疗，交谈起来，那女子是台湾在大陆一家公司的白领。他说：现在真是经济衰退吗？那女子说：别的行业我不知道，我们公司是专卖高级酱油的，但我知道我们今年的销售量只有往年的三分之一。

顺顺在月底的一次电话里告诉立本，有十多个公司的窑已经关停，是不是咱们的窑也关停了，或者先关停一个，因为卖出去一吨就亏本一吨，既然亏本就不卖了，既然不卖了就不挖了。

立本却在电话里说：不能关停！我不是病也一天天康复吗，我不是有那个痣吗？挖，继续挖！

两个窑就继续生产，煤堆了那么大的一堆，又是一堆。公司的钱没有进的，只是每日投入，所有的钱都变成了煤，堆得沟岔里到处都是煤。

去年旱了一秋，开过年到了初夏，雨却下了三场，最大的一场连下了三天四夜。沟岔里的煤被雨一层层地冲刷，高高的丘堆变成平的，又变成了槽渠。顺顺打着车去看了，她骂着天，骂着骂着却笑了，说：这也好，好了，立本的病总该康复了。就想到了河南的老屋。

倒流河上的船还在撑，船千疮百孔了。过河的人说：老笨呀，你真要换换船了。老笨说：是该换换了。过河的人说：那怎么不换呢？老笨说：政府说修桥呀修桥呀，这几年了也没见修起来，我能换得起吗？

过河的依然很多，是河南的去河北的少，河北的回河南的多。

三天四夜的雨后，河里更涨了水，波涛满河满船，船不能撑了，河北岸崖上还聚了好多人，他们要回河南，大声叫喊：船过来哟——老笨！看着船停在那里，船上没有了老笨。

老笨也没有在茅屋，茅屋三个月前就拆了，他在村里的老屋睡着，做了个梦，梦见拾到了一大筐的鸡蛋。

小月前本

一

山窝子里，天黑得早。从一块儿一块儿碎石板铺成的街面上，眯眼儿一看，高高低低的瓦槽，短墙头，以及街外纵横交错的土路，田地，河岸漠漠的沙滩，一丝一缕袅袅升腾的白气，渐渐地软下去，看不见了。但是，风没有起，暑热不能杀去，傍晚又出现了异常的沉闷。三只的、五只的狗，依旧懒懒地卧在街后坡根人家的照壁下，踢也踢不走，舌头吐着，不能恢复那种交配时期为争夺情爱而殊死厮咬的野蛮。

河湾的大崖，黑得越发庄重。当夕阳斜斜地一道展开在河面上，波光水影就反映在了崖壁，万般明灭，是一个恍惚迷离又变幻莫测的神奇妙景；现在，什么也没有。成千上万只居住在崖洞里的鸽子，不能为着那奇异的光影而继续激动，便焦躁不安地在河面上搅动起一片白点；白点慢慢变灰，变黑，再就什么也不复辨认，只存在着"咕咕""唧唧"的烦嚣。夜的主体站在了天地之间，一切都沦陷入沉沉的黑暗中去了。

河对岸的荆紫关里，一头草驴在一声声地叫。

这时候，街道上急急地奔过一条黑影。脚步抬得很高，起落如在了瓮里：人已经前去了，响声才"咚"地从碎石板上弹起。在街心的一棵弯柳下，他站住往一家屋里望；这家六扇开面的板门还没有关，黑隆隆的，只看见那对着门口的灶膛里，火炭红通通的。

"喂——老秦哥！喂！——"

"谁呀？"

"我。"

"和尚！"屋里应声了，"牛又不行了吗？把他的，不知牛跟了你霉气，还是你有了牛倒霉！进来吧，大热天的，这儿有茶。"

王和尚摸摸索索从门面中间往里走，撞翻了一个脸盆，"嘟嘟"响了一个圆圈儿。走到后院，月亮刚刚出来，老秦一家人正坐着乘凉品茶，老少好个受活。老秦的胖婆娘拿过一把小竹椅子，"噗"地将一盆冷水在上边泼了，挪到王和尚的身下。王和尚只是靠在后厦房的墙上喘粗气。

"你没有磨些豆浆给喝吗？"

"喝了，喝了两洗脸盆子；半罐子白糖也都贴赔在里边了！"

"皮硝呢？"

"耽搁了。我后晌磨豆浆，让小月到荆紫关去买，天黑回来，她竟忘了去。天杀的死妮子，事情全坏在她手里了！"

"这就怪不得我了！我就说嘛，怎么我老秦连一头牛都治不好了？"

王和尚的头上，汗又忽地冒了一层。他蹾下来，用衣襟擦着脸，声调里充满了哀求，说：

"老秦哥，我一心儿信得过你！上次买你的老鼠药，虽然把家里三只鸡毒死了，但那确实是真药，不比得荆紫关上那些充假的。你再去给我家那头牛看看吧，半后晌它就卧倒了，口里只是吐白沫，鼻子里出气像要喷火。我担心今个夜里不好过去啊！"

他说着，哭腔就拉了下来。

"这得要喝白公鸡的血了！"

"黄公鸡行吗？"

"不行。才才家不是有吗？前天我想买了吃，那寡妇倒不肯舍得，那公鸡特大哩！"

"哦。"

王和尚让老秦先向他家里走，自个儿便转身从前堂门面房里跑出去。老秦的胖婆娘叫喊着别再撞翻了盆子，王和尚应着"没事"，脚步早到了石板街道上。

说是街道，其实并不算是街：没有一家商店，也从未举行过什么集会。拢共四十户人家，房子对列两排而已。这是秦岭山脉最东南的一个山窝子，陕西，湖北，河南，三省在这里相交。这条街上，也就是老秦家门口的弯柳下，那一块儿无规无则的黑石头，就是界碑：街的南排是湖北人；街的北排，从老秦家朝上的是陕西人，朝下的是河南人。王和尚的家正好对着街的直线，他是陕西人，三间上屋盖在陕西地面，但院子却在湖北的版图上。才才家是湖北人，住在街的南排东头。王和尚赶去的时候，才才没有在，才才的娘，一个五十多岁的寡妇，正在喂猪。这寡妇把猪看得十分珍贵，每顿喂食，总要蹲在猪槽边，撒一把料，拌一下食，有说有念地看着猪吃饱。见王和尚来了，忙起身要进屋去盛晚饭，王和尚说了原委，寡妇就吓得叫了一声，当下从鸡窝捉了那只白公鸡，嚷着也要去看牛的病情。王和尚说天黑路不平的，劝说住了，就一口气顺着石板街道往家里跑。

老秦已经先到了。在这条街上，这是个三省中最能行的人物，懂得些医道，能治人，也能医牛、猪、羊、鸡、狗，会挑，也会阉，再配上一张会说的嘴，开着小生意货摊，日子过得滋润，人也保养得体面。牛棚里的气味很重，热腾腾的酸臭，他就受不了，蹲在院子里，吸一口，吐三股地抽烟。

王和尚回来，先找了一把蒲扇给了老秦，就进棚点着了窗台上一盏老式菜油碗灯。有了昏昏的光线，看得见一堆骨架似的老牛卧在牛槽下，旁边是没有喝完的豆浆，水淋淋地洒了一地白点。牛头无力地搭在一堆草上，眼睛闭了，呼吸急促，肚子胀得像一面鼓。可恶的蚊子成团飞来，手一扬，嗡地飞了，手落下，又嗡地飞来。

"把牛拉起来！"

老秦抽完一支烟，将鸡提在了手里，开始拔着鸡脖子上的毛。鸡颤声叫着，几次从手里要挣脱开，老秦骂了声娘，将鸡脖子拧在了翅膀下，毛拔得净光。却又不时抖抖裤子，叫着王和尚的名字，骂牛棚里的虼蚤养得这么多。

王和尚满脸的汗水，成团的蚊子在头上叮叮咣咣打着锣，他苦笑笑，使劲儿地要将牛拉起来。但是，每一次牛刚刚立起了前腿，"咕咚"就又倒了下

去。他伤心地摩摩牛的前胯，努力将牛鼻圈上的绳索拴在柱头，便猫身钻到牛屁股后，企图往上扛。一连三次，没有成功，自己反倒跌在地上，粘了一手的稀牛屎。

"算了，和尚！把牛身子扳端，不要窝住了肚子。这牛也真老得不中用了，你怎么就看上了这条劣货？"

"老秦哥。这便宜呢，队里是估了二百五十元给我的。"

"你撑了十几年的船，哪儿就能伺候了这高脚牲口！"

"地分到户了，哪里敢没个牛呢？"

"我就没有。"

"我哪能比了你？"

老秦"嘿嘿"地笑了一声，见牛已经扳端了身子，就去窗台上将油灯芯拨大了许多。牛棚里立时大放光亮。他便要王和尚好生抱住牛头，自个儿拉过凳子，扬手"哐！"地一刀，那鸡头就掉了，"骨碌碌"滚在了王和尚的脚下。王和尚眼睛一闭。

"牛头抱紧！"

老秦吼了一声，鸡脖子塞进了牛的鼻孔，同时听见了牛在"嗞嗞"地急促地吸着鸡血。而溢流出来的血水喷了王和尚一手，又蚯蚓般地一个黑红道儿钻进了袖筒；他没有再敢动一下。

"这下好了。"老秦丢掉了鸡，开始在盆子里洗手。王和尚长长地嘘了一口气，抚摸着牛头看了一会儿，就进堂屋大声地开柜。

"和尚，你这肉头，又在忙啥子哟？"

"真累了你，老秦哥！我摸一瓶白干，咱炒几个菜喝几盅吧。"

"和尚，你又要让小月说我的不是了？！"

"她敢！"

"算了，邻家姆，谁不给谁帮个忙？这么热的天能喝下去吗？"

王和尚提了酒站在牛棚门口，听了这话，有些为难了。老秦站起来要走，他拉住，拾起了那没头没血的公鸡，说：

"老秦哥，这怎么行呢？你不喝酒，将这鸡带去吃吧；留在我这里做吧，我也做不出什么好味道。"

老秦把鸡提在了手里，王和尚一直送到门外。老秦说：

"小月的事，你们说定了？"

"反正就是那回事了。"

"到时候可别忘了咱陕西的乡党哟！"

"那一定的，这条街上，三省的人我都在头上顶着哩。"

老秦摇摇晃晃顺着漫坡走下去，身影在弯弯的石板街道上慢慢缩小了。王和尚抬起头，月亮已经老高。今夜是阴历十二日，光辉不是十分亮堂，路面却很是清楚。他望了望，远远的荆紫关，关里的河南人的屋舍看不见，灯火却高低错落，明暗区别，在飘动，在炫耀，在孤寂中做光明的散布。关下的丹江河，灰蒙蒙一个长带状的水面上，无论如何看不清船只和人影。

"喂——小月！喂——小月！"

他锐声地叫喊起来。在这条街上，唯独陕西人，其实也仅仅是他一个人，有着独特的喊叫节奏：前声拖十二分的长度，而到内容的部分，却出奇地道得极快。也就是这喊叫声，无论白天、黑夜，可以传出六里七里的路程。每天三晌，王和尚都要站在自己家门前这么喊几阵，街面上的人就又都知道是小月不在家了。

"这野妮子，有人没人，一到船上就想不起这个家了！"

王和尚常要对街坊四邻这么诉说。

王和尚喊过三声，就走回牛棚去，看见牛气色果真比先头好了，就将窗台上的菜油碗灯压了压油芯，也开始感觉到了有无数的虼蚤从裤管里往上跑，便在指头上蘸了唾沫，往裤腰处轻轻按去：一个肉肉的东西，揉揉，黑暗里在两个指甲间一夹，发出"哔"的响声。

"爷佬保护，赶明日一早，我的牛就能大口大口地吃草了！"

他抱了一堆湿麦草放在牛棚的墙角，煨了烟熏赶起蚊子来。一时烟雾腾腾，蚊子没熏死，自己倒呛得鼻涕眼泪都下来了。然后又在堂屋里煨了烟火，吹熄了灯，一个人静静地蹲在院中的捶布石上抽起水烟来。

烟袋是竹根管做的，这是他向河南人学得的手艺。生产队未分地以前，他们父女俩的自留地上是舍不得种植烟草的。地分到户后，粮食一料收成便有了积攒，也便谋着种一些烟草来抽。但他没有多大的瘾，仅仅种了十棵，也全招待了来家的客人，从此也就不想再种，觉得抽烟是一种奢侈。小月却不，偏从荆紫关给他买回来了一大捆水烟板子，说：苦了一辈子了，难道连烟都不享受？他心里虽不大悦意女儿的观点，孝心却领了。就将这水烟板子放在水瓮下浸潮，装在小月的一个空雪花膏白瓷盒里，心情好的时候，捏出黄豆那么大的一丸来，按在竹根管的烟眼里，吸一口，吹一口，心里想：这真是"一口香"。

一受活起来，他就想起十几年前死的小月娘，那个白惨惨的瘦脸儿，总在眼前晃。他"唉唉"着，怨她没福，死得太早了。

这么思想着，便又操心起小月来：疯妮子，这么晚了，难道河边还有要摆渡的人吗？忍不住又站在门口，粗声瓮气地喊叫起来了：

"喂——小月！喂——小月！"

二

爹叫第一声的时候，小月就听见了；她没有回答。现在爹又拉长了喊声叫她，她更加感到心烦，偏将小船推出了岸，汩汩地向丹江河心划去了。

丹江河从深深的秦岭里下来，本来是由西向东流的；秦岭在他们村后结束了它的几千里地延伸，最后地骤然一收，便造就了河边大崖的奔趋的力的凝固。而荆紫关后五里远的地方，伏牛山又开始了它的崛起。两支山脉的相对起落，使丹江河艰难地掉头向南，呈直角形地窝出了他们这块清静、美丽而边远、荒瘠的地方。从这边杂居的小街，到河对面清一色河南人居住的荆紫关，来往联系是山湾后的一道窄窄的铁索吊桥。但是，这里的渡口上，却是有着一只船的：狭狭的，两角微微上翘，没有桅杆，也没有舱房；一件蓑衣，两支竹篙。小月的爹在这只船上，摆渡了十年。那时节小月在荆紫关学校里读书，一天三晌坐爹的船往来。这山窝子的每一个人都认识王和尚，也都认识王小月。这渡口的每一处水潭，每一块儿水底的石头，她爹熟识，她也没有不熟识的。分地时，家里分了三亩地，这条小船也估了价包给了他们，从学校毕了业的小月，就从此顶替了爹的角色。

今日，荆紫关逢集，渡船从早晨到傍晚便没有停歇；夕阳一尽，河面上才空空荡荡起来。小月将船停在岩边，拿了一本小说来读。书老是读不进去；书里描写的都是外边的五颜六色的世界，她看上一页，心里就空落得厉害，拿眼儿呆呆看着大崖上的那一片水光反映的奇景出神。那迷离的万千变幻的图案，她每天看着，每次都能体会出新的内容，想象那是一群人物，不同相貌、年龄和服装的男人，也杂着女人，小孩，狗，马，田野，山丘，高高低低像书中描绘的都市的建筑，或者又是天使、飞鸟和浮云之类。她对着这一切，得到精神上最大的满足和安慰：外边的世界能有我们的山窝美吗？夜幕扯下来，图案消失了，她就静静地听着黑暗中鸽子"咕咕""唧唧"的叫声，或者是河上偶尔鱼跃出水面的"啪啪"响声，她又要做出许多非非的思想。

水面的柔和，月夜的幽静，很合于一个女孩子的心境，尤其是到了小月这样的年纪。

她有时也要想起她的娘，也要想起中学的生活，也要想起这条丹江河是从秦岭的哪一条山沟里起源的，又要到什么地方去汇入长江，再到大海？河水真幸福，跑那么远的路程，这山窝子以外的世界它是全可以知道了。

在她想着这么多的时候，一听见爹的叫喊，她就要发火，有时偏就要和爹作对；她越来越不愿回到那个矮矮的三间房的家里去。爹逼着她学针线，烧火做饭，伺弄小猫小狗，她就老坐不住，闻不得那屋里散发的一种浓浓的浆水菜的气味。她甚至不明白自从分了地以后，爹简直和从前成了两个人：整天唠叨着他的三亩地，还有那头老牛。

船是靠两岸拉紧的一条铁索控制着的，小月只轻轻将竹篙在河底的细沙里一点，船上系铁索的滑子就"嗦哕哕"直响，眨眼到了河心。

河心似乎比岸头上要亮，水在波动着，抖着柔和的光。月亮和星星都落在水底，水的流速使它们差不多拉成了椭圆形。小月放下了竹篙，往两边岸上看看，没有一个人影；月光和水汽织成的亮色，使身前身后五尺的方圆异常清楚，再远就什么也看不清了。她脱下了衣服，脱得赤条条的，像一尾银条子鱼儿，一仄身，就滑腻腻地溜下了水里。

小月今年十八岁。十八年里，她还没有这么精光地赤着身子，她一次又一次瞧着岸上，觉得害羞，又觉得新鲜，大胆地看着自己的身段，似乎第一次发现自己的身子好多部位已经不比先前了。每每摆渡的时候，那些浪小子总是滴溜溜地拿眼睛盯她，在付船钱时，又都故意将手挨住她的手，船稍有颠簸，又会趁机靠在她的身上。她咒骂过这些轻浮鬼，心里一阵阵地惊慌；而那些年长的人又总看着她说："小月长成大人了！"长成大人，就是这身体的曲线变化了吗？

她使劲儿地跃出水面，又鱼跃式地向深处一头扑去，扎一个久久的猛儿。水的波浪冲击着她隆起的乳房，立时使她有了周身麻酥酥的快感。她极想唱出些什么歌子，就一次又一次这么鱼跃着，末了，索性仰身平浮在水面，让凉爽爽的流水滑过她的前心和后背，将一股舒服的奇痒传达到她肢体的每一个部位。十分钟，二十分钟，一个真正成熟的少女心身如一堆浪沫酥软软地在水面上任自漂浮。

正在陶醉的境界中，她突然听见了一种低低的男人的呼吸声。一个惊悸，身子沉下水，长发漂浮成一个蒲团样，露出一双聚映着月光的眼睛，隐隐约约看见不远处有一个柴排。

"谁?！"

柴排在起伏着，没有一点声息，也没有一个人影。

"哪个坏小子！再不露面，我就要骂了。你这是偷看你娘吗？"

"泼剌剌"一声水响，柴排下钻出一个脑袋来；立即又跳上了柴排，朝这边直叫：

"小月姐，是我，门门！"

"你这个不要脸的碎仔儿！"

门门是老秦家隔壁的小子，在校时比小月低一个年级，年龄也比小月小五个月。他常常爱和小月嬉闹，小月却压根儿不把他当个大人，张口闭口骂他是"碎仔儿"。

"小月姐，我什么也没有看见呢！真的，我要是看见了什么，让我这一双眼睛叫老鸦啄了去！"

门门反复向她求饶，而柴排却不知不觉向这边靠拢了过来。

"你不要过来！你敢再过来吗?！"

柴排竭力在那里停了一下，月光下，小月看见门门只穿了条短裤，努力撑着竹篙，向左边漂去。

"门门，你是好的，你趴下，不许看，我要穿衣服啦！"

门门全听她的，果然趴到了柴排上。小月极快地翻上小船，她后悔怎么就脱得这么光呢？三下两下将衣服穿好，脸上还辣辣地烧。门门还趴在柴排上，她瞧着他的老实相，正要"扑哧"地笑出声来，却见门门趴在那里，眼睛是一直向这边睁着的，月光落在上边，亮得像两颗星星。她立即脸又辣辣地烧，骂了一声："门门，瞎了你的眼了！"将船一撑，当真生起门门的气了。

门门讨了没趣，兀自将柴排竭力地向岸边靠拢，但突然失声叫起来：一根扎排葛条断了，排要散伙了。小月回头看时，柴排果真在河心打着漩涡转儿，便将船又撑过来。离柴排一丈多远时，门门忽地从柴排上跃起，跳上了船来，嘻嘻笑着。

小月"咣"地一篙将他打落到水里了。

"叫你装！叫你装！"

门门在水里叫唤着，一时没有浮上来，"咕儿咕儿"喝了几口水，小月"啊"地叫了一声，愤怒全然化作了惊慌，忙将竹篙伸过去，把门门拉上了船。

"又在装吗？"

"胳膊上都流血了。"

"这就好，流了血就能记着教训了！"

门门却又嘻嘻地笑：

"小月姐，你再把我打下去！"

"你当我不敢吗？"

"敢，打下去了，你再拉我，我就知道你对我好了！"

门门是个小赖子，小月知道斗他不过。

柴排拉上沙滩，门门却并不走，有一句没一句地和小月说起话儿。

"小月姐，这么晚了，没有人过河，你怎么还不回去？"

"我想想事儿。"

"什么事儿，一个人悄悄地想？"

"碎仔儿！"

"我只比你小五个月哩，小月姐！是碎仔儿，能到丹江河上游去撑柴排吗？你撑过吗？"

月光下，小月静静地看着门门。这条丹江河上，她只在这渡口摆摆船儿，听爹说，这渡口是整条河最风平浪静的地方，而从这里一直逆河往上到竹林关，一千八百里水路，竟有二百五十个险滩，没有一定的本事，是不敢轻易下水的。门门毕业后，大部分时间都闯荡在这条河上，村里人相传他跑遍了沿江好多地方，做了好多生意，赚了好多钱票。今日夜里，这柴排足足五千余斤吧，又是他一人撑着……小月觉得他是小瞧不得的了。

门门一次又一次地向她拍着腔子，显示着他拳头的击打力量和胸腔的受打的能耐。那两条胳膊一努力用劲，鼓凸凸的肌肉疙瘩便上下滚动。肩部宽宽的，厚厚的，腰身却很细，组成上身部分的倒三角形。站在她的面前，粗声粗气的一呼一吸，散发着男人的浓浓的气息。小月霎时也想起刚才水中自己下身部分的那个三角形体形，知道这个门门，也真正是成熟了。

"哼！那有什么了不起！"小月嘴偏是硬的，"钻了深山野沟有了什么出息？"

"那沿河上去，有三个大县城的，你知道吗？"

"有荆紫关大吗？"

"荆紫关是小拇指头，人家就是大拇指头了！"

"那城里都住的什么人？"

"女孩子们可多了，穿得五颜六色，花枝招展，三五成群，嬉嬉闹闹，骑着自行车到动物园去了……"

"动物园就是有咱们山上的狼虫虎豹吗？"

"你知道这狼虫虎豹驯化了又是什么样儿？女孩子们就一对一对挽了手地走……"

"一对一对？"

"她们的男朋友来了啊！一边看着，一边走，走到假山石后边抱住亲嘴儿了。"

33

"胡说！"

"怎么是胡说？他们讲，人一到动物园里，人的动物性就也表现得强烈了。"

小月听说有好多好多的女孩子住在城里，自己心思就酸酸地起来：一样是人，人家多好，自己怎么就全没见过，不知道呢！但当要打问这些女孩子是什么样儿，门门却说起了动物园的事，她就面皮薄起来，骂门门不正经，眼光尽盯着些什么呀？！

"不说了，小月姐。你不愿意去那里看看吗？我会把你从水上撑回来的。"

"我敢到城里去吗？咱深山窝子的人瓷脚笨手的招人家笑话。"

"其实，你才好看哩！"

小月的眼睛就亮起光来。门门什么也看不见了，只看见两颗星星在照射着他。他陷入了迷惑，浑身燃烧了一种热量，不知不觉地身子向这边挪动了。

小月还在直盯着他，没有动，也没有言语，眼光却更亮起来。但已不是先前那种温柔，动人，而在一种美丽之中包含了神圣和威严，使爱欲冲动而跃跃欲试的门门又胆怯了。

光明是黑暗的驱逐者，阴影则是光明的压制。门门安静下来，伏着船沿，望着河水，慌乱地说了一句：

"这水真深呢！"

这时候，荆紫关那边的沙滩上，一片狗咬。接着有人在大声喊船。小月要门门快下去，门门没有动，小月一下子将他推到水里，船就划走了。到了河心，门门却水鬼似的从船尾又翻上来，小月要大喊，又不能使岸上人听到，就只好让门门缩身藏在船舱角里，便将那件蓑衣严严地盖了，低声骂道：

"听着，要敢出声乱动，我就会一篙敲碎了你的脑袋！"

上船的人也是小街上的人，扛了好大的一包化肥，叫骂着说是一对游狗在沙滩上结连，挡了他的路，又险些被它们咬了。不知怎么，小月心里骂起混蛋门门了。

"这化肥是在荆紫关买的？"她问那人。

"可不，挖破手背的紧张货！你爹没买一袋吗？"

"我爹每天早晨拾粪哩。"

"你爹种庄稼扎实！麦里能收五担吗？"

小月不愿意谈论这些事，说句："我不清楚，你问我爹去。"就低头用力撑了一下竹篙。

船到了岸，那人付了钱匆匆扛着化肥走了。河对岸的沙滩上，游狗还在发泄着爱情的嘶叫。门门钻了出来，水淋淋的，又要给小月讲起他的所见所闻，小月骂道：

"快滚蛋吧，你这么死皮赖脸的，让我爹知道，要了你这条小命哩！"

<h1 style="text-align:center">三</h1>

小月走回来，爹还没有睡；蹲在捶布石上吸"一口香"。小月只叫了一声"爹"，就进了她的小房子里去。

这小房是一个月前小月缠着爹收拾起来的。山窝子里的人家，当屋窗子下，都是有着一个大炕的，七大八小的孩子，凡是没有结婚，就一直保留着这块乐土的炕籍，和父母打铺儿来睡。小月长到十四岁上，来了月经，从此害羞上了身，就不愿意和爹睡在一起。但山窝子里自古以来没有书上写的父母和子女从小分床睡觉的习惯，她就恨着爹身上的一股汗臭味和烟酒的呛味，尤其爹的一双脚伸过来顶住了她的枕头，她就要用被子或者衣服捂得严严实实。她不停地要求把西边的杂物间空出来，她单独去住，爹终于同意了。她把房子精心收拾了，视作是一个养自己女儿心的窝巢：一回来，就进去关了门；一出门，就顺手搭了锁。谁也不能进去，谁也不能得知女儿家的秘密。

爹在院子里叫她了。

"小月，锅里的盆子温有剩饭哩！"

"我不饿。"小月说。

"你出来，我有话给你说哩。"

"说什么话嘛，睡吧。"

35

小月解开了头发上的卡子，"当"地丢在桌子上，就坐在了床沿上了。她没有睡去，也没有再动，预备着爹只要一动气，她就一下子钻进被窝去。

爹在院子却没有再说什么，很响地吸着烟袋。过了好大一会儿，拖着浓重的鼻音说：

"你睡吧。你一出门嘻嘻哈哈的，一到家就没一句话要说，我知道你烦你爹哩。擦黑我把堂屋的蚊子熏了，你老是锁了小房门，蚊子也熏不成。你要睡，就把蚊子熏熏，熏蚊草在墙角放着，你自个儿点吧。"

小月突然心软起来，觉得对不起年老的爹了。隔窗望去，月光下院子空空的，爹一个人蹲在那里，样子很是可怜。她没理由和爹赌气了，从小房走出来，坐在台阶上，又将口袋的一盒清凉油递过去。

"爹，我有清凉油呢，蚊子咬不着。你也擦擦，离眼皮远点，就不会酸得流泪了。"

爹擦了一些在额上，揉揉，问道：

"你一直在船上？"

"嗯。"

"天这么晚了，你不收船，让爹不操心吗？"

"没事的，爹，他谁敢……"

她说过半句，就不说了，想起了刚才河里门门的事，耳根下不禁又热了。

"渡船的人杂，什么人都有，你这么大了，总有不方便的。咱真不该就包买了这船，三亩地要种好，也就够咱们父女忙活的了。"

小月最害怕的是爹说这话，爹已经是第三次这么说了。分地的时候，爹一定要那头老牛，小月一定要这条小船，父女俩别扭了好多天，最后谁也没有说服谁，牛和船都包买了。但做爹的心思，一直是疙疙瘩瘩的，尤其每天见小月穿得漂漂亮亮去渡口，他额头上就拧个疙瘩。

"家里什么都可以不要，这船不能没有。"小月低低地应着爹，语气很坚决。

"我怕才才家对咱有了看法。"

"他管得了咱家的事吗？现在地分了，队长都不起作用了，我上天入地，碍他家的什么事了？！"

"甭胡说！"爹生了气，"什么人都可以忘，才才和他娘的好处咱可不敢昧了良心。牛病成这样，你心上放也不放，多亏了人家帮我料治，今黑老秦又来给牛看了，糟蹋了才才家一只大白公鸡呢。"

"你又让老秦瞎整治！"

爹正要骂，院门响了一下，他赶忙咽了一口唾沫，问："谁呀？"门外很沉重地响动了一下，接着应声："大伯，是我。"才才就推了门进来。

才才憨憨地站在门下，盘绕在门楼上的一树才发蔓的葡萄，今年没结果实，枝叶将月光筛得花花点点。小月先看见他一身的光点叶影，还以为穿了件什么衣服，后来才看出是光着膀子，那衫子竟两个袖儿系在腰里，屁股后像是拖了个裙子。才才看了她一眼，眼皮就低了，慌乱在葡萄叶影里将衣服穿上。

"小月，给你才才哥倒水去。"

她没有动。

才才却又反身出去，一阵响动，拖回来了好大一捆青草。

"大伯，牛今日好些了吗？我割了些草，夜里要多喂几次哩。"

王和尚很是感激，走过去帮才才把草放在牛棚门口，一边叫着小月："怎么不去倒水？"一边领才才进棚看了看牛的气色。出来说：

"你在地里忙活了？"

"我锄苞谷了，大伯。我到所有的地里全跑着看了，今年苞谷长得最好的，要数咱两家了。我又施了一次尿素，还剩半袋子，明日我给你拿来吧。"

王和尚说：

"你们年轻人种地，总是尿素尿素，我才不稀罕花钱去买它哩。这天好久不下雨了，若再红上十天半月，苞谷就要受亏，我想把牛棚粪出了，给苞谷壅了土，这倒能保墒呢。"

"那我明日一早来出粪吧。"

小月将洗脸水端了来，又进屋拿了自己的香皂、毛巾，就站在一边看着才才——才才光着身子，披一件白粗布衫子，衫子的后背全汗湿了，发着热腾腾的酸臭味。胳膊上，脸上，被苞谷叶拉得一道一道红印痕——就心疼起来，说：

"这么热的天，真都不要命了！那几亩地，粮食只要够吃就得了，一天到黑泡在地里，就是多收那百儿八十，集市上苞谷那么便宜，能发了什么财呀？"

王和尚正站在葡萄架下摘了几片叶子，用手拍拍，要才才夹在裤腰下生凉；听了小月的话，白了一眼，说：

"这是你说的话？农民就是土命，不说务庄稼的话，去当二流子？才才好就好在这一点上，难道你要他去和门门一样吗？"

"门门怎么啦？"

"瞧瞧他种的庄稼！和咱家的地连畔儿，苞谷矮了一头，一疙瘩粪也不上，他哄地，地哄他，尽要长甜秆了！"

小月没有到地里去过，也不知道门门家的庄稼长得到底怎么样。但她却看见门门穿得怪体面的，每一次荆紫关逢集都是吃喝得油舌光嘴的，他家是最早买有收音机的，前几天似乎还看见手腕子上一闪一闪的，怕又戴上手表了呢。

"可是，"小月说，"全村里就算门门日子红火哩。"

才才说：

"河南人爱捣鼓。"

小月便说：

"人常说：天有九头鸟，地有湖北佬。你是湖北人，你就整天死守在家里？才才哥，你说说，这牛喂得着吗？病得这个样子，不如早早出手卖了，倒落得省心。"

才才说：

"我也是这么个想法，给大伯说过几次，他不依嘛。"

王和尚说：

"当农民的没个牛，还算什么农民？"

才才说：

"大伯，就那些地，把牛喂一年，就用那么几天，犁的地又不深不细，还不如用镢头深挖哩！"

王和尚说：

"你们年轻人做庄稼，心都太浮。牛耕地就说是不深吧，它可以推磨拉碾，可以踏粪；没有粪种甜地不成？往后谁也不许弹嫌我这牛！"

"爹总是死脑筋！"

小月嘟哝了一句，就拿眼光暗示才才。才才却再没有言语。她便生了气，坐到远处的木墩子上，给了爹和才才个后背。

院子里一时静悄悄的。院门水道下跳出了几只蛐蛐，"曜曜"地发着清音。小月烦起来，又是一身的汗水。

王和尚默默抽了一阵烟，将竹根管烟袋又递给了才才，自个儿百无聊赖地站在月下，接着，到牛棚里又去看病牛了。

小月就对才才说：

"你那嘴呢？到你说话的时候，你话就那么金贵？！"

"他毕竟是老人嗬。"

王和尚在牛棚叫着才才，要他帮忙给牛铡些草。才才看看小月，"咻啦"赔个笑脸，还是起身去了。

小月拧身就进了她的小房里，"砰"地关门睡下了。

四

第二天，小月一觉醒来，天亮得白光光的。

她睡着以后，心里的烦闷就随同思绪一块儿消失了去，但一重新醒来，烦闷又恢复起来了。她没有立即起床，依旧懒懒地睡着。一半年来，每每这么一大清早翻身起来，这种烦闷就袭上了心，竟会一直影响到她一整天的情绪；她也常常以这个时候的心绪来判断这一天的精神状况。现在，她倒盼着得到爹的一顿斥骂。

屋里、院子里却没有爹的咳嗽声。牛棚那里一声接一声地传来有节奏的吭哧声。她坐起来，用舌头舔破了窗格上的麻纸，才才在那里出牛粪了。病牛已经能站起身，拴在墙角的梧桐树下，用尾巴无力地扇赶着苍蝇、蚊子的一次又一次勇敢而可恶地进攻。才才高挽着裤腿，站在粪泥里，狠劲地挖出一块儿，用力一甩，随着一声"吭哧"，抛出牛棚的栅栏门外，空地上就甩起了偌大一个堆来。黑色的小蚊子立即在上边笼罩了一层。

"唉——"

小月叹息了一声，慢慢地又睡下了。对于才才的勤劳辛苦，她是欣赏还是可怜，是同情还是怨恨，这一声"唉"里，连她也说不透所包含的复杂而丰富的内容。

十年来，娘下了世，苦得爹拉扯她过日子。那光景真够凄惶。爹每天到船上去，她就被架在脖子上。要摆渡了，爹就用绳子系着她的腰拴在船舱里。冬天里河上风大，舱里放个火盆，爹解开羊皮袄将她抱进去搂着，教给她什么是冰，说鱼儿怎么不怕冻，在冰下游泳哩；问她冷不，她给爹说不冷，不冷二字却冷得她说成"不冷冷冷冷"。夏天的傍晚，没人摆渡了，夕阳照在沙滩上，爹又教她在水边用沙做城堡。城堡修得漂亮极了，水一冲却就垮了，她伤心得呜呜地哭。

"我要城堡！我要城堡！"

"城堡坐着水走了。"爹说。

"走了就不回来了吗？"

"走了就不回来了。"

"娘也是坐着这水走了的吗？"

爹就抱着她，紧紧地抱着，呆呆看着河水一个漩涡套着一个漩涡向下流去，河岸边的柳树就漂浮出一团一团发红色的根须毛，几支断了茎的芦苇在流水里抖得飕冷冷地颤响。

"是的，小月，娘是坐着这水走了。"

爹说完，就赶忙抱了她，到岸头的沙石滩里捡那些沙鸡子蛋，拿回家在铁勺里和南瓜花一块儿炒了喂她。

自那以后，爹就不带她到船上去，寄放在才才娘那儿。

才才娘是个寡妇。丈夫去世过了四年，她和才才还穿着白鞋守孝。爹一到河里摆渡，就把她送去，从河里回来了，就把她接到家。才才娘疼爱着小月，爹也疼爱着才才，每每回家来在口袋里装着几个豌豆角儿，每人都平均分着几颗。小月常常就看见爹和才才娘坐在院子里的椿树下说话儿，抹着眼泪。她吓得不知道怎么啦，给爹擦了眼泪，也给才才娘擦了眼泪。这么一直待过了两年，爹就不再送她到才才家去。她问爹原因，爹不说话，只是唉声叹气。她开始上学了，在学校里，听到同学们讲：爹和才才的娘怎么好，要准备结婚了。她回家又问爹，爹让她什么也不要听，兀自却到娘的坟上哭了一场。但逢年过节，两家依然走动。冬冬夏夏的衣服，全是才才娘来做；麦收二料，也都是爹帮才才家耕种收获。

才才那时长得瘦猫儿似的，病闹个不停，人都说"怕要绳从细处断"。才才娘日夜提心吊胆，总是给他穿花衣服，留辫子头，想叫他"男占女位"，祛灾消祸。小月总是要羞他，叫他"假女子"。两人曾打起架来，她竟将他打得蛮哭。

"小月，你怎么打才才哥？"爹训她。

"他假女子，羞，羞！"

"他将来要做你的女婿呢！小月，你要不要？"

"女婿？女婿是什么？"

"就是结婚呀。"

"他要还留辫子，我就不要！"

惹得爹和才才娘都笑得岔了气。

这是她七岁那年的事。

后来，她和才才都长大了，听到村人议论，原来当年爹和才才娘想两家合为一家，但才才的舅家不同意，事情便吹了。大人的事不能成美，他们就都希望将来能成儿女亲家。这事村里人知道了，常当着小月和才才的面取乐，使他们再不敢在一处待，而且又都慢慢生分开来。但是，直到他们都长成这么大了，两家老人还没有正正经经提说过这一场婚事。

这两三年里，爹明显地衰老了，早晚总是咳嗽，身骨儿一日不济一日。才才就包办了他们家一切的力气活。小月看得出他的心思：他是完全将自己放在一个女婿的位置上。爹也常常找机会让他们在一起多待，说些话儿。但是，一等到只有他们两个人了，才才就不敢看她，出一头的汗。

"他太老实。"小月躺在床上，想起小时候的样子，才才虽然现在长得比小时有劲多了，也不穿花衣服留辫子了，但那秉性却是一点也不曾变呢。

院门口开始有了脚步声，接着那梧桐树上的窠里，喜鹊在喳喳地乱叫，有人在叫："小月姐！"叫得软软的，甜甜的。小月立即知道是门门来了。

门门先前常到她家来，爹讨厌他只是勾引着她出去浪玩，骂过几次。以后要来，就先用石头打惊那树上的喜鹊，等小月出来看的时候，他就趴在门外墙角摇手跺脚，挤眉弄眼。现在，虽长成大人了，他还玩这种把戏儿。这么早来干什么呢？她正要应声，就听见那"咚咚"的脚步声一直响到窗子底下，她忙拉了被子盖住了自己的身子。

"是门门吗？小月还没起来。找她有事？"

才才在牛棚里发问。

"噢，才才！你倒吓了我一跳，你在出粪呀？那可是气力活哩！"

"这点活能把人累死！？"

"行，才才。你怎么头明搭早就来帮工了？"

"邻家嘛。"

"当真是要争取当女婿了？"

"你说些什么呀！"

小月坐起来，她把窗纸戳了一个大窟窿，看着这两个年轻人站在院子里说话。两个人个头差不多一般高，却是多么不同呀！门门收拾得干干净净，嘴里叼着香烟；才才却一身粪泥，那件白衫子因汗和土的浸蚀，已变得灰不溜秋，皱皱巴巴，有些像抹布了。人怕相比：才才无论如何是没有门门体面的。

小月心里多少泛了些酸酸的滋味。

"才才就是我将来的女婿吗？"她默默地坐在被窝里，呆眼儿盯着床边的一只孤零的枕头，竭力寻找着才才的好处，"他毕竟一身好气力，又老实本分，日后真要做了他的媳妇，能待我好吧！"

她再一次看着窗外，那屋檐下蜘蛛结成了老大的一张网，上边的露珠，使每一节网丝上像镀了水银，阳光就在那网眼里跳跃。

两个小伙子还站在院子里说话：

"今早就出了这么多粪吗？"

"饭后就能出完了。"

"你真下得苦！地一分，他们家就缺一个出力气的人，你有了表现的机会了！出一圈粪，就等于挣回媳妇的一个小拇指头，千百儿八十次，媳妇就全该你的了！才才，你记性好，你没想想，媳妇挣得有多少了？"

才才却满脸通红，讷讷地说不出来。

小月一下子动了怒，隔窗子骂道：

"门门，你别放屁，你作践那老实人干甚？！谁家不给谁家帮个忙吗？"

门门吐了一下舌头，对着窗子说：

"他老实？出粪不偷吃罢了！谁家不给谁家帮忙？小月姐真会说话，可这才才为什么就不给别家出粪，而旁人又怎不来这儿出这么大力气呢？"

小月一时倒没了词。

门门在院里嘻嘻哈哈笑，直拿才才奚落。

"门门，你是成心来欺负人的吗？"

"小月姐，我哪里敢哩？我是来问你几时到河里开船的，我想到荆紫关去。"

"不开船！"小月愤愤地说。

"小月姐，真生气了？我在家等着，你到河里去的时候，顺路叫我一声啊！"

门门在院子里做出一个笑脸，从门里走出去了，哼了一声什么戏文。

小月穿好衣服出来，才才又弯了腰挖起粪，头抬也不抬。看着他那老实巴交的样子，小月反倒越看越气：

"才才，你刚才是哑巴了吗？你就能让门门那么作践吗？"

"由他说去。"

"由他说去？你能受了，我却受不了！"

才才又低头去挖粪，小月一把夺过镢头，"咣"地甩在院子里，锐声叫道：

"你只知道干，干，谁让你干了？！"

才才站在那里，不知道该怎么办。末了，看着小月的脸色，又是讷讷地说不出一个字来。小月说句："没出息！"转身进屋洗脸去了，扑啦，扑啦，一个脸洗完了，一盆水也溅完了。

王和尚进了院。他是一搭早去拾粪了的。经过自家三亩地的时候，间出了一大捆苞谷苗，一进院门，"哗"地丢在地上，对着才才说：

"种的时候，我说太稠太稠，你总是不听，现在长得像森林一样，一进地，纹风不透，那是在壅葱吗？天这么红，再要一旱，我看就只有等着喂牛了。"

才才说：

"大伯，就要种稠些，这品种是我特意换的。"

"我知道，'白马牙'就是新品种，那种得多稀。"

"这种子和'白马牙'不一样哩，它不是靠单株增产，而是靠密植。"

小月在屋里气又上来了，说：

"才才种得不好，你当时干啥去了？这家是你的家，还是人家的家？你什么都让人家干，不怕旁人指责你吗？"

王和尚一时倒愣了，反问道：

"旁人说什么了？才才是外人吗？"

"不是外人，是什么人？！"

小月恨不得好好出出爹的气：这就是你认为的女婿吗？就这么使唤女婿吗？她恨起糊涂的爹，也恨起太老实的才才。爹以他的秉性要求着这个未来的女婿，才才又是学着爹的做事为人，难道将来的才才也就是爹现在这个样子吗？

王和尚又弯腰咳嗽起来了，一声又一声地干咳着，身子缩成一个球形，嘴脸乌青得难看。小月没有再说下去，拉开院门走了。

王和尚终于咯出一口痰来，吐在地上，问道：

"你到哪里去？"

"我到船上去！"

王和尚疑惑地看着才才：

"你们吵嘴了？"

"没有。"

"那她怎么啦？"

"不知道。"

"这死妮子！脾性儿这么坏，全是我平日惯的了。"

他说着，又咳嗽得直不起腰来。

五

天果然旱了；正当苞谷抽节出梢的时刻，一连一个月，天没有落下一滴雨来。分地以来，几料庄稼收过，大获丰收，山窝子里的人几乎天天像过年似的高兴，大小红白喜事都是大操大办，得意忘形。王和尚心下就想：人世上之事合久必分，分久必合，苦尽甜来，乐极生悲，更何况天有不测之风云？苞谷下种的时候，地墒很好，他就担心着苞谷冒花时的雨水，常看着如森林一般密的苞谷，心里捏着一把汗，果真怕啥有啥！几天来，他天不明就起床，站在院子里看天：天依然四脚高悬。每每下午，天上积了一层黑云，就一眼一眼盯着，却偏偏就刮起了热风，黑云便全散了。他坐在地里，眼看着苞谷叶子耷拉下来，枯卷了，就难受得要落泪。以前一到地边，看到自家的苞谷比四边旁人的苞谷高出一头，心里就暗暗得意，觉得脸有盆子大的光彩。现在一旱，自己的苞谷最先失了形，嘴唇上就起了火泡，天天在家发脾气，骂天，骂地，又骂才才耕种时，不听他的话，植得这么稠密。

才才也急得上了火，害火红眼儿，烂得桃儿一般。一天三晌到小月家来，和王和尚捉对儿唉声叹气，埋怨分地后一些缺德人破坏了水渠，又搬了渡槽的石梁盖房子，使渡槽在去年冬天就垮了。现在，事到临头抱佛脚，一家一户，再要联合起来修渠建渡槽，已经来不及了，来不及了！

只好担水浇地。

两家合作，一条扁担，两只水桶，从河里一担一担舀起来，一勺一勺浇在苞谷根下。三天三夜，一身的汗水都出干了，才给小月家浇了一亩三分，给才才家浇了一亩。浇过的地，夜里苞谷缓过青来，第二天一个红日头，地皮上又裂了娃娃口大的缝子。小月还从未吃过这般苦，太阳晒得脸上脱了一层皮，脖子上，头发里又生了痱子，一吃饭的时候，扎得像撒了一把麦芒在身上一样难受。才才娘更苦得可怜，担水回来，又忙着烧水做饭，眼圈子罩了一圈黑。大家一回来，她就把从山上采来的竹叶茶在盆里泡好放凉，可小月喝上两口就歪在一边睡着了。这一天下午，小月又跟着爹去担水，上坡时一个趔趄，桶撞在地上，桶底掉下来，车轮似的骨碌碌滚下去，她一火，就把扁担撅了。爹看不过去，说了几句，和爹又对口儿吵了一仗，就借故河上有人摆渡，跑到船上再不回去了。

抗旱天，摆渡的人不很多，她就坐在船上生闷气儿，拿眼儿直盯着那大崖前翻飞的鸽群。它们是一群多自在的生灵，倏忽地飞来，一会儿迎着风，露出斜斜的、窄窄的侧面；一会儿又顺了风，露出宽宽的、平平的正面，接着就一起投入一棵树上，像是被一块儿巨大的吸铁石吸将而去，无踪无影。

一根羽毛落在了船舱，在她的脚上浮动，一会儿起，一会儿落，最后闪出船沿，悠悠忽忽地从水面上直飘着到天上去了。

小月看得困了，想得也困了，就闭了眼睛睡在船上。

她睡得好沉。任凭水波将船怎样地晃动，只是不醒。梦里觉得自己躺在了一个草坪子上，坪上各种各样的花儿都开了，她乐得在草坪上发疯地跑，突然有一只毛毛虫落在她的耳朵上，又直往里边钻，拿手去捉……却撞着了一个又粗又大的手。她忽地睁开眼来，门门坐在船头上，拿一个毛拉子草轻轻地搔她的耳朵哩。

门门见她一醒，正襟危坐，一脸的正经，看着水面上的一只小鸟儿掠过，尾巴成数十次地点水。

"你干啥哩？"她恼着眉眼说。

"你瞧，鸟儿一点尾，一河都在放射着圆圈呢。"

"是吗？是吗？"

小月一骨碌爬起来，却猛地揪住了门门的招风耳朵，骂道：

"好个贼东西，人家姑娘家睡觉，你来干啥？"

门门连声叫唤。

"我叫你还欺负我不？"

"小月姐，我怎么就欺负你了？"

"那天你到我家，你怎么对才才说话的？！"

"我说些趣话，我也是为着你们好呀！"

"为着好？就是那么个好法吗？"

小月又使劲儿揪了一下耳朵。

"我错了，我错了。"

"怎么个错法？"

"要我平反吗？就说：才才想当女婿，他是白日做梦哩，小月压根儿就不愿意，小月爹是让才才当义务劳力哩！"

小月气得捶了门门一拳。

门门一个挣脱，跳下了船，站在船尾后的浅水里，恢复了被痛苦扭曲了的脸，说：

"小月姐，说正经的，你真要嫁给才才吗？"

"你问这个干啥？"

"村里人都这么说的，这是真的吗？"

小月伏在船板上不动了。

"真的是你爹和他娘自小就给你们定下的？"

小月没有回答。

"那不是包办吗？！"

小月头低得更低了。

"也好，才才有一手好活，心也诚实，去年我俩去河南西乡镇换麦种，一路上，他买烟，给我买一包三角钱的'大雁塔'，他给自己买一包九分钱的'羊群'，我吃一碗肉面，他只吃一碗素面。日后你准能拿了他的主儿，能做你们家的掌柜的呢。"

小月站起来，声色俱厉：

"门门，你别勾子嘴儿地喷粪！告诉你，以后不许你再提说才才的事。我王小月可不是才才，让你捏了软面团儿！我要嫁谁，我看上谁就嫁谁，你管得着吗？"

"中！"门门却大声叫好。

小月脸更严肃得可怕。

门门便瓷在那里，读不懂小月脸的这本书的内容。

"你有正事吗？没事你快去浇你的地去吧，瞧你那地里的庄稼，都快拧成绳绳了。"

门门正下不了台阶，听了小月这话，当下又生动了脸上的皮肉。

"小月姐，我是坐船到荆紫关去，听老秦叔讲，荆紫关后的刘家坪里，有一台抽水机租借，我想弄回来浇地呀。"

"抽水机？"

"租借一天十元钱，弄回来，便可以再租借给村里人，日夜机子不停，一个小时要是收一元五角，一天就是三十多元，扣过十元，净落二十，咱地里的庄稼保住了，额外又收入好多了。"

小月立即想到爹和才才担水浇地的可怜相。这鬼门门，怎么就想到这一步？

"这是真的？"她说。

"哄了你，让我一头从这里溺下去，到丹江河口喂鳖去！"

"门门，可一定让我家也浇浇啊。"

"那有什么问题？小月姐，你愿意和我合作吗？咱两家一起去租借，收入下的钱二一分作五。只要你愿意，你可以什么都不管，到时净分钱就是了。"

"我可不落那贪财的名。你等着，我回家叫才才和你合作，一块儿去刘家坪吧。"

"叫他干啥？"

"我想叫！"

"好吧。"

当小月兴冲冲赶到家里，爹和才才刚好从地里担水回来，一进院门，才才就累得趴在台阶上像瘫了。才才娘在家正喂猪，还没过来做饭，爹从水缸里舀了一水瓢凉水，饮牛似的喝着。小月将抽水机的事一说，爹把水瓢"啪"地丢在缸里，先一口反对：

"搞抽水机？他门门能搞下抽水机！那小子庄稼不好好做，想得倒好！"

"他真行呢，是老秦叔提供的线索，他准备就去刘家坪，还在河里等着哩。"

"别听他那一套。"王和尚说，"真能搞回来，那是电老虎，他能使唤得了？让猫拉车，就会把车拉到床底下去！"

48

小月嫌爹门缝里看人，不和他说了，就鼓动才才。才才只是拿不定主见，说门门人倒能干，但太精灵，交手不过。小月就骂："不是别人交不过，是你太窝囊！"才才便又去和王和尚说：

"大伯，或许这是好事哩，咱试试吧。"

"试试，试成了庄稼也就死完了！"

"那你说不成？"

"不成。"

小月一甩手，说：

"你们爱出力你们就一桶一桶担去，你给我些钱，我去。"

爹黑了脸：

"钱是从地上拾来的，让你拿去糟蹋？！"

小月哭丧着脸跑回船上，门门一问，"哇"的一下就哭了。门门只好一个人坐船走了。小月便一直守到天黑，等着门门和几个人抬着抽水机、小电机回来了，才一块儿回了村。

第二天，门门就将抽水机安装在自己地畔，皮管子一直伸到坡坎下的河里，紧忙地浇了一气，便租给小街上的人家。抽水机真的日日夜夜再没有停。他是懂得些机械的，每一家租用时，都请他去经管，好烟好酒相待，大海碗盛着凉面皮，一直要挑过鼻尖，吸吸溜溜地吃。

一时间，门门成了村里的红人，他一从石板铺成的街道上走过，老少就打招呼："门门，吃些饭吧！"筷子在碗沿上敲得啮啮响，他的两只招风耳朵上夹了三四根香烟。碰着了才才担着水从街上过，一定要送给才才一根烟抽，才才不要，红着脸脚高步低地就走，那水就星星点点地洒了一石板路。

王和尚的三亩地和门门连畔，门门浇地的时候，他大吃了一惊，忙从苞谷丛里斜道穿过去。走到看不见门门的地方，骂道："这小子真成事了？"就心里起了妒火。门门的地种时并没有打畦子，水浇进去，高处成了孤岛，低处泡了稀汤，水溢流到了他的地里，他装着看不见。门门也装着看不见，在地头树下仰身儿一个大字睡觉。当旁人来租用抽水机时，又故意大声说，让藏在苞谷地里的王和尚听。

"你能信得过我吗？丑话说在前头，一小时一元五角，你肯糟蹋钱吗？"

"这是谁说的话？二元钱也不贵啊！"来人说。

"对了！瞧咱这庄稼，不在乎没长好，这一水，就什么都有了，要它屙金就屙金，要它尿银就尿银！"

王和尚把草帽按得低低的，走掉了。

才才终于忍不过了，说服王和尚也去租用门门的抽水机，王和尚没有言语。才才去见了几次门门，却碍了脸面，说不出口。王和尚就让小月出头给门门说话，门门一口应允，还亲自过来将抽水机安装好。这使王和尚佩服起这小子的能耐来了，将那竹根管烟袋递给门门抽。门门没有抽，心却满足了，悄悄对小月说：

"小月姐，你爹让了我这一袋烟，我什么也都够了！"

"你也是贱骨头！"小月说。

"咱这也是向才才学习哩嘛。"

这天夜里，王和尚和才才娘在地头经管着畦子，才才前后跑着看水渠堰儿，小月也学过机械，便守着抽水机。月亮清亮极了，她脱了鞋，将双脚浸在水里，一声儿听那马达的轰鸣。

水进了地，一片嗞嗞的响声，像是万千的蛐蛐在奏鸣，苞谷叶子很快就精神了，王和尚在地里拍着地说：

"你旱嘛，你龟子怎么就不旱呢？！"

哈哈哈地笑。

门门披着衣服，叼着香烟来看了几次马达的转动，就和小月说一阵话。听见王和尚的笑声，两个便抿了嘴儿也笑了。

"你爹还会恶我吗？"

"不知道。"

门门眨眨眼走了。小月温温柔柔地坐在那里，想着门门的话，真盼爹从此就会变。一时间，心里清净起来，歪身躺在地上，看夜空没一点杂云。三只四只蛐蛐从地里跳过来，在她身前身后"嚯嚯"地叫。这些生灵，也是喝饱了水，在唱一曲生命之歌吗？

"才才，才才！"她坐起来叫着。

几天来，日夜挑水浇地，才才黑瘦得越发不中人看，眼睛烂得更厉害了，用两片冬瓜叶拍薄了贴在太阳穴上。他从地里走近来，问小月有什么事？

"水渠修好就是了，用得着不停地跑吗？"

她把手巾扔给了他，让他在水里擦擦脸，自个儿就将爹放在地边的衫子和自己的衫子泡在水里，一边洗，一边说：

"你瞧瞧，一样是种庄稼，你累得像黑龙王，人家门门，香烟叼上转来转去的。"

"我怎么能和他比？"才才说。

"怎么不能比？人家庄稼浇得比咱早，产量不一定会比咱低呢。"

才才无言可答。

"你别跟着我爹学，他是上一辈的人，想事处事都过时，你学他的，总会吃亏哩。"

"大伯毕竟是做了一辈子庄稼。"

"他还不是求乞门门吗？"

小月最不满意才才总是这样放不开，心里就老大不高兴。

"才才，你是不是嫌我老对你说这些，说得多了吗？"

"……"

"你知道我为啥要对你说得这么多？"

"……"

"我跟你说话的时候，你就会这样！你听见了吗？"

"我听着哩。"

"你说我说得对不对？"

才才看了一下小月，绽了个笑，也不开口，却抓过衣服帮着洗起来。小月心火轰地腾起来了：

"谁稀罕你这样！你以为把什么都替别人干了，别人就喜欢了？你去吧！你去吧！"

才才落个没趣，走不行，不走也不行。可怜为难了许久，蹴过来又说：

"小月，大伯和我娘刚才在地里说……"

"说了什么？"

"说了那个事……"

"什么那个事，你连一句来回话都说不了吗？"

"就是……"

唉，小月真气得想把才才一把扼在水里！她也明白了才才说的是什么事了，说：

"说咱俩的婚事？"

才才倒惊了一下，点了点头。

"都说什么了？"

"我娘叫你到地里去，她有话要跟你说。"

"我不去。"

"她说咱们的事，得有个媒人了，把事情正式定定。"

"这是你娘的主意？"

"嗯。"

"那我不去！"

"不去？"

"不去！！"

"那你？"

"那你呢？你是傻了，聋了，哑了，死了？！"

苞谷地里，才才娘叫起了小月，小月一声不吭，装作没有听见。

六

鸡打鸣的时分，小月家的地浇完了。王和尚和才才娘累得腰直不起来，小月则趴在渠沿的一个土坎上瞌睡了，一双脚还泡在水里。才才没有叫醒她，他一会儿去帮两位老人经管畦子里的水，一会儿又跑过来看看渠，几次想叫小月躺到地边的平坦处去，又怕打搅了她的瞌睡，蹲在渠边只静静地看一阵她的睡态，就赶忙提脚儿走了。他毕竟腿肚也酸得厉害，谁只要轻轻在他的腿弯处捅一下，就会"噗通"一声倒下瞌睡去了。他在心里说："这两家人的口都在你肩上扛着哩，你要顶大梁呢！"等整个地的角角落落都浇饱了，才关机子。小月忽地倒醒了，直怨怪着才才不叫醒她。才才看看王和尚，口羞得说不出来，忙闷着头去收拾那皮水管子，不小心却连人带水管子一起倒在泥水坑里。王和尚忙去把他拉起来，问碰着哪儿没有？才才只是笑笑，说没事，王和尚就把烟袋装好烟递给他，一边让小月回去取几个木杠来，好把抽水机抬到才才家的地里去浇。小月说：

"爹真是不要命了，人都累得没二两力气了，明日再浇吧。"才才娘也同意，让回家都去歇一歇。这时候，来了几个人，是门门的本家爷们儿，要将机子拉去后半夜浇他们的地。才才说没有给门门打招呼，他们就拍拍腔子，说门门是自家人，他还能不让浇吗，别说浇，就是浇水钱他门门还能红口白牙地要吗？才才想了想，也便让他们将抽水机抬走了。

才才回到家里，在笼里抓了几个冷馍啃了，趁娘睡下，他又拿了锨出了门。因为他家的地离河畔远些，抽水机的皮管又短，必须将水抽上来，再修一道水渠才能浇到地里。这么一直修到天明，去要机子的时候，门门的那几个本家人却变了卦，说他们还有几块地没有浇完。才才嘟囔是他让他们得空浇的，不能这么不讲理，他们倒说门门是他们族里的晚辈，理所当然先尽他们河南人浇。两厢争吵起来，好一场热闹。门门正在家里洗衣服，当下提了棒槌跑来，坚持要让才才先浇，理由是：才才家已经交过了钱。

"门门，你认钱就不认人了？"本家的爷们儿以势压迫。

门门说：

"这机子是我用钱租来的，我当然要钱。"

"好好好，我们给你掏钱！"

"掏钱也有个先来后到，一村子的人都排了队了。"

"门门，你把事情做得这么绝啊！你爷还把我爷叫爷哩！"

"我知道，爷！"

本家的爷们儿恼羞成怒，偏要先浇不可，门门倒上了气，没说二话就将机子关了，让才才抬去浇。那些人就倚老卖老要过来打门门，门门一口将嘴角的烟唾了，手中的棒槌往空中一甩，正好打在身边一棵柿树上，三四个青涩柿子应声掉下。他接住棒槌，叫道：

"我的机子倒不由我了？来吧，要打可不要嫌我门门是六亲不认！"

对手自知理短，先怯了场，手在屁股蛋子上拍着，一边走去，一边还在骂：

"门门，你这小杂种！你爷们儿不用你那机子了！"

"不用了好咴，你就不缺柴火烧了嘛！"

"你不认咱，咱也不认你了，你发你的财吧！"

"那自然了！"

门门偏将口袋拍着，那里边的钱币就哗哗地响。

才才傻了眼，不好意思地说：

"门门，这样好不好？"

门门没有回答，从口袋里掏出纸烟叼在嘴上，打打火机的时候，手却抖抖地几次没有打着。见才才还愣在那里，倒没好气地说：

"你还呆着干啥？没你的事！"

整整浇过了一个早晨，又浇过半个中午，才才家的地浇完了。才才松了一口气，抱住枕头就在家一气儿睡到天黑，鼾声打得像雷一般。吃晚饭的时候，王和尚来叫他们母子到他家去吃饭，说是做了些凉皮子。才才娘说还要喂猪，推辞了，却打发才才拿了一瓶子老陈醋去了。

吃罢饭，王和尚把电灯泡拉出来挂在屋檐下，和才才轮唤着吃"一口香"，小月就关了门在屋里用水擦身子。月亮明晃晃的，才才又去门楼下的葡萄树上摘了几片叶子，在手心里拍着往额角贴，王和尚就叫小月擦洗完身子，去温些热水。说是这几天又急又累，都上了火，眼下心松泛了，该剃剃头了。就让才才先给自己剃，剃得光光的，在灯下直闪着亮。接着，他又要给才才剃，小月却将那洗头水端起来在院子里泼了。

"现在年轻人谁还剃个光头？难看不难看！"

"咱农民嘛。"才才说。

"农民就不能留着发型？人家门门，还是个小分头哩！"

王和尚说：

"大热天，门门那头发看着都叫人出一身汗哩。是啥就要像个啥，别装狼不像狼，装狗尾巴长！"

小月说：

"对着哩，用抽水机浇地倒不像是农民干的，是农民用桶担才像哩。"

王和尚噎得没有说出话来，就对才才说：

"好了好了，留什么头那是你们年轻人的事，不剃就不剃吧，赶明日让门门用推子给你理去。"

才才说：

"我可是打死也不留他那种小分头！"

小月说：

"你也就是上不了席面的——"

她没有说出"狗肉"两个字，因为看见才才娘急急火火从院外进来了。

才才娘脸色很不好看，一进来就顺手将院门关了，偷声唤气地说：

"他伯，不得了了！"

大家都吓了一跳，忙问出了什么事了？才才娘颠三倒四说了好大一会儿，才把事情头头尾尾道清：原来河南那边的公社里来了一个干部，说是收到一份反映材料，告门门搞非法活动，以抽水机发"抗旱财"，专门来调查这件事的，机子已经命令暂时停了。干部走访了好多人家，刚才去找才才，才才不在，向才才娘问情况，才才娘吓得只说什么也不知道，那干部就让才才回来后写个材料。

"哎呀呀，"王和尚当下就叫了苦，"怎么会出了这事！是不是上边又要来抓资本主义倾向了？"

小月叫起来：

"那算啥资本主义倾向？！到什么时候了，还来这一套！"

王和尚一下子上去捂了小月的嘴，低声吼道：

"你是吃了炸药了，喊叫那么大的声，是嫌外边人听不见吗？"

"听见又怎么样？"小月还在愤愤地说，"不是门门搞来这抽水机，庄稼还有救吗？这一定是他们本家子那些人告的黑状，这些人的心让狼掏了！那干部为什么要让机子停下来，耽搁了庄稼，把他啃着吃了？！"

王和尚一句话再说不出来，开始吃他的"一口香"了。"一口香"因为每次只是一口，吃起来火柴就费得可怕，他就将烟袋眼里的火蛋轻轻弹在鞋壳儿里，装上新烟了，在鞋壳儿里将火蛋按上去；如此传种接代，一根火柴就可以吃几十次"一口香"了。大家都没有言语，看着他已经吃过十五次了，突然一口大气将那烟袋眼里的火蛋吹散，扬手把烟袋丢在台阶上。

"唉，世事就是这样，街坊四邻的，为好一个人艰难，得罪一个人就容易了！谁也见不得谁的米汤碗里多一层皮。我老早就估摸他门门须出个事不可，怎么着？话说回来，这次抗旱，也多亏了这小子，可人万万不敢太英武了，老老实实的还是安稳，常言说：看着贼娃子吃哩，还要看着贼娃子挨打的时候哩。"

才才娘就说：

"他伯，人家明日一早就来取材料，才才该怎么去写呀？咱就什么都说不知道算了。"

小月说：

"门门真是做了什么犯法的事了，咱就怕成这样？人家还不是为了咱浇地，才得罪了那些本家人吗？咱现在不为他说话，咱良心上能过去？"

才才说：

"门门也太张狂了，说话口大气粗地占地方，让人就嫉恨了，你瞧他那嘴上，什么时候碰见都是叼着纸烟……"

小月说：

"得了得了，那是人家挣的，又不是偷的抢的，你想那样，你还没个本事哩！材料上，你刚才那样的话也休要提说一字半句。"

才才就不言语了。

王和尚说：

"才才，人家要你写材料，你就写，是啥就是啥。咱还是本分为好，别落得惹人显眼，那说发'抗旱财'的话，咱可不要昧了良心去说。"

第二天一早，才才将材料交给那个公社干部了。公社干部看了看，又和他说起来，他自然是能少说就少说，实在不说不行了，就说说事情的经过，结结巴巴的，出了一头的汗。送走了公社干部，他就可怜起门门来，想去给门门说些宽心话，但又考虑自己口拙舌笨的，便掮了锄又到地里去看苞谷去了。

苞谷得了水，精神得喜人。喀吧喀吧响着拔节的声，才才就不觉又念叨起门门的好处。回来经过门门的地边，见那地边的草很多，心里就说：女人锅沿子，男子地堰子，这门门地边的草长成这个样子，怪不得人说他不务正业呢。就帮着锄起来，一直收拾得能看过眼了，才慢吞吞走回来。在石板街道上，没想却又碰着门门了。

"才才，又去地里忙活了，是在你家地里，还是你老丈人家地里？"

门门打老远就又戏谑起他了，手里提了一瓶酒，走过来的时候，一口的酒气。才才没有恨他，也没有接他的话，看看他步伐不稳的样子，知道是心里窝了气，借酒浇愁，又喝得多上了。这会儿又一把拉住才才，硬要才才到他家去再喝几盅。才才拗不过，到了门门家，门门敬了他一盅，自个儿一连三盅，喝得十分痛快。才才倒又好生纳闷。

"门门，那事到底怎么样了？"

"什么事？"

"唉，你还瞒我呀？是谁这么坏了良心的……"

"没事了，才才。"门门却笑了，"喇叭是铜锅是铁，他谁能把我怎么样？已经没事了，公社那个干部也走了，你没去河边看看吗，那机子又开起来了！"

才才猛地醒悟过来，叫道：

"你原来是喝高兴酒了！"

"可不，一张黑状子，倒使我破费了两瓶酒，昨儿夜时，那一瓶子都叫我闷喝了，来，才才，有人说我发了'抗旱财'，咱就是发了，这酒真是没掏钱呢！再来一盅！"

才才也喝得有些头晕了，说：

"门门，事情过去了就好，可你听我说一句话，以后你就是再有钱，在家咋吃咋喝都行，出去却要注意哩，在人面前夸福，会招人嫉恨呢！"

门门倒哈哈大笑起来了：

"好才才，你真是和尚伯的女婿，你是要我装穷吗？"

才才落了个大红脸。

苞谷地通通浇了一遍透水，褪了色的山窝子又很快恢复了青绿。过了半个月，天再作美，落下一场雨，几天之内，地里的苞谷都抽了梢，挂了红缨，山坡上显得富态了，臃肿了，沟沟岔岔的小河道却变得越来越瘦。人心松泛下来，该收拾大场的收拾大场，牛拽着碌碡在那里内碾一个莲花转儿，外套一个八字环儿；家家开始走动"送秋"，女儿女婿提着四色礼笼来了，酒是白酒，糖是红糖，那挂面一律手工长吊，二十四个白蒸馍四面开炸，正中还要用洋红水点上一点。客人要走了，泰山泰水要送一个锅盔——名儿称作"胡联"——将全部手段施在上边：画鱼虫花鸟图案，涂红绿蓝黄颜色，一直送着从石板街道上哐嗒哐嗒走进苞谷地中的小路，落一身飘动的苞谷花粉。更有那些孩子编出各式各样的竹皮笼子，将蝈蝈装在里边，屋檐下也挂，窗棂上也挂，中午太阳一照，一只狗扑着将竹皮笼子一撞，一家的蝈蝈叫了，一街两行的蝈蝈就叫得没完没了。

七

大凡世上，锦上便容易添花，第五天里，陕西洛南县来了一个串乡的木偶戏班，叮叮咣咣在街口那边的大场里演出。三个晚上，都演的是《彦贵卖水》。门门看着，心里就热起来，拿眼睛在人窝里扫描，但终没有看见小月。他退出来，就立即到小月家去。月光下，王和尚正在门前的一台碾盘上修理石磙子拨枊，见门门往院里一探一探的，问他干啥？门门慌心慌口应道：

"大伯，我来借借桶，去卖卖水去。"

把担水说成了"卖水"，脑子里还是彦贵的事。说完，就吐了舌头。王和尚耳朵背，倒没听出这个字眼来，说：

"桶在门后，你自个儿取吧。"

他走进去，蹑脚儿到小月的房子一看，门上搭了锁，心里暗暗叫苦，心想：她人呢？要是她也看了皮影，他一定要问"咱村里的彦贵是谁？"门门空落落走出来，对王和尚说：

"大伯，家里就你一个人？"

"可不就我一个人。"

"没去看皮影啊？"

"我修修这拨枒，苞谷一收，就用得着这碾子碾嫩颗儿做粑粑吃了！"

门门快快地走了。王和尚见他并未拿水桶，心里疑惑了半天：这小子怎么心神不定的？今秋里多亏了他，但他确实也挣了不少的租用钱——功过相抵，到底是个不安分的刺头儿。

小月这夜里其实也在木偶戏台下，她来得迟，前边没了地方，就一个人爬到场边的一个麦秸垛上去看。麦秸垛上看得不十分清楚，但东来西去的风特别凉快。戏台上边，木偶儿彦贵和小姐在花园里，一个弓腰作拜，一个蹲身行揖，卿卿我我不能分开，她思想就抛锚了。一下午，她本是早早要拿凳子来占地方的，才才娘来到她家，又提起媒人的事情，小月虽然恨才才不出头露面，但也点头应允了这事，说："成就成，不成就不成，何必要找个媒人呢？又不是我家要财礼，开不了口，需得有人从中调和不成？"小月的态度虽不能使王和尚和才才娘十分中意，但一场婚事终于确定下来，心里就落了一块儿石头。小月急盼着看戏，态度一表，才才娘还没有走，她就跑来了，看了一阵彦贵的花园卖水，暗自想道：戏文全是编造出来的了，这彦贵一身好力气，哪里就会这般风流？这么思想一番，就拿眼儿在人群里寻着才才。才才没有在。她又怨恨才才为什么不来呢？他要看看这戏文就好了。木偶戏还在咿咿呀呀地唱，小月不觉眼皮打涩起来，后来就迷迷糊糊瞌睡着了。

这当儿，也正是门门到她家借水桶的时间。

一觉醒来，木偶戏早已散了，人走得空空净净，月亮斜斜地挂在场外的一棵核桃树上，像一个香蕉瓣儿。小月"哎哟"一声，就从麦秸垛上溜下来，看见戏台下有一个人提着马灯在地上找着什么，走近去，原来是老秦叔。老秦叔有个怪毛病儿，每每看戏看电影，他先在家里摸摸麻将，或者喝些酒，啃两个猪蹄，蒙头睡觉，戏和电影一完毕，却要前来清理场地：翻翻这块石头，踢踢那堆尘土，觅寻有没有谁遗掉了什么东西。结果这夜一无所获，便将三块人垫屁股的方砖提了回去。

"老秦叔要发财了！"小月笑着说。

"哦，小月，你怎么还在这儿？听你爹说你和才才的事定了，这么晚是去才才家才回来？"

"老秦叔的消息好快哟！"

她扭头就走，老秦叔还在后边说：

"什么时候给叔吃喜糖呀？"

老秦叔终没有吃到喜糖，但过了十多天，却美美地吃了王和尚的一顿长寿面。王和尚自了却了几件焦心的事情，精神一直很好。古历七月二十一日，是他的生日，就早早在村里吵嚷要操办一通，才才娘就过来淘了三斗小麦，用大席在村头的地畔处晾了，又去荆紫关张屠户处定了三个猪头、六副心肺、三个肝子和八条大小肠子。

这时候，苞谷秆上都大小不等地揣了棒子，苞谷颗儿还水泡儿似的嫩，害人的獾却成群结伙地从山里下来了。这些野物夜里常常钻在地里，一糟蹋一大片。到后来，颗粒稍稍硬些，一些手脚不好的人也偷偷摸摸干出些不光彩的事来。王和尚家的苞谷长得最好，竟一个夜里丢没了十五个棒子。家家就开始在地里搭了庵棚，鸡一上架就有人坐在那里看守，沟这边，沟那边，河这边，河那边，夜夜都响着锣声，叫喊："过来了！过来了！"獾就被火枪打死过几只，而小偷虽没有抓住，但那跑丢在地里的一只破胶鞋被高高挑在街口的树上，让人查证。

才才第一个在两家地头搭了庵棚，夜夜跑着看守。岳父的生日越来越近，他又想不出该给操办些什么寿礼，去请教过老秦叔，老秦叔趁机推销了他货摊上的二斤白酒、两包点心、一顶火车头丝绒帽子、一双毡毛窝窝棉鞋，最后又想出了一个绝妙的寿礼：包一场电影，让全村人都去看，一是让岳父在全村人面前体面体面，二是公开了和小月的婚事。才才就花了四十元，去荆紫关请了河南一个公社的放映队。

消息传开来，人人都觉得新奇，交口称好。山窝子里看一场电影不容易，七月二十一日，从下午起，丹江河那边的人家逮住风声也赶过来看电影，小月的渡船就撑了一趟又一趟，心里也高兴才才办了一次漂亮事。

这一天，她穿戴得十分出众：上身穿一件隐花的确良圆领短衫，只显得脖子特别长，又特别白嫩，下身是一条月白柞丝绸裤，有棱有线儿，脚上的鞋也换了，是一双空前绝后的白色塑料凉鞋。"男要俏，一身皂，女要俏，一身孝"，她一站在船上悠悠地过来，岸边的人就都直了眼光。

"这就是才才的那一位吗？这妮子吃的也是五谷，喝的也是丹江河水，怎么出养得这般好人才！"

"才才那个黑瘦鬼，又没有多少钱，嘴拙得没个来回话，倒能有这么大的艳福？"

"听说是她爹的一个好劳力。"

"哦，他能守得住吗？"

"守不住你去行吗？世上的事就是这样：一个哭的，搭一个笑的，一个丑的，配一个俏的，哪儿就有十全十美的夫妻？"

小月隐隐约约听见了，心里就骂这些人碎嘴烂舌，只当没有听见。摆渡完了，正要收船回去，却见门门懒懒散散地走了过来，也没有打口哨，也没有跳跃的脚步，见着路上有了石头，就用脚去踢，石头没动，脚却踢疼了，抱着脚丫子哭不得、笑不成地打转儿。

"门门！"她叫了一声。

门门却没有像往常一样飞快地过来，冷冷地说："有事吗？"

"你这几天到峨眉山成佛了，怎么不见你的面？天要黑了，又到哪儿喝酒去？"

门门的红卫服的口袋里，果真一边揣了一个酒瓶，当时闪了一下笑，说：

"到荆紫关去，听说那边供销社收购桐籽，我去问问，如果收购的话，我明日沿河进山去，山里的桐籽是四角一斤，供销社是五角一斤哩。"

小月板了脸说：

"改日去吧，今夜里有电影哩。"

"看不看无所谓。"

"什么有所谓？钱就看得那么金贵！"

"钱算个屁哩！钱是为人服务的，要是让钱支配了人，那活着还有什么意思？去运桐籽，全是为着畅快散心哩。"

"那看电影就是受罪啦？"

门门看着小月，鼓圆圆的腮帮子一下子瘪了。

"那是你家包的电影……"

"是在我家炕头演了？全村人都去看，嫌没给你发一个请帖吗？"

"小月姐，你眼里还看得起请我？"

61

"请你，就请你！"

"是你请，还是别人请我？"

"我请！"

门门跟着小月往回去。小月发觉门门的脸色一直阴着，话也是问一句答一言，就说：

"门门，你得什么病了？"

"没有。"

"那你给我黑着脸干啥，我欠你的账了吗？"

门门停住了脚步，突然说：

"你真的要跟了才才吗？"

"嗯。"

"是你心里愿意的？"

"嗯。"

"……祝贺你。"

"你这是什么意思？"

"没什么意思，我门门还能有什么呢？"

小月却嘎地爆发了笑。

"你碎仔儿肚里有几根曲曲肠子，我小月看得清清楚楚的。你说，你是不是在嫉恨才才？！"

"我？不是我嫉恨他，是他要嫉恨我了。"

"他敢？！"小月说，一脸的正经，"你要是好的，你应该高高兴兴看今晚的电影，你要不看，往后你就别叫我小月姐，我也认不得你是谁了！"

"小月姐，你真的还待我好？"

"你晚上去不去？我在大场上等着你。"

"我去。"

但是，吃罢长寿面，当门门拿着凳子靠近小月在大场上正等着看电影的时候，才才来找小月了。才才还是那一身旧衣服，门门却穿着一身皂色新衣，气态风流，咄咄逼人，偏在人窝里，并肩站着和才才大声说话。人们都拿眼睛看他们，评头论足，才才就自惭形秽，一时手脚没处放，眼睛没处看，越发萎萎缩缩。门门却更加落落大方，很响地笑，将带有锡纸的烟天女散花似的发给周围的人，说："吸吧，吸吧，咱是无妻无子无牵连，有吃有穿有纸烟！"小月也一直看着他笑，眼睛溢彩，羡慕他的风度。但看着看着，就看出味儿不对：他门门是在晾才才了，故意在和才才相比给她看吗？给村里人看吗？火气便冲上来，说：

"门门，给我一支烟！"

"你也吸？哎哟，散完了。"

"怎么不吸？你今天不是显亮排场了吗？怎么只带了一盒烟？！"

门门当场僵住了。小月却掉过头去，兀自和才才说话，一边拿蒲扇给才才扇着："你找我有事？""大伯说今夜放电影，人杂乱，叫咱们到地里看苞谷哩。""噢，走吧。"两个人站起来，一块儿往外走，再没有回头看一下门门。

到了苞谷地，才才就在地的四周查看起来，一边查看，一边敲着小铜锣，故意叫些"喂——喂——"的怪声。小月坐在了地头的庵棚里。这庵棚是用桠棍儿搭的，上面盖了草帘，离地三尺，棚里的面积方方不到三米，可以拿眼睛一直看到地的每一个角。这夜没有月亮。也没有星星，天阴得很实。小月晚饭吃得饱了些，刚才又生了些闷气，肚子就不舒服起来，开始不停地打嗝儿，每打一次，身子就跳一下，只好捂了嘴，用鼻子做深呼吸。才才查看了一圈回来，忙叫小月吃些什么东西，嗝儿就压住了。小月说："在地里吃啥，把你吃了？"才才就立在地上发急，蓦地去拔了几个没长棒子的苞谷甜秆子给小月啃，果然啃过一节就好了。小月就让才才也到架子上坐，才才扭扭捏捏不上去。

"今晚把门门得罪了。"她突然又想起了门门。

"得罪他什么？"

"我让人家来看电影的，陪着刚坐下，就闪下人家走了。"

"陪他？"

"他心里不好受呢。"

"谁偷他东西啦？"

"你把他魂儿偷走了。你知道不，这一二年里，他一直在爱着我哩，现在见咱们订了婚，他一肚子委屈，又说不出来……"

"流氓！"

"怎么那样说话？人家爱是人家的事，也不是什么过错。"

小月不高兴起来，才才就不言语了。两个人一个在上坐着，一个在下站着，默默陷入了沉静。村子里，电影早已开映了，传来热闹的插曲。

"上来坐着吧。"

"我不困。"

"叫你上来就上来！"

才才爬了上去，黑暗里坐在小月的身旁，他生怕不小心挨着了小月，一坐下就一动不动；小月听见他气出得很粗，很短促，心里骂道：真老实得可怜！忍不住"噗"地笑了。

"你笑啥？"

"这一夜坐着够难熬的。"

"你没熬惯。"

"天真黑，后半夜怕要下雨了。"

"再下一场雨就好了，苞谷颗就全饱了，种麦也有了墒。"

"什么在响？"

"苞谷拔节呢。咱这苞谷，十拿九稳丰产了，伯还嫌我种得密，现在就看出密的好处了。"

"一说到庄稼你口齿就利了，再没有别的话说吗？"

"我不会编故事。"

"你就不如门门。"

小月嘟哝了一句。想到自己要和才才过一辈子，不免叹了一口气。她又想起门门是不是还在大场上看电影，或许早也走了，一个人在家里喝酒。他有一斤的酒量，却从来没见醉过，一觉得有些多，就拿指头在喉咙一抠，哇哇地全吐出来。想着想着，她觉得发困起来，连打了几个哈欠。

"你用草草捅捅鼻子，打几个喷嚏就好了。"

"你给我掐个草叶吧。"

才才在地上掐了个草叶，爬上来递给小月，因为距离远，小月接不着，他只好将身子挪过去，感觉到了她那热乎乎的肉体。突然远处一声狗咬，才才叫声"有人来了！"忽地跳下庵棚架，几步跑到一边，又放慢脚步去查看动静了。

那狗咬声很快从地头传过，慢慢远去了，才才知道那又是不要脸的游狗在做勾当。等四个角落转过一遍回来，小月却靠在庵棚架子床头睡着了，"咝儿咝儿"响着细微的鼾声。他第一次这么真切地听到了女孩家的鼾声，心里就忽忽地发热，放大了胆走近去，看不清她的动人的眉脸，只闻到了一种淡淡的粉的香味和一股女孩家身上才有的肉体和微汗的混合香味。

"她是太累了。"才才心疼着，不敢叫醒她，又怕风夜里睡着要感冒；不愿意离她太远，又怕她突然醒了看见自己站得这么近而又起反感。如此矛盾了好长时间，就顺着那庵棚柱儿蹲下来，一明一灭地吸起烟来。一直到了露水上来的时候，村子里早没了电影的声响，他看看天，天阴得更沉了，远远的谁家的鸡细声细气地叫了一阵。才才站起来，突然想起老秦家后院墙根有一树葡萄，今年结得正繁，这仙物可以解瞌睡，就轻着脚步跑回小街去了。

第一次做贼，心里慌得厉害，总觉得身后有人。"只摘一串，我不吃，我一颗也不吃。"他为自己解脱着，就爬上了老秦家的后院墙，窸窸窣窣摘下一串，用牙咬了把儿，跳下来。就在身子落地的时候，一块儿石头正好垫在他的腿下，用手摸摸，膝盖上湿腻腻的，一跛一瘸跑回来。这时候，天开始下起雨星来，苞谷地里一片"唰唰"乱响，小月已经醒了。

"你到哪儿去了？"小月问。

"天亮前这阵难熬，我给你摘了串葡萄。你吃吃，脑子就清了。"

"给我摘的？"

小月吃下一颗，酸得直吐舌头，连吃下几颗，瞌睡当真没有了。

"下雨了？"

"下雨了。"

雨越下越大，又起了风，庵子被摇晃着，发出吱吱的响声，顶上的草帘不时被风揭起半角，风雨忽地进来。小月忙躲在庵子里边，喊才才快进来，才才却用手紧拉着草帘不肯进去，小月一把扯他过去了。两个人身子挨着身子，风雨使他们只有挨着身子站着的地方，两个人同时感觉到对方浑身在索索直抖。

"你冷？"

"是冷。"

但他们的头上却都发热，越是觉得热，身上越是索索地抖，小月的脸却烫得厉害，一种少女的害怕的羞涩和巨大的惊喜使她说话也发着颤音。

"你淋着雨了？"

"没没没没淋。"

不知怎么，小月的身子发软起来，几乎不能支持，她需要一种力量，需要一种依靠，身子更紧地靠近了才才。这时，她又觉得只有强壮的男子才是最好的依靠。庵棚外的雨"哗哗哗"地下着。两人都没有说一句话，小月希望着有一颗炸弹，突然地将她粉碎在空中，但这颗炸弹终没有引爆，十分钟，二十分钟，三十分钟……她头顶上的热量慢慢冷却下来，睁开眼睛，才才却双手像是被绳捆住了一般木呆呆地站在那里，已经麻木了。

王和尚看完电影，回去喝了半瓶子白干，睡了一个十多年来最趁心的觉，五更天里被雨声惊起，忙提了马灯来给小月和才才送蓑衣、雨帽，一走到庵棚口，看见了庵棚里的小月和才才，一口便吹灭了马灯。

八

王和尚看见了小月和才才在庵棚里的事，心里就有些犯忌讳，害怕两个人年纪还小，不能到扯结婚证的时候，万一有了什么下场，就会要丢掉人经八辈的脸面。便在家当着小月和才才的面，指桑骂槐地警告了几次。同时，对待才才，更是如同自己亲生儿子一样使唤，要训就训，要骂便骂，才才只是猫儿似的百依百顺。这样一来，小月一见到才才，也都脸烧得似一张红布。有好几次，才才一进屋，见王和尚不在，扭头就走，小月喊也喊不住，气得等他再来的时候，她也就不理睬他。一来二往地报复，两人关系刚刚好些，又生分了。小月一肚子委屈和气恼，想给爹说说，又开不了口，便一个人到娘坟上哭了一场。

收罢秋，苞谷棒子果然比往年多倒了几大堆，剥了些颗粒晒了，又结了四个苞谷串子吊在屋梁上。王和尚每每一进门，就瞅着那苞谷棒串子发笑。才才家没有养牛，也没买牛的打算，便将所有的苞谷秆都给了岳丈，王和尚门前的几棵柿树上，就都盘起了秆禾垛，站在小街口的石板路上，抬头看去，就像是几座炮楼。而那些未盘起垛的苞谷秆、谷秆、棉花秆，则在门前的巷道里塞得到处都是。门门新买了一辆自行车，一骑到这地方，就倒了，连人带车子滚在柴窝里，爬起来，虽然不疼，却呻吟声大，扬手就要扔一个苞谷棒芯子到那墙角的梧桐树上，惊得那窠里的喜鹊喳喳乱叫。小月跑出来，他却一骑车子就走。小月叫一声，不回答，气得就唾一口。转身进门的时候，心里却不免一阵空慌，对着爹发些莫名其妙的脾气。

王和尚并不介意自己女儿；自己养的狗，自己知道咬人不咬人。出门在外，还是要夸说小月和才才的好话。使他在人面前说不起话的，依然还是那头老牛。地里收拾净后，别人家三天就把地犁完了，王和尚犁过一天，牛就累得躺下了。他也不愿意去向有牛的人家去借，便抡镢头挖，也活该是哪壶不开提哪壶，家里的麦面也瓮底儿朝天，麦子淘出来，牛却上不了磨道。王和尚就白日挖地，夜里和小月、才才抱着磨棍推石磨。走一圈，又一圈，磨道里的脚印一层一层，不知转了有几十里的路程。三根磨根，是钟表的时针、分针、秒针，一夜一夜搅碎了时间。

"爹，咱这是何苦呢？"小月一抽磨棍，丢在地上，说，"白日黑夜连轴转，麦种到地里，人怕也就不行了。"

王和尚拿眼瞪着小月，但毕竟自己上了年纪，腰疼得直不起，石磨推上一阵，就要坐下来吃一袋烟，于是坐下来，说：

"做农民就是下苦的嘛，你说咋办呢？"

"把牛卖了，掏钱让代耕。门门没有牛，麦却早种进地了。"

在这山窝子的小街上，门门的经营，影响了好多人家，先是老秦家婆娘做小本买卖，大到家具锅盆，小到线头顶针，逢集到荆紫关摆摊，老秦又挑猪阉狗地整日不落屋，但两口子都是小鼻小眼的货色，认钱不认人，有的是滋润日月，缺的是本分人缘。门门则是典型的河南人性格：钱来如急雨，钱去似狂风；吃得大苦，享得大乐。人面前消息又最灵通，衣着穿戴又多时兴，人人背地里常常骂他，有些事却不得不去求他，他仗义疏财，浪荡得倒让人可爱。而就在才才家隔壁，也出了一个人物，姓毛叫二混的，他没有老秦家的灵活，也缺乏门门的痛快，先是同才才一样，老实巴交种庄稼，但后来就养了三头牛，平日专供犁地推磨，别人借用一晌，掏一晌工钱，日子过得虽不是大富大贵，却人不欠我，我不欠人，挣得一个正经农民的声誉。小月说的代耕的事，就是指这姓毛的湖北人。

"亏你说得出来！"王和尚不听还罢了，一听撞了自己的心病。对于毛家，他是最眼红的：一样的农民，人家竟能养了三头牛，咱一头倒养得风一吹就倒，早被旁人耻笑了。如今怎么红口白牙地去央求人家？

小月说：

"不行就是不行，充那个面子干啥？"

王和尚说：

"怎么个不行？谁家不把牛当一口人待着？你平日出什么力，操什么心了？这牛谁也别想卖，我就不信它不是头好牛！"

"好吧，好吧，我也盼着你靠这头牛发家啊！"

毫无办法，在这个家里，爹是决定政策的，小月能把他怎样呢？推完了磨子，又跟爹好歹挖完了地，白天一到船上，抱着竹篙就直打盹，竟产生过这么一个念头："什么时候结婚呢？结了婚，爹就管不上我了！"

她把一切希望都寄托在才才的身上了。

才才的地还没有挖完。他娘早年患过哮喘病，天一凉就犯，大热天里，夜夜睡觉还穿着一个夹层兜肚，自然帮不了他多少忙。他又心重，地挖得一定要一尺多深，石子一一捡净，菅草一根不漏，别人都下种到地了，他才四处跑动换着新的品种。已经有好多天，小月还没有见到他。

门门还是每天骑着车子从小月家门外走过，摇着车铃打惊喜鹊，接连好多日子不理小月。小月越是恨他，他的影子越是占据在她的心上，后来竟不是他到她的门外去，而是小月到他的窗外转悠。这时候，他就常趴在后窗台上，将米粒撒在那里，等着山坡上下来的雀儿来啄，样子是十二分的颓废。小月的眼睛就红红的，有些潮湿，觉得他太孤单，太可怜了。

这一天，小月坐在街后的桑葚树下，远远地看着门门在那儿用米逗雀儿，便叫着他的名字：

"门门，你不能折磨你呀！你怎么不到我们家去玩呢？我们真的得罪你了吗？"

"哪能呢？"门门绽着笑，"我是病了，谁家也懒得去了。"

小月吓了一跳，走近窗台，窗台上的雀儿轰地飞了。门门的脸确实灰黄黄的。她将那桑葚树狠劲儿摇摇，落下一层紫黑的桑葚，用手帕包了递上去。

"什么病？"

"脚手发热，夜里老出盗汗。"

"你怎么不去让医生看看？"

"小月姐，这病全是为你害的呢！"

他说完，就闭上了眼睛，默默地不再言语，小月呆呆地看着天，天昏昏的，是一个偌大的空白，那些馋嘴的雀儿在屋檐下的电线上叽叽喳喳窥视着窗台上的碎米。

从那以后，门门又是以前的门门了，三天两头就到船上和小月聊天。小月也不拒他，竟蛮有兴趣地让门门在河边的石头下捉来螃蟹在锅里蒸了，教他怎么吃蟹钳里的肉和那黄黄一点的蟹黄儿。门门自出钱让老毛家代耕了地，将一袋化肥、二升麦种撒在地里后，就再不去经营了，一连两次去丹江河上游的山里收运了八十麻袋桐籽，挣得一叠票子，便在家里大碗喝酒，大块吃肉，将收音机音量开到极限听河南坠子。到了月底的二十七日，在渡口上对小月说：

"小月姐，你和我能去见见陆老师吗？"

陆老师在荆紫关的学校当过小月和门门的语文教师。

"毕业后我还未去过学校呢，你找他有什么事吗？"

"听说陆老师要到丹江口市出差，我想同他一块儿去，顺便撑个排，运些桐籽，把他捎上，待上十天半月，坐汽车再从河南绕道回来。"

"那划得来吗？一排桐籽能卖多少钱？不够你去丹江口市浪逛的车票！"

"哪儿倒图了钱了？钱我不缺，咱只求去开开眼界，钱能挣得完吗？你也去吧，伙食路费我全包了！"

小月瘪瘪嘴，笑着说：

"你寻着要和才才打架呀？"

"不给他说，或许三五天就逛回来了。"

"好呀，门门，你要我和你私奔啊？！"

两个人都哈哈笑起来。门门见小月喜欢，就轻狂了：

"才才对你好吗？"

"没什么好。"小月说，"也没什么不好。"

"那……你让我捎买什么东西吗？"

"没什么好买的。"

门门坐着小月的船到荆紫关那边去了。

送走了门门，小月正横了船，取出一本爱情小说刚刚看过三页，老秦家的小儿子风风火火跑来报信：才才和隔壁的毛家打了架，两方都头破血流，爹让她立时三刻回去。

小月"啊"地叫了一声，脸吓得煞白。才才是老实透顶的人，长这么大，还从未和人红过脸，怎么就会和毛家打到这么个地步？一到才才家，小街的石板路上，人都拥在那里看热闹。武斗已经结束，各家被街坊拉进各自土炕上包扎，但爹和才才娘正高一声低一声朝着隔壁的门楼交替嘶骂。才才满头是血，伤口上敷了棉花烧成的灰，一见了她，倒委屈似的"哇"地哭了。

问起头头绪绪，原来中午才才换了麦种回来播撒，发现连畔的毛家已在地畔中的犁沟界里种了麦，当下找了一条绳拉拉，将那犁沟界重新挖开。双方以此争吵起来，大打出手。才才力大过人，毛家儿女众多，武斗结果，两虎俱伤，谁也未吃了亏，谁也未占了便宜。

"我当是什么事，就为了一个犁沟界打得这样？"小月倒埋怨起才才来。

才才说：

"这犁沟是两家的，他不能把我的地也种了去呀！"

王和尚和才才娘走进来，手拍得叭叭响，嚷道不能咽了这口恶气，若你松了门缝，他进来一只脚，就要进来一条腿呢。

"小月，咱总不能让人这么欺负呀！找队长评理，队长是稀泥抹光墙，让在地界上筑了一道石头，但这就算一场事完了！"

"那还能再打一仗不成！"小月说。

"咱往大队、公社打官司，小月，你文化深，你给咱写状子！"

小月说：

"算了，算了，地界上反正筑了石头，说到天撂到地，就是那么大件事嘛……"

才才说：

"这哪是小事？咱当农民，靠的是地活命哩，地让人家侵占了，还是小事？"

小月说：

"你要告，你去写状子，我没那个心思。街上那么多人看热闹，不怕人笑话！"

王和尚倒骂开了：

"放你娘的屁，怕什么笑话？平日里，你百事不理不睬，到了这一步，你倒还要吃里屙外了！"

看热闹的人都拥在门口，趴在窗子上，喊喊喳喳地议论。小月受不了这种窝囊气，眼里噙着泪水跑出去了。她重新到了船上，放开声哭了一通。她真恨才才，今日竟会对她发那么大的火，一掌宽的一个犁沟没拉直，就好像剜了他的心，竟当着两个老人和全村人，伤她的脸面！

"我王小月的价值都不如一个犁沟吗？"

她抬起泪眼看见河对岸的荆紫关街口上，门门和陆老师正比比画画说着什么，她大声喊了一句："门门。"但是门门没有听见，她要再喊，说她也想到丹江口市去呀，脖子一软，却再也喊不出来，趴在船上哽咽得更厉害了。

九

青春少女的心是最顶不住一点点的打击的，小月受了一场气后，情绪一连半月也缓不过来。天明出门，天黑回家，终没有一个笑脸；一到渡口，就把那船撑得飞快。王和尚和才才整日找大队、公社的领导，最后还是没个结果。先是村子里都同情才才，到后来也觉得有些太那个了，便喊喊喳喳地说起了不是来。才才也慢慢后悔了，每次到王和尚家，说些讨好的话给小月，小月还是不理。两家的日子都过得没盐没醋似的寡味儿。

这天傍晚，小月无精打采地收了最后一趟摆渡，照例没有立即回去，一个人坐在沙滩上听那鸽子热闹。十多天来，她感到很孤独寂寞，但又不愿意谁来打扰她——孤独寂寞倒可以使她更好地观察和思索一些事了。一直坐到月亮清幽幽地出来，照出沙滩一片光亮。

河里有了哗哗的响声，却怎么也看不清楚。"谁在过河了？"小月这么想着，那水声越来越大，就有一个人光着身子，头顶着衣服和提包，从水里蹚上了沙滩。

"门门！"她突然叫了一声。

果然是门门。他刚从丹江口市回来，叫着"小月姐"就跑过来。

"混账！还不快穿了衣服？"

门门才醒悟了自己的狼狈，忙又扭头跑去，在一块儿大石后穿好了衣服。过来时只是嘿嘿发笑，激动得说不出话来。

"你是在这儿等我吗？"

"谁等你了！"

"那怎么这样巧！我还以为你早回去了，就踩着水过来，岸那边还有一个提兜哩。"

小月就把船从树上解下缆绳，推出一片芦苇丛，两个人坐了去取提兜。船返回河心，水雾漫得很快，河东岸的荆紫关和河西岸的小街，蒙蒙地虚幻了轮廓。门门见四下无人，就从提兜里掏出一件衣服来让小月看。这是一件白色尼龙高领衫，前胸上还绣有一朵玫瑰红花。她连声叫着漂亮。

"小月姐，你快穿上试试，这是我特意给你买的呢。"

"给我？你不知给哪个女子买的了，拿来给我耀眼吗？"

"真的给你买的。"门门倒急了，"我要是说谎，叫我变成河里的王八！"

小月就白了他一眼，说：

"这是洋玩意儿，我穿上不配了。"

门门说：

"你要不穿，谁还能穿呢？丹江口市的女子们都穿着这个，她们哪儿就比你好看了？"

"多少钱？"

"便宜得很。"

"我可没钱呢。"

"我不收钱，是我送的。"

小月便把衬衫丢在门门怀里了。

"我不要！"

"你是看不起人吗？为了买这衣服，我整整一天转了大小二十几个商店，你倒这么冷落人！你怕才才打你吗？我又没有什么邪心眼，再说，一件衣服就碍了什么事了，你就那么害怕呀？！"

小月被这么一抢白，倒"扑哧"笑了，一指头点在门门额上，骂道：

"小油皮子，我倒服了你这一张嘴了！到底多少钱？"

"你真要气疯我吗？小月姐，我出出进进，哪一回坐船你收过钱了？权当是我还给你的船钱。"

"好吧，只要这船不烂，你碎仔儿门门就是这船的一半主人！"

门门见收了衣服，千感激，万感激，喜欢得不得了，又滔滔不绝讲起了丹江口市的高楼、大街、电车、高跟鞋、筒裙……一边说，一边舌头就咂得啧啧响。末了突然叫道：

"还有更好的东西哩，包你喜欢！"

"什么新玩意儿？"

"烟灯。"

"烟灯？"

"对，放烟灯有意思极了，我在丹江口市郊那里学来的，点着一放，心就随着灯一块儿上天去了！"

"那你今晚放放。"

"我来不及做了，中秋夜里怎么样？"

小月将那高领尼龙衣拿回家，才才来看见了，问是哪儿买的，她本想直说了真情，却口一改，说：

"荆紫关商店买的。"

"荆紫关进了这等洋货？高领，你能穿吗？村里人怕要指点你了。"

这话使小月不舒服，心里说：我为什么不能穿？这衣服做下就是让人穿的，我比别人缺什么，短什么？她对自己的长相一直是十分自信的。门门跑的地方多，见的城里的女子也多，他说她好看，穿上这衣服更好看，那是可靠的。才才连山窝也没走出过，他还不知道她小月是怎么个好处哩。

她又想：哼，门门和我没亲没故，倒有心给我买了衣服，你才才算是我的未婚丈夫，你只是讨好着我爹，种地养牛，可给我买过一个手帕吗？我王小月不是见钱眼开的小财迷，可你的心呢？

她恨恨地对才才说：

"我怎么不能穿？谁规定农民就只能穿烂的？我偏要穿哩！"

第二天，小月就把尼龙衣穿上了，又头上梳得光亮，鞋袜换得崭新，一时轰动了整个山窝。一些小伙们背过她说：吓，这小月不收拾就好看，一收拾简直是画儿上走下来的！他们有事无事，就到河里来，坐一趟船过去，又坐一趟船过来，心猿意马的。小月偏要在他们面前走动，逗拨着一副副憨痴呆傻的样子取笑，但稍一发觉他们要越过尺度了，便连讥带骂，将他们的一颗颗火熊熊的心用冷水一尽儿浇灭。

只有门门走来了，他给她笑笑，她也给他笑笑，小月拿过他的墨镜戴上，门门就遗憾他没有个照相机。

转眼到了八月十五，不到天黑，王和尚就扫了屋里门外，将小桌摆在院里，放了酒、肉、月饼、葡萄、梨儿、枣子，请才才和他娘来过节。两个老人想趁夜里吃顿团圆饭，使才才和小月关系融洽。

月亮款款地往上升，爬过了梧桐树梢。甜酒刚刚吃过三巡，门门"咿呀"推门进来。王和尚对门门这个时候的到来心里老大地不高兴，但还是留着门门喝了一杯酒，说：

"这多少天了不见你的影子，又到哪儿去了？"

门门抹着嘴，倒给王和尚递上了一根烟，说：

"伯还惦记着我哩？我去丹江河上游商君县贩运了一批龙须草。"

"你小子静静在家待不上十天八天的。"

"我是不安分，要不，你怎么就看中才才啦？"

一边拿眼睛乜斜小月。小月没好气地哼了一声。

王和尚又说：

"这一趟又赚了大钱了？"

"别提啦，这次折了大本了！"

"赔了？"王和尚愣了一下，接着又嘿嘿地笑起来了，"门门，你愿意听不愿意听，伯要给你说一句话：你一个人过日子，把那几亩地种好，好歹找个媳妇，也是一家滋润的光景哩，何必总担那些风险呢？秋里抗旱时那场事，多邪乎的，你怕又忘了呢！"

门门倒笑了，说：

"伯说得也对，我也想学学才才，学不会嘛！"

小月说：

"你别作践人了，才才要有你一半本事就好了。"

王和尚倒瞪了小月一眼，说：

"啥话你都能说出口，那是你说的话吗？我看才才还是靠得住，人活名，树活皮，村里人谁不说才才的好，大队支书正培养才才入党呢，你还不仅仅是个团员。"

王和尚训着小月，话里却对着门门。门门就说：

"小月姐倒比我强多了，可怜我连个团员都不是哩。才才，来，我敬你一杯！前几天我才知道是你帮我收拾了地里的草，如果上边要选举活雷锋，我保险第一个给你投票哩！"

才才倒不好意思起来。小月暗中捅了他一下，他才举了酒盅和门门碰了一下对喝了。

门门就说：

"今夜难得这个口福，喝了你们的酒，小月姐，你不是要看放烟灯吗？我去放放，也让你们快活快活。"

王和尚说：

"放什么烟灯？门扇高的人了，还干小孩子们的玩意儿！夜里我要给他们说些话哩。"

门门当下脸色阴下来。小月给他丢了个眼色，门门便搔着头怏怏地出门走了。

王和尚就和才才娘说了一通人经几辈流传下来的话：不成亲是两家，成了亲是一家；儿是什么，女是什么，手心手背都是肉；两家都苦命，孩子都是守着寡拉扯长大的，如今就要好好相处，等家境宽余了，热热闹闹办一场喜事，为两家大人争口气。接着，王和尚就数说小月的任性，才才娘就埋怨才才的不会说话。才才不知怎么就哭起来，说是想起了小时老人受的恓惶，现在地分了，他就要舍一身力气，孝敬老人呀。小月一直没有言语，思想里老想着放烟灯的事，只苦于找不到脱身的机会。看见才才哭起来，倒觉得才才真个没出息，在亲生老人面前，用得着这么像对老师做检讨一样的举动吗？

院外几个孩子锐声地叫着小月，说是河岸立了好多人，要过来的，要过去的，喊叫渡船哩。小月就站起来要走，爹只好叮咛说：

"快去快回来！"

一到街道上，家家老少都在门前桌旁坐了，指着月亮说长论短，这一桌和那一桌，互相敬着酒，孩子们却满街乱跑，大呼小叫。小月向每一个桌子问好，每一个桌子，都有人站起来让她尝尝点心。刚刚走到弯柳下的界碑石边，门门从树后闪出来，手里拿着烟灯说：

"你们家开什么会了，那么严肃？"

"你怎么没有去放？"

"我等着你呀！等得急了，才让这些孩子骗你出来的。"

"我知道是你的鬼把戏！"

孩子们围着他们，嚷着要看放烟灯，听了他俩说话，一个说：

"哟，哟，你两个好！你两个好！"

门门一巴掌打在那小光头上，骂道：

"好你娘个脚！谁要喊，谁就滚回去！"

几个孩子又讨好地叫道：

"你两个不好！你两个不好！"

门门更生气了，骂道：

"去你娘的，臭嘴喊些什么？！"

　　小月只咯咯地笑着，要门门把烟灯拿到河滩去放。孩子们便蜂一般拥着他们去了。

　　河滩里，月光像泻了一层水银，清幽幽地醉心。门门让孩子们清理出一块儿平整地，就叫小月帮着，将烟灯点着。小月这才看清原来烟灯像个纸糊的瓮，里边有一根铁丝，下端系着一叠火纸剪成的圆块，蘸了煤油，放了松香。点着那火纸，烟雾和热量"嗡"地就鼓圆了纸瓮。这时，用手严严地捂了烟灯下沿，叫声"一二！"几双手一齐托起烟灯，猛地向空中一送，那烟灯就悠悠忽忽腾上空中去，越腾越高。沙滩上就是一片雀跃。

　　"这能待多长时间呢？"小月问。

　　"那火纸不烧尽，它就会一直浮着的。"

　　"真有趣。"

　　正伸着脖子看着烟灯，忽地刮起了轻风，门门叫声"糟了！"就见烟灯顺风向大崖方向飘去了。

　　门门和小月就在沙滩上跑起来。孩子们也一起要去追，门门唬住了，只许他们静静坐在这儿看着，一个也不许乱跑。孩子们只好坐下来。门门和小月从水边往前跑，小月叫道：

　　"门门，水里也有个烟灯哩！"

　　门门低头一看，果然水里有一个大圆满月，也有一个红红的烟灯。

　　"还有两个人哩！"

　　"哪里？"

　　"你往水里看。"

　　小月一看，看到的却是自己，就一石头丢过去，落在门门面前的水里，溅了他一身的水。

　　两人就一直头看着天空跑着。天上是月辉弥漫的云的空白，地上是月辉银镀的沙的空白，他们在追着红红的散发着热光和黑烟的烟灯奔跑着。

　　烟灯飘到大崖前，河湾正好在这里拐了个弯，过山风忽地又顶过来，烟灯剧烈地晃动了一下，却变了方向，又极快地向大崖这边的山坡上飘去了。两个人赶忙往坡上爬，脚下的松动的石块不断地滚落到河里，发着"哗啦""咕咚"的响声。

"小月姐，你行吗？"

"我当然行。"

爬到山坡顶上，烟灯正好向他们头顶飘来。两个人就坐在一块儿大平面石头上，一边解了扣子敞着风凉快，一边盯着空中的烟灯。小月突然说：

"门门，你这次出去真的赔了？"

"赔了，把他娘的，那龙须草子没有扎紧，到了老鸦滩，排撞在礁石上，那草捆子就哗啦全散了，漂了一河，紧捞慢捞，一半就没有了。到荆紫关集上一卖，价又跌得厉害，卖了一半，一半只倒换了几十斤全国通用粮票。"

小月说：

"我那儿有三十斤通用粮票，明日我给你吧！"

"我哪能要你的？你别看我这次赔了，要是赚上了一下子就又是几十元哩！"

"你常出门，给你就给你，我又不是耍嘴；你以为我是在巴结你吗？"

"小月姐，我怎么是那种人？"

"我爹刚才的话，你不要放心上去，他偏爱教训个人。你不知道，你一走，他就又说了一堆前朝五代的老话。我真恨我不是个男的，要不，也去风风火火干一场事哩！"

"女的怎么不能干呢？依我看，女的要能行了就比男的强得多，要不能行了，就比男子又差得远，女的是容易走两个极端的。"

"这倒有意思。那你说我呢，我是哪个极端？"

"你比我强。"

"没出息，你只会讨好儿！"

"小月姐，我盼不得叫你一块儿去干事哩，但我不敢。"

"害怕我爹和才才？"

"就你爹说的，我是担风险的人。或许事就干成了，或许又干不成。那岂不是害了别人？"

小月却说：

"干成干不成，你总是干哩嘛，单在那二三亩地里挖抓，能成龙变凤？我倒不在乎担什么风险，只要政策允许，能成多大的精就成多大的精，啥事不能干，啥事不是人干的？！哎，门门，我问你一件事，你得老实给我说……"

"什么事？"

"听说你一直在偷税漏税？"

"这谁说的？"

"老秦叔说的。前天税务局人来收他的税，他和人家争吵，说他干些小幺零碎的生意，税就收得这么多，门门尽干大宗买卖，为什么任事儿没有？"

"他满口喷粪！我哪一次不是主动缴税的？我有收据！明日我就让他看看，看他臭嘴里还能放出什么屁来！"

"这就好了，你明日在街面上和他把这事抖明，让村里人都知道知道。你知道吗，你名声不好哩。"

"这我知道。"

"你千万不要有个什么过错，别让人抓了你的把柄。"

"嗯。"

这当儿，那烟灯里的火纸快要烧尽了，慢慢往下落，往下落。小月从石板上跳起来，举着双手，"呀！呀！"兴奋得直叫。但是，又是一股风旋来，烟灯撞在了一棵柿树上，"哗"地腾起一团火光，烧着了。

两个人站在那里，再没有喊出声来，举着的手软软垂下来。

"这一股风真坏！"

"这是恶风！"

"妖风！"

两人想着词儿骂着，就坐在山坡上。小月感到十分累，心里气堵得难受。

"烧了罢了，咱有的是手艺，明日再做一个吧。"门门说，"也好，等于咱赏月来了，那月亮真好！"

"真好。"小月说。

门门回过头来，看着小月，月光下小月显得更是妖媚。

"小月姐，你真好看……"

"什么？"小月似乎没有听清。

"你穿上这尼龙衣真好看。"

"是不是要我再感激你？"

"我真要感激你哩！"

"感激我？"

"我真担心你今晚不会来了。"

"我说要来就要来的。"

小月说着，就动脚往山下走，一时又想起了她家的土院子里，还坐着爹和她未来的婆婆和丈夫。她走出一丈多远了，回头看见门门还待在那里，叫道：

"回吧。"

两个人走回渡口，孩子们还都坐在沙滩上。她打发门门领着孩子们先回村里去，独个儿看起月亮来，心里乱糟糟的。

十

门门看见小月的情绪突然变化，心里好大的疑惑。他检点着自己：什么地方得罪她了？思来想去，却得不出个所以然来。在这以后，他们又一块儿待过几次，每每情绪正高涨，但只要一看见才才，或者话题一提到才才，小月就黯然了。聪明的门门终于晓得了其中的窍隙，他暗自高兴着自己在小月心目中的位置和价值。这天，他又遇见了才才，他问起小月，才才回答说是病了，他大吃了一惊，忙问什么病。

"谁也说不清。"才才说，"这些天来，她一直神色不好，昨日一早，就睡下没起来，饭也不吃，请医生也不让请，眼圈都黑青了。"

才才说着，眼泪都流了出来。

"门门，你去看看她吧，你会说些故事，你多劝劝她，让她要吃饭啊！"

门门先看着才才的时候，眼里就射出一种忌妒和蔑视的光芒，听了才才一番话，心里却万分同情起他来了。他答应一定去劝劝，但已经到了小月家的门外，他却悄悄走开了。此时此刻，他深深感到了自己对不起才才，更对不起小月，自己的那种得意，原来竟使小月陷入了痛苦。夜里，躺在床上吸了一包烟，还是睡不着，就将收音机又开到了最大的音量，而不知不觉睡着了，致使收音机整整响了一夜，天明时就烧坏了。

小月又躺了一天，才才和他娘三晌又看望了几次，王和尚更是唉声叹气。当才才得知门门没有来过，当着小月的面责骂门门没有良心，说话不算话，小月却突然和才才吵起来：

"你让人家来劝什么？门门是我未婚夫吗？"

"我也是为了你好。"才才说。

"为我好？这就是你才才为我的好吗？"

"我劝你不听嘛。"

"你那么好的本事，我还不听你的？门门为什么不来？他不来，你为什么不去打他，揍他，让他知道你是才才？！"

"小月，你说的什么呀？我平白无故去打人家？要不是隔壁毛家占咱地界，我一生动过谁一指头？"

才才哭丧着脸对小月说，小月越发伤心了，抓过枕头向才才打去，自己便呜呜哭得没死没活了。

谁也劝说不下，小月只是个哭，哭声使两家人心乱糟糟的。

才才娘更是害怕，坐在院中的捶布石上补衣服，几次针捏不住，掉在地上。王和尚发起脾气，骂着："谁骂你了，谁打你了，你哭的是哪路道数？！"才才娘忙拉住，他只好钻进牛棚去，对着瘦骨嶙嶙的病牛，千声万声地咳嗽，身子就缩个团儿，咳不出那一口痰来。才才去关了院门，堵住了街坊四邻来看动静的孩子，木呆呆地站在院里，抱着头倒在一堆柴草窝里，眼泪从脸上滚下来了。

但是，好像神鬼作祟似的，小月哭过之后，到了下午，她却从床上起来了。再过一夜，她没有吃药，也没有打针，在自己小房里洗脸，梳头，走路虽然脚步儿不稳，却无论如何看不出有什么病了。

这突然的转变，两家人十分纳闷，又不敢问她到底是怎么回事。才才娘便回到她家去，半夜偷偷在院里烧了几张黄表。

过了五天，门门来过一次。以后总是隔好多天了才来，一来就总是先和王和尚，或者才才说话。显得极有人情世故。王和尚和才才也正眼看得起他来，说天说地，说庄稼，说米面。小月看着他们在说着话，她立即看出门门这一切都是为着应付，似乎是在完成一件什么任务，心里也便不觉地惊叹门门的善良。

"他是在消除因他而引起的这个家庭痛苦？！"她就也内疚起自己对不起他了，便拿温柔的眼光看他。才才也有些奇怪，将门门的事说给他娘，他娘忙问：

"门门一直对小月好吗？"

"这是小月说的。"

"人是捉摸不透的肉疙瘩啊，这些天里，怎么什么都乱得一塌糊涂，小月也不像以前的小月，门门也不像以前的门门。小月无缘无故哭那一场，我心里就纳闷，门门又是这样，我心里怎么就有些慌慌的？咱不可一日有害人之心，也不可一日没有防人之意，这门门长得比你好，又有钱，嘴上又能帮衬，你要给小月说说，不敢上了这种人的当呢。"

自此，才才也真的长了一个心眼，每每等门门走了，他就要说些不三不四不恭敬的话。小月指责过他的不应该。才才说：

"我对他好，你嫌我对他好了；我不理他，你又嫌我不理他了，你这是怎么个心思？"

小月也说不清自己到底是什么心思。

到了这月月底，县上分配给了公社六台电磨机指标，公社又分配给这山窝两台。小街面上的人都想买下，但有的一时拿不出钱来，有的有钱，却没人会管理，结果一台就转让给荆紫关那边的河南人了。小月鼓动爹买下另一台，爹嫌忙不过来，反倒要赔了本；小月就又动员才才，才才又说没钱，也是拿不定主意。小月就主张和门门合买，门门当下同意了，提出钱由他掏，具体由才才经营，所得盈利，二一分作五。才才拗不过小月，勉强通过。不几天里，电磨子就安装开张了。不到一月，门门果然撒手不管，而一些熟人来磨粉，才才碍着面子不好收钱，又缠住了身子，顾不得去地里干活，月底盘账，仅仅收入了十元钱。王和尚一肚子不满，说这样下去，无利有害，若机子再出个事故，就将老本全贴上了。才才便不想再与门门使用。门门倒埋怨才才不会找赚钱的门路，坐等着村里人来磨粮食，那能磨了多少？又都碍了脸面不收钱，当然要赔本了。他自个儿跑到荆紫关去，和粮站挂上了钩，订了合同：每月承包加工五千斤小麦，一千斤苞谷。先磨了一个月，果然收入不错，但才才累得不行。门门就提出招雇一个帮手，每月付人家四十元钱。才才却吐舌头了：

"我的天，咱这是要雇长工了吗？"

门门说：

"按劳取酬，咱哪儿是剥削他了？这是国家政策允许的，你怕什么呀？我到丹江口市郊区去，人家有买了拖拉机的，司机全是雇的呢。"

才才说：

"丹江口市是丹江口市，咱这儿是咱这儿呀，咱心可不敢想得太大了。"

"咱这儿怎么啦？咱这儿不是中国啦？"

才才拿不定主意，把这事说给了王和尚。王和尚当时也吓了一跳：

"吓！这门门敢情是狼托生的？怎么敢想到这一步去？！他是在外面跑得心大了，我的天，看老牛屙尿，把小牛尻子挣扯了！这么下去，人心没个底，不知要闹到什么田地？甭说政策允许不允许，就在咱这地方，财都叫你发了，村里人不把你咬着吃了，也把你孤立起来活个独人。不该咱吃的咱不要吃，不该咱喝的咱不要喝，咱堂堂正正的人，可不敢坏了名声！我当初就不同意这事，门门是咱能靠住的人吗？他执意要这样，让他干去，咱一步一个脚印子要踏稳实。咳咳，这门门不得了，他小子是没吃过亏呢！"

才才听了王和尚的话，越发胆怯了，便打乱了门门的计划：不但坚决不雇用帮工，而且将粮站的合同缩减到一半。

谁知道这样一来，粮站竟辞退了全部的合同，和荆紫关上另一家有电磨机的河南人挂了钩。门门四处活动，提着烟酒，又摆了几桌饭菜，重新去交涉、订合同，结果花销了四五十元，仍毫无效果，一气之下，他和才才红着脸大吵了一顿。合作不成了，小月气得哭了一场，去给门门说好话，门门说：

"算了，我和才才合不来呢。"

"叫你们合作，就是想让你承携他哩嘛！"

门门说：

"小月姐，我哪儿敢要承携他哩？挣钱多少，我倒无所谓，可他老防着我，总害怕我把他引坏了，我何必让人家受这种折磨呢？我们门门也不是见崖就跳的人，我是胡来吗？这么大个村子，为什么只有我门门一个人订了

《人民日报》，我就害怕我走错路，可我哪一点犯了政策了，我竟让人这么猜疑我？！"

门门说着，眼里竟有了泪水。

小月再不劝说门门了，倒凶狠狠地说：

"门门，就照你的主意来，散伙好了！有箍盆子箍碗的，没有箍人的，才才不听我的，我也算把心尽到了。你自个儿去闯荡你的吧！"

结果，电磨机就转卖给了老秦。老秦并未安装，却转手出卖给了外公社一个人，从中净落了六十元钱。门门和才才也各自怨恨，裂痕越发加大，从此更没有了共同语言。

这时期，汇居在这条石板铺成的小街面上的三省社员，以各自大队的名义出面，联合召开了几次会议，针对夏季受旱的教训，决定要联合修复山窝后的水渠和渡槽。因为地分到户，便要求各家一起筹款，一起出劳力。才才和王和尚就作为第一批劳力到十里外的工地上去了。

小月留在家里，整日在渡口上忙活，吃饭的时候才回去胡乱地凑合。那头病牛，苦得才才娘一天几次过来添料饮水，拌草垫圈。

这一天，雨下得很大，小月收了船，在家里歪到炕上看书。门门来了。坐在炕沿上对她说：

"小月姐，有件事我想请你出主意哩。"

小月倒笑了，说：

"请我出主意？你真会说话！"

门门说：

"真的，小月姐，我心里可乱成一团糟了。我本来不想来找你……"

"我是老虎唔，你还吓得敢找我？"

"这叫我怎么说呢？我真恨不得变成一只喜鹊，也住在那梧桐树上，天天能看着你，可……"

"怕才才？"

"我不怕他，我怕你。"

"怕我，我啥时恶过你了？"

"我怕你再得病……"

小月顿时心"咚咚"跳起来。

"贫嘴!"

她说过这么一句，却低了头，连气儿都出得细了。

"门门，到底是什么事呢？"

"是这样的，老秦叔昨日对我说，他有一个外甥女，蛮不错的，要给我介绍。你说怎么办呢？"

小月似乎吃了一惊。在这一刻钟之前，她从来没有想过门门会有一天要订婚的！她看着门门，闭合了眼睛，心里想：是的，门门要订婚了，他真的要订婚了，在他面前，有多少姑娘在准备着抢走他了！今后，都有了家，更不能常在一起说话了。

但她却很快冷静下来，看不出一点意外的表情，说：

"这是你的事，你拿主意吧。"

"我不大愿意。"

"不愿意？"

"我想我是不会爱她的。"

"那你？……"

"我……"

两个人默默地看着，出现了难堪的冷场。窗外的雨下得更大，雨点打在院角的梧桐树上，响着烦嚣而又单调的噪音。

"门门，"小月说话了，"这是你的事，你决定哩。"

门门痛苦地站起来，说：

"你还有什么话吗？"

"没有了，还是那句话：你拿主意。"

门门走到了门口，说：

"我走啦！"

"走啦！"

门门从屋檐下钻进了雨际，头上、身上立即湿淋淋的了。院子里的水潭上，出现着无数的水泡。凸了，破了，再凸了，再破了，一层神秘莫测地变化。雨越下越大。

第三天，小月得到了消息：门门要和那个秦家的外甥女相亲了。小月正吃着饭，筷子突然停住了，冲进屋里，一腔的怒火，看见什么也不顺眼；病牛在牛棚里叫着，叫得是那么难听，她走过去，拿拌料棍对着牛头狠狠磕打，骂道："让你叫！让你叫！"

她饭没吃完，就怏怏地来到渡口，闷坐在小船。这当儿，老秦叔在河对岸喊船，等船撑过去，老秦叔身后还站着一位漂亮的姑娘，她当下心里就"别别"地跳："这一定是老秦叔的外甥女了，她真的就来了呢！"老秦叔一步跳上船来，那姑娘却试了几次，没有敢跳。老秦叔便使劲儿把船往岸头靠，叫着："不要怕，用力跳！"那姑娘越发窘得一脸通红。末了，还是小月把竹篙伸过去让那姑娘抓了，连拉带扯地接到船上。一上船，那姑娘悄没声儿地笑笑，就坐在船舱里一动不动了。她长着一副瓜子脸，白皮嫩肉的。一双水色大眼，笑的时候，那细细的眉毛就飞扬开来；一笑过，眼皮低下去，双眼皮的皱褶就显得特别宽。上身穿着一件粉红衫子。下身是一条深黑色裤子，鞋光袜净，那领口、那袖口都紧紧地扣了扣子，包裹得不露出一点肉来，身后垂一根长蛇似的辫子。

老秦叔一脸得意，站在船头解开衣服敞风，对小月说："小月，你还不认识我这外甥女吧！娟儿，这就是小月，一个村的。"

小月"嗯"了一声，见那女子又是一笑。

"小月，我这外甥女好吗？"

小月点着头，将竹篙"咚"的一声插在船尾下的水里，船忽地冲出了一截。小月撑上一篙，又忍不住拿眼儿去看那姑娘，不想两人目光就相碰了，小月没有动，那姑娘却忙低了脸儿。小月在心里说：真是个好女子！人才儿，脾性儿，好像都是哪本书上描写过的。她今日果真就去门门家相亲吗？

等船撑到岸，老秦叔和那姑娘走了，她又呆呆地瞧了好一会儿那姑娘的背影。

中午，小月回到家里，特意穿上门门送的那件白尼龙高领衫，又重新梳了头，想："去门门家，看看门门怎么相亲的！"但心里又想："那姑娘回去，门门一定是要送的，他们少不了还要再坐我的船呢。"

果然，吃过中午饭，门门送那姑娘去过河，小月为他们撑船。门门并不和那姑娘坐在一起，一个在船尾，一个在船头。那姑娘几次想说些什么，都没有张口，只是假装着看起河水出神。门门呆呆地看一会儿那姑娘，又呆呆地看一会儿小月，注意到小月换了那件高领衫。小月也觉得气氛有些压抑了，想寻着趣话儿逗逗，一时又寻不出个词儿。船载着三个尴尬人儿，汨汨地向前移动。

船到了彼岸，那姑娘跳下去，向门门告别，门门回应着，又默默地回到船上，让小月渡回村。

谁也没有想到，门门竟没看中那姑娘。

老秦不可思议，就把门门臭骂了一通，问：

"人家是走没走相，还是坐没坐相？是鼻子没长到地方，还是眼睛斜了小了？"

"长得确实好。"

"那你为什么要来这一下？"

"配不上。"

"她配不上你呀？"

"我说的是互相配不上。她要像小月就好了。"

"说这话就该罚你一辈子打光棍！吃了五谷想六味，这山看着那山高！哼，你小子没吃过没老婆的苦头呢，等到时候了，揭起尾巴是个母的，你都想要哩！"

门门并没有生气，笑吟吟地，倒给老秦鞠了个躬。

第二天一早，他竟背了粮袋和铺盖到抽水站工地去了。

十一

门门到抽水站工地后，是和王和尚住在一个邻近的农民家里的，因为才才干什么都踏实认真，他夜里就睡在工地上的油毛毡棚里看管一切工具。吃饭是所有人在一个大灶，各人交粮发票，按票付饭。门门干过十天，所带的粮就完了，告假回家取粮时，王和尚也让门门顺便到他家去也捎些苞谷糁子来。门门赶回来，正是中午，对小月一说，小月着急了。

"哎呀，家里的糁子正好吃完了，牛还病着，我一个人怎么推得了石磨？"

门门说：

"正好我下午也要去磨粮，咱一块儿到荆紫关那家电磨坊去。"

两人吃罢饭，小月撑了两趟船，就在东岸系了缆绳，背着粮食去加工。磨坊的主人是认识门门的，知道门门懂机器，就走开了。磨坊是一座很简陋的草房子，墙头上，屋梁上，落着厚厚的一层白粉。一扇小小的门一关，呜呜呜的机器声，使他们听不见外边的任何响动，外边也听不到里边的声音。门门负责上下加料，小月在一边筛。因为相互说话要提高声音，很是费力，也就一句话也没有讲。磨完了门门的麦子，又换了机子磨碎了小月的苞谷。主人还没有来，他们就关了机子，蹲在磨坊的木墩上说些话儿。

"门门，工地上累吗？"

"累得很。"

"你是跑惯了的人，在那儿吃得消？"

"我故意找最累的活干哩，出力的时候，不可能想别的事情，夜里睡下了，一挨上枕头就瞌睡了。"

"噢，你倒真有福。我还以为你整天在那儿骂我哩。"

"小月姐，今日没人，我就给你说了，在工地上，一挨上枕头睡是睡着了，可夜里老做着梦，我害怕梦里叫喊些什么，被你爹听见，每早起来都要看你爹的脸。"

"这么玄乎？做什么梦了？"

"我在梦里真个恨过你，和你打架，用牙咬你，将你咬得血长流，我又吓得大哭。"

小月低了眉眼，看着从门口跳进来的一群麻雀，在那里觅食，她抓了一把糁子撒过去，麻雀却轰地一飞而去了。

"小月姐，"门门又说了，"咱们一块儿长这么大，你评评我门门，我是个坏人吗？"

"是个坏人。"

"坏人？！"

"是个好坏人。"

小月说罢，自己倒噗地笑了。门门也赔了笑脸。

"我是个好人，也是个坏人。我命太苦，我爱着你，甚至想过：只要你叫我去杀人，我真可以去杀人的。但我却只能给才才赔笑脸，因为他是你所爱的人。老秦叔给我找的那个姑娘，是我先答应人家的，让人家到我家来的，她长得很美，性子也温柔，但我不喜欢这种美。我把你俩做了比较，我无论如何不能要她了。我对不住那女子，也对不住老秦叔，村里人都在骂我，我知道我这一辈子是没有好日子过哩。"

小月一直听门门说着，心里沉沉地难受，她说：

"门门，都是我不好，我不该那天穿着你送的高领衫去摆渡。听说你和那女子的事吹了，我深感到了我的罪恶，要去给你赔情，你却走了。十多天里，说老实话，我倒夜夜睡不稳，鸡啼时坐起来，眼睁睁守到天亮。"

门门坐在那里，眼泪唰地流下来，落在面前的面筐里，溅出了几股面尘儿。

小月把手巾递给他擦泪，门门将手巾和一只细软软的白手一块儿接住了，使劲儿地握了一下。小月身子微微颤了一下，并没有说话，站起身，端了粮食袋子走出了磨坊。门门跟着也扛了粮袋，随在小月的后边，去向主人说了一声，就走向河里，渡了河，进了村，到了小月家的门口，一直无话。

"你几时到工地去？"小月开着门上的锁，开了好久，开开了，说。

"明日一早。"

"夜里我将糁子装好，明日走时你来取吧。"

"嗯。"

"进屋坐会儿吧。"

"不啦。"

"坐会儿吧。"

门门迟迟疑疑地走进了院子。才才娘已经来喂过牛了，牛拴在梧桐树下，瘦得越发肋骨历历可数。小月让门门在屋里坐了，两人又说了一通话，小月开始有了笑脸。小月的笑脸是感染人的，门门也活泛了起来。阳光从台阶上洒下后，慢慢移到了门道外，屋子里暗起来了。门门站起来要走，小月一定要搭梯子到牛棚顶上去取几个软柿子让门门拿去吃。在这村里，只有小月家有一棵"社柳黄"柿子，柿子个儿不大，特别香甜，每年王和尚都架在牛棚顶上的苞谷秆里，一直可保存到来年的春上。门门见小月一片诚意，自己便上去捏了几个顶软的吃了。从梯子往下跳的时候，梯子上的一颗钉子哧啦将右肩的衫子拉开了一个三角口。

"毛手毛脚！"小月骂了一句，就要门门脱下缝缝。门门不好意思脱了衫子露着光膀子，小月就让他站着，拿针近去随身缝。缝了两针，小月弯腰从地上捡了个麦草秸，要门门叼在嘴唇上。门门不叼。

"叼上！站着缝衣服，不叼个草秸儿，将来娶下媳妇是个母老虎哩！"

"母老虎好，那就管住我了。"

"不嫌羞！"

"小月姐！"

"嗯。"

"你就是个老虎哩！"

小月用针扎了他一下。门门"哎呀"一声，一趔趄，线也断了。小月连忙看是不是扎得过火了，门门却突然在小月的嘴上亲了一口，慌乱地跳出门，扛了粮袋一溜烟地跑掉了。

小月冷不丁地呆在那里，明白了怎么回事时，心"噗噗通通"地跳得更厉害了。她低声骂了一声门门，但不敢出大声，心里叫道：这坏门门，这坏门门！

走回屋里来，嘴唇上总觉得热辣辣的，有一种异样的感觉，用手摸摸，竟摸下那根麦草秸来。

这天夜里，才才也回来了。前几天落过一场雨，他瞧见那里的地里，麦已经出苗了，就一心惦念着自己的那三四亩地苗是不是出齐了？苗出得匀吗？会不会发了黄？更担心的是毛家是否又再占了那地界犁沟？这么胡思乱想，就连给王和尚也没有打招呼，偷偷跑回来了。连夜赶到地里，见麦苗出得很好，地界依然未动，心里便踏实，一早起来又挑了尿桶，担了尿水泼起麦来。

小月早晨将捎给爹的糁子交给了门门，刚刚送他走了，返回小街口，正好遇见了才才。

"你送谁去了？"才才问。

"门门。他回来取粮的，给我爹也捎了糁子。你什么时候回来的？"

"昨日夜里。"

"办什么事吗？"

"回来看看麦苗，我泼了一层尿水。"

"我怎么没听门门说你要回来？"

"我偷着回来的。"

小月就一肚子气。两人到了才才家，小月就又对才才娘叙说才才不应该偷偷回来：谁家没个地？这么一走，别人会是什么看法？才才答应中午就回工地去。

到了中午，小月一个人在船上待着，才才又跑来了。

"你怎么还在家里？"

"我有话想跟你谈谈。"

才才从来还没有对小月说过这样的话，心里气也消了许多，就说：

"你还知道有话跟我说？什么事，你说吧。"

"我娘叫你哩！"

"又是你娘！我不听，你走吧！"

才才噎得说不成了，冷了好长时间，说：

"小月，这话我老早想提醒你，但又不敢，这次到工地，我听了好多风言风语……"

"说我的坏话吗？"

"不是说你，说的是门门，都议论门门不要了老秦叔的外甥女，是叫你看花了眼。"

"还说什么了？"

"都说让你不要理他。"

"街坊四邻的，我做什么高官了，不理人家？"

"都说你心软，你对他太好了。"

小月吃了一惊，她想起了昨天傍晚的事，耳朵下点起了两块红，但随即就故作镇静地笑了。

"才才，我给你说，我就是对他好。"

她定定地看着才才，看看才才的反应，她希望他脸色变红，变白，勃然大怒，痛骂她一顿，压住她在船上打一顿。但是，才才却说：

"我跟你说的是正经话，你却当儿戏要笑哩。"

小月做好了一切突变的准备，要等他发怒逼问起来后，向他坦白自己的过错。但才才只是如此而已，他为了一条犁沟可以与人打架，但为了爱情却不能。这使她一下子心身垮下来，趴在了船帮上。

"才才，要是别人欺负我，你会怎样？"

"别人是不敢的。"

"要是敢呢？"

"你也不会怎样的。"

"我要怎样了呢？"

"我不愿意听这种耍话。"

"窝囊废！"

小月突然骂了一句。

才才又站了起来，跳下船要帮着系绳，一边问牛怎么样了，叮咛草要铡碎，土要常垫，小月却撑着船汨汨地到河心去了。

十二

牛病得越来越重了，几乎已不能再吃再喝。才才娘也发了急，将老秦请来医治，老秦查看了厚厚一本药书，突然叫道：

"小月呀，活该你们家要发财了呢！"

小月阴了脸说：

"别人都愁死了，老秦叔还说笑话！"

老秦说：

"这妮子，叔什么时候和你们做晚辈的耍笑了？这牛肚里是有了牛黄呢。"

"牛黄？"

"一两牛黄是二百四十元哩，看牛的样子，这牛黄是不会小的，价钱会值这两头牛的本身哩，这还不是喜吗？"

小月赶忙给爹捎书带信，让他回来。王和尚一到家，听小月喜眉笑脸地说了牛黄的事，老汉却"呜"地抱着头哭了。小月吓了一跳，忙说：

"老秦叔说，这是好事，让咱早早将牛杀了，牛黄、牛肉就可以卖好多钱哩。"

王和尚骂道：

"他姓秦的是见钱没命的人，我王和尚就那么想发牛的财吗？这牛跟了咱两年，我珍贵得当一口人看待，谁能想到它就有了牛黄？牛黄是牛得了结石病，唉唉，我精心喂养它，却使它得了这病，我还忍心就宰了它吗？"

瞧爹悲伤的样子，小月也感动了，也奇怪世上的事偏这么矛盾：你往往真心要成事，事偏偏成不了。爹日日夜夜牵挂着牛，牛却就在他手里瘦得皮包骨头，又要早早死去！

王和尚坚决不宰牛，将牛拉到十里外的公社兽医站去求医，牛医怨怪为什么不早早给牛看，王和尚流着老泪大骂老秦不懂装懂，耽误了牛的性命。结果，第五天夜里，牛就忽然倒在地上死了。

牛一死，王和尚放声哭了整整一夜一天，坐在牛的身边拉不起来。才才闻讯赶回来，好说好劝了王和尚，就和村里人将牛抬出去剥了。牛黄果真不少，共是一两六钱。牛肉却很少，仅仅割了六十斤正肉。王和尚流着泪将牛皮钉在山墙上，却不允许家里人吃一口牛肉。他不停地捶胸顿足：是我害了这牛，是我害了这牛！

才才和小月把牛肉拿到荆紫关街上卖了，卖到最后十斤，买主正好是他们早年的陆老师，陆老师听说了他们订婚的事，很是说了一番吉庆话，硬拉他们到学校去坐坐。

在陆老师的房里，两个人都觉得很热，就都脱了外衣，小月穿着那件高领白色尼龙衣，显得亭亭玉立。陆老师说：

"小月出脱得越发俊样了！这件尼龙衫活该造下是你穿的，这就是门门在丹江口市给你买下的那件吧？"

93

小月一直在笑着，忽地红了脸，口里讷讷起来；才才目瞪口呆，说了一声：

"门门买的？"

陆老师并未看出他们的面部表情，只管说：

"门门买的时候，我还怨门门买得太时髦了，怕你不会穿呢，没想穿起来这么好，真是人是衣服马是鞍，外人见了，还真不能相信你是本地人哩！"

小月恨陆老师说得太多了，太多了！她不敢看才才的黑脸，忙岔开陆老师的话，说了几句学校里的事，就匆匆向老师告别了。

一到船上，才才就说：

"小月，陆老师说的都是真的吗？"

小月说：

"真的。"

"那你为什么哄我，说是你买的。"

"为什么要给你说呢？"

小月一转身，拿着篙去了船头，使尽力气地插入水中，竹篙、身子在木船上组合成斜斜的几乎与木船要平行的三十度夹角。话一句不说，气一口不出，船汨汨地往前疾行。身子慢慢地直立起来，竹篙还是插在原地，开始直立，又开始向后，夹角九十度，六十度，三十度，木船似乎要走了，人和竹篙要掉在水里了；猛地一收，又跳到船头，再插篙，再组合斜斜的几乎与木船平行的夹角，反复不已，雕塑着力的系列的形象。"为什么要给你说呢？"她的口气很硬，显示着一种不容置问的神气，但她的心里却是这么慌呀！她是在年轻男人的目光中度着青春的最佳时期，她自信地主宰着才才、门门，还有许许多多年轻男人的精神的，但这次说过这一句，就没有勇气和力量去看才才的眼睛了。"我是你的未婚丈夫！"才才只要说出这一句话，她的防御之线就会立即全然崩溃了。她害怕才才会这样向她进攻，同时又一次希冀着才才能这样向她进攻，一下子逼出她一副强硬气势后边的虚弱、羞耻、后悔的女儿的心来。但是才才站在那里，浑身抖着，回答不上她的那句以攻为守的话，而只是冲着不在跟前的门门叫道：

"他为什么要给你衣服？门门，流氓，流氓！你这不要脸的流氓坏子！"

看来，才才到底不敢向她失色变脸。她直起腰来，将竹篙"哗"地横丢在木船上，说：

"你不要这样骂他，一件衣服够得上是流氓吗？要错应该是我的错，骂人家起什么作用？"

"我就骂了！流氓！流氓！"

小月坐在船尾冷冷地笑了。

才才又骂了一声，抬头看河岸上，有三个人远远在沙滩上走过，他立即噤却了口舌。木船失去了撑划，停在中流，很快斜了身子往下漂去。那拉紧在河面上的铁索，就成了一个弓形，船被牵制了，像是一条勾了钩而挣扎的鱼。他气愤地问道：

"他给了你衣服，你给了他什么？"

"给个没有。"

"没有？"才才说，"我盼着是没有，可他这个流氓，能白白给你衣服吗？"

"你这是在审讯我吗？我告诉你，你不要胡思乱想，我小月还不至于就能做出什么事来。他对我好，这我也是向你说过的，我没有理由拒绝人家对我的好。"

"你再说，你往下说啊……"

"完了。"

才才阴沉着一张痛苦的脸，摇头了。

"小月，我这阵心里乱极了，我真盼望门门是外地的一个流氓，是一个过路的无恶不作的流氓，可他偏偏就在咱村，偏偏抬头不见低头见……"

"我小月心里还没有背叛你。"

"那你听我的，你不要理他，永远不要理他。"

"你要把我什么都管住吗？我问你，你听我的话了吗？你哪一次倒是听了我的话？！你想过没有，门门为什么要给我送衣服，我为什么就接了人家的衣服？你现在这么发凶，你是给谁发凶？给谁，嗯？"

小月说着，长久压在心里的怨恨一下子又泛了上来，恢复了以往那种统治者的地位。才才抱着脑袋，"哎"地叫了一声，就趴在船舱里，呜呜地哭起来了。

小月静静地看着，心里一时却充满了一种鄙夷的感情，后悔刚才跟他说了那么多心底话。站起来，极快地将船撑到岸边，系了缆绳，说：

"哼，多有本事！你在这儿哭吧，打吧，多伟大的男子汉！"

拂袖而走了。

天已经黑了，月亮从山峁上爬出来，并不亮，却红得像害了伤风的病人脸。才才娘将晚饭做好，满满在大海碗里盛了，已经在锅台上放凉了，才才还没有回来。她又去喂猪，唠唠叨叨一边拌食一边跟猪说着话，耳朵却逮着院外的脚步声，不知怎么，心里觉得慌慌的。

当小月到家的时候，王和尚已经吃罢了饭，叫小月快去吃，小月却一句话也没有说，就进了她的小房里。他也懒得再叫，抄着手出门走了。牛一死，使他一下子苍老了许多，不想出门，可睡在土炕上眼睛却合不上，牛的影子老在眼前晃动。天黑些了，到村外没人的地方去转转吧，可不知不觉就转到老毛家的牛栏边去了。那几头大象一般的高大的黄牛还拴在土场上，或立或卧，他就忍不住蹴近去，抓一把草喂着，牛嚼草的声音是多么中听的音乐啊！粗大的鼻孔里喷出来的热气，已经湿润了他的胳膊，那牛舌头舔在手心，一种舒坦得极度的酥痒就一直到了他的心上。突然间，老泪"叭叭"地落下来。

一直到老毛的媳妇大声开门，叫嚷要牵牛进栏了，他才赶忙猫了身，从那边矮墙头下溜走了。

他趿着鞋，扑沓扑沓走到才才的院门口，才才娘丢了魂似的，正倚着门扇向外瞧着。她赶忙招呼亲家进去，口里说着去倒茶，但拿出了茶碗，却忘了提水壶，水倒下了，才又发觉还没有放茶叶。

"你怎么啦？"王和尚说。

"他伯，才才怎么还没有回来，我怎么心里慌慌的？"

"小月早回去了，他一定又去地里了，这才才，一到地里也就丢了魂了。"

正说着，才才却回来了，谁也没有理会，一声不吭就钻到炕上去。两个老人一脸的疑惑，才才娘跟进去用手摸摸他的额头，以为是病了，却摸出一手的泪水，便抱住儿子问怎么啦？才才"哇"地哭了。王和尚也跑进来，越是逼问，才才越是哭得伤心，王和尚就火了：

"你哭什么呀？你没长嘴吗？你还要我们给你下跪吗？！"

才才将发生的事说了一遍，才才娘靠在界壁墙就不动了。王和尚打了个趔趄，脸上像是有人扇了一巴掌一样火辣辣地烧着疼。他开门走掉了，走到院里，撞在桃树上，鞋掉了，提起来，跟跟跄跄往回跑。才才和他娘出来喊他，他像聋了一般。

小月的小房里亮着灯。门已经关了，王和尚喊了三声，没有回应，一脚便把小房门踹开了，指着脱了外套正呆坐在炕沿的小月破口大骂：

"你个贼东西干出这么好的事啊！你叫我这老脸往哪里放呀？家里这么不安宁，原来是你这没皮没脸的带了邪气！你那么想穿衣服，你是没有吗？你把先人就这么个亏啊！"

小月看着爹，没有言语。

"你给我说！你给我说你干了些什么丑事！"

小月从炕沿上溜下来，胸部一起一伏，说：

"既然你全知道了，你问我干啥？说也说不清，你看怎么办？"

"好你个不要脸的！"

王和尚一把揪住了小月的尼龙衣高领，猛地一搡，小月跟跄着跌在后墙根上，尼龙衣撕烂了。

才才和他娘赶了来，门口已经有人在听动静，忙"砰"地关了院门。才才娘就用头把王和尚抵出了小房门，小月"哇"的一声哭起早死的娘来了。

屋里一起哭声，院门外的人就越拥越多，三三两两趴在墙头上往里看。王和尚心里一阵搅疼，抄了锨把又要扑进去打，才才一下子跪在岳丈的面前，说：

"大伯，你不要打她了，我求求你，你心里不好受，你不要生气啊！"

王和尚拉着才才，老泪纵横，拍着手走到院里，突然扑在山墙上钉着的那张老牛皮上，一双青筋累累的枯手死死抠着牛皮，悲声大放。

"啊啊，我怎么这样苦命啊！我死了牛。我在人面前直不起了腰，牛是我害的啊，好好的牛，怎么到我手里就死了，它得了结石，我只说牛吃了草就会长膘，怎么会想到牛吃了草还能结了石头？

"啊啊，小月，小月，你来把你爹杀了啊！我受寡把你拉扯大，你就这样报应我吗？冤家，冤家呀，你让我也得了结石，你来把我这脸上的老皮剥了，也钉在这墙上吧，我怎么见人啊，我还有什么脸面到人面前去呀?！"

他使劲儿地拿头在牛皮上撞，浑身痉挛，哭一阵牛哭一阵他，骂一声小月骂一声自己，末了就抓着牛皮倒下去，抱成一团，呼天抢地。才才又赶过来，替他摸着胸口，王和尚又语无伦次地哭叫起来：

"才才，你打你无能的伯吧，是伯害了我娃啊，啊啊，伯不是人，伯对不住你，伯没有把牛养好，伯没有教管好她，唉嗨嗨，都怪我啊，都怪我啊!"

才才也流下了眼泪，说：

"是怪我，伯，怪我啊!"

十三

好事不出门，丑事传千里。王家的风波，山窝子里的人都在议论。他们凭着自己一贯的立场、观点，做出不同的结论，有向东的，也有向西的，说什么话的都有。小月三天没有出门，丹江河渡口就从此不再开船，过路行人，有紧急之事，赤身蹚水；无紧急之事，便绕道走那湾后的吊桥了。

河面上安安静静起来，大崖上的石洞里，鸽子可以一直飞过来；水光波影的投映，现了，逝了，永远按着它的规律反复变幻；小船用粗粗的铁索系在西岸的树根上，早晨顺潮而起，夜里顺潮而伏，一堆一堆碎木杂草，水尘浪沫，集在船尾，夜里一阵风起，方位横横地斜了；那些黑色的、闪着红色尾巴的水鸟安然落栖在拉紧在河上空的铁索上，一动不动，像是铁索上打下的结。

门门还不知道这事。

工地上，正发愁着急用一批木料，但是，因为是三省的三个队合办的工程，各省的所在县都借口不是纯粹本省利益而互相推诿，不给批木料指标。工地上猴急了，四处想门路，老秦就毛遂自荐，说丹江上游的韩家湾公社文书是他的小舅子，小舅子的丈人是商君县林业局长，只要他去走通，二十多方木料是打了保票了。工地上的人都喜欢得不得了，老秦却提出条件：一是必须送礼，烟要好烟，陕西省名牌"金丝猴"五条，酒要名酒，丹江口市的玫瑰果酒五瓶。二是必须全包他的吃住花费，还要每天一元二的补助。众人都骂他黑了心，但是又没有办法，只好咬咬牙答应了他。临出发的时候，老秦却把门门叫去，要门门去问问小月能不能把那些牛黄卖给他，他可以带到山里去倒换些东西。门门当场碰了他一鼻子灰。老秦落个没趣，就又打问说：

"门门，你消息多，那一带老鼠多吗？"

"又去卖那些假老鼠药？你是去买木料，还是去做生意啊？"

"顺路嘛！钱还嫌多吗？"

"怪不得你断子绝孙！"

"你当我不会生儿子吗？我第三个娃应该是个儿子，让'计划'了嘛！你他娘的，连个媳妇还没有呢！"

老秦走了，门门受了一场奚落，心里就想起了小月。谋算着请假回村一趟，一可以给工地灶上买些牛肉来吃，还可以再见见小月。那天在院子里发生的事，一想起来心里就止不住泛出一阵得意和幸福，每天夜里，他都要做些不想醒，但醒来又要重新温习一番而常常陷入空落的美梦。她对那事反应怎样呢？是从此更亲近他，还是嫌他轻狂？

可是，第二天里，村子里的风声就传到了工地。中午去灶上吃饭，炊事员们见了他，都拿着白眼睛看他，他说了几句俏皮话，竟没有一个接茬儿的。一群姑娘们蹲在油毛毡棚后的小溪里洗手，叽叽咕咕说着什么，一边就喊："一二——流氓！""一二——流氓！"他抬头看时，喊声就噤了，才一掉头，喊声又起。

端了饭回到房东家，自己的铺盖已经被人撂到门外，房东老太正在门前的麦田里撒草木灰，一见他，身子就要倒下去，瘪瘪的嘴抖抖地颤着，说不出话来。他吃了一惊，放下碗去扶住老人问怎么啦，拿过篮子帮着撒起灰来，灰扬上去，却落了他一身，眼也涩得看不见了。老人说：

"门门，你这没德性小子，兔都不吃窝边草，你把咱河南人的脸面丢尽了！到现在了你还这么大胆，你不怕王和尚和才才来倒了你那一罐子血吗？"

门门详细问了情况，惊得嘴不能合起来。他第一个念头是对不起小月，没想到会有这么严重的后果，而一切又都来得这么疾速和突然。就说：

"是我害了小月，小月冤枉啊！我要把话说明，我要去见小月，我去给

99

才才说……"

老人一指头点在他的额上：

"你想得倒好！刚才陕西几个人找过你一趟，将铺盖都给你撂出来了，听说湖北河南的一些人也嚷着要教训你，你还想去见小月？这架势有你门门好事吗？你听我说，快出去躲上几天，避避这阵风头。"

门门站在那里，眼泪无声地流下来，没有了主意，足足待了十分钟，咬咬牙关，从屋后的山包上跑走了。

他无目的地跑着，脑子乱极了，不知道应该到什么地方去？山包上的路那么细，那么弯，一会儿在山顶，一会儿在沟底，末了就延伸到丹江河畔上了。路面上的石头越发多起来，常常像刀子一样斜立着，那些狼牙刺、蒹草在两边长得密密麻麻，不是滑倒了，就是挂撕了裤腿。他平生第一次受到了失败，失败使他比一般人五倍十倍地狼狈不堪。他大声呼叫着，但自己也听不出来呼叫些什么，为什么要呼叫，头像爆炸了一般地疼。

天黑的时候，他跑到一个叫月亮湾的村子。村子坐落在河的南岸，丹江河水和从北边下来的流沙河在这里相汇，相汇的西北那个三角地上，兀自突出了一个山嘴。山嘴上有一棵独独的药树，树下一座八角翘檐的小庙，而从庙接连的山嘴脊上过去，那顶端上竟突起一个下小上大的石台，如一个老式灯座；这就是丹江河上远近闻名的王母娘娘梳洗楼了。和梳洗楼遥遥相望的村子，依山势而筑，或高或低，或左或右，分散中却有着联络，恰到好处。每一人家，房屋矮矮的，前墙和后墙极短，山墙却特高特高，屋顶几乎是直立的锥形了。门后都有一丛不疏不密的青竹，门前木棍又立栽成一道篱笆。三三两两刚从陡得站不住脚的巴掌田里回来的人，端着比脑袋还大的瓷碗扒着糊汤吃。这是最苦焦的地方，却是全丹江河风光最美的去处。门门在一块儿石头上坐下来，就抬头往村后的黑石崖上去看那个石月亮了——黑石崖上凹进一个坑去，呈现着不可思议的白色，那白坑的两角弯弯上翘，活脱脱一个上弦月嵌在那里。啊，月亮湾，这美丽的月亮，是它陪伴着门门到了这里照着他的身，照着他的心呢，还是这可恶的黑石崖镇压、囚禁住了它，使它变成了一块儿冰冰冷冷的月亮的石？

河那边的岸头，竹林下横着一只小船，却总不见撑过来。竹林里谁在吹箫，箫吹得很柔的曲子，音韵清幽。门门不觉掉下几滴眼泪，心想自己怎么就落到这种绝境呢？

"喂！——摆渡哟！——"

他大声叫喊着。箫声停了，竹林里跑出三四个人扬着手和他对话，河水的响声很大，好容易双方说清了，小船撑了过来。

这船又破又烂，一看见三四个小伙在船头船尾奋力划动，门门就想起了小月和小月的那只木船。他没心思和这些人攀谈，只抱了头呆呆地坐着。

"荆紫关的？"一个男人问他了。

"不是，"他说，"荆紫关对面村子的。"

"是住小月的那个村子？"

"你怎么知道小月？"门门吓了一跳。

"怎么不知道，这丹江河上下谁不知人才尖儿小月？你们那村子，是出美人的地方。"

门门苦笑了笑。

"出美人，也出坏人。"

"坏人？"门门心又惊了。

"你认识一个姓秦的卖老鼠药的人吗？他娘的不是个玩意儿，拿着砖头面儿充药，一张嘴真怀疑不是肉长的，说得水能点上灯！骗钱骗得昏头了，竟敢破坏计划生育了！"

"破坏计划生育？"

"可不，他说他能医人病治牛疾，善挑猪会阉狗，竟然给一些没出息的娘儿们动手取节育环来了！"

"啊！"门门叫了起来，"这是犯法的事呀，他人呢？"

"被大队扣起来了，送到公社去了，县上还要来人呢。"

门门心里叫了苦：老秦叔啊老秦叔，工地上叫你来买木料，你竟干这勾当！

到梳洗楼只有山嘴后一条小路可以上去，门门转过山嘴，使他吃惊的是那里竟有了新盖的房子，而且将小路的进口全然包围在一个大院落里了。院门开着，一院子堆满了什么东西，上边用帆布苫着，四五个人坐在一张竹席上说话。站在院子里，听得见山嘴后的平坝子里的又一处村子里狗在一声一声吠着。他说明了来意，那些人就安排他在西屋歇下。

门门躺在床上，却怎么也睡不着，他想起这个时候，那村口的渡口上又该是一片银白世界，野鸽在飞着，小船在撑着……可现在，小月还能撑船吗？王和尚和才才打过小月吗？他后悔极了：我为什么就要跑了呢？这一跑，工地上人怎么议论？村里人又怎么议论？自己跑了就跑了，可小月又会受到什么压力？她还能无拘无束地说，笑，大声地唱歌吗？我为什么不回去安慰安慰她呢？无能啊，无能！他又想：唉，这一下变成万人恨了；万人恨就万人恨，但从此却不能再和小月在一起了，接触有人提防，说话被人猜疑，这是多么痛苦啊！翻来覆去，那床就咯吱咯吱响，他坐起来，推开窗子，让风吹进来，同时却闻到了一股发酸的气味，又听见那四五个人还坐在竹席上唉声叹气：

"他娘的，商君县轻工局头头是吃冤枉的，连个酒厂也办不了，叫咱这五六千元就这么完了吗？"

门门一打问，原来这个大队粮食过不了关，就发动社员搞副业，在这里修了收交站，收交了三万多斤猕猴桃，准备出售给商君县酒厂。但酒厂因亏损厉害，质量又不过关，在关停并转中不办了，结果这三万斤猕猴桃就窝在这里，眼睁睁看着要腐烂去。

"那快再寻门路呀！"门门说。

"哪儿有门路？大队已经放了话，谁要能将这三万斤推销出去，可以提成百分之五，还可以把准备盖收购站的二十多方木料指标给谁，可到哪儿去推销呢？他娘的，狗没逮住，倒让狗连铁绳也带走了！"

门门低头不语了，想到工地上不是正缺木料吗？老秦已经自身难保，还能搞来吗？……但是，这猕猴桃，三万多斤，往哪儿推销呢？他突然想起一件事：上次去丹江口市，那里的大酒厂不是在郊区到处贴着大量收购山桃、野杏、葡萄、木梨、猕猴桃的告示吗？

"外人可以去推销吗？"门门试探着说。

"当然行，你有办法？"

"试试。"

门门说过他的想法，就又有些后悔了：自己是来干什么的，倒又干这事？但那四五个人立即热情起来，千声万声地鼓励他：

"你能办，就为我们这苦地方办一件好事吧，那全大队每一户人家不知怎么感激你呀！提成的事，我们不悔，我们可以写合同书！"

门门想：办了吧！办了这事，木料弄到手，我门门就可以回去了，要不，我到哪儿去呢。躲了初一躲不了十五啊！他拍拍脑门，说：

"小月姐，我也是为你就干了！"

那四五个人猛地听了这话，都莫名其妙了，他知道失了口，赶忙说：

"我干，我是荆紫关对面小街上的人，叫门门，请相信，我是正人，你们可以派人解十五个木排，和我一块儿把猕猴桃运往丹江口市，事情成后，再付我报酬，但木料指标一定要交给我！"

这一夜，月亮湾北岸南岸就忙活起来了，连夜解排，连夜装货，而门门又喝上了酒，那是村里人送他的，喝得沉沉，一觉睡到了天明。

十四

小月睡在床上，哭一阵，想一阵，想一阵就睡着了，醒过来就又哭，眼睛已经红肿得像烂桃儿了。王和尚做好了饭，给她端了一碗，她不吱声，也不翻动，王和尚连问了三声："你吃不吃？""啪"的一下连饭带碗摔在小月床下。末了，又过来扫了地上的饭，连同锅里的饭一起倒在木盆里端进牛棚去。到了牛棚，才清醒牛早已死了，"唉唉"地苦叫几声，一个人到地里流眼泪去了。

爹一走，院子里就特别静，起了风，门楼上的葡萄树枯叶就嘶啦啦响。才才和他娘悄没声儿走进来了。才才也是睡过了两天，人黑瘦得眼眶成了两个坑，眼球黄得可怕。他头仍还在疼着，被他娘用火罐在两边太阳穴上，眉心上拔了三个红血印块，可可怜怜地站在床边，却说不出一句话来。才才娘说：

"小月，你听婶说，你要起来，你要吃饭啊。你不吃饭，这么躺着，你爹心里不好受，婶心里也慌得不行呢。事情过去了，就过去了，年轻人，谁不保谁没个闪失？依我看，这不一定全是坏事，往后他门门还敢来骚情吗？

你也从此就认清谁是啥人了！你要起来，在院子里转转，吃些东西；要是伤了身子，这两家人又该怎么过活呀？你爹和我都是风地里的灯，他咳嗽得那么紧，我的气管炎又犯了，才才又是没嘴葫芦人，还不都要你承携吗？家里少不了你啊！村里人说闲话让他们说去，谁都知道这是门门作的孽，只要你和才才好，他谁一个屁也不敢放了。"

小月只是听着，还是不吱声。才才娘就让才才去烧些米粥去，才才低着头，摇摇晃晃走不稳，但还是去了。粥烧好了，端来了，放在小月的枕头边上，小月只是不吃，眼泪无声地从脸上流下来。

王和尚从地里回来了，见了这个样子，就又哭，才才娘说：

"他伯，你是怎么啦？啥话也不要说了，都不要说了！"

"你知道吗？工地上起了吼声，要打门门，那野东西就吓跑了！"

"他活该这样，狼吃了才好哩！"

两个老人就在台阶上默默坐着，坐一会儿，才才娘和才才就抹着眼泪回去了。

小月在床上听见了他们的话，眼前一黑，就昏过去了。醒来的时候，头就炸疼。几天来，她看着爹白日黑夜捂着心口咳嗽，才才娘一天三响过来看她，更是那才才的样子，使她深深地忏悔起自己的不该了。她想：这两家人实在可怜，一个没了外边人，一个没了屋里人，几十年来相依为命，自己又一直是两家人的结连系儿，如今自己没能尽到对两位老人的孝敬，倒是要使他们多年来的唯一所抱的希望遭到了打击，如果事情真要再坏下去，这两家人还能再好吗？爹怎么去见才才娘呢？多少年来，自己家里哪一样活不是才才帮着干的？他为了这个家，他为了有她这个将来的媳妇，少睡了多少囫囵觉，多出了多少牛马力？难道这么下去，使他一切都落空吗？他本来就太老实，受一些人作践，那他还能再活得有自信和力量吗？

"我对不起才才，我真对不起才才！"

但是，当她这种忏悔占据了心灵的时候，当她一遍一遍回忆着才才几年来对她的好处的时候，她却又想起了他的不足、错误和坏处来。"你为什么不争气呢？你为什么说不醒呢？你就那么死！那么不开窍！我用热心温不暖你的一块儿冷石头啊！"现在，又听说门门被赶跑了，这门门，真的就是坏人吗？他跑到哪儿去了？没父没母，缺兄少妹，他一个人白日在哪儿吃饭？夜里在哪儿睡觉？那心里又是怎样个痛苦啊？！

小月一会儿想到才才，一会儿想到门门。想才才的好处时偏偏就又想到了门门的好处，想门门的坏处时又偏偏想到了才才的坏处。她不知道自己一颗心应该怎么去思想。整整一个夜里，合不上眼，末了，就打自己，拧自己：

"都怪我，我怎么就不是个男人？既然是个女的，为什么不像老秦叔外甥女那样的女人？！"

第二天起来，稍稍吃了些饭，她就走出了门，飘飘忽忽走到村后的山梁上。山梁上埋着她看不见叫不应的亲娘。她坐在娘的坟头上，痴呆呆看着坟上的荒草，看着空空白白的天空，看着山梁下的丹江河水。河水在不紧不慢地，一个漩涡套着一个漩涡往下流；河水还是好啊，可以一直流到无边无际的海里去。

海是个什么呢？她却想象不出个具体的结果。

太阳照着她，热辣辣的，潮潮的地上蒸着湿气，蜜蜂在草丛中嗡嗡地叫，她躺下去，抱着坟头的石头睡着了，迷糊中觉得在抱着娘的头。

突然，一阵杂乱的叫喊声把她惊醒，她抬起头来，看见那丹江河里浩浩荡荡开下来了十多个木排。阵势儿十分壮观，一字儿长蛇，排与排头尾相接，每一个排上都高高装着竹筐，排头站着一人。那第一个排上，站着的正是门门。

门门！他站在那里，手里举着长长的竹篙，双脚分叉，头发蓬乱，裸着的上身被太阳照得一闪一闪，像是放瓷光。啊，他怎么在河里，怎么撑着排？他是从哪儿撑来的？又如何会领着这么多人到什么地方去？小月不相信这是真的，揉了一次又一次眼睛，啊啊，那就是他，他没有跑远，他没有死去，他还直直地在风里浪里的木排上站着！

村口的河岸上，村里人站着，大声咒他，骂他，用口水唾他，竟又拿石头向江心掷着打他，叫喊着要他回来把事情说清，又恐吓着他又去哪儿干什么黑勾当而要上告他。门门只是不理，也不回过头来，直直地站在排头。村里人越发愤怒到了极点，沿江岸顺着木排跑，那石头、瓦块、咒骂声一起往江心飞去。

小月闭上了眼睛，不忍心看这场面。

"是我又害了他，是我又害了他啊！"

但她终不明白，他这又要到哪里去呢？他真的变得破罐子破摔，真的去干了什么黑勾当？

十五

五天后的夜里，门门却回来了。他从荆紫关凫水过来，默默地坐在那系在河岸柳树下的木船上。五天来，他们到了丹江口市，意想不到地顺利完成了推销任务，就披星戴月坐车从河南赶回来。月亮湾的人都回去了，但他一定要回村看看小月。坐在小月的船上了，就禁不住想起第一次从丹江口市回来的情景，现在，河里是这么空落，月亮冷冷地照着，水流得溅溅。木船还在，小月的身影在哪儿？哪一片沙石上还留着小月的咯咯笑声呢？他回来了，回来得这么凄凉，像一个小偷，像一个潜逃犯，眼望着村子里灯光点点，鸡叫狗咬，他却不能大摇大摆地哼着戏文进村去了。

但他不愿意这么离开村子，他要见到小月，他要安慰她，求她原谅，他不能丢下小月在村里受罪，自己一走了了：那我还算什么男人，那我还算什么门门？我要见她，就是见上一眼，我也可以放心地更有力量地连夜去运那批木料了。

门门绕着街后的地边小路往小月家走。

院门开着，小月正在捶布石上捶浆过的床单。月光照着她的背影，单薄得多了；棒槌一起一落，重重地砸在床单上，发出"哐哨""哐哨"的响声，好几次棒槌竟打偏了，"咚"地砸在地上，她就呆呆地蹲着，微微地叹息了。又砸开了，节奏分明慢起来，一下，一下，门门站在那里，没有进去，觉得那棒槌在砸着他的心。

"小月姐！"

小月棒槌扬起来，突然在空中停止了，待了一会儿，回过头来，"啊"的一声，棒槌从脑后掉下去了。

门门一下子扑进去，一把抓住了她的手，但立即又松开来：

"小月姐！"

噎得说不出话来了。

"你怎么来的？你回来啦？天呀，你不要命啦，你快出去，别让我爹看见了！"

门门说：

"我不走，我有话要跟你说啊！"

小月说：

"你快到屋后树丛里去，我去找你，这儿是说话的地方吗？"

门门擦着眼泪出去了。小月爬起来，眼前突然一片乌黑，接着就飞出无数金光，头晕得厉害。她站了一会儿，用手蘸些水，抹在头上，理光了头发，就慢慢到了屋后的树林子中，一见门门，跟跟跄跄跑过去了。

"你跑到哪去了？门门，你不能破罐子破摔啊！"

"我没有，小月姐，我没有！"

他说了自己去月亮湾、去丹江口市的原因和经过。

"小月姐，我不能不来看看你！我马上就走，连夜去月亮湾结账要指标，就直接去林场运木料，我还要到工地，我要以这木料做我的赎罪礼！"

小月靠在树上，默默地看着门门，突然满脸泪水，说：

"门门，他们委屈了你，我也委屈了你，你做得对，你只能这样，你快去运木料吧！"

门门点点头，转身要走了。

但是，才才正巧挑着粪筐走过，看见小月和门门在一起，气得浑身发抖：

"门门，你还够人不够人？你还让我们过活不过活啊，门门？！"

门门说：

"才才，你别这样，我来跟她说几句话。难道连几句话都不行吗？"

"说话，说什么好话，跑到这树林子里能有什么好话？"

小月说：

"才才，你不相信他，你还不相信我吗，难道我是猪狗？！"

才才说：

107

"我信你，我信你，信你又来和这流氓在一起了！"

他突然大声哭起来，一双拳头没有打在门门的身上，却砸着自己的头：

"门门，你要长着人心，你不该这么一而再、再而三地欺负我，你不嫌我可怜吗？你不看在我面上，你也想想和尚伯和我娘啊！"

门门呆呆地站在那里，小月气得浑身乱颤。

王和尚听到吵闹，大声吼叫着，抄起扁担一路扑来，一扁担就打在门门的肩上。门门没有动，小月却抱住了扁担，连声叫喊：

"爹！爹！"

"谁是你爹？！你还有脸叫我是爹！只说你回心转意了，谁知你这贱骨头这么死不知羞耻！"

一扁担便将小月也打倒了。

小月在地上滚着，只是喊着门门快走，不要把正经大事耽搁了。门门跑走了，王和尚又去追赶，自个儿先跌了一跤，赶回来抓起小月，"啪、啪、啪"一阵耳光，一把推出老远，骂道：

"你滚吧！我王家就是人死净了，也不要你这个不要脸的东西了！"

才才还在呜呜地哭，王和尚又扇了他一个耳光：

"你就窝囊成这个样子了？你求什么情？你手叫狗咬了，为啥不把那贼坏子卸下几件来？你羞了你先人了！"

王和尚拉着才才回到院子，"砰"地关了门，一个仰八叉倒在地上，口吐白沫。才才千呼万唤，王和尚一醒过来，却发疯似的将院子中的桶儿、盆儿、罐儿，一尽儿抓起来摔个稀巴烂。

小月从地上爬起来，一脸的鼻血，没命地跑走了。河岸上，门门正站在几棵杨树下往村里张望，她一下子抱住了他，月光下，眼睛里放射着痛苦、愤怒、惊恐的光。

"门门！"

"小月姐！"

"完了，全完了！"

"我，我……"

"门门，我害怕，我该怎么办呀？你抱抱我吧，用劲，用劲……"

门门像老鹰一样，猛地抱住了小月。静静地，保持着一个不变的姿势，那是一个爱和力的雕塑。他感觉到小月身子是那么瘦，就像是一捆干柴了。他低下头来，泪水落在小月的脸上。黑暗里，小月竭力地将脸仰上去，做着平生第一次长久地苦涩地亲口，当爱情和悲愤混合起来的力量流通两个身体之后，门门发觉小月正吊在他的脖子上，他一直是在托起着她。几片杨树叶子落下来，在地上发出软软的酥声。

"一盆水泼出去了，我只能是这样了，门门，你这阵心里是怎么想？"

"我连累了你，我不知道怎样才能赎我的罪，减轻你的痛苦！"

"你还爱我吗？"

"爱，小月姐。"

"那好，我跟你一块儿去运木头吧。"

"这行吗？"

"这是他们逼出来的！"

门门停顿了一下，同意了。

"什么时候走？"

"明日吧。"

"今晚就走，我实在憋不住了。"

他们揉着身上的伤，在月光下的河水里把脸上的血洗掉了。

"咱走得远远的。"

"走得远远的。"

两个黑影顺着沙滩逆河而上，听见小街上有一只狗在叫。

走过了山湾，荆紫关的灯火就看不见了，山势骤然窄小起来，河水猛地向西拐，河岸边的路就开始变成了忽上忽下的石径。

"门门。咱这是私奔吗？"

"不是私奔，咱还要回来的。"

"还要回来的。"

"是我要你和我走的，我真的是个流氓，勾引你了？"

"不，我只知道我爱你。"

"我也爱你。"

109

"我现在不能没有你。"

"我也是需要你。"

"大伯很快就会知道你和我一块儿走了，他会更恨我了。"

"让他恨去吧。"

"那才才呢？"

"门门，不谈这些了！"

两个人又默默向前走。山越来越高，月越来越小，树林也密密的，传来各种各样禽兽的叫声。

"你还怕吗？"

"我有些冷。"

门门将他的衣服脱下一件，为小月穿上了。

他们走出了四十里的地方，到了红鱼渡口。渡口静悄悄的，没有一个人影，也没有一点灯光。小月腿一瘸一跛的，再也走不动了。

"咱到那坡根房子去。"门门说，"那儿有一间新盖的房子，据说准备办一个百货店，刚刚修起，还没人住哩。"

他们从一片乱石滩上走过，看见了山坡根上小小的三间房子。两个人走进了还没有安门的空室里，坐在了一张搭架用的木板上。

两个人又一次抱在了一起。

"好了，你也在那边躺下歇歇。"

门门没有动，手在摸索着。

"不敢，门门，不敢呢！"

门门停止了，手垂下来。小月就在木板上躺下，他自个儿坐在了门口，为小月执行着站岗任务。

河里的流水鸣溅溅的，听不到一点儿人的声音。

十六

第二天，他们到月亮湾结了账，取了木料指标，就赶到了八十里外的毕家湾渡口。

这里有个小小的镇落，设着一个木材场，先在木材场办了购买手续，但要等上游鸡肠沟木材场将一批木料运下来才能取货。门门就说：

"与其住在这儿等，不如咱到商君县城看看世面去。"

小月说：

"好呀，我从来还没进过县城哩，山窝子里把人憋得很了。"

两人就去给司机说情，搭了一辆木头车当天就到了商君县城。到了县城，才知道那条三省交界的小街其实是做胡同最相宜了，而山窝子人觉得最阔气的荆紫关，也只能算是这里的一条小小的偏僻的窄巷了。整个县城一共是四条街，三条平行，一条竖着从三条平行线上切割，活脱脱一个"丰"字。一街两行，都是五层六层的楼房，家家凉台上摆了花草。那些商店里，更是五光十色，竟什么都齐全。小月的世界观就为之而转变了；世界是这么丰富啊！便后悔外边的世事这么大，而自己知道得是那么少。一群一群的青年女子从他们面前走过，穿得那么鲜艳，声调那么清脆，小月便有些不好意思，总是沿着商店墙根走。

"你怎么啦？"门门问。

"我怕人家笑话。"

"你瞧，她们都看你呢，她们惊奇你这么漂亮！"

"我真的漂亮？"

"漂亮，你挺起胸，就更漂亮了。"

小月便直直地挺了身子，门门一会儿走在她的面前，一会儿走在她的后边，只要提醒一句："身子！"她立即就将腰挺得直直的。

"是不是给你买双高跟皮鞋？"

"去！你是糟蹋我吗？"

门门并排和她走着，不时地向她耳语："小月姐，你瞧，人都目送你哩！"小月脸红红的，没有答腔，也没有制止。暖洋洋的太阳照着她，她忘却了悲伤，尽力挥发着一个少女心身里的得意和幸福。

他们走进一家饭馆，门门点了好多好多菜，小月制止了：

"门门，别大手大脚的。"

"小月姐，咱钱多着哩。"

"有钱也不能这么海花，钱不能养了浪子的坏毛病。"

他们买了四碗馄饨，两个烧饼。

小月很快吃完了，先走出饭馆，看见斜对面是一家书店，就进了去，想买几本新小说。后赶来的门门却要了《电工手册》《电机修理》几本书。

"你尽买这些书？"

"我想回去买些电磨机，轧花机，现在有你合作了，一定能办得好呢。"

小月笑了：

"你知道我会同你合作吗？"

"我知道。"

"你不怕才才用石头砸了你的机房？"

"他要是聪明人，就不会用拳头砸他的脑袋！"

小月突然想：才才能到外边跑跑就好了。

这一天下午，他们几乎跑遍了县城的每一块儿地方，当下班的车流从他们身边奔过的时候，小月总是瓷眼儿看着那一对一对并排而去的男女。一辆小儿车被一对夫妻推着缓缓过去，她忍不住上去问孩子：几岁了？叫什么名字呀？门门过来悄悄问：

"是不是想要个儿子了？"

"放屁！"小月骂了一句。

"将来是会有的，儿子也是会和这孩子一样幸福的。"

小月用脚踢在了他的腿上。

夜里，直到十二点，他们分别睡在一家旅社，天露明就又搭运木头的卡车赶回了毕家湾木材场。

木料全部到齐了，两个人一根一根扛到河边，砍了葛条扎成大排，然后门门将那六个汽车内胎用嘴吹圆，拴在木排下边，让小月上去坐了，自个儿去江边的小酒店里买下一瓶白酒揣在怀里，将排"哗"地推向水面，一个跃身上去，顺河而下了。

木排走得很快。小月第一次坐木排，觉得比在船上更有味道。船在渡口，河水平缓，这里河面狭窄，河底又多是石礁，处处翻腾着白浪和游动着漩涡，她有些紧张起来了，双手死死抓住排上的葛条。门门就笑她的胆小了。他充分显示着自己水上的功夫，将长裤脱去，将上衣剥光，直直地站在排头，拿着那竿竹篙，任凭木排忽起忽落，身子动也不动一下。

"门门，你们撑柴排，运桐籽也就在这儿吗？"小月问。

"还在上游，离这里三十多里吧。"

门门就讲起撑柴排的事来，说有一次他怎样扎了一个七千斤的柴排，在下一个急湾时，掌握不好，排撞在石嘴上散了，怎样跳进水里将柴捆拉上岸重新结扎，赶回村已是鸡叫三遍了。又说夏季涨了水，浪铺天盖地，他可以一连撑四个排，一并儿从河中下，如何大的气派。

"这河上出过事吗？"小月问。

"当然出过。在急湾处，排常常就翻了，人被排压在水下，有时尸体被嵌在水底的石缝里，永远找不着。"

小月吓得浑身哆嗦起来，说：

"你千万小心，你不要站得那么边，你逞什么能吗？"

"没事，有你在排上压阵，还怕什么！"

河岸上，崖壁像刀切一样，直上直下，一棵树没有，一棵草也没有，成群的水鸟栖在上边，屙下一道一道白色的粪便。木排转弯的时候，就紧擦着崖壁下而过，小月看不见排下水的底面，用另一根竹篙往下探探，竹篙完了，还未探到底，心里就慌慌的，抬头一看崖嘴上，土葫芦豹蜂的球形的泥窠吊在那里，眼睛赶忙闭上了。

"害怕了吗？"门门放下了竹篙，从排头跳过来，坐在了小月的身边，然后就仰躺下去，将那酒瓶打开，咕咕嘟嘟喝了一气。

"你也喝喝，酒会壮胆哩！"

小月喝了一口，脸面顿时发红，眼睛也迷迷起来。门门还在不停地喝着，小月看见他胳膊上，胸脯上，大腿上，一疙瘩一疙瘩的肌肉，觉得是那样强壮、有力和美观。那眼在看着天，双重眼皮十分明显，那又高又直的鼻子，随着胸脯的起伏而鼻翼一收一缩，那嘴唇上的茸茸的胡子，配在这张有棱有角的脸上，是恰到了好处，还有那嘴，嘴角微微上翘……小月突然想起了发生过的事情，忍不住"哧"地笑了。

"你笑什么？"

"没笑什么。"

"我真有些要醉了。"

"我也是。"

"咱们就让这木排一直往下漂，一直漂到海里去。"

"漂到海里去。"

门门一把搂过了小月，小月挣扎着，慌忙扭头看看两边岸上。岸上没有人。

天上的云骤然增多起来，从山的东边，滚滚往这边涌，太阳便不见了。小月看着头顶上的黑兀兀的大崖，觉得大崖似乎要平压下来。

"小月！"门门叫了一句。

"叫姐！"小月说。

"小月姐，姐，你瞧瞧，那朵云是什么？"

"像一只小羊。"

"像一头狮子，你再看。"

小月看时，那云就变了，果然像是一头狮子，气势汹汹。

这当儿，"哐"的一声，木排一个剧烈地摆动，险些将两人扔在水里。门门爬起来，大声叫着，原来木排撞在一堆乱石上，被卡在了那里，木排仄仄地，前头要翘起来了。小月惊慌失声，门门"唰"地从排上跳到了石堆上，用身子拼命推那木排，一分钟，二分钟，木排艰难地向外移动，蓦地到了中流，忽地往上冲去，门门一个跃身扑过来，但脚没有踩住木排，身子掉在水里，双手却抓住了木排的两根橡头。小月"啊"地喊不出声来了，门门顺着那木排摆动着身子，终于翻上来，力量的对抗，使他的面部全然扭曲了。

小月再不让门门在木排上睡了，逼着他守在排头，厉声喝令要小心行事。

河面一会儿窄，一会儿宽，不停地过滩转湾。

山谷里的天气越来越坏了，风呼呼地从两边山沟里往下灌，又相互在河面纠缠，风向不能一致，木排摆动得更大了。常常就静止似的停在那里，或者突然转一个转儿。门门叫道：

"不好了，要下暴雨了！"

一句未了，那雨就"啪啪"地打下来，雨点像石子一样，打得人眼睛睁不开。两人立时浑身精湿，小月要求把排靠岸，避避雨。门门说：

"不行，这里比不得咱门前那儿，说雨就雨，马上山洪就会下来的。"

果然没有多久，峡谷里更是阴暗，雨里竟夹起了冰雹，连绵不断的风卷扬起了大量的枯枝败叶，两边山崖上发出了巨大的轰响，一些老树被摧毁了，有的山坡剥了皮似的掉下一片，碎石、泥浆直涌进急流之中。许多山头上，可见各种受惊的动物拥挤在一起，有狼，有狐狸，有蛇，也有山羊。小月看见有一只兔子和山鸡的尸体冲到木排的边沿上，倏忽又不复存在。天空中乌云越来越重，不时被雷电的曲折行程所劈裂，电光忽而这里，忽而那里，照亮着沉沉的阴暗。一只鸟儿在空中胡乱打旋，接着一斜，"啪"地掉在木排上，动也不动地死了。

小月一直陷入痴惘的状态，生存的本能，使她死死抓着木排上的葛条不放，极度的惊恐，将牙狠命地咬着嘴唇，血从嘴角流下来。

"小月姐！抓牢！不要怕，有我哩！"

门门大声叫着，他并没趴在排上，也没有弯下身子，他知道这时候，他稍稍一胆怯，这木排就会撞在崖上，打落水中，那小月姐就完了，他也就完了。

"要坚强，小月姐！"

小月看见直立在排头的门门，心里充满了一种极度的感激：他是一个勇敢的男人，一个拯救着她生命的了不起的英雄。

"相信我，小月姐！"

她大声回答着：

"门门，我信得过你！"

"好，你给我加油！"

"加油！加油！"

小月忘记了害怕，忘记了惊慌，浑身是力量和自信。她爬到了排头，坐在门门的身下，大声地和门门呼应着"加油！"

木排以极快的速度冲出了三十里河面。

风雨渐渐地小了。小月感到奇怪，门门说：山谷就是这样，一处一个天气，一时一个天气。等再下行十里，转过一个偌大的河湾，那边风停雨住，河面上虽然一片灰黄的浊流，天上、山上却一派光亮。

两个人筋疲力尽，坐在木排上，门门又喝起酒来。

"没事啦。"

"没事啦。"

两个人紧紧抱在了一起，谁也再没有说话，默默庆祝着他们的胜利。

再有十里水路，就到了他们那山窝子村了。可爱的家乡，他们是多么想见到它，但是，他们又都心里空落起来，怕这水路怎么这样快就完了，又要回到这令他们难以对待的老家。

"让我从这儿下去吧，免得村里人看见了又说闲话。"小月哭丧着脸说。

"不不！小月姐，咱怕什么呢？"

"你说不怕？"

"不怕！"

"你不怕，我也不怕！"

"碎仔子！"小月突然又这般叫起门门，"你说，村里人又会怎么说咱了呢？"

"你不要说这些，小月姐，我不想听这些。"

"可他们要说呀，咱们还要在村里住呀！"

"咱们不是坏人吧？"

"好人。"

"是好人，小月姐。"

"可为什么村里人不理解呢？"

"……"

"总会有认识的时候吧？"

"会有吧！"

两个人默默地看着，默默地苦笑了。

"你说，村里人都说才才好，我真的不如才才吗？"

"都好。"

"都好？"

"可我觉得你更好。"

"更好？！"

"才才老实，和我爹一样都是好人，可我觉得他好像是古代的好人……"

"那我呢？"

"你好的正是时候。"

"是时候？"

"你别问了，门门，我也说不清呢，反正你就是你，我觉得好呢。"

他们又长时间沉默了。河水平静得看不见流动，但木排却不知不觉地极快地前进。

小月看着河水，竭力想什么也不要再思想，但才才的影子却一下子不能抹了去。终于又说：

"门门，我再跟你说一句，你要慢慢和才才好起来，你答应我吗？"

"答应。小月姐。"

"咱们要干好咱们想要干的事，眼下一定要把家里的地种好。咱毕竟是农民，把地种好了，谁也不会说闲话的。咱可不要像才才那样，他太死板了，那样下去，他是个好农民，是个苦农民，也只能是个穷农民。你要有空多看些书，村里人看不惯的你那些'油'气，你要有志气，就把那烟少抽些，你不会多订几份报纸吗？还有，你现在是有钱，可不能说话气粗占地方，大手大脚，养下些坏毛病。你按我的话做了，村里人就会知道你原来是个好的，也就没有人笑话我了。"

"我记住了，小月姐。"

门门立在排头，回过头来给小月点着头，就轻轻笑了。小月也笑了。望着那嘴唇上已经有一抹淡淡的胡须的可亲可爱的方脸，她心里却酸酸地说：

"唉，世上的事难道就没有十全十美的吗？如果门门和才才能合成一个人，那该是多好啊！"

草于一九八三年五月

改于一九八三年七月

商州山地

——《小月前本》跋

正儿八经写长一点篇幅的小说，我是不敢有企图的。很多年以来，我一直视我的创作是试验；无论短的小说，散文，诗，成功或者失败，自然我是认真对待的，但并不看得过分严重。我只是抱定一个信念：好的东西我还没有写出，埋着头，以每一篇为首篇，好好写吧。

《小月前本》便是这样的产物。

它谈不上是由此岸到达彼岸的一座水泥钢筋桥，也不是树木解成的板桥，说穿了，是一块儿仄石，浅浅的流沙河上等距离排列的一溜的第一块儿仄石。

我的家乡叫这种排列为列石，它可以供过河者踩踏："紧过列石慢过桥。"乡间的俗语已经决定了它的作用是暂短的一瞬。

一九八三年的春节，闲着无事，无意间读了美学家宗白华先生的几句话。他写于二十年代，是写给大诗人郭沫若的，说："一方面多与自然和哲理接近，养成完满高尚的'诗人人格'，一方面多研究古昔天才诗中的自然音节，自然形式，以完满'诗的构造'。"这话于我极合心境。因为这一年，是我的而立之年。人的一生有几个三十春秋啊！可我的创作，总是缓缓慢慢。我检点着我的不是，意识到我的理论的修养、艺术的修养、生活体验的修养，很不适合我目前的创作需要。我小看起我以前的那些浮浮浅浅幼幼稚稚的作品了，厌烦起我这些年来热热闹闹轻轻狂狂的日月了。我给友人的信中，反复说：我要成熟！

我原是山里的土人，几年之间，倒成了城中的市民。虽然仍算是一个城市装潢的土特产吧，但毕竟对新的农村，新的生活，不全然尽知了。于是，在农历正月十六日，小女为我爆放了一串还剩余的花炮，我便一头钻山去了。我那时产生了一个奢想，也是下了一道命令，说：请结束你的游击战，在生你养你的商州故乡，开辟一块儿根据地吧，数年之间，或"达摩面壁"，或"居山落草"。

商州，实在是一个神奇的土地呢。它偏远，却并不荒凉；它贫瘠，但异常美丽。陕西的领土，绝大部分属于黄河流域，但它偏为长江流域。它是八百里秦川向汉中盆地的过渡。其山川河谷，风土人情，兼北部之野旷，融南部之灵秀；五谷杂粮茂生，春夏秋冬分明，人民聪慧而不狡黠，风情纯朴绝无混沌。我背着我的笔纸，开始一县接一县地走动，真所谓过起温庭筠曾描写过这里的生活了："鸡鸣茅店月，人迹板桥霜。"遇人家便讨吃讨喝，见客店就歇脚歇身，日子虽然辛苦，却万般地忘形适意。农村的新的变化，新的生活，新的人物，使我大开眼界。我虽然不满足这种仅仅还是走动的下乡，但仅仅这种走动，足以使我悔恨自己行动得太迟了，太迟了；想到往日城中的烦闷、无聊、空虚和无病的呻吟，我就曾躺在丹江河的净沙无尘的滩上大喊："这是多好的土地啊，光这空气，就可以向全世界去出售！"

长途之中，我开始了我的写作，我常常处于一种随心所欲的境界，一连串草出了十四篇系列散文，合在一起，起名为《商州初录》。它写得很粗糙，几乎没有技巧上的讲究，但一些文友看了，倒过奖为"不讲技巧的技巧"。我拿去在《钟山》杂志上发表了，反响不敢说是不大，收到了众多的全国各地读者的来信。有的竟询问：真的有这么个好商州吗？我说，是有的，我的记录几乎无一处没有出处啊！

写完了《商州初录》，我突然又滋生了一种非非之想：要写《商州再录》和《商州又录》。欲以商州这块地方，来体验、研究、分析、解剖中国农村的历史发展、社会变革、生活变化，从一个角度来反映这个大千世界和人对这个大千世界的心声。这当然仅是一种美妙的设想，我清楚我的力气，只能担当起一位勘探队的向导罢了。但我力争是一位殷勤的认真的向导。

也就在这次长途之中，也就在完成《商州初录》的过程之间，我来到了丹江河的下流。这里是陕西、河南、湖北相交的地带，真个山高月小，水落石出。听人介绍：再往下走，可到一石踏三省的白浪街。好诗意的去处！人是经不住诱惑，我无论如何也该去一趟看看。但这又谈何容易，没有公路，有的是隼嘶狼嗥，山的寂静是一种怕，河的热闹又是一种怕。我背上干粮，大声唱着（此时的唱不是一种消遣，是壮胆，一唱就不敢止），开始沿河边的一条狼牙刺丛中盘绕的毛毛道跋涉了。日在峡空，满河震响，河中出现了一只木排。撑排人是最孤独的，却在自然中还原了自然，衣服剥脱，竹篙横手，过急流险滩之时，立排头，明双目，手忙脚乱，搏斗是最好的词了。下行平缓之处，山风徐来，水波不兴，仰天平躺，吼一种花鼓。我当时呆了，小知识分子的情调泛上，惊呼其情其景，妙不可言。便去求水中人：能不能让我上去坐坐？他们竟大喜。一根香烟，生人便作知己，硬载我下行了四十里路。排上的生活真是有趣啊！他们给我讲了许许多多水上的生活，得意了就大笑几声，气恼了便粗骂一句。我好不感激这些意外的朋友，沿河停歇，就买酒来喝，竟喝得我酩酊大醉。

到了白浪街，住在一户农家，接触了村街中好多人事。不妨直说，他们是有喜，有怒，亦有哀，有乐。尤其使我感兴趣的是，街正中有一家，门口正好是踏三省的石头。家长是一个老头儿，少儿多女，大女们全出嫁了；女婿有陕西的，有河南的，有湖北的。逢年过节，三省的女儿女婿来，行不同的礼节，说不同的音调，人称老头儿为"三省总督"。唯有一女未嫁，正与街中一后生恋爱。这后生形象在街上唯一俊美，行为却被众人讥之不正。他做生意，办副业，手头活泛，穿戴讲究，是典型的能吃大苦亦能享大乐之人，却落得人缘孤独。此女竟反村人而动，一片热心待他，暗订了终身，惹得一场风风雨雨，被老头儿用棒槌打骂几顿。我到了那里，老头儿虽极度热情，但眉里眼里仍留有愁恨。此后，又了解了，这家的情况，联想到长途之中所见闻，思考了许多问题：新的形势发展，新的政策颁发，新的生活是多么复杂而迷离啊！投映在农村每一个阶层人的心上，变化又是多么微妙啊！对于土地，对于传统的道德观念，老年人和青年人有区别，青年人和青年人有区别。他们仅仅是粮食丰收，有吃有喝吗？不，还有好多好多能说清和说不清，甚至只有朦胧地意会的问题。新的生活的到来，在这么一个偏远的边地，向一切人的心灵打开了一扇窗子，尤其是年轻人，或许，他们对他们的自身，对他们脚下的路，认识是不十分明确，但他们在向往着、追求着新的东西；或许他们还一身旧的东西，又带上了一些新的毛病，但他们的向往和追求是顽强的。他们意识到新的生活在召唤他们，他们应该知道山外的大世界，应该认识这个大世界和这个大世界中的他们自己。当然，这一切于他们可能是多么艰难、危险，甚至会陷于不可自拔的绝境……

　　连我也没有想到，这些思考，竟会使我在匆匆完成《商州初录》之后，立即便又草写了《小月前本》。但我的思考是大浅薄了，未免会出现这样那样的偏差；而在写作过程中，笔力常常不逮。我不会结构大的情节，我想步步为营地推进；我想尽一切办法使调子拙朴一点，但却控制不住节奏。我只是笨拙地想：使作品尽量地生活化吧，使所描绘的生活尽量作品化吧。这样是不是行？我安慰自己：试验一下，若效果不好，就在以后校正吧。于是，一个毛头的不安分的小月就发表出来让她唱一出"前本"了。

　　作品一问世，是好是赖，社会是会评头论足的；我背起笔纸又二返了商州，三返了商州。在商州最南的山阳县，在最西的镇安县，新的山地生活，使我又多了一番见识，一层思索，我又写出了《商州再录》，写出了中篇《鸡窝洼的人家》。我叮咛自己：要总结《小月前本》的得失，要更忠实于艺术，力争在新的作品中更尽我的心意些。

贾平四

一九八四年二月二十五日

鸡窝洼人家

一

正是子时，扇子岩下的河滩里，木木地响了两下。响声并没有震动夜的深沉，风依旧在刮着，这儿，那儿，偶尔有雪块在塌落了，软得提不起一点精神。

响声谁也没有发觉，一只狗也没有叫。鸡窝洼几乎被雪一抹成了斜坡了，消失了从坡上流下来的那条山溪，咕咕的细响才证明着它在雪下的行踪。本来立陡立陡的人字屋架，被雪连接了后檐头到地面的距离，形成一个一个隆起的雪堆。门前的竹丛，倒像是丰收后的麦秸积子。房子的门在哪里？窗在哪里？隐隐地只听见有着男人的或吹或吸的打鼾声，和婴儿的一声惊叫，以及妇女在迷糊中本能的安抚声，立即一切又都悄然没息了。

突然亮起了一点光来，风雪里红得像血，迷迷离离地晕染出一所庄院。门很响地开了，一个红的深窟；埋了门槛的雪像墙一样地倒了进去，红光倏忽消灭了。一只狗出来，瘦长长的，没有尾巴，在雪地极快地绕了一圈，猛地向空中一跃，身子像一个弓形，立即向前跑去了。狗的后边，是一个男人，手里正提着一杆土枪。

这是灰灰家的院落。三间上屋，两间西厦。洼地埋在一片柞树、桦树或者竹林子里，而整个鸡窝洼里，唯有灰灰家的院落是最好的风脉了：在洼的中心，前边伸出去，是一片平地；背后是漫漫的斜坡，一道山溪从坡顶流下来，绕屋旁流过去，密得不透风的竹子就沿溪水长起来。大路是没有的。以这里为中心，四边的台田块与块之间的界堰，便是路了。条条交错，纷乱中显见规律，向整个洼地扩散开去，活脱脱地像一个筛的模样。鸡窝洼的名字也就从此叫起了。

灰灰家两口人。媳妇烟峰是南山张家坪的女子，长得又粗又高，头发从来没有妥妥帖帖在头上过，常在山洼里没死没活地傻笑。家里原有一个驼背的老爹，喜欢养猫，有事没事就用没牙的嘴嚼着馍花，然后喂在猫的口里。他最看不上她的笑，她一笑，老人就磕起丈二长的既作拐杖又作打狗棍的长杆烟袋。做儿媳的偏不在意，要说就说，要笑就笑，咧一嘴白厉厉的牙，奶子一耸一耸的。两年后，驼背老爹下世了，烟峰便拿着灰灰的事。有人没人就指着骂丈夫的那个红鼻子。三年以后，除了嘴上还是硬活以外，心底里却怯了：因为她不能生上儿子女子来，人面前矮了几分。两口子住在堂屋，这西厦房堆了物什。冬至那天，禾禾就在这里临时住下了。

禾禾原本是东沟羊肠洼的人，爹娘死得早，上中学的时候和灰灰是一个班的。毕业后，去参了军，在甘肃的河西走廊待了五年。复员回来，没有安排工作，灰灰做媒，上门到洼里半梁上的孙家。本该是一个媳妇，一个一岁的儿子，一家滋滋润润的光景，却吵吵闹闹离了婚，只身一人住在这里来了。住在这里，一切都是临时凑合，家里什么也没有带出来：房是人家的，自然归人家；孩子判给女人，狗儿猫儿却属他，但猫儿跟了他一夜，第二天就跑回去了，只有一条狗，他起名叫蜜子，跟前跟后，表示着忠诚。几十天了，两年以前的独身生活又重新恢复，进门一把火，出门一把锁，日子过得没盐没醋地寡味。他天天盼着下雪，雪下起来，他就可以去打猎了。

已经是两个夜里，他没有敢瞌睡，守着火塘，听河边的响动。河边的沙滩上他下了炸药，但狡猾的狐子并不去吃那鸡皮包裹的药丸。今夜里，他下了最后的赌注，将所有的药丸全部安放在扇子岩下的沙滩，心里充满了极度的惶恐和希望。

一堆干柴很快燃尽了，变成了红炭，红炭又化了白灰。他添上了一堆干柴，烟呼地腾上来，小小的屋里烟罩了一切。一切都暗下来，雪的白光从窗口透入，屋子里似乎又冷了许多。他趴下去，眯着眼睛拼命用嘴吹，忽地火苗蹿上来，越蹿越旺，眼见得松树柴棒上嗞嗞往外冒着松油，火苗就高高地离开了柴堆，呈现出一种蓝光，蓝光的边沿又镶着了红道，样子很是好看。接着火苗就全附在柴堆上，毕毕剥剥响得厉害。他笨拙地盘起双腿，用手去蘸那松油往脚上的冻疮上涂，松油烫得很，一接触冻疮就钻心地痛，痛里却有了几分舒服的奇痒。后来这一切都安静下来，他伸着手，弓着腰，将那颗脑袋夹在两腿之间，享受着火的温暖。

堂屋里，灰灰已经起来小解了，尿桶里发出很响的"咚咚"声。他猛地直起腰来，一直听着那声音结束，心里泛上一种酸酸的醋意。堂屋里的两口，是已经在被窝里睡过一个翻身觉了；在那高高的洼地半梁下，他也曾是有这么一个热得滚烫的炕的，孩子也是一夜几次要抱下来解小解的，那在尿桶里的响声里也是充满了一个殷实人家的乐趣的。现在，他却只能孤孤地寄宿在别人的厦子屋里了。

"难道今晚又要落空了吗？"禾禾想着，侧耳再听听扇子岩方向，并没有什么响动。"还没有到时候吧？"他重新坐好。就发觉肚子里有些饥了。是饥了，夜里去放药的时候，他是吃了中午剩下的两碗搅团，尿泡尿就全完了。柱子上的那个军用水壶里，烟峰白天给他装满了甘榨烧酒，晚上出门时就喝干了。他环视着屋子，四壁被烟火熏得乌黑而且起了明明的光亮，两根柱子上，钉满了钉子，挂着大大小小的篮子、包袱、布袋，一条军用皮带，一只军用水壶，那就是他的全部日用家当。靠窗下锅台里是一口铁锅，靠里的案板上，堆着盆子罐子，那里边装着他的米、面、油、盐、酱、醋。

过去就是炕，炕后的土台上是几瓮粮食和偌大的一堆洋芋。他走过去捡了几个小碗大的紫色洋芋埋在了火塘边。那高大的身影就被火光映在四堵墙上，忽高忽低，变形变状。他瞧着，突然打起一个哈欠，将手举起来，一个充满四墙的大字形就印了上去。他把黄狗拉起来，抱在怀里，黄狗已经醒了，却并没有动，任人抚摸着。

"蜜子，今晚能炸着狐子吗？"他说，"两天了，难道狐子夜里也不出窝吗？扇子岩下明明有着狐子的蹄印啊！"

黄狗依然没有动，软得像一根面条似的。

"你不相信？今晚一定会有收获呢！今晚没有落雪，那药丸不会被雪埋了的。你跟着我，你要相信我一定什么都会好起来的。"

火塘里的洋芋开始熟了，散发出浓浓的香味。禾禾扒出来，不停地捏，在手里来回倒着，就剥开皮来，一团白气中露出一层白白沙瓤一样的面质。咬一口，是那样可口，但喉咙里却干得发噎。狗就一直看着他。将一块儿塞在狗的嘴里，洋芋皮却粘在了狗鼻子上，烫得它"吱"地叫一声。他快活地笑了。

一个洋芋，又一个洋芋，使他连打了几个嗝儿，牙根烫得发麻，从门缝下抓一把雪吞了，又冷得发疼。当第三个洋芋刚刚掰开，沉沉的声音就响了。他立即跳起来，叫道："响了！响了！蜜子，炸着了！"

黄狗也同时听到了，跳在地上，立即后腿直立，将前爪搭在他的肩上。禾禾在火塘里点着了灯，开始戴帽子，扎腰带，将苞谷胡子一层一层装在草鞋里，穿在脚上，脸上充溢着自信和活力；取过背篓、土枪，打开门就走出去了。

二

山洼下的平地里，风在滚动着，雪涌起了一道一道梁痕。洼口下是一个深深的峡谷。平日里，溪水从这里流下，垂一道飘逸的瀑布，现在全是晶莹莹的冰层了。蜜子站在那里，头来回扭着，四蹄却吸住了一样直撑着。禾禾喊了它一声，它还是迟疑不动；自己就寻着冰层旁边的石阶一步一步往下走。风似乎更大了，雪末子打在脸上，硬得像沙子。而且风的方向不定，一会儿向东，一会儿向西，扯锯地吹，禾禾脚下就有些不稳了。他后悔出门的时候，怎么就忘了在草鞋底下缠上几道葛条呢？就俯下身子，把土枪挂在肩上，将背篓卸下来一手抓着，一手拉冰层旁的一丛什么草。草已经冰硬了，手一用劲，就"嚓"地断了茎，"哗啦"一声，身子平躺在冰层上。"蜜子！"他大声叫了一下，背篓就松了手，慌乱中抱紧了土枪，从冰层上滚下去了。

等他清醒过来的时候，他是长长地摆在峡谷底的雪窝子里，蜜子正站在他的头边，汪汪地叫。他爬起来，使劲儿地摇着脑袋，枪还在，背篓就在前边不远的地方。蜜子的叫声引动了远处白塔镇上那公社大院里的狗，那狗是小牛一样肥大，吼起来像一串闷雷。

"蜜子，蜜子，你是怎么下来的？"

禾禾拍蜜子的脑袋，笑得惨惨的，小声骂着，从峡谷蹬出去。

公社所在的白塔镇，是这里唯一的平坦地面。镇子的四边兀然突起的四个山峰，将这里围成一个瓮形。那瓮底的中央，早先仅仅建有一座塔，全然的白石灰石砌成。月河从秦岭的深处流下来，走了上千里路程，在离这里八十里远的瘩子坪开始通船，过七十七个险滩，一直往湖北的地面去了。如今月河水小了，船不能通航，只有柴排来往，上游的人在上边驮了桐籽、龙须草、核桃、柿饼，或者三百二百斤重的肥猪运往下游贩卖，而下游的则见天有人背着十个八个汽车轮胎，别着板斧、弯镰到上游的荒山里砍伐柴火、荆条，扎着排顺河而下。公社看中了这块地方，就在六年前从喂子坪迁到这里，围着白塔，开始有了一排白墙红瓦又都钉有宽板檐头的大房子来，这里渐渐竟成为一个镇了。

镇子落成，公路修了进来，花花绿绿的商店，出售山里人从来没有见过的大米饭的饭店，却吸引了方圆几十里的人来赶集。久而久之，三、六、九就成了赶集的日子，那白塔身子上，大槐树上，两人高的砖头院墙上，贴满了收购药材、皮革的各式布告，月河上就有了一只渡船。禾禾三年前复员，是坐着一星期一次的班车回来的。而两年前结婚的那天，来吃他们宴席的三姑六姨就是穿红袄绿裤子坐了那渡口的船过来的。

现在，月河里一片泛白。河水没有冻流，两边的浅水区却结了薄冰，薄冰上又驻了雪，使河面窄了许多。而那条渡船就系在一棵柳树下，前前后后被雪埋着，垂得弯弯的绳索上雪垒得有半尺多厚了。禾禾茫然地往船上看了一会儿，就急急沿着扇子岩下往前走。他细细地察看雪地上，果然发现有了各种各样走兽的蹄印。这蹄印使他来了精神，浑身感觉不到一点寒冷。他分辨着昨晚下药的位置。但是，在几个地方，并没有发现被炸死的狐子，反倒连安放的药丸也不见了。他在雪地里转着，狗也在雪地里转着。

"莫非有人捡了我的猎物？"

他尽力睁开眼睛，搜索着河滩：远近没有一个人影。风雪偶尔旋起来，下大上小，像一个塔似的，极快从身边呼啸而过。他放下背篓，在背篓口里划着了火柴，点上一支烟。烟对他并没有多大的吸引力，只是在愁闷不堪的时候，才吸上一支，立即就呛得咳嗽起来。这时候，蜜子在远处汪汪地叫着。

他走过去。蜜子在一个雪堆旁用爪使劲儿刨着。他看清了，雪堆上出现了一根鸡毛，小心翼翼刨开来，里边竟是他的鸡皮药丸。

"啊，这鬼狐子！真是成了精了？"

他蓦地想起父亲在世时说给他的故事。父亲年轻那阵就炸过狐子，告诉说世上最鬼不过的是这种野物，它们只要被炸过一次，再遇见这种药丸便轻轻叼起来转移地方，以防它们的儿女路过这里吃亏上当。

"蜜子，这是一只大的呢！"

大的欲望，使禾禾的眼光明亮起来。他重新埋好了药丸，继续随着蹄印往前走。雪地里松软软的，脚步起落，没有一点声息。蜜子还是跑前奔后地履行自己的职责。禾禾的脑子里迅速地闪过几个回忆。他想起几年前在河西走廊，天也是这么辽阔，夜也是这么寒冷，他和一位即将复员的陕西乡党坐着喝酒话别，乡党只是嘤嘤地哭。他说：

"多没出息，哭什么呀？"

乡党说：

"咱们从农村来，干了五年，难道还是再回去当农民吗？"

"那又怎么啦？以前能当农民；当了兵，就不能当农民了？"

"你是班长，你不复员，你当然说大话！"

"我明年就会复员。你家在关中，那是多好的地方，我家还在陕南山沟子哩。"

"你真的愿意回去？"

"哪不是人待的？"

他想起了地分包的那天，他们夫妻眼看着在地畔上砸了界石，在一张合同书上双双按了指印，当第二天夜里的社员会上，他们抓纸蛋抓到那头牛的时候，媳妇是多么高兴啊，一出公房大门就冲着他"嘎"地笑了一声。

"你的手气真好！"

127

"我倒不稀罕哩。"

"去你的！"

但是，正是这头牛带来了他们家庭的分裂……

"咳，动物是不可理解的，即使人和人也是这么不能相通啊！"

禾禾胡乱地想着，一股雪风就搅了过来，直绕着身子打旋。他背过身去，退着往前去，感到了脸上、脖子上冷得发麻，腿已经有些僵直了，只是机械地一步一步向前挪动，想站住也有些不可能了。差不多这个时候，他听见了不远的地方有着微微叫声。扭头看时，在一块儿大石后边，倒卧着一只挣扎的狐子，样子小小的，听见了脚步声，惊慌地爬动着。禾禾站在那里，猛然有些吃惊了。忙要近去，却突然从前边的雪地里跃起一只特大狐子来，腿一瘸一瘸地向前跑去，在离他五丈远的地方停下来，一声紧一声地哀叫。

"蜜子，快！"禾禾一声大叫，向那老狐子追去。老狐子同时也瘸着腿向前窜去。雪地上就开始了一场紧张、激烈地追捕。那狐子毕竟比禾禾跑得快，比蜜子也跑得快，很快拉开了距离，就卧在前边又一声声叫得更凄厉了。等他们眼看要追上时，那鬼东西又极快地向前跑去，这么停停跑跑，一直追过河滩，狐子跑到山上。山上的雪很厚，狐子三拐两拐的，常常就没了踪影，但立即又出现在前面。禾禾已经累得大口喘气，越追越远，就越不愿意半途而废了。末了追上一座山坡，山坡上是开垦种了红薯的闲地，雪落得整个山头像一个和尚的脑袋，眼前的狐子却无论如何找不着踪影了。禾禾坐在雪窝里，大口大口喷着热气，那热气却在胡子上、眉毛上结成了冰花。蜜子也一身是雪，每一撮毛都吊着冰凌串儿，扬着头拼命地向山头上咬。山头的雪地里，狐子又出现了，它像得意的胜利者，在那里套着花子跳跃，完全看不出腿是受伤的了。

到这个时候，禾禾才意识到这狐子的瘸腿原来是伪装的：它是为了保护那只受伤的小狐子，才假装受了伤将他们引开。他一时脸上发烧，感到了一种被捉弄和侮辱的气愤，取下土枪，半跪在雪地里，瞄准了那老狐子，"叭"的一声，黎明的山谷里一阵回响，枪的后坐力将他推倒在雪地里。爬起来，枪口还冒着硝烟，雪地上却并没有倒下一只什么东西来，而在山头更远的地方，那只老狐子又在撒欢了。

禾禾站在那里，羞愧得浑身发冷，手脚不听使唤了。看看东边山上，天空清亮了许多，远远的白塔镇上隐隐约约显出着轮廓，塔下的小学校里，钟声悠悠地敲起来了。

"他妈的！"他骂着狐子，也骂着自己，就脚高步低地往山下走，狗也懒得去招呼一声了。

他开始从河滩最上处往下收药，因为白天狐子是不会出来的，而药又会误伤了行人。但是，就当他在一块儿大石后收取一颗药丸时，意外地却发现了一道血迹。转过石后，在雪地倒卧着一只没尾巴的狗：已经昏迷了，身子在动着；下巴全然炸飞，殷红的血在雪上喷出一个扇面。禾禾猛然意识到夜里听到的是两声爆炸声。

"倒霉！"

他踢了伤狗一脚。狐子没有炸着，反炸着了狗，要是这狗的主人知道了是他炸死的，那又会发生什么吵闹呢？他忙将狗提起来，扔在了背篓，急急要趁着天明之前赶回家去。

"权当是要吃狗肉来的。"他安慰着自己。

三

当禾禾满头大汗背着昏迷不醒的伤狗回到鸡窝洼里，灰灰两口子早已起来了。这家人是洼里最富裕又最勤苦的，一年四季，没有睡懒觉的习惯。地分包正合了他们的心境，每料庄稼第一个下种，第一个收停碾净。家里喂了三头猪，十八只鸡，过着油搽面的好日子。烟峰提了便桶去厕所倒了，过来看见西厦子房的门被风刮开，喊几声"禾禾"，没有应声，知道又去河滩收药了，就自个儿抱了扫帚扫起门前屋后一夜风扬过来的雪末。

灰灰从炕上爬起来，靠在界墙上，摸索着烟袋要吃烟，又大声叫喊着寻不见火绳。烟峰从台阶上的檐簸子里抽出一节苞谷胡拧成的火绳，隔窗格塞进去，说：

"眼窝一掰开就是吃烟，你熏吧，一张嘴倒比个炕洞冒的烟多！"

灰灰在炕上打着哈欠，回应道：

"不吃烟吃荷包蛋行不行？夜里下雪了吗？"

烟峰说：

"雪倒没下，干冷干冷的。你睡吧，饭好了我叫你。"

灰灰说：

"你说得轻快，冬天地里没活了，我得尽早去白塔镇上淘粪呀！昨日早上，那麻子五叔倒比我去得早呢！"

"穷命！"烟峰把鸡窝门打开，拌了一木盆麦麸子在门前让鸡啄起来，"现在地分包了，你也是没一天歇着。去就去吧，回来到那河里，把手脸、粪铲洗得净净的，别让人看了恶心！"

灰灰过足了烟瘾，提着裤子走出来，一边看着天的四边，唠叨天要放晴了，一边裹紧了丈二长的蓝粗布腰带，挑着粪担出门去了。

白塔镇上的公家单位，厕所都在院墙外边，公家干部没有地，厕所里从来不掺水。地分包了以后，附近几个洼的人家就见天有人来淘粪。最积极的倒算得上是灰灰了。

灰灰一走，烟峰就开始在门前的萝卜窖里掏萝卜，大环锅里煮了，小半人吃，大半猪吃。然后再去屋后雪堆里拉柴火，把火塘烧旺。她家的火塘不在当屋脚底，而在门后：挖很深的坑，修一个地道；火热便顺着地道通往四面夹墙上、炕上，满屋子里就一整天都热烘烘的了。一切收拾得停停当当，才听见山洼子里的人家，有木栅门很响的打开声，往外赶鸡撵猪的声，或者为小儿小女起床后的第一泡粪而大嗓门叫喊狗来吃屎的吆喝声。她就要推起石磨了。

电是没有通到这里的，一切粮食都是人工来磨。但别的地方的大磨大碾，这地方依然没有，他们习惯尺二开面的小石磨，家家安一台在屋角。力气大的，双手握了那磨扇上的拐把儿转，力气怯的就把拐把上再安一个平行的拐杆，用绳子高高系在屋梁，只消摇动那拐杆，磨盘就一圈一圈转起来了。可怜一次磨一升三升。一年四季，麦、豆、谷、菽，就这么一下一下磨个没完没了。

烟峰过门五年来，差不多三天两头守着这石磨。当第一天穿得红红绿绿进了这家门槛，一眼就看见了锅台后那座铺着四六大席的土炕和墙角的那台新凿得青青光光的石磨。她明白这两样就是她从此当媳妇的内容了。五年里，夜夜的热炕烫得她左边身子烙了换右边，右边身子烙了换左边，那张四六大席被肉体磨得光溜溜、明铮铮的，但却生养不下一男半女。她没本事，尽不到一个女人的责任。那石磨却凿一次磨槽，磨平了，再凿一次，硬是由八寸厚的上扇减薄到四寸。现在只能在磨扇上压上一块儿石头加强着重量。

她烦起这没完没了的工作。每每看见白塔镇上的商店里、旅社里、营业所里的女人们漂漂亮亮地站在柜台前、桌子后，就眼馋得不行。她恨过生自己的爹娘，恨过常常鼻子红红的灰灰，末了，她只能恨自己。地分包了以后，庄稼由自己做，她就谋算着地里活儿一完就会轻松自在了，可这顿顿要吃饭，吃饭又得拐石磨，她还是没一刻的空闲。每每面瓮里见了底，她就发熬煎：天天拐石磨？！灰灰总要说："天天拐石磨，那说明有粮食嘛，有啥吃嘛！"可是，有了吃就天天拐石磨吗？人就是图个有粮吃吗？烟峰想回顶几句，又说不出来，因为多少年来吃都吃不饱，她怕灰灰说她忘了本。

她低着头，只是双手摇着那拐杆，脑袋就越来越沉，却不能耷拉下去，必须要一眼一眼看着那磨眼的粮食。她突然觉得那石磨的上扇和下扇就像是天上的太阳和月亮：太阳和月亮见天东来了，往西去，一年四季就过了；这上扇和下扇的转动，也就打发了自己的一天一天的光阴。她"唉"了一声，软软地坐下去，汗水立时渗出了一脸一头。

门外边，一阵很响的脚步声，接着没尾巴的蜜子跑进来，带了一股寒气。她脸上活泛开来，一边放下拐杆，一边用手拢头上的乱发，叫道：

"禾禾，你是疯了吗？这么一天到黑地跑，还要不要你的小命儿了？你厦屋塘里的火早灭了，快上来烤烤吧！"

门外依然没有回声，什么东西放下了，"咚"的一下。禾禾悄没声进来，热气一烘，浑身像着了火似的冒气。

"炸着了？"

"炸着了。"

"好天神，我就说天不亏人，难道还能让你上吊了不成？果然就炸着

131

了！我昨日去镇上收购站打问了，现在一等狐皮涨价到十五元了！"

"狗皮呢？"

"狗皮？！"

烟峰跑出来，"呀"地叫了一声，就坐在门槛上了。那只伤狗已经在台阶下醒了起来，哼哼着，血流了一摊。

"我的爷，你这是怎么啦，这是谁家的狗，你不怕主人打骂到门上来吗？"

"它碰到我的药丸上了。咱吃了它吧，有人来找，我付他钱好了。或许这是从外地跑来的游狗哩。"

禾禾开始抄着棒槌打伤狗，好不容易打死了，要去剥皮时，那狗又活了过来。这么三番五次打不死，烟峰叫道：

"狗是土命，见土腥味就活，你吊起来灌些冷水就死了。"

禾禾把狗吊起来，灌下冷水，果然一时三刻没了命。剥了皮，钉在山墙下，肉拿到屋后的水泉里洗了，就生火煮起来。

狗肉煮到六成，香气溢出来，禾禾压了火，让在吊罐里咕咕嘟嘟炖着，便到堂屋帮烟峰拐石磨。烟峰在磨眼里塞了几根筷子，一边懒洋洋地摇着，一边歪过头，从屋里往外看着蜜子在篱笆前啃着同类的骨头，而钉在厦房山墙上的狗皮上，一群麻雀飞上去，"轰"地又飞走了。

"这张皮子不错，冬天的毛就是厚呢。"她说着。磨眼里已经空了，筷子跳得嘣嘣响。

禾禾说：

"嫂子，你要觉得好，你就拿去做一个褥子吧。"

烟峰说：

"你倒大方！我可是阎王爷嫌你小鬼瘦啊。"

禾禾脸红红的，说：

"嫂子小看我了。我禾禾再狼狈，也不稀罕那一张皮子。凭着我这一身力气，我倒不相信积不下本钱去养蚕哩。"

烟峰放下石磨，收拾面粉，开始在锅灶上忙活，说：

"你还是忘不了你的养蚕！不是养蚕，你也落不到这步田地！"

烟峰这么抢白，禾禾就噎得不说话了。他复员后的一半年里，曾经去过安康。在安康的一个县上，他发现那里的人家整架山整架山地植桑养蚕，甚至竟还放养柞蚕、缫丝卖茧，收入很大。回来就鼓动着生产队里也办蚕场。但是队里人压根儿不理睬，盛盛的一颗心凉凉的了。地分包以后，他便谋算着自己养蚕，因为没有桑林，就筹划放柞蚕。但本钱很大。为了积得一笔钱，他先是三、六、九日到白塔镇集上烙油饼出卖，媳妇那时正怀着身子，帮他烧火洗碗。卖过三天，买主吃的竟没有自家尝的多，只好收了摊。后来他就又借钱上县买了一台压面机，四处鼓吹机面的好处。可深山人吃惯了丢片，谁家又肯每顿去花一角钱呢？只是偶尔谁家过红白喜事，三姑六舅坐几席，才来压四升五升面，只好又收摊。收了摊，转手压面机又转不出去，百十多元的机子就成了一堆烂铁放在那里白占个地方。这么三倒腾两折腾，原本英英武武要赚钱，反倒折了本，又惯得心性野起来，在家坐不住，地里的庄稼也荒了。媳妇一气，孩子就提前出了世，月子没有满，两口子就吵闹了七场，哭哭啼啼地要离婚。有了儿子，家里又添了一张嘴，讨账的见天来催，开始倒卖起家里的财物。越是家境败下去，越要翻上来，禾禾就偷偷卖了那头牛，一心想要去养蚕了。结果夫妻更是一场打闹，离了婚。

"嫂子。"禾禾闷了好长一会儿，说，"我禾禾是败家子吗？要是那笔牛钱真按我的主意办了，现在说不定蚕都养起来了，人家安康那地方，一料蚕的收入把什么都包住了。"

烟峰说：

"或许是我们妇道人家见识浅，这也怪不得麦绒，原先一个好过的人家，眼见折腾得败了，是谁谁也稳不住气了。禾禾，下这场雪，你没有去看看他们娘儿们吗？"

"我那么贱的？"

"一夜夫妻百日恩嘛，那孩子总还是叫你亲爹吧？"

"嫂子，不说了。"

禾禾蹲在门槛上，又开始摸烟来抽。他没有想那长得白皙皙的从小害有气管炎的妻子麦绒，倒满脑子牛牛——他的肉乎乎的小儿子。

烟峰在锅台上，碗和勺撞得丁当响，说：

"你听我的，这狗皮一干，你去镇上让人熟了，就送给麦绒去做个褥子，拉拢拉拢，说不定真能又合起婚。现在的女人没有闲下的，要叫别人又占了窝了，你打你一辈子光棍去！"

"谁看上谁娶去，我光棍倒乐得自在呢。"

"你才是放屁了！"烟峰说，"要说会过日子呀，这鸡窝洼里还是算麦绒。"

"她能顶你一半就好了。"

"我？"烟峰倒咯咯地笑了，"你灰灰哥老骂我是个没底的匣匣呢。我又生养不下个娃娃，仅这一点，谁个男人的眼里，我也不在篮篮拾了！"

她说起来，脸倒不红不白的。说毕了，笑够了，就骂着锅上的竹水管子朽了，摆弄了一时，性子就躁起来，将竹子管抽下来摔在地上。

"我去重做一个。"禾禾提了弯镰到门前竹林去了。

在鸡窝洼里，最方便的莫过于水了，家家屋后紧挨着一个石坎或者岩壁，那石缝里，长年滴滴咚咚流着山泉，泉水又冬暖夏凉，再旱也不涸，再涝也不溢。家家就把一根长竹打通关节，从后墙孔里塞出去，一头接在那泉上，一头接在锅台上。要用水了，竹管往里一捅，水就哗哗流在锅里；不用了，只消把竹管往外拉拉，水就停了。适用的倒比城里的水龙头还强。禾禾刚刚砍下一根长竹，灰灰挑着粪担回来了，还没走近篱笆，就凑着鼻子，叫道：

"做的什么好的，这么香哟！"

"炖的狗肉。"禾禾过来说，就用一节铁丝打通着竹管。

"狗肉？"灰灰将粪倒在厕所里，"把蜜子杀了？"

禾禾小声地说了原委，灰灰就说：

"怕什么，谁要寻到门来，咱还要问他讨药钱哩。哈，这么大张狗皮，多少钱，卖给哥吧？"

烟峰出来骂着：

"你什么都想要，那是禾禾给麦绒做褥子的。"

灰灰落了个烧脸，却立即对烟峰说：

"给麦绒就给麦绒吧。我只想给娘娘神献张皮子，人家都送着红布，皮子比红布要珍贵，好去替你赎赎罪呢。"

烟峰听了，倒火了，说：

"我有什么罪了？我就是不会生娃嘛，我还有什么罪?！"

"不会生娃倒是赢了人了？"灰灰脸上不高兴起来，那红鼻子越发红亮，像充满了血。

"你又到求儿洞去了？"

"我怎么不去，我快四十的人了啊！"

"你去吧，你去吧！"烟峰一屁股坐在门槛上，气得呼哧呼哧的。黄眼睛的猫就势跳到她的怀里，她一把抓起来甩出老远，起身进堂屋去了。

禾禾十分为难起来，他不知道该去劝哪个。当下把打通了的竹管架在锅台上，就两头讨好地说些趣话，接着就去自己屋里盛了狗肉端上来，大声叫着来吃个热火。烟峰气也便消了，对着吃得满口流油的灰灰说：

"你红口白牙地吃人家，也不会把你的酒拿出来！"

灰灰只好做出才醒悟的样子叫道：

"噢噢，吃狗肉喝烧酒，里外发热，我怎么就忘了！"

四

吃早饭的时候，烟峰把禾禾叫到堂屋，盛了糁子糊糊让他和他们一块儿吃。饭桌上，烟峰就数说着禾禾，就这么个单身日子可不是长久的事，如果折腾没有个出路，早早就收了心思，好生安心务庄稼为好。灰灰就接茬说了镇子方圆人的议论：地分包以后，家家日月过顺了，只有禾禾反倒不如人，落得妻离子散。烟峰便又过来责怪灰灰：当年做了一场媒，吃了人家的媒饭，穿了人家的媒鞋，反倒现在撒手不管了。灰灰就黑着脸埋怨禾禾全是在外边逛得多了，心性野了，把他的话当了耳边风。两口子你一句我一句。禾禾端着人家的饭碗，脾气又不好发作，吃过两碗，就抱着头不做声。烟峰就逼着灰灰吃过饭后，拿串狗肉去麦绒家劝劝，看能不能使夫妻破镜重圆。灰灰就当下要禾禾回话：往后安心种庄稼呀不？禾禾说：

"灰灰哥，我真的是个浪子吗？那三四亩薄地里，真的能成龙变凤吗？"

灰灰说：

"我就不信，你把那三四亩地种好了，养不活你三口人？！"

"那就只顾住一张嘴？"

烟峰就唬道：

"正应了心比天高，命比纸薄！我也倒想活得像镇上公家单位里的女人那样体体面面的，可咱那本事呢？你还想要老婆不要？你什么也不要说了。让你哥捏合你们一家人浑全了，再说别的吧！"

吃罢饭，灰灰就提了狗肉去洼地半梁上的麦绒家去了。

麦绒家是这洼地里最老的户，父亲手里弟兄三个，但都没有一个儿子，麦绒爹生养了两个女儿，一个出嫁到后山去了。三户就合作一户，招了禾禾，冬至日，两人正式离了婚，麦绒关了门，常常看一眼父母的牌位，看一眼怀中的小儿子，就放着悲声哭一场。下雪的那天夜里，儿子又害了病，烧得手脚发凉，她吓得连夜抱了儿子到镇上卫生所打了一针。几天来，病情并未好转。家里的麦面又吃完了，去拐石磨，磨槽平得如光板，镇子对面洼里的石匠二水就来凿磨子。

二水三十八九了，为人很有些机灵。前几年因为家贫，一直没能力婚娶。地分了二亩，粮食多起来，就四处托人要成全一个家。他本来凿磨子的功夫并不怎样，却打听到麦绒刚刚离婚，心眼儿就使出来，找着上门显手艺。凿了一晌，又是一晌，一边叮叮咣咣使锤子凿子，一边问这问那，百般殷勤，眼光贼溜溜地在麦绒的脸上、腰上舔着。娃娃有了病，一阵一阵地哭，麦绒侧了身子在炕沿哄娃娃吃奶，他就过来取火点烟，说着娃娃眉脸俊秀，像他的娘，末了又说：

"快吃奶，奶奶多香哩！"

麦绒忙掩了怀，放下娃娃来烧火，心里噗噗通通跳，又不好说出个什么来。

二水看出了女人的害羞，只当全不理会。瞧见麦绒去拉柴火，就抢起长把斧头在门前劈得碎碎的；瞧见麦绒要喂猪，就一只胳膊把猪食桶提到猪圈。看着他的乖巧，麦绒心里就想起禾禾的不是，感慨着这田里地里，屋里屋外，全要落在自己操心，不免短叹一声，二水偏就要说：

"麦绒妹子，麦地里你撒过二遍粪了吗？"

"没。"

"过冬的柴火收拾齐了吗？"

"没。"

"你这日子过得哟！你瘦脚细手的，娃娃又不下怀，这里里外外的怎么劳累得过来呀！"

麦绒眼泪差不多就要流下来了，却板着脸面说：

"你快凿你的磨子吧！"

二水便将凿好的上扇和下扇安合起来。但是，磨提儿坏了，上扇配不着下扇。自言自语地说：

"唉，一台石磨也是一对夫妻呢，上扇下扇配合在一起，才能磨粮食呢。"

这当儿，灰灰提着狗肉进了门。二水先吃了一惊，立即就咧嘴笑笑，蹲在一边重新收拾石磨去了。麦绒欢喜地说：

"灰灰哥来了！多少日子了，也不见你上来坐会儿。今日是杀了猪了吗？"

灰灰说：

"麦绒真是眼睛不好使了，这哪儿是猪肉，这是禾禾搞来的狗肉。说是你有气管炎，给你补身子呢。"

麦绒别转了身，说：

"瞧他多仁义！我补身子干啥，我盼气管炎犯了，一口气上不来死了呢。"

"大清早的别说败兴话！"

孩子又哭起来，手脚乱抓乱蹬。麦绒解怀让噙了奶，一只手去门前抱了柴火，生火烧水，又从柜里取出四颗鸡蛋。虽然同住在一个洼里，因为灰灰当年做的媒人，所以以后任何时候来了，开水荷包蛋总还是要吃上一碗的。灰灰就说：

"你别张罗了！我还有什么脸面吃得下去！我好赖还住在洼里，你们这么一离婚，故意给我的难看，成心是不让我再到你们家来嘛。"

麦绒只是烧她的火，风箱一下长、一下短地拉送，说：

"我盼不得这个家好呢，可我有什么办法？我多留下的这份家当，总不能被踢腾光呀？我不怪你，只当是我当日瞎了眼窝。"

水还未烧开，鸡就跑进来，跳到灶台上，案板上，炕头上，麦绒拿起一个劈柴打过去，鸡扑棱棱地从门里飞出去了，猪却在圈里一声紧一声哼哼起来。麦绒就将鸡蛋打在锅里，提猪食桶去猪圈，灶火口的火溜下来，引着了灶下的软柴。灰灰踏灭了火，接过孩子，说：

"唉，你这日子倒怎的过呀！"

麦绒坐在猪圈墙上，眼泪也滴了下来，拿起搅食棍使劲儿地在猪头上打。

二水便说：

"灰灰哥，这屋里不能没个外头人啊，你怎么不给麦绒再撺掇一个呢？"

灰灰看出了他的意思，就说：

"麦绒不是有禾禾吗？"

"那浪子是过日子的人手？"

"你别操那份闲心，禾禾能把狗肉给买回来，他心里早回头了。你说这话，可别让禾禾知道了，抡你的拳头！"

"我说什么来？我什么也没说呢！"

荷包蛋端上来，灰灰一碗两颗，二水也一碗两颗。灰灰问二水磨子凿了几晌了，二水支支吾吾说是三晌了，灰灰黑了脸。

"你是来磨洋工的？吃了鸡蛋你走吧，磨提我来安。"

二水红了脸，捞着鸡蛋吃了，泼了汤水，自个儿就下山走了。灰灰对麦绒说：

"谁叫你请他，你不会喊我一声吗？那是老光棍了，没看出那肚里的下水不正吗？"

"我怎么去叫你，我不愿意再见到禾禾。"

"今日我就为这事来的。禾禾住在我那儿，我们一天三晌数说，他心是回转了，我看你们还是再合一起的好。"

"灰灰哥，我日子是不如人，我爹在世的时候，托你给我们做的媒，我现在也只有找你。你看哪儿有合适的，你就找一个，人才瞎好没说的，只要本分，安心务庄稼过日子。"

"我看还是禾禾。你再想想。毕竟过了一场，又有了孩子，只要他浪子回过头，倒比别人强得多。"

麦绒抱着孩子，靠在灶火口的墙上一动不动，末了就摇起头，眼泪又无声地流了出来。

灰灰看着这个样子，心里也不好受起来，恨禾禾害了这女人。鸡窝洼里，麦绒是一副好人才，性情又软和，又能生养儿子，却这么苦命，真是替她凄惶。当下鼻子显得更红了。

"家里有什么事，你就给我说。禾禾的事你再想想。好好照看住孩子，孩子病好些了吗？"

"打了几针柴胡，烧有些退了，夜里还是愣哭。"

"这怕是遇上夜哭郎了！我给你写一张夜哭郎表，你贴在镇上桥头的树上，或许就会安宁了呢。"

当下找出一张旧报纸，麦绒翻出禾禾当年从部队上拿回的一支铅笔，灰灰写了表：

天皇皇，地皇皇，

我家有个夜哭郎，

过路君子念一遍，

一觉睡到大天亮。

写好了，灰灰走出门，麦绒让把那狗肉带回去，灰灰虎着脸让留下。走过猪圈，瞧猪圈里粪淤得很深，直拥了猪的前腿，便跳下去用锨出了一阵，感动得麦绒心里说：唉，烟峰姐活该有福，不会生养孩子却有这么好的男人！

五

灰灰的劝说没有成效，便死了禾禾想夫妻重归于好的一线希望。就将西厦子屋扫了灰尘，搭了顶棚，用白灰又刷了一遍，准备长时间地在这里借居了。

连续三个晚上，他又放了红丸，收获的仅仅是一只小得可怜的狐子。下一步怎么办，禾禾对这种捕猎产生了动摇。但是，吃的穿的，日用花销，却

139

不能不开支，身上的钱见天一个少出一个了。冬天里还会有什么生财之路呢？他着急，灰灰和烟峰也为他着急。

一天，太阳暖暖的，阴沟里的积雪也消尽了，禾禾一个人坐在洼底那道瀑布上的阳坡里晒着；百无聊赖，就盯着瀑布出起神来。瀑布恢复了它修逸的神姿，一道弧线的模样冲下去，在峡谷的青石板上跌落着，飞溅出一团一团白花花的水沫。

二水咿咿呀呀地唱着，顺着石阶走上来：

妹在家里守空房，

哥哥夜夜想凄惶。

……

一扭头，看见了禾禾，后边的曲子咽在肚子里了，脸唰地红成猪肝。

"二水，你这要到哪里去呀？"

"我，我到洼里转转，我不到哪儿去呀。"

"想是去找个老婆了？"

"禾禾，这没有的事！我二水再没见过女人，也不会干出对不起你的事呢。我是什么角色，谁会看得上我了？"

二水颓废地坐在地上，冻得清涕流下来，挂在鼻尖上，用手一抹，擦在衣襟上。禾禾突然同情起二水来：他近四十的人，自小没爹没娘，在这个世界上，他有的是一百三十斤的分量，有的是一米七二的高度，苦，累，热，寒，以及对异性的要求。但却偏偏少了人活着如同阳光、水分一样不可缺少的爱。

"你还打石磨吗？"

"打的，你是不是也要一个呢？我不向你要钱，也不要你管饭，我给你打一个吧？西沟那一带卖豆腐的人家，哪家豆腐磨子不是我打的呢？"

卖豆腐？禾禾心里忽然动了起来：如今白塔镇上的公家单位越来越多，山里农民的粮食多了，吃喝上又都讲究起来，这做起豆腐，一定也是桩好买卖呢。

"二水，你给我打一个豆腐磨子怎么样？该多少钱，就多少钱，一个钢镚儿不少！"

二水果然服帖，当天下午就在家里动起手了，整整两天两夜，他将一合青石豆腐磨子背到了西厦子屋。禾禾也从镇上籴来了几斗黄豆，当下泡了，呼呼噜噜磨起来。

灰灰先是吃了一惊，接着就高兴了：

"禾禾这下倒下苦了，虽说也是倒腾的事，毕竟是实实在在的活啊！"

烟峰却皱着眉，嘴里不说，拿眼睛看禾禾怎么个干法。

做豆腐可真是一件累死人的活计，亏得禾禾一身好膘，五升豆子从下午磨到后半夜。先是转得如玩儿一样，慢慢就沉重起来，鸡一上架，他就懒得说笑，牙子咬得紧紧的。被水泡着的豆瓣用一个牛角勺儿不停地往磨眼里灌，白浆就肆流出来，盛满了一只木桶。

灰灰黄昏时到地里去了，天黑得不认人了才回来。麦苗出土以后，他早晨提半桶生尿去泼，下午担一担柴火灰去撒，离了地就像要掉了魂。

烟峰在堂屋里拧麻线绳儿，吱咛咛，吱咛咛，在拧车子上拧出单股儿，就挂在门环上，一边退着步拉着，一边还是摇着拧车子上劲，头一晃一晃的，优美得倒像是在做舞蹈。斜眼儿瞧见禾禾在厦房里满头汗水拐磨子的样子，就哧哧地笑。

"兄弟，缓缓来，心急吃不了热豆腐哩！"

放下线绳儿就走过来，将一双胖得有肉窝儿的白手放在禾禾的手上，握住石磨拐把，成百上千次地重复着石磨的圆。

"屎难吃，钱难挣哟。"她说，"下辈子托生，再不给农民当老婆了，苦到这农民就不能再苦了。"

"我只说女人家是厮守石磨的，没想我也干上了。"

"男不男女不女的，日子也够糟心了，爷佬保护你这回真能发了。"

两个人坐下来歇气，累得脖子都支不起来。

半夜里，三个人都忙着烧水，过包，厦子房里被烟罩着，呛得人不住地咳嗽。烟峰连打了几个喷嚏，每打一次便弯着眉眼跑到门外，惹得灰灰骂几句娇气。在屋梁上系过包十字架，她又盖了锅，顶了手巾，去扫屋梁上的

141

灰，灰灰又唠叨穷干净，她就火气上来了，木勺在锅沿上一磕，说：

"你浑身哪怕是从土窝里才爬出来，我懒得说你了。这豆腐是清净东西，见得灰吗？你好生烧好你的火，豆腐锅上还见不得你那一双脏手呢！"

灰灰没有恼，火光涂照在脸上反倒笑了。禾禾就说：

"嫂子真够厉害，亏是灰灰哥，要是别人，每天打你几顿呢。"

烟峰说：

"打我作甚的，我除了不生娃，哪一样让别人挑剔过！"

豆腐浆在纱包里过滤起来，一盆又一盆，三个人六只手来回晃动着那十字架上的纱包。没想，正紧火着，"嘣"的一声，十字架上的绳却断了，"哐"地掉在锅里，将豆浆水打溅了一锅台。烟峰紧捞慢捞，手又被烫了，三个人都傻了眼。

"霉了，霉了！怎么能遇这事呢？"

"五六斤豆腐是没了！"

这回是烟峰的过错，两口子就吵起来。禾禾忙挡架了，舀出一勺酸菜浆水让烟峰受烫的指头伸进去，就只是笑着。重新系好绳，重新又一盆一盆过包，一直又忙到豆腐点在锅里了，都没有说话。两口子就上堂屋睡去了。

多后半夜，豆腐做了出来。禾禾端了一碗调好的豆腐块，去敲堂屋的窗子，灰灰开了，问怎么啦，禾禾说：

"做出来了，你快吃一碗吧。"

烟峰拉过灰灰，哗地关了窗说：

"禾禾，他睡着了还吃什么呀？过包时糟蹋了那么多，你又这个吃那个吃，还卖钱不卖钱了！"

禾禾说：

"挣钱不挣钱，落个肚肚圆嘛！"

灰灰也在说：

"算了，禾禾，夜里吃了我胀得睡不下呢。"

第二天，正好是十三逢集，禾禾就担着豆腐到白塔镇去了。镇上的人很多，卖什么的都有。公社大院里的那些小干部，平日事情不多，又都是从县上、区上两年一换地到了这儿，一天到黑见的人少，心闷得慌慌的，所以三天一次的集，他们是最喜欢这热闹的了。瞧见禾禾在卖豆腐，觉得稀罕，就围过来，说这豆腐好，又细，又压得瓷，没有掺水，也没有搅白苞谷面。

"禾禾，你不打猎了吗？"

"还打的。"禾禾说。

"听说你炸着了一只狗，狗皮卖了吗？"

"不卖。"

"你留着干啥呀？"

"不干啥。"

他有一句没一句地回答着这些人的闲问，拿眼睛盯着过往的人。他没有学会大声地叫卖，而是有人稍稍往这边瞅上一眼就要问一声："买豆腐吗？你来看货啊！"

那些干部又在闲问了：

"禾禾，你现在手头有了多少钱了？"

"不多。"

"这么倒腾着能发家吗？"

"试吧。"

"'先让一部分人富起来'，你快富吧，好让公社树上典型都来学呀！"

禾禾没有言语，心里说：我巴不得明早起来就富裕了，可怎么个富呢。

"你还住在灰灰家吗？"

禾禾不愿意别人提说这事，就不再做声了。那些人感到了没趣，就走到别的地方去混热闹了。禾禾看着他们的背影，叹了一口气：唉，地包产到户以后，把这些人闲下了。哼，有这么多磨闲牙的工夫，怎么不回家给老婆抱娃去呢？枉拿了那一份工资！他一口唾沫吐出来，远远地落在一堵墙上，脸上随即堆起笑来：几个买主走过来了。他刀法不行，每打一块儿，不是多了半斤，就是又少了一两。豆腐就全切成了小方块。买主们一肚子意见，他只好赔着笑脸，将秤过得高高的，打发人家的喜欢。

有几个老婆婆蹭过来，用手拍拍豆腐的这面，又捏捏豆腐的那面，末了就一分二分地讨价还价，瘪得没牙的嘴嚅嚅乱动。

"哟，这不是鸡窝洼里的上门女婿吗？你这么粗壮汉子，倒卖起这软豆腐了？！"

"你老要几斤？"他赔着笑。

"三斤。你那拐子丈人身子还好吗？"

"他前年就不在了。"

"不在了？可怜见的怎么就不在了！人活什么呀，连个草儿都不如呀，他比我们都小，倒先我们去了！他好个没福，日子才过好了，他就没了。有娃娃了？"

"有，是个儿。"

"这就好了，拐子一辈子稀罕个儿，儿没有，倒有了孙子，你命好呀，小子，那是一家会过日子的人呢。"

禾禾突然眼角潮湿起来，佯装着低了头，大声翕动了几下鼻子。

老婆婆颤颤巍巍地走了。一边走，一边拿指头捏下一点买的豆腐塞进口里，成几十下地嚅嚅着。禾禾蹲在那里，心里空落落的，不知怎么，不愿意抬头看集上的人了，每每遇见了熟人，头就垂下来。

太阳偏西，集上的人渐渐少起来，豆腐还有半筛子，一时心里发了急。扭头四面看着，就发现前边的那棵空心古槐上，贴着一张"天皇皇，地皇皇"的夜哭郎卦文，看那下边的名字，竟是牛牛。心里就一阵阵紧揪起来，"儿子的病还没有好吗？"他多么想看看去，但麦绒放出口风，绝不让他进门。

"女人的心这么硬啊！"

他担起了豆腐担儿，决意再到那些公家单位的灶上去问问。

一连走了几家，都说已经买了，要他以后每三天送一担就是，他只好从那一扇扇大门里退出来。那些大灶上的残菜剩肉喂养的肥狗就冲着他咬，一抬脚动手，那恶物又扑上来，他只得边打边退，没想跑到白塔底下，竟又偏偏碰见了麦绒。

她已经瘦得厉害，脸上一层灰黑颜色，一只手在衣襟下的胯上藏着取暖，一只手拿着一个硬纸盒的药包。两个人同时相距二百米远站住了。

麦绒万万没有想到禾禾在卖豆腐了，一种说不出的感情使她看见了他没有立即走掉。心跳着，小腿索索地发软。她没有说出话来。

禾禾眼皮低下来，心里叫道：她怎么成了这个样子？看来孩子的病果然不轻，可这狠心的女人为什么不让我去看看孩子呢？她看着我干甚，是耻笑我在卖豆腐吗？还是在嘲笑我的狼狈？或者，是不是她也感到了没了男人的苦愁？他放下了豆腐担子，将筛子里一块儿豆腐，足足有五斤重的，取出来，放在旁边的一块儿光洁洁的石头上，又从怀里掏出五元钱，放在豆腐上，扭头走了。

他走出了老远老远，回头看时，麦绒呆呆地站在那里，然后却并没有走近那石头，扭身一步一步走过了白塔，往鸡窝洼的小路上走去了。

禾禾咬着牙，眼泪却唰地流下来了。

六

豆腐卖了半个多月，每天从白塔镇回来，禾禾就坐在门前的平面石头上盘算账目。这时候，烟峰就坐过来，她喜欢吃零食儿，常要爆炒出一升黄豆在柜里，有事没事在嘴里丢几颗，嚼得咯嘣咯嘣脆响。她将一把抓给禾禾，禾禾双手拿着钱票，她就塞进他的嘴里。一边让禾禾报上一元的数儿，便把手里的黄豆颗儿在一边放一颗。然后，本钱是多少，支出多少，收入多少，就一堆儿一堆儿黄豆数起来。数完了，说几句中听的话，那黄豆颗儿就又全塞进嘴里嚼得满口油水。

灰灰自然心在地里，一回到家，放下犁耧镢锨，就去将禾禾的那些豆渣、豆浆端去喂猪。站在猪圈里叫嚷猪上了几指的膘。

十天里，禾禾明显地黑瘦下去，灰灰的三头大猪却一天天肥壮起来。

"能赚了多少利了？"灰灰坐在门槛上，一边噙着烟袋，一边在腰里摸，摸出个小东西在石头上用指甲压死了，一边问起禾禾。

禾禾说：

"集上的豆子是三角七一斤。一斤豆子做斤半豆腐，最好时做斤六两。一斤豆腐卖三角二角，有时只能卖到三角，这一来一去，一斤豆子可以落七八分钱。"

灰灰一取烟袋，"哧"地从缺了一齿的牙缝里喷出一股口水，叫道：

"七分钱？才寻到七分钱！我的天，那柴钱，劳累钱，工夫钱一克除，这能落几个子儿呀！"

禾禾说：

"不知道别人家是怎么做的，咱就寻不下钱嘛！"

烟峰说：

"亏就亏在你纯粹是卖豆腐的。人家做这项生意，为的是落个豆渣豆浆，喂养几头大猪，你这么一来，自然利不大呢。"

禾禾就忙说：

"嫂子万不该说这话了。我在你们这儿住着，什么都是你们帮忙，这点豆渣豆浆让你家猪吃了是应该的，真要挣钱也不在乎那上边了。"

烟峰说：

"圈里那三头猪，权当有一头是你的。到了年底，杀了你吃肉，卖了你拿钱罢了。"

接着就对灰灰说：

"你舍得吗？咱总不能自个儿吃干的喝辣的，看着禾禾灌肠子啊！"

灰灰当下泛不上话来，笑笑，说：

"要依我说，赚一个总比不赚一个强。禾禾做生意也太心实，豆腐压得太干，秤也撅得高，那还能挣得钱吗？"

但关于让猪的事，却未说出个什么。

禾禾倒生了气，说：

"嫂子说这话，分明是小瞧了我哩，硬要把猪给我，我就搬出这西厦房子。"

灰灰就说：

"你嫂子那嘴里，做出什么好主意。你就好生住在这里，你地里的庄稼，我多跑着替你料理些就是了。"

烟峰就冲着灰灰撇撇嘴，反身进了门不出来。

从此，夜里禾禾做豆腐，烟峰就催促灰灰去帮忙，灰灰贪着瞌睡，又让烟峰去。烟峰说：

"我一个女人家，黑漆半夜的不方便。"

灰灰说：

"禾禾又不是外人，你只消把你那一张嘴检点些就对了。"

烟峰就每天半夜半夜在西厦屋里忙罗。等回到堂屋里睡觉，灰灰早就睡得如死猪一般。她在被窝里带进一股寒气，将双脚放在他的身上去冰，他还不醒，心里说：这男人心倒豁达，也够大胆，都不怕我一个夜里不回来吗？这么一想，倒又恨起灰灰了：这是关心我呢，还是不关心我？

这一家人帮着禾禾，禾禾也就寻着活儿帮他们。他顶看不惯这家的一点，是厕所和猪圈放在一起。猪都是大克郎猪，嘴长得像黄瓜把。人去大便的时候，它就吼叫着向人进攻，需不停地吓唬和赶打。大便之后，猪就将人粪连吃带拱，脏得人脚插不进去。禾禾提出猪圈、厕所分开，烟峰最叫好，灰灰却说这猪吃大便长得快，又能踏肥。禾禾不听他的，几个下午，重修成了一个厕所。烟峰很是感激，就以后常指责灰灰不卫生，有人没人，突然闻到灰灰身上的汗味，就骂道：

"闻闻你身上，快臭了！你不会把那衣服脱下来洗两把水吗？"

"农民嘛。"灰灰红着脸，给自己找台阶下。

"农民就不干净了？禾禾和你不是一样下苦的，可哪里像你！"

"有垢痂有福嘛。"

"你身上的虱子都是双眼皮嘛！别夸说你福了，这么脏下去，我也和你离婚，看你比人家还有什么福？"

"那好嘛，我和禾禾搭铺睡了！"

每当烟峰到白塔镇去买布料、染膏、糊窗子的麻纸、衣帽鞋袜、锅盆碗盏，叫灰灰去跟她参谋，灰灰或许就在地里忙活，或许就去垫猪圈，总央求禾禾去镇上卖豆腐时帮她拿主意。以致往后家里一切事情需要到白塔镇上去，烟峰就叫上禾禾一块儿去了。烟峰年纪不大，正是爱打扮的时候，要出门，便头上一把，脚上一把。从洼地里两个人一前一后走过去，倒像是去拜丈人的新夫妻。灰灰有时一身泥土从地里回来，家里门全锁了，等到一个时辰了，禾禾和烟峰嘻嘻哈哈地走回来，他问："哪儿去了？"烟峰说："镇上。"他倒不高兴了，说："有什么要买的事，三天两头去浪，也不让我知道。"烟峰就顶道："给你打招呼你也不去嘛。"灰灰倒没了话。

有时夜里禾禾做豆腐，灰灰让烟峰去帮个手，烟峰反倒执意不去。睡下了，两个人热火火地接着睡觉，烟峰就说：

"唉，人真不能比，禾禾一个人在西厦屋里睡呢。"

"嗯？"

"怪可怜的。"

"嗯。"

过了一个多月，禾禾并没有挣下多少钱来，灰灰家的猪却肥得如小象一样。烟峰主张交售给国家，赚一笔大钱，给家里添一些家具。灰灰却主张杀了吃熏肉。深山里，家庭富裕不富裕，标志不像关中人看院门楼的高低，不像陕北人看窗花的粗细，他们是最实在的，以吃为主：看谁家的地窖里有没有存三年两年的甘榨老酒，看谁家的墙壁上有没有一扇半扇盐腌火燎的熏肉。灰灰将猪杀后，一个半扇就挂在了墙上，另一半拗不过烟峰，在洼里的人家中卖了。但这些人家都是提肉记账，烟峰收到手的现钱没有多少，想添置大家具的愿望就落空了。她自己买了一件衫子，给灰灰添了一双胶鞋，余下的钱买了几斤土漆，请东沟的木匠来将家里的板柜、箱子、八仙桌漆了一遍。木匠为了显示手艺，就分别在柜的板上，箱的四面，画了众多的鱼虫花鸟，造型拙劣，笔画粗糙，却五颜六色地花哨。烟峰十分得意，灰灰也觉得老婆办了一件人面子上的大事，禾禾却不以为然，说是太俗。一头猪，整肉处理完了，唯有那猪头猪尾，四蹄下水，好生吃喝了几天。禾禾也停了几天烟火，三个人就酒桌上行起酒令：一声"老虎"，一声"杠子"，老虎吃鸡，鸡吃虫，虫蚀杠子，杠子打老虎，三人谁也不见输赢，总是禾禾赢烟峰，烟峰赢灰灰，灰灰又赢禾禾。喝到七到八成，灰灰先不行了，伏在桌上突然呜呜哭起来，禾禾和烟峰都吓了一跳，问为甚这么伤心，灰灰说：

"咱们三个半老的人，这么喝着有何意思。半辈子都过去了，还没个娃娃，人活的是娃娃啊，我王家到我手里是根绝了啊！"

烟峰当下没了心思，气得也收了酒菜，三人落得好不尴尬。禾禾也喝得多了，回到西厦屋里，摸黑上炕就睡。烟峰安排灰灰睡下，坐着想心事，想自己这个家里，没儿少女，也确实孤单，而灰灰又是盼娃心切，往后的日子，虽然不缺吃缺穿，但不免会为无儿之事引起愁闷。越思越想，不觉落下一串眼泪。坐了一阵，听见西厦屋里并没有风箱声音，就走出堂屋，问道：

"禾禾，你怎么不做豆腐了？"

禾禾说：

"算了，嫂子，今晚不做了。"

"你这是想发家的样子吗？你睡得着吗？"

"睡得着，我困得实在不行了。"

禾禾是困得厉害，但并没有睡着，夜里的酒桌上，他总是看着灰灰两口的热闹，心里就想起自己的孤单。烟峰大方开朗，里里外外应酬自如，这要比麦绒强出十倍八倍。当灰灰伤心落泪之后，他一方面替这一家人的美中不足深感遗憾，一方面就同情起烟峰来，暗怨灰灰不该这么说话而捅了烟峰最忌讳的地方。转心又一想：这一家人为了儿女这么伤心悲观，而自己有着白胖胖的儿子，却夫妻分离，父子冲散，真可谓各家有各家的一本难念的经啊！看别人那么爱着儿女，自己有儿却不能去经管，一时良心又发现了，心里悔恨交加。再想，自己这么没黑没明地做豆腐，为的就是这个家能有一日重新和好，及早父子相见，可这豆腐买卖，挣钱却是这么不易，如此下去，什么时候才能重新美满那个家庭呢？

他怀疑起自己这笔生意，心下倒灰了许多。第二天闲散了一天，什么也懒得去干了。就搭车到了八十里外的县城，在饭馆买了四五个猪蹄，一碗白酒，自嚼自饮了半日，晃晃摇摇又去剧院看了一场秦腔。秦腔是古典悲剧《赵氏孤儿》，又是为儿的一场催人落泪的戏，他就不忍心看完，出来蹲在剧院门口的一家烤红薯的摊子上买了几个熟红薯啃起来。

"老伯，你这烤红薯，一天能卖出多少？"

"百十来斤。"

"哎哟，那么多了！城里的生红薯多少钱一斤？"

"八分，现在收不下了啊！"

禾禾突然想起自己家的地窖里的那几百斤红薯了。红薯自己吃不完，也不想吃，这么一起卖给这老汉，也能挣落几十元哩。

第二天一早，他正要买票坐班车返回白塔镇，没想在街上遇见了当年一块儿当兵的一个战友。战友也是去年复员的，回来买了一台手扶拖拉机，墨镜戴上，香烟叼上，威风八面地开过来。两人见面，不胜亲热，叙说旧情近况，那战友正是要承包副食公司一批货物到白塔镇去，当下让禾禾坐在车上一路嘟嘟地回来了。两人在镇上饭馆吃了饭，禾禾就让将他家的红薯捎运到县城，两人便又去地窖里忙活了半天。禾禾动员灰灰也将红薯运去贩卖时，灰灰却摇头了：

"我才不卖哩。"

"现在我家细粮都吃不完，留那红薯腐粪吗？"

"我有我的主意。"

禾禾便将自己的红薯运到县城，腰别了几十元回来了。回来给灰灰买了一盒过滤嘴香烟，给烟峰买了一面镜子，自己倒买了几支牙膏。三个人各自喜欢，烟峰说："禾禾，你倒比你哥强了，你哥这么多年，都没想过要给我买个镜子呢。"

灰灰说：

"你又不是十七八的，照着耀着重嫁人呀！"

烟峰就笑了：

"你拿你老东西托我哩，哼，我满脸黑灰了，也是给你丢人哩！"

禾禾就乐得一阵大笑。

他开始大门前刷牙。复员以后，因为劳累，在部队上养成的漱口刷牙习惯慢慢也就不讲究了，只觉得近日牙疼口臭，就上上下下刷起来。

灰灰就睐着眼儿瞧了半会儿，说：

"禾禾呀，你当了几年兵，洋玩意儿倒学得不少，那嘴是吃五谷的，莫非有了屎不成？！"

烟峰却学着禾禾的样子，用盐水漱口，过来捶着灰灰的背，说：

"别说你二屎话了！我还想给你买牙刷哩，要不，你那臭嘴就别到我跟前来。牙掉了一颗还要再掉三颗四颗呢！"

灰灰说：

"都掉了我镶金牙呀！公社马主任就镶了金牙，人家说话才是金口玉言哩！"

一句未了，倒把禾禾逗笑了，牙膏泡沫喷了一胸口。

七

转眼到了霜降，山地里种起麦来，这个山头上，那个山头上，老牛木犁疙瘩绳，人隔岭跨沟地说着墒情，评着麦种。

麦绒因为家里没了牛，眼看着别人家地都犁开了，种子下地了，她急得嘴角起了火泡。孩子病总算是好了，好过来却越发淘人，总是不下怀，出出进进就用裹缠带子系在背上。头明搭早，就提了一把扇面板锄到洼后去刨地了。

爹在世的时候，家里富有，百样农具齐全。那时地还未分，自留地总是种在人前，收在人前，爹就要端着一个铜壶，盛满了柿子酒在门前的石头上品味。爹一死，家境败下来，农具卖的卖了，坏的坏了，加上禾禾一走，缺力少劳，百事都不如人。

她将孩子放在地头，又怕地陡，滚下坡去，就用带子一头系在孩子身上，一头系在附近一棵树上。拿了板锄一下一下刨地，歇也不敢歇，奶憋得要命，衣服都流湿了。等刨开一溜地了，到山头给孩子喂奶，孩子却倒在那里睡着了，伤心地叫一声"心肝儿！"眼泪断线一般地流下来。

外边常常起风，孩子一尿湿裤子，就冻得梆硬。她再出门，就把孩子关在家里，孩子醒过来，哭死哭活，竟有一次将墙角准备孵鸡仔的一篮鸡蛋一个一个弄破了，白的黄的蛋水流了一地。她打孩子，孩子哭，她也哭，又抱着孩子哭一声、骂一声那天打雷击的禾禾。

禾禾好赖把自己的地种了，就操心着麦绒。去过几次，麦绒远远见他上到半洼来了，正在门前抱着孩子吃饭，转身就进屋关了门。禾禾站在门口，看着那房子的墙根上、猪圈上，用白灰画着一个套一个的白圈，知道夜里有野物出没过这里，就想着夜里这娘儿俩的孤单。看见门框上新挂了一块儿镜子，知道这是山里人常作的辟邪驱鬼的方法，就想着日月的清苦，使这娘儿俩怀疑起自己的命运了。他站着，连声叫"牛牛，牛牛！"，小儿牛牛没有吱声，牛牛的母亲麦绒更没有吱声。屋子里却传来痛打猫儿的骂声：

"你不去逮老鼠你来干啥？我把你个没血没性没心没肝的东西哟……你滚，你滚，我一看见你黑血都在翻哩！"

接着，一把干草火从窗子里丢出来落在他的脚下。干草火是驱鬼的，咒人的。禾禾立即眼前发黑，腿脚软软地要倒下去。但他终于稳住了，脸上又努力地苦笑着。他给她苦笑，她看不见，这苦笑是他给自己的，转身还是拿了锄镢去麦绒的地里刨了半天。

下午回到西厦屋里，灰灰和烟峰问了见麦绒的情景，禾禾就禁不住抹起眼泪。烟峰就不免责骂了几句"心太硬"，灰灰说：

"罢了罢了，这麦绒仍是个硬脖项人，你伤了她的心，看样子一时难回转。你忙着你的吧，我去帮她种地好了。"

禾禾倒在地上，要给灰灰下跪，满脸泪水：

"我这男人活到这一步，也丢尽了脸面。我禾禾不干出一点事来，就不算娘生养的。你告诉她麦绒，我禾禾也不企望再进她的门苦苦巴巴想和她重做夫妻，一年两年，十年八年，她只要知道我是什么人就是了。"

当天夜里，他就到白塔镇搭了一辆过路卡车去了县城，去购买麦种了。他知道在这一带，正急需新麦良种，打听到县城那儿有了新品种"4732号""新洛 8 号""小燕 6 号"，购回来是笔好买卖呢。

灰灰就到了麦绒家，麦绒正抱了孩子，端着一升麦种要到地里去，见灰灰吆着牛，背着犁铧套绳进了篱笆院，忙招呼进屋坐了。灰灰说：

"麦绒，你也真是，不该把禾禾关在门外不理不睬呀！"

麦绒说：

"灰灰哥。他和我鸭是鸭，鹅是鹅了，我再把他接来送去，我还成什么人了！"

"他也是好心呀！"

"好心能使我落到这步田地？"

灰灰就不再言语，他一辈子话短，就问了哪一块儿地已经翻了种了，哪一块儿地还没翻种，争取尽快把麦种下了，不要误了农时，也不要误了地墒。麦绒感激得就让儿子叫"伯伯"，孩子手脚胡蹬，小嘴儿叫个不停。灰灰最爱恬的是孩子，几句"伯伯"叫得心酥肠软，当下抱在怀里亲个不够。麦绒又要去抱柴火烧锅，要打荷包蛋了，灰灰挡了，两人一前一后赶了牛就上了山梁。

梁上是一亩二分刀把子地，灰灰套了牛来回犁着，麦绒就拿镢头挖牛犁不到的地角旮旯。歇晌的时候，她把孩子又拴在一棵树下，自个儿回家去烧了一瓦罐开水，抓了一把自己炒焦了的山茶叶。因为离镇子远，又跑到近处的人家里借了一盒纸烟，一并儿给灰灰拿到地头。灰灰瞧这女人这般贤惠，倒不明白怎么就和禾禾过不在一起？当下也怨怪麦绒不该这么破费：他有的是旱烟末子呀。

"你吃吧，灰灰哥，"麦绒说，"我知道你爱吃烟。"

灰灰就笑起来，说为了吃烟，烟峰不知和他闹过多少次。

麦绒说：

"烟峰姐也真太过了，我就喜欢男人吃烟，烟不离嘴，才像个男人哩。"

太阳到了头顶，人影子在脚下端了，麦绒催灰灰回家歇着。灰灰说不累，来回上下山时间都耽误在路上了。麦绒就抱了孩子先回去做饭了。

她在家里烧锅，心里很快活，一遍又一遍念叨灰灰的好，想：这灰灰哥真是过日子的把式，犁了一上午地，也没有喊腰疼腿疼，也没有对她发脾气，不耐烦，中午也不肯回来歇歇，难怪人家的日月滋润，倒有些像我爹的人手。禾禾那阵，中午从地里回来，仰面朝天就在炕上摆起大字形了。孩子再哭，我再累，人家只是睡着不醒，鼾声像打雷地响，饭熟了，还得三番五次摇醒，一碗一碗端上去。唉，瞧人家的男人！

饭做熟了，她把孩子背在背上，用五号瓦盆盛了面条端到地里。等灰灰犁了一垄过来，面条高高地挑在碗里，有蒜泥，也有油泼的辣子。灰灰倒惊奇她饭做得这么快。碗端在手里，筷子挑不起，一窝丝的又咬不断，就说：

"麦绒，你这面擀得好呀，你烟峰姐可没这个手艺，你要给她传传经了！"

麦绒就说：

"我可不敢和烟峰姐相比。她人有人才，干有干才，我有哪一样能够拿得出手？你快吃吧，下苦的人，你要多吃，家里也没什么好的，做的又少盐没调料的，叫你将就了，等着闲日子，我给你炸麻页馓子吃，补俩补俩。"

灰灰让麦绒吃，麦绒不，说她回去再吃，坐在旁边和灰灰一边拉着话儿，一边给孩子喂奶。

灰灰吃过半碗，才发觉碗底里埋着一块儿一块儿熏肉疙瘩。这是深山人待至客的讲究：肉从不放在碗上，而要埋在碗底。灰灰就埋怨麦绒把他当外人了，越发器重这女人的贤良。

灰灰吃饱了，还剩了许多，麦绒就吃起来。灰灰掏出旱烟袋来抽，抽完一锅，把烟火弹在鞋壳儿里，装上新烟末，再把那烟火弹儿按在烟锅里。这么一根火柴，竟连续抽了十多锅烟。麦绒说：

"灰灰哥，你真会过日子，那么大的烟瘾，你也不买个打火机用用。"

牛在地里散了套，吃着秋里收下的谷秆，吃饱了，卧在犁沟里嚼着嘴巴。灰灰过去拉牛要到地边的水渠里饮喝，听了麦绒的话，说：

"我要那打火机干啥？话说回来，禾禾什么都好，就是心野，钱来路多，也花得多，咱是农民，就是一辈子向土坷垃要吃要喝，把地土看重些，日子不愁过不滋润。为这一点，我和他也争过几次嘴哩。"

"他卖豆腐，能落多少呢？"

"能落几个？做那买卖，都是精明细算的人干的，哪个不掺假，不在秤头上抠掐？赚的是小息小利的钱呀。他大手大脚的，一不会掺假，二又秤过得高，熟人价又压得低，你想想，还能落几个钱？这好多天了，他又不干这活计了。"

麦绒不言语了，唾了一口，把喂饱奶的孩子放在地上，说：

"灰灰哥，他就是这样的人，没有做买卖的本事，又心野得收不拢，你想我们能过在一起吗？我现在什么也不可怜，只是心疼我这儿子，他小小的，就没了爹……"

一说到孩子，两个人心里都不好受。灰灰就说：

"麦绒，不管怎样，要把孩子好好拉扯。没个孩子，人活着就少了许多意思。我和你烟峰姐命里没个儿女，平日回去，两个人吃饭都不香哩。"

"你没去求儿洞去求求神吗，听说那儿灵验哩。"

"咋没求呢！我看没指望了，你如果碰着谁家娃多，不想要了，给我拉拢拉拢，我想要一个养着。"

他说着，就抱过了牛牛，牛牛却不知趣，竟尿了他一身，麦绒恨孩子，灰灰却乐得笑个不止。

半后晌，那地就犁完了，灰灰踏着步子把麦种撒了，开始耱地。他让麦绒抱着孩子坐在耱上压了重量，自个儿吆着牛，一溜一溜，耱得平顺顺的。

晚饭后，灰灰要回去了，还抱着孩子不舍，说：

"麦绒，你愿意的话，让我把牛牛抱过去住上三天五天，我们虽然没生养过孩子，可一定会管好他的。"

麦绒为难了一会儿，同意了，送出来又叮咛说：

"灰灰哥，牛牛可不能让禾禾管。我不想让孩子知道他爹是谁，权当他早已经死了。"

灰灰走出老远了，她又拿了一包东西撵上来说：

"这是禾禾放我门口的那张狗皮，你给他带回去吧。你不要对他说什么，放回他炕上就是了。"

灰灰说：

"麦绒，你这就有些过分了吧！"

麦绒却转身回去了。

八

禾禾从县上搞回来了好多麦种，立即被白塔镇附近的几个山洼的人们抢购了。禾禾也赚了好多钱，同时也知道了在这深山里做买卖，也一定要搞清新情况再行动。但是，也正是在深山里，出现的新情况似乎永远不能同城市比，也似乎永远不能同山外平原比。他自己的环境所限，又不能捕捉新的信息，曾谋算着像有些人买了照相机串乡跑村为人照相，后一打听本钱太大，又没有技术，念头就打消了。在县城碰见郊区几个村子里有人用大麦芽熬一种糖水，获了好多利，心又热起来。但一了解，才知道这糖水是为天津某工厂专门加工的，人家有内线，自己却两眼一抹黑，熬出来也不可能推销，便又作罢了。这么翻来覆去寻找对比，能充分发挥自己优势的，还只有养蚕，就咬住牙子，将所得钱一张一张夹在一本书里，压在炕席下，盼望着本钱早日筹齐。当他回到鸡窝洼，看见自己的儿子被灰灰接了过来，心里一动，就又从那书夹里取出几张来，为儿子买了几尺花布，让烟峰裁剪制作了。

针线活上，烟峰是不落人后的。她早就谋算着让灰灰买一台缝纫机，灰灰心里总不踏实，一直没有应允她。如今禾禾给孩子买了布料，她一个晚上，挑灯熬油就裁缝好了。孩子穿了新衣，越发可爱，三个人就把小人儿当作玩物，从这个手上倒换在那个手上旋转。

麦绒离了孩子，一夜一夜睡不着。孩子虽然已经吃饭，奶却一直未断，她想这么一来，或许就给孩子把奶摘了。但又因为没孩子吃奶，那奶就憋得生疼，撞也不敢撞。而且一到天黑，只觉得房子空。

第五天里，灰灰来帮她出猪圈里的粪，孩子就送回来了。麦绒见孩子没有瘦，倒越发白胖，又穿得一身新衣，花团锦簇，喜得嘴合不拢。说：

"他伯，这孩子去了五天，不哭不闹，活该造下是与你们夫妻有缘哩。我思想来，思想去，这孩子命苦，小小没了爹，要保他长命百岁，有福有禄，就得找一个体体面面的干爹，你若不嫌弃，明日我就让娃认了你。"

麦绒冷不丁说出这话，灰灰的心里甜得像化了糖，当下回去给烟峰说了，烟峰也满心高兴。依照风俗，认干爹的时候，干爹要给干儿制一副缰绳儿，给干亲家做一双新鞋，蒸一升麦面的面鱼，二十个大馍，去接受干儿的磕头下拜。这一夜，好不忙活，烟峰用洋红膏子煮了线，在门闩上系着编了缰绳儿，又配上了三个小铜铃铛。然后夫妻俩就和面烧锅，蒸起面鱼、大馍。那灶上的工艺，烟峰虽不及麦绒，但却使尽了手段，先做出鱼的形状，就拿剪刀细细剪那鱼鳞鱼尾，再用红豆安上眼睛；笼里蒸出来，又用洋红水涂那鱼翅，活脱脱的令人喜爱。第二天太阳冒红，灰灰一身浆得硬格铮铮的衣服，提了礼品到了麦绒家。麦绒早早起了床，门前屋后打扫得没一丁点灰土。当下在门前篱笆下放了桌子椅子，让灰灰坐了，抱着孩子下跪作揖，甜甜地叫声："干爹！"一场认亲仪式结束了，七碟子八碗端上来，灰灰吃得汗脸油嘴。

认了干亲，孩子就时常两家走动。麦绒有了孩子的干爹，家里家外有什么事情，就全让灰灰来出主意。灰灰也勤勤过来帮着种地，出粪，劈柴。灰灰越是待这一家人好，麦绒越是过意不去，但自己又帮不了人家的什么忙，就初一十五，一月两次去求儿洞下的娘娘庙里磕头，保佑灰灰他们能生养个娃娃。

孩子在灰灰家，慢慢也熟了，步子虽然不稳，但也跑前跑后不停。禾禾就抱起来，让叫"爹"，孩子就总是哭，摇摇晃晃钻在灰灰的怀里，叫他是"爹"。禾禾就觉得伤情，不免背过身去叹息。

烟峰看出了禾禾的心思，心想：认孩子为干儿，原想将两家人关系亲密，使禾禾时常能见到自己的亲生儿子，没想却使禾禾越发伤感了。就在枕头边说了这事，灰灰说：

"麦绒那么贤惠，禾禾却和她过不在一起，这怕也是报应了他。"

烟峰就替禾禾难受，平日里更是处处为他着想，知冷知热。每天下午，她为自家的土炕烧了火，就又去给禾禾烧。有什么好吃好喝，也是叫禾禾上来吃，禾禾不来，就用大海碗端过去。禾禾一直没有穿上棉鞋，总是在鞋壳儿里塞满苞谷胡子，她就给做了棉鞋，用木榤子榤了，让禾禾试，灰灰就说：

"禾禾倒比我强了。"

烟峰说：

"你这是什么意思？"

唬得灰灰只是笑，却也说不出个什么言语来。

一个赶集的日子，禾禾想缝一件套棉衣的衫子，烟峰就去帮他看颜色布料，一直到了天黑才回来。灰灰在地里收拾地堰，肚子饥得前腔贴了后腔，只说到家就有热饭下肚，可家里没一个人影，站在竹林边叫喊了一阵子。洼里的地里有人说：

"你别喊了，半后晌烟峰和禾禾穿得新新的到镇上去了！"

"新新"两个字咬得特别重，灰灰一听，知道这是外人看自己的笑话了。当下心里好不恼火，进得屋里，柴也懒得抱，火也懒得烧，一口气吃了十多锅子烟，肚子倒不饥了，却头昏脑涨，浑身没一丝力气。猪又在圈里饿得吭吭直嚷，他烦得出去见狗打狗，见鸡踢鸡，在圈里将那蠢物连砸了四个胡基疙瘩，每一个疙瘩都在猪的脑门上开了花，吓得猪躲在圈角像刀杀一样叫。灰灰出了气，转身进屋睡了，浑身还像打摆子一样筛糠。

烟峰回来，连喊了几声，没有回答。家里又冰锅冷灶，由不得嘟囔：从地里回来了，也不说生火做饭，要是没了我，你就不吃不喝了？！灰灰还是不吱声，烟峰见没接应，反倒更加闷火。她是火性子脾气，有了气，就要有人接火，叮哩吧哨一阵风雨，气消了，事也完了。偏这灰灰是个粘蓊性子，一有气就怀在心里。她当下过来一揭被子，昏暗里见灰灰大睁着两眼，就说：

"我以为你是死了呢！"

"你上哪儿去了？"

"镇上。"

"镇上有什么勾你魂了？你三天两头往那里跑，这个家你还要不要啦？"

"你这是怎么啦，我连个镇都不能上了吗？一顿饭没有给你做停当，你就凶成这样！"

"我一辈子不吃饭也行！"

烟峰说：

"我知道！你气在哪根曲曲肠子里你就出，不要这么折磨人！"

灰灰掀了被子坐起来，狠狠地说：

"你知道就好！你不怕外人笑话，我还丢不起人哩！"

"外人说啥了？"烟峰跳起来，"放他娘的猪狗屁了，我有什么错让他们指责，我就是不生娃嘛，不生娃的人世上一层哩！"

接着，烟峰就说了她去镇上的营生，是行得端，走得正。又说了灰灰正事上不操心，邪事上倒有了心眼，即使信不过禾禾兄弟，难道连自己七年的媳妇也信不过了？

烟峰将话挑明，说得有情有理，灰灰反倒没什么可说了。烟峰见灰灰没了词儿，她偏又说个不停，灰灰就说：

"你叫喊那么大的声干啥呀？"

"我要喊，我就喊了，我有啥怕人的！"

禾禾听见堂屋里有了吵闹，立在窗外听了一阵，听不明白。又觉得纳闷，推门进来，两个人都没了声，他问是怎么啦，烟峰就伏在炕上的被子上呜呜地哭了，灰灰蹲在炕上，只是抽烟。

往日里，灰灰夫妻一吵，他禾禾一出现，两口子就争着向他诉说对方的不是，然后他两头说情，末了，一场风波就无声无息。这一次却是这样，禾禾猛然觉察出点什么了，尴尬人说了几句尴尬话，就回到西厦屋里睡了。

从那以后，灰灰和烟峰还是那样待他亲热。但越是亲热，禾禾越觉得有些生分。尤其灰灰，似乎一天比一天将他看得是客人而不是自家人了。他疑惑，也害怕起来，问过几次烟峰，烟峰只拍着手说：

"你也是个小心眼！"

"你也是个小心眼！"这话里有话啊！禾禾就检点起自己了。"唉，"他不止一次地想，"我要是有对不起灰灰的事，那我还算是人吗？"

再从外边回来，他就总要和灰灰坐在一起抽抽烟，聊聊奇闻轶事。一说到奇闻轶事，烟峰就要凑过来听，又不停地插嘴接言，禾禾偏并不随她话走，还是接着灰灰的话题说。到了晚上，烟峰催他做豆腐，或者干些别的，要来帮他，他总是说困，夜里不干了。但一等他们两口关门睡了，他就又生火烧水忙活起来。再是烟峰要到镇上去，他总是寻事说没个空。烟峰骂过他几次，他只是笑笑，支支吾吾就掩过去了。

禾禾的愁闷越来越折磨自己。他差不多在一个腊月里，每天一早出门，夜里才回来。干的事情又没有一个专注的：今日做做豆腐，明日又包鸡皮药丸去打猎。

这天夜里，他关了门，又包了半篮子药丸挂在柱子上，自己就在火塘里熬起鸡汤来。灰灰家的猫钻进来，在墙角、木梁上追逮老鼠，往下一跳，将装药丸的篮子撞翻下来，一声巨响，禾禾什么也不知道了。

灰灰和烟峰刚刚睡熟，响声把他们震醒，赶忙起来，推开西厦子门，屋里烟雾腾腾，刺鼻的硝磺药味，几乎要把他们喷倒。那只猫已经分尸数块，禾禾倒在地上。

灰灰急忙将他抱出来，发现他脸上肩上几处红伤，血流不止，而右手的第四个指头已经炸断了。叫醒过来，烟峰哭得像泪人一样。灰灰叫喊着快烧些头发灰止血，烟峰竟将自己的头发一剪子铰下一撮来。

禾禾在家睡了半个月，半个月里，烟峰端吃端喝。灰灰一天三晌从地里回来，就陪着他说说话儿，或者采些草药回来给他煎熬，说：

"算了，算了，往后再别胡折腾了，这两年里看你都有些什么名堂？往后安分种庄稼，你做不惯，我替你做一半，再别干这号事了！"

烟峰说：

"你还说什么呀，什么也不要说，现在只要伤养好了，就算咱都念了佛了！"

说罢，眼角一红，又是噗噗嗒嗒掉眼泪。

受伤期间，烟峰去叫过麦绒一次，让她抱着孩子来探望，说是人在难中，心事最多，多一份安慰，强似吃几服药哩。麦绒也哭得眼泪汪汪，却终不肯来。烟峰就骂了她一次，将孩子抱过来，一声一声地教叫着"爹"。过了一天，麦绒却也来了，提了一篮子鸡蛋，到了西厦房后的竹林里了，看见烟峰过来，就将鸡蛋篮子放在地上，转身又回去了。烟峰气得又骂了几句，提篮子回来，却安慰禾禾，说麦绒家里有事，实在走不开。把鸡蛋让捎来了。

"她待你心底还好哩，说不定这一场事故，你们能和好哩。"

禾禾说：

"她不会的，她越发小看我没出息了。"

烟峰就难过起来，说：

"兄弟，我知道你的心盛，可你命这么不好，实在不行了，你就依了你灰灰哥的话吧。"

禾禾却说：

"山里的好东西这么多，都不利用，就那么些地，能出多少油水？这不能怪我命不好，只怨我起点太低，要是真按我的主意养起山蚕，好日子还在后头哩。所以我再苦再累，再失败，我不失信心，甘心忍受外人对我的委屈。"

烟峰眼泪就又流下来。禾禾说：

"你不要难过，我什么都能顶住。这一半年里，多亏了你和灰灰哥，我只恨自己无能，不能回报你家的恩德。"

烟峰就说：

"兄弟不要说了。我这女人没本事，可还明白，你只要有信心，就按你的主意干吧。我这里私房攒了这一百元钱，你拿去用吧，有了本钱，发了，再说还我的话。"

说着就从怀里掏出一个红布包儿，塞在禾禾枕头下。禾禾要推辞，她却起身走了。

九

禾禾伤一好起来，就到县上有关部门去买柞蚕种了。一回村就张罗忙活，收拾分给自己的那片山林地。附近的人都在风传，说禾禾又在瞎折腾了：自古听人说以桑养蚕，还未听说过以柞养蚕的。

烟峰四处为禾禾辩解，说外省的某某地方，山上全放着柞蚕，人都穿的是绸子袄、绸子裤，连那帐子、窗布、门帘、裤衩、鞋面，甚至抹布都是绸子的。那绸子比商店里的的确良强出十倍百倍，穿在身上，夏不贴身，无风也抖，冬装丝绵，轻软温暖，一亩山林顶住四亩五亩山田呢。

她那一张嘴比刀子还利，果然将一些人说得半信半疑，不敢轻易说禾禾的一长二短。当然，她也是有一说十，有十说百，自己说的连自己都有些迷迷糊糊。回来给禾禾说了，禾禾也笑得没死没活。

"嫂子，可不能再去说了，蒸馍都害怕漏了气，你先吹得天花乱坠，要是弄不成了，咱就没个下坡的台阶了。"

果然，禾禾又失败了，一场意想不到的大失败，而从此几乎使他走投无路。

开春过后，蚕种就上了柞林。为了使柞树叶子更加鲜嫩肥大，他将一些柞树截了老干，不长时间，新叶繁生，一丛一丛深绿的浅绿的，蚕就爬得到处都是，长得非常快，眼看着一天一个样，有的分明已经见出身子泛白发亮了。禾禾也庆幸着自己成功，在山林中搭了一个木头庵房，日日夜夜厮守在那里。每天一早一晚，鸡窝洼的人都会看见没尾巴的蜜子在那林子边来回跑动，汪汪大叫。蜜子是到了发情期，叫声便吸引了白塔镇周围的狗，几十条相继赶来在山林里热闹，以致使那些眼小的、嫉妒的、伺机想搞些小动作的人不敢近林。

穿着红袄的烟峰一有空就到林子里去，在小路上走着，腰扭得风摆柳似的，要么去给禾禾送一瓦罐好饭，要么用那只军用水壶提一壶甘榨烧酒。站在林边了，只消喊一声："禾禾！"群狗就应声出迎。

　　麦绒也瞧见了几次烟峰，烟峰就大声招呼她去看看，麦绒却总是借口有别的事，想禾禾果然要办成一件事了吗？心里就空落落的，有些说不出的难受。她盼望禾禾也真能成功，他毕竟还是牛牛的亲生爹嘛。等着那没尾巴的蜜子跑回来，她总要叫着到家里，在脖子上系一颗两颗铃铛，却对狗说："别让他知道是我系的。"又盛了大碗的搅团糊汤让它吃。每每黄昏时分，烟峰的穿着红袄的身影出现在柞蚕林那里，麦绒瞧着，却不禁有些不快起来，心下又想：本来那里是该她去的呢。就走回屋里烧晚饭，先还是心里乱糟糟的，末了就自言自语：我这是怎么啦，禾禾和我是没干没系了，咱吃那醋干什么呢？

　　灰灰呢，禾禾买回蚕种时，他真有些替他担心，劝说过几次，知道禾禾也不会听他的，也便任他去了。又见烟峰乐得嘻嘻哈哈，忙得跑前跑后，他额头上就挽了疙瘩。蚕一天一天长大起来，他去看过一次，确实也吃了一惊，但心里终究不服气，回来越发经营他的三四亩山地，看重他的牛猫鸡狗。烟峰一唠叨柞蚕的好处，他就冷冷地说：

　　"他走他的阳关道，我过我的独木桥吧。就这个样子，这一份家业，他禾禾再有十年怕还赶不上呢。"

　　他在麦地里上了两次浮粪，又担尿水泼过一遍，麦子真比旁人的黑一层，高一节。又去帮麦绒在地里忙了几天，就开始深翻梁畔上那些石渣子空地，准备栽红薯了。

　　栽红薯需要育红薯苗。白塔镇上的三、六、九集上，红薯种成了抢破手背的货。红薯到了春天，腐烂得特别厉害，所以这个时候红薯种的价钱倒要比冬天高出三倍四倍。结果，灰灰从窖里取出一担挑到镇上，一时三刻一抢而空，就又都纷纷到他家来买。灰灰却不再卖，一律要以粮食来换。苞谷也行，大麦也行，一斤兑换一斤。五天之内，竟换了好几担粮食。禾禾得知了此事，也惊奇不已，夸说灰灰的老谋深算，灰灰说：

　　"吃不穷，喝不穷，算计不到一世穷。去年冬天你要卖给城里，那能赚得什么钱？这二三月里，青黄不接，粮食紧缺了，我那石磨子却是不会闲的了。"

　　他说得很自负，显示出一种殷实人家的掌柜的风度，使禾禾无话可说。

禾禾却粮食紧张起来，茶饭不能那么稠了，一天三顿吃些苞谷糊汤。为了补贴，又在山上挖了好多老鸦蒜煮了，在清水里泡过三天，每顿掺在饭里吃。因为两家饭吃不到一块儿，他就故意错开做饭时间，少不得烟峰每顿饭多添两勺水，偷偷给禾禾先盛出几碗，放进西厢房里。心里祝福禾禾这回能大获成功，日月过得像自己家一样。

但是，谁也没有想到，蚕林里的鸟儿越来越多。先头禾禾并不在意，后来发现蚕一天天似乎少起来了，才大惊不已。就拿了一个铜脸盆不停地敲响，轰赶鸟群。一个人的力气毕竟不足，这边敲了，鸟跑到那边，那边敲了，鸟又跑到这边，累得他气喘咻咻，那一顿三海碗的稀糊汤几泡尿就尿完了，身子明显瘦下去。

烟峰更是着急，一见鸟儿就咒，咒得什么难听的话儿都有。一有空，她就也到林子里去赶。禾禾站在坡上，她站在坡下，一边喊：过来了！一边喊：又过去了！声音一粗一细，一沉一亮，满鸡窝洼里都听得见，倒惹得人们取笑，说他们像是在唱对歌了。禾禾后来就劝她不要忙乱了，怕整日在这里，误了家里的事，引起灰灰疑惑。再加上她是个女人家，体力也不济，就去雇用了二水，讲明帮他照管蚕林，收丝后，一天报酬八角。二水也讨好禾禾，就拿了被子，和他睡在那木庵子。

鸟不但没赶跑，反倒蚕越大，鸟越多。忽有一日，从月河上游黑压压飞来一群白脖子乌鸦，在蚕林上空盘旋了一个时辰，就吸铁似的一下子投入林中。这些乌鸦见蚕就啄，一棵树上的蚕顿时就被吃尽。禾禾和二水背了土枪，不停地鸣放，也无济于事。仅仅三天三夜，那柞蚕竟被糟蹋得十剩一二了。二水趁着半夜三更，卷了被子回家不干了。禾禾一觉醒来，只有蜜子卧在身边，再看看树上零零散散的蚕，痛苦得要发疯。鞋也没有穿，在林子里乱跑，从这棵树下，扑向那棵树下，手摇脚蹬头撞。又跑出来，将那土枪一连放了二十八下，枪一丢，抱头呜呜哭起来了。

这些天里，灰灰却正忙着在家烧酒。他在门前的土坎上挖了灶坑，支了大锅，锅上架了木笪桶，装上发酵了的红薯换来的大麦，再上边放了一个净锅，一个槽子伸出来，烧过几个时辰，酒就流出来。这里的风俗，酒一律是在家外烧的，谁家的酒烧得好，谁家的主人就十分光耀，像扬场的把式一样受人尊敬。灰灰又是一心夸富的人，越发显得大方起来，路过的人，他就要叫喊着尝酒，对方说一句"好酒"，即使是喝醉倒在那里，也在所不惜。酒烧好了，知道禾禾的蚕也被乌鸦吃光了，就对着哭丧着脸的烟峰说：

"我早说了，他任事干不成。现在怎么着，要吃狗肉，反倒让狗将铁绳也带走了！"

烟峰一肚子闷火没处发，当下就说：

"好你个当哥哥的，你幸灾乐祸啊？！"

灰灰知道失了口，就说：

"我这也是为他想出路呢。既然养蚕不成了，让他也不要太难过。今日中午，你让他回来，咱做一顿好饭，喝喝酒解解闷吧。"

烟峰去叫禾禾，禾禾像木雕石刻一般，抱着头坐在那木庵子里，怎叫也不愿回来。烟峰只好将酒装在军用壶里给他送去，禾禾却抱起壶来就灌，灌着灌着，烟峰倒害怕起来，说没饭没菜，空肚子喝酒容易醉。禾禾就不喝了，笑着说：

"嫂子，你先回吧，我收拾收拾就回来。"

烟峰一走，他就又喝起来，不歇气将一壶酒喝个净光，只觉得口干舌燥，摇摇晃晃要到溪水边去喝些冷水，一跟斗却倒在那里，醉得一摊烂泥了。

月亮幽幽地上来，溪水哗哗地流着，星月全然在水底，或者不动，或者拉成长形，那光线乍长乍短，变化不定。夜露很快潮起来，打湿了草，打湿了禾禾的衣裤。他醒过来，说声："不好。"就翻身坐起来，觉得头疼得厉害，要爬起身，又软得无力。他知道自己又醉了。"多丢人哟！"他骂着自己，一口一口喷着酒气，泛着酒嗝儿，就用手指在喉咙里抠起来，哇地吐出一堆东西。再抠再吐，肚子舒服多了，就在溪水里漱口喝水，将头塞进水里冰着。一直坐到山洼里的人家关门上炕，窗口的灯光灭了，他站起来，夹了被子，慢慢往回走。"我这成什么模样，让人笑话吗？"他靠在树上，做着呼吸，擦干了头发、手脸，强装精神地下山了。

烟峰和灰灰一直不见禾禾回来，就提了灯笼来看他，一见面，他却笑着打招呼，看不出一点酒醉和悲哀。回家来又说了一些别的闲话，他就回到西厦屋里睡下了。

　　无论如何，烟峰却有些纳闷。她在林子里见到的禾禾是那副模样，而到家里又像换了另一个人，心里总不踏实。睡下后，就一直没睡着，仄着耳朵听西厦屋的动静，直到后半夜，她撑不住了，眼睛一闭就睡去了。天明起来扫院子，叫喊禾禾，喊了三声不见动静，过去隔窗一看，屋里却空空的，就大声叫灰灰。灰灰起来也惊骇不已，不知道禾禾这是到哪里去了。

　　"他不会寻短见吧。"灰灰说。

　　"哪里的话！"

　　"你怎么保得住？人到了这一步，受不住呢。"

　　"别胡说八道！"

　　"那到哪儿去了呢？"

　　"到哪儿去了呢？"

十

　　禾禾这天早上，赶到县城去了。

　　禾禾天不亮离开鸡窝洼，步行十里，扒着一辆过路车到了这里。顺着老街道懒懒地向前走，街道的房子全是木板开面门，一律刷着蓝颜色。这是一种很不吉利，又很不显眼的颜色，但不知为什么这里却门框门板、窗扇窗棂，以及砖墙土院，全是这个色气。禾禾每一次进城，都禁不住纳闷，这一次他却似乎毫无感应。房子很矮，个子高大的禾禾先是挨着墙根走，在每一家私人开办的杂货摊前翻翻，看看，不言不语，漫不经心地又走开，头好几次撞在檐头上。他走到十字路口，那边过去就是新修的街道，一时立在交叉中心没了主意：该往哪里走呢？离开鸡窝洼，到县上来，来了干什么，他也搞不清楚。他站着，东一看，西一看，南北也看了，最后就走到一家饭馆里去。

　　饭馆已经承包了，卫生条件好多了。禾禾刚路过门口，往里那么一望，立即就被热情万分的服务员叫喊进去。去就去吧，到了这一步，只有吃能安慰了。他要了两碗米饭，一盘炒肉，一碗蛋汤，再就是一盘猪肝猪肚，四两

"西凤"白酒，狼吞虎咽地吃起来。别人有了心思，吃不进，喝不进，禾禾却正好相反，饭量比平日倒增加了三分之一。昨日酒喝得大醉，今日又是四两白酒，禾禾顿时又醉了。出得门来，步子就迈不开，靠在墙上往下溜，蹲坐在台阶上脖子歪到一边了。县城的孩子有聚众看热闹的习惯，立即围了一群。说他，笑他，用树棍捅他，用土块、纸弹掷他。他和孩子们倒挤眼还挤眼，鬼脸还鬼脸，没大没小没正经地对口厮骂，末了就抓着胸口，倒在台阶上如烂泥了。

一连三天，他就在县城逛了吃，吃了醉，醉了随地倒卧，满县城都知道这么个人物了。白塔镇有人进城办事，看见了他落魄的样子，听到县里传说他酒后的样子，消息就带回去了。鸡窝洼的人们又惊讶又同情又气愤，骂他成了货真价实的不会生活的二流子了。

"他不该把人丢到县城里去！"灰灰在家里恨恨地说。

"他怎么就成了这样，我的天，他怎么能受得了这份洋罪！"烟峰说着，眼角就红起来。

灰灰说：

"罢了罢了，你不该这么可怜他，使他越来越心野，不记教训。"

烟峰说：

"我觉得他没什么不好的。他要是听我的话，他也不会悄悄就到县上去了。他真糊涂，到了那个地方，有一个亲戚吗？还是有人心疼他？灰灰，你说，他不会破罐子破摔吧，要再那么在县城糟蹋下去，身子垮了，脑子也垮了，那他就毁了。"

"他没脸回来了。"灰灰说，"作为我们好过一场，我也尽了我的义务。他能出去，可见他就没有想回来的意思，这里也没有他可以牵连的。你去看看，他那些部队上的东西带着没有？"

烟峰就到西厦屋里，一床黄军用被褥还在，皮带没有了，军用壶也没有了，那只没尾巴的蜜子失去了主人，跑前跑后，对着烟峰汪汪地叫。她站在房里，脑子嗡嗡地响，一边将被褥叠好，一边收拾了锅上案上的瓶瓶罐罐盆盆碗碗，就动手扫起地来。

"你还帮他收拾得那么干净，他还会回来吗？"灰灰站在堂屋的台阶上说，"走了好，走了好，要不住在这里，整日发疯，外人该拿甚眼光看咱了。"

烟峰却哇地哭起来，说：

"你说的屁话！人家禾禾哪一点对不起你，在人家困难的时候，你倒说出这话！"

"那你说咋办？"

"去找他，我要去找他！"

烟峰大声叫着。

"你也是疯子？"灰灰骂道，"你到哪儿去找他，你怎么去找他，村里人怎么说，白塔镇人怎么说，县城人又怎么说，咹？！"

烟峰说：

"说什么，说烟峰去找禾禾了，他谁又能怎么说？大不了说我对他好，好就好了，好有什么错，我一没偷人，他二没跳墙，谁将我看两眼半！"

灰灰气得只是说：

"无论如何，你去不成！"

烟峰说：

"我就要去！我就要去！"

这一夜里，两口子说硬都硬，说软都软，吵吵闹闹一个通宵。天大亮时，烟峰提着一个包袱走到门前，灰灰扑出来把她往家拉，正不可开交要动起手脚来了，蜜子却汪汪大叫着，箭一般蹿了出去。两个抬头看时，禾禾却甩手大步地回来了。

禾禾一直走了进来，看着灰灰夫妻的情景，大惑不解，便问道：

"你们这是怎么啦？"

两个人都愣在那里，如傻子一样。半天光景。烟峰却扑过来，抡着拳头在禾禾的背上打起来，骂道：

"你回来干啥？你怎么不死在县城，不叫野狗将你吃了！"

她披头散发，又扑进屋去大哭大号了。

灰灰在院子里开始了骂声，说禾禾回来了，就是这个态度？就将禾禾出走后洼里、镇上、家里的情况说了一遍，却只字未提他不让烟峰去找人的事。禾禾不觉满脸羞愧，立在那里，自个儿打了自个儿几个耳光，就进堂屋一声一声叫着嫂子，说他对不起人。

灰灰说：

"别哭了，兄弟回来了，你快去收拾饭吧。"

烟峰抹抹眼泪，说：

"你别这阵充好人！"

说完抱柴火去烧锅了。

吃饭中，灰灰说：

"走时你也不打个招呼，害得人心都慌了。回来了就好，什么话咱也甭提了，能回来，便见兄弟明白了世事，清醒过来了。明日快去你那地里浇浇水，麦受了旱，别人家都浇过了，就剩下你那块地了。还有梁上那片地，你没赶上插红薯，就先壅些葱吧。"

禾禾说：

"我明日一早到镇上信用社去贷款呀，那山梁上的地和地后的那一片荒坡上，我要种桑树苗子哩。"

灰灰放下了筷子：

"又胡折腾呀？！"

禾禾说：

"这回折腾不穷了，县委刘书记都支持哩！"

说到刘书记，灰灰就肃然起敬了。刘书记去年到白塔镇检查生产，灰灰远远看见过，那是个矮矮的胖子，说一口的本地话，后听说是本县东部川的人，嘴里就念叨了几天，说山沟里也会出大人物呢。当下听了禾禾的话，却有些半信半疑。禾禾就说了他在县上发生的事。

在县上的第三天，县委刘书记知道了街头上他这个人物，就让人将他找去，问了根根底底。他只说书记要批评他了，没想书记却十分同情，更欣赏他的想法，支持他把蚕养下去。又打电话将农林局的同志叫来，向他讲了如何放蚕的事，说眼下最好先植桑养蚕，免受飞禽之害。如果要植桑，县上可以提供树苗。

禾禾这么一说，灰灰就不好再说话了。吃罢饭，他将粮食拿上来，借那石磨磨了几升小麦，烟峰就帮他罗面，两个人又说了县城好多新鲜事。灰灰则蹲在炕头只是抽烟，过一会儿就摇摇头。

第二天，禾禾到镇上信用社贷款，信用社的人吃了一惊，没想他竟回来了，又要贷四五百元的款子，就都摇头了。禾禾见人家不相信自己，就说出是县委刘书记的指示，可人家要刘书记的手条，他却没有，就说："不信你打电话问问。"直缠了半天，信用社三个营业员和主任商量了，说：贷可以，但必须要有保人，保人又必须是有家资的信得过的人家。

禾禾想来想去，在这白塔镇上，他知道的人确实不少，去托人家来作保，人家都摇头拒绝了。现在能有家资的又能信得过的就只有灰灰了。他回来给灰灰一说，灰灰纳了半天闷，却说道：

"四五百元，这数字不少呀，你好好考虑，你真能搞成功吗？"

禾禾说：

"县农林局答应帮我搞的，一定失败不了呢。"

灰灰就说：

"咱这深山人家，家里拿出五六十元，倒还能拿出。可一下子赔了，信用社要款，你可以屁股一拍走了，他谁也不敢要了你的命，保人就要一下子拿出来，能拿得出来吗？禾禾，我也是骆驼瘦死留有个大架子呀，你是不是少贷些钱，我就来做你的保人？"

禾禾说：

"那不行呀，桑树苗儿的价是固定的，植桑如果植那么一点，那顶什么用？你放心吧，我不会给你丢人的。"

灰灰艰难地吭吭了半天，口里还是没有吐出个数字来。

烟峰看不过眼，答了腔：

"你别作难，那仅仅让你做个保人，又不是要你立马三刻就拿出钱来，你扳什么架子！"

"你知道些什么？"灰灰把烟袋甩了，骂道，"这个家你当掌柜的还是我当掌柜的？"

烟峰说：

"你能当掌柜的，我也能当掌柜的！禾禾，不求乞他了，要饭的要到门上，也不是这个德性，我给你当保人去！"

169

"你给我回来！"灰灰大吼了一声。

烟峰只是一扯禾禾的袖子就要出门，灰灰抓起鞋一下子打过去，"咣"地正打中烟峰的头。烟峰变了脸，叫道：

"你打人？你敢打人！"

"我就打了，不打好人，还不打坏人！"

"我把什么坏了？"烟峰受了侮辱，便扑回来，"你当着禾禾的面，你说，我是什么坏人，我坏在哪里？"

禾禾一看事情闹到这步田地，肚里就叫苦不迭，忙来拉劝，说他不叫灰灰做保人了，也不叫烟峰做保人了，顺门就走。一出门，一脸羞愧和气恼，走到洼地下的一片柿树林边，正遇着二水从麦绒家出来，已经走出来了，还扭过头去有一句没一句地说些不盐不甜的话。一阵怒火升起来，等二水一走近，劈头盖脑打了他几拳头，然后就长条条仰倒在地上，瓷呆呆地像傻了一般。

烟峰出来叫喊禾禾，灰灰跑近将她拉住，两人厮缠在一起，一时手脚并用，从篱笆前打到台阶后，从台阶上打到中堂。烟峰抓破了灰灰的脸，灰灰一脚将烟峰踢倒在地上，就乘气冲进西厦屋里，将禾禾的家具一股脑丢出来，骂道：

"我不让他住了！再住下去，他就要住到这堂屋里来了！我活什么人哩，我活得冤枉。自己老婆处处护着外人，你是跟我过日子，你是跟别人过日子？"

说罢，就啪啪地打自己的耳光。

"你打吧，"烟峰说，"你还算个男人！过不成就不过了，你把他的东西撂出来，你把我的东西也撂出来嘛，你活独人去嘛！"

灰灰就骂一声"好你个不要脸！"烟峰就呜呜地趴在地上哭得打起滚来。

鸡窝洼的人家都听见了打骂声，站在门口说闲话。很快风声又到了白塔镇，一时议论纷纷：有说灰灰不应该，有说烟峰太厉害，但更多的，则骂禾禾不是正人。说灰灰让禾禾住在他家，长期没个老婆，烟峰又年轻，能少得了不出事吗？禾禾一走动，背后就有人指指头。

他将家具搬进早先蚕林中的木庵子去住了。

但他总咽不下一口气愤，深深感到了做人的艰难，做一个想办件事的人更艰难啊！当天夜里，他就伏在木庵的床上，给县委刘书记写了一封信，他发了贷不出款的牢骚。信寄走了，又后悔起来，就不抱任何希望，而只说出出气罢了。

第三天里，没想信用社的人却从白塔镇寻到了林中的木庵里，拿来了硬硬的一叠人民币：五百元一分不少。说是县委刘书记打电话给他们：别人不给禾禾做保人，他来做保人。

禾禾"哇"地哭了，几天来第一次痛声地大哭了。

十一

第五天，一辆手扶拖拉机开进了白塔镇。车上载的是三千株湖桑，湖桑上坐着禾禾。禾禾满面春风，唱一路戏曲，赏一路风光，将香烟不停地点着递给开车人。开车人是他那个当年的战友。

当时正是黄昏。公社大院的干部们全蹲在院子里吃晚饭，吃的是炖羊肉饸饹，一些人已经吃了，满嘴油光；一些人敲着碗，看炊事员老汉用正骑在锅台上的饸饹架子压饸饹。看见拖拉机开过来，就都欢叫着出来帮卸车，一时人拥了好大一堆。那些商店的、旅社的、卫生院药铺的年轻姑娘也都端了碗出来，一眼一眼寻着要看谁是禾禾。看见禾禾那么黑瘦苍老的脸，那么一身满是灰土的臃臃肿肿的衣服：咦，他就是县委书记过问的支持的禾禾吗？接着心里就提出各种各样的猜想：他和县委书记是什么关系？亲戚？老相识？或者是"文化革命"中这小子曾保护过书记？或者是书记的儿也当过兵，和他是战友？不知道根底的打听着他的根底，知道根底的说他碰了好运……众说不一，议论纷纷。但无论如何，大家都来看他了，都来帮他卸车了；三千株湖桑苗一捆一捆靠放在白塔底下了。

当然，表现最积极的要算是二水。二水在禾禾离婚以后，就一心谋算着娶过麦绒。他三天两头到鸡窝洼去，有事没事在麦绒家的门前石头上坐坐。看见人家挖地，他就去帮着挖地；看见人家垫圈，他就去帮着垫圈；实在没有事干了，他就假装路过这里，或者去喝水，或者去点烟，说几句人家的孩子长得多么疼人，说人家的猫儿养得多么乖巧。但是，麦绒却对他总是不远不近，不冷不热，一个眉儿眼儿也不给他使。长期没有女人的单身生活，使他产生了对异性的贼心，也正因为女人永远对他是个不可知的谜而缺乏贼胆。夜里想得天花乱坠，白日里见了麦绒却瓷手笨脚地显得狼狈。他一直注视着禾禾这边的动静。禾禾揍过他那次以后，他心里安分了许多，但得知禾禾毫无重新与麦绒和好的希望，而传出灰灰痛打烟峰的风声后，他那颗贼心又死灰复燃。所以他愈是害怕禾禾，愈是待禾禾友好。这天吃过晚饭正在镇上游转，一见禾禾的桑树苗拉回来，就说不完的祝贺话，跑不断的小脚路。禾禾让去买烟就买烟，让去打酒就打酒。酒桌上，禾禾和战友划起拳来，他就公公平平地看酒。禾禾喝得多了，拳又不赢，输一盅，让他替，他仰着脖子只是往嘴里倒。

送走了战友，天已经黑下来。二水帮着把树苗往鸡窝洼背。禾禾背三捆四捆，他也背三捆四捆，汗流得头发湿在额上，像才从河里捞出来一般。禾禾也不禁夸奖起他的忠厚诚实了。

"二水，"禾禾说，"你说我这回能成功吗？"

"一定成功！"二水说。

"你怎么知道能一定成功！"

"我想你会一定成功。"

禾禾就嘿嘿地笑起来："二水，你能帮我几天忙吗？"

"没问题，干啥我都行。"

"帮我栽这树苗。"

"行的。"

"你可不能偷偷就跑了啊！"

"我再跑就不是人了。"

当天夜里，禾禾就和二水上到山梁那一片空荒地里，撵天亮栽了三百株。第二天，第三天，就将山梁两边的荒坡挖成一层一层鱼鳞坑，将桑树苗全栽下了。

山梁上又有了一片桑林，鸡窝洼的人差不多都上去看了。烟峰倒埋怨禾禾栽树时不叫叫她，将自家的熏肉、烧酒拿了来，在木庵里生火为禾禾做了一顿庆功饭。吃罢饭，让她回去，她却坐下来问这问那，禾禾就催得紧了，烟峰说：

"你这是怎啦，是嫌我败坏你的名声了吗？县委书记支持了你一下，你就将我不放在眼里了？"

禾禾说：

"嫂子说到哪里去了，你不回去，我灰灰哥吃不上饭，又该生你的气了。"

烟峰说：

"我又不是他裤带上拴的烟袋！他甭想再让我伺候他了，让他也过过没老婆的日子！"

"你们还没有和好？"

"分开了，各过各了。"

烟峰沉着脸，眉圈都黑了下来。

前几天那场架，烟峰哭了整整一夜。第二天，就搬了铺盖睡在西厦屋里。灰灰先是有了回心，自个儿做好了饭来叫她去吃，十声八声喊不应，灰灰也就火了，一碗饭摔在她的面前：

"不过了就不过了！哼，你以为你是宝贝蛋，我舍不得你吗？"

烟峰说：

"我那么命好，还是你的宝贝蛋？我不会给你生娃嘛，你早安下心要往外撒我嗬！"

"就是的，就是的，你说的都是的！"

这天夜里，烟峰早早就在西厦屋里睡了。灰灰关了鸡棚猪圈，在院子里立了好长时间，过来轻轻推厦屋门。门在里边插了关子，就走到堂屋，也"哐当"一声关了。睡在炕上生起闷气。炕虽然也是烧了的，但总觉得不暖和，脚手也不知道放着什么姿势舒服。就爬起来，又去轻轻拉开门关，心想烟峰一个女人家，置上一天半晌气也就罢了，到底还是要睡回自己的炕上来的。但是第二天早晨醒来，烟峰却始终没有回来。灰灰心下倒火了：哼，你好硬的心哟！你硬，我比你还硬呢。我这一次能求乞你吗？瞎毛病全是我惯的，我也是个男子汉呢！结果，谁也不给谁低头，你不理我，我也不理你，一个做了饭吃，一个去做饭吃。灰灰心空落落的，偏在上屋哼几段花鼓曲子，烟峰听见了，也是唱几句秦腔，声音倒比灰灰的高。再就是烟峰狠狠地在地上唾一口，灰灰必然就也唾一口，两个人被这种孩子赌气式的动作逗笑了；笑过一声，烟峰却立时沉了脸，使灰灰脸上的笑纹一时收不回来，十分尴尬。

烟峰将这分裂说给了禾禾，禾禾难为了好长时辰，低着头抽起闷烟。烟雾顺着脖子钻进了茅草似的乱发里，像是着了火一样。等两根烟吸完了，抬起两只充满了红丝的眼睛来，说：

"都是我不好。"

烟峰说：

"你不好什么了？这么些年，我也对得起他灰灰了。他现在能离得我，我也能离得他。事情你也看得清楚，他做事是人做的吗？你也是天下最没出息的小子，你为什么要走？你这一走，是你做了什么丑事了，是我做了什么丑事了？说起来我就要骂你这厮一场，你也是喂不熟的狗哩！"

"嫂子！"禾禾站起来说，"你怎么骂我，我也不会怪你。我禾禾到任何时候，也不会忘了你的好处，但我不愿意看着你们这么闹下去。你真要是待我好，你就回去和灰灰哥和好，要不，我再也不去你们家，你也再不要到我这里来！"

禾禾说完，就走进柞树林里去了。烟峰喊了几句，他也没有回声，就呆立在那里，样子很是可怜。二水看见了，也觉得一阵凄凉，忙说些讨好的话，用嘴吹了凳子上的灰土，招呼她坐。她却冲着二水嘿嘿一笑，突然收敛了，扭头向山下跑去。

她跑得很快，在下一个坎的时候，一步没有踏稳，跌了下去。站在林子里一株柞树后的禾禾，一直在看着，这时叫着跑过来。土坎下，烟峰坐在那里，正抱着膝盖，痛苦扭弯了脸面，一额头的汗水珠子。禾禾走近去，看见她膝盖上的裤子被扯破了，膝盖上渗出了血，忙蹲下身替她包伤，烟峰却抬起头来，冷冷地看着他，突然站起身来，鹿一样极快地跑走了。

禾禾茫然地站在那里，眼角却潮湿了。赶来的二水说：

"你哭了？"

"谁哭了，谁哭了？"

禾禾却一拳将二水打了个趔趄，二水要倒的时候，他却一把抱住，眼泪唰唰地流下来。

可是，二水没有想到，禾禾也没有想到，烟峰第二天里却又来了。她扛了半口袋麦面，"咚"地放在木庵里的案板上，冷冷地说：

"我烟峰不是舔摸你来的，也不是想怎么来勾引你的；要把你的事干成，就把这麦面留下。要不收，我也就把你禾禾看透了，你早早收拾了你这养蚕的事！"

说完，就走了。

禾禾和二水都呆在那里，半天没有反应过来。

粮食，对于禾禾来说，确实太紧张了。去年地里没有收下多少，这几个月来，又三折腾两折腾的，就没有了几升细粮。烟峰的半口袋麦面也真送得及时，但却奇怪她怎么就知道得这么清楚！面对着麦面口袋，他没有说出一句话来。

十天之后，烟峰又送来了半口袋麦面，半口袋苞谷糁子，还有一瓶芝麻香油。

烟峰送粮的事，灰灰先是一点也不知道，他看见烟峰磨过一次麦子，可过了十天半月，就又再磨麦子，心下就想，吃得这么快？这天从地里回来，看见烟峰扛着口袋到山上柞树林去了，心里一切都明白了。当下想冲过去，夺下那面袋子，但一想到禾禾在二三月里也怕真的揭不开锅了，便装作没有看见，心里却总疙疙瘩瘩，一种被瞒哄、被不当人看的情绪使他更加恶起了烟峰。他回到家里，越想越生气，思谋着法儿报复烟峰，"或许，"他想，"我要问问她，话不明说，却要叫她知道我的意思，说不定使她回心，这日子又该成全了呢。"等烟峰回来，他便说：

"你到哪儿去了？"

烟峰照例没有回答，用手帕摔打着身上的面粉，啪啪地响。

"给咱包一顿饺子吃吧，正施红薯地里的粪，是出力的时候。"

"没面了，要吃你去磨吧。"

"那面呢？"灰灰叫起来，"你不是才磨过几天吗？面都给谁吃了？"

"你这话啥意思？"

"没意思。"

175

"没意思你就别问了！"

灰灰原以为到这个时候，烟峰会将他当起这个家的主人、她的丈夫来，没想她越发冷得厉害，一时又厉声喝问：

"我偏要问，麦面呢？"

烟峰看着灰灰，脸放得十分平静，说：

"送给禾禾了！"

灰灰叫道：

"我黑水汗流地苦干是养活他人的吗？送给禾禾了，你说得多轻松！这家是你的吗？你有什么资格把家里东西送给别人？"

烟峰说：

"这家你一份，我一份，我为什么不能送？"

灰灰气怒起来，浑身都打颤了：

"好啊！你一份我一份，你拿去送吧。送吧！"

他突然抄起了门后的一根椽头，一扬手将一个瓷瓮打碎了，瓮里的浆水菜流了出来。他一脚踢散了菜，又一椽头，打碎了罐子，又砸椅子。那锅台上的一摞细瓷碗一下子被打飞了，哗啦啦碎片飞溅。

烟峰一直站在旁边，不哭，也不动，只是冷冷地笑：

"哟，多大的本事，都打碎吧，锅也砸了，房子也点了吧！"

灰灰扬起的椽头，冷不丁停在了头顶，那么凝固着，一分钟，两分钟，突然从身后掉下来，自己扑倒在地上号啕大哭了。

十二

灰灰委委屈屈睡了一夜，又是半个白天，爬起来，眉不是眉，眼不是眼，脸灰得像土布袋摔打过一样。他悄没声地到了白塔镇上，重新买回了瓷瓮、盆罐、碗盏，后悔自己花费了数十元。回到家里，就又收拾起那只断了坐板的椅子，便拿锤子一下一下在上边钉起钉子。

烟峰没有理睬他。等把损坏的家具全部恢复之后，他们两个和和气气地把家分了。没有证人，也不写文书，烟峰拿了小头，就住在厦子房里。夫妻两个并没有离婚，但睡觉再也不枕一个枕头，吃饭不搅一个勺把了。

烟峰更多地往禾禾那儿去，这使灰灰伤心而又没有办法。鸡窝洼和白塔镇上的人都在议论，一见面，就总要问：

"灰灰，听说你把家里的东西全打碎了，你怎么就能下得手呀！"

灰灰讷讷地说不清字母。

从此，他很少到稠人广众中去，整天泡在那几亩地里。地里的麦子一天一天黄起来，他最大的乐趣就是看那麦浪的波动。风从山梁上下来，麦浪从地那边闪出一道拐坎儿，无声地，却是极快极快地向这边推来，立即又反闪过去，舒展得大方而优美。有时风的方向不定，地的中间就旋起涡儿，涡儿却总是不见底，整个麦地犹如一面宽大的海绵被儿，厚重而温馨地颤动。灰灰将烟袋在后领里插了，搓起一穗两穗麦来，在手里倒着，用嘴吹着麦皮，然后一颗一颗放在嘴里慢慢地嚼，一边乜着小小的眼睛观看着四周旁人的麦地。谁家的麦子都没有他家的长势好呢，这使他得到了很大的安慰和满足，常常要对着那些在地里干活的人说应该种什么麦，应该施什么肥，说得头头是道。

最听他指教的，态度又最是谦恭的，当然是麦绒了。麦绒家的地里，种了三分之一的大麦，种了三分之一的纯小麦，剩下的三分之一则麦地里套种了豌豆，称作猴子上竿。麦子都长得不怎么景气。先是大麦成熟得早，鸟儿就成群成群地飞来糟蹋。后来豌豆麦地里，就又出现什么野物打窝的痕迹，庄稼损坏得很厉害。她一看见灰灰出现在地边，就抱着孩子打老远地叫他：

"灰灰哥，这豌豆地里糟蹋得糟心呀！"

灰灰说：

"这是野猪干的。那没有办法，等稍黄些了，就收割了去。你把桦枏杈把都收拾好了吗？"

"没的，孩子又常闹病，猪也三四天没空去给打糠，忙不过来呀！"

"我几时过来帮你。"

灰灰就少不了从麦地堰上走过去，到了半山洼后的麦绒家。麦绒已经从山后的树林子里砍来了树杈子，灰灰就在火上烤着，在门槛下弓着弯度，然后用枸树皮扎起桬栳，扎起扫帚，安着木杈。他干活很卖力，又常不吃饭，麦绒就照例给他买好烟，少不了说一些家常：

"灰灰哥，你和我烟峰姐还闹别扭吗？你们那日子比不得像我们这样，有个好家真不容易呢！"

"唉，麦绒，"灰灰说，"我本来人盛盛的，现在也是灰了，我也不知道我哪点不好，也不知道她心里又是怎么个想法。让她闹去吧，这些人也是不吃亏不回头，我也懒得过问了，随她去吧。可以砸盆子砸瓮，人是砸不住的。"

麦绒说：

"在农业社的时候，啥事有队长操心，家家日子穷是穷，倒过得安生。地一分，各人成各人的精了，人心就都有了想法，日子反倒都过乱了，也不知道这是怎么了？"

"谁说得清楚呢？"

灰灰就再不愿说什么了，几只苍蝇不停地在身上飞，赶了去，去了来。他拿起蝇拍接连打死了几个，但还有几只总是打不住，反倒老要落在蝇拍上。

就在这时，后山的什么地方，有了沉沉的一声枪响。

"谁在打猎？"麦绒说。

"是禾禾，野猪糟蹋麦地，听说他和二水抽空就去打哩。他什么都想干，可什么也干不如意。"

"听说山上的桑苗长得不错，他已经开始喂蚕了？"

"我没去看。"

"烟峰姐还在帮他养蚕吗？"

"甭提她了，麦绒，他们爱怎么就怎么。咱把咱地种好，到头来，他们还得回过头来求咱们，我敢这么把话说死哩。"

灰灰果真再不关心禾禾养蚕的事，他等待着有风声传出禾禾的又一次失败。每天从地里回去，他留神着烟峰的脸色，想从中看出禾禾那边的情况。但是，烟峰始终显得很活跃，她隔三天、四天，就跑去帮禾禾采桑叶，经管幼蚕。

桑树泛活之后，趁着地气，叶子很快生出来，这是一种优良树种，叶片比一般桑叶大出一倍，而且抽枝特别凶，每天都可以摘下好多叶子。禾禾就开始了孵蚕，跑了几次县城，也买了许多书籍，他也学着在叶子上喷洒葡萄糖水，使蚕大大缩短了成熟期。长到亮色的时候，他和二水上后沟割了好多毛竹，全扎成捆儿，搭起了一个偌大的毛竹捆子棚，放蚕织丝。肥嘟嘟的蚕就到处乱爬，选定一个地方，用自己的丝把自己包围起来。

这稀罕景儿山里人从未见过，一时间来看的人极多，甚至县农林局的干部也来过几趟。这些陌生人看见烟峰在那里忙出忙进，还以为她是这里的主妇，总是要求讲讲他们夫妻植桑养蚕的过程。她就脸色大红，说她不是主妇，弄得来人倒不自在了。

吃的问题当然还未彻底解决，禾禾已经搓揉着未成熟的麦子吃了几次浆粑。当野猪开始糟蹋庄稼的时候，他也感到十分可惜，一有空就背枪和二水去打猎。周围的人家都感激起他来，他说：我没什么能耐，这几年，日子过得狼狈，给鸡窝洼没有好处，反拖累了大家，打野猪也算是一种出力赎罪吧。竟有一次，他追赶一群野猪，藏在一个崖后，看准群猪跑过来，对为首的放了枪，那头野猪就一头从崖上跌下来倒地死了。而群猪走动是一条线的，后边的看见为首的跌下去，以为它在跃涧，紧跟着都冲上崖头，一头一头就从崖头跌下去，竟一连摔死了七头。

一枪打死了七头野猪，禾禾的声名大作起来。他出卖了这些野味，收入了一笔钱，一部分买了粮食，一部分购买了一批葡萄糖水，使他的养蚕业有了更多的资本。七头野猪的消灭，使鸡窝洼的庄稼再不被糟蹋，家家都说起了禾禾的好处，当麦子熟透搭镰之后，好多人来帮他收割，又主动将农具借给他使用。所以，虽然经营着养蚕，地里的活并没有耽误：别人收完了，他也收完了；别人碾净了，他也碾净了。

落在人后的是麦绒。正当龙口夺食的时候，孩子发一次高烧。她只好锁上门在镇上卫生所里厮守孩子三天两夜。回来已经有好多人家将麦收到场里了。她急得要死，眼角烂了，嘴角也起了火泡。灰灰跑来帮她割，二水也来帮她往场上运。她感激得不知要说些什么，每次提前回家精心做饭。天气炎热，她浑身都出了痱子，趁着没人，在家里就脱了上衣擀面条。这天正好灰灰和二水挑了麦担进了门，她"哟"的一声进了卧房去穿衣服，灰灰和二水都吓了一跳，互相对看了一下，都没有说话。麦绒穿好了衣服出来，脸子红粉粉的，灰灰似乎什么也没反应，照样问这问那，干这干那。二水却走了神，又极不自然，背过麦绒，就死眼盯人家，麦绒一看他，却眼皮又低下去。后来他到厕所去，长时间不出来，厕所正好在厨房的东南角，他站在那里，伸着脖子又呆看麦绒在那儿擀面，两只奶子一耸一耸的。灰灰抱着孩子在院子里，瞧见了他的呆相，过去用一块儿石头丢在尿池里，尿水就从尿槽里溅上去，湿了他的腿，他赶忙走出来，坐在那里安分不动了。

其实这些，麦绒已经知道了，她在擀面的时候，窗台上正好放着一个镜子，偶一抬头，什么都反映在了里边，当下心里又骂二水，又觉得二水可笑，越发信得过了灰灰。吃罢饭，二水一走，她说：

"灰灰哥，二水要再来帮我，你替我挡挡他。"

"那为啥，人家能来也是一片好心哩。"

"他长着另一个心哩。"

"这我知道，心思是有心思，却还不是坏人呢。"

"我也看得出，要不他别想跨这个门槛。"

灰灰就说：

"麦绒，你的事情你也要往心上去，看样子你不会再跟禾禾和好，可年轻轻的总不能这么下去，一是没个外边劳力不行，再就是，也容易让别人说闲话，比如二水毕竟还是老实人，若遇上贼胆儿大的，心烦的事儿就多了。"

麦绒说：

"我也是这么想的。没个男人，外边没个遮风挡雨的，里边没个知冷知热的。有些事不乞求别人吧，一个妇道人家拿挪不动。乞求别人了，什么事也能惹得出来，我敢相信谁呢？这收麦天里，要不是你从头到尾帮着我，我真要变得人不人鬼不鬼了！可鸡窝洼就这么大，白塔镇就这么大，扳过来数过去，就那几个光棍汉。我总不能再找一个比禾禾差的让他耻笑，可哪儿有合适的呢？"

麦绒说到这里，脸面很灰，孩子在怀里抓着她的头发，她用手往后拢，孩子又抓下来，她也就不管了，撩了衣服，把孩子的头捺在那里吃奶，不时就露出白花花的肉来。灰灰眼光别转到一边，心里想：一个女人离开男人，也确实是没脚的蟹了。禾禾在这个屋里当主人的时候，虽然打打闹闹，但麦绒的气血是好的，人也讲究收拾，现在一切都由她了，活路一多，再和孩子绊缠，这一半年里倒老得这么快哟！这一身衣服，怎么变得这么皱皱巴巴？她还年轻，不能不找个男的，可她说的这席话，他灰灰倒真为难了。他不知道自己怎么来回答她，是他提起了这件事，到头来他却只有安慰麦绒不要急，车到山前必有路，算走算看吧。

麦绒也知道灰灰的安慰一切都是空的，但还是感激着他。夜里总是睡不着，想着自己的半生，怨恨自己的命不好，既然禾禾做半路夫妻，天不该就使她有了孩子。一想到这孽根孩子，她心里却充满一种怜爱，觉得也亏了有这个孩子使她的心才没有垮下去。但是，也正是为了这孩子，她得尽快地再找一个男人来做自己的丈夫。她正在收拾打扮的年龄，却不能做得过分，惹招外人说她不安分。她慢慢不讲究起来，头发也总不光，鞋袜也总不净，一出门，自己也感到了丢人。她现在才深深体会到，做人难，做女人难，做一个寡妇更难啊！

麦子晒干晾净以后，麦绒用斗量了，收成确实比往年多出了许多，能收下这么多粮食，简直使她都有些吃惊。农民嘛，只要有粮，天塌地陷心里也不用慌了。这些珍珠玛瑙般的麦子，不都是自己血汗换来的吗？不都是没有禾禾的胡折腾，安安分分劳动的结果吗？她感到了一种自力更生的农民的骄傲。想：娘儿两个，这粮怎么吃也吃不完了，我何不拿些粜出卖钱呢？

钱对于这孤儿寡母，却是多么地迫切。自离婚以后，麦绒做了掌柜，吃的穿的花的用的，哪一样她都得操心，哪一样少得了要钱？最烦心的是亲戚邻居的红白喜事的上礼，简直使她喘不过气来。人的日月比以往滋润了，老人的祝寿，小儿的满月，新人的过门，死人的头七、二七、百日、三年，别人去了，你不能不去，礼钱又不断上涨，一元的到了三元，三元的又到了十元。更是稍一宽裕就兴动土木，建屋筑舍，那又是上礼，五元太少，十元不多。一年仅这人面上的花销就有五六十元。她一个寡妇人家，钱只有出的，没有入的啊！

"灰灰哥，"麦绒找着灰灰，跟他商量道，"钱花得如流水一般，又不得不花。寡妇人家撑门面越发要紧，这一半年我实在是挖了东墙补西墙。今年地里收下了，我想去卖上一些，你看看，别人都盖房，我这房上还没有添过一页新瓦，家里盆盆罐罐也得换换，炕上褥子也烂了，被子也破得见不得人了，到处都要花钱呀！"

灰灰很赞成，到了初九，白塔镇上逢集，灰灰和麦绒装了两个箩筐新麦担去。集市还未到洪期，但一溜带串的摆了好多祟麦子的筐担，麦绒吃了一惊，说：

"这么多祟粮的吗？"

"今年都丰收了嘛！"

"往年都是籴的，今年倒都祟了。"

"农民嘛，靠的是地土吃饭，只要守住地，吃的有了，花的也就有了。这话我不知给禾禾说过多少回，他只是不听。他现在有什么，没有粮也没有钱啊！"

麦绒显得气很盛。站在那里，看着集上过往的人，头脸仰得高高的，似乎是在夸耀：我寡妇怎么样，我有的是粮食，这粮食就是钱啊！她很想这个时候能看见禾禾也到集上来，让他亲眼看看她。

集上的人慢慢多了起来，祟麦的人继续往这里摆担子，但籴麦的人却很少，常是一些人挨着麦担用手抓着麦粒看，总是不肯交易。一个人到麦绒的麦担前，蹲着，抓一把来回在手里捯，又丢进几颗在口里咬着。

"这号麦还有弹嫌的？我的天爷，这是老阿巴麦，仁仁多饱啊！"

"多少钱呢？"那人问。

"老价嘛，"灰灰说，"三角五一斤，你要买多少？"

那人狠狠地看了灰灰一眼，站起身却走了。

"哎，你这买主，怎么一句话不说就要走了？"

"你这人也是一把岁数的人，说话怎么没个下巴？"那人回过头说，"你那麦子也值得三角五吗？"

一句话，使灰灰和麦绒都吃了一惊，疑惑得不知如何才好。麦绒说：

"这事才怪了，三角五在往年是顶便宜的了，他怎么说出那话？"

灰灰便往别的粮担前问价去了，转了好大一会儿过来，脸色就十分难看，蹲在那里长吁短叹。

"别人和咱是一个价吗？"

"二角三,二角四,上好的才是二角五。"

麦绒叫了一声,呆在那里不动了。

"麦价怎么跌得这么厉害,往年苞谷都是二角八呀!"

"这都是怎么啦,粮食不值钱啦?"

"天爷,这一担麦子,才能落二十多元吗?不至于会这样吧?"

"不至于会这样吧?"

两个人说完,都没有了话,直盯着麦担子出神。有好几个买主过来,都说着这麦子好,但还是有给二角三的价,有给二角四的价,麦绒就生了气,摆着手说:

"世上便宜的事都叫你们去拣了?不卖,三角五的价一分也不能少!"

旁边的人都瞧着她笑,说这女人八成是疯了呢。

麦绒只是黑青着脸,也不答言,拿着一双火凶凶的眼盯着过往买主。似乎这些人不是来买麦子的,倒是来合伙要打劫她一个寡妇的。怀里的孩子又直闹着要吃奶,她没好气地就搧了一个耳光,孩子哭起来,灰灰忙抱过去,千声万声儿哄着。

太阳已经照在头上,影子在脚下端了。好多粜麦的人办成了交易,骂骂咧咧挑着空箩筐回家去了。麦绒的麦还一两没有卖。她要再等等,始终不能相信麦子会这么便宜。那么,她收下的那些麦子,才能值几个钱呢?但是,一直到日头偏西,集上的人稀稀落落起来了,麦价还是不能上涨,她肚子已经饥得咕咕地响。她摆摆手,说:

"灰灰哥,怎么办呀?"

"你说呢?"

"钱总不能没有呀,卖吧,卖了吧。"

灰灰就又拉来几个买主,反复在那里讨价,最后双方只差到一分钱在那里不可开交,麦绒说:

"二角五你还不买,你以为这粮食是好种的吗?你是造了孽了,这么作践粮食?好了,二角五你要不买,我就担回去了!"

买主总算把麦子买下了。当麦绒接过那一叠叠人民币,浑身哆嗦起来,像是受了一场欺骗和侮辱。钱一到手,她就去商店给孩子买了一身花衣服,给自己买了一件的确良衫子和一双雨鞋，剩下的仅仅只有几元钱，她一下子全掏出来，买了一条香烟交给灰灰了。

"麦绒，我哪儿就要抽这烟，这是咱农民抽的吗？"

麦绒说：

"我只说今日卖了钱，要买一件衣服谢呈你，谁能想到只落下这几个钱，你抽吧，我还能再给你买些什么呢？"

回到家里，麦绒情绪不好了几天，见猫打猫，见狗踢狗。"农民真是苦呀！"她想，"这二亩地里，一年到头不知流了多少汗水，仅仅能赚得几个钱呢？看样子这房子甭想翻修，这锅盆碗盏甭想换新了，光油盐酱醋，小么零花，一切都从哪里来啊？"

她不想再去祟粮食，但粮食又吃不完，就将粗粮统统为猪煮食。槽上的两头猪是她去年夏天抱的猪仔，虽然已经七八十斤，但一直舍不得加精料，每顿只是倒两碗剩饭拌一盆糠就是了，猪长得一身红毛。现在她突然意识到家里的一切开支花费，就全得靠这黑东西了。就每顿给猪煮食，端到猪圈里，一边搅着给猪吃，一边还不忍心地说：

"吃吧，吃吧，你要再不长肉，对得起谁呢？"

猪当然并不亏她，加了料后，一天天如气吹一般长大起来。

那一层绒毛似的红毛就脱了，浑身泛起白色。每每灰灰到家里来，她总是让灰灰下圈去撅撅猪的脊梁。

"有三指的膘吗？"她说，"吃了我好多粮食了！"

"估摸一百三四了。"灰灰说，"活该你的日子要过顺了，猪长得这么快。把料加上，再有一月，就可以杀了呢。"

"我不杀。"她说，"自己吃了能咋？交给国家，落一疙瘩钱，也能办些事呢。"

十三

入了夏，禾禾的蚕棚里蚕越来越多。他已经收了两次茧了，第三代蚕又开始织起来。这期间，他很少到白塔镇上去，甚至门也顾不得多出。二水一直在帮着他，却时常给他提供着外边的消息：灰灰怎么三天两头去麦绒那儿了，如何帮她去卖猪，如何帮她分劈柴……他心里就念叨灰灰的好。虽然自己和麦绒离婚了，但对于一个寡妇过日子，他也盼有人能替自己去照顾她。但是，二水这话说得多了，慢慢也便嘀咕起来：灰灰和麦绒虽然都是本分之人，可一个做了寡妇，一个和老婆分家另住，他们会不会？……他有些酸酸的，酸过之后，也便想开了：人家的事我还管得着吗？可终究心里不舒服，转过来又想：这么一来，烟峰是怎么想的呢？他们毕竟还是夫妻啊！这么翻来覆去地思想，尤其是他一个人在庵子里拐着石磨的时候，竟弄得他六神不安了。

这一天下午没事，他到了白塔镇上的小酒馆里去喝酒。天阴沉沉的，又刮着风，枯叶、杂草、破纸、鸡毛卷着圈儿在酒馆外飞旋，他喝得很多，直到了日近黄昏，才摇摇摆摆返回庵里。二水却没有在，连叫了几声没回应，自己也没有一丝力气，瓷呆呆坐在门槛上不动了。这当儿，门外的树林子里，有了一阵一阵狗吠声，卧在案板下的没尾巴蜜子就呼哧呼哧扇动鼻子，要从门里跑出去。

"嘻！"他大声吼了一下，而且将脚上的一只鞋扔了过去。蜜子尖叫了一声，四蹄撑在那里。"你他娘的去干啥呀？你那么不要脸的，你再跟那些野物去，我一枪打死了你！"

蜜子还撑着，看了他一会儿，耷头耷脑地返回来，重新在案板下卧下。门前树林子里的狗咬声越发大起来。这些野狗是从镇子那边跑来的，发情期里它们肆无忌惮，几天来总是围着木庵咬，勾引蜜子出去，整夜整夜在那大树后连接，样子野蛮而难看。鸡窝洼的人都讨厌起这种丑行，知道这全由蜜子引起的，就说了好多作践禾禾的话。禾禾狠狠捧过蜜子。似乎这种武力并没有能限制了它的爱情，每夜还是要去树林子幽会。禾禾曾驱赶过那群勾引者，但它们一起向他厮咬，而且轮番狂吠。他只好将蜜子死死关在庵里。

"二水！"他又喊了，要二水拿枪去打这群死不甘心的求爱者。二水不知跑到什么地方去了。他站起来，去取下了枪。就在开始装火药的时候，屋子里哐啷啷一声碎响，那蜜子却箭一般从门里冲出去，立即七条八条大狗旋风一样地窜过树林，逃得没踪没影了。

他端着枪，站在庵前，盲目地对着树林上空，"咚"地放了一声。

这一声枪响，使二水吓了一跳。他正蹲在一块儿地堰下拉屎，赶忙撕下一片瓜蔓叶子揩了屁股，提了裤子站起来。禾禾看见了他，眼睛红红的。他走过了几步，却反过身子又走近那粪便前，用石头将那脏物打得飞溅了。

"你灰灰甭想拾我的粪！"他狠狠地说。

原来，禾禾下午到白塔镇去了以后，他就又到麦绒家了。刚刚走到屋旁的一丛竹子后，却看见灰灰垂头丧气地从门前小路上也往麦绒家去了。灰灰中午和烟峰又打闹了一次，双方的脸都打破了。灰灰怕是不愿在家待，就到麦绒这儿来了。麦绒从屋里迎出来，两个人在那里说话。

"灰灰哥，你怎么和嫂子又闹了？"

"麦绒，我伤心啊，饭饱生余事呀，她脾气越来越坏了！"

"你不要往心上去，气能伤身子哩，多出来散散，或许就好了。"

"我还有脸到谁家去？人家问我一句，我拿什么对人家说呀？"

"……我不笑话，你就到这里来，和孩子说说笑笑，什么事就能忘了呢。"

"……"

"你吃过饭了吗？我给你拾掇饭去。"

两个人就进了门，门也随即掩了。屋里传来风箱声和刀与案板的咣当声。

二水一直等着，不见灰灰出来，心里产生了一种嫉妒。他已经证实了禾禾和麦绒不会破镜重圆了，但却发现直接威胁到他利益的则是这灰灰。麦绒似乎对灰灰特别好，他二水给她出了好多好多力，但从未有一个笑脸儿给他。现在，他不好意思再进屋去骚情，就怏怏退回来。一心想着报复灰灰这个情敌，但又想不出怎样报复，知道灰灰是这个洼里唯一清早起来拾粪的人，就打飞了自己的粪便，不让他得到自己的一点点便宜。

禾禾追问他到哪儿去了，他不好意思说去了麦绒家。但妒火中烧，还是加盐加醋说灰灰和烟峰又打了一架，灰灰就到麦绒那儿去了，两个关了门，在家里又说又笑，七碟子八碗的对着盅儿喝酒哩。

"没德性，他们怎么能干出这事？！"禾禾趁着酒劲，嘴脸一下子乌黑了。他把枪扔给二水，让他回去。要是那群狗来了，就往死里打，打了剥狗皮，吃狗肉，自己就小跑赶到麦绒家的窗下。

半年多了，他还是第一次站在这个地方。在那个做丈夫的年月，他一站在这个地方，就听见了麦绒在家拉风箱的声音和孩子的哭闹。那种繁乱的气氛却使他感到一种生活的乐趣，他总是问道：饭做好了吗？麦绒或许就在屋里命令他去给猪喂食，或许叫拉牛去饮水，或许就飞出一句两句骂他出去了就没有脚后跟，不知道回家的埋怨话。可现在，这一切都是那么遥远，那么陌生，而屋子里亮着的灯光下，坐着的却是灰灰。他想一脚踹开门去，骂一顿灰灰对不起人：麦绒是个人自主，与她好或是不好，他禾禾管不上，可你灰灰和烟峰吵闹之后就跑这里来，你对得起烟峰吗？

屋子里并没有喝酒嬉笑的声音。奇怪的却有了低低的抽泣声。禾禾隔窗缝往里一望，灰灰坐在条凳子上，麦绒坐在灶火口的土墩子上，两个人都没说话，而嘤嘤地哭。

"我怎么也弄不清白，你嫂子就变成这样人啊！"灰灰说。

"人心难揣摸呀，禾禾不就是个样子吗？"麦绒说。

"唉唉，咱这两家，唉……"

禾禾站在窗下，却没有了勇气冲进去……

他慢慢退回来，一步步走进木庵子里，二水询问看见了什么，是不是教训了灰灰一顿，禾禾只是不语。问得深了，"啪"地在二水脸上扇了一耳光，吼道：

"你以后别弄是作非。我告诉你，灰灰和麦绒的事，你不要管，也不准给外人胡说！"

二水恼羞成怒，骂起禾禾来，就卷了被子要回家去。禾禾酒意醒了，过来叫二水，二水却毅然走了。走到林子边，回头说：

"你也不要给我开工钱了，席底下压着的那三十元野猪肉钱我已经装在怀里了！"

禾禾倒在炕上，大声喊蜜子。蜜子还没有回来，它正在远远的林子后恋爱呢。

过了五天，禾禾收了茧，足足装了一麻袋。他在白塔镇的班车站牌下等车，要去县城。

他想离开鸡窝洼几天，一是去清清心，二是趁机自己把茧出售给县丝绸厂。

班车开来了，他买了票，就爬到车顶上去装自己的茧麻袋。等走下来，烟峰却坐在车上了。

"你到哪儿去？"他差一点惊叫起来。

"县城。"她说。

"县城？去县城有什么事吗？"

"没事就不能去逛逛吗？"

"就你一个人？"

"你不是个伴吗？"

禾禾疑惑地坐下来，烟峰问他：要到县城去，为什么不给她打个招呼？

"不是我做嫂子的说你，你想什么，想干什么，我不见你，闻也闻得出来！你怕我花你的钱吗？我烟峰有的是钱哩。"

"嫂子，"禾禾说，"你没事，何必去花钱呢，你还是回去吧，或者改日再去吧。"

"这是你的车吗？你是我的丈夫吗？瞧你那口气！我偏要去看看，多少年里我就想到县城去，去看看那是什么大地方呢！"

车开动了。半天后，将他们拉到了县城的大街上了。

烟峰第一次来到县城，她虽然整天向往着这个地方，做着万般的想象。但一来到这里，却使她一下子惶恐起来。这里的街这么宽，楼房这么高，简直令她吃惊，想不出来人住在那上边头会不会晕？在街上走着，脚还抬得那么高，立即被一群孩子注意到了，学起她的走势。她就脸色通红，尽量放低脚步，却一时扭捏得走不动了。便一步也不敢离地跟着禾禾，到一个商店，就进去看看，问问这样，又问问那样，声音洪大，惹得售货员都瞧着她笑。禾禾也觉得有些难为情，就说：

"你别那么大声，不懂的问我就是了。"

烟峰却说：

"他们笑什么呀，不懂就是不懂，咱是山里人嘛！"

逛完了全部商店，禾禾带着她到了丝绸厂卖茧。路过纺织车间，烟峰

"啊"地叫了一声，她简直不敢相信自己的眼睛：那机器一声儿轰隆，像河流一样的丝绸就不停地泻出来。她从未见过织布，更没有见过织丝绸，那些女工，年纪都小小的，漂亮得像是从画上走下来的。她走近去，一会儿看看丝绸，一会儿看看女工的一双手，问这样问那样，人家回答着她，她却一句也听不清楚。一出车间，就说：

"这丝就是茧抽出来的？"

"可不就是。"

"我的天，这么好的事，这蚕该大养了！这些女子们都是吃什么长大的，这么水灵，手又那么巧呀，咱当农民的算是白活一场了！"

"咱也不算白活，不是也种粮、养蚕吗？"

"禾禾，你给嫂子说，你在外边跑的地方多，都是像县城这个样吗？"

"这算个啥呀，大城市的世面才叫大哩！"

"我知道了，我知道了！"

"你为啥和麦绒过不到一起了，你是眼大心也大了！让鸡窝洼的人都到这里瞧瞧，就没有一个人对着你叫浪子了！"

禾禾笑着说：

"嫂子还是开通！以后再到城里来，我一定还要领你呢。"

烟峰说：

"我真把人丢死了。等我有了钱，我一定要好好到外面跑跑，一辈子钻在咱那儿，就只知道那几亩地，种了吃，吃了种，和人家一比呀，咱好像都不是人了！"

"你可别跑得洋起来，烫个头发呀！"

"我才不稀罕那个鸡窝头！那要是收麦天扬场，落一层麦糠，梳都梳不开了哩！"

这天夜里，他们来到旅社，禾禾为她安排好了房子，自己就去找当年的那个战友借宿。天亮起来看烟峰，烟峰一见面就说了昨晚同房里的女干部拉她去洗澡，她一进浴室，就忙出来了，她嫌害臊，脱不了衣服，但却在旁边的一个房子里看了一场电视呢。

因为禾禾还要去农林局再联系一些养蚕方面的事，就给烟峰买了车票，送她返回鸡窝洼。

烟峰坐在车上，却叮咛禾禾也给她买些蚕种，她回去也要养呀，就把怀里那一卷人民币塞给了禾禾。禾禾也给了她一个纸包。车开动了，她打开纸包，里边竟是一双女式塑料凉鞋。

十四

禾禾也没有想到，他竟在城里能待七天。他本来是到农林局去要一些养蚕的材料，再买一些蚕种的。但农林局的王局长却对他极有兴趣，拉他列席了一个植桑养蚕会议，又去东山一个植桑专业户那里参观。禾禾在那里，大开了眼界，看到人家竟植了一架山的桑树，仅出售桑叶一年便可收入几千元。禾禾意识到自己桑植得太少了，当下和这位专业户订下合同，要求给他培育五千棵桑苗，当时就把烟峰给他的那笔钱交付了。

七天后，他高高兴兴回来，但一个闷雷般的消息把他震蒙了：烟峰和灰灰离婚了。

事情发展得这么快，鸡窝洼的人都感到了惊骇。这事禾禾没有料到，甚至烟峰也没能料到。她跟着禾禾去县城后，鸡窝洼好不热闹，都说是他们两个私奔了。而且以私奔为话题，风声越传越奇。有的说禾禾把麦绒离了，目的就是为了得到烟峰，可怜灰灰竟把禾禾当作了座上宾，扮演了一个可笑的戴绿帽的角色；有的说他们早就鬼混在一起了，干些不干不净的事，烟峰不会生娃，所以事情一直没有败露，这次私奔，三天前就在树林子里密谋好了；有的则一口断言：他们不会再回来了，可怜坑害了麦绒和灰灰，使两个好端端的人家鸡飞蛋打了。风声作用很大，人们似乎都倒向了灰灰，都来安慰他，在他面前骂着那一对浪子。灰灰一想到自己四十多岁的人了，儿子没儿子，老婆又没了，伤心起来，趴在门口哇哇地哭。

麦绒抱了孩子来劝说，反一劝，正一劝，替灰灰说宽心话：

"人心隔肚皮，知人知面不知心啊，谁能想到，这做嫂子的能干出这等事来？也罢了，经过这事，你也就看清他们是什么人了，以前你还一心偏护着禾禾呢。"

灰灰只是哭着，拿拳头打自己的头，骂自己瞎了眼，却也可怜起自己这一家不能传下去，这一份家业就在自己手里毁了。麦绒也流了眼泪，拉起灰灰说：

"灰灰哥，命苦到咱们两个，也就再不能苦了。你要不嫌弃的话，咱们两家合在一起，我麦绒没什么能耐，我只图把好这个家，不让外人再耻笑了咱。你若不悦意的话，这话权当我没有说，你再托人续上一房，你要心盛盛地过活下去。你还是这鸡窝洼的富裕户啊！"

灰灰看着麦绒，他没有想到这个寡妇能在这个时候说出这等言语，才明白了这是一个很有心劲的女人。她没了丈夫，硬拉扯着儿子撑住了一家人的门面，倒比一个男子汉要强得多，当下站起来，将孩子一把抱在怀里，泪水长流。

"麦绒，你能说出这种话，我灰灰一辈子也得念叨你的恩德。可禾禾和烟峰一走，咱们再合在一起，外人又会说出些什么呢？"

麦绒说：

"灰灰哥，咱们吃亏也就吃在这里，外人能说些什么？大不了说这两家人像戏文里边的事。可到了这一步，也顾不得这些了，要顾这些，我一个寡妇来对你说这些话，还成了什么体统？可没办法呀，好端端的一个家，突然破了，我知道那苦楚，你这么好心的人，我不忍心你也那么苦下去。"

麦绒说着，眼泪也扑簌簌流下来，灰灰第一次抓住了麦绒的手。那手粗糙得厉害，记载着一个寡妇人家的艰难。他握着，麦绒也不抽回去，两个人"哇"地又都放声哭了。

这天夜里，他们一直边说边哭。坐到鸡叫头遍，麦绒要回去。开开门，外边黑得像锅底，灰灰说：

"太黑了，孩子已经在怀里瞌睡了，会感冒的，你就睡在这里吧。"

麦绒说：

"使不得的，灰灰哥，咱可不能让外人说些什么不中听的话来。咱们的那场事，你也不要急，可一定要找个媒人来说合，名正言顺的。咱要成，也是成得堂堂正正，把任何人的嘴都堵住了。"

灰灰点点头，一直把她送到了家。

可是第二天中午，烟峰却出人意料地回来了。当她从车上下来，白塔镇上的人就发觉她满面春风，而且脚上穿了一双崭新的塑料凉鞋。深山里穿这种鞋的人很少，只是一些孩子们穿的，而一个中年妇女突然穿上了，就觉得新鲜、显眼。大家都往她脚上瞅，她并不害羞，反觉得这有什么可稀奇的呢？人家县城……她一想到县城，反倒觉得这些人可笑了。一路上同一切熟人打招呼，所有的熟人都一脸惊骇，在问：

"你怎么回来了？"

"这不是鸡窝洼吗，我不回来，要上天入地去？"

"那禾禾呢？"

"他还在县上。"

"他又不要你了？"

"放屁！怎么是要我不要我？"

旁人疑惑不解，她也疑惑不解。一走到家里，闪过竹林，迎面碰着灰灰，灰灰一下子傻了眼了。

"你还回来干啥？"灰灰眼红了，"还要再倒腾家里的财产吗？"

"这你管得着？"

"我现在就要管了！你和我还没有离婚，你干这种事，不怕天打雷击？我什么都迁就你，随着你的意来，只说你能再回心转意，你竟这么报应我？我看我再要这么老实下去，你们会把我勒死呢！"

"'你们'？"烟峰觉得事情不对头了，"'你们'是谁？"

"你还以为能蒙着我，好一步步吞了这份家当吗？你们私奔，你们就远走高飞，我永远不见到你心里也清静，权当你们都死了！"

"私奔？"烟峰跳起来，叫道，"好呀，灰灰！你这么作践我和禾禾！什么叫私奔？你把话说清楚，你要不把这张脏皮给我揭了，我烟峰也不能依你！我嫁汉了？我在哪儿嫁汉？你捉住了？！"

烟峰拉住灰灰的衣服，灰灰狠命一推，烟峰倒在了地上，腮帮正好砸在一块儿石头上，渗出了血，烟峰爬起来，舞着双手就来抓，结果灰灰的脸上就出现几个血道子。两人纠缠在一起，一个说你和禾禾进城就是证据，一个说你满口喷粪；一个说你昨夜在哪儿睡的，一个说说妄话天不会饶的。

鸡窝洼的人闻声赶来相劝，但都明显地偏向灰灰，故意将烟峰手捉住，让灰灰多踢了几脚。烟峰发疯似的吼着，大声叫骂这些偏心的人。这些人趁势就又动手打起她来，往她的脸上吐唾沫。灰灰也觉得不忍了，拉开了大家。大家又都埋怨灰灰手太软：应该狠狠教训教训这个不要脸的婆娘。烟峰受不了这种侮辱，指着灰灰骂着：

"灰灰，你好个男子汉，你打了我不算，你还站在一边看着这些人打我，你还算是我的丈夫啊！"

灰灰说：

"谁是你的丈夫？你要认我这丈夫，你也不会这个样子！你给我滚远些，这个家没有你的份！"

"我没有和你离婚，你敢！"

"没离婚现在就离婚！"

"离婚就离婚！"

烟峰爬起来，脚上的凉鞋却不见了，灰灰早将鞋踢在一边的水沟里，她把鞋提起来，重新穿好，两个人就披头散发地去了白塔镇。

第一次离婚，没有成功，第二天又去，第三天还去，公社同意了。当烟峰把自己的指印按在那一张硬硬的纸上，捂住脸就往外跑。在石河上的那独木桥上，她觉着天旋地转，一头栽下去，浑身精湿。当夜就在判给她的那厦房里一病不起了。

禾禾七天后回来，听到了消息，他像一头公牛般地冲进了灰灰的地里。灰灰正在地里锄苞谷，看见了禾禾，当下提着锄站在那里，禾禾也站住了。

"你要干什么？"灰灰说。

"我要问问你，"禾禾说，"你想打架吗，我告诉你，有你十个，我禾禾也不放在眼里！我只问你，你为什么那样对待嫂子？为什么要离婚？"

"为什么？你知道！"

"我禾禾对着天给你说话。烟峰嫂子对得起你，我禾禾也对得起你。我就是再不好，我还是人，我不是猪狗，我要做出什么丑事，我用不着来见你，我自己就一头碰死在那石头上了。你可以不认我，可以恨我、骂我，用

193

刀子来把我杀了、戳了，我禾禾能忍了你，可我不允许你这样对待嫂子！"

"她是我的老婆，你没权利来管！"

"你可怜！"

"我可怜什么？"

"你连你的老婆都不相信，你还相信什么，你怕是连自己也不相信！你要还是人，你去给嫂子赔话，你们再去复婚，我禾禾可以永远不见你们，也可以永远离开这个地方！你给我回答！"

"我灰灰到了这一步，还要叫你指挥？"

"你不同意？"

"不同意！"

"好吧，灰灰，你会后悔的！"

禾禾愤怒地踢了一脚，面前的一个土疙瘩开花似的飞溅开去。他走掉了。

他回到了木庵里，大声地吼叫着，双手抓住木庵的橡头，想一下子把它摇晃塌了。又一脚踢开了那只装着酒的军用壶。接着提了土枪，装上火药，一端起来就勾起了扳机，"啪"的一声，在庵子外跑着闹着的那只跟随了自己多年的没尾巴蜜子，就在空中弓了一下身子，倒在地上不动了。他丢开了枪，扑过去抱住了蜜子，撕心裂肠地哭叫起来了。

十五

半个月来，鸡窝洼经常可以看见一个人，这就是白塔镇小学炊事员的老婆。她是个说媒的，一辈子没儿没女，家里却什么都不缺，全凭了她那张薄嘴。从年轻时起养得能抽烟喝酒，到了老年，更是馋嘴爱美，嘴上的功夫越发厉害。她一出现，人们就猜测她又在为谁牵线了。渐渐有了风声，她是要为灰灰办好事哩。因此每一次来，就在灰灰家连吃带喝。灰灰是烟鬼，她也是烟鬼，灰灰能喝酒，她也能喝酒。再后来，风声又放出来，她给灰灰物色的就是麦绒。鸡窝洼的人先是一惊，再就觉得这事可以。又一想这形势，更觉得这是天成佳偶，没有一个不赞成的，说这媒婆办了一件人事。灰灰和麦绒听了，心里自然悦意。但媒婆趁势三天两头来，来了就吃喝，临走又不空回，不是提一串两串熏肉，就是灌一罐半罐甘榨酒。麦绒就对灰灰说：

"让你找个媒人，人面子上看得过去就是了，你怎么倒这么宠了这老东西。她是没底的坑，倒不是来说媒的，是来收咱的债来了！"

灰灰说：

"破费些钱财就破费吧，我也是咬了牙子的。她总算还是合了咱的心意。咱过日月是大事，不被人背后指指头就托了万福了。"

再过了十五，他们就扯了结婚证，热热闹闹地办了喜事。本来是曲曲折折的一对夫妻，本来是半桩子年纪人的婚事，灰灰和麦绒并不想闹翻得多大。但鸡窝洼的人却故意要败败禾禾和烟峰的兴，偏来贺喜。又拿了锣鼓家伙来敲，又买了鞭炮哗哗啪啪鸣放，倒比年轻人的喜事办得还热闹。

禾禾一大早起来，就到山梁上桑林里去了。经过一个夏天，桑林已经能遮住了人。这一片苍绿的桑林，遮住了他头上的太阳，也给他心中投下了一层绿荫。烟峰离婚后，还常到他的木庵子里来，也到这桑林里，她完全同意他将那笔钱定购了五千株桑苗，她也决定要在分给她的那面荒坡上植桑。禾禾就抽空去那面荒坡上挖鱼鳞坑，只等那批桑苗运来，他就可以帮她也植桑养蚕了。他甚至梦幻着这两面荒山坡梁，将会桑林连成一片……

对于灰灰的婚事，他知道了一些，没有做出任何反应，似乎平静得很，觉得应该是那样。他虽然痛恨着麦绒，但也同情她的孤苦。他也仇视着灰灰，但也知道他是一个会过日月的好手。他们能组合一家，倒使他能了却一桩内疚的心事。但是，他万万也没想到他们这么快地结婚，便一下子使他产生了说不上的一种伤感。他想起了自己，想起了烟峰，觉得他们的婚事是极大地、有意地挖苦和作践了他和烟峰。他承受不了，扛了七斤半的牙子镢，一个人钻到这桑林来。他不想让任何人看见他，也不想在这时候看见任何一个人。但是，一个人待在桑林里，却使他无法安静下来，脑子很乱，而且一阵一阵发疼。他就提了镢头往烟峰的那面荒坡上走去，开始继续挖那鱼鳞坑。刚刚到了那里，才要挖起来，一个人在轻轻叫他。这是二水。

几十天不见，二水竟瘦得像猴儿一样，正蹲在那边崖下拿铁锤在破石头：又干起他那凿石磨的手艺了。

"禾禾，你来了。"二水哭丧着脸说。

"你也来了。"禾禾回答着。

"禾禾，你知道吗，人家今日结婚哩。"

"我知道。"

"去了好多人，哼，都是溜勾子的角色！"

"你怎么不去呢？"

"我二水，哼，才不去呢！"二水说着就擂动了铁锤，一边敲打，一边说，"我去吃肉吗，喝酒吗，我二水，一辈子打光棍！打光棍怎么啦，世上光棍也是一层！我不去，他八抬轿抬我，我也不去！"

他边敲打边诉着，泪流满面。禾禾倒不忍心看他，扭过头走了。他一走动，将坡上的乱石蹬得哗哗啦啦往沟下掉，在沟底破碎着，轰鸣着。但他没有栽倒，身子也不打趔趄，一直走过去，在那最陡的地方挖起鱼鳞坑来。挖了一个，又挖了一个，那头上、脸上、脊背上，汗水成道成股地往下流，他从来没有这么大的力气，竟不歇气挖了三十个鱼鳞坑。当他对第三十一个鱼鳞坑扬起第一镢头的时候，胳膊发软起来，镢头无力再挖下去，就势躺倒在坡上，动也懒得动了。

这时候，他听见了一阵鞭炮声。

晚上，月亮涌出了东山，但是月亮的光明却使山峁上什么也看不清楚。太阳落山的时候，云雾就填满了沟壑，现在并没有退去。风在响着，万片树叶一齐翻动，发出一股漫天的"杀杀杀"的声音。远处隐约有着狼的嚎声，一只夜鸟扑棱棱飞过，接着什么也没有了。禾禾从地上站起来，长久地站在那里，看着白塔镇那边的灯光，看着整个鸡窝洼的灯光。灰灰的婚礼是在麦绒的房子里举行的，门口挂着两个红灯笼，灯光下，还有几个人影在门里出出进进。他突然笑了笑，觉得自己这一天里是不是有些那个了？甚至觉得今天自己应该去参加他们的婚礼……

196

他拍拍身上的土，开始往柞树林子中走去。那里有他的木庵，那是他的家，他的锅灶，他的地炕，他的蚕，可惜那条狗被他打死了。柞树林子里幽幽的，黑暗栖在那里，安宁也栖在那里。

他推开门来，"啊"的一声惊叫了。

木庵里，一盏小小的豆粒般大的灯芯燃在锅台上，灯光是那么微小，那么害羞和不安。满屋里笼罩了一团迷迷离离的光芒，烟峰正坐在墙角，背着身，在那里一下一下拐动着石磨。她今夜穿着一件禾禾从未见过的新衣，头发梳得光光的，脚上穿着那双凉鞋，扭动着后腰，动作是那么优美，样子是那么温柔。听见门响，她慢慢回过头来，一双眼睛静静地看着他，慢慢地站起来了。

"你……"

他们几乎都在说着，但声音太低了，各自看不见嘴唇在动，同时在那里站定了。

"你觉得突然吗？"

"你怎么在这儿？"

"你一天也没回来了。"

"我去挖些鱼鳞坑。"

"你真没出息。"

"我？"

"好了，你快抱些柴生火吧，你已经一天没吃饭了，咱们做一顿好吃的。"

"好吃的？"

"是呀，我把豆腐都磨了，做菜豆腐，你爱吃吗？"

沉沉的夜里，柞树林子的上空，一股炊烟袅袅地升起来了。谁也不知道，黑夜使炊烟没了颜色，但那烟中，却有着热。菜豆腐是将软豆腐煮在稀粥中的一种饭。在深山中米很少见，而吃米又在米里煮软豆腐，只是逢年过节时才讲究吃的。禾禾和烟峰却在今晚面对面地吃起来。他们吃得很香，每人都是三大碗，脸上就沁出了微汗。禾禾看见烟峰的脸上出现了少有的红润和嫩白。

他们在说着话，漫无边际，最后围绕着盖房的事。

"禾禾，你听我的，这木庵子无论如何是要翻盖了。"

"我不想翻盖。"

"没钱吗，我给你二百元钱。"

"钱倒有，茧已卖了三百元钱了。但我心思现在不在这里。我要再扩大

197

养蚕业，然后还想买手扶拖拉机，我那战友已经答应帮我了。"

"但这房子一定得修！"

"那为啥呢？"

"要争一口气呀，咱不能让外人作践。你说你能干，就住在这木庵子里。别人怎么看你？我现在争不了气，干不出个事来，你就要撑出你的骨气来。让人看看你禾禾不是窝囊男人，不是倒霉鬼。你要靠你的能耐活得是一个堂堂正正的人，一个比任何人都强的人！"

禾禾静静地看着烟峰，猛然发觉这女人的刚强，说：

"嫂子，我听你的！"

烟峰却撇了嘴：

"现在谁是你的嫂子？"

她咻地笑了一下，将桌上的碗筷一拢收拾去了。

果然不久，禾禾砍伐了他自留山林上的一些树，让木工做了椽梁柱檩。县城的那个战友用拖拉机帮他拉运了砖瓦，又联系了一个修建队。三天之内，推倒了木庵，撑起了一座房子。房子却再不建在柞树林中，高高筑在桑林前的坡梁上，站在白塔镇就能看得见，一出门，方圆十几里的沟沟洼洼全都在眼底了。禾禾很是感激他的战友，更是感激战友的哥哥，那个修建队的头儿，他为人老实，言语不多，不幸的是去年媳妇难产去世，他便和村里几个年轻人组成修建队干些泥瓦土木这类的活计。答谢了这些盖房的人，禾禾突然冒出一个想法：把烟峰介绍给战友的哥哥，岂不是一件意外的好事？他把这想法告诉了战友的哥哥，那人当然高兴。只是烟峰十天前到五十里外的娘家去了。禾禾就说等人一回来，他就打电话给战友的哥哥来相亲。

烟峰回村那天，禾禾就把这事对她说了，她却笑得合不拢嘴。

"你笑什么？"

"你倒关心起我了？"

"你愿意吗？"

"你愿意我就愿意！"

战友的哥哥来了。他毛胡子的下巴刮得铁青，穿一身洗浆得硬邦邦的衣服进了烟峰的家里，烟峰正在家里做针线，冷不丁看见禾禾和一些人拥着一个汉子进了门，心里却慌了。她万没想到禾禾会真的领一个男人来相亲，当时她只当是说笑罢了，禾禾却要使它成为事实？又叫苦，又觉得好笑。她看那男人，进了门便满脸通红，一坐在那窗下的桌边，眼光不敢乱看，头低得下下的，一双粗糙的手在膝盖上摸来搓去。她想看清那脸，但却无法看清。旁边的人就又一声儿喊她，她就从窗子跳出去，从门里大大方方走进屋，一边锐声说：

"谁是来相亲的呀，让我也瞧瞧，哟，这么热的天，你还穿得这么严呀，你不热吗？"

大家几乎都呆了，立即明白了一切后，就乐得前俯后仰。那男人并不认得烟峰，抬头看着她，只是笑笑，脸上的汗越发淋淋。烟峰看清了一张憨厚老实的脸面，心里说：倒是靠得住的人。就又钻进小屋里，再也不出来了。禾禾没料到烟峰会来这一手，当下也尴尬起来，进小屋问烟峰意见，烟峰说：

"你呀，你呀……好吧，你给他说，我也把他看了，人倒是好人，我得好好考虑考虑，过后给你个回话吧。"

禾禾出来对那男人说了，那男人才知道刚才那女的就是烟峰，越发窘得难受，说他没意见。禾禾就领他到了自己家里，那男人留下五十元钱，说是要是烟峰同意了，这就算作是订亲礼钱。禾禾把钱塞给了他，说：

"这使不得，她不是爱钱的人，这么一送，事情反倒要坏了。"

那男人只好收了钱，倒讷讷地说：

"我真有些担心，她倒是个厉害人呢。"

"估计问题不大，你等着我的消息吧。"

第一天过去，烟峰没有个回音。第二天过去，烟峰还是没有个回音。第三天禾禾等不及了，跑去讨问，烟峰说：

"我知道你会来的。"

"你同意吗？"

"不同意。"

"不同意？"禾禾有些急了，"那你……"

"我有我的主意。"

"你？"

烟峰定睛地看着他，说：

"禾禾，我该怎么来谢你呢。可我实话给你说吧，你要真对我好，你不要再提这场事了，你给那男人多说些道歉话，你就说我已经有了……"

"有了？"禾禾一点也没料到，"是你回娘家时别人介绍的？"

"介绍是介绍了，人也是看了，却还没得到人家的回音。"

"他是谁？"

烟峰脸却唰地红了，不再说话，而且就往外走，说：

"禾禾，你不要问了。明日我把名字写在你的门上，你就知道了。"

禾禾走了，走到家里，却突然想起烟峰并不识字，她哪儿会写出人名呢？一夜疑惑不解。第二天早晨，起来开门，门闩上却挂着一只正在织茧的蚕，那茧已初步形成，但薄薄的一层银丝里，明明白白看得见一只肥大的蚕。这是谁挂的？禾禾猛然醒悟：这是烟峰写给他的那个名字吗？一只蚕，在吐着它的丝，丝却紧紧裹了它。

"烟峰！"

他叫喊起来，清幽幽的早晨，没有人回答他，只看见门前的地上，有着一行塑料凉鞋的脚印。

十六

禾禾压根儿没有想到，烟峰竟想出她和他成亲的事。

他害怕见到烟峰。一连五天，他不到她那儿去。每每远远看见她，就赶忙躲开。但是，第六天里，烟峰却到他那儿去了。

"你成贵人了，几天都不见你的面了！"烟峰说。

"我病了，头昏……"

"是瘦多了，什么病？你也不吭一声，好些了吗？"

她走近他，手伸出来摸到他的额上。他立即转过身，假装去挪动那一排放蚕茧的竹捆儿。

"没事了，已经好了。"他说。

"好了就好，好了也不到我那儿去看看呀！真是应了'寡妇门前是非多'的话，现在很少有人到我那儿去了。我做了一顿麻食，只说你会去的，做了那么多，只好剩下来，天天嚼剩饭了。"

"我实在走不脱，这几天哪儿也不得去，这一批茧快要收了，走不离哩。"

"我也估摸。"

烟峰帮他收拾起蚕茧来。她看着一个茧儿出神了，那茧儿还没有织成，亮亮的看得见里边的蚕。

禾禾的心别别地跳起来，他害怕她突然问出他一句什么话来，使他无法回答。他斜眼看了她一眼，她正好拿眼睛过来看他，两对目光碰在了一起，他紧张地闭了一下眼皮。

她却并没有说什么。

他也一句话说不出来。

屋子里静悄悄的，只有蚕在吃桑叶的嚓嚓声。

他们都在默默地干着活。禾禾害怕起了这个安静，就想尽量向她说说话，却一时不知说些什么，便不停地咳嗽，或者翕动鼻子，末了问她喝水不，她说不喝，他却还是倒了一杯，又说让她歇着，问她吃沙果不，说是他昨天从地边的沙果树上摘下的。烟峰就笑了：

"禾禾，你是把我当娃娃了！"

禾禾泛不上话来，愣在了那里。

烟峰瞧着他的窘态却笑得咯咯直响。

"我该回去了。"她突然止了笑，就要走出，却顺手从炕上抓过了禾禾的一堆脏衣服，说，"我给你去洗，洗好了就晒在那边地头的草上，你记着吃过饭去收啊！"

她稳稳地走出去，一直走到坡下溪水边，在那里洗起来。禾禾一直看着她：她洗得那么快，使劲儿揉，然后举起拳头捶打着衣服。但慢慢地越捶越慢，越捶越轻，末了拳头举起来，却呆呆地发痴。等回过头来，看见他靠在门上看她，就又是一阵紧促地捶打……后来就一件一件晾在草地上，洗洗脸，闪过一片竹林子，不见了。

这天夜里，禾禾真的病倒了。他头疼得厉害，不能起床，昏昏沉沉地睡到中午。烟峰又来了，忙给他烧了姜汤，做了饭，喂着他吃了。他端着碗，眼泪却无声地流下来。

"禾禾，你怎么啦，你怎么啦？"

他一肚子的苦楚说不出来。

从那以后，烟峰几乎天天都来，她似乎和以前一模一样，来了就干这干那，又唠唠叨叨说他的不卫生。禾禾知道她把什么都看出来了，她在尽量表现着她的平静：我没有什么，事情成不成没什么，瞧我不是照常一样吗？

但他看出了她眼睛的红肿。她总要笑着说：夜里做针线活，又睡得迟了。

越是这样，禾禾越是感到不安。他突然想到一个主意：离开鸡窝洼一个时期。

于是，他将家里所有的存款都带在身上，又把收下的蚕茧装在一个大麻袋里，说是要到县城卖掉。就把家里的这些桑、这些蚕都交付给了烟峰，搭车就走了。在县城里出售了茧后，他找着了他的战友，竟加入到战友的包工队里，一住就是两个月没有回来。

这期间，县上在离白塔镇八十里的地方正兴修一座水电站，以供应深山十多个公社的照明用电。禾禾的战友，那个手扶拖拉机手，组织了一个运输承包队，专门拉运电站的石料、水泥，赚得了好多钱，禾禾入秋后，就跟着学开拖拉机，十天后就能亲自驾驶，两个月里竟也分红五百多元。在他初到工地的第二天，他就给烟峰去了一封信，讲了他的近况，说明家里那些桑林、蚕让她好好照管，在他不在期间，一切桑、茧归她所有，以后卖了钱他一文不要，甚至如果愿意的话，他想将全部桑林和全部蚕茧都送给她，他想购买一台手扶拖拉机，要常年在外边跑动了。

烟峰收到信后，估摸是禾禾写给她的，但她不识字，心想禾禾才出去，又是很快就要回来，却给她写来了信，一定是对有关什么事不好明言，才以信写出来的，便又激动又心慌。有心让别人代看吧，又怕泄了秘密；不让代看吧，信揣在怀里，吃饭睡觉都不安宁。她倒骂起禾禾欺负她，又恨起爹娘没在小时供她上学，落得一个睁眼瞎来。

她最后专门到了白塔镇，找着了银行营业所那个烫发的姑娘，说了好多奉承话，讲了好多原因，而且带着一把水果糖，央求人家给她念念。

"哦！"当她听完信后，叫了一声，靠在那里眼光直了。她知道了禾禾写信的用意。一回到禾禾的蚕房里，关了门，抓过炕上的枕头又捶又打，叫着：

"我那么稀罕你的桑林，我那么稀罕你的蚕茧！你走什么，你走了就安顿下了我吗？我得了这桑、蚕就满足了吗？禾禾，禾禾，你在作践我呀，你把我当了什么人了？你给我回来，回来！"

她喊完了，骂完了，哭完了，心里却念叨起禾禾的好处来，越发日日夜夜想着他。担心他走时没有多带几件换洗衣服，那白日能吃得饱吗？晚上能睡得稳吗？她竟然深更半夜一个人偷偷跑到土地庙里向神灵磕头作揖，保佑禾禾施工能安安全全，活得快快活活。

她无法给禾禾打电话，更无法托人给禾禾写信。"好吧，既然你是走了，我就给你把桑蚕经管好！"她这么拿了主意，日夜就不再回去，住在禾禾家里，夜里当她一个人睡在禾禾的被窝里，闻着一股浓重的男人的气味时，她总是要到鸡叫头遍才能合眼。

桑叶采了一遍又一遍，蚕熟了一批又一批。鸡窝洼的人都知道禾禾并不愿意和烟峰结婚，而又故意出走，就都拿嘲笑的眼光小瞧烟峰。当她去采桑叶，就有人少不了要问：

"烟峰，禾禾还没回来吗？"

"没有。"

"这真是个浪子，使你离了婚，他却屁股一拍就走了。"

"你这是什么意思？"

"没什么，烟峰，这也好哩，他怕是再不回来了，这一份家产也真够意思了哩。"

"你牙打了说屁话！"她竟破口大骂。

到了秋收季节，家家都开始收起苞谷、豆子、谷子来，烟峰就越忙得手脚打了锣。她要收自己地里的庄稼，又要收禾禾地里的庄稼。村里人都看着她笑，她也不央求任何人。但是，一些人手脚不干净，就偷起禾禾地里的苞谷。头一天中午，烟峰发现地头的苞谷长得好好的，第二天去收时却少了五六十个棒子。她立在地头，破口大骂，上至列宗列祖，下到子子孙孙，骂得蚊子都睁不开眼。夜里，她就在地畔巡看，发现一个人正在地里，瞧见了她，假装蹲下拉屎。她就在地口等着，那人一走出来，她笑笑地走近去，一下子抓住衫子往上一撩，那人的腰里，苞谷棒子一个拴一个系了一腰。那人却恼了，叫道：

"你要干什么？"

"我要给你披件贼皮！"

"这是你家的地吗，你管得着？"

"我就能管得着！"

"禾禾是你的男人不成？！"

"就是我男人，你怎么着！"

"呸！不要脸的破货！"

她一个巴掌打在了他的脸上。

两人厮打开来，她毕竟不是对手，头发抓乱了，肚子上挨了一脚，趴在地头上昏过去了。等醒过来，大声叫喊捉贼，跑过麦绒家门前。灰灰两口才从地里回来，院子里堆了偌大一堆苞谷，一边剥苞谷皮，一边三四个结在一起往屋檐下挂。看见烟峰披头散发跑过来，两人都吃一惊：

"谁偷什么了？"

"偷苞谷的，还打人了。"

"偷了你的苞谷？"

"偷禾禾的，禾禾地里丢了上百个棒子了！"

"看见是谁偷的吗？"

"五毛，五毛那贼东西！"

"你能惹过那无赖吗？禾禾还没回来，他往外边跑嘛，他还管庄稼？让偷光了，把嘴吊起来，他也就知道怎么当农民了！"

"灰灰，你不要看笑话，你别以为你现在是一家好日子了！哼，禾禾就是要饭，也不要到你门上来的！"

灰灰和麦绒没想被烟峰这么奚落了一场，当下也上了火，说道：

"我们算什么，你们能放在眼里？"

话是这么说的，但心里总不是滋味，一夜里两口子倒再没有说出话来。

烟峰一直跑到队长的家里，告了状。队长也气得嗷嗷叫，当下和烟峰到了五毛家，当面训斥了一通，把那十二个苞谷棒子一个不少地追了回来。

也就在第二天，禾禾回到鸡窝洼了。他是开着一辆手扶拖拉机回来的，又领来了一伙同事，三天之内就收割完了两家全部的庄稼。又八个人将手扶拖拉机抬进了洼，把两家大块的平地犁了一遍。鸡窝洼的人都傻了眼，他们从来没见过手扶拖拉机在这里犁地，当下围了好多人，摸摸机子的头，摸摸机子的犁，然后跳进犁沟用手量着深度。灰灰和麦绒始终没有来，他们站在门口，只是呆呆地往这边看着，不好意思来见禾禾，也不好意思赶牛过来犁紧挨禾禾地畔的那几亩地。

烟峰却病倒了，睡在禾禾的炕上不能起来。当禾禾一个人坐在她的身边安慰她、感激她时，她却瞪他、骂他、唾他，要求把她送回她的家里去。禾禾低着头，任她发泄着怨恨，却并不送她回去。他出去犁地了，她却挣扎着爬到窗口，看着那手扶拖拉机嘟嘟地开过来，开过去。

地里一切都忙清了，帮忙的朋友们坐着拖拉机走了，屋子里只剩下了禾禾和烟峰。禾禾把抓来的中药熬了端过来，劝着她喝，给她讲着这两个多月的情况。他说，那个电站已经修成了，开始发电了。他们承包了石料和水泥，劳动强度很大，但他没有累倒，倒学会了开手扶拖拉机。他说，现在各公社开始拉电线，他们又承包了从电站到这个公社沿途的水泥电杆运输任务，电很快就通到这里来了。就要用电灯了。他说，他挣了六百元，加上以前积累，他想买一台手扶拖拉机。他说，他很想她，夜里常做梦，觉得对不起她……

"你还对不起我了？"烟峰说，"你对不起什么了，你多么省心，一走就了嘛！"

禾禾说：

"你别说了，我已经够后悔了，我给你写了信后，就又想再给你写信，但我不知道该怎么写？"

"给我写什么信呀，我一个中年寡妇，谁见了谁嫌呢，你给我写什么信呢？"

"你还饶不了我吗？是我不好，是我害了你，烟峰……"

禾禾眼睛湿了，拉住了烟峰的手。她把手抽出来了，说：

"我是你嫂子哩！"

"不，不……"禾禾却一下子抱住了烟峰。烟峰并没有反抗，几乎也是在同时迎接了他的拥抱，而又紧紧地抱住了他。眼泪无声地从两张脸上流下来。

十七

禾禾和烟峰很快地结婚了。

他们的婚事在鸡窝洼里引起了一阵骚动，但很快也就平静下来，婚礼举行得并不热闹，好多人因为过去的态度，都没脸面再来说恭喜话。但是，出人意料的是灰灰和麦绒却来了，他们在婚礼的前一天晚上，送来了好多菜蔬，三吊熏肉，还有一坛子甘榨酒。

灰灰和麦绒虽然恼恨着禾禾和烟峰，但婚后他们的生活过得十分称心，人心总是肉长的，免不了在饭桌上，在炕头上要说起那做了寡妇的烟峰和鳏夫禾禾。尤其那个烟峰遭到人打的晚上，灰灰凭着气恼说出一席话受到烟峰责骂后，两口子都觉得自己做得不应该了。麦绒更是心上过不去，以自己做寡妇时的苦楚来将心比心，总好像欠了烟峰什么似的。送东西的晚上，他们担心禾禾和烟峰会拒绝了他们，结果烟峰倒收下了礼，又做了酒菜让灰灰和禾禾在那里吃，自己便拉了麦绒的手坐在灶火边问这问那。麦绒听得出来，她是豁达开朗的人，一切都不是故意做出热情来应酬的，但最后竟问到她有了身子没有，使她好一阵脸红耳烧，心里想：亏她就能想到这一点。

"你快给他生个儿子下来，我没本事。等你再得了，就把牛牛放在我这里来，我不会亏待他的呢。"

麦绒当时没有言语，回来后对灰灰说起，灰灰也闷了好久，说把牛牛放到那边，他倒有些舍不得，就叮咛：烟峰不会生养，她是要打孩子的主意，这事上万万不要松口。第二天，吃饭的时候，禾禾家三朋四友摆了两桌酒席，派人来叫灰灰和麦绒。麦绒却作难了，怕当着那么多人的面，别人说句什么，脸上倒上不来呢。灰灰说：

"走就走吧，咱现在日月过得顺了，大脸大面地去，外人只能说咱的器量大。若不去，倒显得咱窝窝抽抽，日子过得不如他了呢。"

果然，灰灰两口参加了禾禾的婚礼，在鸡窝洼里落了个好名声。人们私下认为，这两家人活该要那么一场动乱，各人才找着了各人的合适。再将两家比较起来，当然又都说着灰灰这一家人缘好，会持家，很快就要成为鸡窝洼甚至白塔镇的第一第二滋润户了。禾禾两口呢，只能是禾禾找烟峰，只能是烟峰配禾禾。一对不安分的人，生就的农民命，却不想当农民，到头来说不定日月过得多凄惶呢。

灰灰清楚人们对他的看法，把日子过好的心越发盛起来。婚后他和麦绒的家产合在一起，可以说是鸡窝洼里家具最齐全的。他暂时封闭了自己这边的老屋，把麦绒那边的房子重新翻修了一下，特意叫工匠在屋脊上做出好多砖雕泥塑，又将两个圆镜嵌在上边，一早一晚，朝阳和夕阳可以使两面镜子大放光明。墙壁里外也用三合泥搪了一遍，当屋放下两个各一丈五尺的核桃木大板柜，柜盖上是一排十三个大小不等却擦得油光闪亮的瓦盆、瓦罐，分别装满了糁子、麦仁、小米、豆子、头层面、二层面、豆面、荞面。窗子因为太旧，是他将老屋的套格窗移来，重新安上的。那屋檐下，几乎是灰灰和麦绒精心布置的重要地方。明檐柱子上架了簸子，一层是晾晒的柿饼、柿皮，一层是各类干菜，白萝卜片的，红萝卜丝的。那檐头横拴的铁丝上，分别吊挂着四个苞谷爪儿，全是牛抵角一样的棒子。那两个窗旁，一边是三吊五尺长的辣椒，一边是三吊旱烟叶。结婚的时候，中堂上、大门上贴着的对联，保护得依然完整，稍有边角翘起，就用糨糊贴好。灰灰是识得几个字的，对联也是他写的，那毛笔字十分难看，他却要常常从地里回来，坐在门前的石头上，一边悠悠抽烟，一边斜眼看那字。孩子跑过来，不停地要从台阶上爬上去，又溜下来。麦绒在厨房做饭，看见了，就要嚷一声："你看你娃！"灰灰听了，就将孩子抱了，放在怀里，孩子却不安分，双手吊在他的脖子上，脚踩得他的肚皮疼，他就又要对麦绒说："你看你娃！"各人声调是那么满足，得意，和一种对新人的撒娇式的怒嗔。晚饭熟了，他们并不端进屋去吃，偏总要在门前放了，即便是一碗糊汤，也要盐碟也拿出来，辣碟也拿出来，你一口他一口给孩子喂饭。孩子将饭常常弄撒在地，灰灰就少不了拉长声喊着：

"哟——哟哟——哟！——"

这是喊狗来舔食的声音。

这声音使鸡窝洼全能听见，人们就知道灰灰一家又在吃饭了。

也就在这个时候，人们常常到他家去，要么借一下犁耙，要么借一下筛箩。主人会站起来，用筷子敲着碗沿让饭，让得好不热情。然后领着走进厨房后新搭盖的那间杂物间去。

"你去拿吧！"

这分明是在向来人夸耀着他的百宝。来人便会发现，这间房子很大，却显得极挤，东墙上，挂着筛箩：筛糠的、筛麦的、筛面的、筛糁子的，粗细有别，大小不等。西墙上挂着各类绳索：皮的曳绳，麻的缰绳，草的套绳，一律盘成团儿。南墙靠着笨重用具：锄、镢、板、铲、犁、铧、耱、耙。北墙一个架子，堆满了日常用品：镰刀、斧子、锯、锤、钳、钉、磨刀石、泥瓦抹。满个屋里，木的亮着油亮，铁的闪着青光，摆设繁杂，杂而不乱。来人就叫道：

"好家伙，你家这么多东西！"

"没有什么。"主人却总是说，"过日子，啥也离不了。"该借的借给了，却反复交代家具不怕用，只怕不爱惜，锨用了一定把泥揩净，桶用了一定用水泡好，似乎有些小气。用后送来，人已走了，却又站在门上，大声地说：

"要用啥，你就来啊！"

日月过得一顺，人人都眼红。出门在外，灰灰总被首推富裕人家。也正是因福得祸，他少不了就比别人要多出钱财。上边来了救济，自然没有他的份。去镇上赶集，村里开会，总会有人逼他买烟来抽，他不能不买。亲戚四邻红白喜事，别人送一元，他最少也是一元五角。而且任何人见了他，都要祝福他会很快有儿子生下来，便闹着要他买糖买酒。每一次在外这么闹着，别人吃喝得醉醺醺的，他也吃喝得醺醺醉，走回家来，看着麦绒，就要问：

"你觉得怎样？"

"不要紧，夜里有点咳嗽，今早就好了。"

"我不是问这。"

"哪？"麦绒有些不明白。

"我是说，你没觉得有了吗？"

麦绒立即醒悟了，脸色绯红。

"没有。"

"你要给咱生个儿子哩，他们已经让我请了几次客了。"

"这些人总是骗着吃喝，你别那样。别说家里没有钱，就有钱也抵不住
那样花哩。外边的都说咱们日子好过，其实咱成了空架子。以后他们再要吃
烟，你让来家吃旱烟，喝咱甘榨酒好了。"

灰灰也点头说是。从此更加苛苦自己用钱。出门总是身上带两种烟，一
种是纸烟，见了干部的，或者头面人物的才肯拿出来，自己却总是抽那旱
烟。但却慢慢落下个"越有越吝"的话把儿。

夫妻俩最舍得的，也是叫所有人惊叹的是那一身的好苦。除过下雨，灰
灰总是全洼第一个早起的，脸也不洗就挑起粪担去拾粪了。沿路回来，一
根绳头也捡，一节铁丝也拾，扁担头上总是一嘟喽一嘟喽的破烂。到了雨
天，就坐在家里打草鞋，劈柴火，或者做醋，或者烧蓬灰熬碱。晚上睡得最
迟的却算是麦绒。一切大人孩子的针线活，都是在油灯下完成的，一直到了
鸡叫，她才要吹灯睡下，却又是睡不稳。一会儿披衣下来，摸摸门关严了没
有，窗插好了没有；又躺下，又披衣下炕，黑暗里拿灯去看看面罐盖上是否
压了石头，馍笼上的荆棘是不是系得好，疑心老鼠会去糟蹋。如此反复几
次，才心安理得地一觉睡到天明。白天里，大部分时间两人都在地里。那地
种得十分仔细，没有一块儿拳头大的土疙瘩，没有一根杂草。每当灰灰套牛
犁地，麦绒就抱着升子在后边点种，孩子便只好放在地头玩。有几次禾禾和
烟峰路过地边，孩子乍着双手呀呀地叫。

"晚上不要来接了，让他跟我睡吧。"烟峰就抱了孩子到她家去了。

麦绒不好意思拦她，晚上也不好意思去接，一夜里却觉炕大。等孩子送
回来，就把孩子视为宝贝儿一般。灰灰说：

"孩子可不能让他们勾了心去呢。"

但孩子见了烟峰，依旧乍着手呀呀地叫。

禾禾在家待了一个时期，从县城运回了那一批桑树苗儿，在那些鱼鳞坑里栽了，又给烟峰砍了柴火，磨了米面，便又到县上去找那个战友了。等将拉电线的水泥杆全部运齐后，收入又增加了许多，就托人买下了一辆手扶拖拉机，开始独个跑起长途运输来。

入了冬，白塔镇土产收购站的一批山货包给了禾禾拉运。他每天早晨上县，晚上返回，每一次回来，家里就有好多人来。这个让到县上捎买东西，那个让将东西捎运去县上。他们全忘记了自己过去的所作所为，尽量拣中听的话奉承禾禾。烟峰看不惯，说：

"理这些人干啥？你倒霉了，就他们来推下坡碌碡，如今你有办法了，瞧那嘴脸！"

禾禾说：

"世事也就是这样，只要咱能办上的事，咱就办吧，计较那些干啥？"

禾禾笑脸迎着上门来的人，来了就沏茶，散烟，又天空地阔谈些城里的新闻。这些人一离开他家，总是说：

"这小子运气来了！"

后来桑叶败了，蚕不能再喂养，烟峰就坐了手扶拖拉机到县上去，果然衣着慢慢时新起来了。她又喜欢买些小零碎，什么铝锅呀，小蒸笼呀，糖瓶呀，茶叶盒呀，东西虽不大，摆在柜台上却五颜六色，明光闪闪的，后来竟买了一台收音机，每天吃饭时间，就拧到最大音量，惹得来人更多了。一到晚上，就听见有人在互相招呼：

"走，去听戏去啊！"

到了烟峰家，看见柜盖上的小洋玩意儿，问这问那，又评论烟峰那新买来的衣服，说几句"烟峰成十八岁娃了"的笑话。烟峰得意，常常出门，动不动就把禾禾新做的工作服披上，还将禾禾的一双地质工人穿的半旧牛皮鞋穿上。一些人倒嫉妒起来了：

"一个拖拉机使这家发了！"

"他哪儿就能买起了拖拉机？"

"人家养蚕呀！"

"他怎么就能发了？"

"哼，男人能挣钱，婆娘勾子能擂圆，那烟峰披个衣服穿男人皮鞋，烧包成什么样了！"

烟峰听了，倒不在乎。每次进县城回来，又总要给麦绒的孩子买些糖果，或者帽子、围裙、鞋子什么的，这却使灰灰和麦绒惊慌起来，怕这样会将孩子的心勾走，也就尽量打扮孩子。但毕竟比不过烟峰，便不大让烟峰再接孩子过去，当烟峰将新买的东西送过来，就说：

"给他买这么多东西哟？这孩子既然投胎到没本事的娘这里，他哪儿能享得城里人的福！"

说话不甚中听，烟峰就心上疙疙瘩瘩起来。回来越想越生气，只恨自己没有生娃娃的本事，好心没好报。

到了冬至那天，电线拉通了，白塔镇上的电灯亮了，深山人几天几夜喜得坐不住，睡不稳，都盼望电灯很快拉到各家各户。几天后，各山山沟沟就开始架线路，鸡窝洼的电杆栽到洼底，但各家要用电，从洼底到各家门前的电线却只能自家出钱。这一下，使好多人家为难了。麦绒家离洼底较远，灰灰计算了一下，单这一段电线，以及屋里的电线、电灯、电表钱一共需一百五十元，他便叫苦不迭了。自结婚花了大笔钱后，又翻修房子，又置买家具，手头的钱早已没有几个，哪儿能一下子拿出这么多钱？只好眼看着别人用电，自己依旧点那小煤油灯。

拉电最早的，要算是禾禾。他一连接了四个灯，一个小房一个，而且大门口也拉了一个。一到夜里，满洼的人一抬头，就能看见那门上的灯，亮得像个太阳。

灰灰夫妇自惭形秽，就更不大到禾禾家来，自觉不如了人家。洼里的人也都议论开了，说这一家子红火了，那一家子光景要塌伙了。

但是，这个时候，烟峰病了。

她病得很厉害，四肢无力，不想吃饭，又经常呕吐。眼红而嫉恨他们的一些人得到消息，就都私下叽咕：

"这病怕不是好病哩。"

"哼，人的福分都是命定的，我就说这一对浪子怎么就日子这么红火！

他们哪儿能享得那福？有财就没人，有人就没财，瞧吧，即使这病能治，也是来收这家钱财的。"

禾禾也紧张起来。先并不在意，觉得烟峰一向身体好，这毛病过几天就好了。没想越来越厉害，他忙到镇上请了大夫来。大夫请过了脉，却突然大叫道：

"禾禾，你有大喜了！"

消息一时三刻传遍鸡窝洼，人人都惊呆了：这个多年来不会生娃娃的烟峰竟怀孕了？！说来说去，原来那灰灰才是个没本事的男人。

十八

灰灰睡倒了三天。

三天里，麦绒一直守在他的身边，手把手地给他喂药，他只是摇着头不喝。麦绒就流了眼泪。

"你病成这个样，怎么不喝药呢？什么事都不要放心里去，咱不是还有牛牛吗？牛牛，你快叫你爹喝药，药喝了，睡一夜，明早就好了呢。"

孩子爬过来，歪着头看灰灰，连声叫着："爹喝！"

灰灰将孩子拉过来，搂住，哽咽着说：

"麦绒，我没本事，我对不起你啊！"

麦绒说：

"快别说这个了。有了这个家，我也是心满意足。烟峰能得子，那也算是她的造化，她有了孩子也就死了争咱牛牛的心。我看得出来，咱牛牛是好的，他将来是会把你当亲爹哩。"

灰灰叹了一口气，把孩子在怀里搂得更紧了，说：

"我信得过你，我也相信咱牛牛是好的。烟峰有了孩子，外人肯定会耻笑我，这我倒不嫉恨。我只是伤心，怎么我的命这么不好呢。我只说过来，能使你的日子过得好一些，在人面前话说得精精神神，可我没本事，现在的光景过得倒不如人了。手头不活泛，也没能给你和孩子穿得光亮。我只说咱当农民的把庄稼做好，有了粮什么也都有了，可谁知道现在的粮食这么不值钱，连个电灯都拉不起，日子过得让外人笑话了。麦绒，你说这倒是为什么啊！"

麦绒看着丈夫，手在微微抖，药汤在碗里就不停地打闪儿。

"我也不明白这到底是为什么了，咱并不懒，也没胡说浪花……牛牛爹，话说回来，有饭吃也就对了，我也不需要别的，只要咱安安分分过下去，天长地久的，我什么都够了。别人吃哩喝哩，让人家过去吧，那来得快就保得住去不快吗？你要紧的把病治好，一家人安安全全的，咱还养活不了这三张嘴吗？我能跟你，我就信得过你的本分实在，再说又不是咱实在过不下去了！"

灰灰听了麦绒的话，爬着坐起来，把药喝了。

"唉，可我这心里，总是不能盛了啊！"

麦绒替他脱了衣服，扶他重新睡好，自己就上了炕，坐在丈夫跟前，一时却没有了话再说出来。

土炕界墙窝里的小油灯，豆大的一点黄光，颤颤瑟瑟地闪动着，屋子里昏黄黄的。灰灰让麦绒把他的烟袋拿过来，麦绒犹豫了一阵，还是从柜盖上取过来，替他装了烟，点上，说：

"你要抽，就少抽点。"

灰灰抽过一袋，又摸摸索索装上一袋。小油灯芯突然哔哔吧吧响起来，光线比先前更微小了。他仄起上半个身子，将烟锅凑近灯芯去吸，才一吸，灯芯忽地却灭了。

"没油了。"麦绒说，"我添些油去。"

"不用了，我也不抽了，睡吧。"

黑暗里，麦绒把孩子衣服脱了，放进被窝，自己却静静地坐在那里。窗外的夜并不十分漆黑，隔窗看去，洼的远处坡梁上，禾禾家门口的电灯光芒乍长乍短地亮着。她回过头来，默默地又坐了一会儿，脱衣溜进了被窝，温温柔柔地紧挨在灰灰身边。

"我一定要拉上电，我要争这口气！"灰灰狠狠地说着，鼻子口里喷出的灼热的气冲着麦绒的脸。第二天，灰灰就下炕了。

身子还很虚弱，却从屋梁上、外檐上卸下了几爪儿苞谷棒子剥了，从地里取出几背篓洋芋，第三天夫妻俩担到集上去出卖。价钱自然很便宜，但还是卖了，一共卖了七十二元八角。灰灰靠在那棵古槐下，把钱捏着，捏着，光头上的虚汗就沁出来，对麦绒说：

"你回去，再装一筐小麦，一筐谷子！"

麦绒愣住了。

"你还要卖？"

"卖，卖！"

"算了，咱不拉电了，煤油灯不是一样点吗？人经几代没电灯，也没见睡觉睡颠倒了！"

"要卖！要卖！"灰灰第一次变脸失色，"你去不去？咹？！"

麦绒站在那里，眉眼低下来，说：

"你喊什么，你是嫌外人不知道吗？"

说完，却还是挑了空箩筐一步一步走了。

灰灰却感到头一阵疼痛，双手抱住了脑袋，膝盖一弱，靠着树慢慢蹲下去了。

电线电灯费用总算凑齐了，灰灰家里亮了电灯。当夜特意请了几个相好的人来家喝酒，酒是甘榨酒，先喝着味儿很苦，喝过四巡，醇味儿就上来了。一桌人喝得很多，麦绒不停地用勺从酒瓮里往外舀。一直到半夜，别人还没有醉，灰灰倒从桌子上溜到桌下，醉得一摊烂泥了。麦绒扶他睡在炕上，他醒过来，指着灯坚持说他的灯最亮，而且反复强调在座的人都要承认在整个鸡窝洼里就要数他的电灯亮。

这一夜，灰灰醉了一夜，麦绒看守了一夜，一夜的电灯没有熄灭。

从那以后，这一家的茶饭开始节制起来，因为卖了好多粮，又要筹划以后用钱还得卖粮，就不敢放开吃喝了。茶饭苦苦起来，就不可能每顿给猪倒饭了。猪一天三顿便是糠草，红绒就上了身，脊背有刀刃一般残了。到了月底，用秤一称，竟仅仅长了三斤。灰灰气得叫道：

"倒霉了，倒霉了，干啥啥也不成啥了！"

进入腊月，正是深山人筹备年货的时候，夫妻俩为钱真犯了愁：倒卖粮食吧，又得卖一担二担才行，可哪儿还敢卖得那么多呀，卖些家具吧，这是麦绒最忌讳的事，她不敢往这上边想，灰灰也不敢往这上边想。

"哪儿去寻钱啊？"灰灰问着麦绒，也在问着自己，"咱手脚是死的呀！"

麦绒说：

"咱是没一点钱的来路啊！禾禾的钱来得那么快，钱像是从地上拾的呀……"

"咱不能比了人家，人家会折腾嘛。"

"这年代，怕是要折腾哩。"

"唉，我当了多半辈子农民，倒怎么不会当农民了！"

"他能做生意，咱就不能也做生意吗？"

做生意买卖，这是灰灰和麦绒从来没有干过的，他们世世代代没有这个传统，也没有这个习惯。但现在仅仅这几亩地，仅仅这几亩地产的粮食逼得他们也要干起这一行当，却一时不知道该干些什么好。两口子思谋了几个晚上，麦绒就说出吊挂面的事来。麦绒在灶台上是一个好手，早年跟爹学过吊挂面，那仅仅是过年时为了走亲戚才吊上那么十斤二十斤的。当下拿定主意，就推动小石磨磨起面来。

一斗麦子，从吃罢晚饭开始，夫妇俩轮流摇磨杆。小石磨转了一圈又一圈，上扇和下扇，两块石头嚯嚯地磨擦。麦子碾碎了，顺着磨槽往下流；夜也碾碎了，顺着磨槽往下流。鸡叫过头遍，又叫过二遍，双手摇了多少下，石磨转了多少圈，灰灰记不清，麦绒也记不得。麦子还没有磨好，人困得眼皮睁不开，麦绒要灰灰去睡，灰灰不。

"你给我摘一个干辣子角来，我咬咬，就不瞌睡了。"

辣角拿来了，咬一口，瞌睡是不瞌睡了，却辣得舌头吐出来。麦绒换了他。为了止瞌睡，两个人就不停地说着话儿：

"一斤面能吊多少挂面？"

"一斤半吧，那要吊得好哩。"

"一斤挂面价是四角五，这利倒真比卖原粮强了。"

"人是要受苦呢。"

"人苦些不怕。"

"赚得钱了，一定给你买一个毛衣。"

"我那么金贵，不怕烧坏了我吗？"

"你没见烟峰，毛裤都穿了哩！"

"比人家？只要不露肉，穿暖和也就对了。大人穿什么呀，牛牛一定要买一身新衣哩。"

第二天后，挂面就开始吊起来了：揉面，入时面，形面，拉面，上架。麦绒果然好手艺，那面吊得细细的，长长的，一杆一杆从一人半高的面架上一直垂下来，鸡窝洼的人路过门口，就大惊：

"嚯，吊起面了，麦绒，日子过得真称心，讲究起吃这种面了？"

"怎么不吃呀？怎么好吃怎么来呀！"麦绒说。

"吊这么多，能吃得了吗？"

"吃不了可以卖嘛！"

"哟，也干起副业了？"

麦绒没有言语。

"真该，真该，现在的农民啊，日子要过好，还得多种经营呢。"

麦绒听了，猛然之间，倒想起了禾禾。她举着一杆面站在台阶上呆立着，想了好多好多往事。

"面快要掉下来了！"灰灰喊着，她笑笑，忙又上了木架。

当晚上又开始磨第二斗小麦的时候，麦绒突然问道：

"牛牛爹，咱真的也是干副业了吗？"

"就叫作副业吧。"

"这也叫多种经营？"

"也算。"

"那你说，以前禾禾干的是对的？"

"咹？！"

"我是说，咱以前有些委屈了他。"

"或许是委屈了他。你怎么想起了这事？"

"不知道怎么就想起来了。"

麦绒说完，倒笑了。

216

吊过几次挂面，果然卖得了好价钱，夫妇俩也来了劲，觉得寻钱是有了门路。但磨过第四个晚上，再也没了力气，就都歇下来了。

也就在这时候，禾禾却从县上买回来了一台磨面机和一台小型电动机。他安装在烟峰的那个西厦子房里，接通电线，一个早晨就为自家磨了三斗麦子，喜得烟峰当下将家里那台石磨搬出来，丢在屋后沟里。石磨像车轮一样滚下去，在沟底撞碎了。

新闻又一次轰动了鸡窝洼，轰动了白塔镇附近的农民。尤其是那些成辈子摇石磨的妇女都来开了眼，把禾禾看作是神人一样。

"禾禾，你真会替烟峰想事，烟峰这福人哟！"

"我一家能用得了这机器呀！"烟峰说，"禾禾还不是为大伙买来的？"

"磨粮不要钱吗？"

"世上哪有这么便宜的事？"烟峰倒笑了，"这机子是一疙瘩钱，几百元呀，不收钱了得！谁要磨就来，五斤麦子一分钱，怎么样？"

来磨粮食的立即排了队。禾禾就三天三夜没离开过磨面机。烟峰挺着微微凸起的肚子就站在一边，学着操作。磨粮食的女人们说不尽的殷勤话，一口咬定烟峰一定能生个胖儿子。

"你能保证吗？"旁边人问。

"当然敢！这么好的一家人，能不积福得个儿子？"

众人就哈哈地笑。

"烟峰，坐月子你是去县城大医院去吗？"那女人又问了。

"我生什么真龙天子了，还去上县城？"

"怎么不去？听人说县城大医院生孩子快当，孩子又聪明。别人不能的，你还不能吗？拖拉机一坐，嘟嘟嘟，眨眼就到了。"

烟峰说：

"那就好了，走不到五里，颠得也把儿子颠出来了！"

夜里，灰灰和麦绒担了麦子也来磨面了。

灰灰他们吊挂面的事，禾禾已经听说了，他并没有奚落他们，反倒喜欢得问吊了多少面，赚了多少钱，直叫着这也是一个好买卖。灰灰就红了脸说：

"我这算得了什么？赚些小利罢了。"

"慢慢来嘛，慢慢扩大门路嘛；原先我还谋算在洼口瀑布那儿能盖一所水磨坊，没想电就来了，那咱就用电打磨子嘛。"

灰灰说：

"你行，脚长眼远的，能干得了大的，我不是那个料，只是手头紧，实在没办法了，寻个出路捏几个零花就是了。"

禾禾说：

"就要寻出路哩。地就是那么几亩，人只会多，地只会少，人把力出尽了，地把产出尽了，死守着向土坷垃要吃要喝，咱农民就永远也比不过人家工人、干部了。"

灰灰一句话也说不出来。

麦子磨过之后，灰灰要付钱，禾禾不收。一连又磨了几次，灰灰就把钱硬塞在禾禾怀里，禾禾倒生了气，说：

"你这不是作践我吗？我在你西厦房住的时候，你要过房钱吗？"

不说以前倒还罢了，提起以前，灰灰更是羞愧，脸紫红得像猪肝，他便收起钱。回到家里，总觉得过意不去，第二天套了牛悄悄去代耕了禾禾家的二亩红薯地。

贾平凹

一九八三年九月七日草就

一九八三年十月二十五日改抄就

腊月·正月

一

　　这地方很小，却是商州的一大名镇。南面是秦岭；秦岭多逶迤，于此却平缓，孤零零地聚结了一座石峰。这石峰若在字形里，便是一个"商"字，若在人形里，便是一个坐翁。但"山不在高，有仙则灵"，秦时，商山四皓：东园公、甪里先生、绮里季、夏黄公，避乱隐居在此，饥食紫芝，渴饮石泉，而名留青史。于是，地以人传，这地方就狭小到了恰好，偏远到了恰好，商州哪个不知呢？镇前又有水，水中无龙，却生大娃娃鱼，水便也"则名"，竟将这黄河西岸的陕西的一片土地化拙为秀，硬是归于长江流域去了。

　　地灵人杰，这是必然的。六十一岁的韩玄子，常常就要为此激动。他家藏一本《商州方志》，闲时便戴了断腿儿花镜细细吟读；满肚有了经纶，便知前朝后代之典故和正史野史之趣闻，至于商州八景，此镇八景，更是没有不洞明的。镇上的八景之一就是"冬晨雾盖镇"，所以一到冬天，起来早的人就特别多。但起来早的大半是农民，农民起早为捡粪，雾对他们是妨碍；小半是干部，干部看了雾也就看了雾了，并不怎么知其趣；而能起早，又专为看雾，看了雾又能看出乐来的，何人也？只是他韩玄子！

　　他是民国年代国立县中毕业生。当时的县中是何等模样？他只说一班仅有十一个人，读《四书》，诵《五经》，之乎者也的倒比现在的大学生文墨深。这一点他极自信：现在的学生可以写对联，但没他的对仗工整；现在的学生

219

可以写文章，但他却能写得一手好铭旌。他一生教了三十四年书，三年前退休，虽谈不上是衣锦还乡，却仍是踌躇满怀。因为他的学生"桃李满天下"，有当县委书记的，也有任地委部长的；最体面的是，他的长子，叫大贝的，竟是全镇第一个大学生，现又做了记者，在省城也算个了不得的人物！如今在村中，小一辈的还称他老师，老一代的仍叫他先生，他又被公社委任为文化站长，参与公社的一些活动，在外显山露水的并不寂寞。他家里，四间堂屋，三间厦房，墙砌一砖到顶，脊雕五禽六兽，俨然庙宇一般坚固。小儿二贝已结婚；大女叶子也已出嫁；他坐在院中吃吃茶，看看报，养花植草，颇为自得。他口里不说，心上迷信，自认为是家宅方位好：住在镇东高处，门正对商字山正中，屋近靠秦时四皓墓的左侧。

现在，又是一个冬天，商字山未老，镇前河不涸，但社会发生了变迁，生产形式由集体化改为个体责任承包。他欢呼过这种改革，也为这种改革担忧过，为此身子骨还闹过几场大病，却每每都得以康复，康复之后，依旧能走能动，饭量极好，能吃得一海碗羊肉泡馍；依旧天天早起，看晨雾来盖镇，日出消散，便慢慢纳闷起这天地自然变化的莫测。

今天早晨，门才打开一条缝，雾便扑进来，一团一团的，像是咕涌而来的一群绒嘟嘟的羊羔，也像是闹腾而来的一伙胖乎乎的顽童，他挡不住，也抓不住，一觉得鼻子呛，就张嘴，张嘴便要打喷嚏，这呼吸气管的突然关闭，又突然地打开，响声是极大的。但院子里没有任何反应，东厦房门严关着，那是新婚的二贝的卧室，他们不睡土炕，已经文明了，做了清漆刷染的有床头的床，吱吱响了几下，又复归静寂。西院墙下，是竹子搭就的鸡棚，一个红冠耷拉的雄鸡，统率着二十三只温顺的母鸡，全歇在那斜棍儿上。黎明的雾朦胧，它们的眼蒙眬，但全然未动，保持睡眠后在高枝儿上的平衡，是它们聪明过人的本领。只有门楼旁葡萄架下的苞谷秆儿，被风吹了一夜，叶子散的散去，聚的聚起，又被霜杀蔫了，软软地静伏着。好事的猫儿悄没声息地踏上去，又跳上砖垒的花台上，拿爪子在霜上划道儿。霜是一铜钱的厚。

他沏茶，沏得好浓呢。这一百三十里外的商南茶，一定是那些个体户货摊上的物品了，炒得过焦，土气又大；二贝给他买来后，他是从不喝第一遍的；当下在院里泼了，又冲上第二遍水，就一边吹着茶面上的一层白气，一边端了，蹲在门外照壁前慢慢地品。

三十四年的教学生涯，使他养成了喝茶的嗜好，即便做了乡民，每天早晨还要喝一保温壶水，直喝得肠肚滋润起来，额上微微有了细汗，村里人才大都起来。

雾真如古书上讲的，如烟，如尘。商字山入了远空，虚得只是一个水中的倒影，一个静浮的抛物线，一个有与没有之间。不远的慢坡下，镇子只看见个轮廓，偶有灯亮，也是星星点点的橘黄色。院外右侧的四皓墓地，十五株参天古柏，雾里似断了几截，却愈显得高耸，柏枝在风里作响，嘎嘎如鸦噪声从天而降。而照壁前的一丛慈竹，却枝叶清楚，这是他亲手植的，在整个镇子上，唯有他这一片竹子。夏天的早晨，他在这里喝茶。

残月未退，那竹影就映上照壁，斑斑驳驳，蛐蛐的争鸣也似乎一起反映在了照壁上，他就老记得一副对联：

生活顿顿宁无肉
居家时时必有竹

当然这一切都"俱往矣"！因为去年春天以来，村里、社里许许多多的人和事，使他不能称心如意，情绪很不安静；而秋后，风雨又比任何年里都多，这照壁就全部剥脱了墙皮，还垮掉了一个角，竹影爬上来，再也没有那番可人的景致了。

在这一带，人们很讲究照壁，那是房子的衣服，是主人的脸面。以韩玄子的话讲，这照壁若在一个县，是百货商场的橱窗；若在一个省，是吞吐运载的车站；若在我们国家，就是天安门城楼了。他因此给二贝说过多次，找时间修补起来。二贝竟越来越不听从，总是今天拖到明天，明天拖到后天，已经到腊月里了，还没有修理！他给大贝发了三封信，要他回来整顿整顿家庭。大贝却总是来信说工作忙，走不脱；还说，这个家只能团结，不能分裂。可怎么个团结呢？他韩玄子在外谁个不把他放在眼里？二贝如此别扭，会给外界造成怎样的影响呢？一气之下，便擅自决定把二贝两口分出去，让他们单吃、单喝，住到东厦屋里去了。

"我太丢人！"他曾经当着二贝两口的面，自己打自己耳光，"我活到这么大，还没有人敢翻了我的手梢！好好一个家，全叫你们弄散了！"

他一生气，手就发抖，吃水烟的纸煤儿老是按不到烟哨子上，结果就丢了纸煤儿，大骂一通。说什么要破这个家，就都破吧，我六十多岁的人了，风里的一盏残灯，要是扑忽灭了，看你们以后怎么活人啊！末了，又挖苦老伴儿：

"瞧着吧，你要死在我前头，算你有福，你要死在我后头，有你受的罪。现在的世事是各管各了，咱二贝也给咱实行责任制了。我一死，国家会出八百元的，你怕连个席也卷不上呢！"

老伴儿老实，在家里起着和事佬的作用，一会儿向着他，一会儿向着小儿子，常气得在屋里哭。

二贝当然是不敢言语的。打他骂他，他只能委屈得待在他的小房里抹眼泪，抹过了，就又没皮没脸地叫爹，给爹笑，是打不跑的狗。媳妇白银却不行了，骂了她，她会故意去问婆婆：

"娘呀，二贝是不是你抱别人的？"

"抱的？"婆婆解不开话，"我一个奶头吊下来大贝、二贝，我抱谁家的？"

"那怎么我爹这样生分他？！"

婆婆气得直瞪眼，夜里枕头边叙说给了韩玄子，韩玄子翻下床，把二贝叫来质问：

"生分了你，怎么生分？在这个县上，谁不知道四皓墓？又谁不知道四皓墓旁的韩玄子把饭碗让给了儿子？儿子，儿子就这样报应我吗？"

说着气冲牛斗，打了二贝一个耳光。二贝又去捶打了一顿白银，拉着来给爹娘回话。

提起让饭碗的事，韩玄子就显得十分伤心。二贝高中毕业后，几次高考都未考中，便一直闲在家里。按照国家规定，职工退休，子女可以顶替。三年前，他五十八岁，还未达到年龄，就托熟人在医院开了病历，提前让二贝"子袭父职"，在本公社的学校里任教了。

"哈，我现在也是在商字山下隐居了！"他回到村里，见人就这么说。

于是，便有人又叫起他是商字山第五皓了。

二贝有了工作，婚姻自然解冻。年轻人善于幻想，知道进省城已没有可能，但找一个自带饭票的女子，却不算想入非非。可韩玄子不同意：种谷防饥，养儿防老，大贝已经远走高飞，若二贝再找一个有工作的媳妇，自然男随女走，那将来谁来养老呢？二贝毕竟是孝子，作难了半年，依了爹，便和三十里外县城关的白银"速战速决"。没想，绳从细处断，本来就担心儿媳不伺候老人，偏偏这白银家在城关，见的人多，经的事广，地里活计不出力，家里杂事没眼色，晚上闲聊不早睡，早晨贪睡不早起，起来就头上一把、脚上一把地打扮不清。甚至买了一双塑料拖鞋，趿出趿进，三、六、九日集市，也趿着走动。

这使韩玄子简直不能忍受！

当他一天天在村里有了不顺心的事后，只说回到这个家来，使他心绪清静一点儿，但白银的所作所为，令他对这个家失去了信心。他再读《商州方志》上有一文人传略，其中说："为人为文，作夫作妇，绝权欲，弃浮华，归其天籁，必怡然平和；家窠平和，则处烦嚣尘世而自立也。"此话字字刺目，似乎正是为他反意而作。他不止一次地叹息：大清王朝——他却又忌讳说这个家，偏就记得同治皇帝的话——要完了吗？

他开始没心思待在院子里养花植草。抬头悠悠见了商字山，嗜上了喝酒，在公社大院里找那些干部，一喝就是半天；有时还找到家中来喝，一喝便醉，一醉就怨天尤地，臧否人物。

愈是酗酒，愈是误村事、家事；愈是误事，愈使二贝、白银不满。这种烦躁的恶性循环，渐渐使韩玄子脱去了老文人的秉性，家庭越来越不和，他的脾气越来越不好了。整整一个冬天，雾盖镇的奇景出现过不少次，但他没一次再能享受这天地间的闲趣。早晨起来，只是站在四皓墓地的古柏下，久久地出神，直到天色大白，方肯回来。今早，当他又在古柏下待够了，重新回到院子的时候，老伴儿已经起来，头没有梳，抱了扫帚在扫院子。从堂屋台阶下到院门口，是一条有着流水花纹的石子路，她竭力要扫清花纹上的泥土，但总是扫不净。扫到东厢房的门口，摇着单扇门上的铁环，低声叫：

"白银，白银，你还不起来！你爹已经喝罢茶，出去转了！"

房子里先是窸窸窣窣的声音，接着是白银大声叫喊二贝，问她的袜子，然后说：

"腊月天，何苦起得这么早！我爹人老了，当然没瞌睡……"

"放你的屁！"老伴儿在骂了，"谁不知道热被窝里舒服？怪不得你爹骂你，大半早晨不起来，你还像不像个做媳妇的？起来，让二贝也起来，一块儿到白沟去，你妹子在家做立柜，你们当哥当嫂的，也该去帮帮忙呀！"

韩玄子大声咳嗽了一声，恨不得将五脏六腑都吐出来；吐出来的却是一口痰，说：

"你那么贱！扫什么院子？你扫了一辈子还没扫够吗？你叫人家干啥？人家有福，就让人家往死里睡。咱叶子结婚，与人家哥嫂什么相干？！"

老伴儿扬了一下扫帚，制止老头，说：

"你话咋那么多！白银，你再不起来，我就砸门啦！村里哪一个没起来？总看人家王才吃哩喝哩，王才担了几担麦面才回去，人家在水磨上整整熬了一夜哩！你们谁能下得那份苦？！"

韩玄子已经在堂屋里训斥老伴儿话太多，又要去喝茶，保温壶里却没有水了。就又嚷着正在梳头的小女去烧水，小女噘了嘴，不肯去，他便开了柜子，取出一瓶酒来揣在怀里，出门要走。

"你又要哪里去？"老伴儿挡在门口。

"我到公社大院去。"韩玄子说。

"又去喝酒？"老伴儿将瓶子夺了过来，说，"大清早又喝什么酒？整天酒来酒去，挣的钱不够酒钱！人家王才，不见和公社的人熟，人家这几年什么都发了。咱倒好，说是全家几个挣钱的，不起来的不起来，喝酒的去喝酒，这个家还要不要？"

韩玄子说：

"你要我怎样？你当是我心里畅快才喝酒呀！我为什么喝酒？我为什么一喝就醉？你倒拿我比王才，王才是什么东西？全公社里，谁看得起他！儿子、媳妇这么说，你也这么说，一家人就我不是人了？哼，我过的桥倒比你们走的路多呢，什么世事我看不透？当年退休顶替，你们劝我过几年再退，怎么着，现在还准顶替不？别看他王才现在闹腾了几个钱，你瞧着吧，他不会长久的！我不是共产党，可共产党的事我也经得多了，是不会让他成了大气候的；他就是成了富农、地主，家有万贯，我眼里也看他不起哩！大大小小整天在家里提王才，和我赌气，那就赌吧，赌得这个家败了，破了，就让王才那些人抿了嘴巴用尻子笑话吧！"

老伴儿见老汉动怒了，当下也不敢再言语。白银也赶忙开门出来了。

这是一个丰腴的女子，新婚半载，使她的头发迅速变黑，肩膀加厚，胸部高高地耸起来了。最是那一头卷发，使她与这个镇子上的姑娘、媳妇们有了区别。那是结婚时在省城烫的，曾经招惹过不少非议。她虽然五天就洗一次头，闲着无事就拿手去拉直那卷发的曲度，现在仍还显出一层一层的波纹。她给婆婆笑笑，就夺过扫帚要扫，婆婆正在气头，说：

"谁稀罕你扫！披头散发的难看成什么样子？现在你看看，烫发多好，梳都梳不开了，像个鸡窝，恐怕要吃鸡蛋，手一摸，就能摸出一个呢！"

白银受娘一顿奚落，返回小房，让刚起床的二贝去倒尿盆，自个儿对着镜子梳起头来，然后就洗脸，搽油，端了瓷缸站在门口台阶上刷牙。

皮肤很黑，就衬得牙齿白，一晚一早还是刷不够；腊月天自然是很冷的，而她刷牙的时候依旧趿着那双拖鞋。韩玄子将堂屋窗子打开了，"呼"地又关上，他觉得扎眼，婆婆站在堂屋门口叫道：

"白银，嘴里是吃了屎吗？那么个打扫不清？什么时候了，还不收拾着快往白沟去！"

二

白沟是商字山后的一个坳，离镇子七里，离商字山顶上的商芝庙三里，是全公社最偏僻的地方。这镇子既然是名镇，坐落的风水也是极妙的。以镇子辐射开去的，是七个大队，七个自然村。东是林家河，马门湾；西是箭沟垭，西坡岭；北是夜村，堡子坪；南是白沟。东西北三面几乎全在河的北岸，村村有公路通达，唯这白沟地处山坳，交通很不方便。从镇子走去，穿河滩地，过了老堤，过新堤，河面上有一座木板桥。桥是五道支架，全用原木为桩，三十六斤重的石柱打砸下去，冬冬夏夏，水涨潮落，木桩也没能冲去。这条河一直流归汉江，据《商州方志》记载：嘉庆年间，汉江的船可以到达这里，镇子便是沿河最后一站码头。那时候，湖北、四川、河南的商船运上来食盐、棉花、火纸、瓷器、染料、煤油；秦岭的木耳、黄花、桐油、木炭、生漆往镇上集中，再运下去。镇街上便有八家客栈。韩玄子的祖先经营着唯一的挂面坊，有"韧、薄、光、煎、稀、汪、酸、辣、香"九大特点，名传远近。至今，韩玄子还记得，他小时候，仍见过家里有上挂面架的高条凳，一人多高，后来闹土匪，一把火烧了韩家的宅院，那凳子也没能保留下来。

或许由于日月运转，桑田变迁吧，这条河虽然还是"地间犹是一"者，但毕竟渐渐水变小了，而且越来越小，田地便蚕食般侵占了河滩。如今的老堤，谁也说不清筑于何年何代，即使那个新堤，也是韩玄子的父亲经手，方圆十几个村的人联名修的。当然喽，汉江的船就再不会上来。以致到了这些年，河水更小，天旱的时候，那木板桥并不用架，只支了一溜石头，人便跳着过去了，猫儿狗儿也能跳着过去。

过了河，就顺着商字山脚下一个沟道往里走，走五里，进入一个深坳，这就是白沟村。坳中有一个潭，常年往外流着水，沿潭的四边，东边低，西边高，于是住家多集中在西边，正应了"靠山吃山，靠水吃水"的俗语。这些人家就用石板铺了村道，一台一台拾阶而上，那屋舍也便前墙石头，后墙石头，除了石头还是石头。地是没有半亩平的，又满是料浆石，五谷杂粮都长，可又都长不多。唯有那黑豆，随便在畛畛畔畔挖窝下种，都必有收获，然而产量也是低得可怜。白沟人就年年用豆油来镇上粜换麦子、苞谷。总而言之，是全公社最苦焦的大队。

二贝常常记得他们小时候的事。那时大贝领着他和叶子，三天两头到商字山上割草，拾柴，采商芝，挖野蒜，满山跑得累了，就到白沟村来讨水喝，或者钻到人家的黑豆地里，扯几把还嫩的豆稞子，在地头点火来烤，烟冒上来，呛得就要打喷嚏。于是被主人发觉，一阵呼喊叫骂，主人可以撵出沟来，甚至追至河边；他们就飞速跑过木板桥。拉掉一块儿板，放大胆地隔河向怒不可遏却又无可奈何的主人们扮鬼脸。

他们也认识了一个叫巩德胜的，是个没妻没子的驼背。这驼背是追不上他们的，他们便常常向他的黑豆地进攻。时间长了，这驼背再看见他们到商字山来，竟殷勤地招呼他们去家喝水，还拿了一碗炒豆儿让他们大吃大嚼。他们从此就不好意思去骚扰了。还时常将采得的商芝送给他们一捆二捆。直到五年前，这驼背看中了镇上一位大他三岁的寡妇，就男进女门，做了人家的老女婿，还是和韩家有来有往。

土地承包的前二年，公社在这里办了个油坊，四乡八村的黑豆都集中到白沟，白沟人差不多家家都有卖油的，卖油饼的；手是油的，脸是油的，衣着鞋袜油串串，大凡一见面听打招呼："哎，油槌子！"就知道是白沟人来了！

土地承包以后，油坊也承包给了私人。王才的媳妇是白沟人，他便入了承包队，油腻得人不人、鬼不鬼的，很是让镇上人耻笑了许久。二贝就去找过他一次。

油坊是在村后一条小土沟里，沟里流一条水道子，沿沟畔凿七八孔土窑。二贝一进小土沟，就听见"咚！咚！咚！"的响声，闷得像打雷，雷却像是在高高的云层之上，也像是在深深的地心之中。他钻进一孔大窑，里边蒙沉沉的，一股热腾腾的、油腻腻的气味便往外喷，看得见深处是几盏灯，恍恍惚惚，犹如进了魔窟，那"咚！咚！"的响声就从里边传出来。他摸摸索索往里走，脚下尽是软软的草，眼睛不能适应，蓦地看见了人影，竟是七八个汉子，一律光头、光身、光脚、光腿，只穿一条短裤，全抱着一个大夯——是一个屋的大梁，在空中吊了——一声呐喊，退后去，极快地瞄准油槽上的大木桩，一个震耳欲聋的"咚"声便砸出来了！

他从未见过这样的场面，感到了野蛮和雄壮，感到了原始和力量，他喊一声"王才哥！"呛人的油的烟的汗的气味，就灌进了他的口鼻，他简直要窒息了。

王才却从旁边的一个拐窑里钻出来，他五短身材，更是剥得精光。他将二贝拉到拐窑去。原来他的分工是将磨碎的黑豆蒸成半熟，再用稻草包裹成一个一个的"豆包"。他满身满脸的油垢，只有眼睛小小的，聚光而黑明。

"你怎么干这个？"二贝说。

"我没力气嘛，包豆包你以为轻省吗？"王才说，"一天包四十个豆包，我就只挣得一元五角哩。"

二贝把王才拉出窑，告诉这小个子："你没力气，干这活吃不消，我是专门来告诉你要重寻门路的。"王才一脸哭相，说地分了，粮够吃了，可一家六口人，没有一个挣钱的，只出不入，他又没本事，只有这么干了。

二贝说：

"你是没力气，可你一肚子精明，这事只能你干，谁也干不了。咱商字山上产商芝，天下独一无二，每年春上，镇街上卖商芝的一篓挨一篓，你何不全收买了，蒸熟晒干，向城市销售？我已经对县上商业局干部谈了，他们直拍大腿叫好，建议用塑料袋包装，每包不要多，只装一把，你五角钱收一篓，一小包可以赚七角八角，不出一年，你就是先富起来的农民了！"

王才说：

"我的兄弟，这商芝是咱山里人的野菜，谁要这玩意儿？"

二贝说：

"你哪里知道，现在的城里人大鱼大肉吃腻了，就想吃一口山货土产的鲜，又都讲究营养，这商芝营养价值最高，听说能活血，健胃，滋精益神，要不秦时四皓隐居这里，长年不吃五谷，吃这东西倒活得很久。要经营，每袋附两份说明，一份讲清它的营养价值，一份说明食用方法。袋子上的名字我已经想好了，就叫'商字山四皓商芝'！"

王才当下也就热了，辞退了油坊工作，四处筹款，一等春季到来，大量收购商芝，二贝也忙着为他到县塑料厂订购袋子，又着手起草说明书内容。但是，韩玄子竟将二贝臭骂了一顿：

"你小子逞什么能？那王才是什么角色？他能办成了什么？现在政策变了，是龙的要上天，是虫的也要上天；看老牛屙屎，把小牛尻子撑破也不行！你一天尽跟了什么人闹腾？"

二贝说：

"爹不了解王才，那是不显山露水的人哩，只是没力气，他要干这些事，保准成功。现在土地承包了，各人管了各人，能人多得很。你要看重这些人，别一天到黑只和公社大院的来往。"

韩玄子倒不高兴，甚至是火了：

"亏你倒来教训我了？现在是不比了以前，可天还是天，地还是地，公社的领导还是领导！人家能看得起你爹，你爹能给个冷脸，不屎睐，活独人、死人吗？你知道什么叫社会？！"

二贝的行动受到了限制，王才自然搞不来塑料袋，也写不了说明书。人却是有志气的，一股气憋着，春天收了几麻袋商芝拿到省城去卖。结果，大折其本，可怜得坐在城墙根呜呜地哭。亏得他人勤眼活，在城里一家街道食品加工厂干了两个月临时工，回来就又闹腾着也办食品加工厂。当然，一张嘴对人只是叙说当临时工的"过五关斩六将"，至于折本之事，则绝口不提。

二贝没能为王才办成事，心里极愧，和爹也就闹起意见来。王才办起了食品加工厂，他在家里只字不说，一切顺爹的话儿转，暗地里却总在王才那里出主意，帮手脚。韩玄子也看得出来，对他和白银就烦了，终于为修补照壁的事，矛盾激化，导致一家分了两家。

事情过去也就过去了罢，可二贝万万没有想到，爹和他的认识越来越不统一。为了叶子的婚事，他又要经常到这白沟村来了。

叶子是他的大妹，二十出头，出脱得万般儿人才，高挑个，细腰身，长长的两条腿，眼睛极大，双层皮儿包着，一忽闪看人，两包清水似的。人长得俏，性情却全是娘的，说话细声慢气，走路轻手轻脚，三、六、九日集市，很少抛头露面，偶尔去一趟，别人一看她，她就不吭不哈，也不笑，小猫似的往回走。人都说，现在的女子疯张了，难得叶子这样温顺！因此，提亲说媒的特别多，又大多是这几年发了财的、富了家的专业户。叶子性子软，拿不准主意，要听爹的，韩玄子却是一概反对。

"爹是怎么啦？"二贝疑惑起来，"这家反对，那家反对，你要给叶子找什么样的人家呀？"

韩玄子只是一句话：

"什么人家都行，就是不能嫁那些专业户！"

这当儿，有人就提起白沟三娃。三娃家住潭水的东头，家里人口不兴，父辈弟兄仨，三家却只有他同一个哥哥。哥哥是地质工人，没想三年前一次施工事故中，不幸丧命。地质队将他照顾招了工。家里三间上屋、两间厦房的小院，从此门就锁了。韩玄子看中了这门亲，说这家好处有四：一是三娃吃商品粮。工作虽然艰苦，工资却高，其哥死于事故，当然可见其施工之危险，但天下地质人员百万，别人不死，偏偏死他，也是他阳寿到了的缘故；二是家有房有院，其父兄伛守这一个后根，可谓三海碗合盛了一小碗，家底必是丰厚的。当然，好儿不在家当，好女不在陪妆，但家资丰裕毕竟有益无害；三是其父母过世，上无老的要孝敬，下无小的要扶携，过门便是掌柜。这样，叶子不免身单力薄，屋内屋外之活无人指拨，却落得不生是作非，安然清静；四是离爹娘不远，叶子有甚作难事，他们可以照顾，他们往后年岁大了，叶子也能常来伺候。

二贝不同意爹的看法。先嫌三娃个头不高，又嫌家里太是孤单，再嫌白沟不是个地方，说来道去，样样都不如专业户的子弟好。韩玄子不听他的，让叶子自己定主意，叶子还是依了爹，二贝一肚子不悦意。

婚事定后，说要结婚，好日子订在腊月初八。因为三娃家没人料理，若在家办事，亲朋至友、街坊邻居必是要招待的。粗粗计算，就是三十多席，不说花销多少，谁来受这份劳累呢？于是就决定出外旅行结婚，这是极文明的事。出外回来，叶子就是白沟的人了，开始在家里请木匠，做家具，修屋顶，泥院墙，忙活起她的小家庭了。本来一场大事已经过去，但韩玄子却一定要在家再待一次客。二贝和爹又吵开了：

"事过又待客，那何必旅行结婚？花那钱给别人吃了喝了干啥？"

韩玄子说：

"咱就说是给叶子送路，只待本家本族的，外人除了相好的，不叫不行的，任何人也不请。不待怎么成呢？你爹是爱热闹的，不说有多少能耐，总还在人面前走动，别人会笑话咱待不起！人情世故就是这样嘛，待一次客，也是咱的体面。咱对好多人家也有过好处，他们也想趁机会谢呈咱呢。"

二贝说：

"爹说了这话，倒引起我一肚子意见！你是退休了的人，公社的事，他们要你参与，你本是不该去的，你按你的看法处理事，保不准会有差错，对一些人好了，这些人要来谢呈，可势必又要得罪一些人，对爹有了忌恨。咱若这么待客，肯定要来一些谢呈的，那影响不好呢。"

韩玄子说：

"谁忌恨了？我就是想待客，请谁不请谁，让那些人看哩！你和白银愿意也行，不愿意也行，这客我是要待的，给你妹子办事，你们都是这个样子？"

二贝就岔了爹的话，说爹说这话，会破坏他们兄妹的关系，爹既然决心下定，就依爹的来，花多少钱，他可以和大贝分着出，只是家里的事他以后什么也不管了。今早娘又让去白沟，爹又发了火，他和白银便只能听从，不敢多言多语，也不想多一言多一语。

三

韩玄子看着二贝和白银从门道里走出去，就长长出了一口气，说：

"唉，这镇子里多少家庭不和，都是我去调解的，到了咱自己，我倒束手无策了！"

老伴儿说：

"罢了，罢了，现在分房另住了，你睁一只眼，闭一只眼吧！咱还能活几天？眼一闭，这一切还不都是人家的。"

韩玄子说：

"分是分了，外人倒有说我太过分了。我也是不愿意分的，我是让他们分出去后试试艰难，若回心转意，顺听顺说，咱就再合起来。可你瞧瞧，人家倒越发信马由缰了！"

韩玄子愁云上了脸，闷坐了一会儿，就翻出那本《商州方志》来。书已经发黄，破烂不堪，他是用布夹儿重换了封面，平日压在炕席底下，常常要拿出来看的。今天又看了一段商字山四皓的传说，寻思：在那秦乱之期，这四个老汉在此又是怎么个愁法呢！待待做了一阵痴，就站在院子里看花台上的花。冬天的花全冻死了，唯有水流纹的石子踏道两边，是两株夹竹桃，还长得翠绿绿的。就又往鸡棚前蹲了一会儿，便又坐回屋里去生炭火。

老伴儿知道这是老汉最百无聊赖的时候，就不再插言插语。自己从柜子里往外舀稻子，舀一升，倒在笸箩里，舀一升，倒在笸箩里；她是过日子细法惯了的人，一升就是一升，不及亦不过，末了问道：

231

"舀了四斗，你看够吗？"

"你看着办吧。"

"我看着办？"老伴儿说，"我知道你准备待几席客？"

韩玄子说：

"我也说不清，还没计算呢；多舀一斗吧。"

老伴儿就又舀出十升来，却见老汉披了那件羊皮大袄顺门出去了。

"你又要到哪儿去？"

韩玄子并没有回答，脚步声从院门口响到照壁后，听不见了。老伴儿叹了一口气，停下手中的升子，过来将刚刚生起的炭火拨开来，唾几口唾沫，让它灭了，嘟囔道：

"没了魂似的，又往哪里去了呢？"

韩玄子是去找巩德胜的。这驼背从白沟进了镇街寡妇的门，夜夜有暖脚的，得了许多人生好处，也吃了好多光棍不吃的苦头：那寡妇是泼人，一张嘴骂街，舌头如刀子一般，凡事大小，只能我亏人，不能人亏我，好强要胜，偏偏争不了一口气——不会生儿。三个女子三个客娃；四十岁上抱养了一个男的，长到五岁，还不会说话，只以为说话迟点，到了十六七岁，还不开口说话，才相信果然是个哑巴。如今两个女儿都出嫁了，哑巴儿子又百事不中，日子过得紧紧巴巴。就来给韩玄子说好听的，央求能帮他办个营业执照，他要办杂货店。韩玄子去公社说了一回，从此驼背就成了杂货店主，仅仅两年工夫，手头也慢慢滋润起来，人模狗样的再不是当年的"油棰子"相了。韩玄子半年以来，酒量增大，少不得心中有事，就在那里喝开了。

今早的雾不比往常，太阳已经冒花了，还没有散尽。韩玄子站在塬头上，镇子街口依然还是看不分明。这镇子真是好风水，河水从秦岭的深处七拐八弯地下来，到了西梢岭，突然就闪出一大片地面来，真可谓"柳暗花明"！河水沿南山根弓弓地往下流，流过五里，马鞍岭迎头一拦，又向北流，流出一里地，绕马鞍岭山嘴再折东南而去，这里便是一个偌大的盆地了，西边高，东边低，中间的盆底就是整个镇街。韩玄子对镇街的两千三百口人家，了如指掌；知道谁家的狗咬人，谁家的狗见人不咬。

他披着羊皮大袄从竹丛边小路往下走，下了慢坡，到了大片河滩地，再往西走，就是镇街了。他家的二亩六分地全在河滩，初冬播下麦后，他和二贝来灌过一次水，好长时间没来了。现在顺脚拐到自家地边，见麦子长得还高，只是黄瘦瘦的。有几家人开始担着锅灰、炕土，在地里施浮肥，老远看见他了，就都笑笑的，说：

"韩先生，起得早啊！"

他吭了一声，看着那些人乌烟瘴气地撒灰，说：

"施得那么厚，不怕麦子将来倒伏吗？"

这是一个光头汉子，冬冬夏夏，胸口的衣扣不系，其实并没有衣扣，那么一抿，用一根牛皮裤带紧了。老年人腰里紧一条粗布腰带，青年人绝对觉得难看；他却离不开腰带，腰带又必是牛皮裤带，是个老小之间的过渡人，说：

"我不能和你老比呀，你老能买下化肥。别看你家的麦子黄黄的，开春撒了化肥，就手提一般地疯长！我家没有牛，踏不出粪，种时甜甜种的，再不上些炕土，真要长出蝇子头大的穗穗了！"

光头的话，多少使韩玄子心中有了些安慰。土地承包后，村子里的牛全卖给了私人。但现在的人，脑袋都是空的，做农民，也做生意，是卖主，也是买主，有买有卖，翻手为云，覆手为雨，这牛几经倒手，就全卖给了山外平原上的人，抓了现钱了。这样，地里没有可施的肥，化肥就成了稀罕物。韩玄子为此也发过牢骚，认定这几年，粮食丰产，那是人出了最大的力，地也出了最大的力，若长此以往，地土都板结起来，还会再丰收吗？退一步又想：罢了，罢了，咱不是政府，又不能制定政策，天下如此，我也如此了！可幸的是，每年公社拨化肥指标，别人买不到，他能买到，至今炕角还堆有两袋化肥，当他提着化肥在田里撒的时候，让那些人眼红去吧！

"唉，"他却偏要叹息，"能收多少麦呀，化肥钱一年就得几十元呢！"

光头撇撇厚嘴，低声说：

"你愁什么呀，又有钱，又能买到化肥！"说着，丢下担笼，过来搓着手，从棉袄怀里掏出一包烟来，递给韩玄子一支，"等过了年，你老能不能替我买几袋呢？"

韩玄子望着那一颗青光脑袋，心里说：要我办事，就拿出这一支烟来；买几袋化肥，就值这一支烟吗？

"那费了我什么了，我不是也常托你帮忙吗？我说狗剩，你就这几亩地，炕土上得这么厚厚一层，还用得着化肥呀！"

光头狗剩却说：

"你还不知道呢，我现在是六亩地哩。王才家忙着搞他的加工厂，他家的三亩多地转让我种了。"

王才，又是王才。韩玄子一听到这个名字，心里就蹿上一股气来。他问道：

"你说什么？他转让地了？这事经谁允许的？他这么大本事，敢随便出租土地，他这是剥削你，雇你的长工！"

狗剩见韩玄子变脸失色起来，当下心里"怦怦"作响，忙四周斜眼看看，没有外人，便将火柴擦着，为老汉点着烟，说：

"你老快不要声张，这是我两家协商的。王才家先是要卖商芝，不成了，还买了压面机要压面，现在只是一心张罗他的食品加工，买了好多机器，院里搭了作坊，能做点心、酥饼，还有豆角砂糖，吃起来倒比县食品加工厂的油重，又酥得直掉渣渣。小商小贩都来买他的货哩。他现在一家大小八口，还有两个女婿，正招收人入股，开春想大干哩！这地当然腾不出手脚来种，咱是粗脚笨手的人，做生意没脚蟹，只会刨扒这土疙瘩。我们商定三亩多地一年两季给他家二担粮，这也是周瑜打黄盖，他愿意打，我愿意挨。"

韩玄子叫道：

"胡来，胡来！谁给他的政策？他要转你，你就敢接？"

狗剩说：

"当初我也不敢，王才说，河南早就这么干了，恐怕很快上边也要有条文下来。我也想，现在的政策也是边行边改，真说不定会这样。再说，现在是能人干事的社会，谁能干，国家都支持，咱只会种庄稼，仅仅那三亩地，咱就能发了？韩先生，韩伯，这事你千万不要对公社的人讲啊！"

韩玄子支吾了一句，从麦地边走过去了。

地的中间，本来是有一条宽宽的路，可以过马车，一头通到镇街上，一头通到马鞍岭下，可以直下河南、湖北。早年路畔有一庙，是汉代建造，庙里的四个泥胎就是四皓，"文化大革命"中倒坍了。随之不久，公路在塬上修通，这条路就荒芜起来。韩玄子每每走到这里，就要对着四皓庙倒坍后的一堆石条大发感慨。好久未到这里来了，今见种地人都在扩大自己土地的面积，将路蚕食得弯弯扭扭。韩玄子一面走，一面骂着"造孽"。

"唉唉，人心都瞎了，瞎了，没人修路了！"

对于土地承包耕种的政策，韩玄子是直道英明的；他不是那种大锅饭的既得利益者。那些年里，他在外教书，老伴儿常年有病，四个孩子正是能吃而不能干，家里总是闹粮荒，每月的工资几乎全贴在嘴上了。而今分地到家，虽然耕种不好，但够吃够喝，还有剩余，挣得的钱就有一个落一个，全可用在家庭文明建设上了。他是信服一句老话的：天下最劳力者，是农民；农民对于国家，是水，国家对于农民，是船；水可以浮船，水亦可以覆船。如果那种大锅饭再继续下去，国穷民贫，天下将会大乱，恐怕是不可避免的。

但是，新政策的颁发，却使他愈来愈看不惯许多人、许多事。当土地承包的时候，生产队曾经开了五个通宵会，会会都炸锅。因为无论怎样，土地的质量难以平等，谁分到好地，谁分到坏地，各人只看见自己碗里的肉少。结果，平均主义一时兴起，抓纸蛋儿十分盛行，于是平平整整的大块面积，硬是划为一条一溜，界石就像西瓜一样出现了一地。地畔的柳树、白杨、苦楝木，也都标了价，一律将钱数用红漆写在树上，凭纸蛋儿抓定。原则上这些树不长成材，不能砍伐，可偏偏有人就砍了，伐了，大的做梁做柱，小的搭棚苫圈。水渠无人管理，石堰被人扒去做了房基。这些乱七八糟的现象，韩玄子看不上眼，心里便估摸不清农村的前途将会如何发展。他毕竟是有文墨的人，每一天的报纸都仔细研究。政府的政策似乎并没有改变，他便想：承包土地一定是国家的权宜之计。可这想法时不时又被自己否定了。最又是那些轻狂的人，碗里饭稠了，腰里有了几个钱，就得意忘形，他不止一次警告着那些人："大凡人事、国事、天下事，都是合久必分，分久必合啊！"后边的话，他不说出口，其实他也不知道该怎么说了对，只是自己想想；自己给自己想的，何必说出来呢！

如今，王才竟又转让起了土地，使他本来就被家事、村事搅得乱乱的心绪越发混乱了。

235

王才，那算是个什么角色呢？韩玄子一向是不把他放在眼里的。但是，王才的影响越来越大，几乎成了这个镇上的头号新闻人物！人人都在提说他，又几乎时时在威胁着、抗争着他韩家的影响，他就心里愤愤不平。

他还在县中教书的时候，王才是他的学生，又瘦又小，家里守一个瞎眼老娘，日子恓惶得是什么模样？冬天里，穿不上袜子——麻秆子细腿，垢痂多厚，又尿床，一条被子总是晒在学校的后墙头上。什么时候能体面地走到人前来呢？

初中二年级，王才的姐姐要出嫁，家里要的财物很重，甚至向男方要求为瞎眼娘买一口寿棺。这事传到学校，好不让人耻笑，结果王才就抬不起头，秋天里偷偷卷了被子回家，再也不来上学了。

当了农民，王才个子还是不长。犁地，他不会，撒种，他不会，工分就一直是六分。直到瞎眼娘下世、新媳妇过门，他依旧是什么都没有。

就这么个不如人的人，土地承包以后，竟然暴发了！

"哼，什么人也要富起来了！"韩玄子一边往镇街上走，一边心里不服气。远远看见河边的水磨坊里，一人半高的大水轮在那里转着，他知道王才一家还在那里磨麦子，就恨恨地唾了一口：我不如你吗？就算你有钱，有粮，可你活的什么人呢？我姓韩的，一家八口，两个在省城挣钱，两个在本地挣钱，我虽不在公社大院，这镇子上谁不晓得我呢，我倒怯火了你？！

走进镇街，一街两行的人家都在忙碌。街道是很低的，两边人家的房基却高，砖砌的台阶儿，一律墨染的开面板门。街面上的人得天独厚，全是兼农兼商，两栖手脚。房间十分拥挤，满是门和窗子，他们虽不及上海人的善于拥挤，但一切都习惯于向高空发展：家家有大立柜；木房改作二层砖楼，下开饭店、旅店、豆腐坊、粉条坊，上住小居老，一道铁丝在窗沿拴了，被子毯子也晾，裤衩尿布也挂。正是腊月天里，"腊八"已过，家家开张营业，或是筹备年货。有的将一切家什搬上街道，登高趴低地扫尘刷墙；有的在烟腾雾罩地做豆腐，酿米酒；更多的是一群一伙地在逛街。那些专业户、个体户的子弟已经戴上了手表，穿上了筒裤，三个人、四个人，一排儿横着在街上走，一见韩玄子，哗地就散开，钻进什么人家的店里去了。几家正在修理房子，木工一群，泥瓦工一群，乱糟糟的不可开交。他们见了韩玄子，却全停下手中的活，笑着打招呼。韩玄子走过去，站在修理房子的一家门前，对着山墙头脚手架上的一个人说：

"哈，真要过年了，收拾房子呀！"

"啊，是韩先生呀！给先生散烟呀！"脚手架上的人喜欢地叫着，就跳下来，"房子也旧了，不收拾不行了，我想再盖出一间，办代销店呀！"

"让巩德胜的生意惹红眼了？"韩玄子笑着说。

"能寻几个钱是几个钱吧，地里活一完，就没事干了嘛。韩先生，我啥时要去找你呢，眼看房子修好了，营业证还没办哩。"

韩玄子知道他要说什么事了，便叫道：

"都在办店了，天神，有多少人来买呢？真不得了，公社王书记给我说，现在要办营业证的人家多得排队哩……"

"是难办。"那人说，"咱不认识人，怕还办不成哩，这全要靠你老了。"

"好说。我可以给王书记说说，看行不行。"

韩玄子想立即走掉，那人却还死死拉住他，说：

"只要你一句话，还能不行吗？先生是什么人，谁不知道呢！哎，听说咱女子出嫁了，你怎么不声不吭的，把我也当了外人了？"

韩玄子说：

"现在讲究旅行结婚嘛，娃的事腊月初八就办了。"

那人说：

"旅行是旅行，可咱这里有这里的风俗嘛，总要给娃送个'路'吧！日子定在几时？"

"算了，不惊动镇上人了。"

那人说：

"那怎么行？你不说，我会打听出来的。"

韩玄子只是笑着不言语，要走，又走不脱，就听见有人锐声叫道：

"他韩伯，怎么不来屋里坐呀！"

众人扭过头去，见是巩德胜的老婆。这是个枣核女人，头小脚小，腰却粗得如桶。想必是清早掏了一篮红萝卜去河里洗了，才回到街上。一只手提着篮子，一只手伸在衣襟下取暖，看见了韩玄子，就大声吃喝。这吃喝声小半是叫韩玄子听，多半是让一街两行的人家听的。

"这枣核精！"那人低声骂一句，对韩玄子说，"进屋歇会儿吧，屋里有炭火哩。"

韩玄子说：

"不啦，我去买些酒去。"

说罢就走，还听见那人在后边说：

"先生，那事就托付你老了！"

巩德胜的杂货店台阶最高。三间房里，一间盘了柜台，里边安了三个大货架，摆着各式各样百货杂物；两间打通，依立柱垒了界墙，里面是住处，外边安放方桌。桌是两张漆染的旧桌，凳是八条宽板儿条凳，是供吃酒人坐的。巩德胜背是驼的，衣服只能做得前边短，后边长。鼻子很大，又总是红的。一辈子的风火眼，去年手中有了积蓄，才去县医院就诊，良药没有，便配了一副眼镜戴上。

一见韩玄子上了台阶，巩德胜就从柜台里走出来，说：

"四天了，不见你来，我估摸你那酒也该喝完了，不是晌午就是晚上该来了，没想大清早的……"

招呼坐了，取了纸烟递过，就对老婆说：

"切一盘猪耳朵，我和他韩伯喝几盅！"

枣核女人就刀随案响，三下两下切了一盘酱好的猪耳朵，又拿了酒壶到瓮子上，用酒勺子一下一下慢慢地倒。

韩玄子说：

"甭喝了吧，要喝我来买，你们做生意的，哪能招得住这样。"

枣核女人把勺子慢慢端上来，却并不端平，手那么一动，让酒洒出了几滴，说：

"计较别人，还计较你呀！"

韩玄子笑了笑，心里说：人真不敢做了生意，把钱看得金贵了！瞧，让我来喝，还一勺子一勺子计算，又端不平，使奸哩，哼，那瓮里的酒能不掺了水吗？酒端上来，拿缸子里的热水烫了，韩玄子喝了一口，就尝出里边果然是掺了大量的水。问道：

"这几天生意还好？"

"凑合。"巩德胜说，"小打小闹，总算手头不紧张了，这还不是全托了你的福吗？"

酒喝过了两壶，两人都晕晕乎乎起来，巩德胜问起韩玄子家里的事来，韩玄子一肚子的闷气就随酒扩散到全身毛细血管，脸色顿时紫红，一宗一宗数说起白银的不是——从她的发型，到她的一件西式春秋衫以及脚上的拖鞋——越说越气。巩德胜每一句话都是投韩玄子之所好，韩玄子便认作知己，脱了羊皮大袄，说：

"兄弟，这话哥窝在肚里，对别人说不起啊，咱是什么人家，怎么就出了这种东西！世道变得快呀，变得不中眼啊！现在你看看，谁能管了谁？老子管不了儿女，队长管不了社员，地一到户，经济独立，各自为政，公社那么一个大院里，书记干部六七人，也只是能抓个计划生育呀！"

巩德胜说：

"现在自由是自由，可该受尊敬的，还是受尊敬，公社大院里的干部，说到底还是咱的领导。你老哥英武一辈子，现在哪家有红白喜事，还不是请了你坐上席？正人毕竟是正人；什么社会，什么世道，是龙的还是在天上，是虫的还得在地上！"

这话又投在韩玄子的心上，他就说道：

"这倒是名言正理！就说王才那小个子吧，别瞧他现在武武张张，他把他前几年的辛酸忘记了，那活得像个人？"

巩德胜压低了声音说：

"老哥，你知道吗？听说小个子手里有这么些票子哩！"

他伸出手来，一正一反晃了晃，继续说道：

"他怎么就能弄到这么多，他不日鬼能成？不偷税漏税能成？政府的政策是让一部分人先富起来，可能让他富得毛眼里都流油吗？"

韩玄子耳脸已经发烫，可还去摸酒壶，酒却洒在桌子上，巩德胜忙俯下身子，凑了嘴在桌上吮干了。韩玄子正要接他的话，见此状便扑哧地笑了：

"你这人真会过日子，这酒里掺了水，滴几点还心疼呀！"

一句酒后的笑话，却使巩德胜脸色赤红，说：

"这酒哪里会掺了水，咱是什么人，干那缺德的事？！"

忙借故取烟来抽。韩玄子倒嘎地又笑了，说：

"我怕是醉了。再喝一壶吧，这壶我掏钱。"

巩德胜竟充起大方来，又唤枣核女人倒酒，说：

"老哥，这个店说是我办的，也可以说是你办的，你来了我心里高兴！常言说：酒席好摆客难请。打个比方，那个小个子听说家里有汾酒，菜或许比我的丰盛，可七碟子八盘子摆三桌五桌，怕还请不到你呢。来，咱俩划几拳热闹热闹！"

吆三喝五划过几拳，韩玄子却拳拳皆赢，巩德胜眼睛都直起来了。枣核女人一直在旁观战，心里不是疼着老汉，只是可惜那酒，就喊后院的哑巴儿子进来替爹喝。那哑巴趔趔趄趄进来，歪眉斜眼立在一旁，夺了巩德胜手中的酒盅就喝，巩德胜一把推过，吼道：

"滚！我哪儿就能醉了？我和你韩伯正喝到兴头，再喝十壶八壶也喝不醉。老哥，我现在能喝了这几两酒，也全是承蒙你提携。你看，就咱这点小利，这街坊四邻倒都眼红了，街那边姓刘的，人家也要办杂货店了，也要卖酒啦！那是一辈子不走正路的人，随着那小个子王才跑，这号人，能领到营业证？"

韩玄子说：

"这说不来，你能领，人家恐怕也能领。"

"那就把咱这老实人整治了！"巩德胜说，"兄弟这店能不能办下去，还得你老哥照顾哩！"

韩玄子喝得头有些沉，心里却极清楚，偏是口里不说：只要我去公社谈谈，他姓刘的就甭想领营业证了！而只是笑着。

"我是那号人吗？要是看不上你，我也不会喝你的酒。我现在只给你说，正月十五，我给叶子'送路'，谁我也不招呼，到时候你来吧。"

巩德胜说：

"我怎么能不去呢？你的女子就是我的女子嘛。东西备得怎么样了？"

韩玄子说：

"什么都好了，你给我留上十几瓶好酒，我今日先带五瓶。"

钱从口袋掏出来，硬铮铮的，放在桌子上。巩德胜却放着大话说不急，韩玄子就又说：

"不是向你兄弟夸口，一家四个人挣钱哩，你要少收一分，这酒我也就不提了。"

这当儿，韩玄子的小女儿跑进店来，一见爹喝得眼睛红红的，就说：

"你又是喝，喝，那马尿有什么可喝的！"

韩玄子对儿女要求极严，唯独十分疼爱这小女儿；小女儿在任何场合说他，他也不怪，当下笑着说：

"瞧我这小女子！家里有啥事吗？"

小女儿说：

"王才哥在家等你半天了。"

杂货店里一切都安静了。巩德胜紧张地看着韩玄子的脸，以为他要发怒了。韩玄子没有言语，只是喝酒，喝得又急又猛，捏起了空盅子举起来，却轻轻放下了，说：

"他找我，找我干啥？"

四

王才已经到韩玄子家很长时间了。

他是在水磨坊里，磨完第二担麦子后就赶来的。自从扩大食品加工生产以来，他几乎没有一天安闲过，饭不能按时吃，觉不能踏实睡，人本来又瘦又小，就越发地瘦小了。出奇的是那一双眼睛，漆点一般，三天三夜不沾枕头，竟无一丝一缕发红的颜色。而且逢人就眯，一眯就笑纹丛生，似乎那眼睛不是长着看人的，专是供人来看的。有人看过他的相，说：此乃吉人天相也。

当然，他的自我感觉还是良好的。他很感激这么些年，七倒腾，八折腾，总算认识了自己，发现了自己。自己要走一条适合于这秦岭山地，适合于这"冬晨雾盖"的镇子，适合于自己的路子。他在省城当临时工那会儿，见过那一人多高的烘烤机，可以直接烤出点心、面包，但价钱太贵了，五万多元，他一时还拿不出来，只有能力先做些酥糖之类。一切东西准备好后，便将四间上屋腾出两间。又在西院墙下搭了一个三间面积的草棚，这就是全部的作坊了。生产的豆角砂糖、饺子酥、棒棒酥糖，其实是很简单的，先和面，后捏包，下油锅，粘砂糖，这些操作，乡下的任何女子都做得来，关键只是配料了：多少面料，配多少大油和多少白糖。这技术王才掌握，而且越来越精通，甚至连秤也不用，拿手摸摸软硬，拿眼看看颜色，那火候就八九不离十了。一家人这么干起来，从夏季到秋里，月月可盈利二百多元。人心是无底的，吃了五谷想六味，上了一台阶，想上两台阶。王才日夜谋算的是买到一台烘烤机，他便要扩大作坊，补充兵马，增加品种，放开手脚大干了。

他计算过，如果招收四十人，按一般的情况，平均每人每月可拿到工资四十一元。这个数字虽然并不大，但对于农民来说，尤其在麦秋二茬庄稼种收碾打之后，闲着无事，这四十元仍是一个馋人的数字。王才估摸，只要一放出这个风去，要来的人定会拥破门框。那时候，要谁，不要谁，他就是厂长，是经理，是人事科长，说不定也会像国家招收工人一样，有人要来走后门了。他当然心中有数，谁个可以要，谁个不可以要，他不想招收那些脑袋机灵、问题又多的人。这些人，他们有的是粮，有的是钱。他要招收那些老实巴交的人，这些人除了做庄稼，别无他长；而这些人在农村是大量的。招收他们，一来可以使其手头不再紧巴，二来他们会拼着命干活的。

可是，出乎王才意料的是，招收的消息一传开，人人都在议论，来找他入股做工的却寥寥无几！他百思不解这是什么缘故。让儿女出外打听了，原来，有的人担心这加工厂能不能搞长，更多的人则是怀疑起他的做法了：

"王才这不是要当资本家了吗？"

"国家允许他这样发财吗？"

"韩玄子家的人肯去吗？"

听到这些疑问，王才的心里也着实捏了一把汗，他是没根没基的一个人，县上没有靠山，公社没有熟人，凭的只是自己的一颗脑袋和自己的一双手。是不是会发生什么危险呢？他开始留神起报纸上的文章，每一篇报道翻来覆去地读。他心里踏实了。

　　村里人没几个入股，他就找他的亲戚。当各种酥糖生产出来，远近十多里内的小贩都来购买，村里的人没有一个不在说：吓，吃死胆大的，饿死胆小的。

　　到了腊月，正是冬闲时期，能跑动做生意的人都黑白不沾家了，无事可做的却老觉得天长日久。王才就动手扩大了作坊，还想多招人手，因为年关将近，正是酥糖大量销售时机，人若误时，时不再来啊！

　　今天早上，他在水磨上磨麦，磨坊里挤满了人，都在议论着公房的事。原来，紧挨王才家，早先是生产队的四间公房，土地承包之后，这房子就一直空闲。现在传闻说，队干部研究决定，要将这房子卖掉，然后把钱分给社员。公房前面就是大场，大场外便是直通镇街的大道。队干部初步商定，谁若买了房子，又不想在原地居住，可以允许拆迁，然后在后塬上公路边为其重丈量四间房基，而将原房基作为耕地对换。四间房估价一千三百元。这是宗很便宜的事，好多人家都跃跃欲试，但是钱必须一手交清，谁家又能一下子拿得出呢？

　　王才得了这消息，心下便想：这公房正挨着我家，买过来扩大作坊，明年买置烘烤机不就有地方安装了吗？但他担心的事情很多：别人要买怎么办？一家买不起几家联合买怎么办？数来数去，能一下子掏出这么多钱的，怕只有韩玄子家了。韩玄子家房子多，也许不会买，但必须先探探他的口气，何况他是镇上的头面人物，生产队长还是他的侄儿呢。

　　王才没等第二担麦子磨完，就顶着一头面粉，匆匆到了韩玄子家。一进门，见二贝娘正在照壁前拾掇跌落下来的碎瓦片，便眼睛又眯眯地笑起来了，说：

　　"婶子真是勤快，这么大年纪了，儿女媳妇都挣钱，还用得着你这般忙活呀！"

　　二贝娘见是王才，先是一愣，接着就扑哧地笑了，说：

　　"你是从面瓮里才出来的？人不人，鬼不鬼的！"边说边解下腰中的围裙，噼里啪啦地帮他拍打了，接着说：

　　"我有什么福可享！我们家里挣钱，月月国家给了定数的，四个人哪能顶住你一个人！真要有钱，也不至于让照壁破成这样，没有白灰嘛！"

王才说：

"那你怎么不吭一声，我那儿有白灰。韩伯不在吗？"

"一早出去了。"

"那我现在给你背白灰去！"

二贝娘忙拉住了，说：

"急啥，急啥，真要有灰，让二贝回来去取就是了，还能再让你跑！找你韩伯有什么事吗？你可是无事不登门哟！"

"没什么事，和我伯来坐坐。"

王才被让坐在上屋，二贝娘又架起了炭火，要去拿烟，王才说带着，自个儿先抽起来。他是没有特别的嗜好的，酒不喝，茶不喝，认定那是有闲的人享受的，他赔不起好工夫。烟也并不上瘾，只是出门跑外，人情应酬，男子汉不抽一支两支，一双手便不好安排。二贝娘问起食品加工厂一天能赚多少钱，信用社里已经存了多少？王才自然全打哈哈，二贝娘就说一通：越有越吝，越吝越有；我又不向你借，何必恐慌。两个人就都笑了。

王才说：

"姊子说的！世上什么都好办，就是钱难挣；你也想想，你们家四个人挣钱，能落几个呢？"

二贝娘说：

"能落几个？空空？我家比不得你家呀，你韩伯好客，三朋四友多，哪一天家里不来人，来人哪一个不喝不吃，好东西全是让外人吃了！"

这一点，正是王才可望而不可即的。他是多么盼望天天有人到他家去，尤其是那些出人头地的角色。当下心里酸酸的，口上说：

"韩伯威望高啊，咱这镇上，像韩伯这号人能有几个呢！我常对外人说，古有四皓，今有韩伯。你们这一家是了不得的人物，出了记者，出了教师，大女子嫁的又是工人，小女又上学，将来少不得又是国家的人，书香门第啊！哪像我们家，大小识不了几个字，就是能挣得吃喝，也吃喝得不香不甜呢。"

正说得热闹，韩玄子回来了。王才从椅子上跳起来问候，双双坐在火盆旁边了。韩玄子喊老伴儿："怎么没把烟拿出来！"王才忙掏出怀中的烟给韩玄子递上，韩玄子看时，竟是省内最好的"金丝猴"牌，心里叫道：这小个子果然有钱，能抽五角三分的烟了。老伴儿从柜子里取出烟来，却是二角九分的"大雁塔"牌，韩玄子便说：

"那烟怎么拿得出手，咱那'牡丹'烟呢？"

"什么'牡丹'烟？"老伴儿不识字，其实家里并没有这种高级香烟。

"没有了？"韩玄子说，就喊小女儿，"去，合作社买几包去，你王才哥轻易也不到咱家来的。"顺手掏出一张"大团结"，让小女飞也似的跑合作社去了。

王才明白韩玄子这是在给自己拿排场，但心里倒滋生一种受宠的味道：韩玄子对谁会如此大方呢？韩玄子却劈头问道：

"你找我有什么事吗？"

"没甚大事。"王才说，"你老年纪大，见识广，虽说退休在家，不是社长队长的，可你老德高望重，我们这些猴猴子，办些事还少不得要请教你呢。不知是不是实，我逮到风声，说是队上的那四间公房要处理？"

韩玄子心里一惊：这消息他怎么知道？处理公房一事，是前三天他和队长商量的，也征得大队、公社同意，但如何处理，方案还没有最后确定，这王才却一切都知道了！

"你听谁说的？"韩玄子做出刚刚知道这事的样子，倒问起了王才。

"水磨坊里的人都在说了。"

"都怎么说的？"韩玄子并不接王才的话，他已经明白王才到他家来的目的了。

王才说：

"说什么话的都有。有的说这房早该处理，要是再不住人，过几年就要塌了。有的说就是价钱太高，谁一下子能拿一千三百元？依我看，最有能力来买这房的，怕还是你老了。"

没想王才竟又来了这一下，韩玄子看着那个小鼻小眼的小脑袋，心里骂道：好个厉害角色，自己想买，偏不露头，来探我的口气哩！便说：

"要说买嘛，我确实也想买。可这怕不是我想买就能买的事。房子是集体的，全队人人有份。我想，想买的人一定不少，该谁买，不该谁买，这话

245

谁也不敢说死，到时候得开社员会，像咱分地分树那样，要抓纸蛋儿了，你说呢？"

王才说：

"你老这话是对的。可我思想，咱这村上，还没有无房的人家，若买了，一家人就得分两处住。要买了拆了重新盖，这房是半新旧的，新盖时木料已定，扩大也不行，想小也不能，一颠一倒，还得贴二千元吧，这就是说，一千三百元买了个房基。这样一来，怕又使好多人不敢上手了。抓纸蛋儿，是最公平的。我来讨讨你老的主意，纸蛋儿要是被我抓了，我就把我原来的院墙搬倒，两处合一个院子，你看使得使不得？"

韩玄子在巩德胜店中喝的酒，这阵完全清醒了。听了王才的话，他哈哈笑起来，直笑得王才丈二和尚摸不着头脑，末了，戛然而止，叫道：

"如果你能抓上，那当然好呀！你不是要扩大你的工厂吗，这是再好不过的事，这就看你的手气了！"

说到这里，韩玄子压低了声音，似乎是极关心的样子问道：

"王才，伯有一件事要问你，我怎么在公社听到风声，说你把土地转租给别人了，可有这事？"

王才正在心里捉摸韩玄子关于房子的话，冷不丁听到转地的事，当下脸唰地红了，说道：

"公社里有风声？韩伯，公社里是怎么说的？"

"喝茶，喝茶。"韩玄子却殷勤地执壶倒茶。他喝茶一贯是半缸茶叶半缸水的，黑红的水汁儿，王才喝一口就涩苦得难咽，韩玄子却喝得有滋有味：

"要是别人，我才懒得管这些事哩！现在是农村自由了，可国家有政策，法院有刑法，犯哪一条关咱什么屁事！可活该咱是一个村的，你又是我眼看着长大的，我能不管吗？你给伯实说，到底是怎么一回事？"

王才就把转让三亩地给光头狗剩的前前后后说了一遍。他现在，并没有了刚才来时的得意和讨问公房时的精明，口口声声央求韩玄子，问这是不是犯了律条。

"你真是胆大呀！"韩玄子说，"你想想，地这么一让，这成了什么性质了？国家把土地分给个人，这政策多好，你王才不是全托了这政策的福吗？

你怎么就敢把地转租给他人？王才呀，人心要有底，不能蛇有口，就要吞了象啊！"

王才说：

"好韩伯，我也是年轻人经的事少，我听说河南那边有这样的先例，一想到自己人手不够，狗剩又不会干别的，就转让给他了。你说，我现在该怎么办？"

"那就看你了。"韩玄子说。

"我听你的，韩伯。"王才说，"那地我不转让狗剩了，公社那里还要你老说说话，让一场事就了了。"

韩玄子说：

"我算什么人物，人家公社的人会听我的？"

王才说：

"你老伸个指头也比我腰粗的，这事你一定在心，替我消了这场灾祸。"

小女儿去买"牡丹"烟，一去竟再没回来。二贝和白银却进了门，在院子里听见上屋有说话声，便钻进厨房来，问娘说：

"公社大院的那些食客又来了吗？"

娘说：

"胡说些什么？人家谁稀罕吃一口饭！怎么这般快就回来了？"

白银说：

"叶子请了许多帮工的，哪儿用得着我们呀！"

娘已经在锅里烙好一张大饼，二贝伸手就拧下一大片，塞在口里吃；白银不是亲生的，又分房另住，没有勇气去吃。娘嗔怒地说：

"你那老虎嘴，一个饼经得起两下拧吗？把你分出去了，顿顿都在我这儿打主意；剩下你们的，两口子吃顿好的，门倒关得严严的在炕上吃！"

白银已经进了她的厦子房，说是脚疼，又换了那双拖鞋。二贝一边吃着，一边冲着娘笑，说：

"谁叫我是你的儿呢？天下老，爱的小，你就疼你小儿子嘛！"

说罢拿了饼走进厦房，再出来，手里却是空的；在上屋窗下听了一会儿，又走进厨房来。娘就说：

"看看，我说拧那么大一片，原来又牵挂媳妇了，真不要脸！"

二贝说：

"屋里不是公社人，是王才？"

"嗯，"娘说，"来了老半天了。"

"找我爹说什么了？"

"谁知道，我逮了几句，是你爹训斥王才不该转让土地，说这事是犯法的。"

二贝就说：

"我爹也真是多管事，咱不是队长，不是社长，咱退休在家多清闲，偏管这管那，好了不说，不好了得罪人，街坊四邻的，以后怎么相处呀！"

娘说：

"你快闭了你那臭嘴！你爹在这镇上，谁个看不起，只有你两口弹嫌，好像你们倒比你爹有能耐了！"

二贝说：

"别看我爹，他对农村的事真还不如我哩，他是凭他的一把子年纪，说这说那，又都是过时话，哪能适应现在形势？我们不好说他，一说就拿老人身份压人，你也不劝说劝说他。"

娘说：

"我劝说什么？这个家里，我什么时候当过掌柜的，什么时候说话大的小的听过？你爹人老了，有他的不是，可你两口子也太不听话，越发使你爹喝上酒发脾气！你给白银说，她要再穿那拖鞋，我就塞到灶火里烧了！"

二贝倒噎得没话可说，在院子里站了一会儿，对娘说：

"好吧，今早你给我们再烙个饼，我和白银到咱莲菜地去挖莲菜。别人家都开始挖了，十五要'送路'，莲菜用得多，你们那些莲菜也不够，我那地里的也就不卖了，一并挖回来交你，看我和白银是不是孝顺的儿子、媳妇？！"

小两口扛了锄，挑了笼，扭出门走了。

这个镇子，土特产里，莲菜是和商芝一样出名。走遍天下，商芝独一无二，形如儿拳，一律内卷，味同熟肉，却比肉爽口清鲜。莲菜虽不是独家产品，但整个秦岭山地，莲菜尽是七个眼儿、八个眼儿，唯这里的莲菜是十一个眼儿，包饺子做馅、做凉菜生脆，又从不变黑变红，白生生如漂过白粉一般。腊月初八以后，镇上逢集，一街两行都是干商芝、鲜莲菜，远远近近的人来争抢。分地的时候，韩玄子家并不曾分有莲菜地，但他讲究"居家不可无竹无荷"，便在几分地里栽了莲菜。后来一家分两家，莲菜地也二一分作五。今年莲菜长得好，集市上的价格又日日上涨，白银早就谋划腊月集上卖上一担两担，添置一台缝纫机。可要给叶子"送路"，二贝便主张一个不要卖，全上交父母。白银怄了许多气，却拗不过二贝。这阵到了莲菜地，只是站在地边不肯下泥下水。二贝满头大汗挖了许多，一时三刻倒惹得四周的人来看热闹，没有一个不夸奖这莲菜长得肥嫩。

"咱那莲菜怎么能和韩老先生家的比呀，人家有化肥呀，咱施什么呢？"有人在说。

"上了化肥可不好吃了。二贝，这是要卖的吧，什么价呀？"另一个说。

"不卖。"二贝说。

立即有人问道：

"是不是给你妹子'送路'呀？你们准备多少席？要不要咱这些人去呢？"

二贝说：

"这你听谁说的？"

那人说：

"王才刚才在村里嚷的，说你爹说的。"

二贝不再言语，心下埋怨爹：不是说待客不要声张吗，怎么就告诉了王才？王才在村里一嚷，人都来了，三十席、四十席能挡得住吗？到时候，东西没有预备，岂不是难堪吗？就不再挖了。回去要给爹说，让爹早早把村里人挡挡，别搞得天翻地覆的劲头。

小两口一进院子，爹和娘却正在吵架。原来二贝娘等王才走后，告诉他王才家有白灰的事，韩玄子大发雷霆，说是丢人了，宁可这照壁塌了，倒了，也不去求乞他王才！直骂得老伴儿一肚子委屈，伏在门框上嘤嘤地哭。二贝和白银忙一个挡爹，一个劝娘，韩玄子倒一把推开二贝，骂起来：

"二贝，苍蝇不叮无缝的蛋，你们这么和我置气，外边什么人都来看笑话，都来趁机拆台了。你听着，这照壁你要修，你就修，你不修就推倒，要成心败这个家，我也就一把火把这一院子全烧了！"

二贝吓得不敢吱声，关于"送路"挡客的事也就没机会给爹提说了。

五

整整四天里，韩玄子家忙得不亦乐乎。二贝修整了照壁，给屋舍扫灰尘，给墙壁刷白灰；垒花台的碎砖乱石，补鸡棚的窟窿裂缝，里里外外，真像个过年的样子。娘又把一切过年的、"送路"待客的东西一一该过秤的过秤了，该斗量的斗量了。韩玄子就拿了算盘，一宗一宗拨珠儿合计：米三斗四升；面六斗二升；黄豆一斗交给了后街樊癫子去做豆腐，一斤做斤半，一斗四十斤，是六十斤豆腐；大肉五十斤、一个猪头、四个肘子；肠子、肚子、心肺、肝子各五件；菜油十斤；豆油六斤；荤油要炼，割了花板油块十斤；稠酒一坛；醪糟一罐；红白萝卜二百六十斤；白菜八十斤；洋葱一百二十斤。韩玄子拨完算盘，皱着眉头说：

"怕不宽裕哩！还没计算小零碎，花生米、虾皮、粉丝、糖果、瓜子，全还没有买下；还有烟酒，买劣等的吧，不行，买好一点的，又是百十来元。罢罢罢，头磕了也不在乎一拜，要办咱就办个漂亮！现在唯一操心的是柴火，集市上我去问了，劈柴是三元二一百斤，湿梢子也是二元三四一担，要买，就得买十四五担。还要买炭，一元钱十二斤，还不需二百斤炭吗？"

韩玄子一愁，二贝娘就愁得几乎要上吊，当天中午牙就疼起来，韩玄子骂了几句"没出息"，就下令谁也不许在外唉声叹气，主意将东坡祖坟里的两棵老柿树砍些枝杈当柴火。二贝不同意，说砍了枝，来年必然影响柿子成果，不说旋柿饼，窝软柿，单以柿子焙醋，这一项开支就可以全年节约七八十元。二贝就去找他的同学水正。水正毕业后，在家里待业，后来买了一辆手扶拖拉机跑运输，辰出不知早，酉归不晓黑，日月过得还不错。二贝和他在校时便是好友；毕业后，水正为了家里盖房批房基地，也请韩玄子帮过忙。这回，二贝将买柴火之事告诉水正，他就满口应承。第二天鸡叫头遍，两人就起了身，开机前往八十里外的寺坪坝去买柴火了。

就在这天中午，队里召开了社员会，讨论关于公房处理事宜。当然喽，办法是韩玄子出的：抓纸蛋儿。侄儿队长当场讲明，谁若抓到纸蛋儿，三天之内必须交款。抓纸蛋儿的结果，韩玄子没有抓到，王才也没有抓到。本来那些无心思要买房的不参加抓纸蛋儿，偏偏一个姓李的气管炎患者，却嘻嘻哈哈地硬要参加；世上的事常常是闹剧，没想他竟抓到了。

会议一散，韩玄子就把"气管炎"叫到家里，说：

"你真的要买了这公房？"

"我没钱有手气。""气管炎"说，"我是特意为你老抓的！"

韩玄子喜欢得一把拉住"气管炎"，说这孩子越长越出息，可惜就是让病害了，他和二贝娘常常念及，叹息老一辈人里，差不多都是儿孙满堂，活得乐乐哉哉，唯独"气管炎"的爹过世早，留下这一条根，又病得手无缚鸡之力，莫非天也要使李家的脉断了？

几句话说得"气管炎"伤心起来，将自己前前后后的婚姻挫折对韩玄子诉说了，直说得涕水泪水不止。二贝娘心软，别人流泪她便流泪，末了答应一定要帮"气管炎"找个媳妇。那"气管炎"活该的下贱坯子，当即趴下给二老磕了响头，说：

"我今生今世都不敢忘两位老人的恩德！我是猴急了的人，若找媳妇，姑娘也行，寡妇也行，年纪小些也行，年纪大些也行，你们对她说，过了门，我不打她！"

"气管炎"一走，韩玄子大发感慨：

"世上的人真是得罪不起！再瞎的人，说不定还真有用上的时候，正是应了古语，烂套子也能塞窟窿啊！"

二贝娘说：

"这'气管炎'可怜是可怜，但也是个刁奸东西。这抓纸蛋儿的事，本来也是没他抓的，他偏要抓了，就是为着讨好人呢。咱现在房子够住，要那公房干啥？"

韩玄子说：

"这便看出你这妇道人家的眼窝浅了！为什么咱不要呢，咱要不要，那

251

王才必是一口吞了！"

二贝娘说：

"你也真是！整天和二贝闹不到一起，现在倒何苦下力气再为他们盖房置院。你是有精力呢，还是有千儿八百的钱花不出去？王才他要买，让他买去罢了！"

韩玄子说：

"这你不要管，二贝回来了，我有话同他说。"

天擦黑，二贝和水正开着拖拉机回来了，两千五百斤劈柴，二百斤木炭。韩玄子乐得直对水正说：

"这下给伯办了大事！为这烧的烤的，我几天几夜都在熬煎哩！"

一家人奉水正为座上宾，水正倒不大自在了，口口声声这是应该，以后有用着他的时候，只管吩咐就是。韩玄子就说一番二贝：所交的三朋四友，就水正交得，什么时候可以忘了别人，万不敢忘了水正。

柴火背回来，堆在院里，白银便去抱了许多，垒在自己厦房门口，这便是宣告这柴是属于她的了！小女儿看见后，在厨房悄悄对娘说了，娘小声骂道：

"这不贵气的人！柴是二贝拉的，我能不给你分点吗？这小蹄子，真是有粉搽不到脸上来，装人也不会装！"

末了又对小女儿说：

"这话你不要对你爹说！"

饭当然是好饭，细粉吊面，一盘炒鸡蛋，一盘花生米。韩玄子硬要水正喝几盅酒解乏，又一定要划几拳，三喝两喝，竟喝而不止。面下到锅里已经多时，就是不能端上来。二贝起身到厨房，对娘说：

"我爹酒劲又上来了，人家水正半天没吃饭，晚上还有事，别喝醉了，你去挡一下吧！"

"你爹也难得今日高兴。"做娘的走上堂屋，说，"面已经泡了多时了，是不是先吃点，吃过再喝吧！"

大家才放下酒盅。

偏巧，院门环叮叮当当摇得生响，小女儿出去看了，见是"气管炎"，让进来。"气管炎"才走到堂屋门口，听见里边似有外人，便躲在黑影里，颤颤地叫："韩伯！"韩玄子出来"气管炎"偷声换气地说：

"韩伯，事不好了！"

"你好好说。"韩玄子不知何事，当下问，"什么事不好了？"

"气管炎"一时气堵在喉咙，咳嗽了一阵，才断断续续说：

"我从你这儿一回去，王才就在我家门口坐着哩，他要我将公房转让给他。我说，我买呀，他不信。我说转给你啦，他说你是不会买的，他可以多给我十元钱。我缠不过他，骗说我去上茅坑，就跑来听你的话了。你说，转让他不？"

韩玄子一听气倒上来了，心里骂道：真是小人，既然已经答应了我，却又反悔要给王才，若是王才最后得手，知道是我未能得到，他该怎么耻笑我了！他竟多出十元，是显摆他有的是钱吗？

"这怎能使得？"韩玄子黑了脸，"他王才是什么人？你能靠得住他吗？他是什么人缘？你的婚事他若一插手，只有坏事，不能成事。再说，你也是吃了豹子胆，这房是公房，谁抓到谁出钱谁得，你怎么能转让多得十元，你是寻着犯错误吗？你就对他说，这房已经转让了，他若要，叫他来给我说！"

三句大话，使"气管炎"软下来；十元钱的利吃不得了，又立即再落人情，说：

"我也这么想的，我怎么会转让他呢？我再瞎，也知道谁亲谁近，我只是来给你通个气儿。"

韩玄子要拉他进屋吃饭，"气管炎"说："你们家尽是有眉有脸的人来，我可走不到人前去。"硬是不进。韩玄子叫小女儿取了酒出来，倒一盅让他喝，他喝得极响，一迭声叫着"好酒，好酒"，然后出院门走了。

韩玄子回堂屋继续吃饭，热情地往水正碗里拨菜，水正问谁找，他应着"李家那小子，说句闲话"，便搪塞过去。

一顿饭吃了好长时间。送走了水正，二贝就用热水烫了脚，直喊着腰疼腿酸，回厦屋歇了。白银帮娘下了面，说肚子不饥，没有端碗，自个儿歪在床上听收音机。

这收音机是大贝捎回来的。当爹将二贝分出家后，大贝心里总觉得不美，先是生兄弟两口的气，认为他长年在外，虽月月寄钱回来，但伺候老人仍是远水解不了近渴，每次来信总是万般为二贝他们说好话，只企图他们在家替自己也尽一份孝心。可万没想到家里却生出许多矛盾，大贝就怨怪二贝两口。要不，怎么能惹老人生这么大气，将他们另分出去呢？

但是，叶子结婚前来省城一次，说了家里的事，知道了家庭的矛盾也不是一只手可以拍响的。大贝详细打问了分家后二贝的情况，倒产生了一种怜悯之情，又担心二贝他们一时思想不通，给老人记仇，越发坏了这个家庭，就将自己的一台收音机捎给了他们。大贝还叮嘱叶子，让她在家一定要谨言，同时又分别给爹和二贝写了信，从各个方面讲道理，说无论如何，这个家往后只能好，不能再闹分裂。

二贝终究是爹娘的亲儿，心里也懂得长兄的好意，免不了以这台收音机为题，夜里开导白银。白银比二贝小四岁，一阵清楚，一阵糊涂，忍不住就我行我素。

今晚收音机里正播放秦腔。她当年在娘家业余演过戏，一时戏瘾逗起，随声哼哼。二贝说：

"去，帮娘收拾锅去！"

她嘴里应着，身子却是不动。

二贝将收音机夺过来关了，白银生了气，偏要再听，两人就叽叽喳喳争抢起来。

院门外有人大声喊："老韩！"并且手电光一晃一晃在房顶上乱照。二贝静下来，听了一阵，说道：

"真讨厌，又是公社那些人来了！"

对于公社大院的干部，二贝是最有意见的。这些干部都是从基层提拔上来的，农村工作熟是熟，但长年的基层工作，使他们差不多都养成了能跑能说能喝酒的毛病。常常是走到哪里，说到哪里，喝到哪里。这秦岭山地，也是山高皇帝远。若按中国官谱来论，县委书记若是七品，公社干部只是八品九品，但县官不如现管，一个小小公社领导，方圆五十里的社区，除了山大，就算他大。所到之处，有人请吃，有人请喝，以致形成规律，倘是真有清明廉洁之人上任，反会被讥之为不像个干部。

韩玄子退休回来，以他多半生的教育生涯的名望，以大贝在外边有头有脸的声誉，再以他喜欢热闹、不甘寂寞的性格，便很快同公社大院的人熟悉起来。熟悉了就有酒喝，喝开酒便你来我往。偏偏这些人喝酒极野，总以醉倒一个两个为得意，为此韩玄子总是吃亏，常常喝得醉如烂泥。

起先，二贝很器重这些干部，少不得在酒席上为各位敬酒，后见爹醉得多，虚了身子，就弹嫌爹的钱全为这些人喝了，更埋怨爹不爱惜身子。劝过几次，韩玄子倒骂：

"我是浪子吗？我不知道一瓶酒三元多，这钱是天上掉下的吗？可该节约的节约，该大方的大方！吃一顿，喝一顿，就把咱吃喝穷了？社会就是这样，你懂得什么？好多人家巴不得这些干部去吃喝，可还巴不上呢！"

二贝去信给大贝，让大贝在信上劝说爹，但韩玄子还是经不住这些酒朋友的引诱。渐渐地，待公社干部再来时，二贝索性就钻进屋里去，懒得出来招待，特意冷落他们。

当下小两口停止了争闹，默不作声，灯也熄掉了。

晚上来家的是公社王书记和人民武装部干部老张（这里的乡民尊称他为"张武干"）。韩玄子迎进门，架了旺旺的炭火，揭柜就摸酒瓶子，同时喊老伴儿炒一盘鸡蛋来。

王书记说：

"今天已经喝过两场了，晚上要谈正事，不喝了！"

韩玄子已将瓶盖启了，每人倒满一盅，说：

"少喝一点，腊月天嘛，夜长得很，边喝边谈。"

张武干喝过三巡，大衣便脱了，说：

"老韩，春节快到了，县上来了文，今年粮食丰收了，农民富裕了，文化生活一定要赶上去。农村平日没什么可娱乐的，县上要求春节好好热闹一场，队队出社火，全社评比，然后上县。县上要开五六万人的社火比赛大会，进行颁奖。你是文化站长，咱们不能落人后呀。咱镇上的社火自古以来压倒外地的，这一次，一定要夺它个锦旗回来！"

韩玄子一听，击掌叫道：

"没问题！每队出一台，大年三十就闹，闹到正月十六。公社是如何安排的？"

255

王书记说：

"我们想开个会，布置一下，你在喇叭上做个动员吧。"

韩玄子说：

"这使不得，还是你讲，我做具体工作吧。"

王书记便说：

"你在这里威信高，比我倒强哩。今冬搞农村治安综合治理，打击坏人坏事，解决民事纠纷，咱公社受到县表彰，我在县上就说了，这里边老韩的功劳大哩！"

韩玄子说：

"唉，那场治理，不干吧，你们信任我，干吧，可得罪了不少人呢！西街头荆家兄弟为地畔和老董家打架，处理了，荆家兄弟至今见了我还不说话呢。"

张武干说：

"公社给你撑腰，怕他怎的，该管的还要管！农村这工作，要硬的时候就得硬，那些人，你让他进一个指头，他就会伸进一条腿来了！"

说到这儿，韩玄子记起王才来。就将转让土地之事端了出来，气呼呼地说：

"这还了得！这样下去，那不是穷的穷，富的富，资本主义那一套都来了吗？这事你们公社要出头治他，你们知道吗？他钱越挣越红眼，地不要了，说要招四十个工人扩大他的工厂哩！"

王书记说：

"这事不好出面干涉哟，老韩！人家办什么厂咱让他办，现在上边政策没有这方面的限制呀！昨天我在县上，听县领导讲，县南孝义公社就出现转让土地的事，下边汇报上去，县委讨论了三个晚上，谁也不敢说对还是不对。后来专区来了人，透露说，中央很快要有文件了，土地可以转让的。你瞧瞧，现在情况多复杂，什么事出来，咱先看看，不要早下结论。"

韩玄子一时听蒙了，张口说不出话来，忙又倒酒，三人无言地喝了一会儿，他说：

"现在的事真说不清，界限我拿不准了呢。"

王书记说：

"别说你，我们何尝不是这样呢？来，别的先不谈，今年的社火办好就是了。"

三个说说喝喝，一直到了夜深。王书记、张武干告辞要走，韩玄子起身相送，头晕得厉害，在院子里一脚踏偏，身子倒下压碎了一个花盆。二贝娘早已习惯了这种守夜，一直坐着听他们说，这时过来扶起老汉，韩玄子却笑着说："没事，没事。"送客到院外竹丛前，突然拉住他们说：

"我差点忘了，正月十五，哪儿也不要去，都到我家来。"

张武干说：

"有什么好事吗？"

韩玄子说：

"我给大女子'送路'，没有别人，你们都来啊，到时候我就不去叫了！"

两人说了几句祝贺话，摇摇晃晃走了。

韩玄子回到屋里，却大声喊二贝。老伴儿说：

"这么晚了，有什么事？"

他说：

"买公房的事，我要给他说。"

老伴儿说：

"算了，你喝得多了，话说不连贯；二贝跑了一天，累得早睡了。"

韩玄子才说句"那就算了"。睡在炕上，还记着土地转让一事，恨恨地骂着王才：

"又让这小个子捡了便宜！"

六

常言，农民到了晚年，必有三大特点：爱钱，怕死，没瞌睡。韩玄子亦如此，亦不如此。他也爱钱，但也将钱看得淡。铁打的营盘流水的兵，钱在世上是有定数的，去了来，来了去，来者不拒，去者不惜，他放得特别超脱。关于死的信息，自他过了五十个生日后，这种阴影就时不时袭上心来，他并不惧怕，月有阴晴圆缺，人有生死离别，这是自然规律，一代君王都可以长眠，何况山野之人？死了全当瞌睡了！只是没瞌睡，他完完全全有了这个特点。昨天晚上睡得那么迟，今早窗子刚一泛白，就穿衣下炕了。照例是站在堂屋台阶上大声吐痰，照例是沏了浓茶蹲在照壁下，照例到四皓墓地中呼吸空气，活动四肢。古柏上新居住了一对扑鸽夫妻，灰得十分可爱，他看了很久。

一等二贝起了床，他就将二贝叫上堂屋，提说起关于买公房的事。

出乎韩玄子意料，二贝对于买房，兴趣并不大，甚至脸上皮肉动也没有动一下。这孩子平日是嬉皮笑脸，一旦和父亲坐在一起，商谈正事，便严肃得像是一块儿石头或一截木头。

"买房也是给你们兄弟俩买的。"韩玄子说，"你是怎么想的，你说说。"

二贝便说：

"爹，要说便宜，这倒也是一桩便宜事，可咱家现在的问题不是房子的问题。"

韩玄子说：

"眼下住是能住下，但从长远来看，就不行了。这四间上屋，我也住不了几年，将来要归你们。你哥你嫂在外，也不可能回来住。可事情要从两方面来看，即便人家不回来住，这家财也有人家一份。到了我和你娘不行的时候，你们兄弟二人正式分家，你能不给你哥分一半吗？这样一来，每人也只是两间，地方就小多了。"

二贝说：

"这我知道，可那都是很远的事，再说一千三百元，咱能拿出来吗？"

韩玄子说：

"是拿不出来。我每月四十七元，一月赶不及一月。要你拿也拿不出一百二百。咱可以去借。房子买回来，咱就一拆，队上从公路边给划房基地。年轻时受些苦，将来独门独院，也是难得的好事。你也知道，现在房基地越来越控制得严，有这个机会不抓住，以后就后悔了。王才恨不得立即就买过去呢。"

二贝低了头，只是说：

"我借不来，我到哪儿去借呢？别人家没有挣钱的人，可人家一件一件大事都办了。人家是早早计划，早早积攒；咱呢，有一个花一个，对外的架子很大，里边都是空的。"

这话自然又是针对爹说的，韩玄子心里有些不悦意，不再言语了。一个中午，坐在院子里发闷：不买吧，心里总是不忍，买吧，又确实没钱。外边一片风声，都说韩家的钱来得容易，如弯腰拾石头一般，其实那全是一种假象。他便又生起二贝两口的气，嫌他们不一心维持这个家，使人心松了劲；又怨恨大贝没有把全部力量用在这个家上。他思谋来，思谋去，父子三人之中，钱财上最打埋伏的，还是大贝，让他出一千三百元吧。大贝出钱买，二贝拆了盖，到时候兄弟两人各守一院，也是合情合理的。如此这般一经盘算，韩玄子决定上一次省城。

二贝和娘却把韩玄子阻拦了。说是年关已近，家里又要为"送路"待客做准备，事情这么多，一家之主怎能走得！再说大贝也快回来了，何必去跑一趟呢？韩玄子觉得也是，便书写了长长的一封信，竭力评说买房之好处，一定要他出钱。二贝在一旁说：

"我哥肯定是不会回来住咱这山地了。城里的洋楼洋房，哪一点不比这里好？还回来住个什么劲？"

韩玄子说：

"国家饭碗能端一辈子吗？谁长着千里眼，能看到自己的前途？你哥虽过得不错，可干他们这行，没有一个好下场的。历史上，秦朝坑了几百文人，屈原，李白，司马迁，你知道吗，谁到晚年好了？山地有什么不好？自古以来，哪一个隐居了不是在山野林中！要是早早有个窝，不怕一万，单怕万一，要是到了那一步，叶落归根，他就有个后路了！"

信发走以后，第五天里，大贝就回了信，一是说他春节不能回来，寄上一百元钱给家；二是坚决不主张买房，说既然房能住下，何必再买？就是他掏一千三百元，可要拆、要盖，没有两千元，一院子新屋是盖不成的。爹年纪大了，不能受累，二贝有工作，哪里有时间？若说备个后路，那完全没必要。如果说犯了大错误，到时候再说，即使以后退休，一个女儿在城里工

259

作，难道让他们夫妇俩独独住在乡下，那生活方便吗？又退一步说，现在把房子盖好，闲着干什么呢？如将一千多元存入银行，三十年后，本、利就是六七千元，就是回去，也可以买一座崭新的大四合院了。

大贝的道理滴水不漏，韩玄子看过信后，也觉得言之有理，但一想这房子买不成，必是让王才得去，一颗盛盛的心又如何落下？不觉也气呼呼了，说：

"罢了，罢了，我还能活几年？一心为儿女们着想，儿女们却不领情。以后你们怎样，随你们的便吧，我一闭上眼，也就看不见了。"

接着又对二贝说：

"你要是你爹的儿子，你听着，这公房咱不买了，但咱转让也要转让给别人，万不能让王才得去！"

二贝便四处打问，看谁家想买公房，结果就将这买房的权利转让给了秃子。

秃子是韩家族里的人。按韩家家谱推算，他爷爷的太爷爷和二贝爷爷的太爷爷是兄弟，已经出了五服。名叫秃子，其实头上并没有癞痢。此人一身好膘，担柴可担百八十斤，上梁可扛一头；饭量也大，二两一个的白蒸馍，二三月里送粪时节，曾吃过十五个，以"大肚汉"而闻名。娶一媳妇，偏不会安排生活，他家收打的粮食多，可粮食还老不够吃。他说他想买房，二贝就转交权利，一场事情就算这样结束了。

韩玄子在腊月天里没有办成一件可心的事，情绪自然沮丧，就一心一意想要将"送路"搞得红红火火，来挣回脸面。大贝寄回的一百元，他立即去木匠铺定做了一个大立柜，要作为叶子的嫁妆。这事，二贝和白银一肚子意见，却又说不出来。眼看着年关逼近，一切日用花销都预备齐当，韩玄子又往各村各队跑了几次，安排起春节闹社火的事。但是各村各队似乎对闹社火并不怎么热心，都在问：

"那给多少钱呢？"

"现在的人真是都钻了钱眼了，自己玩了，还给什么钱？"韩玄子就生气了。

"韩先生，"那些队长们便叫苦了，"现在比不得前几年了，前几年可以记工分，现在地分了，各人经营各人的，谁出东西？谁出劳力？你不给钱，他肯干吗？"

韩玄子说：

"不肯干，就不干了？！那还要你们当队长的做什么？无论如何，每一个队要出一台社火，将来公社评比，评比上了，一台可以获好多奖，到县上，县上还会有奖。"

"有奖？奖多少？"那些队长说，"一个劳力闹一次，没有一元五角打发不下来，好吧，那只有各家分摊，再补贴吧。"

韩玄子的侄儿、本队的队长，就开始各家各户按人头收纳钱了：一个人五角。有的高高兴兴给了；有的一肚子牢骚；要到光头狗剩和"气管炎"，两个人坚决不给，说他们一没工作，二没做生意，光腿打得炕沿响，哪里有钱？头脑简单、火气又旺的队长就吼道："你们还过年不过？！"回答的竟是："我们不过，你把我挡在年这边吗！"两厢吵起来，最后，韩玄子替"气管炎"代交了，那狗剩却寻到王才，借着钱交了。等队长收钱收到王才家，王才正和秃子在屋里喝酒，"哥俩好呀！——""三桃园呀！——"酒令猜得疯了一般，王才说：

"队长，让大伙出钱有困难，我倒有一个想法，不知说得说不得？"

"什么想法？"队长说。

王才说：

"我也不给你交五角钱了，过年时我一家负责扮出一台社火芯子，热闹是自发的，盛世丰年，让大家硬摊钱就不美气了。"

队长听了这话，心里又吃惊，又高兴，又拿不定主意，来对韩玄子说了，韩玄子却说：

"这不行！这不是晾全村的人吗？这不是拿他有几个钱烧燎别人吗？只收他的五角钱！钱收齐了，我出面让狗剩去筹办，把筹办费交给他。"

黄昏的时候，韩玄子去找光头狗剩，在巷头明明看见他走了过来，可不知为什么突然拧身从旁边小巷里走了。韩玄子紧喊了三声，他方才停下来，回过头说：

"啊，是韩老先生呀，你是在叫我吗？"

韩玄子说：

"寻你有好事呢！"

狗剩脸却黄了：

"寻我？我把王才的地退还他了，我不耕他的地了。"

韩玄子说：

"不耕了好，这事我管不着你，你愿意怎么着都行。我是找你给咱村筹办社火，筹办费现在就交给你，你瞧，对你怎么样？别人要干，我还看不上哩！"

狗剩却为难了半天，支支吾吾说：

"这事怕不行呢，我入了王才的股了。我们这几日黑白忙着，已经有十五个人来入了股，过两天还要收拾作坊哩。"

韩玄子万没有想到狗剩竟加入了王才的工厂，而且口气这么大：已经有十五人入了股！

"你怎么入的股？"

"这是王才定的。"狗剩说，"每月的收入三分之一归他，作坊是他的，机器是他的，技术、采购、推销也是他的；剩下的三分之二按所有入股做工的人分。他家的老婆、儿子、媳妇、女婿也同我们一样各为一股，每人按劳取酬。韩老先生，这符合政策吧？"

"十五人都是咱村的人？"韩玄子又问。

"咱村五人。"狗剩掰了指头说，"其余都是外村的。王才，我是服了，一肚子的本事呢！他当了厂长，说要科学管理，定了制度，有操作的制度，有卫生的制度，谁要不按他的要求，做的不合质量，他就解雇了！现在是一班，等作坊扩大收拾好，就实行两班倒。上下班都有时间，升子大的大钟表都挂在墙上了！"

"扩大作坊？怎么个扩大？"韩玄子再问。

"他不是买了那公房吗？搬倒界墙，两院打通。"狗剩说。

"公房？"韩玄子急了，"他哪儿买的公房？人家秃子早买了！"

狗剩说：

"你还不知道呀？秃子把那房子又让给王才了！王才家的那台压面机就

减价处理给了秃子，又让小女儿认了秃子做干爹，人家成了亲戚！"

韩玄子脑子"嗡"的一下大起来，只觉得眼前的房呀、树呀、狗剩呀，都在旋转，便踉踉跄跄走回家去。一推门，西院墙下的鸡棚门被风刮开，鸡飞跑了一院子，他抬脚就踢，鸡嘎嘎惊飞，一只母鸡竟将一个蛋早产，掉在台阶下摔得一摊稀黄。

二贝和白银正在厦屋里说话儿，听见响声走出来，韩玄子一见，一股黑血直冒上心头，破口大骂：

"你给我办的好事！你怎么不把锅灰抹在你爹的脸上？不拿刀子砍了你爹的头呢?！"

二贝以为爹又去哪里喝得多了，就对白银喊道：

"给爹舀碗浆水来，爹又喝了酒……"

这话如火上泼油，韩玄子上来就扇了二贝一个嘴巴：

"放你娘的屁！我在哪里喝醉了？你爹是酒鬼吗？你就这么作践你爹?！"

"爹！"二贝眼泪都要流出来了。

"谁是你爹？我还有你这么好一个儿子?！"

二贝委屈得伏在屋墙上呜呜地哭。

二贝娘在炕上照着镜子，把白粉敷在前额，用线绳儿绞着汗毛；快过年了，男人们都理发剃头，妇道人家也要按老规程，绞净脸上的汗毛。她先听见父子俩在院子里拌嘴，并不以为然；后来越听越觉得事情不妙了，才起身出来。只见韩玄子脸色灰白，上台阶的时候，竟没了丝毫力气，瘫坐在了那里，忙扶起问什么事儿，何必进门打这个，骂那个？

韩玄子说：

"他做的好事。我明明白白叮咛他不要把那公房让王才那小子得了去，可现在，人家已经买下了，改成作坊了！"

二贝才知爹发火的原因，说：

"我是转给秃子的。"

"秃子?"韩玄子说，"秃子是什么人？他枉姓了一个韩字！他为了得到王才的那台烂压面机，把房子早让给了王才；那见钱眼开的狗剩，也入了股。唉唉，几个臭钱，丁点便宜，使这些人都跟着跑了，跑了！"

韩玄子气得睡在炕上，一睡就两天没起来。消息传到白沟，叶子和三娃带了四色礼来探望。问及了病况，都劝爹别理村中那些是是非非，好生在家过省心日子。韩玄子抱着头说：

"不是你爹要强，爹咽不下这口恶气啊！你二哥没出息，眼里认不清人，本来体体面面的事，全让他弄坏了！"

叶子说：

"爹，你要起来转转，多吃些饭。他王才那种人，值得你伤了这身子？你要一口气窝在肚里，让那王才知道了，人家不是越发笑话吗？"

韩玄子说了句"还是我叶子好！"就披衣下了炕。趁着日头暖和，偏又往村口、镇街上走了一遭。在集市上买了些干商芝，回来杀了一只不下蛋的母鸡，炖商芝鸡汤喝了。他这次吃得特多，因为他刚才出去走这一遭，又使他有些得意：瞧！我韩玄子走到哪儿，哪里的人不是一样热情地招呼我吗？心里还说：

"王才，你要是有能耐，你也出来走走试一试，看有几个人招呼你？"

但是，毕竟是一口恶气窝在肚里伤了身子。以后，他再往村口、镇街上走几趟就累得厉害，额上直冒虚汗。这次，走到巩德胜的杂货店里，破天荒第一次没有喝酒。回来路过莲菜地，挖莲菜的人很多，都在打问给叶子"送路"的事。他有问必答，答后就邀请，口大气粗。

二贝和白银也在那里挖莲菜，看见爹邀请村人，直喊"爹！"韩玄子只是不理会，末了，又将二贝叫回来，说：

"你也听着了，村里人要来吃席，咱就让他们来吧！"

二贝说：

"原先不是说得好好的，街坊四邻的一个不请，只待本家本族的，你这么一来，人都来了，那准备的东西够吗？"

韩玄子说：

"不够再准备嘛！原先我不想待那么多席客，现在我改变主意了。人家只要看得起咱，咱就来者不拒，好让他王才也看看，人缘是靠德行，还是仅仅能用钱买的！"

二贝就掰指头计算起来，老亲老故的有多少，三朋四友的有多少，村里

镇上的人又有多少，七上八下的加在一起，三十五席朝上不朝下，直吓得二
贝舌头都吐了出来。

韩玄子说：

"哪能有这么多？村里人都算上了吗？"

"都算上了。"

"还有王才？要他家干啥？他家大大小小都不要计算，还有秃子家、狗
剩家，我一见这些人气就不打一处来！"

二贝便说：

"那么，公社大院的也一个不要。这些人一来，倒不好待哩，光酒钱就
是几十元。"

韩玄子说：

"你胡说些啥？我已经叫过人家了，那时候还得再去请一次呢。还有西
街头老董家，后塬村的王小六家，这些人在综合治理时咱都对他有好处，早
就要找机会谢呈咱，那是挡也挡不住的。"

七

所谓"送路"，就是女子出嫁时娘家举办的酒席。这风俗在这镇上始于何
年？沿袭了几代？从来无人考究，甚至连韩玄子也不得而知。但是，大凡山
地之人，却没有不知道这是一个大事：待客的人体面，被待的人荣耀。慢慢
地，这件事得以衍化，变成人与人交际的机会。老亲老故的自不必说，三朋
四友，街坊邻居，谁个来，谁个不来，人的贵贱、高低、轻重、近疏便得以
区别了。韩家这次待客，不打算给王才、秃子、狗剩留席位，这风声很快遍
及全镇。支持者，大声为韩玄子的做法叫好；反对者，则不停声地叹息韩玄
子做事太损。秃子、狗剩知道后，心里慌极了，分别遭到自己的老婆的一顿
臭骂，埋怨自己的男人被人看不起，自己更走不到人前面去。两个人心烦意
乱，自然威风还是在家里耍，使老婆们少不得受了皮肉之苦。老婆打是打过
了，恐慌还是未消，有心上韩家说明情况，取得谅解，又害怕韩玄子给个当

场下不来台，更惹村人耻笑。两人凑在一起，头碰头诉说恓惶，诉着诉着，就恼羞成怒，咬着牙齿说：

"好，他家待客叫这个，请那个，他不把咱当人看，咱也用不着巴结他！咱就这样，他还能把咱杀了剐了不成？！"

这以后，两人就越发向王才投靠。结果，秃子也要求入股，王才虽认了他做干亲，但心里却明白此人的性情，思谋他若进股，必是捣刁之人，又会以让公房之事，仗有功有恩之势，行要挟威胁之举，便支支吾吾不想要他。后来狗剩跑来说情，王才说：

"狗剩哥，你是不是想让秃子来了，好给你多个伴儿？"

狗剩说：

"也有这种意思吧。话说丑些，你兄弟能干，这村子里，甚至这全镇的人没有不晓得的。可话说回来，咱弟兄们都不是威威乎乎的人物，上不了人家正经席面，谁肯偏向咱们？现在加工厂办起来，你这里入股的入股，招人的招人，可咱本村本镇的才有几个人呢？没有百年的亲戚，却有千年的邻居；既然他秃子要来，为何拒在门外？秃子和我一样，还不都是为了你，才得罪了韩家老汉，要不，以后谁还敢心向着你呢？"

王才说：

"我也不怕说丑话，有些人就是这样，见不得旁的人富。我王才人经几辈都不是英武人，原先穷是穷，倒也落个不偷不摸、正南正北的人的名声。这几年亏得国家政策好，我有了几个钱，便惹得一些人忌恨了。这些我能不知道吗？至于韩家老汉，他是长辈，又给我当过老师，我一向是尊敬的，他对我有些成见，我也不上怪，井水不把河水犯，我想他也不能太将我怎的。"

狗剩说：

"这你倒差了，我问你，二贝的妹子正月十五'送路'，待客，人家就提名叫响地不要你去！"

王才说：

"不至于吧。不管韩家老汉待我如何，那二贝和白银，我们还是能说到一块儿的。我办加工厂的时候，还亏了他二贝出了许多主意呢。"

说到最后，王才坚信韩玄子待客，是不会拒绝他的，自古"有理不打上

266

门客"，何况同村邻居，无冤无仇！至于秃子入股的事，王才也总算勉强答应了。

加工厂接连又在镇上招收了四名男女。王才就将原来的院墙推倒，重新筑墙，将四间新买的公房也圈在内，在里边支了油锅，安了铁皮案板，摆满了面箱、糖箱、油桶，和一排一排放食品的架子，大张旗鼓地进行食品加工生产。村里、镇上所发生的一切事，他几乎一概无暇过问了，满脑子里只是技术问题，管理问题，采购和推销问题。结果生意十分不错！为了刺激大家的积极性，第十五天里，就结账发钱，最多的一人拿到了二十八元五角，最少的也领了十六元。

十五天，这是一眨眼就过去的天数。大多数人只是在家办年货，或者游门串户聊闲话儿；而在加工厂的人，则十几元、几十元进了腰包。消息传开，简直像炸弹爆炸了一样，街头巷尾，人人议论。

狗剩和秃子就得意起来。他们的嘴比两张报纸的宣传还有力量，走到哪儿，说到哪儿，极力将这个加工厂说得神乎其神。若是在村里、镇街上有人碰着，问："干啥去？"回答必是："上班呀！"或者："才下了班！"口大气粗得撞人。他们俩甚至一起披着袄儿走进了巩德胜的杂货店里买酒喝。巩德胜也吃了一惊，估不出这些从不花钱喝酒的人身上装了多少钱。酒打上来，他慢慢试探地问：

"二位今天倒有空了？"

狗剩说：

"来喝喝你的酒。你开了两年店了，还没给你贡献过一分钱呢！"

秃子说：

"你生意好啊，祝你财源茂盛，日进斗金！"

两个人两句话，堵得巩德胜倒不知说什么好了。喝到一个时辰，秃子又问：

"德胜叔，几时关门下班？"

巩德胜说：

"咱这是什么体统，还讲究上班下班？！"

又问：

"照你这等买卖，一日能挣得多少？"

回答：

"能落几个钱？十块八块，刨过本，没几个。"

狗剩和秃子就嘻嘻哈哈地笑，说一两年后，他们也要办这么一个店。秃子还说：

"哈，你开一个月，赶不上王才那工厂一天的盈利。韩家老汉常来喝酒，你怎么不让他也帮你办一个加工厂呢？"

巩德胜受了一场奚落，心里很是不愉快，暗暗骂道："这些没见过世面的狗东西！"就不再言语了。但是，瞧着狗剩、秃子进了店喝酒，在街上游转的"气管炎"却也挪脚进来。他是没钱喝酒的，只是坐在一边听他们三人说话，末了说：

"秃子哥，王才那个厂还要人不要？"

秃子说：

"你是不是想去？当然要人喽！"

巩德胜一听"气管炎"的话，心里又骂道："这小子也见钱眼开了，要投靠王才了！"便插嘴道：

"人家要你？要你去传染气管炎呀！"

一句话倒惹得"气管炎"翻了脸，骂了一句："老东西满口喷粪！"两厢就吵嚷起来，巩德胜借机指桑骂槐：

"你这狗一样的东西，你跑到我店里干什么？你也不尿泡尿照照你的嘴脸！你有几个钱？你烧什么包？你等着吧，会有收拾你的人呢！"

狗剩和秃子也听出巩德胜话里有话，就站起来挡架。等一老一少动起手脚，那巩德胜的哑巴儿子就凶神恶煞一般出来乱打，也打了狗剩和秃子。这两人就趁酒劲发疯，将桌子推翻，酒坛、酒壶、酒碗、酒盅、菜碟、肉盘，全稀里哗啦打个粉碎。枣核女人脚无力气，手有功夫，将"气管炎"、秃子、狗剩的脸抓出血道，自己的上衣也被撕破，敞着怀坐在地上，天一声，地一声，破口大骂，直骂得天昏地暗，蚊子也睁不开眼，末了，就没完没了地哭号不止。巩德胜则脚高步低地来找韩玄子告状了。

这是腊月二十七黄昏的事。韩玄子正买来一个十三斤二两的大猪头，在火盆上用烙铁烧毛，听了巩德胜哭诉，当即丢下猪头，一双油手在抹布上揩了，就去了公社大院。

连夜，公社的张武干到了杂货店，枣核女人摆出一件一件破损的家什让他看。当然，这女人还将以往自家破损的几个碗罐也拿了出来，鼻涕一把，眼泪一把地求张武干这个"青天大老爷""为民做主"。

张武干让人去叫狗剩、秃子、"气管炎"。狗剩和秃子打完架后，便去加工厂干活了。一听说张武干叫，知道没了好事，便将所发生的事告知了王才，王才不听则已，一听又惊又怒，只说了一句"不争气！"甩手而去。两人到了杂货店，张武干问一声答一句，不敢有半点撒野，最后就断判：巩德胜的一切损失，由狗剩等三人照价赔偿，还要他们分别做出保证：痛改前非。赔偿费三人平分，每人十五元，限第二天上午交清。

一场事故，使狗剩、秃子十五天的工资丢掉了百分之八十，两人好不气恼！回到家里，都又打了老婆一顿。那秃子饭量好，生了气饭量更好，竟一气吃了斤半面条。饭后，两人又聚在一起，诉说这全是吃了王才的亏，试想：若韩玄子和王才一心，他能这么帮巩德胜？便叫苦不迭不该到王才的加工厂去。可想再讨好韩玄子，那已经是不可能的事，何况这十五元，又从哪儿去挣得呢。思来想去，还只有再到王才的加工厂去。所以接连又在加工厂干了三个白天，三个晚上，直到大年三十下午，才停歇下来。

"气管炎"没有挣钱的地方，只得哭哭啼啼又找到韩玄子，千句万句说自己的不是，韩玄子却故意说：

"你不是想到王才那里挣钱吗？你去那里挣十五元，赔给人家吧。"

"气管炎"说：

"韩伯，人家会要我吗？我上次将公房转让了你，王才早把我恨死了，我还能去吗？他是什么人？我就是要饭，我也不会要到他家门上去的！"

韩玄子对这种人也是没有办法，末了说：

"你回去吧，我给巩德胜说说，看你怪可怜的，就不让你出那份钱了；他也是见天十多元的利，全当他一天没开门营业。"

"气管炎"巴不得他说出这话，当下千谢万谢，说"送路"那天，他一定来帮着分劈柴，劈柴分不了，他就帮着找桌子、凳子，还要买一串鞭炮，炸炸地在院门口放！

韩玄子对这件事的处理，十分惬意。他虽然并未公开出面，却重重整治了狗剩、秃子这类人。整治这些人，目的在于王才，他是要这小个子知道他的厉害。事情发生后的第二天，他就披着羊皮大袄，在镇街上走动了，还特意路过王才的家门口。他很想在这个时候见到王才，但王才没有出门。

王才也明白这个事的处理，是冲着他来的，十分苦恼。他百思不解的是，自办了加工厂，收入一天天多起来，他的人缘似乎却在成反比例地下降，村里的人都不那么亲近他了。夜里，他常常睡在炕上检点自己：是自己不注意群众关系，有什么地方亏待过众乡亲吗？没有。是自己办这加工厂违犯了国家政策吗？报纸上明明写着要鼓励这样干呀！他苦恼极了，深感在百分之八十的人还没有富起来的时候，一个人先富，阻力是多么大啊！

"我为什么要办这种加工厂？仅仅是为了我一个人吗？"他问他的妻子，问他的儿女，"光为了咱家，我钱早就够吃够喝了。村里这么多人除了种地，再不会干别的；他们有了粮吃，也总得有钱花呀！办这么一个加工厂，可以使好多人手头不紧张，可偏偏有人这样忌恨我？！"

他开始思谋有了钱，就要多为村人、镇上人多办点好事。他甚至设想过，有朝一日，他可以资助一笔钱，交给公社学校，或者把镇街的路面用水泥铺设一层。但这个设想，他一时还没能力办到，他还得添置工厂设备，还得有资金周转。他仅仅能办到的，就是在春节时，自己一家办一台社火芯子。但这种要求却被拒绝了。他便准备在大年三十的晚上，自家包一场电影，在镇街的西场子上放映，向众乡亲祝贺春节。这，他可以不通过任何人，直接向公社电影放映队交涉就能办妥，他韩玄子还能说什么呢？

一提到韩玄子，他就有些想不通：这么一个有威望的老人，为什么偏偏就不能容他王才？！但是，在这个镇上，韩玄子就是韩玄子，他王才是没有权势同他抗衡的；他还得极力靠近他，争取他的同情、谅解和支持。所以，无论如何，他也不会当面锣对面鼓地与韩玄子争辩是非曲直的。

他还是坚信，人心都是肉长的，韩玄子终有一天会知道他王才不是个坏心眼的人。

但是，就在腊月二十九日，二贝娘在本村挨家挨户给大伙说请"送路"

的日子，他在家已经备了酒菜，专等二贝娘一来，就热情款待。可一直到天黑半夜，二贝娘没有来，他才明白人家真的待客不请他。

他从来不喝酒，这天后半夜睡不着，起来喝了二两，醉得吐了一地。天明起来，就自个儿拿了三十元，到公社电影放映队去，要求包一场电影，并亲眼看着放映员写好了海报，张张上面注明：王才包场，欢迎观看。

海报一贴出，白银首先看到了，跑回家在院子里大声给娘说：

"娘，晚上有电影哩！晚饭咱都早些吃，我擦黑给咱拿凳子占场去！"

娘是不识字的，看电影却有兴趣，当然也喜欢地对小女儿说：

"你去白沟，叫你姐和你姐夫吧，让他们也来看看，那地方难得看一场电影的。"

韩玄子在堂屋听说了，问道：

"什么电影？"

白银说：

"《瞧这一家子》！"

韩玄子说：

"老得没牙的电影！再看有什么意思？"

白银说：

"看便宜的嘛，是王才家包的。"

"他包的？他家有什么红白喜事，要包场电影？"韩玄子说，"晚上不要去，那么爱看便宜电影！没有钱，我给你钱，一角五分，你买一张票，坐到电影院里看去！"

白银不敢回嘴，却小声说：

"电影是电影，里边又不是王才当主角！再说，咱不去，人家这场电影就没人看了？"

这话亏得韩玄子没有听到。他在家坐了一会儿，就出去了。

他直直走到巩德胜的店里。巩德胜亏得他出了大力，才惩治了狗剩和秃子，见他来，殷勤得不知怎么好。韩玄子说：

"怎么样，这两天，那狗剩、秃子还来扰乱吗？"

"没有。"巩德胜说，"他只要有钱，就让他来吧，他要再摔坏我一个酒蛊，我自个儿倒要打破一个酒瓮哩！"

韩玄子就笑了：

"你该庆贺庆贺了吧？"

巩德胜说：

"那自然，来半斤吧。"

韩玄子说：

"我不喝你的酒。你要有心，你就手放大些，包一场电影，让镇子上的人都看看，也好扬扬你的名声。"

巩德胜为难了：

"包电影？一场三十元呢！"

"你这人就是抠掐个钱！"韩玄子看不上眼了，"你要名声倒了，都来欺负你，别说三十元，你连店都办不成了。你知道吗？人家王才这次吃了亏，偏还包了一场电影，瞧瞧人家多毒！今晚人家电影一演，镇上人都说他的好话，反过来倒要外派你了！"

巩德胜沉吟了许久，依了韩玄子的主意，只是担心，王才包了一场，他再包一场，这对台电影，人总不会都来看他包的呀！

韩玄子说：

"只要你出面包，我保你的观众比他的多！"

韩玄子就亲自去了放映队，打问新近还有什么好片子。放映员见是韩玄子，就说有《少林寺》，武打得厉害，原计划正月初三晚上放映。韩玄子便掏出钱来，说巩德胜想感激党的政策使他家日子好过了，要今晚包一场，就请一定放映《少林寺》。

结果，对台电影，一个在镇街西头场子，一个在镇街东头场子。满镇的人先得知王才家包的电影早，半下午就在西头场子坐了黑压压一片；但后又听说巩德胜家包了《少林寺》在东头场子放映，一传十，十传百，多半人就又扛了凳子到东头场子去了。

二贝和白银知道这一切尽是爹在幕后干的，大为不满。天黑下来，自然先去看了一会儿《少林寺》，趁着人乱，小两口就又去看《瞧这一家子》。一到那边场上，就碰见了王才，王才好不激动，一把拉住二贝的手，说：

"好兄弟，你来了真好！你来了真好！"

就掏出好烟递上。

二贝十分同情王才，两个人便离开电影场，蹲在场边的黑影地里说起话来。二贝说：

"王才哥，我爹人老了，旧观念多，一些地方做得太过分，你不会介意吧？"

王才说：

"兄弟说到哪里去了！我王才哪里就敢和韩伯闹气？我想得开，什么事都会想得开的。妹子'送路'的日子定到啥时候？"

二贝说：

"正月十五。原本我主张村里人一个不叫，可我爹爱热闹，爱面子，偏说能来的都让来。这不，花了一大堆，手头积攒的钱全花了，可那酒钱、烟钱还没影哩！"

王才说：

"也没见婶子给我说，我好为难，去还是不去？不去吧，对不起人，去吧，又怕韩伯不高兴，反倒没了意思。这话当着你说，我什么也就说了。"

二贝说：

"人上了年纪，思想和咱们不一样了，你不去也好。近来加工厂的事怎么样？"

王才说：

"每天的产量还可以，销路也好，有些供不应求了。现在犯愁的就是油、糖、面粉的采买艰难。这几天可苦了我，没黑没明地骑上车子到处跑。"

二贝说：

"你应该打个报告给公社，让他们呈报县上。像你这样搞个体加工厂，县上也没有几个，能不能纳入国家供应指标？那样一来，就省了许多麻烦，又能保障生产啦！"

273

王才一拍大腿，叫道：

"好兄弟，你真是教师！你怎么不早说，这主意多好！以后我得好好请教你了！只是公社肯呈我的报告吗？"

二贝说：

"你找我爹吧，他说什么你也别计较，咱只求把事办成。我在家再敲敲边鼓。万一不成，咱再想办法。"

王才郁郁道：

"好吧，我找一次韩伯。"

临分手时，王才塞给了二贝四十元，说是他知道二贝家要待客，钱是没多没少地花。二贝坚决不收，王才说：

"兄弟，我这不是巴结你，全当是我借给你的。你要不收，我王才在你眼里也不是一个正经人了！你拿上，不要让韩伯知道就是。"

远处的电影场里，稀稀落落坐着一些观众。已经到子时了，天上闪着几颗星星。星星的出现，似乎是来指示黑暗的，夜色越来越浓重了。但是，差不多就在这时，远远近近的人家，响起了除旧迎新的鞭炮声，噼里啪啦！噼里啪啦！竟有一声震耳欲聋的爆炸声，那是谁家放了一个自制的土炸药包。

二贝把钱收下了。

八

正月，是一个富于诗意的字眼。辛辛苦苦在田地里挖扒了一年的农民，从初一到十五，也要一反常态了：平日俭省，现在挥霍；平日勤苦，现在懒散；平日肮脏，现在卫生；平日粗野，现在文明。人与人的关系，一下子变得那样客气：你提着篮篮到我家来，我提着篮篮到你家去，见面必打招呼，招呼声声吉祥。小的见老的磕头如鸡啄米，老的给小的解囊掏钱言称压岁。随便到谁家去，屋干净，院干净，墙角旮旯都干净；门有门联，窗有窗花，柜上点土香，檐前挂彩灯，让吃让喝让玩让耍让水烟让炭火，没黑没明没迟没早没吵闹没哭声。这是民间的乐，人伦的乐，是天地之间最广大的最纯净的大喜大乐！韩玄子，在这爆竹声中又增了一寿，现在是六十四了，正月的感受尤为深刻！自腊月三十的中午始，他所到之处，处处都是甜甜的笑脸，都是火辣辣的言辞，都是肥嘟嘟的肉块和热腾腾的烧酒。他穿着里外三新的棉衣棉裤，披着那件羊皮大袄，进这家，出那家，这都是邀请他去坐的，他毫不拒绝，一是有吃有喝，二是联络感情。那些主人们总是率着老婆、儿女，一杯又一杯为他敬酒。他是有敬必有喝，偏是不醉，问这样，问那样，末了总是从口袋里掏出一角二角钱来，送给为他磕头的孩子。村里的孩子们都知道给他磕头必是有钱，结伙成队专来找他，一见面就双膝跪下，他乐得哈哈大笑，便将身上的零钱全打发出去了；再有要磕的，他就说：

"爷没钱了，明日给爷磕吧！"

几天之内，他就散出去了十多元钱。回家来打开他的钱匣，已经什么也没有了，就向二贝娘要，二贝娘说：

"我挣钱吗？"

他说：

"腊月里我给你的十元钱呢？"

腊月里，二贝娘曾嘟囔她一辈子命苦，自己挣不来钱，便没当过一天的掌柜。说这话的时候，是当着儿女的面说的，韩玄子就笑着，掏出十元钱，说：

"好吧，明年给你自主，十元钱够了吧，你又不买这买那，要钱干什么呀？"

现在，二贝娘只好将这十元钱又交还给他，埋怨过年给孩子们压岁钱，本是一件玩的事，却偏偏这么认真，一下子就散出去十六七元。

"热闹嘛！"韩玄子说，"又有什么办法，一连声地叫爷，跪在地上不起来嘛！"

到吃饭的时候，最快活的是韩玄子，最苦的却是二贝娘他们。七碟子八碗的正要开饭，有人来请老汉了，不去不行，只好去了。二贝娘就叮咛少吃点，少喝点，回来再吃。一家大小就只有等着。可韩玄子在这家还未吃清，另一家就在桌边相等，一家、两家、三家、五家，吃喝得没完没了，家里人就还得等。中午饭等到太阳都斜了，人还不回来，饭也冷了，菜也凉了，生了气才要来吃，一家之主回来了。一进院门，就嘿嘿地笑，这一笑，二贝娘就笑了，用筷子指着说：

"瞧，瞧，又醉了，又醉了！"

275

"没醉，哪里醉了！"韩玄子一边笑，一边说，一边摇摇晃晃往里走，东斜西歪，西歪东斜，白银说："快倒啦，快倒啦！"

忙放下碗去扶，还未走到公公身边，韩玄子蓦地就倒下去，压坏了一株夹竹桃。一家人又气又笑，一起动手把他抬到炕上。他又笑了一阵，就睡去了。

老汉刚睡下一会儿，王才就提着四色礼给拜年来了。王才来拜年，二贝当然知道缘由，二贝娘却有些吃惊，不知所措，当下取烟取酒；要烧火做饭时，王才拦住了，说是过年肚子不饥，一口也咽不下去了。

"我是来和我伯坐坐的，平日没时间。"王才笑着说。

二贝娘说：

"真不巧，你韩伯又喝醉了，刚刚睡下。"

王才就到二贝的厦房去说了一阵话，偏偏二贝娘也过来了，他要说的话也没说成，只是寒暄。走到院里，看看鸡棚，问问下蛋的情况；看看花台，说说花的品种；后又要看门上的对联，一边是："衣丰食足读诗书"，一边是"天时地利人事和"，口里叫道：

"亏得是老先生，韩伯的对联写得好啊！"

走到堂屋卧室门口，听韩玄子吹气似的鼾声，一阵紧过一阵，心想：醉得这般沉，不是一两个小时可以醒的，就说"我改日再来吧"，告辞走了。

第二天一早，王才又拿了一条香烟来到韩家，韩玄子却是不在家。老汉还未起床，公社大院的几个干部就来喊他，脸未洗就走了。王才笑了笑，见二贝和白银还没有起床，便和二贝娘说话，二贝娘说：

"你韩伯这人，越活越不像个上年纪的人了。三十到现在，一刻也不落屋，要回来就是醉了。这一去，必是让大院的干部又缠住喝酒，说不准个回来的时辰。"

王才又是苦笑一下，放下香烟要走。二贝娘说：

"你这孩子，怎么来一次都要带东西？过年来坐坐嘛，街坊邻居的，规矩这么多！"

王才说：

"过年就是这样，到哪里手不空甩，一条烟有个啥？我晚上再来吧。"

晚上，韩玄子是在家里。他是中午被人背回来的，睡了一下午，酒劲是过去了，但头脑还是昏昏的。坐在炕上，吃罢了二贝娘做的胡辣汤，便又躺下睡了。待到彩灯点亮，村里的孩子们打着各种各样的灯笼，满村巷喊着："呜号号，呜号号，彩灯过来了！"王才在袖筒里塞了一瓶"西凤"酒，第三次来到了韩玄子的家。

二贝和白银正在院子里放花炮，芯子点着，一树银花，乐得一家人大呼小叫。二贝娘刚到照壁前的灯窝里为神明灯添油，就碰着了王才，说：

"是王才呀，快到屋里坐，你韩伯在家。我真拿他没办法，今早去公社大院果然就醉了！我去看看醒了没有。"

二贝和白银便让着王才先到厦房去。二贝娘到了卧室，推醒了韩玄子，低声说：

"王才又来了。"

韩玄子已经清醒了，说：

"他来干啥？就说我醉了，不得醒来。"

老伴儿说：

"你哪里没醒？有理都不打上门客，人家孩子来了三次，是神都请到了！再不见，咱就没理了！

韩玄子只好起来，让王才到堂屋来坐。王才上来叫一声"伯"，韩玄子让了座，就去打水洗脸，然后喝茶，取了水烟袋呼呼噜噜抽了一气，方说：

"王才，叫你跑了几次了！真没办法，一过年这个叫，那个叫，不去不行，去了不喝不行，这过年我真有些怯了！"

王才说：

"谁能活得像你老一样呢！"

韩玄子说：

"我有什么呀？只是本本分分就是了。要说有钱嘛，真还不如你王才。有钱能使鬼推磨，你年里家里热闹吧？"

王才脸红了红，说：

"我哪儿敢比得韩伯！韩伯若不嫌弃，明日中午你和我婶到我们家去坐吧。"

韩玄子说：

"哎呀！明日又排满了。明日叶子和女婿要来拜年，公社王书记和张武干他们也要来，实在走不脱身呢！王才，加工厂还开着工吗？"

"三十下午就停了。"王才说，"我想初八开工哩。"

韩玄子说：

"哟，那么早开工，你也真是钱挣上心了！"

王才说：

"大家都要求早些开工，说六天年一过，就没事了。农民嘛，就热火这几天，闲在家里没事，开了工，倒可以捏几个钱了。"

韩玄子心里说："哼，说得多好，全是为了大伙！"当下嘴里"噢"了一声，便不再说话。过了一会儿，他突然又问：

"你找我，有什么要办的事吗？"

王才没想到韩玄子这么挑明问他，当下倒噎住了，憋了半天，说：

"我来给伯说件事，不知行不行？加工厂开业以后，人手越来越多了，需用的面粉、油、糖，数量增大了几倍，先是我三、六、九日去集市上购买，现在就这样也供不及了。我思想，写一份报告给上边，看是否能将这三宗供应列入粮站的指标。别的咱不企图，这一供应，就可以保障加工厂的生产了。"

说着，从怀里掏出一份报告来，同时将袖筒里的酒瓶取出来，放在了桌上。

"你看看，这样写行不行？若行，你在公社里人熟，给他们说说，盖个章，填个意见，呈报到县里去。"

韩玄子还未看报告，心里就叫道：好个王才，你真是心比天高，还想让国家供应你的原料？！就拿起西凤酒说：

"王才，你怎么也来起这一套？这酒我不能收，这成什么体统了！我韩玄子是爱喝酒，可不明不白的酒点滴不沾，该办的，符合政策的，咱为乡里乡亲热身子扑着办；不该办的，违法乱纪的，你就是搬了金山银山来，我也没那么个胆！"

王才一时十分难堪，千般说明过年期间，到哪里空手也是去不得的，何况仅仅一瓶酒，一定要收下。但韩玄子硬是不收。王才只好又收起来。

韩玄子取了眼镜戴上，细细看了报告，说：

"王才，这恐怕不行呢。你这加工厂，虽然工人多，收入大，可所得盈利你不是纳入国库的，肥了你自己的腰包，国家能这么供应你吗？"

王才说：

"我是按市价来买，只要这么办了，给我省点力气。再说，报纸上也讲了，国家是大力支持专业户的。我只想试试，或许能行呢。"

韩玄子就笑了：

"你们这些人呀，想得太简单了！你想想，好事怎么能都让你们占了呢？我实在没办法，你可以直接递到公社去，可我说，公社也不会批准你这报告的。王才，你要清楚咱现在仍是社会主义社会！你听说了吗，县城里的一些专业户、个体户现在钱一挣得多起来，就都有些害怕了，开始买'爱国钱'，几百几千地认购国库券呢！"

这话如同炸弹，使王才大为震撼。有些专业户、个体户买"爱国钱"，为自己找政治保护色、寻后路，这风声他多多少少也听到一点，韩玄子却这么一板一眼地说给他听，是什么意思呢？瞧那口气，那眼神，分明在说："人家都在寻退路了，你还这么大干呀？你等着吧，吃不了有你兜着的！"他真有些害怕了。

"韩伯！"他说，"你说得也对，我现在虽然有了些钱，但又全用在了扩大再生产上，我也想以后捐钱给公社的。这么说，这报告就算了。我还年轻，世面经得少，文化又浅，以后有不是的地方，还望韩伯多指点呢。"

两人又说了一些甜不甜、咸不咸的话，王才就起身走了。

韩玄子送到门口，二贝和白银又在那里点二甩炮，唰的一声蹿上半空，又叭的一声在空中炸开，响声极脆，样子也好看得出奇。韩玄子觉得有滋有味，硬要二贝将家里那一串一千三百响的连珠炮拿来放了。立时，照壁下一片轰响，无数的孩子闻声赶来，在那里抢着拾落芯的炮。

韩玄子突然记起明日闹社火的事，到侄儿队长家去了。

第二天，便是正月初三，依照风俗，社火从这一天开始，一直要闹过十六。经过全公社动员、安排，这天上午，川道地的各村就响起锣鼓，十点左右，各路社火芯子抬出来，往镇街上集中。芯子是千奇百怪的造型，观看的人群拥前挤后地包围，镇子上、镇子附近的村子，几乎是老少倾出，家家锁门。远处的山民们，也有半夜打着灯笼火把，走几十里路赶来的。小小的镇街上，人头攒动，熙熙攘攘，几乎要将镇街两旁的房舍挤倒似的。各家铺店，更是门里门外都是人。烟、酒、鞭炮、蜡烛、红纸、糖果、点心，一瓶一包的货物卖出去，一把一堆的钱票收回来。巩德胜已经从早到午未能吃一口饭，喝一滴水了。枣核女人则站在门口的凳子上，眼观四面，耳听八方，唯恐混乱之中，有人行窃偷盗。到了十二点，三声筒子大炮点响，社火芯子队开始招摇过镇街。路线是从街西大场出发，经过镇街，到街东大场，再上塬，穿过公路，再到街西，再到镇街，最后在街东大场评比，才算结束。

韩玄子一大早起床，就往公社去，和公社干部一起到各队查看。有的队扮的是"三战吕布"，饰刘备的站在下边，双手各执一剑，左剑刃上站关公，右剑刃上站张飞，张飞长矛之端悬一尼龙绳，下吊吕布。有的队扮"李清照荡秋千"，竟真是一个秋千，上有一幼女站着荡板，不断晃动。有的队扮的是"游龟山"，一只彩船，船头坐着田玉川，船尾站着胡凤莲，船旋转不已，人却纹丝不动。更有那"三打白骨精""劈山救母""水漫金山"，造型一台比一台玄妙，人数一台比一台增多。围观的大呼小叫，那北山、南山远道而来的山民，时不时挤到每一台芯子的桌面下看是不是拴有石头、磨扇。因为这芯子全是固定在八仙桌上的，然后由八人抬起，平衡极难掌握；外地人常有芯子翻倒的事故，因此必须拴有石块或磨扇在下面增加重量，起稳定作用。而这些山民看后，惊叹不已：到底四皓埋在这镇上，尽出能人了。竟不拴石块、磨扇？！

社火芯子开始过街。沿街的国营单位、集体单位、人家住户，凡是经过之处，就彩绸悬挂，鞭炮齐鸣。芯子队过后，街面上一层炮屑，满空硫黄气味。巩德胜的枣核女人早弯腰在那炮屑灰尘中寻东觅西，竟也捡回了五角钱、三个发夹、一只小孩的绣花猫头棉鞋。社火芯子到了街东大场，王才家正在大场畔。他站在高高的门楼顶上，背了一挎包鞭炮，放了一串又一串，噼噼啪啪足足响了三十分钟。响声吸引了所有闹社火的人，都扭着头往这边看。那些敲鼓敲锣的乐队，也停了手中的家伙，看着一堆孩子在门楼下捡炮，竟将有的孩子的棉衣也烧着了，喊声，叫声，笑声，也有骂声，乱糟糟一团。

韩玄子对此极不乐意，却又说不出个什么。社火最后评比，选出了五台最佳社火，当场由王书记发奖，每台三元钱、一张奖状。有人就当着韩玄子的面发牢骚：

"怎么拿得出手？三元钱！一个公社倒不如一个王才！人家今天放的鞭炮，最少也是十几元钱了！"

韩玄子听见了，只装着没听见，找着西街的狮子队负责人，问：

"晚上要喝彩的有人来联系了吗？"

西街的狮子队是传统的拿手的夜社火。每年春节的夜晚，几十人的狮子队，要到一些人家去热闹，这种热闹名叫喝彩。凡是被喝彩的人家，是很体面的，主人则是要放鞭炮，送两瓶好酒、两条好烟，还要在狮子头上系一条三尺长的红绸。因此，这种喝彩，并不是一般人家所能受得的，都是主人家事先来联系，晚上才有目标地去的。

狮子队的头儿说：

"已经来联系的有十二家了，西街的二顺、七羊，中街的德林、茂仁，东街头的有王才……"

韩玄子说：

"别到他家去了。他仗着他家有钱，今天放那么多鞭炮，很多人都有看法。喝彩本来是高兴事，他要再一摆阔，就会压了别的人家，倒引起不团结呢！咱们不能光向钱看，掏不起烟、酒、红绸的，咱们也应该去。"

到了晚上，果然狮子队就出动了。狮子队的头儿听了韩玄子的话，又为了避免王才上怪，先在西街、中街各家喝了彩，末了才到东街头来，又端端直奔了韩玄子家。一进院子，韩玄子就在门口安上了三百瓦的电灯泡，拿烟拿菜出来。狮子队每人耳朵上别了一支烟，就摆开阵势，鼓儿咚咚，锣儿锵锵，大小三个麻丝做成的狮子，翻，掀，扑，剪，相搏相斗，然后一起面向堂屋，摇头晃脑，领头儿的就在几十个彩灯彩旗下大声说一段吉祥快板。完毕，韩玄子请客入内，送上两瓶好酒、两条好烟，二贝娘便将三尺红绸系在狮子头上，接着有人点响了鞭炮，很是热闹了一番。

281

村里来的人也多，韩玄子招呼这个，招呼那个，烟散了一遍又一遍。凡抽烟喝茶的，没有不说这家体面的：

"呀，喝一次彩，光这烟茶咱就掏不起呀！"

但是，韩玄子也确实掏不起烟了。家里所备的一条烟已经散完，就大声叫二贝，要二贝把他买的烟也拿出来。喊了二声，二贝没有回应，二贝娘满院查看，不见二贝影子，连白银也没有见，不免纳闷：村里人都来看热闹了，这两口都跑到哪里去了！

二贝和白银是到王才家去了。

当喝彩的狮子队进了院子，二贝就对白银说：

"这会儿人多。爹不注意，咱到王才哥那儿去吧。"

两人到了王才家，王才很纳闷狮子队怎么没到他家来，让媳妇在门口大场上张望了几次，渐渐听得锣鼓声慢慢向后塬村远去了，知道再不会来。王才媳妇一回到家，就伤心地趴在炕上呜呜哭。王才当着二贝和白银的面，也不好发作，倒笑着对媳妇说：

"你真是小孩脾气，人家一定是要累了，今晚不来，明晚定会来的。"

二贝猜摸这其中必定有原因，却故意避开这事，只是问：

"王才哥，那报告的事，你给我爹说了吗？"

王才说：

"好兄弟，韩伯不同意，还给我讲了许多话，我看也就算了。"

王才如此这般叙述了经过，二贝一听，倒火了：

"这怎么就算了？！你这是犯法的事吗？光光明明的事情，你怕什么？难道你不相信党的政策？！"

王才说：

"你是教师，读的报多，离政策近，你说该怎么办？"

二贝说：

"我爹不同意，可能公社也不会给你盖章填意见往上呈报，依我看，咱直接把报告送到县上去，交县委马书记！"

王才说：

"我是何等嘴脸，能与马书记交往？我还不知道县委大门是怎么个进法哩！"

二贝说：

"你是何等嘴脸？要叫别人看得起，首先自己就要看得起自己；别人要弄倒你，那是弄不倒的，世上只有自己弄倒自己的！你把报告让我看看，咱重写一份，详细写清你这个加工厂的规模、状况，提出困难，我负责给你送！"

王才一家人好不感激，连夜在灯下，几个人重新起草报告，一直干到夜里下一点，二贝两口才返回家来。

第二天，初四的早晨，二贝对爹和娘说，他们要到县城关镇给岳父拜年去，就提了礼物，小两口合骑一辆自行车，丁丁零零出门走了。

九

狮子队没有来家喝彩，王才的媳妇哭哭啼啼大半夜。王才送走了二贝和白银，他心里也苦得难受。夫妇俩坐在火盆旁，红红的火光照着他们，谁也不说话，也没有什么话要说。于是，最不能安宁的是一双火筷，你拿起来翘翘火，我又拿起来翘翘火，末了都说：睡吧。就上了炕去睡。睡下又都睡不着，两个人又都披衣坐起，叽叽咕咕说话。

一个说：

"咱没亏人吧？"

一个说：

"咱没亏人。"

一个再说：

"咱怎么会亏人呢？"

一个再说：

"咱哪里就亏人了！"

想来想去，就想到韩玄子，估计必是这老先生从中作了梗。

一个又说：

"咱和他没有仇呀？"

一个又说：

"咱和他有什么仇？"

一个再说：

"没仇。"

一个又再说：

"没仇。"

便又说起二贝和白银，口气是一致的：这小两口不错。但是，这小两口送报告的事能不能成功？夫妇俩却谁也说不准。

一直唠叨到鸡叫，王才咬咬牙说：

"咱是没错，真的，咱没错！我王才以前是什么模样，难道我永远是那个模样吗？只要现在的党中央不是换了另一班人马，不是变了这一套政策，我王才该怎么办，还得怎么办！我明日再去请狮子队，人家不来，我到白沟你娘家去，让那里的狮子队来，这口气我还是要争的，要不，真的我王才办了加工厂，倒成了什么黑人、罪人了！"

初四的早上，他去找了狮子队，头儿支支吾吾，没有说不去，也没有说去。王才第一次在别人面前动了肝火，二话未说，扭头就走了。他走了七里路，到了白沟岳父家，邀请那里的狮子队。狮子队的人知道王才当年曾张罗过办商芝加工生意，他们也正在酝酿这事，见了王才，如见了活佛，问他当年有过什么设想？又是如何经销？经验是什么？教训是什么？王才就将自己和二贝曾设想的那一套和盘托出，预祝他们事业成功。这些人满口答应当晚来他家喝彩。

天未黑，白沟村的狮子队就进了镇。他们故意张灯结彩，锣鼓喧天地从镇街东走到镇街西，又从镇街西走到镇街东，惹得镇上的人都来观看，不知今晚这队人马要给谁家去喝彩。末了就奔王才院里去了。

王才的院子扩大以后，十分宽阔，狮子队要了一场，又要一场，整整一个小时不肯停歇，齐声高喊：

新年好，新年好，

狮子头上三点宝。

呜号号，呜号号，

吹呼党的好领导，

劳动致富发家了。

新年好，新年好，

狮子头上三点宝。

呜号号，呜号号，

齐心协力挖穷根，

今年更比去年好。

这喊声村里人差不多全听见了。又是十多分钟的鞭炮声，又是来人就散烟，又是来人就上桌子喝盅酒，看热闹的人越来越多，私下里都在议论：这小个子王才还是厉害，热闹得倒比韩玄子家更盛呢！

韩玄子毕竟只是镇街上的韩玄子，他管不着白沟村。白沟村的狮子队来过一趟之后，第二天夜里又来了竹马队，第三天又来了魔女队。来了就独独往王才家喝彩，喝彩完再在大场上耍闹一场。这些热闹的人马每晚都挣得王才家许多烟酒，使得西街狮子队就眼红起来。有人埋怨他们的报酬太少，越耍越没劲，到了初六晚上，竟不再出动，一散了了。

韩玄子去催了几次，都借口没有经费，不愿干了。甚至每天中午的社火芯子，也渐渐疲沓起来，这个队出，那个队就不出。韩玄子发急了，他和公社大院的干部商量，是不是由公社再拨一些钱来给社火队补贴，公社当然没有这项开支，只好又让各队队长再按人头摊款。但重新摊款，就难上难了；农民过一个年，花销是不小的，谁手里也没几个钱了。眼看到了正月十二，县上要进行社火比赛，镇子的社火却组织不起来，韩玄子四处奔波，以公社文化站名义，召集各队队长，说了许多严厉的话，队长们就有了意见，当场顶撞起来：

285

"向社员要钱，社员哪有多少钱？谁家像你们家，大大小小都挣国家钱的！扮社火本是大家快乐的事，你们这么干，哪还会有什么兴头干呢？"

韩玄子也觉得这话实在，可怎么应付县上的比赛呢？他们这个镇的文化站一直受县上文化局表扬，难道这次露脸的时候，就放一个哑炮吗？回家来愁得饭也不吃。

二贝看见爹为难，说：

"我说不要管这些事，你偏要管，怎么着，是非全落到你的身上了！任它还闹社火不闹，天塌下来高个子顶，有他公社的干部哩！"

韩玄子说：

"胡说八道！真要塌火，我还有什么脸面到公社大院去？人家还敢再委托咱办事吗？"

他狠了心，说要自己先拿出三十元垫上，是好是歹闹起来十二上县，在县上中了奖，拿奖钱再还自己。二贝哭笑不得，问爹是怎么啦？腰里有多少钱？正月十五就要"送路"待客，正到了花钱的时候，客来一院子，你往桌上摆什么、端什么？！已经没几天了，烟还没有买，酒还没有买，莫非家里还有个银窖未挖？二贝娘在这件事上，立场是鲜明地站在了二贝的一边，咕咕囔囔起来，说去年夏天她到王书记家去，那个大屁股女人正在院里晒点心。天神，点心还晒！一晒一四六大席！人家吃不完，陈的已经要生虫，新的又有人送来了！瞧瞧这种当干部的！可咱的人当了站长，清水衙门！不但不进，反要往外掏！三说两说，韩玄子倒生了气，叫道：

"都不要说了！烦死人了！常言说：家有贤妻，丈夫在外不遭祸事。你们尽在我的下巴下支砖，还让我出去怎么指拨别人？！"

也就在这天晚上，王才到公社大院去了。

他的加工厂是初八就开了工的。开工的第一天，附近的一些代销店就来订货，数量要得很多，那作坊里就整天整夜机器响、案板响、油锅响。狗剩和秃子一边干活，一边说着村里的新闻。论到韩玄子的困苦处，热一句，冷一句，百般嘲笑。王才听见了，训斥他们不要在这里说东道西，自个儿却揣着一颗心去找张武干。张武干也在为社火上县比赛的事犯愁，见了王才，没好气地说：

"有什么事。过罢十五来谈吧！"

王才说：

"我不是来求你解决什么纠纷的。我问你，咱镇上的社火真的要上县去吗？"

张武干说：

"当然要去！到时候，你那里可不能强留人，队上需要谁去，谁一定得去！"

王才说：

"那是当然。听说社火的费用钱收不齐，有这事吗？如果真是这样，我想，能不能给我一个机会，好给大家出点力，我以加工厂名义，拿出四十元。"

张武干当时愣了，脸面上一时又缓和不下来。王才说：

"我这是完全自愿的，没有别的企图，因为我到底手头活泛些。如果怕引起别人议论，你不要对外人讲是我掏的，我保证也不说，只是为咱镇上不要丢人。"

张武干拿不定主意，把这事汇报给了王书记，王书记倒高兴，收了这笔钱后，便连夜来对韩玄子谈了。韩玄子纳闷了半天，疑惑地说：

"这王才到底不是平地卧的人呀！能保住他不对外人说吗？他要一说，倒使他落得一个好名。再说，收了他一人的钱，会不会丢了广大群众的脸？就是他真心真意，咱公社是否能将上次没收的那几根木料折价给他，权当是公社拨给闹社火的补贴？"

木料是半年前公社没收一个贩子的，一直堆放在大院，无法处理，又被雨淋得生了一层木耳。王书记和张武干听了，都说这主意妙极！便让张武干又去了王才家，讲明：闹社火是集体的事，哪能让一个人掏钱？这种精神是可佳的，但做法不妥，公社决定将木料折价给他。王才也同意。

有了钱，社火又闹了起来。正月十二，十六台社火芯子抬到县城，韩玄子又是满面的光彩，专门派人做了牌楼，上面用金粉写了"四皓镇社火"五个大字。一到城关，就十六支一尺七寸的长杆铜号吹天吹地，八面笸箩大的牛皮大鼓，八张二人抬的熟铜黄锣，一齐敲打，满指望这次要全县夺魁了。

可是，社火一进县城十字街口，各路社火一抬出，韩玄子就傻眼了：茶坊公社的社火队是一排二十五辆汽车阵，领头的一辆是一面大鼓，敲鼓的头扎红布，腰系红带，左一槌，右一槌，上下跳跃，动作有力而优美，像是受过专门训练。后边汽车上的社火更是内容新鲜，什么"鲤鱼跳龙门"，什么"哪吒出世"；那偌大的荷花惟妙惟肖，花瓣竟能张能合，合着是白，张开是红，中间还有一粉团似的孩子现出。西河公社的社火则内容多得出奇，先是芯子十台，后是五十人两丈高的高跷，再是龙，再是狮子，再是旱船，再是社火须子："范进中举""失子惊疯""公公背儿媳"……长蛇阵似的，前不见头，后不见尾。还有东山公社和柳林公社的花杆队、腰鼓队、秧歌队、竹马队，名目繁多，花样翻新，色彩夺目，造型绝奇。只显得四皓镇的人马寒酸可怜了。

韩玄子拉住一个公社的领队，问：

"你们这么大的气派，哪儿来的钱呀？"

回答说：

"要什么钱？这都是自发干起来的呀！你瞧，那一辆一辆汽车、拖拉机，都是私人的。往年一个队扮一台，今年是队上要扮队上的，私人要扮私人的，农民有了钱，就要夸富呢！"

韩玄子说：

"私人这么办，不影响旁人的情绪？"

回答得更响了：

"有什么情绪？政策让一部分人先富起来，一户富了，就能带动十户八户都富起来。大家都在争着富，是龙就成龙，是虎就成虎，八仙过海，各人会有各人的神通呢！"

韩玄子没有再敢问下去。

很自然，全县的社火评比，四皓镇没有中奖。

韩玄子一回到家，就感觉头很疼，便睡下了。

一家人都以为爹是太累了，也就没有当回事。可是，韩玄子睡过一夜，十三日的早上第一次没有早起，直到二贝娘做好了早饭，他还没有起来。二贝娘进了卧室来喊，见老汉大睁双眼，连喊几声却不吭不响，当下就吓坏了。到厦房对二贝、白银说：

"你爹是怎么啦，从来没有这么睡懒觉的！你们快去看看，是不是病了？我的天神，后天就要待客，明日帮忙的人便来，他怎么就在这坎节儿上病了呢？！"

二贝和白银吓了一跳，上来站在爹的炕头，一声声叫爹，问爹怎么啦？哪里不舒服？韩玄子说：

"你去公社叫王书记、张武干，就说我请他们来哩。"

二贝飞也似的赶到公社大院，王书记他们正在家里摸麻将，谁输了就钻桌子。恰好是王书记在钻，炊事员刘老头说书记太胖，可以免了，张武干不同意，坚持麻将面前，人人平等。二贝一脚踏进去，说明了情况，王书记便和张武干赶来，韩玄子说：

"王书记，张武干，我没有给咱把事办好，丢了公社的人了！我没有病，我只是想，我是老了，干不了这文化站的事，今年你们研究一下，就把这站长的帽子给我摘了。"

王书记却哈哈笑了，说：

"老韩，你这是怎么啦？有人说你的闲话？你不干这个站长，咱社里谁还能干呢？谁要说不三不四的风凉话，我们自会处理的！只要你还能跑得动，这站长就不要想卸掉。老同志嘛，许许多多的事还得你出马解决呢！"

书记的口气很坚决，使韩玄子大受感动。他从炕上爬下来，又摆了几盘菜，三个人一边说话，一边喝起来。书记一走，韩玄子就让小女儿去白沟叫来叶子和三娃，中午特意让二贝娘做了一点儿荤菜，把二贝和白银也叫上来，一家大小一起吃。饭桌上，三娃不断站起来为岳父敬酒，韩玄子有些兴奋了，就让二贝和三娃划几拳。二贝先觉得爹今天反常，后见又恢复了往日的情绪，也就划了几拳，还给爹敬了几杯。韩玄子脸色有些红了，话也开始多起来。白银说：

"爹怕又喝得多了吧！"

韩玄子说：

"多是多了些，要醉还早呢。我高兴嘛，我只说这次社火办得不好，可公社领导还看得起我！今日个，咱一家人都在这里，和和气气的也像一个家的样子，我心里还很盛哩！"

二贝见爹难得说出这话，心里也高兴，就越发讨好地说：

"爹，下午没事，我去把咱的芋头地整理整理。我的那三分地去冬浇了，我娘和我小妹的那五分地去冬水没浇上，满地土疙瘩，要敲碎了，再过半个月，我就开始点种了！"

韩玄子说：

"那么一点儿地，来得及的。下午，我有事要给你们说。本来一年到头，咱一家人该坐下来好好说说，总结过去的一年，规划新的一年，可这社火缠得我没有空。现在事情过了，后天又要办事，只有今日空闲，咱好好开个家庭会。"

二贝便说：

"好吧，我们也有话要给爹说说呢！"

碗筷收拾了，韩玄子就燃起炭火，二贝和三娃坐在一边拿烟来吸，叶子坐着织毛衣，白银捏不住女工，和小妹坐在一条长凳子上，一会儿把小妹的头发编成小辫儿，一会儿又解开。

这种家庭会议，几乎成了一种制度，每年春节召开一次。那几年，二贝还没有结婚，大贝回家过年，最怕的就是这种会。说是家庭会，勿如说是训斥会。韩玄子每次主持，要求"大家都说"，结果没有一次不是"一言堂"。这会几乎从没有开成功过，常以炸会而结束。但这一次炸了，下一次还得开。白银在娘家是无拘无束惯了，先听说家庭开会，觉得怪是稀罕，过门参加第一次会，很认真地洗耳恭听，但听来听去，全是些老话、旧话、套话、废话，没一点儿新鲜的东西，听得她直打瞌睡。但她不能不来，来了又不能不坚持到底，一回到自己房里就要说爹的不是，她没有读过《红楼梦》小说，却看过越剧《红楼梦》，便认定爹就是那个贾政。

这会儿，大家都不说话，韩玄子也只是吸水烟。吸这种烟在农村是极少的。烟是大贝从兰州特意捎回的"百条儿"，烟袋是二贝接爹的班后，用第一个月的全部工资，讨买了一个解放前任过伪县长的孙子的传家之物。一次装一小丸儿烟丝，一小丸儿烟丝一喷一口香儿。这镇上当然只有他韩玄子才能如此享受。二贝娘已经刷了锅碗，却还在厨房里摸摸盆子，挪挪罐子，迟迟不见上堂屋来。韩玄子说：

"他娘，你怎么啦？都在等着你了！那些盆盆罐罐，是什么稀世珍宝收拾不清？"

"你们开你们的，叫我干啥呀？我又不会说话，说话又不算话的！"

韩玄子说：

"你真是扶不起的天子！你说不了，是叫你做报告演说吗？你不会坐在这里吗？"

二贝娘拍打着衣服上的土，上来坐了，脸上笑笑地，说：

"好好，现在你开始吧！"

韩玄子便一本正经地进行开场白了。这开场白已经形成了多年来经久不变的言辞，说：

"现在，一家人就缺大贝两口，他们工作忙，不回来也就罢了。今日也没外人，咱一家人，好好坐一坐。一个家庭也就如一个国家，国家一年要开党代会、人代会，一个家庭也要开。外边的人听说咱还开家庭会，就感到奇怪，这是他们少见多怪。他们打哩闹哩，什么事打打骂骂就解决了；咱不，咱都是多少有文化的人，咱要开会解决思想问题。一年已经过去了，新的一年又过了十多天，过去的一年里这个家怎么样？咱们都要总结。

"下一步如何安排计划？咱们也都要有个想法。人常说：吃不穷，穿不穷，算计不到一世穷。去年一年，依我看，咱这个家过得不好。怎么个不好？首先是人心不齐，这主要的责任是在二贝和白银身上。白银是新到咱家的，就我思想，亲生的儿女和进门的媳妇都一样是儿女，手心手背都是肉。白银自小没娘，我只说过了门来，让你娘好好拉扯，白银也算有了温暖，有了母爱，你娘也算有了搭手。咱这家是多好的日子，拢共就分了那么点地，麦秋二茬收了，种了，就没事了，你就在家帮你娘做三顿饭，收拾收拾家务。可我这想法错了，白银是野惯了性子，在外干活肯出力，家里的活，眼里没水。为早晨扫院子，为烧水，为挑水，我不知说了多少回，就是不听。二贝身也沉，学校在家门口，三顿饭在家吃，吃罢饭，嘴一抹走了，天不黑不回来。一回来就钻到小房里，你两口嘻嘻嘻、哈哈哈个不停，可你娘呢，那么大的年纪了，还要刷锅、洗碗、挑水。你们良心上能过去吗？再一点，咱这个家真成了空架子。为什么呢？外边都在说咱家有钱，可一个子儿也存不住。当然，去年一年办了几件事：二贝结婚，叶子出嫁。咱虽在乡下，可除了水以外，什么不要钱呢？我一月四五十元，要管吃、穿，还要迎来送往。一个萝卜几头来切，一月攒不及一月。二贝的钱，我也不知道都干了些什么。除了买三十斤粮，说好每月交给我十元，可总是这月交了，下月就不交。结果，外边招得风声大，什么事旁人都把咱推到首头，咱有苦对谁说谁也不信。可话说回来，我也不是要儿女把钱都给我，也不是让咱一家人在外都是铁公鸡一毛不拔，那样子，即便是万贯家财，又能怎样？三一点，就是要注意影响，顾及大场面。在这镇上，咱是正南正北人家，交往必然就广，凡是来咱家能吃能喝的，那都是些有头有脸的人，万万不能怠慢。出门在外，又要学得本分。俗话说：一件衣服要穿烂，不要让人指烂。说到这儿我就有气，二贝你们结婚，也是到省城你哥那儿举行的，买几件衣服是应该的，可白银买一身西服，上衣只有两个扣子，在咱这地方怎么穿出去？你学你嫂子的样，也烫头发。人家在城里工作，环境不一样啊！还有那高跟鞋，拖鞋，手插在裤兜里走出走进……所以，我生了气，我把你们分出去了，分出去你们怎么过随你们吧。可一分出去，看着你们日子过得恓惶，我心里也不好受，想：这何苦呀，毕竟是咱的儿女呀。可再一想你们惹我生气，我就说：分了好，让他们也知道知道滋味。半年过去了，各自也都习惯了，咱就这样先过着吧。"

韩玄子只管一边吸烟，一边说下去。屋子里再没有一点声响。三娃是第一次参加这样的会议，实在没有耐力了，吸一根烟，又喝一杯水，又无聊地去翘火，一眼一眼看着火炭由红变白，由硬变软，由粗变细，只说岳父的话要结束了，没想那停顿是为了装换水烟。于是他不得不又去摸第五根香烟了。二贝已经习惯，他最好的办法是低着头想别的事情。虽然这一席话句句都是在诉说白银的不是，白银却并不急不躁。在这个家庭里，她的性格已被磨去了大半锋芒，她也聪明起来，学着二贝那种消极对抗办法。再说，这些话，老公公不知说过多少遍了，只要他一开头，她也能估准下一句的内容了。于是，两眼儿盯着天花板上的一个蜘蛛网。冬天，这房子里炭火不断，蜘蛛活得很精神，密密地织着一个大网，后来就卧到墙角的一根电线上一动不动了。白银看着看着，将头垂下来，似乎做着一种静听的样子，实际却开始了迷迷糊糊的梦境。

"白银，你说说，我上边说的，是不是真的？若有一点委屈了，你可以说，我可以改。"韩玄子扭头看着白银。白银却毫无反应。二贝忙用脚踢了白银一下，白银忽地抬起头来。

"睡了！"韩玄子说，"我口干舌燥说了这一通，你倒是睡着了？！"

白银赶忙说：

"哪里睡了？爹说的，我句句都在听哩。"

"听着就好，我没委屈你吧？"韩玄子又说，"当然，过去的事已经过去，咱也不要多提。新的一年里怎么办？这是最关键的。一年一年过得好快，如今，叶子也出嫁了，虽说离镇上不远，可她还要过她的光景；小女子过了十五就去县中上学，家里是没有了劳力，我也好犯愁。这地谁种呀？这水谁挑呀？我还得靠你二贝、白银！你们要是好的，新的一年里就不要惹老人生气。白银在家多帮你娘干活，二贝在校，好好教书。学校在家门口，一定要学得活套。人家公社干部，官位就是再小，可在地方上还是为大，学校又在人家眼皮下，事事你要把人家放在位上。这样，于你好，于这个家也好。我嘛，我也有缺点，爱喝口酒，你们嫌我醉了伤身子，也是一片好心，我注意着就是。我脾气不好，这没法改。这一两年里，公社信任我，让干个站长，什么事又都抽我参与，不去不行，去了，村里一些人看不惯就要说，可能也惹了些人。我先前脾气也不是这样，就是退休后，家事、村事搅得我脾气坏了。我再叮咛一句：以后咱家出什么事，说什么话，谁也不能对外讲，外人有和咱心近的，也有成心拆这个家的。你说出去，这些人不是笑话，就是要从中挑拨。白银，听说你往王才家跑了几次，和那媳妇一说就是一下午？"

二贝听了，心里一紧，忙接住话说：

"这事我知道。年前我们到地里去，碰着王才，硬拉我们去家，也便去了，说些闲话。爹又听谁在加盐加醋了？"

韩玄子说：

"这号人家，少去为好。他家钱是有了，粮是有了，一家大小手腕子上戴上表了，可谁理呢？人活名，树活皮，以我这年纪，我也早该不干什么站长了，可担子又卸不了，还得干。这虽是小事，就从这小事上，可以看出不论什么时候，人缘是最重要的。总之，一句话，往后，你们要想使老人身体好、多享几年福，就先把咱家搞好，家里搞好了，你们在外也事事顺心。我就这些，你们都可以说说。"

二贝娘就对三娃说：

"你说说。"

三娃说：

"我没什么要说，让我二贝哥说吧。"

二贝说：

"爹都说了，去年家里不好，这怪我和白银的多。是我们的错，我们都要改，不对的地方，老人还要多指教。要叫我说，我只说一句，就是爹上了年纪，一辈子又都从事教育，退休后本来是度晚年的，也不该去文化站。我也知道爹不是为了那每月十五元的补贴才去的；也知道爹在外跑了一辈子，退休了寂寞，可也得看身体状况，能不干就不要干了。总的来说，你对农村的事还摸不清，现在形势又不比以前，什么都在变了，而且还在继续变。咱拿老眼光、老观点去看一些人、一些事，当然看不惯；一管，就可能会失误，这样下去，反倒不好了。既然已经干上，公社又信任，你就只管管文化站，别的事，他们拉你，你一定要推掉。对于王才，乡里乡亲的，这人爹也知道根基，不是什么邪门鬼道的人。这几年发了，这是政策让人家发的，也不是他王才一家一户。爹正确认识他、理解他，能给他帮忙的就帮忙。如果事情做得过分，不光要得罪王才，我想以后可能得罪的人更多。农民要富裕起来，这是社会潮流，顺这个社会潮流而走，一不会犯错误，二也不会倒了人缘。"

韩玄子静静地听着二贝的话，他没有言语。他知道二贝现在已经长大成人，有妻有室，又在学校为人师表，若要再反驳，二贝必然还要再说些什么，吵起来，就又不好，大女婿三娃还在座呀！何况对于王才，他心里虽仍不服气，但也觉得过去有些事情做得过分了点。

他又抽了一会儿水烟，说：

"你说，有什么想法，你都可以说，我也是在外干了一辈子，还不是农村瞎老汉，只听好的不听坏的。"

二贝说：

"就这些。过去家里不和，当然有我们身沉不勤快的原因，但对待村里的一些人、事问题上，和爹意见不一致，给爹说，爹也不听，我们才故意置了气呢。"

二贝娘说：

"我也是这个意见。你管人家王才怎么样哩！他没有，他也不向咱要；他有了，咱也不向他借。国有主席，社有书记，咱管人家的事干啥？"

韩玄子说：

"从心底来说，王才这人我是看不上眼的。他发了，那是他该发的；可没想到他一下子倒成了人物了！我也不是说他有钱咱眼红他；可这些人成了气候，像咱这样的人家倒不如他了？！"

二贝说：

"爹这就不对了。国家之所以实行新的经济政策，就是以前的政策使农村越来越穷。谁行，谁不行，也不是一成不变的。现在就是人尽其才的时候，咱能挡住社会吗？咱不让王才发家，人家难道就不发了？甭说咱，就是一个社，一个县，一个省，总也不能把潮流挡住啊！"

韩玄子说：

"好，他的事我以后少管。可我在这儿要把话说明，他王才能发了家，咱韩家更要争气把家搞好！后天给叶子'送路'，这也是要人的机会，咱要鼓足劲，只能办好，不能办坏，要在外面把咱的脸面撑进来：明日一早，二贝你去把厨子请来，咱就在院子里支大锅，准备菜。白银给你娘当帮手，叼空将四邻八舍的桌子、凳子都借来。"

说罢，就让老伴儿去拿了算盘，一宗一宗计算来多少客，切多少肉，炸多少豆腐，熬多少萝卜，炒多少白菜，下多少米，喝多少酒，吸多少烟。一直又忙乱了一个小时，家庭会议才得以闭幕。历年来的家庭会议，这一次算是圆满的。二贝和白银一进厦房，白银就说：

"哈，爹这次总算听了你的话了！"

二贝说：

"爹心里还想不大通呢。爹是有知识的人，有些事能想得通，有些事就钻了牛角。后天待客，爹是押了大注的呢！"

295

十

阴历十四的晚上，月亮是出奇地明亮。公社的露天电影院在放映电影，后塬村的自乐队在呜呜哇哇地吹唢呐，而关山公社的社火队来了上百人的队伍，在镇街的丁字街口拉开场子，闹得十分红火，锣鼓一声高过一声，声声入耳。韩玄子家的院子里，安装了六个大灯泡，人忙得不亦乐乎。肉是大清早就煮了的，三指厚的肥膘，砖面一样的块头，红糖熬就的酱，涂得紫里透红，红里泛紫。七只母鸡，十二只公鸡，在一阵小锤儿的击打下，一命呜呼，滚烫的一盆开水浇了，绒毛脱尽，硬翎也掉了，剖腹挖肚，油锅里就炸得哔哔叭叭响。鱿鱼、海参是没有的，但却有娃娃鱼，是特意托人从县上弄来的。厨师们是远近的名厨，他们三十年、四十年的做菜经验，都是蒸碗肉：方块、长条、排骨、酥片、肘子，至于别的烹调技术，他们是束手的。而鱼虽产于镇前河中，但山地人没有吃鱼的习惯，只是，娃娃鱼被城里人吹捧得神乎其神之后，方有偶尔动口的，所以这些厨师并不精于操作，只好鸡上油锅，鱼也上油锅。这鱼也怪，死而不肯瞑目。堂屋里，八条丈三长凳，支着四张大案，切萝卜的切萝卜，剁红薯的剁红薯，刀响，案响，凳子也响。二贝领着人在院子里挖灶坑，灶坑是七个连环，垒起灶洞，越来越高，越高越小，前是大环锅，后是二环锅，再是大锅、凸锅、铝锅、甑锅、薄锅。大环锅灶口搭上火，火顺坑道入内，一锅水开了，七锅水都开。白银在堂屋，寸步不离娘，娘切菜，她切菜，娘烧火，她烧火。耳朵里却总是声声锣鼓响，偷空出来解手，趴在厕所后墙往镇街方向看，那里半天映红，声响喧天，好一阵心急火燎。走回来，切菜切得又大又粗，烧火烧得毛毛草草，洗盆洗碗也湿水淋淋擦不干。娘就发急道：

"白银，白银，你这是干的什么活？"

白银说：

"娘，镇街好热闹哩！"

二贝听见了，恶狠狠地瞪了她一眼。

家里不时有人进来。韩家族里的一些长者，当队长的侄儿，巩德胜的枣核女人，水正的独眼老爹，都来了。他们说是来看看筹办的如何，有没有可以帮忙的，然而，不仅未能帮上忙，反倒忙上加乱，又耗费了许多炭火、茶水、烟卷，韩玄子却已经心满意足，感激地说：

"啊，真亏你们这般关心！有什么要帮忙的呢？你们这一来，帮忙不帮忙，就够我高兴的了！"

一切该准备的都准备了，只等明日搭笼上锅了，大家都坐下来洗手歇气，等着二贝娘做饭来吃。那当侄儿的队长却早出去请了那自乐队来，说是贺一贺喜。那六个吹唢呐的老汉就努着腮帮吹花鼓调《十爱姐儿》。调儿吹过三遍，有一老汉，双目俱盲，清朝末年人氏，当一辈子光棍，唱一辈子花鼓，却老不死，便从一爱唱起。咿咿呀呀唱到七爱，爱的正是姐儿的好裙子；二贝就一拉白银，如鱼脱网，双双向镇街丁字街口跑去。

丁字街口，火把灯笼一片通明，人围得城墙一般。小两口谁也顾不及谁了，只是往人窝里钻。白银个头儿小，身小瘦瘦的，终于挤进去，里边正耍"活龙"。两条龙，一是红龙，一是白龙，各是七人组成。红龙的人一身红绒衣，或是女人的红毛衣，头扎红绸。白龙的人一身漂白布衣，或是将白里子棉袄翻过来，头包白布。在紧锣密鼓声中，两厢忽上忽下，互绞互缠，翻，旋，腾，套。最是那摇龙尾的后生，技艺高超，无论龙头如何摆动，终是不能将他甩掉。"活龙"耍过，便是"走魔女"。七个妙龄女子，头上脚上穿绸着缎，还镶着金丝银线，在灯光下如繁星缀身。那粉红的裙子一层一层拖下来，下沿是以竹圈儿垂着，然后忸怩百态，一手执纱，一手提莲花小灯，做碎步状，酷似腾云驾雾，更如水面漂浮。观看者一声儿叫好，评价谁个走势好，"魔女"们越发得意，愈走愈欢。接着，一声长号，清悦惊人，便有十三个男扮女装的踩高跷的人跑出来，再一细看，那领头的却是戴有胡须的男子。霎时间铿铿锵锵，喊杀声连天，白银看不懂，不知道这是什么内容，旁边有人说：

"这是十二寡妇征西！"

"哪是佘太君？哪是杨排风？"白银知道这个典故，扭过脸儿直问。

"这不是白银吗？"旁边的人却叫道，"你爹没来吗？"

白银看清了，是公社王书记。

"王书记也来了！"白银说，"我爹在家忙哩，明日你早早来呀！"

王书记说：

"你爹忙，我就不去了。你回去告诉你爹，县上傍晚来了电话，县委马书记明日要到公社来，给一些人家拜年。让你爹明日中午一定到公社来迎接迎接。"

白银说：

"我爹哪能走得开呀？！"

王书记说：

"说不定马书记还要到你们家拜年哩！你给你爹说了，他必会来的。"

一直到月儿偏西，热闹的场面才慢慢散了。白银在街口碰上了二贝，两人走回来，厨师们、帮忙的人都回去了，院子里灯光已熄，堂屋里还亮堂堂的。韩玄子坐在火盆边吸烟，说：

"你们也真会快活，叨空就跑了！"

白银把见到王书记，王书记说的要迎接马书记的事给爹叙述了一遍，说：

"明日正忙，哪有空去迎接他呀！"

韩玄子说：

"还得抽空迎接呢！公社能看上叫我去迎接，咱便要知趣，要么，就失礼了。不知马书记来给哪几家拜年？"

二贝说：

"说不定还要到咱家来呢。"

他的话，不是认为马书记来了就会使韩家光荣；相反，他担心马书记来了，会不会反感这么大的席面。

"能来就好了！"韩玄子说，"正赶上咱办事，那这次待客就更有意义了！哎呀，那得再去备些好酒呀！"

二贝说：

"爹，你现在买了多少酒？"

韩玄子说：

"瓶子酒十五瓶：四瓶'杜康'，三瓶'西凤'，六瓶'城固大曲'，两瓶'汾酒'。散'太白'二十斤。散'龙窝'十二斤。葡萄甜酒六斤。怕不够哩，明日再看，若不行，就随时到你巩伯那儿去拿。不要他瓮里的，那掺了水，我已经给他说好了。"

二贝说：

"钱全付给人家了吗？"

韩玄子说：

"我哪有钱？先欠他的，以后慢慢还吧。"

二贝没有说什么，闷了一会儿，说：

"夜深了，都睡吧，明日得起早。"

韩玄子却说：

"你们都睡，我守着。灯一拉都睡了，肉菜全堆在地上，老鼠还不翻了天。"

他就守着一地的熟食，坐了一夜。

天一明，是正月十五了。韩玄子沏好了一杯浓茶，清醒了一阵头脑，兀自拿一串鞭炮在照壁前放了。十五的鞭炮，这是第一声。有了这一声，家家的鞭炮都响起来了。二贝娘、二贝、白银、小女儿就都起来，各就各位，依前天晚上的分工，各负其责。吃罢早饭，厨师和帮工的全都到齐，院子里开始动了烟火。肉香，饭香，菜香，从院子里冲出，弥漫了整个村子，不久，亲朋好友们陆陆续续就来了。本族本家的多半带来一身衣料当礼物，有粗花呢的，有条绒的，有的确良的，有咔叽的，有棉布的，一件一件摆在柜盖上。村里的人，也陆陆续续来了，有三个娃娃的带三个娃娃；有四个娃娃的带四个娃娃，皆全家起营。他们不用拿布拿料，怀里都装了钱，互相碰头，商议上多少礼，礼要一致，不能谁多谁少；单等着记礼的人一坐在礼桌上，各人方亮各人的宝。那些三姑六舅，七姑八姨的，却必是一条毯子，或是一条单子，也同时互咬耳朵：上五元钱的礼呢，还是上十元钱的礼？五元少不少？十元多不多？既要不吃亏，又要不失体面。韩玄子就让二贝把陪给叶子的立柜、桌子、箱子，全搬出来放在院里上，上架被子、单子、水壶、马灯、盆子、镜子。二贝娘最注意这种摆设，最忘不了在盆子里放两个细瓷小碗，一碗盛面，一碗盛米，旁边放一把新筷子。这是什么意思，她搞不清，但世世代代的规矩如此，她只能神圣地执行。

人越来越多，屋里、院里挤得满满堂堂。能喝茶的喝茶，能吸烟的吸烟，不喝不吸的人，就在屋里角角落落观看，指点墙上的照片，说那是大贝，那是大贝的媳妇，然后海阔天空地议论一番大贝如何有本事，大贝的媳妇是城里人，又如何好看。

韩玄子是不干具体活的。他是一家之主，此时却显示了一国之君的威风。对于干活的人，是招之即来，挥之即去；而客人一到，笑脸相迎，烟茶相递，大声寒暄。在吆三喝四、指挥一切中，又忘不了招呼小女儿，让注意一些孩子，万不能撕了门上对联，万不能折了院中花草。

"气管炎"最为积极，马前马后，寻桌子、找凳子。一忙就咳嗽，一咳嗽就憋死憋活，腰弯得像一张弓。间或就溜到厨房，偷空抓一片肉在嘴里吃了，别人看见，就忙说：是烂了、烂了！

十一点钟，韩玄子把侄儿队长叫到一边，说：

"县委马书记要来，公社要我也去迎接。我去看一下，说不定马书记也要来给咱拜年！你在这里指挥，我不回来，不要开饭。"

韩玄子一走，侄儿队长竟将马书记要来的话向来客宣布了。这消息使众人瞠目结舌，议论鼎沸，没有一个不激动、不羡慕的。当下有一群女人进屋围住了叶子，说：

"你好福命，马书记也来为你'送路'了！"

消息很快又传到村里，一些不准备来的人也都来了。狗剩、秃子吃罢饭又要去加工厂，听到这消息，好不为难：去韩家吧，人家未叫；不去吧，怕又从此更使自己孤立，王才就是例子。想来想去，就打发老婆娃娃也拿了礼钱来了。

到了十二点，礼单上密密麻麻写满了人名，小女儿一直在旁看着所收到的礼钱，最后跑去对娘说：

"娘，一百八十元呢！"

娘说：

"这就好了，可以还账了。我直担心你爹这儿那儿借，客待完后怎么给人家还呀！"

十二点半，饭菜全部做好，韩玄子没有回来，不能入席。有人就不停地问：还不吃饭吗？肚子已经饥了！又过了一个小时，饭菜开始凉了，韩玄子还没有回来，客人有些乱了，喊肚子饥的人更多了。侄儿队长也急了，对二贝说：

"咱伯怎么还不回来？你去公社看看。"

二贝到公社大院，大院里并没有人。门卫老头说：马书记一来就到后塬一家专业户那里拜年去了，公社干部也全去了，韩玄子也跟去了。二贝回来说：还得再等等。

家里人着急，韩玄子更着急。他赶到公社后，王书记他们已陪马书记去了后塬，他便马不停蹄撵了去。马书记在那家专业户里，问这问那，只是不立即走开。他拉过王书记说：

"马书记下来还到哪里去？你没说我今天待客吗？能不能到我家去？"

王书记说：

"马书记说了，从这里回去，再去王才家拜年。"

"王才家？"韩玄子大吃一惊，"王才是什么东西，马书记去给他拜年？"

王书记挤了挤眼，悄声说：

"我也捉摸不透，他怎么就想起去王才家？他哪儿就知道个王才？！而且说王才的加工厂是个好典型，他要实际看看，准备将加工厂所需的面粉、油、糖纳入供应指标。"

韩玄子霎时间耳鸣得厉害，视力也模糊起来，好久才清醒过来，问：

"马书记怎么会知道王才的加工厂？"

王书记说：

"马书记说他收到王才的一份申请报告。这王才！这申请怎么不让咱公社知道知道？！"

韩玄子叫苦不迭：

"他通天了！他竟能通天了！"

两人默默地站在那里，互相对火点烟。暖洋洋的太阳照着他们，身下的影子拉得长长的，韩玄子第一次突然发现，那烟影在地上，不是黑的，也不是黄的，竟是一种暗红的颜色。

301

"那，"韩玄子抬起头说，"这么说，就不到我家去了？家里来了一院子客呀！"

王书记说：

"这样吧，到王才家，我和张武干陪同就行了，你把公社别的干部叫到你家去，改日咱再喝酒吧。"

"这，这……"韩玄子难堪极了。

"没办法，偏偏马书记今日来，我不能不陪呀！"

从后塬返回公社大院，马书记歇了一会儿，就要动身去王才家。当下王书记就派人小跑先去通知王才，自个儿倒劝马书记先喝喝茶。

王才今日一露明就开始生产，半早晨，小女告诉说韩家去的客很多，他心里就乱糟糟的，小女再要说时，他打了她一个耳光，骂道：

"你喊什么？你不喊怕人当你是哑巴？淘米去！"

小女不知其故，呜呜哭着淘米去了。他又觉得把孩子委屈了，只是闷着头搅拌面粉，搅拌完，又去油锅上忙活，炸了十几斤豆角糖，然后，又去案上包饺子酥糖。媳妇说：

"你去吃点饭吧。"

"不饥。"他只是不去。

这时候，公社报信人飞马赶到，说县委马书记要来拜年。王才痴痴地听着，如做梦一样；听完，倒冷冷一笑，又坐下忙他的了。那公社报信人气得大叫：

"王才，你好大架子！马书记要来拜年，你竟待理不理？！你知道不，人家批准你的面粉、油、糖列入供应指标的报告来了！"

王才这才一惊，说：

"这是真的？"

"真的。"那人说。

"不日弄我？"

"谁日弄你？"

王才大叫一声：

"啊，马书记支持我了！马书记来给我拜年了！"

边叫边往出跑，跑到大场上，场上没人，自觉失态，又走回来，张罗家里的人放下手里的活，扫门院，烧茶水，自个儿又进屋戴了一顶新帽子。

最高兴的，还有狗剩和秃子。他们也停止了生产，急忙赶回家来找老婆、娃娃，让他们不要去韩玄子家吃席了。但家门上锁，人已经去了。秃子就跑到韩玄子家外的竹林边上，粗声叫喊自己的老婆，说：

"回吧，马书记要给王才拜年了，要支持我们工厂了！"

韩家院里正是人人饥肠辘辘，对迟迟不开饭极为不满，有人发现厨房后檐的荆笆上窝有软柿，便偷偷地上去拿了来吃。听到秃子叫喊，就炸开了，说：

"什么？马书记不到这里来，去王才家了？"

有人立即跑出来看热闹。更多的人则疑惑不解，以为是谣言。出来的人看见了秃子。秃子的老婆正对秃子说：

"饭还没吃呢，我已上了二元钱的礼了！"

秃子说：

"不要了，只当是咱丢了，失了，喂了猪了！"

二贝娘正随着一些客人出来看究竟，听了这话，气着说：

"秃子，你嘴里放干净些！我稀罕你家来吗？去叫你请你了吗？你这么没德行的，你骂谁呢？"

秃子说：

"我就骂了，你把我怎么样？你们还想再压我吗？你们厉害，有钱有势，可马书记怎么不到你家来？！"

"你这条狗！"二贝娘气得手脚直抖，眼泪花花的。二贝跑出来，拉住了娘，秃子一见二贝，低头就逃走了。

这一下，院子里的人都知道马书记是真的不到这里来了，有一些人就向王才家跑去。一人走开，民心浮动，十人，二十人，也跟着去了，院子里顿时少了许多。二贝娘胆儿小，心事大，挡这个，拉那个，急得眼泪又流下来，对二贝说：

"你爹呢，你爹死到哪儿去了？他不回来，这怎么收拾！不等他了，咱开饭，开饭！"

就让侄儿队长安排客人入席，队长喊"气管炎"，让把桌子往堂屋搬，把

303

所有门扇卸下往院子摆。堂屋是上席，院子里是下席，各就各位。但队长喊了几声，却没了"气管炎"的人影：他早到王才家去了。

好不容易人入了席，韩玄子和四个公社大院的干部回来了。人们一看，韩玄子脸色铁青，虽还在笑，笑得苦涩，笑得勉强。所领的四个公社干部，一个是管生产的小伙，一个是抓计划生育的妇联主任，一个是会计，一个是管多种经营的老头儿。韩玄子让四个干部堂屋坐了，叫二贝放一串鞭炮，然后将酒取出，凉菜端上，给各位敬酒。

韩玄子说：

"坐了几席？"

二贝说：

"十五席。"

二贝娘说：

"村里好多人都走了，去王才家了，还等不等？"

韩玄子说：

"不等了！走了的就走了吧！"

便自个儿端了酒杯，站在堂屋门口，高声说：

"一杯水酒，都喝啊！"

众人抿了一点就放下，他却一仰脖子将满满的一杯灌下肚了。

十一

马书记在王才的加工厂里，一边细细观看操作，一边问王才筹建的过程，生产的状况和销路问题。听着听着，他高兴得直拍自个儿脑袋。他的脑袋光亮，肉肉的，无一根毛发。这是一位善眉善眼的领导，不但无发，亦无胡须，人称"和尚书记"。这"和尚书记"开的会多，管的事多，抓的点多，寻的人多，唯独睡觉时间不多。虽是"和尚书记"，但由于他有胆有识，有勇有谋，全县基层干部又无不惧怕他三分。他当下就对王书记说：

"你们公社有这么个大能人，你们怎么不声不吭？！"

那眉眼儿还是善善的，质问却使王书记张口结舌了。

王才说：

"这也全亏公社支持哩！只是我才干起来，咱是农民，没干过工，也没经过商，试着扑腾哩！"

马书记说：

"就是要试着扑腾。现在的农民，仅仅靠那几亩地，吃饱可以吃饱，但日子也不会过得太好，这就要向农工商三位一体发展！南方一些地方，人家就是这么成起事的。我还以为咱山地没这个基础，你倒先闯出路子了！王才，我得谢谢你哩！"

"谢谢我？"王才失声叫了起来。

"是要谢谢你！全县有条件的都来学你。不要说几百户、几千户，就是十几户，那也会了不起的！现在厂里是多少人？"

"十八人。"王才说。

马书记说："还可以多。"

狗剩在旁插嘴说：

"我们还要买烤烘机，做面包、点心哩！我们正在搞上下班作息时间、岗位责任制这些规章制度，要逐步走上正轨哩！别看我们经理貌不惊人，那肚子里，是下水吗？不，是气派，是技术，是才干啊！"

马书记问：

"谁是经理？"

狗剩说：

"就是王才呀！"

王才忙用脚踢狗剩，马书记就笑了：

"是才干，是才干！不显山不露水的，还真看不出哩。我一收到那份报告，就高兴得连夜找了副书记和县长都看了，报告写得不错，你是什么文化水平？"

"中学没毕业。"王才不好意思了。

"哈，那报告有理有据，又蛮有文采哩！"

王才不敢说这报告是二贝写的，偷眼儿看王书记的脸色，王书记正对他笑，拍拍他的肩，说：

"王才，马书记都在支持了，好好干，以后有什么困难，你就直接到公社找我啊！你怎么总是不来呢？"

王才嘿嘿地也笑了：

"这都怪我没出息呢，我走不到人前去呢。"

王才的媳妇已经在院里安放了八仙桌，桌上一盘一盘堆满了各种酥糖，悦声地招呼客人品尝。院门口，一伙人拥在那里，或爬在墙头上，指指点点议论谁是马书记，终于看清一个和尚脑袋，和小个子王才坐在一条凳子上。就有人说：

"嚯！王才和书记平起平坐了！"

王才看见门外乱哄哄的，就喊着让都进来。那些人却不敢进，后边的一推，前边的人不自觉地前倾，前脚就进来了。进来一条腿，身子就进来；进来一个、八个、十个、二十、三十，就全进来了。这些乡亲，王才个个认识，但很久以来，这里门槛虽不高，又无恶狗，他们却是不肯到这家院内来的。这阵进来，便四处观看，一边看，一边大惊小怪。那狗剩和秃子就轻狂忘形，介绍这样，又介绍那样。还拿了酥糖让外人尝。秃子说：

"我就说了，王才不是等闲之辈，能翻江倒海成气候哩！怎么样？来不来？要来，我给你走后门！"

"这能成？"那些人问。

"怎么不成？马书记是共产党的书记，是社会主义的书记，他来给王才拜年，就是代表党，代表社会主义来的！你算算，眼下在这镇子上，最有钱的是谁？王才。最有势的是谁？还不是王才？！"这是狗剩在回答。

"气管炎"就挤过来，说：

"狗剩哥，要我不要？"

"你？"狗剩说，"这要研究研究，我们厂也不是什么人都要，这要看身体行不行？卫生不卫生？是不是要奸取巧？是不是小偷小摸？你不是跟韩先生跑吗？"

"气管炎"说：

"人往高处走，水往低处流哩，你揭什么短？"

说着就从怀里取出一串鞭炮，站在大门口放起来。这鞭炮是他特意为韩家买的，却在王才家门口大放一通。

随同马书记一块儿来拜年的，是县委宣传部的通讯干事。末了，他要为马书记和王才照个相。王才人不景气，一辈子也没有进过照相馆，当下倒不好意思了。马书记说：

"王才，照一张，从初三起我就全县跑着拜年，又都愿意和主人留个影。你们好好干，今年夏季，县上要召开个体户和专业户的代表会，全县人民还要给你们披红戴花呢！"

王才就正正经经和马书记站在一起，王才的媳妇却把王才拉过去，说：

"你就这一身油渍麻花的衣服呀？快去换身新棉袄！"

"这身就好！"王才边说边去作坊拿了一件生产时系的围裙，说，"这就更好了，干啥的穿啥嘛，明年，做一套工作服。"

直到下午三时，马书记才离开了镇子。但是镇子里的议论竟一直延续了三天。人们在家里谈说这件事，在街巷碰头了还是谈说这件事。三天后，要求加入加工厂的又有了四人，当然都是王才精心挑选的。同时，县上寄来了王才与马书记的合影照片，放得很大。王才的形象并不好看，衣服上的油垢是看不见的，但他并没有笑，嘴抿得紧紧的，一双手不自然地勾在前襟，猛地一看倒像一个害羞的孩子。

王才却珍贵这帧照片，花了三元钱，买了玻璃镜框装了。中堂上原是小女儿布置的、满是美人头的年历画，王才全取下来，只挂两个镜框：一个是专业户核准证，一个就是这合影。媳妇说：

"那画多好看呀，红红绿绿的。"

王才说：

"你懂得什么？这就是保证，咱的靠山呢！"

于是，王才家里的人开始抬头挺胸，在镇街上走来走去了。逢人问起加工厂的事，他们那嘴就是喇叭，讲他们的产品，讲他们的收入，讲他们的规划；讲者如疯，听者似傻。王才知道了，在家里大发雷霆：

"你们张狂什么呀！口大气粗占地方，像个什么样子？咱有什么得意的？有什么显摆的？有多大本事？有多大能耐？咱能到了今天，多亏的是这

307

形势，是这社会。要是没有这些，你爹还不是一天只挣六分工？就是加工厂办起来，还不是又得垮下来！记住，谁也不能出去说东道西，咱要踏踏实实干事，本本分分做人！谁也不能在韩家老汉面前有什么不尊重的地方！"

王才说着，自己倒心酸得想流眼泪，他也说不清自己心中复杂的感情。家里人从此就冷静下来，再不在外报复性地夸口了。当然，王才这话是对家里人说的，家里人没有对外提起，外人是不知道的，韩玄子更是不知道。那天，公社干部送走马书记后，王书记和张武干就又赶来参加韩玄子家的"送路"。来时，客人已吃罢饭散了席。二贝和白银不在，还送借来的桌椅板凳、锅盆碗盏去了。二贝娘在院子里支了木板，铺了四六大席，将大环锅里的剩米饭晾起来；米下得太多了，人走得太多了，剩了近一半。二贝娘见王书记他们进了院，乍拉着双手叫道：

"王书记，张武干！"

声音颤颤地说不下去了。王书记问：

"老韩呢？"

"睡了。"二贝娘说，"人还没走清，他就喝醉了，睡了。"

两人进了卧室，韩玄子听见响动要翻身起来，两人劝睡下，老汉却还是起来了，昏昏沉沉的，却要给他们重新备饭备菜备酒。两人推辞不过，吃喝起来，韩玄子说：

"我特意留下来一瓶汾酒，来，咱喝吧，我知道你们是要来的。你们信得过我，我也信得过你们啊！"

两人不让老汉再喝，韩玄子却坚持自己没醉。喝过三盅，韩玄子却没了话，王书记和张武干也没了话，三人只是闷闷地喝。间或只是：

"喝呀！"

应声道：

"喝。"

就喝了。

二贝和白银送还了东西回来，又在院里拾掇了好长时间，竟才知道爹在堂屋里陪王书记他们喝酒，觉得奇怪：多少年来，他们喝酒总是吆三喝四，猜令划拳的，今日怎么却喝哑酒？

二贝娘说：

"你去给王书记他们敬酒，不敢让你爹再喝了；喝多了，晚上非发脾气不可，家里又不得安生了，明日还要到白沟去呀！"

二贝走进堂屋，给王书记他们敬了酒，见爹眼光发直，就说：

"爹，你不敢喝了，我来陪王书记、张武干吧。"

韩玄子说：

"我没事。你去把叶子叫来，我有话给她说。"

叶子去泉里挑水，回来了，韩玄子说：

"叶子，明日你们那边招待几席客？"

叶子说：

"不是给爹说了吗？那边没人手，不招待村里人，本家是一席；咱这儿本家去两席，再没人了。"

韩玄子说：

"你听爹说，今天咱饭菜剩得多，今夜晚，你们把这饭菜拿过去，明日就多待几席，要么剩下也吃不完。二贝，你去村里，多叫些人，明日能去的就都到白沟去！"

按风俗，"送路"后，第二天就在男方家举办婚礼——天一明，新女婿领了帮工的人，到女方家放鞭炮，提礼物，抬箱抬柜。然后新嫁娘披红戴花，到男家一拜天地，二拜列祖，三夫妻对拜，就入洞房，坐一新席，一天一夜竟不吃不喝不屙不尿了。然后是唢呐锣鼓的吹打，然后是杯盘狼藉的吃席——当然，叶子和三娃是属于先结婚后仪式，一切程序就有了理由取消和减少，他家的待客纯属象征性的了。但韩玄子酒后却撕毁了先前的协议，又要再大闹一次。叶子是听爹的；三娃有意见却不敢发作；二贝也是不满，但立即又体谅了爹；一肚子的无限同情，出来对娘说了，心里还是酸酸的。娘说：

"就全依你爹吧，要不真会伤透他的心哩。"

"这全是爹自己作弄了自己呀！"一出门，不知怎的，二贝眼泪倒要流下来。他在村里请人，自然也有答应去的，但也有一些婉言推辞的，那"气管炎"，竟叫道：

"我明日要上班呀！"

"上班？"二贝也糊涂了。

"到加工厂上班呀！"

二贝死死地盯着他，两个榔头似的拳头提在了腰间，但他没有打，也没有骂，那么一笑，就走了。

"气管炎"在第二天上班的时候，王才却突然宣布拒绝了他。

十二

正月十七，一年一次的春节终于过去了。辛辛苦苦的农民，劳作了一年，筹备了一个腊月，在正月的上旬、中旬里吃饱了，喝足了，玩美了。他们度过了他们最豪华、挥霍的生活之后，面瓮里的面光了，米柜里的米尽了，梁上的吊肉完了，酒坛里的酒没了。当然，肚子里才萌生的油水也一天一天耗去，恢复了先前的一切。白日最长，青黄不接的春播季节来到了。

二三月里是最困人的季节。韩玄子的感觉似乎比任何人都更严重。他明显地衰老了，饭量也不比年前。他突然体验到了人到晚年的悲哀，一种怕死的阴影时不时地袭上了心头。这使他十分吃惊。他曾经讥笑过一些人的这种惶恐，没想现在自己竟也如此！

二贝娘是最了解老汉的。夜里当她一觉醒来，总是发现韩玄子还没有睡着；第二天一早睁开眼，炕上又没了韩玄子的影子。他越来越没了瞌睡，长久地坐在照壁后的门槛上，或者是在四皓墓地的古柏下，喝茶，吸烟。但绝不再做那些健身的活动。白天也很少出门。他的兴趣似乎转移到饲养那一群无思无想的鸡，务植那一片不言不语的花。

他不肯多说话，偶尔笑笑，还是无声的。

"你怎么不去文化站呢？报刊阅览室今天还不开门吗？"二贝娘总是提醒他，盼望他出去走走。

"我已经给王书记说了。"他说，"他们觉得我不行了，就会换了我的。"

二贝学校里，每天早晨要上操。他一起床，白银便也起来，把缸里水挑得满满的，院里尘土扫得净净的。但拖鞋还是依旧穿着。天暖和了，还换上了那件西服，露出里面那件好看的毛衣。韩玄子看着当然不中眼，却不说。

白银对二贝说过：

"爹的脾气好多了，现在喜欢在家里待了。"

韩玄子是越来越看重了这个家，也越来越要守住这个家。家里的财政大权，比任何时候都抓得紧：给大贝去信，要求他月月寄钱，最少十元，只要良心上不忍，十五元、二十元也是不多的；正经八百告诉二贝，每月五元钱必须十号前上交清楚；钱一文不给小女儿，钱的数目甚至也不告诉老伴儿。

对于爹的要求，二贝是不敢违抗的，交够了五元，竟第一次买了酒给爹提来，说：

"爹，你也该喝喝酒了，少喝一点，对身子会有一定好处哩！"

"是要喝喝了。"韩玄子说着，似乎才记起已经很久没有喝酒了。就在傍晚的时候，来到巩德胜的杂货店。

巩德胜照例舀了酒，那枣核女人竟还拿出一盘酥糖。他吃了一颗，觉得好吃，又吃一颗，再吃一颗，说：

"这是西安进的货吧，这么酥的！"

巩德胜说：

"哪里能到西安进货？这是王才加工厂的。"

韩玄子不吃了，他并没有说出什么，但只喝酒，不再用牙。

巩德胜知道了韩玄子的心病，却又忍不住地说：

"韩哥，你听说了吗？村里人都在说马书记为什么知道王才，就是因为王才寄了一份报告，可这报告不是他写的呢。"

"唔。"韩玄子酒到口边，停住了。

"是二贝写的。"巩德胜说，"我就不信，二贝是咱的孩子，他怎么能写呢？"

"唔。"韩玄子又平静地慢慢喝起酒来。

他回到家里，并没有将这件事说给老伴儿，也没有将二贝叫来质问，他装着不知道，或者他已经忘了。

他只是月月按时接受大贝、二贝的孝敬钱。

钱，钱，钱对于韩玄子来说，似乎老是不够。农村的行门入户太多了，礼太重了，要买粮，要买菜，要给鸡买饲料，要吃得好些，穿得新些；他偷偷在信用社有了存款，却对二贝说：

"常言说，父借子还。咱这房子，虽说还好，但左边的两间有些漏，夏天眨眼就到了，要翻修。要翻修就要添砖，添瓦，备水泥、石灰，请木工、土工，没有一百五十元下不来，这笔钱我来借，就让大贝去还了。过年待客，花了那么一堆，家里越发虚空，我也无法还清：欠巩德胜六十元，欠张武干五十元，你二姨二十元，我思谋了。这笔钱你得去还了。"

二贝默默认了。

三天后，韩玄子每每起来，就不见了白银，中午回来做吃了饭，人又不见了，直到天黑才回来。他觉得奇怪，问老伴儿，老伴儿说：

"二贝和白银要给你说，我把他们劝了，特意不给你说的。白银到加工厂干活去了。你千万不要生气，也不要骂他们，要骂你就骂我，要打你就打我。二贝就那么一点工资，手头紧，外欠的账拿什么去还？现在地里没活，不让白银去挣些钱，家里就是有金山银山，能招住坐着白吃吗？"

韩玄子看着老伴儿，眼睛瞪得直直的，末了，就坐下去，坐在灶火口的木墩上。屋外，起了大风，呜呜地吹。老两口一个站在锅台后，一个坐在灶火口，木雕了一般，泥塑了一般，任着风冲开了厨房门，墙上挂的筛箩儿哐哐地动起来。韩玄子去了堂屋，咕咕嘟嘟喝起酒来，酒流了一下巴，流湿了心口的衣服，他一步一步走出去了。

风还在刮，院子里一切都改变了形状和方位。鸡棚里母鸡的毛全翻起来；猫儿顺风势跳上院墙，轻得像一片树叶；一片瓦落下来，眼看着碎了。只有那仅活着的一株夹竹桃，顶端开了一朵红花，千百次倒伏下去，又千百次挺起来，花不肯落，开得艳艳的。二贝娘听见老汉从院门出去了，好久没有回来，跑出来找时，照壁前没有，竹丛边也没有，而在那四皓墓地中，一株古柏下，一个坟丘顶上，韩玄子痴呆呆地坐着，看见了她，憋了好大的劲，终于说：

"他娘，我不服啊，我到死不服啊！等着瞧吧，他王才不会有好落脚的！"

贾平凹

草于一九八四年三月，完毕于十一月

改写完毕于一九八五年三月二十三日午

变革声浪中的思索

——《腊月·正月》后记

十分感谢《十月》的同志编辑了这本小书①。

这三个中篇，都是写商州山地的，又都是现阶段农村经济改革后的故事，于是有人称其为姊妹之作。其实，动笔时我倒没有这种意思。我的创作，有一种恶劣性儿，就是随心所欲而来，随心所欲而去。毫不忌讳地说，一些作品，总是处于一种意会的但说不出的朦朦胧胧的意识中产生的。一旦作品问世，评价总是毁誉不一。当反映还好的时候，一些评论家就好心地为我总结，说：就按这路子写！但是，可悲的是，我一旦觉得应该怎么写了，一切都清楚了，却再也写不下去，须得转移一下阵地，改变一下写法，重新在一种朦朦胧胧的意识里随心所欲了。

有一位评论家说我是"多转移，多成效"。前一句是对的，后一句却不敢当。这些年来，我先是写了几年短篇小说，再是写了两年散文，从去年后半年才正经儿写中篇，且在每一种体裁写作中，又不停地变来变去。这三个中篇，便是其中的一变。我现在已经说不清在写它们之前还考虑了些什么，但可以肯定的一点，是这三个中篇写完，我又要变一下了。这是什么怪毛病儿，肤浅、幼稚、不成熟？似乎是，似乎又不是。我只是拙笨地认为，我在创作上应该有较长的放开试验阶段，处于一种不安分的状态；于别人当然不必如此，而我的好作品始终未写出，需要的是一种"倒腾"。庆幸的是总算一口气写了这批东西，就算这一阶段试验结果的汇报吧。

《十月》的同志立即决定将这三篇出个合集，这使我很激动。对于我的创作，《十月》的同志一直给以极大关心。该批评时，是严厉的；该鼓励时，是热情的；该支持时，是竭力的。虽然编辑部的门朝南朝北，编辑除俩人见过一面外，别的是男是女，一概不知。但每每与他们进行作者和编辑的交道

---

① 指"十月丛书"《腊月·正月》。该书收入《小月前本》《鸡窝洼人家》和《腊月·正月》三部中篇小说。

时，我就想起范仲淹的一句话来：先天下之忧而忧，后天下之乐而乐。

这次编辑部来电，曰：速写一个后记寄来。这使我第一次感到了为难。非但没有速写，慢写也极吃力，因为我不知道该写些什么。这几年里，编选了几本薄书，我总是热衷在前边胡说几句，但这么的胡说，已经是使我感到了自己的可笑和一种说不出的厌烦，下了决心，再不做这种文字了。但现在还得再做一次，就忍不住自己嘲笑起自己来了。

怎么写呢？现在手头上正改抄一个名叫《商州》的所谓长篇，满脑子里尽装着商州的人和事，那就还是说说商州吧。这似乎又有"老王卖瓜"之嫌了。是的，中国有句俗话：人人都说家乡好。我是少不了这种秉性的。商州，或许外地是不大理会的；即使在陕西，一提起这两个字，也有人嗤之以鼻：它地盘很小，很闭塞，很贫困。打开陕西的地图，它位于东南角，呈三角形，是八百里秦川的门户，但不属于关中，没有秦川牛繁殖。它南接湖北，东靠河南，但不属于正儿八经的陕南，没有安康汉中的气候温湿。其间最大的水流是丹江河，最长的官道是长坪公路。这七个县，是商县、丹凤、山阳、洛南、商南、镇安、柞水，七山二水一分田。它五谷杂粮都长，五谷杂粮都不多，主要食苞谷，做一种"糊汤"，称之为"州饭"。民间有"洋芋糊汤疙瘩火，除了神仙就是我"之说，可知商州的生活是苦焦的，但生活的苦焦不一定精神上也苦焦，他们自有其乐。

就是这么个地方，我在那里生活了十九年。十九年后，我离开故乡到了城市，但每一年最少回去三次四次。而且进城后，我的家几乎成了商州驻西安的办事处，家乡的人到我这儿很多。他们常带一点土产来，比如核桃，柿饼，木耳，绿豆，红薯，苞谷糁。一来就在我这里住下来，或者是来观光，或者是来做生意，或者是来看病，甚至还有来旅行结婚的，赴省告状的。这三四年内，我光为家乡人写状子，也不下五六份。家乡人有家乡人的习俗，我虽入城，他们并不以为我是城里人。我必须家里备一套大碗盛饭，而且要盛得满满的，菜不需要七碟八碗地炒，但一定要盐重醋酸辣子重，烟蒂要允许随地丢，吐痰万不能用拖把立即拖掉，说话绝对要土语。正由于这点，我倒被家乡人视为"没变"的角色。他们自在，我也自在，客主无间，坐列无序，有酒且饮，无酒且止，谈天说地，忘形适意。所以，我身虽未回去，但也可谓是"秀才不出门，却知天下（应该是商州的天下）事"了。

家乡人仅知道我是"作书"的，走时总要索一些杂志和书籍，说是回去让他们或他们的子女"念念"。但我从不将自己的作品拿出来，因为我在前边也说了，我是"多转移"的。在几年前，这种转移近乎于一种"游击战"，所以所写的东西无脸见"江东父老"。这种游击战曾一度使我沦为流寇主义者，吃尽了苦头，后来慢慢才意识到要在创作上建立"根据地"。

到了去年，我下了决心回商州去。当时并没有急于想写点什么，只是带了一份商州地图，各县行走。这么一走，才知道我以前对于商州知之太少了，以前所谓写山地的文章太表面了。现实的生活，使我改变了世界观。没想这种"无为"下去，倒使创作"有为"。所到之处，无一不备受教育和冲动，每晚就胡乱记起感受来。这种感受是真切的，实在的，记法也随心所欲，不刻意起承转合和语法规章。一圈跑回来，稍加整理，这便是我真真正正写的第一个商州的东西，叫《商州初录》的。我将它在《钟山》上发表了。发表之后，反响之大，出乎我的意料，好多读者和作家纷纷来信表示祝贺，说是"探索出了一条中国式的路子"，鼓励我以此写下去。我实在有些惶恐，但也同时有了自信，发现商州这块地方，足够我写一辈子了，似乎有好多东西每日每时在我心中涌动。于是，我二返商州，三返商州，四返商州，仍然是沿县奔走，大有温庭筠当年在这里的生活："鸡声茅店月，人迹板桥霜。"一次比一次有收获，这就是接连写成的《小月前本》《鸡窝洼人家》《腊月·正月》，以及正在完成的小长篇《商州》。

商州固然是贫困的，但随着时代的前进，社会的推移，它也和全国别的地方一样，进行着它的变革。难能可贵的是，它的变革又不同于别的地方，而浓厚地带有它本身的特点和色彩。我便产生了这么一个妄想：以商州作为一个点，详细地考察它，研究它，而得出中国农村的历史演进和社会变迁以及这个大千世界里的人的生活、情绪、心理结构变化的轨迹。

当今的文学，可以说是中西杂交的文学。如何在这一前提下走一条自己适合的路子呢？我想着眼于考察和研究这里的地理、风情、历史、习俗，从民族学和民俗学方面入手。中国正处于振兴年代，改造和扬弃了保护落后的经济、求其均衡的政策，着眼于扶助先进的经济，发展商业和金融。应该说，党是英明的，政策是正确的。但在中国，自有它的历史传统，自有它的道德观念，势必这一振兴会出现许许多多的问题。而在具体的商州，偏僻，闭塞，它同别的地方一样，矛盾的出现再不是单一的，而是错综复杂的。比如对于土地的观念，对于道德的观念，老一辈农民和新一辈农民的差异，新一辈农民中又出现的新的差异，等等。这些问题贯穿、渗透在商州的每一个县，每一个村寨，甚至每一个人，构成了新的明显的时代特色。而商州又同时不同于外地，有许多新的需要思考的问题，即：历史的进步是否会带来人们道德水准的下降，和浮虚之风的繁衍呢？诚挚的人情是否只适应于闭塞的自然经济环境呢？社会朝现代的推移是否会导致古老而美好的伦理观念的解体，或趋尚实利世风的萌发呢？这些问题使我十分苦恼。同时也使我产生了莫大的兴趣。所以，从《商州初录》到《小月前本》《鸡窝洼人家》《腊月·正月》《商州》，我都想这么一步步思考，力图表现着和寻找着答案。

可惜我的才力不逮，一切的表现和寻找，都充满了肤浅和幼稚，甚至片面和错误。

我明明知道我的这些不足，却又苦于一时各方面的修养赶不上。在陕西，我和我的一些文友做过长夜谈，分析我及我的文友的创作的得失，认为我们的创作之所以老是突不破，同外地一些有成就的作家比恐怕有三个差别：

第一是地域差别。陕西为中国周朝到明朝十三个朝代建都之地，北有黄河，中有渭河，南有汉江，山川河流，结聚精灵钟秀，产生过历史上辉煌的汉唐文化。但过犹不及，盛唐之后，一种保守的、妄自尊大的惰性的习气便蔓延开来，浸染于民风世俗，故以后各朝政治、经济、军事、外交皆趋于萎靡，自然文化艺术不可幸免。从这个意义上讲，汉代的文化是最有力量和气度的，而比雍容富贵的盛唐文化更引起人的推崇和向往。都城东迁和北移之后，这里渐渐归于偏僻，而关中平原上数以百计的帝王陵墓，却依旧伴随这里虚妄的世俗遗留下来。细察如今世风民俗，便可见陕西人已没有了秦汉强盛之气，尤其在关中，人们津津乐道秦川牛，使人不禁想到碑林博物馆的那些六骏石雕，得出古人崇尚志在千里的良骏，今人看重负重慢行的耕牛的印象，而喟然长叹。而历史衍进到二十世纪八十年代，社会是信息的社会，秦地为北金锁关，西大散关，东潼关，南武关，四大关隘所限，一味炫耀先祖，而性格由开放型归于封闭型，自然是赶不到时代潮流的前头。

第二是生活差别。生活是文学创作的源泉，这是最古老而又最时髦的口号，每一个作家没有不遵循的。至于我，以及在陕西的好多文友，都是写农村题材的，我们的出身、经历，本身就是农民或由农民过渡的干部，对于农村生活，不能说不比外地作家熟悉，却在创作上落后于人，这就应该说是如何生活的问题了。正因为有地域的差别，使我们感到了惶恐和紧迫，因而放弃了生活的根据地，沦于文学上的流寇。而流寇政策的教训又使我们纷纷退回到原地的圈子里，写农村而注目于一村一镇，写农民而混同于农民，便又陷入了就事论事的桎梏里。出身农民可以是农民的作家，但不可以是作家的农民，也即农民意识的作家。

第三是修养差别。正由于我们出身于农民，或从农民而演变为干部，这有先天性的长处，亦有了先天性的不足。我们常认为"作家不是大学可以培养的"，这话有其道理，但以此轻视文化艺术素养的系统训练，则使今天我们在创作上吃了大亏。国人的文化水准的提高，城乡青年普遍受到高中教育，在某种意义上讲，文学不再仅局限于普及性的了。艺术来源于生活，生活却绝不等于艺术，艺术自有艺术的规律。因而我们初上手，势头还可以，后劲则因艺术功力差而大大地不足，使我们在突破的问题上陷于困境。

这三点，对于我来说，是急需要认真对待和解决的。

我有这么个看法，文学活动犹如体育运动一样，作家也要有运动员那样的进取意识，对于现实生活，这种意识愈是强烈，愈能把握作品的总体结构和局部的枝末细节。这种意识的产生，得源于深厚的生活积累和对生活的认识，这也就具备了作品的底蕴。作品的深刻与否，并不建立在胆子的大小，作家的文采才华上，同样也不等于嚣喧汹汹。中国几千年来的文学，陶渊明、司马迁、韩愈、白居易、苏轼、柳宗元、曹雪芹、蒲松龄，尽管他们的风格有异，但反映的自然、社会、人生、心境之空与灵，这是一脉相承的。空与灵，这是中国文学的一项大财富。中国的文学如何振兴？现在好多作家都在思考着、探索着。正如前边说过，文学要发展，必须中西杂交，有的从内到外借鉴了外来文学，但融化、化合的工作却未做好，忽略和忘掉了中国民族的美好心理结构，这多少有些欲速不达。有的则完全拒绝外来的东西，

317

这又存在一个高下、快慢之分。

这些年里，我在努力搞一种中西比较，从哲学上、美学上着眼，从绘画上、戏剧上入手，企图找出两者之间相通相似和不通不似的地方，期望能够弄清我们的创作应该走一条什么路子。力气花了不少，收效却是甚微。在以中国的传统的美的表现方法来真实地表现当今中国人的生活、情绪的过程中，我总感觉到在作品里可以不可以有一种"旨远"的味道？这种"旨远"的味道，建立在"自近"的基础上，而使作品读来空灵却不空浮，产生出一种底蕴呢？

同时，我又常想到另一个问题，即大度，也可以叫作力的问题。纵观国内一些名作家，大都可称之为思想家，或者说有深刻的思想。当然，思想不是一个狭隘的概念，否则易导致所谓"思想大于形象"之弊，而应是一种大度的力的作用。

古人也讲过，雄中有韵，秀中有骨，这一点上，也不仅仅是文章表面的事情，也应是内涵的。正基于这一点上，我之所以在前边说过推崇大汉之风。在霍去病墓前看石雕，我觉得汉代艺术最了不起，竟能在原石之上，略凿细腻之线条，一个形象便凸现而出，这才是艺术的极致。所以，在整个民族振兴之时振兴民族文学，我是崇拜大汉之风而鄙视清末景泰蓝一类的玩意儿的。也正是在这一点上，我读拉丁美洲的文学，就特别合心境，而又悟出许多东西。

我又越扯越远了，已完全不像一种后记的文字，只好打住。

我再一次说，谢谢《十月》的同志，编辑了这本小书，又允许我随心所欲地写了这个后记。

贾平凹

一九八四年六月九日

瘪家沟

一

未必是对那一块儿地方的耻辱而羞以不公明于世呢！十五年前，这学生从那地方初到中国西部的最大一座城市去，在一所高等学府就读，教授问：名姓？他说××凹。教授对"凹"字颇感兴趣，遂问籍贯，再回答：瘪家沟。是的，天底下没有姓瘪的，它是学生家乡的土语，专用词，代表雌性生殖器的。教授惊得几乎掉了眼镜，说："荒唐！"立即将村名同"凹"字相联系，对这学生很有些大瞧不起。这学生孱弱，自那以后写其家乡时再不写瘪家沟三个字了。做了城市的市民，吸收文明的东西多起来，渐渐，却觉得家乡的名字起得并没有什么过错。瘪，第四声，实在，而又有别一种意味。中国的一位很厉害的皇帝武则天，她生前特意在关中平原上堆积一个女人形的坟陵，且专门有两个乳房，叫奶头山，造成远远一望是个地平线上仰躺的女人。到了现代，以弗洛伊德理论，花朵就是草木的生殖器，而这个城市的每一家居民不都是大养特养，供于案头，插入瓶中，晨起悦目，夜来闻香吗？既就是最普通的道理，任何一个伟人，或者一个乞丐，皆不是从那一个地方来到人世的？！

于是，这学生在毕业之后从事了作家的职业，他在一篇速写里勇敢地描述了家乡的那块地形：

一个椭圆形的沟壑。土是暗红，长满杂树。大椭圆里又套一个小椭圆。

319

其中又是一堵墙的土峰，光光的，红如霜叶，风风雨雨终未损耗。大的椭圆的外边，沟壑的边沿，两条人足踏出的白色的路十分显眼，路的交汇处生一古槐，槐荫宁静，如一朵云。而椭圆形的下方就是细而长的小沟生满芦苇，杂乱无章，浸一道似有似无的稀汪汪的暗水四季不干。

学生写的仅是瘿家沟一处的地形，他并没有详尽描述出瘿家沟周围的环境。瘿家沟前是胭脂河，流水缠绵，沙石为五色，且多生藻絮。沟后偏左的一座山为仙山，相传秦时住有方士，秦始皇想长生不老，派人上山寻访方士，采集仙药。当然，史书上记载，秦始皇并未老而不死，但当地人一直认为胭脂河是始皇后娘娘的洗脸水所致。而在沟口，也就在那棵古槐之下，于一片锦绣样的黄麦管丛中盖的一庙，称瘿神庙。

瘿神庙的香火极盛。几乎在胭脂河上下，大凡夫妻想要生儿育女，都来朝拜祈祷。又几乎跪倒在庙台尘埃里叫喊：给我生一个吧！这叫喊声异常虔诚，什么人不知鬼不觉的事也皆要明白直说。三十三年前，张家的媳妇过门不生，曾祈祷道："瘿神呀瘿神，你让我生一个吧！若说是我不会生育，可我在娘家做女儿时也曾生过一个呀！若说是我男人不能育，可我一直并没只指靠他一个人呀！"当时村中的老贯是画匠，正骑在庙梁上新描画纹，听之忍不住发笑，一跤从梁上跌下来，摔瘸了一条腿。但张家的媳妇自后也果真生下一儿。后叫生林的，相貌奇丑，前崖颅后马勺的，成为村中出怪人物。

胭脂河岸上有瘿家沟，香火又不断，故这里人口十分兴旺，单瘿家沟下的村子，虽为一姓，繁衍数支，房屋住所就分前院、腰院、后院和新院四处。腰院、后院人发展极快，差不多三世共存，四世同堂，而儿儿孙孙娶妻生子后搬迁到另一处盖房筑屋，混居成堆，这就是形成的新院。前院则人口不旺，几乎要绝了根本，但值得提及的，也最为远近炫耀的是画匠老贯。算起来，老贯应是瘿家沟村所有人的爷。他是父亲的爷爷，也可能是爷爷的爷爷，以此地风俗一到爷辈就封了顶，老贯爷是全村尊封的老"先人"了。

老"先人"每每在做饭的时候，玉米面和在锅里，不住地往外泛气泡儿，他就会意到一种事体。可惜老贯没有文化，又没有走出过山地，当那个学生，后来做了作家的石顺于十五年后回到瘿家沟，说起城市的地铁出口，咕涌涌，冒出一个脑袋又一个脑袋，他就呵呵呵地大笑不止，说人到世上正好如此。但是，同样一个瘪家村，腰院、后院、新院人口兴旺，而他的前院只留下他一人，他免不得有些黯然失色，肚里当然要骂几句周寿娃了。

四十年前，烽火台的洼地里出了一户恶霸，这就是周寿娃。周寿娃瞧着瘪家沟的风水好，瘪神庙的香火红盛，就掏钱买了整个地皮，归己所有，凡烧香祈祷的人皆要出钱方能进沟。但这数年的霸占，却并没有使周寿娃大发横财，反倒在解放初受了政府的镇压，而周家大院在正月十五夜一疙瘩天火落下焚尽了。周家的大老婆一生无育，小老婆生一女儿，这女儿后来便改嫁了老贯的侄孙。

"这全是周家带的灾！"这话老贯差不多说了几十年，所以对于自己的高龄绝口不提，以为是羞耻。看着他的村中的儿辈或孙辈的人老态龙钟，鹤发鸡皮，他慢慢地不知道自己是活着还是死了，也不知道自己与别人说话是活着的在说死人，还是死了的在说活话？

这当是后话了，不提。而瘪家沟的瘪神庙香火依然不绝，欲生儿育女的夫妻在三叩六拜地祈祷：给我生一个吧！给我生一个吧！甚至在细雨蒙蒙的清晨或黄昏，求子心切的夫妻坐卧于瘪家沟穴位中的杂乱无章的芦苇丛里，看大椭圆和小椭圆内外红腻湿漉，念叨他们家的富有和乐哉，以引诱来世者。此时天空常常打雷，豁嘟嘟，似乎来世者业已答应，遂也似乎使做妇人的肚腹有了沉甸甸的感觉，也似乎是闻到了瘪家沟的一种异样的气味。

二

田王庄在瘪家沟的下方，远五里。原本胭脂河的北岸西伸出一个月亮垭，东伸出一个烽火台，抱一个怀状，拱瘪家沟在中央的。但月亮垭伸出的石崖短，一缩一拐，窝一个小湾子就搁下田王庄了。庄里树茂，尽是苍榆，从头至脚附生绿苔，阴森森的觉着天上的太阳没有成熟，青涩的。湾口有一堆乱石，乱得很艺术，很浪漫，常有画家去写生。乱石中扭曲着一条土路一直到沟里去，人家遂横七竖八地存在。

这是河北最偏僻最荒凉的去处，却有一座石头砌成的极古怪的房子。民国初年的时候，一个意大利人，大胡子，极度地困难和辛劳，传播天主教。当然这传教士后来死了，教堂在"文化革命"动乱中也曾做过牛圈，圈三头犍牛，五头孺牛。这些年里，石头房子里又有了钟声。有一张画，很漂亮很温顺的女人，开始有人送给某某人，有一些人将自己的名字和指印画押在一个本儿上，便得到这张画贴在中堂。于是这画给许多男人以遐想。后来也都传说在教堂里住过的八头牛一年内死了，都患胆结石，剥了很多牛黄。牛有牛黄如同人能上天做仙一样。八头牛是到了极乐世界的。

木匠炳根来田王庄侯七奶奶家做寿棺。侯七奶奶是新院侯家的二姑。做过三天，傍晚间抱了水烟袋在火塘边吸，侯七奶奶说："炳根，你没人？"

炳根说："我不会，也就没输。"

他眯着眼睛从门道处看着对面坡上的那个山洞。洞里日夜有赌博的，输了，赢了，输输赢赢。炳根资产不行，还没有个女人，炳根发誓不染指。侯七奶奶"沙"地笑了。

侯七奶奶说："我说，没人给你一张画吗？"

炳根为自己的误解而羞愧，说："那女人像？眼不见心不乱。月亮垭的德水有一张，夜夜跑阳，人都虚脱了。"

侯七奶奶忙画十字，说："胡说，那是圣母像！"

几天里，炳根悬在空中拉长条子大锯，就想侯七奶奶很慈祥，很可笑的。侯七奶奶是教徒，为什么老患头痛病呢？我的母亲活到七十四岁时常说："瞧，穿针都不行了，可我怎么不死了呢！"总说死的人才死不了，她活到八十二上才谢世。侯七奶奶刚刚六十一岁就忌讳说"死"了，早早要做寿棺相冲！

炳根将寿棺做一半的日子，侯七奶奶病更重了。她捎书带信召见亲戚好友，竟想到二十二岁时曾在戏台下捏过她的脚的一个相好。八十里外来了个核桃脸老头，两人讲了半晌话，老头就走了。侯七奶奶样子很凄凉，把她的白锡铜水烟袋要送给炳根，留一个长长久久的作念。教会里的先知逮了风声，来说："没事的，甚事没有的。不要吃药，中药不吃，西药也不吃。天天向耶稣祈祷病会自然消除的。"侯七奶奶日夜做祈祷。双手合掌在额前，动也不动，炳根以为她是打盹了，有几次去扶她，侯七奶奶拿指头戳他的圆额。再祈祷就关了门。

田王庄前临着胭脂河，村中又贯穿着沟里的溪水，这时候水的节奏很明显。炳根无声地笑，笑过了，觉得几分是笑侯七奶奶的，又觉得几分或许自己笑自己。偶尔听到村人议论侯七奶奶害的癌病，真怨恨那么祈祷，不如花了全部积蓄去吃好喝好，看好外边世事。

他在村后的树林子里解手的时候，看见那个先知正从一旁过，想骂一声"骗子！"想把一泡热尿浇到那贼头顶上去。

三天后，村里来了一位城里人，带了许多糕点和一捆书，炳根原本很活泼，气盛盛的，一到那人面前就蔫了，走路都不稳。城里人是侯七奶奶的儿子。儿子查了书，说娘患的就是癌，特意买了一二种药，蛇杨梅草的，好说歹说，让娘喝了。

侯七奶奶喝了药，病并未好转。先知赶来问了情况，先一脸愠怒，遂说："既已喝了药，那你进天国的时间将至了，天国已经做好了准备在迎接你了！"城里的儿子听罢勃然而怒，兴手要打先知，侯七奶奶抱住了他，一直把先知送到教堂。返回，儿子却昏厥在门口。

是炳根掐了儿子的鼻根，使儿子和炳根惊骇的是侯七奶奶从外边进来，气色非常地好，刚才以前还卧床不起，这是怎么走出去，又怎么走回来的？

儿子说："娘，你是好了？"

侯七奶奶说："我是什么地方也不疼痛了。"

儿子说："这就证明'先知'尽胡说了！"

侯七奶奶说："我还有五天，我就进天国了。"

第一天，炳根将寿棺装钉成。第二天，炳根雕了前挡头上的"福"字。第三天，炳根刻了小挡头上的花饰。第四天，炳根用生漆涂染。四天里，侯七奶奶一直守着炳根干活，说趣话，说到做女儿时的情境，也说到那个核桃脸老头。

她说："他是老了，不中看了，年轻时他会敲腰鼓，那鼓点稠的呀……"

第五天早上，炳根起来上茅房，院子里坐着一个新鲜人。是侯七奶奶，穿着了早预备好的寿衣，洗头洗脚哩。

侯七奶奶说："炳根，今日不会阴云吧？"

炳根说："昨夜儿我瞧天四脚高悬……"

侯七奶奶说："会出太阳的，五个太阳。"

炳根就糊涂了。侯七奶奶就又对正起床的儿子说："你有表，现在是几点，娘中午十二点要走的。"

炳根蹲在茅房哧哧笑，认定侯七奶奶又说趣话了。

这一日，天气果然很好，到了十一点，突然当空布一片云，即刻朗朗乾坤，光明灿烂。侯七奶奶说："天门已经给我打开了。"笑笑地，几分舒坦。十二点，院子里极红，炳根跑出来看见天上果真绕着太阳出现四个光环，互相接连，遂两道红光十字射开，每个光环中有四个亮点，大而红如太阳。

炳根喊城里的儿子："稀罕啊，五个太阳！"

两人欢呼了一阵，忽想起什么来，进屋视时，侯七奶奶已经睡在了寿棺里。睡着，没有了气息，面部慈祥、平和、充满了幸福。

炳根领了工钱离开了侯家，回到瘘家沟后，一番打听，主动去讨要了一张女人画。虽然这画使他好长日子里心不守舍，身子已很虚弱。

三

省城出版社的编辑陈某，一日下班时，收到寄来的一份书稿，顺手丢在小山似的稿件堆里。正起身要走，偶然瞥见那稿上附有一信，仅三行："寄上拙稿《我的故乡》，因身患癌症，盼能尽快审阅。"陈便心想：一个行将去世的人，还著书立说？觉得好奇，顺手翻开一页，不觉移近书案，慢慢将身坐下，竟读得如痴如醉。晚上九点二十分，家人寻到编辑部，见他正手捧书稿仄在椅上，看得入神，问："你还回家不回家？！"不答。再问："还吃饭不吃饭？！"答说："谁没吃饭？"家人摇头苦笑："魂儿又被勾去了！"陈方醒悟，却笑而不答，又抱书稿去敲总编家门，要求连夜复审，说："此人朝不保夕，此书可长存于世啊！"

复审后，需做局部小改，陈便于次日去本城此作者的单位。单位领导说："他病已不可医治，十天前未婚妻送他返回原籍了。"陈又按地址搭车去了瘪家沟。瘪家沟正值雨夜，陈将书稿藏在怀里，猫腰寻到腰院，则见此家锁门闭户。问及邻人，答说："石夫？瘪家沟村没有个叫石夫的，你是找错人了！"陈某疑惑不解，说："他明明是胭脂河瘪家沟人，怎么能没有？！"旁边一小学生，是后院茂林的儿子，说："我知道，石夫就是石顺。"邻人说："是石顺呀，你问的是石顺呀！他怎么又叫石夫？！"陈某方明白石夫是石顺的笔名，再问时，邻人则潸然泪下，说："病危，昨日送到镇医院去了，怕已不在人世了。"陈大惊，让茂林儿子引着，脚高步低又寻到镇医院，石夫病已到晚期，其身长不足五尺，体重不过六十，面色青黑，身瘦失形，卧床不能起坐了。两人相识，互道："相见恨晚！"旁有一女子说："陈老师，石夫今日昏迷不醒，口里却叫我去买茶来，说是有客要到。没想你果然就来了！"陈某看那女子，体态丰盈，满面愁云，猜知是石夫的未婚妻了。遂问石夫昏迷中怎知我要来，石夫却全然不记得昏迷中说了些什么。后，石夫伏床改稿，但力不能及，每写一字，需一分钟，手抖不已。陈便说："我替你改，改一句，念给你听，同意的点头，不同意的你用嘴说。"如此改过五更。医生、护士无不为之感动，握住陈手说："石夫真是奇人，病成这个样子，犹念念不忘他的书稿。是你拯救了他，我们也真要感谢你了！"天明，陈回省城，临走说："我回去，稿子立即以急件编发，很快就能印出校样，你多保重！"石夫笑道："我不会死的，我还未见到铅字啊！"

　　陈走后，石夫病急剧恶化，疼痛难忍，滴水不咽。医生已经无奈，预料存世之日不过一两天。未婚妻已含泪去购置棺木和葬衣了。但五天过去，终未瞑目。又过五天，疼痛尤烈，任何针药无济于事，满床翻滚，只好用被单扭成绳将手足缚在床上。医生皆惊诧：此人生命力如此顽强！但眼见得日夜折磨，不忍卒看，夜里只留未婚妻在床边候守。子时，豆点油灯，昏昏欲灭，窗外风起，萧萧森然，未婚妻见石夫已失原形，哽咽泣哭，遂俯近相吻，减轻疼痛。石夫虽不呻吟，手却用劲将被褥戳成十个窟窿。女说："石夫，活着你太难过，你还是闭眼去吧。我看着你去吧。"石夫不语，眼睁大如环。

　　到了第二十一天，忽有省城邮包至，未婚妻拆开，《我的故乡》校样，遂大叫："灵丹妙药来了！"果然，石夫倚床而坐，让人扶着，将校样一一看过，神情安静，气色盈和。末了，满把握笔，签上"石夫"二字，忽然仰身大笑："我无愧矣！"随声气绝。

消息传到省城，陈正整理稿件，便以笔作香，伏案痛哭失声。又二十日，样书印出，陈携书再到瘰家沟，在石夫坟上以书作纸钱焚之，纸灰浮空，翩翩如蝴蝶，无一片落地。时正值石夫"三七"忌日。此后陈更热心编辑，手书"以文章会朋友，兴事业为性命"于案头，做座右铭。

未婚妻姓杨名珺，省城北郊人。下葬石夫那日，一身白孝，扶棺哭丧，将自己一彩色小照与石夫的照片，相对合拢，放入棺内。后，返城嫁一姓石男人，年年清明携夫带《我的故乡》十本来瘰家沟为石夫扫墓。一年，清明好雨，山桃灼灼，夫妇搭船顺胭脂河而下，行至瘰家沟前，忽见水面一片红云，静目，则是一堆山桃花瓣，瓣瓣相接，绕一花环。丈夫觉得奇异，指与杨珺，杨珺大叫"石夫！"昏厥不醒。丈夫忙掐人中，杨珺苏醒，说是看见石夫躺在花环上正读《我的故乡》。两人再看时，并没有石夫，那花环也荡然无存了。

四

后院原住有兄弟三人。先，父业农，略认文字，小筑三椽，颇有幽趣。后前院、腰院相继屋舍堂皇，也费尽全力将院落扩大，堂房六间，厦屋四间，头道楼门，二道楼门。父一死，兄弟三人分家另灶。老大严肃，老二有些痴呆，一派忠厚。唯老三风度超逸，好出门做生意。一年，时当长夏，贩火纸到南阳，于船上见一女长眉入鬓，双眸炯炯，不觉心魄摇曳。那女子却并不避，反回首嫣然一笑。由是三十里水路两人目挑眉语，上岸后遂成野合鸳鸯。半月之后，并没有贩回火纸，却将一胜于艳雪的女子领回瘰家沟。老大瞧女子，不是度家过日之人，反对成婚，于是兄弟二人意见不合，结下怨恨。那女的又枕边唆使，以致妯娌吵骂，鸡犬不宁。父的坟宅在老三所分的田地里，老大一心想把自己的墓拱在父坟之旁，老三拒不同意，兄弟自此仇恨更深，见面不复言语。再后，老三再往南阳从商，被一伙土匪抓去，说是拐走了土匪头的小老婆，用铡刀拦腰斩断。老三上身和下身分离之后，心脏并未停止跳动，手蘸着鲜血在地上写道："惨！惨！惨！"遂命绝。消息传到瘗家沟，后院一片惊慌，时那女子身怀有孕，哭号不止，老大老二只顾派人去南阳搬尸，在家做棺修墓。待尸首搬回，却不见了那怀孕女子，第三日从南山来了一姓刘人家，出示契子，说是那女子将房舍卖与他了。老大老二叫苦不迭，四处寻找那女子，终不见影，骂道："我后院硬是让这狐狸精毁了！"自此后辈男儿再不找外地妻子。

刘家搬进后院后，三家关系平平，说不上好，也说不上不好。天长日久，老三的事渐渐忘却，忘却不了的是那老三的遗腹子，张家的血肉、不知是死是活，今在何处。

几十年过去了，也就在画匠老贯一百零一岁的那天，瘗家沟收到了一封来信。信是从××省发来的，写信人是省委的一个副书记，说他人到老年，寻根溯源，他是瘗家沟后院张老三的儿子。后院的老人皆已作古，活着的张、刘数家似乎不记得有个老三的上辈人，大觉疑惑。遂持信去问寿星老贯，老贯突然拍手大叫，忆起当年的一幕，不禁感叹："人生说不得的，说不得的，老三的遗腹子竟做官人了！"

既然瘗家沟出了一位大官人，后院张家岂有不认之理，甚至瘗家沟村所有的人都觉得脸面光大，演义起过往的故事，他们传说着官人的父亲如何相貌堂堂，官人的母亲又如何艳若仙人，龙凤相配，必生贵子，瘗家沟村便派两男一女去××省视亲，回来都衣着新鲜，说省府的门口有卫兵站岗，凡人不能进入，说官人的厕所，地洁如镜，坐着可以拉粪，遗憾的是他们拉不下来，还得蹲上去才行，说官人安排他们睡的房间，地上也铺的毡，不理解的是那床太软，睡着腰疼，后来还是睡在地毡上。村人问起他怎么就做了官人，回答说：他说了，他小小就参加了革命，当过县长，当过专员。他娘"文化革命"前一年死的，死时还念叨没回到咱瘗家沟一趟。

瘗家沟村人修复了张老三的坟茔，四周栽了千枝柏树。

又二年，官人由××省上任到本省，负了这个省的主要责任。瘗家沟第一次接待了远距八十里外县城的书记。书记很有魄力，当场说定新编的县志一定要记载瘗家沟的山势地形、人物风俗，且又参观了张老三的坟陵，指示要竖一碑子，隶书镌刻"张老三先生之墓"。

此后，省城拨下专款，瘪家沟前的胭脂河开始了筑堤砌坝工程，河面缩窄，新造出了三百亩水田。瘪家沟的地理好，水稻获得丰收。县上又在沟根兴建起驴场，培育高脚牲口，出奇的是这牲口体大膘肥，远近的驴马皆来配种。后院的张德仁任的是驴场场长。

这一年，官人来信，希望家乡能有一个女孩儿来家当保姆。瘪家沟村人寻思：能到官人家里去，也是攀高枝儿享福的。古语讲：相府的丫环七品官。官人虽不是丞相，但若在古时，也称得一路诸侯，故细细审查，派去新院一女孩儿叫西贝的。

西贝年方十六，生得细皮白肉，小巧玲珑，手脚利索，眼里有活，到了省城，才知道官人是个精瘦如柴的大矮老头，不禁"呀"了一声。官人问：呀什么，莫非没见过这种场面？遂将身边的工作人员挥手而去，和蔼问长问短。西贝点头，心里却想：原以为官人又高又胖，满面红光，却这般平凡，若在乡下，该是个糟老汉哩！

官人家里已有厨师，西贝的任务只是洗洗衣服、打扫房子罢了。事情单调，她也常下厨帮师傅洗菜刷碗，就知道了官人夜间最喜欢喝汤。汤是第二锅面条的汤。那面条就作废了，先是师傅和西贝吃，吃不了就倒了，西贝很有些可惜。几乎是一种规律，每星期日家里要吃一种肉菜，形状像牛肉，但又不像牛肉，切出的肉片儿中间皆有一个窟窿的。西贝不知那是什么菜，在厨房问师傅，师傅说："是驴圣菜。"

后来西贝才知道，这圣菜是他们县每星期派人送来的，张德仁的驴场专门保障供给的。

一到夏天，官人总要住到城郊外的一座招待所去。官人去，也要西贝去，西贝喜欢那个地方，有成片的竹，行丛绿中，衣服皆作碧色。招待所的另一座小楼上，住几个女人，弹唱歌舞，西贝一心想去看看，官人叮咛不能去。于是，几个月明晴朗的晚上，她只是静静地坐在小楼的远处往那边瞧。这一夜，楼窗六通四辟，有女斜倚阑干，手支双腮若有所思，样子很美，似乎又很忧伤。

也就在这一夜，官人突然被人从小楼上抬下来，患了一种瘫病，且不能言语。这病使西贝吓哭了，嘤嘤直哭，回到官人家，夫人问了情况，打了她一个耳光。西贝觉得自己该打，没能照顾好官人，是失职，要回瘪家沟村去。夫人却又替她擦了眼泪，让她还留下来。

官人住了好长时间的院，虽保全了性命，却依然瘫傻，口里流一种涎液。西贝天天用缸子接那涎液。至后，四处找名医名药，皆不能治，瘪家沟村的代表也来探视了，偶尔提及瘪家沟后的仙山上有一寺院，寺院里一位道士会气功，治过许多疑难杂病，不妨试治试治。这道士便被专车送来，竟两年住在官人家。

道士相貌奇古，却气宇清明，每日发功治病时，室内要空静无人，运气半晌，忽长啸一声，距官人数尺远，推，挪，勾，引。官人就呼吸平和，心明目亮。功罢，道士则大汗淋淋，身软如泥，然后让西贝端出好多吃食，狼吞虎咽。

官人气色好转，就又投入繁忙的工作，参加各种会议，要念很长的报告。当他得知现在社会上服务行业的服务质量下降，便一定要到火车站，在列车上为旅客送茶水。当然，省府的工作人员得知大官人要去列车上服务，他们做了许多安排，比如戒严车站，以防坏人行刺，比如电视台派摄像师来录像，比如报社的记者来采写新闻。这么一大天的折腾，官人病又复发了。道士又作功了数日。官人稍能活动了，却突然极怀念起他的故乡，他在病房里指示：拨一批专款采买树种，让飞机在胭脂河一带飞播。大官人有这么多劳心之事，病便时有反复。道士说："原本一个疗程，可以使身体恢复半月，如果这样下去，那只能维持一星期的。"官人说："我得为人民服务啊！"于是，病情加重，他就静静地躺在床上接受治疗，病一减轻，就要布置和安排许多工作：要让城市文明起来，用白涂料粉刷所有街面上的墙壁，用绿染檐头，用墨刷门；要选定中国槐为城树，将××街道两旁的法桐一律砍掉，栽槐植槐；××县的大型水库要竖纪念碑，他亲自写碑文；××县要建成一座七层图书馆，省府拨款去购置一批书籍，他来题词。甚至他有一个宏大的心愿，要将瘪家沟一带建设成全省重点的游览区。这样，道士就不能再走，治疗也不可停歇，七日一次，三日一次，一日一次，无穷尽地疗治下去。

一年零八个月，道士没能回仙山寺院去，西贝也没有回瘪家沟看过父母。中秋节，接到一信，说西贝的奶奶病危，西贝回瘪家沟住了三月半。眼看到了年底，西贝想起官人，欲想重返省城，才要到胭脂河渡口寻便船，上游处呀呀地划下一个排子，有人叫道："道士回来了！"等排靠岸，西贝急要问官人病情如何，但见道士无声无息僵硬躺在一张床上，瞎眼斜嘴，皮包骨头，原来运回的是道士的尸体。

西贝大吃一惊，问："道士怎么死了？死了怎么会这般可怕?！"

运尸人说："他是把元气失尽了，死在官人床下的。"

西贝忙问："那官人治好了？"

回答说："道士死的第二天，官人也就死了。"

西贝再没有去省城。随后，张德仁的驴场经费亏缺，不久便解散了。

五

瘪家沟有个规矩，凡招呼人就得称官衔；张德仁是驴场场长，见面便是"张场长！"支书，队长，会计，出纳，保管……人几乎要忘了他们的真名。实在没有官衔的，想法儿加上。李茂林是记工员，人称李记工，张二马秋麦二料曾昼夜在大场上看守粮食，人称张看场。牛十一负责过队里分粮时看大秤，他便一直称作"牛过秤"的。

牛过秤很欣慰这个称号，试问，人以食为本，一村上百口人，粮食是经谁的手分到各家各户的？所以，这称号听惯了，间或谁叫他牛十一，脸就封黑，理会也不作理会。

人当面尊称牛过秤，背过身却骂将他"牛势利"。他身瘦体长，上唇短，下唇长，相面书上论定长下唇是会舔溜肥屁股的，且生就舌头长，吃罢饭，长舌伸出四下一转，不用擦嘴，又喜欢舔吃过饭的碗，人又骂他"牛舌头"。议论说，他在过秤时，逢着干部家，秤撅得高，逢着没头没脸面的人，秤是老牛喝水。这咒骂声，牛过秤多少是听到了，先是并不以为然，后在省城里的那位大官人逝世了，方心寒起来。大官人是什么人物，顶天立地的，可死后，村人开始说大官人生前讲究吃驴圣，吃一条驴圣宰一头驴，且一星期吃一条！是驴在阴间里向阎王告状哩，故，阎王将大官人叫去了，阎王也惩罚场长张德仁的老婆尽生女孩，如何在瘟神庙里祈祷要个男孩，生下来还是女孩儿的。话说得很难听，牛过秤就寻思：自己一旦死后，村人是怎么评价的？雁过留声，人过可是要留名的。听说大官人将死之前，指示秘书写了追悼词，一个字一个字念给他听了，才闭目死的。当然瘟家沟人死了不会开追悼会，可他死后，给他治丧的有多少人，怎样提说他，怎样写铭旌、写祭文……牛过秤心里慌慌的。

一日，闷坐在家喝一壶烧酒，门外吵声价天，出来看时，一群孩子正在他家的牛粪堆上玩"争老爷台"，一批批攻上去，一批批被击溃下来，全用着拟作的手枪，"叭"地口舌一响，相应就倒下一个对方。对方倒下时觉得很痛苦，浑身发硬，又如电影中的慢镜头。倒下去的就算死了，活着的人骑在他们身上，死尸就爬动着，身上的还要叫："爬好，你这牛马！"看样子死去的都又变了牲口。牛过秤想：人恐怕是活着都不想死，死了的即使变牛变马也想再活着。随之又想，自己将来若能做了牛马活着，听听反映也好，但能不能做牛做马活，牛过秤不敢保票，遂在小木楼上翻寻爹留下来的阴阳书，一心想学到爹那一手。

爹是非凡的人，同寿星老贯是同辈，但年龄比老贯小，会仰观天象，俯察地理，画符念咒，精明奇特一辈子。他死前选好坟穴在瘟家沟东边的月亮垭上，墓楼修得很体面。死了十三年后，也就是到了张老三横死，房子卖给了南山姓刘的一家的第三年，这姓刘的，即木匠炳根的爷爷，赌徒，又善盗墓，赌输了盗牛过秤爹的墓。棺木打开，冲一股白气，人已化为泥土，白厉厉一副骨架，而狰狞的头骨上有一块儿白绢，上书道："× 年 × 月 × 日夜盗我墓者亡！"炳根爷不看则已，一看大惊，掐算日子，此日正与绢布上的日期投合，不觉魂飞魄散，当下吓死在墓穴里。

牛过秤毕竟不如爹有才气，他看不懂书上的话，忧愁熬煎，果然就病倒了。这一病，汤水不进，不屙不尿，第三日气息竟无，呜呼哀哉。时值子夜，家人起了哭声，村人纷纷起来，见面皆说："牛过秤倒头了！"三个孩子还未真正成人，哭叫着分头去众亲广戚发丧，见人就磕头。有男人就去帮设灵堂，卸门扇支寿床，几家女人开始烧艾叶水为其净身漱口，剃头刮须。漆油灯碗燃起指粗的两根芯子。

天明，灵堂下铺了厚厚的一层麦草，孝子们坐在那里长哭，用铜钱打过的麻纸一沓一沓地烧，烧得满屋空气烫灼灼的。院子里，木匠开始打制棺材，打墓的帮工一会儿跑回来取石灰，一会儿跑回来说砖瓦不够了，牛过秤的老婆就一边长声长调地哭，一边到楼板缝里摸出钱夹来点钱让去购买。院子里的响器开场，其律哀婉，听之催人泪下，院子角的一张八仙桌上，一戴镜先生蘸金粉在丈二丝绢上书写铭旌。写一句，念一句，征询众人意见，尽是古言古语："绍祖宗一脉真传克勤克俭，教子孙两行正路惟读惟耕。""心作良田百世耕之不尽，善为至宝一生用而有余。""落花流水渺然去，白云青天不再来。"旁边人说："这词太文太古了，我们没什么文墨，牛过秤也文墨不深，你这么写谁晓得什么？"先生就驻笔，说："那乡邻说说，说说他一生的功德。"一人说："他生前是过秤的，谁吃的粮也经他的手，写上他为人忠厚，有公无私，过秤准确，以后每一年分粮就会念起他了。"一人说："他过秤真个准确？是有公无私吗？"立即有人反对："罢了，人已死了，怪可怜的，还提那些干啥？没他人了，想着也难受，他毕竟辛苦一生，是个好人，愿他坤德不朽！"

这边书写铭旌的议论，被牛过秤的老婆听在耳中，不禁勾起诸多心思，泪水肆流，大骂丈夫死得早，还不到该死的时候。"你去了。撇下我母子不管了，这个家怎么支撑呀！你哪怕患重病，就是痴了，傻了，我给你端吃端喝，接屎接尿，可我也算有个主心骨呀！你今不在，我再刚强毕竟是没主儿的女人啊！"娘一哭，儿子哭得更惨，娘就让儿子多烧纸，说丈夫在阴间多有钱花，多享阴福。三个儿子将纸全烧了，又打发人去购买。主持的人见状，也大受感动，将三个儿子叫到一边，说："你们都是孝子，如今你爹死了，你们就成了大人，恐怕不久便要分家另灶，趁今日说定：头七、二七、三七你们集体为老人过事。到了周年、二周年、三周年，就得各人筹办一次，你们有什么意见？"三个儿子说："这没意见，只是过周年、二周年、三周年时要写祭文，我们都不会写，趁先生今日在，你去说说，能否今日一并先替我们写好了？"主持人说："这不难。"遂去请求先生，先生也写了三张，开首都是："维公元一九××年岁次×× 不孝之男×× 谨以蜡烛之明，香烟之绕，酒浆之奠，纸钱之化，制祭于恩父之灵前曰：……"

其时，牛过秤的魂灵并未走远，他在冥冥之中，看见阴路漫漫，小鬼往来穿梭。全是拿了他家的阴钱，前为引导，后为拥簇。而家人哭声喊声化为一种韶乐，绕耳而过，飘然远方，甚感欣慰，顿消寂寞。接着，一鬼手捧了铭旌、祭文匆匆走过，边走边看边说："写得好，写得好！"牛过秤看时，此鬼正是瘪家沟的前贫协主席，他已死十年，没想在阴间还任了这等职务，便充胆叫道："主席，你认识我吗？"那鬼说："认识，你过秤老给我称得多。"牛过秤说："你能让我看看那铭旌吗？"鬼将铭旌交付他看了，不看则已，看罢泪水流下，说道："我牛过秤一生没白活人啊！村人对我评价这么高，老婆儿子对我如此不舍。这些我以前竟不作理会啊！看来，活人还是有乐趣哩！"那鬼说："你既然来了，就不必说活人的话，阎王知道可是了不得的。"推牛过秤走，牛过秤迟迟疑疑，作难半晌道："主席，你既然记得我，你是不是行个好，让我再去活人？"鬼说："这怎么行，我敢担这个风险吗？"牛过秤说："你能让我活人，这些阴钱就全归你。"鬼沉吟半天，瞧瞧左右，说："瞧在你面子上吧。我把这钱一半给无常，托他重去勾一个冒名顶替的。"遂猛地在牛过秤的背上推了一掌。

村人正为牛过秤入殓，才将他盛入棺内要上盖，他突然身子抽动了一下。村人以为是诈尸，慌忙闪开，再看时，他竟窣窣窸窸爬坐起来，才醒悟牛过秤是阴里转阳又活过来了。

牛过秤重新活人之后，胭脂河岸传为奇话，每远远看见他走过来，有人就指点讲说。牛过秤知道他死后村人对他评价不低，愈觉得当年执秤时良心有愧，就竭力在重生之后，要多做善事，以赎罪恶。他常常起得十分早，用扫帚扫净村巷的垃圾，修补田间的便道。而镇上逢集过会，他也去做小买卖的铺前，帮人经营张罗。但他若一拿那秤杆，顾客便嚷："你不要过秤，你会在秤上捣鬼的！"窘得他满脸赤红。且后来得知有人指点他，总是作践道："就是他，过秤上遭了孽，人见不得，鬼也见不得，死都死得不直截了当！"牛过秤就深感悲哀。心里有火，在家就发脾气，脾气发得多了，老婆嫌，儿子也嫌，斗开嘴，老婆不免说起上次他是装死，倒害得她花了那么多钱！牛过秤仰天长叹：人原来活得这般不舒心，真还不如上次死了倒好！就说："恨吧，恨吧，我死了就不恨了！"便当着老婆儿子面搭绳在梁上去吊。自然被救下来。自后，他就以死威胁，动不动就要上吊。如此这般折腾得多了，就习以为常，一日在外又受了指点，回家与老婆又吵，就去上吊，老婆以为他又在威胁，就拿了鞋底坐在院中捶布石上说："你上吊吧，我是怕你上吊？"偏不回屋。牛过秤脖子套在绳环后，蹬了凳子，只说老婆会来救的，但老婆没有来，待到要喊叫时，已经喊叫不出来了。

牛过秤弄假成真，果真彻底死了。他将绳索没有套好，舌头原本长，就全吐伸出来，死相凶恶。

六

三十三年前，张家媳妇在瘟神庙祈祷，因为一句很坦白又很有趣的话使老贯从庙梁上跌下瘸了腿，很在村里要说了一个时期，但这媳妇毕竟生下个男儿来。到了乙丑年间，这媳妇业已老死，男儿张生林已长大成人，娶烽火台村陆家小女为妻，生育一女，聪颖乖巧。原本这是一户极平和之家，张生林分到二亩责任田后，日起上山劳作，夕晚回家睡觉。饭虽然粗淡，但饱肠饱肚，妻虽然丑陋，但铺床暖脚。生林没有嗜好，不酗酒，不赌钱，喜欢抽烟，专辟二分地栽植烟草，老婆会用稻草辫了烟叶，晾干，晒焦，揉了末子，还拌上香油。不想这一年村里许多人出外跑生意，赚了好多钱，生林眼也热了，他寻思跑生意没有资本，却见外地来人喜欢收购桐树苗子，就在半亩地上种桐树。桐树长到一握粗，卖了好价，很是刺激了一番，就又谋算在一亩地里育葡萄苗。结果，深翻土地时，竟又挖了几百斤桐树根，灵机一动，全截成一尺长短，出售桐树种根，又落了二百元。第二年出售葡萄苗，县城来了车，一并包买，再收入一千二百元。以后三年，如此育种果苗，倒发了大财，张生林就再不种烟草，开始抽一角钱一包的"羊群"香烟。在村口碰着张德仁，说："张场长，到家坐呀！"

张德仁说："忙哩，改日吧。"

张生林说："那吃根烟吧！"

张德仁问："什么烟？"

张生林将"羊群"烟盒亮亮，抽出一根，说："香烟！"

张德仁接烟看了，说："兄弟，发财了还抽这烟？吃我的一根吧！"丢过来的是"金丝猴"。

"金丝猴"香烟一包六角五分。张生林脸很红，自惭形秽。自此，更加努力，将果树苗所赚得钱全部带在身上，去省城做生意。张生林到底是张生林，一肚子聪明，一旦挖掘出来，精明得全不像个乡下人。他先在一家建筑工地帮小工，后硬是打听找到石夫生前的那个未婚妻叫杨珺的，杨珺念其是石夫的乡亲，介绍他去一家书画店推销书刊。此时社会正兴流行歌曲，他带有一本流行歌曲汇编，竟一下子售出十万册，分红了一笔相当可观的票子。张生林从省城回来时，他是穿了皮鞋的，在县城又买了一辆自行车骑着回瘪家沟村的。虽然从胭脂河渡口到瘪家沟村路骑不成车，车骑在他肩上，村里人都跑出来看稀罕。

晚上，有许多人来，老婆烧了开水让喝，生林说："白开水怎么喝？我提包里有茶！"老婆从柜里取了"羊群"烟一根一根给来客散，生林说："那烟烧嘴，抽这个吧！"拿出的是"金丝猴"，还带着海绵嘴儿。

张生林在家待了一月，一月里只和老婆到一块儿有五次，他觉得老婆脸太黑，头发总粘在头皮上，走路不会走一条线，叹息：咱山里，女子是墩墩，婆娘是黑黑，核桃是格格，柿子是涩涩。老婆说："就我这黑黑，你那阵三番五次托人说情娶下的，你那时眼瞎了？你一走几个月，回来不睡一个枕头，我是给你守活寡啊？！"生林夜里就到老婆那一头去，却将一本流行歌曲的封面贴在枕头后的墙上。封面上是十二个美如艳雪的女歌星。

张生林一月后又去了省城，一去半年，再回来就和老婆离了婚，重结婚的是给大官人做过保姆的西贝。大官人死后，西贝回了瘪家沟，现已二十岁。因在大官人家做过保姆，经见了世面，养得心比天高，好多媒人说亲皆未同意，生林托人求婚时，寻思年纪相差大是大些，但此角色出怪，混得已不像个农民，就应允了。一个是过来的男人，一个是有经见的女子，婚后两人床上功夫颇高，如鱼戏水，畅美无比。蜜月罢，西贝闭经，呕吐思酸，肚里开始有了胎儿，生林就又进了省城。又是数月，捎回几百元，西贝将钱交付西王庄建筑队，新盖了一院房子，待生林回来，两口就搬进去，大摆席宴，欢庆了一番。接着，西贝坐月，生林就没有再往省城里去。

画匠老贯已经多年不作画了，闲得无聊，就到这家来坐，听生林说外边世事。久而久之，村里的老少都来，生林家成了穷聊点。聊得夜深，西贝和孩子上炕去睡了，生林越发将一说二，将二说四，讲得一口白沫，讲说到最后，却长叹数声，情绪甚为低落。

听讲的人说："生林，你有什么不如意的，住的新瓦房，睡的是花一样的西贝，又得一子，又见了世面，又发了财，你还叹什么息？"

生林说："我比谁心里都难过呢！"

听讲的人说："心里还难过？"觉得生林说笑话。

生林说："我现在才理会了林彪当年为什么要害毛主席。那时批判，咱还文化浅，听文件上说林彪披着马列主义和毛泽东思想的外衣，就发言说：林彪太不像话，他官那么大，什么没有，还要偷马列和毛主席的衣服穿？"

大家都笑起来，笑着那一阵荒唐。

生林说："我现在日子过得是不错了，可到省城看看，咱活的还不是人呢！人家吃什么烟？都是'三五'牌，一根就值二三角钱的。人家的老婆是什么样？现在讲究线条，风度！乡里的女子长得再好，可一到城里，你会一眼看出是个乡下人，那味儿不同哩！"

听讲的人并没有引起反应，他们还达不到张生林的层次，只是那么笑笑，说："生林心是没底洞啊！"

冬天里，张生林在县城开办了一家杂货店，买卖兴隆。他将西贝母子接来住了几日，就又送回瘟家沟村去，只自个儿在那守店。店旁边住有一户工人，夫妇皆南方人，那女人个头不高，皮肉却十分细腻，眼睛细细的，似乎还向下弯。生林看惯了西贝的大眼睛，便见这细小眼睛更有味。这女人到店里来买东西，次数多了，靠在柜台上同生林说话。问："生林，你这么有钱，老婆一定漂亮哩！"生林说："瞧我这丑样，漂亮的女人谁看得上！"女人说："你是前崖颜后马勺的，可女人眼里的男人是论本事的。"生林说："我有本事？"女人说："你是深山的鹰鹞！"生林给了她许多洗衣粉，洗头膏，把钱记账着。

记得账多了，女人没有还，生林也没要。一日女人来说："生林，晚上有空来家看电视呀！"生林去了，那丈夫并没在家，女人说："电视也没甚看的，你会跳舞吗？"生林遗憾自己不会跳舞，那女人就自跳起来。这一跳，城里女人的风度就跳出来了，他前一个老婆没有这点，西贝也没有这点。生林看得呆呆的。

这一夜，生林没有回杂货店里。他将女人欠的账一笔勾销。多少天里，他感到一种胜利的愉快，这愉快犹如他与西贝结婚时的情绪。但是，之后他就是更加地痛苦。在和西贝结婚后，他知道仅仅是一个农村女人代替了一个农村女人，而现在第一次享受了一个城市女人，而县城的女人这么多，何况省城的，他感到自己太可怜。

生林渐渐不愿回到瘘家沟去，他又相好上了另一个县城的女护士，就在一个中午急急在女护士的宿舍里交乐的时候，他听到了门外有一声咳嗽，极像女护士的那个丈夫，他慌忙起身就走。虽然那并不是女护士的丈夫，声音是走廊中一个无意人的无意咳嗽，但生林回来就病倒了。此病延续了半年，转为肝部硬化，当他拿到化验证明单后，他一下子软瘫了，他极度地怕死，将杂货店撤回后，整日唠叨他要死了，死了，就不耐烦，骂西贝，骂儿子，骂瘘家沟的人，也骂城市里的人，要吃好的。

七月十五日起，张生林突然安静下来，其时已经腹水，他对西贝说："死就死吧，我总算享过福了！死有什么怕的？我不在乎，我对死看淡了！"他要求西贝能领他到省城去，他还没有坐过飞机，他想像鸟儿一样在空中飞飞。西贝答应了他，开始变卖那些货物，筹集巨款。但是，生林的病转入疼痛期，昼夜呻吟，他忍受不了。喝了安眠药自杀了。

张生林到底没有坐上飞机。

七

寿星老贯无后。其弟有个独儿，独儿生了独孙，独孙又生下独曾孙，正应了三代传一。且这一支人的寿命极短，孙子手里先生了三个孩子，胖乎乎的惹人心疼，却一生下来叫几声就死了。作家石夫曾经在《我的故乡》一书中写过这件事，感叹说：生的层次导致自我超越，死的层次导致自我丧失，每一次生的超越都向死的层次逼近。石夫的文墨深，可以这般说，但连他也不明白既然一生下来就死，何必苦苦酝酿十个月到人世呢？村人解释：这是谎花。哪条瓜蔓上不开几个谎花呢？这一支人是单传，循环得快，生者顶着死者，孩子一生下来，做娘的就死。寿星老贯总觉得这其中有蹊跷，在侄孙媳妇，即周寿娃那个小老婆，生下三子未成后，便发现前院的屋顶上居住了一窝大蝎子，黑黄焦亮，凶相毕露，且发现母蝎怀孕后，背自裂，子生出，子爬下背就将其母嚼食。老贯认为这是蝎精所致，遂购买三斤重的大白公鸡，放在屋顶灭了祸害，后果然家宅平安，侄孙媳妇再生第四子时，安然无恙，而侄孙媳妇活了十五年后方死。这后代为鸡所救，起名鸡保。鸡保却是个傻子。

傻子长大，父母就过了世，老贯一直抚养。但傻子到二十四岁上依旧娶不下媳妇。新院有一赵家，穷，其父死时，没钱埋葬，老贯将自己备用的一具棺木借去用了。这赵家感激涕零，却无力偿还，后就将女儿赵玫许嫁于傻子。赵玫读过小学，与田王庄的田大京是同学，关系友好，但拗不过爹娘，哭了三天三夜，还是应允嫁了傻子。娘说："鸡保是欠些成色，可家底好。听人说，患傻病的人一结婚就好了的。"赵玫盼望娘的话灵验。

婚后，傻子还是傻子，竟傻到不会安排赵玫。赵玫当然不是为那事要求强烈的人，可夫妻不像夫妻，赵玫夜里常咬着被角哭。老贯看出了问题，托茂林娘去开导。

自后，鸡保懂得了事体，尝到了美妙，却不管黑天白日，一有空就缠着赵玫。赵玫原先恨他不懂，如今又恨他没够数，伤心透顶，趴在炕上尽是哭。哭过了她就想田大京。想得厉害了就跑到县城去找田大京。田大京已当了工人，在县建筑公司，盖四层楼，六层楼。她给大京哭，大京也陪她哭，哭罢心里舒坦了，她又回到瘗家沟村。

一日，瘗家沟过瘗神庙会，人一溜带串的，赵玫引了鸡保也去庙上烧香，鸡保突然冲动，嚷道要雀儿进窝，赵玫粉脸羞红，不言一声和他返回，一进院关了门；劈手就打了鸡保一耳光。鸡保打人却是无师自通，当下起怒，一脚踹在赵玫心胸，当下就吐了一口血。夜里，天转阴，晒在屋顶瓦槽上的红苕干儿要收拾，赵玫让鸡保上去，鸡保在上边收拾好了，要下梯子，赵玫在下用脚蹬了梯子一下，鸡保就跌下来，正好头朝下跌在台阶上，脑袋就裂了，五颜六色的脑浆喷了一地。

鸡保一死，村人叹息了几声，说这一支人阳寿都短，也就不追究死因，草草葬埋罢了。赵玫又惊又怕，之后暗暗有一种喜。一月后，她就去县城找田大京，才在大京的宿舍坐了一会儿，一个女的推门进来，大京介绍说："赵玫，这是我的未婚妻，你俩也交个朋友吧！"赵玫当下如雷轰顶，看那女的，天生风流，花枝招展，相比之下，自己一派委琐，强装欢颜，起身让座。那女的则伸手过来要握，她唰地脸红，手却藏在身后，说："咱农民不兴这个的。"相坐片刻，赵玫瞟见人家目挑眉语，便看也不是，不看也不是。那女的说："大京，约好不是要出去照相吗？"田大京说："赵玫，咱一块儿去吧。"赵玫知道自己在这里不能久待了，就推辞着先走了。

走到街上，已昏昏如痴，仇恨田大京竟无意于她。恨过了，又觉得不能恨，便又骂那女的是妖，是魔，是狐狸精，占了她的好事。恰此日县城开公判大会，宣判了五名罪犯死刑，当刑车从街上驶过开往城南河滩执行时，赵玫在人群里看见了死刑车上有一个女的。那女的极美丽，白净皮肉，一头秀发，围观者先是看呆了，再是遗憾，再是感叹女人比男人更凶残。一打问，原来这女的因奸杀夫。赵玫当下眼前发黑，叫了一声："鸡保！"就瘫在地上。

赵玫在县城的刑车下瘫软，且叫了一声"鸡保"，正好让瘪家沟的一个人在那里看见，回来后就说知了寿星老贯。寿星老贯在侄曾孙死后，也多少怀疑死得奇怪，听了这话，就又查看了当时放梯子的地形，又将回家后痴痴呆呆的赵玫叫去询问当时跌下来的情况。赵玫心慌意乱，半夜里悄悄就逃离了家，限天亮赶到县城。她要再见一面田大京，当面提出要他娶她的要求。但是，田大京不在宿舍，隔壁人讲，大京昨晚去未婚妻家，一直没回来。赵玫披头散发开始在县城大街上走，她也不知道她要往哪儿去，这么走着又要干什么。后来，竟瞟见寿星老贯和几个瘪家沟的人在十字路口，她明白一定是事情败露，他们来追寻她了。一不做，二不休，慌乱中赵玫突然冷静了，她决定投案自首，到公安局去。公安局的大楼在街西头，是田大京他们才盖起的全县城最高建筑。赵玫从大门进去，上了二楼，已经看见写有"刑事科"的门牌了，她却在心里叫道：我有什么罪？我有什么罪？！咚咚又上了三楼，又上了四楼，又上了五楼，她爬上了楼顶。

一分钟后，她从楼顶跳下去了。

当赵玫尸体运回瘼家沟，瘼家沟村人全惊呆了。

已经多少年不再流泪的寿星老贯也热泪纵横。他们不明白赵玫为什么竟会死在远远的县城里。村人将她埋在鸡保的墓旁。

八

赵玫死后，瘼家沟村人一直认为是谜，后来张德仁的老婆发高烧，昏迷不醒，突然口气大变，说她是赵玫，进行了一番"通说"（鬼魂附身后借他人之口的说话），讲了事情的原原本本，村人才恍然大悟，说了赵玫的是，也说了赵玫的不是。

这就让腰院的张治五心里忐忑不安了。

治五女儿多，四十岁上得子，疼爱得如宝贝一般。等到六十三岁上，给儿子娶一房妻，日夜指望在有生之年抱上孙子。但儿子结婚三年，妻没有身孕，老少夫妇不知在瘼神庙里烧了多少香，磕了多少头，也无济于事。儿子读过书，信了科学，让媳妇上县医院去检查，诊断无病。儿子就惊慌了，自己又去检查，原来问题出在他身上，他只有一个睾丸！悄悄回来对爹说了，治五道："儿呀，这事万万不可声张，也绝口不向你媳妇提说一字！你要装作无事一般，脸上不要哭丧，笑笑的。"治五这般叮咛儿子，自己却愁得吃睡不宁。自己又跑到县医院，询问医生此病能不能治？医生说：能治，就要接补一个睾丸。治五作难了，到哪儿去找睾丸？总不能杀一条狗吧！蹲在医院门口抹眼泪。后来便又找到医生，说："接补一个什么人的睾丸才行？"医生说："只要是人的睾丸都行。"治五说："罢了，罢了……"要说什么却没再说出来。

治五想到的是摘除他的给儿子，话到口边，思想县城地方小，这事传出去，瘿家沟村的人少不得知道，就住口了。回家和儿子商量，说要到省城去做手术，儿子不愿意，认为不能让爹干那事。治五说："那谁肯呢？就是肯了，不走漏风声吗？爹年纪大了，再说摘掉一个又要不了爹的命！"父子俩瞒着村人和家人，扬言去省城跑生意，就走了。

在省城医院做手术，住院费很昂贵，所带钱不够，治五想来想去，找到炳本。炳本是木匠炳根的哥哥，属瘿家沟除石夫以外又一名上过大学校的知识人。石夫死后，他就是一帮年轻人中的骄傲了。他学的是理工科，毕业后分到一家研究所，研究得入痴入迷，甚至神神经经，娶妻生子后就极少再回瘿家沟村去。治五找着炳本，说是医院看病，前来借钱，炳本十分热情，交付了三百元，又招待一桌饭菜，又问要住哪个医院，手术后他要来探视呀！治五本不想告诉，见他热心热肠，方说了医院名称。

手术做得很成功。儿子到底年轻，伤口恢复得快，治五多比儿子住了半个月医院。因为时间长了，花销也大，治五不让儿子服伺自己，打发他先回家去了。这期间，炳本来探视了几次，几次询问治五治的啥病，治五搪塞过去。但炳本是搞研究的，与此医院大夫熟，一次偶尔碰着，又说起研究的课题，大夫说，"有个新鲜事哩"，将治五父子的事说了。这炳本搞科研入了迷，随即来就对治五说："治五伯，你给儿子摘睾丸，怎么不给我说呢？"治五当下老脸赤红，无以言对。炳本说："你真了不起的，能想到这一点啊！这事对我启发大哩！治五伯，你就是没受过高级教育，要不你能当科学家的！"治五说："炳本，甭提了，让外人知道笑话的。这事咱那儿谁也不知道，你要能替伯守了这个口，伯让儿儿孙孙将来塑了你的像敬哩！"炳本说："我不企望你家塑我个泥胎，我的科研要是成功了，国家怕要塑我个金像哩！"

论起科研，炳本就激动，这一夜也未回去，说他从事的研究是怎样将世上的伟人，比如政治家，科学家，文学家，艺术家，凡一切脑袋瓜极端聪明的人永远保留下来。他说人的矛盾就是生与死的矛盾，生怎样战胜死，长生不老是不可能的，灵丹妙药也是没有的，但他设想要将伟人的脑细胞如何提取出来而培养，而储存，然后移植于一个新生儿身上，使这个新生儿或许长得与某一伟人一模一样，或许不一样，但大脑一样。他说，这种科研成功了，世界将为之改观，没有愚昧，没有文盲，没有落后。伟人群居，创造的社会财富将一日等于现在的一百年。

治五几乎没有听进去炳本的辉煌研究课题，他核桃一般的脸舒展开来，觉得自己干的并不是一件丢人的事体，看眼前的炳本，是好人，有知识和没知识到底不同，他不会像还住在瘘家沟村的那些人说长道短的。

这一年夏天，治五在田里给水稻施肥，天热得厉害，施完肥后他就在胭脂河里洗身子，没想前一年的手术伤口因潮气却发炎了。发炎了却不好对人讲，也不好去镇上求医敷药，那阴囊感染，病沉重得奄奄一息了。儿媳并不知爹患的甚病，请医生爹又不允，就日夜端吃端喝。其间她已怀孕，在爹床边说话，不时吐唾沫，想呕吐。治五让儿媳去歇了，将儿子叫来问："媳妇是有了吗？"儿子说："有了。爹。"治五笑了笑，头一摆，眼睛闭上睡着了。治五这一睡着，再没有醒，脸上还是笑笑的。治五的孙子生下来了，体质不佳，村里人说，长得又像其父，又像其爷。

搞科研的炳本到底还没有研究成功，当弟弟炳根有了对象，领着去省城旅游结婚时，向哥哥说起村里的变化。炳本问："治五叔好吧？"炳根说："夏天就没了。"炳本问："他得了孙子了？"炳根说："有了，他儿媳开怀迟。治五伯是四十得子，到儿子辈，还比他早，二十七就得了子。"炳本喃喃地说："治五伯是好人，善人，能人，能复制出他来让他物质精神不死就好了……"炳根说："哥哥说梦话，是人能不死？"炳本说："我说的是科研……你不懂的……"弟弟当然不懂科研，炳根就不言语了。

九

村上稍上些年纪的人相续都死了，不死的是老贯。

作家石夫在他的最后一部书稿《我的故乡》之中，很多篇幅就写到了这位老寿星："十五年前，我还在瘘家沟当农民的时候，父亲还在。他那阵身体很不好，冬天里犯气管炎，一口痰咯不出来，身子就揪缩得球一样，问过老贯爷的养生之道，回答是：一要饭后百步走，二要每晚一口酒，三要心里不记愁，四要老婆长得丑。爹说，老贯爷的老婆——我该是叫老婆的——确实长得丑，一对黑豆小眼，一对镢头脚。老贯爷讲的时候，描述道：她鼻涕流到前心，袜子溜到脚心，脑油腻到后心，见了恶心，出门放心。但这位丑老婆活到五十二岁死了，老贯爷整整三年每顿饭都要在她的灵牌前献上一碗，且端端正正摆好竹木筷子。爹还说，他小小的时候，看见老贯爷是这个样子，他活老了，老贯爷还是这个样子。这又是多少年过去了，老贯爷还是我十五年前见到的样子，简直如瘪家沟大椭圆上的古槐，永远看不出它老！所以老贯爷在村口见到我，一会儿叫我的名字，一会儿又叫我爹的名字，我同他说话，也似乎不知道了我是我，我还是我爹？"

老寿星不仅将石夫与石夫的爹分不清，他几乎把死人和活人都混淆了。他夜里走到巷口，远远瞧见有人提着灯笼过来，说："是阿宝吗？"阿宝是张过秤的儿子，说："是我，爷。"爷说："就你一个？黑天黑地的哪儿去？你爹在后边吗？"阿宝说："我爹？"张过秤已经死了，阿宝疑惑地说。爷说："你爹见我和你说话，躲在那墙后了。张过秤，我是老虎，不敢见我吗？"吓得阿宝夺路就跑，蜡烛倒下来将灯笼也烧着了。

恐怕是在人生的旅途中跋涉得太久，经见得太多，时间的概念已经完全没有了。村中人常常为某某事过了多少年，争吵不休，就说："问咱活先人去！"问他，他说："月亮垭原先站在院子中能看到的，现在站在屋檐下台阶上才能看到。风把月亮垭刮低了。"前五年，县文化馆的一位文物干部到胭脂河调查、收集古董，结果一件清代瓷瓶也没搞到，却意外发现了他，称他是活文物，写了一篇文章在省报上登了。这事为胭脂河一带争了荣光，也为县争了光彩，县政协的人送他一块表。表是马蹄表，老贯不识字，让小学生指着表上的数字教他。但他老是记不住，末了说："不学了，我已经知道，那个短针走一圈就是一天的。"学生说："一天是二十四个小时。"他说："一圈等于一个白天，再一圈等于一个黑天。"学生说："按爷的说法，一年就是七百三十个圈了？"他说："你们学过习，算算，爷一辈子是多少个圈圈？"在他的观念里，表是天的浓缩，是天的平面图，长针是月亮，短针是太阳，月亮和太阳在转着，人将生出，人将老去。学生们看着他，想起课本上的古诗：洞中方一日，世上已千年，或许老贯爷已经成了人精了，是站在白天和

343

黑夜之间的人，是站在生与死的界线上。或许他已经不是人了。

对于表的解释，以致使他看什么都是圈。治五死后，其孙子生出，他说："这孩子比他爷爷大。"治五的儿子不解，他又说："治五死了，要托生还早哩，说不准下一世，又会在这家托生，该叫孙子是爷爷的。"所以，他自己有时感到自己活得太老，有时倒又认为自己是全村最小的人。有一年石夫在报上发了一首诗，村里人传着看，他让念给他听，诗中写道"离开了家乡我向北行，我越走越远，沉沉地背着乡愁"，他说："怎么是越走越远？孩子们在学校学习，说地球是个圆的，石夫他一直向北走，转一圈不是就走回来了吗？"

村人都说他这是老了，说话与正常人不一样了。可他年轻时，却是精明的一个。他是画匠，会画万字图，会画流水纹，画鱼画鸟，瘟神庙几乎是过十年就重新彩绘一次，到八十岁左右还能上高爬低地作画。自张家那一个媳妇在庙里祈祷说出有趣的话而使他跌下瘸了腿，才收拾了笔，不画了。

停止了画业，他养过一头种猪，远近的人都来为自家的母猪配种。配一次，收五升苞谷，两升喂了种猪，三升留给他享用，以此为生。他所分得的那一份地，什么也不种，单栽瓜秧，收北瓜冬瓜，用瓜种绿豆做一种"懒饭"，每顿吃两大碗，竟吃得脸上很有颜色。常常做饭时，门口来了配种的，他要一边骂着来的不是时候，一边就牵起种猪来配，种猪总是先寻不着那母猪的某一部位，将精液射偏，他就用手去稳住那鞭杆，弄得一手脏东西。配完了，手不洗又去做饭，饭的第一碗必是慰劳种猪的。有了马蹄表后，邻家的孩子可以来查看去学校上课的时间了，再一个功能就是被种猪派用上了。他说："来配种的多，这一家的母猪刚配过了，那一家的又来，猪哪儿架得住？现在是走半圈才许配一次的。我有表啊！"

不管怎么说，老贯总不死。他不止一次笑话过大官人，何必用气功呢？也耻辱过牛过秤。村里谁死都见过，见过就全大瞧不起。搞科研的炳本在多年的惨淡经营中一无收获，只得暂时停下工作，回来要研究研究老贯长寿的秘密，怀疑起世上会不会真有了永不死的人。老贯热情待他，领着去看了自己的墓，墓是早年拱打的，如今已坍了。看了放在楼上的棺木，老贯说，这是制的第三副了，一副给了赵玫的爷爷用去，制了第二副又放朽了。炳本谈得兴趣，夜里就睡在老贯家。这前院的房子是翻修了三次的，屋内很暗，四壁漆黑，窗子极小，冬夏不曾糊纸，门挺大，没有门关。等炳本在炕上呼呼睡觉了，不知什么时候醒来，月亮明晃晃地从门缝泻进，在门道处闪一个惨惨的白三角，他恍惚间觉得炕角坐着一个人，很是一惊。看时，是老贯，盘脚搭手坐在那儿睡得正香。炳本忙摇醒他，说："爷，是我占了你的炕，你没能睡好，现在你睡吧，我坐一会儿，天就亮了。"老贯说："我这不是睡得好好的吗？"炳本说："坐下瞌睡不解乏的。"老贯说："睡好了。你要没有瞌睡，咱再聊吧。"自此，炳本才知道老贯睡觉从来都是坐着睡的。两人就又聊开来。到了第二天饭辰，老贯又一定要让炳本吃饭，照旧在锅里熬了一个北瓜，又烧了一个白菜汤。他切白菜不用刀，双手一扭就煮了，讲究原形原质。炳本一边吃着，一边说："爷，你就这样生活，怎么身子还如此好？"

老贯说："我也说不清，你瞧瞧我这头发，今春以来又变黑了。这一嘴牙已经是换了三次了。"

炳本突然问："爷，你老真是奇迹，永不会死吗？"

老贯说："我还是不知道。"

炳本突然问："那，你老想没想到死？"

老贯呵呵大笑起来，说："想怎么着，不想怎么着？你这孩子……"

猪圈里那头种猪在嚎嚎地叫起来了。

老贯说："它肚子也饥了！"遂将碗端出去，将剩北瓜倒在槽里。炳本也跟出来。

老贯说："我眼看着村里的人一批批老了，死了，我先前也觉得我活得太长了。为什么叫我不死呢？人说阎王爷有个花名册，每天翻着用朱笔点，点到谁就死了，我疑心是不是阎王爷把我的名字写在装订线外边了，一直未发现？可看得人死得多了，我倒不在乎我活的是长是短哩。你瞧瞧，这门外的杨树、柳树、柏树，这花花草草，这屋顶瓦楞上的草，这石头，这猪，鸡，连地上的蚂蚁，身上的虱子，他们到这世上和人有什么不一样的？都一样的。天让你活个什么，你就活个什么，让你活多久，就活多久，是不是？就为这，我琢磨通了，生也没高兴的，死也没苦痛的。那大官人，你越想活，你越苦痛，那赵玫，想死不想活，你也苦痛。是不是这个理儿，炳本？你是有文墨的人，你倒来问我，我知道什么；你偏还要问我！你要问我是什么的话，爷倒问你，你能说这树，这草，这石头，这天上的太阳，月亮都是什么？"

炳本一肚子学问，能言善语，这会却回答不上来了。

但一心想将来获得诺贝尔奖的、想将来人类给他塑个金像的、科研工作者炳本，似乎又明白了什么，他突然萌生一个念头，回城后要写篇论文发表。

这当儿，恰有人去瘘家沟内的瘘神庙里烧香祈祷用木槌撞击那一口铁钟，其律悠悠。

十

又是一年过去了。瘘家沟似乎极平静，太阳照例每日从烽火台那儿出山，黄昏从月亮垭那儿坠下。人们白日劳作，夜里在不点灯的土炕上悄悄做享受的动作。到了清明时节，正是地气上升、春情勃发的佳期，寿星老贯家的生意极好，前来为母猪配种的人家排了队，老贯每日熬三大锅玉米粥，分七次为种猪进食。这种猪愈是配种，情欲愈强烈，前来受配的母猪，或许去年已经来配过，或许是去年配过之后所生下的母猪的女儿，或许竟也是受配后的母猪女儿的女儿。它们不计较它们的父亲和爷爷，受了孕，就怀大肚子，生六个七个崽儿，甚至是十个十二个。老贯看着种猪，真担心它承受不了了，可一见种猪对母猪那么冲动，而母猪的主人又言语那么诚恳迫切，他只好再不以马蹄表为限制，一日配一次，一日配几次。

一个春天过去了，种猪却倒地死了。

种猪死得很惨，是从一头母猪背上跌下来死的。老贯还以为种猪方位没找准，去帮忙时，见种猪一口白沫，眼睛已经闭上了。

老贯当时感觉头脑上被什么击了一下，就叫了一声，也昏过去。醒来，满脸泪水，骂受配的母猪，骂母猪的主人，当母猪的主人慌忙放下五升玉米要逃走时，他是将玉米像泼水一样泼在那主人的身上。

他没有宰杀种猪，而为它做了棺材，自己背着到门前的榆树下掘坑葬埋了。此后，老贯得了一病，这病十分奇特，要睡就睡，要醒就醒，一睡竟睡半年，身子僵硬，气息活动，要醒则又是半年不睡，日日吃了饭就坐着，坐着饥了就做饭吃。先是村人都来照看独鳏老人，到后来也慢慢怠了，似乎觉得他活着也是死，死了也是活，就一日日淡忘去。

几乎与此同时，中国西部最大的城市里，科研工作者炳本，夜以继日地待在工作室里苦思冥想。他的那篇论文写了老贯长寿的秘密，但却极瞧不起老贯，认为那是一种"惰性的活"。"人是万物之灵，人是创造的，人能征服这个世界和这个世界的一切"，他这么坚信着自己的信念，却终没有完成自己辉煌的科研项目，又从工作室走出来，到一些集会上，到街头，甚至游走全省各县，回到瘪家沟，讲演自己的设想。这讲演先是极吸引人，听众颇多，一片喝彩，至后人一见他就哗地散去，怀疑他讲演得激动了，会用针管将自己的脑细胞抽出。

瘪家沟的人最后一次看到炳本的时候，他是独自一人往胭脂河后的仙山上去了。

而瘪家沟的瘪神庙里依旧香火缭绕，村中的人开始在神庙的左右开设了旅馆、饭店、纸铺，大做生意，皆大发财。

一年一度，石夫的前未婚妻，杨珺，携着现在的丈夫坐船到胭脂河渡口，再往石夫的坟上祭奠，依旧忘不了带有石夫的遗著《我的故乡》。这一年，见胭脂河渡口船已是机动船，岸上又建了八角飞檐的休息亭，又有了个体摄影户，大发感慨。进了瘪家沟村，新房幢幢，老少穿着新鲜，甚为惊讶，问村中人缘故，回答说："现在是富了嘛！"杨珺说："是大官人生前拨款照顾的结果吧？"村人无语，却用手遥指烽火台、月亮垭以及仙山。远近并没有一棵成材的树，亦没有成片的树林。那人却拂手远去了。夫妇俩好生疑惑，遂听见钟声飘来，鞭炮作响，寻思那瘪神庙还在，香火还盛，便前去观看，几乎被庙前庙后的小吃小卖摊铺惊昏！杨珺蹲在一家瓜子摊前买瓜子，摊主就是西贝，收拾得头光脸净，杨珺是认识的。

杨珺说："西贝，你也做买卖了？"

西贝说："都做买卖呀！"

杨珺说："买卖还好？"

西贝说："行。我是小打小闹，亏了人多。"

杨珺拿了一包瓜子边吃边走，吃到最后，要丢掉包装纸时，突然目光盯在纸上，立定不动了。她看见这包装纸正是石夫的遗著上拆开的一页。

贾平凹

草写于一九八七年二月十七日至二月二十日

九叶树

一

吃罢午饭，石根撂下筷子就到了阳坡里，给香獐子开膛。他脚手麻利，刃游自如，先将麝囊割了，连同鞭子一起粘贴在石头上，就缚起野物的后腿倒吊在两棵毛柳木树上，以致把毛柳木树合弯成一个满满的弓形。掏了心肺，摘了肝胆，五脏收拾得空空，刀在背上分边子猛劲儿砍了，毛柳木树"嘣"地弹射分开，白花花两扇肥肉便挂在那里晃荡不已。一个冬天里，饭是可以不吃淡的了，酸菜也能用荤汤热煎；单这一堆下水，盐腌烟熏，足够喝十天八天柿子酒的下酒菜，真是神仙的日子！香獐子头不要，一扬手丢到下洼蒿丛里去，立即招来三只老鹰。老鹰打着旋儿快活，他也快活，哼着花鼓提了肠子到溪里去翻洗。水流清清的，一棵倒在溪边的榛子树，根部已经断裂，奇怪的是浸在水底的叶子，还绿得翠翠的新鲜。几只蜉蝣，长脚轻柔地在那里悠闲，一弓身子就都从水面极快地划去，水好像不是水，是光滑的玻璃呢。

让肠子像绸带一样在水里抖，石根就仰躺在草窝里唱花鼓。花鼓的曲名儿叫《十唱姐》，是卖丝线的货郎对着一家黄花女子唱的，从头上的红头绳一直唱到脚上的绣花鞋。石根唱到"姐儿好裙子"，心里舒坦得很，张眼四处打望，天空下的面前这座山崖，好像织在匀匀的彩网里。槲叶多么黄啊，一丛一丛的；栲树、青桐、杜梨、花榛的叶子却红得滴血，常又和松树搅在一起；桦树似乎更粉白了，这媳妇精变的，仿佛是执意地在显示自己的风骚。深秋的山上景致真好，怪不得城里的人来了，都说是"丰富多彩"。那台台坎坎上的龙须草，今年长得比往年都好，齐严严罩了岩角石嘴；穴洼里的腊木条叶子也全落了，一丛便可以砍一担子呢。山下马王镇收购站里，龙须草开始收购，价钱比去冬提高了几分，黄腊木条子编成筐，镇上有汽车收着往城里拉。这都是钱啊，等着石根去割，去砍呢。还有山核桃、毛栗子、橡碗子……树底下的茅草窝里，荆棘丛里，只要愿意去捡，一晌午蛮能收获一麻袋。这山里，遍地是宝哟！人却长不出个三头六臂。邻居的三户人家，都忙着采集木耳，泡制春上的拳芽菜，老婆娃娃都忙活了；石根单枪匹马，他顾不过来，也不眼红，尽力而为嘛。

洗好了肠子，捆起来，他还在唱着。突然听见山崖上哇哇地一片噪响。举目看时，好一群白脖子乌鸦被惊乱了，半人深的茅草里，倏地出现了一只香獐子，老得毛都焦黄了，向这里窥探。这是一只死难者家属，是来向同类哀悼，还是寻石根复仇？石根一下子咽了"姐儿好"，闪身趴下，从毛柳木树下抓起那杆猎枪。一声巨响，老香獐子连忙跑掉了；乌鸦们也霎时投入槲叶丛里去，失却了踪影。

石根本无意再有什么收获，空放过一枪，也便没心思去穷追。新政策颁布以后，分给他二亩八分坡地，一亩三分沟畔平地。他不喂牛，也不养猪，一亩种毛苔子压肥，三亩春种小麦、芋头，夏播苞谷、荞麦，一年二料，耕种收获，他十天半月就收拾得清清白白。空下来的日子，就全是他的，在家里酿着柿子酒喝，喝足了就站在门前小桃树下唱花鼓。石根的花鼓唱得好，山里人家过红白喜事，他是少不了的角色。他模样俊俏，声调清亮，又不要酬钱，大受村人称赞。他也就乐在其中；或者，一个人到山上去，提了那杆猎枪，满山跑着打野物。他的猎龄并不长，却眼睛好使，脚腿有力，常常十枪八枪就会有一样东西死在他手。这日子正应了俗话说的"出门一把锁，进门一把火，除了神仙就是我"。昨天，他正在割龙须草，发现了这只香獐子。丢下镰刀放枪，一颗子弹就将百二八十块钱的宝物打跌下崖来。邻居的倒骂起老婆娃娃是拖累，害得他没有石根富足自在。他在心里说："哼，吃饱了肚子嫌打嗝儿，老婆娃娃是多余的，你给我送来啊！"口里却说道："你何苦哩，下猪娃一样有了三个女子，你还想要个小子，三更半夜地往九叶树下磕头哩！"

九叶树是这一片山上人家的村志，离石根家三里。石根本来是取笑邻居的，但一说起九叶树，心里就痒痒的，又得唱那《十唱姐》："十唱姐儿唱完了，姐儿浑身都是好"，就有一个念头从心眼缝儿钻出来，自言自语说：这货郎不知娶了没娶那姐儿？

他们这地方，说偏僻也真够偏僻，说不偏僻也就不能算多偏僻。北边一百二十里外是陕西最南的一个边城；南边八十里是湖北最北的一个县。虽都是县，人口却多，繁华得比一个市热闹。本来两个城市相距二百里，但一座白马岭却从中隔绝，长期因为是两个省，各自为政，谁也不肯花钱打通一条公路来，这地方也便被久久地遗忘了。山沟里只有一条小路，供山里人出入使用，外人是不曾涉足的。世代以来，山外人都以为山里贫困，殊不知风光之美尽在这里。从沟口往里走，路随山升，越走越高，但高到山垴，却成了平地。入平地处是一个坝型的坡，相传是早年两边山峰崩坍后堆积成的。于是坝坡后便将沟道里的流水蓄成一个不大不小的水潭。潭边住了几十户人家：沿潭往后的东沟岔里几家，西沟洼里几家。拢共繁衍百十户。九叶树就在坝坡之上，高五丈，粗三搂，枝叶平铺半空，像一块儿不散的绿云。天晴无风，山中百鸟朝来，一起鸣叫，好听得犹如仙乐自天而降。更是天下少有的，竟一树发了九枝，枝枝木质不同，叶形有异，是冬青的、花橡的、榛子的、散柏的、刺柏的、杉木的、青桐的、枸子的、棠梨的。山地人科学不足，以为神物，故天有不测风云，人有旦夕祸福，都来树下烧香磕头。现在这种仪式当然不再公开，求神要娃的人只能夜里偷偷来。但村子里的重大集会，却都在这里进行，以致发生家与家争吵，人与人纠纷，多在这树下拍腔咒誓。树是如此好树，可惜长在深山，出了白马岭，陕西边城的人不知道，湖北县城的人亦不知道。自生虽没有自灭，但几十年几百年寂寂寞寞地自长着。

责任制实行以后，山地的年轻汉子开始走出山来。他们不再是满面黑灰去讨吃要喝。粮食的丰收使他们口大气粗，山货的自销使他们英英武武，可以在山下的城镇里大声讨价还价，可以狡黠地掐指算账；他们满把掏钱地在酒店里打酒喝，啃着锅盔在戏园子里听大戏。到底城里人聪慧，为了赚得山里人的土产，便也钻进山来，带一批破鞋旧衣，换去核桃、柿饼、木耳、拳芽。到后来两省经济互通往来，各所在县向山里筑路，一直修到山下三十里的地方设了车站、收购站。山里被外部世界认识了，这村子的所在更被城里人传为仙境。城里人有的是钱和时间，少的是青春和安静，便有文人记者写文章介绍，说这里坝坡上如何茂林修竹，水有清流激湍，路有十八道弯，弯弯怪石随物赋形，以形写意；说坝后如何一潭清波，山影倒浮，鱼鸟影同，晨露夕雾多变幻，春夏秋冬色分明；说得最多也最离奇的当然是九叶树。于是乎，奇装异服的城里人，红男绿女的时髦者，来探古的，求静的，谈情说爱的，发财寻利的，就都出现在山地人的面前。石根平日里好动，少不了就往九叶树下去，他见的城里人多，城里人也认识他的多。

看看城里来的人，给城里人讲讲九叶树的传闻和神话，说乏了，站困了，他就要到树下麦场边的杂货店子里去。店是一老一少开的。老的是罗子，个头儿不高，腿又是罗圈形，出门行走，总觉得路不平；少的是女儿，十九岁了，高过爹一头，好一脸颜色。罗子老汉大前年死了老伴儿，拉扯着独生女儿过活，地分以后，有了四亩地，女儿就成了主要劳力。这女儿几年光景竟出养得如花似玉。待到城里人到山里慢慢多起来，父女俩就开办了这个杂货店。说是货店，酒也卖，饭也卖，夜里也可以歇客。女儿人才好，性情又活泼，人多眼杂，自然成了众目所视之物。她就养了一条白狗，白日在店里的酒桌下啃猪蹄骨头，夜里蹲门口汪汪大叫，山谷空鸣，不亚于古者秦琼、敬德守门之威风。

石根最爱这条白狗，也最怕这条白狗。他每每一走向店去，它就大咬。咬声一起，他就势喊："兰兰！"店女儿却偏要恶作剧，出来并不唬退走狗，倒嘻嘻地瞧着热闹。等到人狗厮缠一团了，罗子会从窗口探出头来，骂兰兰："你把你的狗惯成什么样了！"兰兰才一个口哨，白狗便安然温顺。他一进店，罗子就说："你这小子，一定来者不善；狗是咬歹人呢。"他就脸子红红的，偷看一下兰兰。兰兰还是得意地笑。他最爱见这份笑。她知道打扮了，眉毛扯得细细的，袄腰做得窄窄的，身子的线条怪好看的，还总是露着白牙笑。罗子看出石根的憨相，就也呵呵不已，让兰兰切一盘猪耳朵，倒一葫芦酒来。罗子是个酒鬼。兰兰娘在世的时候，家境拮据，常要和老汉为酒吵架。如今手里有了积攒，老汉的酒葫芦便没空过，他不习惯喝闷酒，图着热闹，与石根便成了忘年之交。喝得次数多了，石根也不时提酒提肉过来搭伙。当然，喝酒是一半目的，另一半目的却是为兰兰来的；不过爱喝酒从不在这里醉；爱玩栽"方儿"从不赖字，赢一局，又要输一局；难得的一个糊涂人！因此，喝酒栽方倒博得老汉欢心，勤快殷切又取得兰兰满意。

山林渐渐暗下来，最后一道夕阳跌落在山崖顶上，沟底的雾开始生发，顺着梢林往上蒸。石根将香獐子肉背回屋里，一扇敷了盐，吊在锅台上的屋梁上，又将一束荆棘在肉上的绳子上系了，以防老鼠；却将另一扇一分三块，一块儿用葛条拴了，要提到杂货店下酒去。他最经心的是那麝药，小心翼翼装在一个瓶瓶里，揣在怀里了。出门的时候，又顺手拿了贴粘在墙上的麝子鞭，就唱起《十唱姐》。但他不愿意唱那货郎词，货郎可以看着人家唱，他不能。他只能想着唱，便自己顺了曲儿随唱随编：

> 一想你来实想你，
> 把你画在眼睛里；
> 黑天白日想起你，
> 眼睛一睁就看你。

二

石根刚刚走到九叶树下，就听见杂货店里有好多人在说话。三间低低矮矮的店房子，黑黝黝的，房顶上的烟囱里冒着白烟，间或有火星喷出来，灿灿得立即就消失了。门掩着，麻纸糊着的窗子里透着光，隐隐地衬出兰兰剪的"吉庆有余"的雄鸡和鲤鱼。石根理了理头上的乱发，才要走近去，白狗"汪"地就叫起来，黑地里一条影子往他面前扑。他忙将麝鞭丢过去；到底是贪嘴的家伙，得利而忘职，石根推门进去了。

屋子里烟雾腾腾，三间门面房里，东边是里外两间房子，里间是店家卧室，外间是客房；西边是后墙处盘锅灶，前窗下设百货台；空出中堂一间，则满满当当摆了三张桌子。桌子是土漆漆的，油光发亮，现在全坐满了人，都在喝酒吃烟；灶口火红红的，烧了滚水泡茶，烟雾水汽弥漫一起，使靠边桌子旁的屋柱上的油灯不十分光亮，人影晃动，四墙上便图影乍长还短，异形变态。石根好容易看清，来人里一些是西沟洼的，一些是清水潭南沿的；正北桌头坐的一位，他不认识，说着蛮腔，装束入时，听了一阵才知道是湖北过来贩桐油的。这湖北佬天黑歇脚在此，原本客买了酒喝，敬过老人一杯，罗子便得势趋过身子接了话，三说两说，村子里来了人，罗子就自个舀了酒合伙来喝。石根向老汉打了招呼，老汉酒气正盛，话在兴头，推过一个酒杯给他，就又五马三枪滔滔不绝。石根就在屋角的土墩上坐下，灯影里看看兰兰，人没有在。明知道她正在里边卧室里，也没个理由进去说话，只好脸上笑笑的，听着众人议论。

罗子说："你说我们这九叶树是树中王啊，可山里人却没能耐。人常说天有九头鸟，地有湖北佬，瞧你们就知道了这山里桐油便宜！"

湖北佬说："老伯倒忌恨我们了？这一担桐油可落不下几个钱啊，亏得如今政策开放，才能腾出手来走走。可一趟来回四天，老婆娃娃撇在家里，出来住店呀，吃饭呀，回去又上税呀，挣个零花钱罢了。哪能像你们，出门就是宝，下一次山，随便带些什么，硬格铮铮的票子就满把抓了！"

罗子说："话说得好，就是我们太死！没个做生意的习惯，世世辈辈都是自产自吃，端了金筷子银碗要饭。如今政策允许了，又都没那本事呢。"

几个村子里的人就说开了，有的说东沟洼里老杨头今年荞麦三担，让山外一个人一并买了去，老杨头得了一大把钱，可人家回去做荞面饸饹卖，反手就又是老杨头的五倍钱。有的说后坡根王寡妇挖药，一些山下人也跟着她去挖，竟一窝刨出十二斤的猪苓。有的说上一个月，仅南沟四户人家，被城里人用些小玩意儿就换去了一百斤板栗和三麻袋拳芽菜。末了就长叹一声，说山里人好笨，没有去过大城市，见的世面少，市面行情摸不着，还是少不了吃窝囊亏。接着就都眼红起这湖北佬，问他走了哪些地方，曾买了什么东西，又卖了什么东西？人家说出个数目字来，吃惊、奇怪，不免又有了几分嫉妒和气愤。

石根一直听他们说着，眼睛一刻不离湖北佬的脸，视他为英雄。听到山外的新鲜事，痛快处就喊一个好，糟心事就叹几声，骂几句，端了酒杯喝得脸色通红。后来就附过身子来，对着湖北佬说："你们是城镇上的，离政策近，听说核桃柿饼要提价，这可是真的？城里人大鱼大肉吃得腻了，倒图个山货素口！黄花菜、蘑菇真的是紧缺货吗？要是一麻袋黄花菜背下山去，一天能推得出手吗？"

湖北佬说："那是没问题的。好兄弟，现在是成龙变凤的时候，你这般年纪，蛮可以大显身手的！城里人吃饭讲究色味香，这色是第一，黄花、木耳、蘑菇都是席面上的菜啊！"

罗子说："你这小子，见了姑娘家就烧脸，你还想到城里去？陕西、湖北你还不知道在哪个方位呢！"

石根说："我就想试哩。城里人把手伸到山里来，山里人也要把脚长到城里去，什么事不是人干的？"

湖北佬笑了，拍着石根的肩说："小伙子有气派！"转而又道，"话说回来，靠山吃山，近水吃水，仅凭坐在你们家门口，就有找上门来的哟！"罗子说："这倒也是实情。就我这个小店，招呼像你这样的过路客人，我也落个手头活泛了。钱不好挣，也没个够数。世上浮物，你来我去嘛。石根，你怎么不喝了？你独根独苗的，还怕养活不起媳妇娃娃吗？你把龙须草割倒了多少了？"

石根说有三百斤了，还没有晒干，等天晴了，担到山下收购站去。湖北佬说："光卖草就划不来了，你要安一台拧绳机，一斤草就翻几番价呢！"罗子说："他要是有一个媳妇就好了，可他小子就是没有个媳妇！"屋子里的人就都哄地笑起来，打谑地问他晚上睡觉脚冷不冷，唱那么一口花鼓调，给人家结婚、生娃的去热闹，心里有没有胡思乱想？

石根倒噎得脸色红起来，端起酒杯子喝了，心里还是闷闷的。看了一下里间卧室的门帘，灯还亮着，不见兰兰走出来。

罗子已经醉眼蒙眬，又问道："石根，听说你又打着了一只香獐子？"石根说："打着了，我给你带了肉来。"说着就从墩子上取了肉过来。罗子就喊兰兰洗肉炒了来吃。兰兰没有动，石根有了机会进去叫。

兰兰在卧室的油灯底下纳袜底，嘴嘬了多长，见石根进来，故意不理会。石根说："伯叫你哩！"兰兰说："他叫我我听不着！"石根才知道兰兰和爹憋气了，说："我请你哩！"兰兰拔了针，低声说："你来凑什么热闹！我爹老了，拿自己酒图别人快活哩，你偏要拿了肉来，肉是你的，涮锅生火却耗的是我家的柴！"石根说："哟，你突然这么小气！让湖北佬尝尝这野味。你听见了吗，那人了不得的，装了一肚子新鲜事！"兰兰说："我烦呢！他说咱山里那么好，咱们和他换换怎么样？！"石根愣了一会儿，就又笑笑，说："走，我帮你洗肉去，我还有好东西给你呢！"兰兰走出来，罗子还在叮咛把肉炒得烂烂的。兰兰仍不作声，和石根踏了月色到清水潭里去。白狗照例跟着。

潭里静静的，月光下起着丝丝缕缕的雾，对岸山根下有狗咬了一下，白狗就应和了；此起彼伏，像是在瓮里，有空空的回音。兰兰说："你有什么东西送我？再耍贫嘴，我让白狗咬你呢！"石根说："我哪儿哄过你！"就拿出装有麝药的瓶瓶塞给兰兰。

兰兰说："吓！我怎么敢要这个？这值多少钱哩！"

石根说："贵重的东西我才给你哩！你做个香包儿戴上，打远处蝴蝶就飞来了。"

兰兰说："要是惹来了蜂，会蜇我一身疙瘩哩。"

回家的路上，兰兰问："香獐子是吃什么长大的，倒有这么香的东西？"石根说："吃的还不是百样草！我一看见它，就想起给你做香包儿，一枪就打中了！"兰兰说："你好狠心！"石根说："谁叫它有香呢！"走到九叶树下，兰兰又问起这麝香在香獐子的什么地方。石根不愿说，嫌说了羞口。兰兰偏是问，石根附近来才说出一个字，她蓦地意识到，一个口哨，白狗蹿了上来，前爪搭在了石根的肩上。他大喊大叫起来，兰兰却一溜风地跑进店里去了。

石根在地上打了几个滚，跑回店里，罗子见他一身泥土，就骂兰兰"没大没小"。兰兰在案上一边切肉，一边忍不住笑，说："爹不知道，我的白狗认得好人坏人哩！"石根还是来帮着烧火。两个人一个忙上，一个忙下，目光一碰，兰兰就笑，石根也笑，浑身的血流得快快的，火也烧得旺旺的。

肉炒好了，端上桌子。罗子只喊着湖北佬不要停筷，说："你们城镇的人啊，就喜欢吃些天上飞的，林里跑的。我年轻时候去过陕西边城，现在老了，哪儿去不了了，可也见了不少城里人，他们一到这里，说山也可爱，水也可爱，石崖上落一只红尾巴雀儿，还要立下来看个半天！往年里，我们这清水潭里，见谁吃过那鱼儿？鸡被黄鼠狼吸了血，囫囵囵的挖个坑儿就埋了！"

石根问："罗伯，今日个来了几批城里人？"

罗子说："有四批吧。先是两个上年纪的人，天知道怎么爬上十八道弯的；再就是男女青年人，穿的衣服，带带绳绳可真够多，下坡的时候，也不避我，男的把女的就背起来了！"

满屋人哄哄大笑，罗子也越发得意，接连倒酒，酒葫芦里已经剩的不多了，都推说留给他喝，他竟说众人小瞧了他，结果全倒了出来。一时众人就说起城里来的人的趣事：说裤子做得那么宽，又长到包了脚后跟，如果上山去捡核桃，扎了裤管，一裤子能顶两个麻袋哩；说眼睛本来好好的，偏要戴上黑片子玻璃镜，枉花了钱，可却舍不得买上发夹，让那么多头发披在肩上。以此说下去，又说到城里人时兴"开放"，男的越来越衣服包得严，女的越来越衣服遮不住肉，奶罩都是硬壳儿的，大得像牛的暗眼儿。又说到城里有些年轻人发了大财，钱花得如流水一样，能喝一脸盆多马尿味的啤酒，喝醉了就跳舞，就亲嘴，亲热得过火了就去领结婚证，过厌烦了就离婚，离婚了还可以在报上登广告再找对象。在他们的眼里，城市是一个有好吃好喝好乐的地方，也是一个叫人疑惑惊慌刺激的地方。他们一尽儿依自己的道听途说、虚构演绎来证实自己的见解。到末了，差不多都喝得晕晕昏昏的了。

兰兰说："爹，你们别那么瞎说浪话了，我看城里人倒比咱强哩，你们说三道四的，有谁真的去过城里吗？"

罗子就说道："可不是我当众夸口哩，城里来的女娃娃我也都看了，穿得都好，论起细皮嫩肉的俏样，倒没一个比得上我家兰兰呢！"一句话倒把兰兰说羞了，扭过了脸去。又有人应和道："兰兰是咱这里的城里人了！"石根就在灶火口叫："城里人，城里人！"兰兰用铲子撩了他一头涮锅水，反身进了卧室。

这当儿，门口的白狗又咬了几下，大队长走了进来，粗声嚷道："嚯，都在这儿！快来看看报吧，把咱们九叶树登上照片了，咱这儿以后就要有好多城里人来游览了！罗伯呀，恭喜你了，这店的生意要越发红火了！"罗子端了酒敬了，喜滋滋地说："就为咱这九叶树？好！我老汉客多了，你常来喝酒呵！"众人都围过来看报纸，大队长拉住石根说："县上有了通知，让扩修马王镇到这儿的路，咱队上要去三十个人。队里研究了，有你的名哩，一天是一元二角钱的工资。"石根说："好，我这没媳妇没娃的，那里也得。等路扩修了，来的人多了，咱也娶他一个城里女子！"罗子一拍石根的头乐了："有种，有种！我有了一个城里女儿，你也找一个城里媳妇，咱这地方真要出龙现凤啊！"兰兰坐在卧室里听了，直气得没好声地叫道：

"爹，你是喝多了！明日店门还开不开呀？！"

三

第二天里，修路队就组织起来了。石根他们三十个本地人，承修的是坝坡上的十八道弯路面。要求他们既要把路扩宽修平，又要保持原来弯曲各异的特色。现在的城里人，有意思呢，看石要看奇石，观木要观异木，这是现代生活使他们所致的怪癖性儿。于是，路面尽力往崖边处修，斜长在崖边的古树，越弯曲越丑陋的越有其地位；又将石头两个一摞，三个一垒，造出一种岌岌可危之形势；再将流水绕及左右，引以为流觞曲水。如此劳动强度过大，干过一个白天，夜里每个人就浑身散了架地疼痛。十八道弯以下的路面由外地修路队承包，拢共七八十人，他们住牛毛毡篷，搭集体大灶。石根他们则一天三顿都在家里吃，这便使石根受了不少作难。工地上干一晌，别人回去，老婆就把饭端上来，吃罢又可以抱了枕头睡一觉。石根不做饭，没人做饭。他第一次感受到了光棍汉的苦处。不过兰兰每天会到路上来看看，那倒很使他目以享受和神之飞驰一番的。

一天中午，太阳暖和和的，兰兰走了来。她身上像安了发条似的，从一块儿一块儿石头上跳跃而至，惹得所有修路人都停下工具来看。她一直走到石根面前，石根便看见她的胸前扣子上吊着一个香包，鸡心状的。他知道那里边包着什么，心花怒放，说："兰兰，让我闻闻，香不香？"兰兰说："香不香你不知道？"故意扭了身子，"我爹让你下工了去我家哩！"石根说："去喝酒吗？"兰兰说："你也成个小酒鬼！我爹要我问你，这几日怎么不到店里去？"石根说："我忙死了，一下工要赶着回去做饭，吃罢饭碗也来不及洗就走，哪里有空呀！"兰兰说："我爹说了，让你到我家搭伙，你愿意不？我还以为你真的在物色一个城里人做媳妇呢！"

正说着，果然就上来了一群城里的女子，全穿着风衣，打着小花阳伞。石根忙拉了一下兰兰衣襟，兰兰吐吐舌头，咭咭地笑，却痴眼儿送着这群女子走过，说："城里人真能耀人眼儿！多讲究的，又不是五黄六月，倒还打了伞。"石根说："城里人大洋房里待惯了，不经晒，一晒就黑。你生来白，越晒越红里透白的好看哩！"兰兰便拿一颗石子打石根，三打两打，沙子迷了他的眼睛，她就近去翻了眼皮儿吹："唉，咱怎么能和人家比，瞧人家身条多好，咱山里人总是腿短腰长。"石根一个眼睛看着兰兰在阳光下脸上有一层茸茸细毛儿，希望那眼中的沙子永远不要出来。说："她们穿的是筒裤，一穿筒裤腿就显得长了，你也买一件吧。"兰兰说："咱是什么人？咱能穿那？！"石根说："你是山里人，山里人也是人呗！"兰兰已经看见了眼中的沙子，小极了的一个黑点，正要去擦，扭头看见那群城里女子都在远处站定，往这边瞅着叽叽喳喳，就甩手跳开来，一边走一边说："你自个儿擦吧。中午来家吃饭呀！"石根却又问："是你的主意，还是你爹的主意？"兰兰说："我爹问起你，你装着什么也不知道！记住，我可什么也没有说！"石根就笑了："我给你爹说，你什么也没有说！"眼里却流了酸水。等沙子擦出来了，兰兰却早走得没影儿了。

兰兰回到店里，爹往后坡上采刺蝶秆剥皮拧火绳去了。她就在屋里照了一会儿镜子，坐在柜台前经营货品。从窗子里看出去，那群城里女子拉着手儿在围九叶树的粗细，大惊小怪，然后就站在树下照相。兰兰总觉得自己孤单，恨爹怎么还不回来。自娘死后，爹和她相依为命，事事有爹在前边护着，她又娇又胆儿小，夜里总是和爹搭一个被筒。这三四年里，她长大了，爹却更喜欢起了酒，这使她很伤心。她也明知道爹上了年纪，有今没明，万事总不能靠他，可她娇惯了，倒总是愣怨爹，给爹说气话。这阵儿爹还不回来，说不定在后坡里又遇见了谁，坐在树下栽起方儿了；或许又去谁家喝酒。喝了酒，会不会醉倒在什么渠沟坎畔？

到了晌午，罗子脖子上缠了几道火绳一瘸一拐地走回来。兰兰见爹好好地回来了，怨爹的气又上来，坐着不和爹说话。爹问了几声，她也不搭理，侧着身子抹眼泪。

罗子说："快出嫁的人了，还抹眼泪，嫌爹出去时间长了？瞧人家城里女子，比你年纪小，倒怎么就能离了父母！"

不知怎么，爹这话使她更伤心起来，呜呜地哭。爹吓了一跳，问她缘故，她又说不出口，其实她自己也说不清。窗外九叶树下的女子们又纠成一堆儿在那里嬉闹，她倒万般仇恨起她们来，"砰"地将窗子关了。

罗子就坐到桌边去，开始摸那酒壶来喝，一边说："唉，爹要是死了，看你该靠谁呀？是爹不对，爹以后出去再不耽搁了。"

兰兰哭了一阵，就又觉得爹的可怜，起身去案板上切了一块儿猪肝，给爹端上来。女儿脸上有了好颜色，做爹的也便高兴了，皱皱鼻子说："你身上有了什么粉，好香！"兰兰的脸顿时一红，说："我用的是香皂洗的脸。"爹却说："香皂不是这个香味，你做了香包了？"兰兰把香包塞在衣缝里，不看爹的脸："香包里装了五香粉的。"爹就说："我说这么香的。你给石根说了没有，他可愿意到咱家搭伙？"兰兰转身往卧室去了，说："你去问他！"爹就笑了："兰兰也知道羞了！好，好，大姑娘开不了口，我给他小子说去，乐不得他要磕头呢！"

几个城里人进了店来，嚷道要买酒吃肉，罗子忙起身招呼；兰兰听见了，慌忙在镜子里看看自己，理了理头发出来。爹已经用肩上的手巾擦那碗盏，兰兰急得将爹拉过去，让他坐到柜台里收钱，自个将碗盏用水洗了，盛了熟肉端上桌。爹闲不住，又去取筷子，在衣襟上抹抹，兰兰一见，嗔怪地喊了声"爹！"又去把筷子用水冲了。爹一时莫名其妙。等那群人吃喝完毕出了门，兰兰说："爹，以后这些人来，你就不要张罗，不干不净的，人家取笑咱山里人不卫生呢。"罗子才明白了一切，说："爹是走不到人前去了，我兰兰真成个城里人了！"

吃午饭的时候，石根果然来了，兰兰已经做好了三个人的饭，坐在一边，在盆子里洗店里的门帘、桌布、客房的枕巾、被头以及罗子的罩衣罩裤。在她的眼里，穿用的烂旧是她一下子争不了山里人的一口气的，但干干净净，却是一把水的事，一定要不比城里人差。爹老了，一辈子又习惯了，不大注意；自己是女儿家，窝窝囊囊的会招人耻笑。俗话说："男人地堰子，女人锅沿子。"兰兰已经知道，城里人进店里吃、住，首先看的是主人的衣着，锅台的案角，涮碗的泔水；再是看床上的枕巾、被头，因此她特别注意这些。石根进店里，罗子问一句石根答一声地说着搭伙的事，兰兰在一边听着，只是偷偷地笑。罗子愈是认真，兰兰愈是忍不住嘎嘎地喷笑。当爹问道："兰兰，我想让石根在咱家吃饭，你可乐意？"她偏说："我不乐意！"罗子说："你怎么又不乐意了！"兰兰说："爹一心想讨好人家，人家看得上咱家的饭吗？"说得石根又高兴又尴尬，提了两只空桶就到清水潭里去提水。白狗又在咬，兰兰抱在怀里，只是逗着它玩。

石根在店里吃饭，自然把粮也拿来，菜也拿来。中午休息时间就帮罗子干些粗笨活计。罗子很是高兴，每每饭罢，兰兰从桌上撤了碗筷，他就抹着嘴说："石根，咱喝上一杯吧。"一杯下肚，脸红肚热，他又不能控制，非再喝半葫芦不可，而且一定要和石根划几拳，但总不赢，又不服输，还要喝下去。兰兰就喊："爹！"眼里几分抱怨。做爹的倒说："爹喝了一辈子酒，没输过人呢！"兰兰知道爹的脾气，拿脚踢石根后腿，石根果然连输三局，甘拜了下风，罗子才让兰兰收了酒去。于是宾主无间，坐列无序，行立坐卧，忘形得意。罗子又大讲他年轻时曾到过边城，一次喝过斤半白干，使四座惊若木鸡。

石根和杂货店如此亲近，修路的民工没有不红眼的，都骂他有艳福，说说笑笑把他压在地上打，做戏之中却少不得那么发泄一下嫉妒。石根也明白这些，心里也觉得美妙，别人说起"罗子要选你做女婿了！"他却不敢拿个准数，怕兰兰没有那个心思，风张出去，倒坏了一场交谊。所以当别人取笑时，他就说："勾了嘴儿可别胡说，罗伯待我好，是和我交的酒友。"但时时事事却观察兰兰的眼色，一有风吹草动，心海里就波涛汹涌。

兰兰的感情却滴水儿不漏。三张八仙桌，来的都是客。那些外地的修路工有事无事就来店里坐了，寻着话和兰兰说。兰兰从不避人，眼睛也不避光，要说便说，要笑就笑，得意了耸着两个奶子，显得越发娇艳无比。女孩子都有让别人爱的欲望，虽然有的外地民工令她讨厌，但店里几天没人来了，心里又空落落的寂寞。石根曾说："别跟这些人来往。"她说："为什么？"石根却说不出个子丑寅卯。所以，一有空闲，兰兰要到后坡砍柴，他就夺过镰，让兰兰在坡上坐了，自己往高崖上爬，兰兰越是喊哪里危险，他愈是往哪里攀。兰兰要做饸饹饭，他就一个人包了压杆；兰兰说压槽里只能放一个荞面窝窝，他偏放两个，人骑压杆，一使劲儿将饸饹一窝丝下到滚水锅里。这种原始的工具和野蛮的操作，常常使一些城里来人停足在门口往里观看。兰兰说："别压了，人家笑话了！"他说："城里人才爱看这稀罕呢！"甚至将苞谷鱼儿端出来当着城里来人吃。城里来人问这饭食是怎么做的，他却说："是用手一个一个捏出来的。你瞧，大小形状一样吧，就是她捏的，她是我们这里的巧手哩！"城里人大受其骗，赞叹不绝，视兰兰如仙人一般。兰兰也不说明，只是抿着嘴儿笑个要死。

外地的民工似乎故意要和石根比试一般，越来越多的往店里来，将所得的工钱近乎一半花在酒上。兰兰一打酒，他们就嚷道酒里掺了水。兰兰把酒端子让他们看了，又搬过酒瓮让他们验了，他们还是说水是掺过了，气得兰兰一捂酒瓮盖，不卖了。这些人就嘻嘻哈哈乐了，说："石根能有酒喝，为什么不卖给我们？"兰兰说："石根比你们好！"这些人就又说："他什么好呢？身上哪一块儿好呢？"总是罗子闻讯回来，重新安排。这些人便就势说："你女儿好不能干，就是脾气儿大！"又问起兰兰有多大年纪，山里都吃了什么，喝了什么，长得这般好人才？如今是否出嫁了？罗子最得意的宝贝就是女儿，见人夸说，便要拿出自己的酒来让这些人喝。

自此以后，罗子闲着无聊时，就去找这些人扯话；外人不免又说一通兰兰的好话，老汉少不了又慷慨解囊。喝得醉醉的，走回家里倒头就睡。兰兰说："爹，你上了年纪，哪有藏酒的本事，和这些人喝什么呀！"罗子昏头昏脑，却流了眼泪，说："兰兰，他们说得对呀，你本来是和城里的女子们一样的，可你爹没能耐，把你生在山里，让你跟爹受一辈子苦。"

爹一说，兰兰就也红了眼角，坐在一边想一阵那些城里来的女子，想一阵自己。"如果我是城里人，爹也是城里人，还有石根……"一颗豌豆心儿，骨碌碌上，骨碌碌下。罗子又说："罢罢罢，兰子，爹一定要给你找个好女婿，你信着爹，一定会的。"

她就说："爹，你尽说些什么呀！"

爹却睡着了，不再响动。兰兰就一直坐在窗口守着天黑，天上又要出惹人心乱的星星了。

四

转眼到了中秋节。从马王镇到山顶的路扩修好了；从山顶到山南湖北一个公社的路也通了。外地的修路工开始撤回，石根老记着那一次湖北佬的话，谋算能往外走走，看看世面。但一时不能去城里，听说湖北的那个公社出售拧绳机子，他便叼空购买去了。一去两天没有回来，罗子没人说话喝酒，又去那些还未走离的外地民工的牛毛毡篷里去闲聊。一个家住在马王镇姓王的民工待老汉十分殷勤，交过几杯酒后，突然向老汉提说兰兰长得水灵，人又能干，愿意结亲，希望老人能应允。罗子第一次碰上向自己女儿求婚的人，脸上顿时生光。盘问了家世，知道是解放前曾和自己一块儿去边城的王德茂的小儿子，想王德茂老实憨厚，这儿子也五官端正，心里也就高兴，嘴上却说："兰兰的事，这要兰兰拿主意。你知道，如今的世道婚姻要自主，老人的意见当然重要，但做父母的却不能包办。"那小伙当下留了地址，说兰兰也认识他，若能同意，给他个书信，他就立即再来。还说等事成了，就连老岳父也一块儿搬下山去，用不着老在这里日夜开杂货店了。末了这一句，倒使罗子犯了嘀咕，心想：我才不离开这九叶树哩，马王镇也不是什么好地方，城里人都看得上往山上来，我这么大岁数了，却要搬到山下去？

下午回来，心里有些不快活，想把这事诉说给兰兰，又觉得不知该怎么说，忽然之间，觉得相依为命的女儿是到了要离开自己的时候了。女大当嫁，这是常理。但罗子心里不是滋味，姓王的说结婚了也把他接过去，这是人家在同情他这孤独老汉，当然也是无可奈何之事。这么一思量，倒又觉得自己成了女儿的拖累，很是对不起女儿，便坐在那里出闷神儿。

兰兰已经在锅上烙月饼，月饼里有垫糖的、有垫核桃芝麻的；爹的牙不好，专意儿油炸了柿子软饼，快活地喊爹来尝。连喊三声，罗子没应，兰兰忙过来，瞧爹的气色不好，问："爹怎么了，身子不舒服吗？"罗子就笑着说："爹有你这么好的女儿，有病也没病了，爹的耳朵笨哩。"罗子拿一个软饼吃了，问石根还没回来？兰兰说："没回来，随他去吧。"罗子就说："这小子不是平地卧的，吃亏生在山里，要不会成了什么人物哩！"兰兰说："瞧爹把他说得多能！他还不是和我一样，应了'心比天高，命比纸薄'的话哩！"

正说着，白狗就在门外咬起来，石根提了半扇腌好的香獐子肉和一大葫芦酒进了门，嚷道："这狗是喂不熟的，到现在了还要咬我！"将酒肉放下，说，"罗伯，路修好了，我又买了拧绳机子，逢着今日中秋，咱好好喝一气吧！"

当西山顶上的夕阳刚一滚下去，东山头上的月亮就浮上来，满满圆圆的，红嫩得要滴血水儿。等升到一竿子高，就越来越白，越白越亮，从店门口望过去，正好在九叶树的树梢上。村子里的人都回家吃团圆饼了，没有人在树下热闹，也没有人来店里闲聊。罗子在盘子里盛了月饼、柿饼、核桃、山梨，双手端到树下的石头上，就跪在那里，让树上的月亮照着他。他没有念出声，心里却祈祷九叶树和满月保佑，能使自己的女儿将来找一个称心如意的女婿。兰兰将饭桌已经摆好，看爹还跪在树下，就笑着喊："爹，你还这么迷信，没问题，九叶树会保佑你长寿的，活一百岁！饭凉了，我们等你哩！"

罗子走回来，三人坐定，石根双手敬上老汉一杯酒，说："罗伯，我石根没爹没娘，这次修路，在你家吃喝了这么多天，我要好好谢谢你和兰兰，你就把这杯酒干了吧！"罗子听不得中听言语，当下干了。石根又敬兰兰，兰兰推辞，罗子说："你也就喝了，没事的。"兰兰喝下，顿时心跳面烧，显得更添了几分姿色。石根说："明日我就回家去吃饭，以后有什么活计要干，你们喊我一声就是了。"罗子说："那是自然，但也没什么要紧事，难得你一副好心肠了。"

酒喝过半葫芦，罗子就有些拿不住自己，话多起来。说了前朝，也说了后代。讲到兰兰娘在世时一家人怎么受苦，又讲到大女儿如何死得可怜。

兰兰的姐姐比兰兰大十二岁，是嫁给石根家隔壁一个姓韩的汉子。结婚时，害怕以后家里没钱再买衣服，勒克着姓韩的从头到脚买了几套。出嫁那天，接亲的已到门口，她却又因一条帆布裤带没买，就是不下炕。结果还是新郎去借了一条来。那时节，石根还小，过来帮着担嫁妆，看见了这事，就逗着五六岁的兰兰："羞人，羞人！你长大了结婚要裤带不要？"气得兰兰哇哇地哭。兰兰姐过门以后，日子苦焦得厉害，又把一些衣服拿回来给娘和妹妹改了穿，为此与丈夫打闹过几次，不想一次打闹得厉害，一口气堵上来，从崖上扑下去没了；姓韩的也从此气疯，不久也下了世。

罗子一说到这些，就叹起气来，抓过酒杯又喝，兰兰便丢个眼儿给石根，要他照看着爹不要醉了，自己起身去锅上炒香獐子肉。

罗子蒙眬着眼，说："石根，明日你要回去，又得自做自吃，你也是二十六七岁的人了，你不想要个媳妇吗？"

石根说："我怎么不想要，只是没人嫁了我。"

罗子嘿嘿地笑了："你现在眼眉儿高了，山里没有你看得上的好女子了。你说，你要是看上村里谁家女子，说给伯，伯去做了媒人！"

石根看着罗子一口酒气，满脸油汗，知道老汉带几分醉了，但心里揣测：人常说酒后吐真言，老汉这个时候说出这种话，是什么意思呢？或是他无意，或是一种暗示？老汉待他真心，这是已经肯定的，若是一种暗示，那他故意挽了环套套我，我就也装着糊涂往环套里钻？当下便一脸憨相，说："伯看哪个女子好，伯就给我提说是了。咱土生土长的，还能跑往外地去，折了咱山里人人格！"没想这话正投了罗子心思，拍了大腿叫道："你这想法对哩！俗话说，'水往低处流，人往高处走'，城里人倒都往咱这儿来，可见咱这儿是风水宝地。婚姻大事现在讲男女平等，也要有个相当相配，你要找个城里人，人家看得上看不上是一回事；就是看上，日后你得样样顺了人家，我要去你那儿喝口酒，人家也嫌弃我涕流涎水的。"

兰兰端上肉说："爹那么想喝人家的酒，你怕我以后不给你喝酒吗？"

罗子说："兰兰，爹就要你这一句话呢！你坐下，石根也在这儿，他不是外人，我还有事要给你说呢。"

兰兰坐下，听爹提说了王德茂小儿子求婚的事，当下叫道："你怎样回答人家的？"

罗子见女儿心慌手乱的样子，醉意儿越发泛上脑门，眯着眼看女儿长得果然聪灵喜人，本想说：我对那小伙说要问你，你应允了再给他回信。却又撩逗女儿，顺口说："我当然应允了，我这么大的年纪，总得交代了这一场手续。人家三四天内就来媒人正经提说哩！"

兰兰当下呆在那里，说句："你女儿是嫁不出去了？马王镇是什么城什么市，我嫁了他去！"摔摔打打地进屋里了。

罗子嘿嘿笑着，最后就笑得没了力气，趴在桌子上不言语了。石根听他们父女说话，脸上不是个颜色，但又不好插话，就又拿酒杯再喝。看老汉趴在那里没声息了，推了推，才发现罗子已经醉了过去。当下叫兰兰来，扶了老人进卧室睡下。两个人重新在桌前坐下，一时却好不难堪，谁也没有了一句话。

兰兰说："瞧我爹真是老糊涂了，他要看上那姓王的，他去；我跟了他，不如在九叶树上一条索子吊死了！"

石根先听了罗子的话，脑门上无疑是挨了一记闷棒。老汉先头的话，使他充满了美丽的幻想和希望；可半路里又搬出姓王的，这不是在故意耍弄他吗？又听兰兰这番表白，心里当然高兴，但不免也冷了半截：兰兰对待姓王的是这么个态度，自己和姓王的也一样是土窝里爬滚的人，何况人家还在山下，自己又在山上，那心性儿高的兰兰不是更觉得自己是想吃天鹅肉的癫蛤蟆吗？

待到兰兰问他："你说呢？"他无所适从，慌乱里说句："这是你的事，你看着办吧，山里也好，城里也好，人一定是要正经人哩。"就只管摸葫芦倒酒，酒葫芦里酒已经干了，他说："不早了，我该回去了。"站起来就走了。

他跟跟跄跄走过清水潭，冷风一吹，只觉得头重脚轻。看月亮银盘一般，一个在天，一个在水；他走月也走，他摇月也摇，一个趔趄弯下去，就觉着一阵昏天黑地，不知所以了。直到醒来，中秋明月已滑过西山，满天星斗，遍地白霜，溪边人家的鸡已啼四更，声音拉得老长。翻身坐起，手在喉咙里抠抠，吐出一堆秽物，脚高步低回家去了。

第二天，一直到了半中午，罗子才头脑大醒下了炕，看见兰兰也没有开店，坐在屋里垂泪，猛地想起昨夜所说的话，不觉笑声喔喔，解释了一番，兰兰还是不信，便又说："兰兰，我儿还生爹的气吗？爹是试试你的心性，我也真是管不着你的事了！来，给爹烧碗胡辣汤去。爹再糊涂，也不至于到了包办地步嘛！"兰兰方破涕为笑。

一连三天，石根再没有到店里来。罗子问兰兰这是何原因，兰兰也觉纳闷儿。这天夜里，刮了一宿大风，店房东后檐椽木朽了，经风一吹，断了三根，几十片瓦就落地而碎。父女夜半起来，忙活了许久，最后坐在炕上叫苦不迭。罗子说："房是年代久了，我只说开春以后翻修，没想现在就不行了。赶明日你去叫了石根，让他来帮咱收拾收拾。"兰兰说："我不去！"罗子说："这小子不吃饭了，也就不登门了。"父女俩沉吟了半日，罗子突然击掌叫道："我知道了，这小子是犯了病了！你不能去，还是我去了好。"兰兰问："犯了什么病？"罗子说："病犯在你身上。"一句末了，兰兰粉脸通红。爹说的话，她何尝不在心里揣度了几天？只是当爹的面不好开口。现在爹也看出来了，却更羞得她趴在被头上一动不动，嘴里却说："我犯了他什么病？他愿来就来，不来拉倒，村里有的是泥水匠！"

五

罗子匡着一双不长不直的腿，到了三里外的东沟岔。石根正在山崖上割龙须草，镰刀磨得很利，一镰下去就是一丛。草已经是黄干了的，用不着再晒，一丛就可以编一个辫子；崖下的辫子堆差不多有百十多斤了。

罗子在崖下溪边喊他，他看见了，故意大声说："是罗伯吗？家里有贵客，来叫喝喜酒去吗？"偏手不停镰，继续割他的。

罗子小声骂道：这狗崽子，果然发忌恨哩！就说："你好大的神气，老人来了，你倒下不来，挣钱挣上心了！"

石根只好下来赔情，说："这几天也没顾上去你店了，修了这么长时间的路，草都耽搁了。不多挣些钱，怎么讨媳妇呀？罗伯，你这几日忙吧？"

"哼，你这小子！"罗子心里骂道，"别给我上了，你是好的，你自己不去努力，躲在家里生闷气，你个乌龟头变的！"就一仰脖子笑了，说："全怪你这坏小子，那夜里哄我多喝了几杯，说了一句耍话，惹得兰兰三天不理我。那姓王的看上了我的女儿，他是有能耐的，是男子好汉，他去找兰兰恋爱嘛，倒来给我说话，我包办了等犯错误吗？他个没采的，走的路不对，别说兰兰不同意，我也眼里小瞧了他。我估摸了，那没出息的没勇气给兰兰说，不见有信去，肯定会在家里拿力气生自己的闷气，世上的男子也让他枉当了！"

一边说着，一边睨眼看石根脸色。石根是狐子一样精的人，听出老汉句句在说给他听，心里叫道：好我的天神爷，你怎么就不早说！脸上却装出一副憨相，说："可惜可惜，把我的一顿喜酒闪失了。"

两人抱了草辫走回石根家里，石根又恢复了以往的热情，让座，拿烟，一杯杯地让酒。罗子心下明白，也只图享受，毫不客气。喝过几个来回，罗子提出修房之事，石根却主张要大修：形势的发展，城里人越来越多，路修好了还要通车，小小店里能待几个客？应该扩而大之，三间变四间，后檐再接两个睡房；货是货，饭是饭，吃喝的吃喝，过夜的过夜；百货上货架，酒肉摆桌案，客房安门窗；如此门面开阔，屋脊高翘，灶大而物美价廉，店净而生意兴隆，要办就办个大大方方体体面面的派头来。石根的一番高谈阔论，设想计划，使罗子心里连连叫好，心想这个石根，要是在朝廷，能当宰相，要是在兵营，能当军师。他当下也激动起来，说真要那么干起来，怎么照管得了？那日进百利，如何消受得了？但谈到扩修具体事时，却直摇头，说哪来的椽头檩条？队里分给他的山坡上没有几棵好树，且人手又少，再说他这么一把岁数，将来女儿毕竟是人家的，太好的房子留给谁呀？

石根说："罗伯真是旧脑筋！你还记得湖北那个汉子吗？看人家山下城里吃呢喝呢，人家也不是死守在炕头一屁股不动弹，咱活该是鸡命，站在粮食堆上也刨着吃哩！你要修不起，我石根帮你，将坡上那十二根柏木、四根桦木全伐了送你，全当是借给你，等你的女婿以后还我得了。"

罗子鼻子眼都笑了起来，临出门走的时候，却拉过石根的手，诡诡地笑，将一卷钱票塞上，说："实告诉你说吧，我手头还是有钱哩。兰兰给我说，城里人腿长，那是穿了筒裤的缘故，我让她买，她倒又不好意思，你瞧着村子里谁要去山下了，托他给兰兰捎一条吧。"说完，又是诡诡地笑，匡着腿转过门前的一片竹林子走了。

第二天，石根托隔壁的男人到山下去捎了一条女式筒裤。俗话说：女要俏，一身孝和皂。石根反复叮咛白颜色的现在穿着不合适，一定要买黑色的，纯黑。他却留在家，挥斧伐起树来。一边伐，一边又唱那《十唱姐》，翻来覆去唱那"姐儿好裤子"。

筒裤捎回来，他扛了柏木到了杂货店。罗子极快拿了筒裤，对着兰兰说："哈，这是石根送给兰兰的吗？这石根也是多心，吃了几天兰兰做的饭，就要谢酬她的苦劳了！"石根这才明白罗子的心思，当时不知如何回答。罗子便给他使眼色，他越发窘得脸红，罗子倒说了："石根，是不是嫌我在这儿了？"兰兰就瞪爹："爹是怎么啦！我对人家有什么功了，倒要穿人家的衣服，那洋玩意儿我穿得了？！"却拿了筒裤跑进屋去。

当天下午，村里的四个木匠就过来帮忙：剥皮打线、开锯凿卯，一时斧子、刨子、凿子、锛子响声一片，九叶树下的大场上刨花遍地。又有一帮人扒旧房，垒新墙，砖砖瓦瓦，泥泥浆浆，到处堆满。兰兰往外搬东西，进屋去好长时间不出来。石根去帮忙，见她正套了筒裤在镜前照，忽见石根进来，捂了脸，慌忙就要脱。石根说："脱什么，合适得很！"兰兰还是脱了，说："去！羞死人了！"

几天之后，新新的四间店房盖起来了，果然宽敞明亮，今非昔比。兰兰一定要爹重新买布做了窗帘、门帘；店里的手巾、抹布也换了；新扎垒的三个客房，铺的盖的里外三新。重新开店的那天，正逢一个好日头，天朗气清，村人，城里来的游人，满满坐了一屋，虽无丝竹管弦，但一杯一盅烧酒下肚，畅叙山中幽情，又都立店前屋后，东看山巅红林尽染，西望清潭水波粼粼。石根又唱起花鼓调来，一边唱一边偷瞧兰兰。兰兰今天竟穿上了黑色筒裤，围着一条雪白的围裙，出出入入，欢得像浪中的鱼，风里的旗。城里来的一帮年轻人眼光都直起来，一传十，十传百，都说店里有个卖酒的罗西施。

兰兰悄悄对石根说："这些城里男人是死眼儿，我有什么可看的！"或者说："你说有笑不有笑，有一个城里小伙子给了我五元买一壶酒，竟忘了还该

369

找钱给他，倒还不迭声说'谢''谢谢'！"石根知道她这话里以奇反正，是说给他的得意话哩，就说："你现在和城里人一样了嘛！"

看着女儿一天到晚快快活活，罗子也整日笑笑眯眯。但夜里却老睡不着：盖房以后，顺了女儿的心愿，家里添置了好多东西，积攒的钱却花得殆尽。他和石根商量，石根给了他二十元钱，说是还那裤子钱。罗子说："谁叫你还这个，你若还肯帮我一把，你就得将那拧绳机搬过来，我和兰兰合着拧绳，现钱不是就有了吗？"从此每天晚上，月亮一出来，兰兰就摇拧车，车轮转得雾一样眼花，然后就绕单绳团儿。那绳团便在怀中魔术似的变幻，先是球形，再是瓮形，中间却一尽儿空虚。等到单绳团儿绕上七个八个，三人就在九叶树下装好拧绳机子，两边拉紧，石根拧一头，罗子拧一头，一起上劲。十几根绳哗哗抖动，月光就在绳上跳着碎花。兰兰眼尖手快，负责拨中间的夹根儿，来回跑动，那心口上的香包儿就荡来晃去，将香气儿丝丝缕缕散发在夜风之中；筒裤管宽宽的，身架儿越发显得苗条。罗子说："兰兰像城里人，却比城里人能干！"并不停地喊："往南拨，兰兰！""兰兰，往北拨！"有时叫急了，竟叫"城里人！"兰兰也就应了，赶快又说："爹胡喊什么啊，别人听见要笑话了！"

一直忙到子夜。石根要回去睡，罗子让兰兰去送。两人走到路上，石根说："不是你爹说，你真像城里人！"兰兰不作声，石根又说，"昨日我在潭边听见两个城里人说话，一个说，'这地方倒能生养那么好的女子！'另一个说，'山明水秀的，必定要出人才哩！'他们就说的是你呢。"兰兰说："人家能看起咱山里人？！"石根说："能看起哩！"兰兰说："咱多亏了城里人，要不是他们来，咱哪儿就知道了这么多事情！"石根说："不是咱多亏了城里人，倒是城里人多亏了咱这山，要不他们哪儿会有这想法？咱也多亏了这新政策、新变化，要不咱还不是就知道'芋头糊汤疙瘩火'？"这时月亮落了，兰兰在黑地里笑了一声。

送过二里，兰兰要回去。石根说："我再送你。"又送到九叶树下。几只萤火虫在那里飞，像打着小灯笼做急夜行。石根一把抓住了一只，兰兰要，他就放在她手里。两人都站住了。石根一时身上来了异样感觉，心里扑扑腾腾地跳，接着就发冷，直打牙花。他说："兰兰，你冷不？"兰兰说："冷。"

石根说："我也冷。可天还不到冷的时候。"两个人又没了话。风悠悠吹，九叶树上叶子唰啦啦响，天黑得更厉害。石根说："明日我到山下去卖草绳，天不会下雨吧？"兰兰说："哪儿会下雨！"低下眼来，看不清石根的衣服，黑暗中只看见眼球儿亮亮的。石根手一甩一甩，无意中撞在兰兰的腿上，感觉到兰兰双手插在裤兜里；再一甩，再撞着的时候，兰兰的手却从裤兜里取了出来。他慌乱之中，把她的手抓住了。两个人都吓了一跳。这时店门口的白狗叫了一声，俩人触电般连忙分开。兰兰跑走了，推门进了屋。

罗子早已睡下，仄了身在油灯下吸旱烟，看见兰兰耳脸红扑扑的，就说："外边风凉，快上炕温着。"兰兰就上了炕。爹又说，"你肚子饥，摸几个软柿子吃吧。夜深了倒没做饭吃，让石根就走了。"兰兰说："睡觉哩，吃什么饭！"噗地一口吹灭了灯。可她翻来覆去睡不着觉，浑身还酥酥打抖，脸上却火炭一样烧。

罗子说："真是个好小伙子！"

兰兰问："爹，你在说谁？"

罗子说："东沟岔的石根，他爹娘恓恓惶惶一辈子，到儿子手里出头了。"

兰兰却再没有说话。她躺在爹的脚那头，爹的一双脚发出难闻的气味，她用被头严严地包了，将脸转向墙根，说："爹，你又没洗脚了！现在房子大了，我想明儿收拾一下东头那间杂物房子，支一张床睡过去！"

罗子说："这个店全是你的，你怎么都可以。"心里却袭了一层哀愁：真是样样学城里人了！这城里人都往这里来，不知道这般下去是宗好事，还是件坏事……

六

天未亮，石根就起来往马王镇去卖草绳了。

《十唱姐》的花鼓，他已经唱过千遍万遍，可是，昨夜在九叶树下，他才第一次接触到一个黄花闺女的一只细绵绵的手，他喜，他惊，一夜里尽是做梦，梦梦都是好事，醒来再睡不着。起来寻扁担，找绳索，担子的每一头足有六十斤，他相信自己有力气把它担到马王镇。

自双亲过世，他年年挣的工分不少，到头来却自己养活不了自己那张嘴。年纪到了二十五，裤裆破了没人补。说是要找个媳妇，好比山上的菅草长成椽子一样难。每每夜里路过邻居家窗下，一听见人家老少说笑，心里就不是个味。现在，新政策实行了几年，一切都好起来，像铁树开了花，像枯井出鲜水，他一下子是人前马后走动的人物了！而且竟是有了机会和胆量能和兰兰好起来。他只觉得活得有意思，思想常常要长出五彩的翅膀去飞。他多希望自己日子过得更好，使罗子的杂货店生意兴隆；更希望整个山地富裕秀美，使更多的城里人到这里来。那么，他石根就可能很快有一个温温暖暖的家，可以尽一个丈夫的责任，可以尽一个父亲的责任了。

路过九叶树下，杂货店的门窗还黑着，他很想喊一声罗子和兰兰，但一闪肩头上的桑木扁担，匆匆往山下去了，连白狗也未曾发现。

早在大前年，城里人已经穿起高跟皮鞋了，山地的人才穿上了胶鞋。现代化的节奏总是迟几步地传到山地。他们的胶鞋在大红日头天里穿下山去，使脚沤得难受，灌上凉水，发一种咕咕的响声，曾使城里人传为笑柄。如今，石根已穿上同城里人一样的空前绝后的塑料凉鞋。虽然天有些凉了，穿凉鞋有些过时，但石根还是决定穿上，他是特意要城里人和那些离城近的山下人看看山地人的文明！

三十里的下坡路，丈二长的桑木扁担，一闪一步，一步尺五，早饭时辰石根到了马王镇。马王镇石根来过多次，最迟的一次在春上，但半年不来一切都变了样。镇子里盖了好多二层楼，路上的手扶拖拉机往来穿梭，运载着建设用的石头、沙子。有了钱的年轻农民做了司机，脚蹬方向盘，眼戴黑玻璃镜，口里叼了香烟，嘟嘟嘟地从他身边开过，尘土迷得他眼睛都睁不开。他心里说：这些司机，好不轻狂，山里路修了，赶我挣了钱也开一辆！你们这里仅仅是石头沙子，一车能值几个钱？山上的东西顺顺便便往车上一撂，也比你赚得多！

在收购站里，交售各种山货土产的人极多，猪羊满场，过时不收。好多人在那里拥挤，吵闹，甚至寻人说情，走后门塞黑食，收购员权重得如三品巡抚！石根凭着力气大，终没有被人挤出队列；等手里捏了三十二元的人民币出来，满头满脑的都是臭汗，塑料凉鞋也被人踩断了一条带。他捎了扁担顺着镇中的街道往前走，沿街两行都是私人杂货铺，大到竹器木具，小到针头线脑，百货俱全，色彩斑斓。他想看看这里的人家都是怎样经营的。可刚一走近去，主人热情得令人害怕，拿了这件衣服问你买不买，取了那卷毛线让你看粗细，石根赔了笑，赶忙逃开。走到街西头，瞧瞧太阳已经当头，肚里饥饿起来，顺脚进了一家醪糟铺去。烧醪糟的是一个五十多岁的女人，脸皱得像核桃壳，问石根喝醪糟还是干啃饼子？他说饼子要吃，醪糟要喝，荷包鸡蛋还要打四个。

那女人说："南山下来的？"他应了一声，从怀里掏出一个小葫芦，那里边灌了柿子酒。可惜没有带腌了的香獐子肉。

那女人说："一看你就知道是从南山下来的，你脚上虽然穿的塑料鞋，但脚抬得那么高走路，一眼就看出来了！"

石根知道这是个尖酸女人，心想叫兰兰到这镇子上来，看这女人又该怎么说？这么一个镇子，几年前穷得耗子都不生，才几年好起来，倒取笑山里人了！他说："你知道九叶树吗？城里人不往马王镇来，倒都去山上了呢。"

女人听说是九叶树那儿的，过了一会儿赔笑脸附了身子过来说："小伙子，我醪糟卖了一年半了，你记得，就在街东头，姓马。往后下山你常来，担的什么卖不过，可以寄存在我这里。我有一事想打听你呢。实说吧，我是个寡妇。你们山上女子都向山下来，你给我儿也找一个，咱亏不了她，要多少衣服也行。过了门，虽不是大鱼大肉，可不会像你们吃芋头糊汤。瞧，我儿子在后院。"

石根往后院看去，一只奶羊的肚子下，正躺着一个人，吃得白白胖胖，却咧着嘴，涎水流了一心口。他娘喊了几声，不动也不应，只是傻笑，是个呆子。

石根突然之间像是受了极大的侮辱，山地人的尊严使他七窍冒气，忍住火儿说："大婶，你以为山里女子都贱吗？甭说你儿子是呆子，就是重眉豁眼，山里女子也不愿下山去了！"

女人头摇得拨浪鼓一样，还在唠叨说她知道南山的女子。说是他们这街面上就有好几家成分不好的要的是南山女子，人倒能干，就是窝窝囊囊，收拾得不干净。石根知道这女人一时三刻说她不清，醪糟没有喝完就起身走了。他感到很窝火，来时一路的兴奋全变成了愤怒。本来立即要赶回去的，却直脚又到了国营商店，一气儿将那三十二元连同自身带的二十元全买了牙膏、牙刷、洗衣粉，还有男人用的烟嘴、打火机、刮脸刀、指甲剪，女人用的面友、发油、丝袜、纱巾。本来还想到自己家里的几张兽皮，要买些卫生球，但山地人将球念作"弹儿"，服务员则误以为是"卫生带儿"，就拿出一包，卫生带就卫生带，山里的女人为什么不能用用这个？又将那卫生纸也买了十几捆。

晚上赶回杂货店，店里又是坐了一屋子人。石根当众将两纸箱货品打开，罗子却大叫其苦："哎唷唷，你小子手竟这么大！买这些洋玩意儿怎么卖得出手？怎么不买些头绳、丝线、裹缠、腰带？"兰兰却喜欢得像过年的孩子，当下将一条白纱巾围在自己脖子上，拿了镜子相看；又将一个打火机丢给罗子，倒把爹手里的火绳丢到窗外去，说："爹，你也该用用这机器！还有这牙刷，好极了，咱山里人张口一牙饭甲，城里人最看不惯哩！"然后手舞之，足蹈之，埋怨石根不叫她一块儿下山，否则她会买来更好的东西哩！

石根说："你去了，就好了，把它马王镇一条街照得亮亮的，也出了我一肚子窝囊气了！"便说了那醪糟女人的事，果然众人哗然，齐声讨伐，说那个醪糟女人远比不上那个湖北佬懂得山里。兰兰却不言语了，神情黯下来，说："咱到底争不了这口气呵！"石根说："那女人是发了几个财，脑子还旧哩，三年后让这些人再瞧吧！"

罗子一直没有言语，他只担心这批货品推销不出去，资金又要周转不开，问道："石根，争气也不是这个争法，你把钱全花了？"石根说都花了，他就说："你们这些年轻人！真是让猫拉车，把车会拉到床下去了！"

但是，罗子万没有想到，第二天，村子里风传杂货店进了一批新鲜货物，便都来看稀罕，连东沟岔、西沟洼的婆娘女子也来了，一起争买起牙膏牙刷和洗衣粉。一时间，山地人互相见了，就打趣说："喂，伙计，还不给你老婆买条纱巾去，武装武装呀！"女人们更是奔走相告，说店里出售卫生纸和卫生带，便向男人要钱；男人说："那事儿还用得上花钱？"女人们说："现在是什么时候了，还用那脏布烂棉絮？你整日说城里来的女人奶子高高的，你怎么不给我买牛暗眼儿乳罩？"惹得好几家夫妇斗嘴。男人们在店里酒桌上说起这些事，兰兰就笑骂道："你们枉做了男人，赶不上时代了！"有人说："兰兰说大话，你怎么不一身现代化儿?！"兰兰果然几天后穿了一件高领毛衣，当然不是买的成衣，成衣太贵，她买了毛线请教城里来的姑娘学织而就的。

新买来的货几天里就推销完了，年轻人还不断来询问有没有手电筒，还要袖珍收音机、墨眼镜。每日早晨，兰兰起来就刷牙，咕咕，咕咕，满口白沫。罗子说："大清早的，嘴里吃了狗屎不成！"但是，差不多的人都开始了刷牙，罗子一到人面前，张口一股烟酒气，旁人就要捂了嘴；他只好也就刷了，第一次竟刷出了牙龈血来，乐得兰兰挖苦了多日。兰兰又给他买了一条西式裤子，老汉常常把前开口穿到后边，下蹲不得，就不再穿；又换上那大裆白腰裤，要不停提腰，以致将腰提得又耷拉到衣襟外。可他逢人说起西式裤，还是连连骂道："糟蹋老汉，糟蹋老汉！"

但他不得不服了石根。一日吃过午饭，兰兰到清水潭去洗菜，他喊石根陪他喝酒，说："石根，伯到底不是这个时代的人了，我只说你买的那些东西在山里没用，没想山里人不是前几年山里人了，到底是你们年纪轻，知道现在行情。"

石根说："罗伯，我也是赌了一口气买了这些东西，看来咱山里确实不比那几年了。如果你老同意，我再往城里去一趟，多给咱采购些东西回来，为了咱这店，也为了咱这地方。"

罗子说："你正说中了我的心思。我老了，腿脚不好，脑袋也不好使了，兰兰是女儿家，出不了远门，这个店往后就靠你多经些心了。我想，你若愿意，咱们合伙办这个店，利多利少，二一分作五，就是我明日一闭眼睛没了，我也放心走得。伯也是一疙瘩心全掏了，不是让你沾光，倒是让你提携了我父女，你也就应允了吧！"

罗子这话，是他思想了好几日才决定的，也征求过兰兰的意见，兰兰透心高兴。此时间，他看石根一时呆了起来，最后差不多是在央求了。

石根听了罗子的话，心里噗噗直跳，让他合办这店，而且二一分五收利，他知道这话的分量。因为这无异于是说将这份家当要送给他！老汉一个独生女儿，如今这份家当让他接受，这又明明白白有意要他来做未来女婿了。他恨不得跳跃而起，欢呼一声，但却冷静下来要句句砸实老汉的话："罗伯，这是大事，我怕辜负了你老人家的期望，这要兰兰点头才成！"

罗子说："我和兰兰说好了的。"

石根当下给罗子跪下，说："就算我是入一股，那你就给咱当掌柜的，我给你当徒弟娃子是了。"

石根从此把全部家资投入到了罗记杂货店里，自己也从东沟岔搬到了店里来住。兰兰已经移床独住在一个房里，罗子的一双弯曲僵硬的腿脚，夜夜就让石根代替温暖。他也十分乖觉，经济上全不沾手，对罗子端吃端喝，里外一应粗笨重活全包揽去干，闲下来陪罗子喝酒栽方，又说些傻逗的话让店家父女做个笑料。对于兰兰，现在是出门不见进门见，也用不着无聊地唱那《十唱姐》，百事儿护事，万事儿谦让，却又从不当着罗子的面做出轻狂之举动言笑。反正一切皆亲亲热热又正正经经，乐得罗子到处夸自己的眼力，常常见酒就醉，一醉半日不醒。

村子里自然都议论纷纷，说石根做这家女婿是一定加肯定了。见了罗子，就道喜，就讨喜酒喝。罗子心里乐哉，嘴里却说："要说是女婿，这话可不能胡说，我和石根合股开店，婚姻大事，要明媒正娶的，哪能如此随便？糊涂饭吃得，糊涂事做不得！"但酒还是让这些人喝了。

石根接连又往马王镇去了几趟，每次下山都带了山货特产，回来采购了各种山地稀罕物品，更把山外新鲜消息带上来，外部一下个雨，这里就打雷了。兰兰在店里，接连接待了几批城里来的人，有的提了录音机来采风，让人唱山歌儿；有的背了画夹来写生，画山、画水、画树的。这些人住在店里，兰兰看他们洗脸、刷牙，对着镜子小心翼翼地梳理头发，换下衣服整整齐齐叠好压平，心里就直念叨城里人的讲究。每天晚上，爹和人家喝酒，她喜欢坐在一边听他们说话。尽是些新名词儿，她就怨恨爹话说不到位上，只是那么死缠活缠地让人家喝酒。于是，她也就插进话去，问起城里是什么样子，楼是多么高，街是多么宽？城里的姑娘就是背个小皮包儿到处去看电影、听戏文、游玩参观吗？她多么想到城里去看看，看看这山之外，世界还有多么大，人间的事还有多么多！她拿出一簸箕核桃来感激这些人，"哗啦"倒在桌上，教他们把核桃仁夹在柿饼里吃。

兰兰一天天洋起来。本是青春时期，已经光彩照人，加上打扮，更加引人注目，一对光光的大眼又增添了几分妩媚。天已经越来越冷起来，城里来的女子大都穿上艳红的登山式棉装，她不可能有这些时髦衣服，却还是不肯穿上棉袄，总是把高领毛衣提得上上的，外罩了一件墨绿色秋衫。爹说："你还不冷呀？"她说："我不冷。"口里却总吸凉气。

这前后，那位湖北佬来了几次，他竟也"暴发"了，是开了手扶拖拉机来的。石根对他越发器重，帮他来买山货；他也教授拖拉机使用技术，在九叶树下的大场上兜圈子。兰兰也就嚷着上去，手忙脚乱开了一气，问："这机子多少钱？""三千二。""吓，你竟有这么多钱！到底还是山外人强！""让石根也给你们买一台吧！""他哪有那个本事！"石根说："你等着吧，我要买还买四个轮儿的！"兰兰嘴闭得像豌豆角："到时候我也该老了！"乐得湖北佬又是笑又是拍手，罗子也骂了一声："这疯女子！"

湖北佬要到边城去，石根就搭了拖拉机也去采购。兰兰也想进进城，爹不同意，只好作罢。临走时送到十八道弯路，她扬了声音喊："石根，你先去一趟，路熟了下次咱一块儿去。记住，我爹是十月初一的生日，你早些赶回来啊！"

七

石根一去，五天里没有回来。兰兰心里慌慌的坐不住了。刮了一夜的北风，气候又冷了许多，城里来这儿游玩的人也不比先前多了，只有那些山下进来买东西的或卖东西的农民，挨家挨户地出没，或往山上偷偷砍一些树木，挖一些药材。兰兰看不上这些鬼头鬼脑的人，偶尔碰上有那些用目光死死盯她的人，她心里就骂道：什么人，也敢这样！面部冷若冰霜，睁大水眼回盯他，使之感到畏惧而失却冲动之心。于是，她更觉得孤单，常常要一个人坐在坝坡边上往山下看。

十八道弯路上，柿叶全落了，红红的柿叶在那里卷着团儿飞。太阳刚一落，雾就生起来，先是漫了路石，看不见了红叶，接着就把整个坝坡全罩了。她想：石根这么些日子，怎么还不回来，城里的好景致把他迷住了？想起那些采风的、写生的人说的话，又想起了城里那些幸幸福福的姑娘，不禁要长叹出一口气。

罗子匡着臃臃肿肿的腿走过来，问："兰兰，石根走了几天了？"她说："五天了。"罗子说："五天了，他怎么还不回来？"她却起身子往回去，气呼呼地说："爹，管他哩，你让人家一个人去嘛，人家到城里好不快活！"

夜里睡在炕上，她禁不住又想起了石根。今辈子，难道真的就和石根过活在一起了吗？这山地里，数来数去，也再没有比他更聪灵能干的人了。他在城里快活，就让他多快活几天，能变得更像个城里人，对自己也好哩！她抓起来，就在灯底下纳袜底儿，纳着纳着就入了神儿。山水谷林赋给了她精光灵秀，早年去世的娘又授给了她针线女红，她纳出了古老传统的花边，凭着自己的想象又纳起这里的山，这里的水，山上的兽，水里的鱼。灯里油已经干了，方才睡下，听见门口的白狗也起了鼾声。白狗差不多也是五天五夜不再有咬声了。

第六天早晨，她正在店里腌一个猪头，白狗汪汪地咬起来，罗子在卧室里问："兰兰，石根回来了吗？"她偏骂一声："我以为你再不回来了呢！"过去一挑门帘，门口里白狗正咬着一个城里人。

城里人年轻轻的，身上背着个大皮兜子，脖子上吊着一个照相机，眉目清秀，正扬手跺脚唬吓白狗，嘴里喊："你来，你来，我怕你吗？"身子却往后退。兰兰喊："白狗，白狗，不要咬！"白狗安静下来，跑进店里，那清秀之人却看见了兰兰，待在那里不走。

这一天里，那清秀男人到九叶树下来了四次。来一次狗就咬，兰兰就解围一次，便觉得这人可笑而有趣。给爹说了，罗子出去问："同志，这是山里狗，瞎咬的，你是来吃饭还是来住店？"那男人就走进来，说他要吃饭，也要住店。并自我介绍说他叫何文清，是从城里来山地照相的，已经在别的地方跑了十多天，听说这儿人多，专意赶来，说不定要在这里住三天四天哩。

罗子说："这里人多，有自己拿照相机的，也有没照相机的，你来了生意会好的。店里吃喝不好，住的也差，只要不嫌弃，一年半载由你住下是了。"

何文清当下叫罗子大伯，称兰兰大姐。兰兰咯咯地笑了，说："你们城里人真会说话，我哪儿有你大了！"心里却说：这是个讨人喜欢的小东西。

从此，何文清成了杂货店接待的第一位常客。他白天里四处走动，往山地人家去照相，大受欢迎。这一半年来，像这等角色的，山城里来过不少，但多为骗子，常常只按镜头，收了钱便逃之夭夭。何文清却先照相，再记住姓名、地址，晚上回到客房冲洗了，送上照片后才收钱。价钱虽然高昂，但山地人已经十分乐意，便这家照，那家也照，一家又分别要照好多张。杂货店里一时倒来人很多，总是叫"何师傅，何师傅！"说他许多好话。罗子和兰兰也另眼看待他，觉得如此好人能住在自己店里，也是一份光彩，便将饭钱店钱降低到最低限度。这何文清更对店家父女很是和善，空闲时间，说东道西，不要钱给他们拍了好多相。罗子将自己的照片夹在高墙上的镜框里，兰兰却揣在口袋里，于无人之处拿出来欣赏，暗自与见过的那些城里女子相比较。

父女俩常常说起这年轻人。罗子只要提到"这个城里人好不能干！"兰兰就接了说："城里人都能干！"罗子就有了心思："上次来的那些画画的，还有那个湖北佬，能干是能干，倒比不上这小何师傅和善。石根回来了，让他也跟着学学照相。"兰兰就说："他笨手笨脚地能干了这种细活？"一提起石根，她心里倒气上来了，爹的生日明天就到，临走时她一再叮咛要早些赶回来，到现在还没个人影。"哼，他还说是你的徒弟娃，人家何文清天不沾地不挂的知道你生日了，还买了一包点心敬你哩！"

家里发生的这一切事，石根当然一概不知道。他在城里忙着办货。亏了那湖北佬在这里人熟地熟，帮他到城里一家百货批发部里采买了一大批货品。他想着罗子伯的生日到了，自己应该给老人办一份体体面面的寿礼，就扯了一身黑咔叽布，又去买了糕点。谁也没有想到，他去一家街道食品加工厂的代销店里去买糕点，无意中得知这个厂正为一种罐头原料紧缺而发愁。他打问了一下，不是别的宝贵仙物，倒是木胡梨。木胡梨这野生酸果，他们山里到处都是，除了肚子积食采摘一些吃用外，谁会把它视为珍品，让其自生自灭罢了。一时心里开了窍，说他们可以弄三四吨没问题。结果两厢做了合同：一个月后出车到山里拉货，价钱是一斤一角二分。石根喜出望外，第二天买了到马王镇的车票，中午赶到，却限黑不能把货物带上山，便又寻到街东头姓马的那个醪糟寡妇家，寄存了东西。尔后四处打听进山的车，直到罗子过生日的那天早晨才赶了回来。

毕竟还是在生日这天，兰兰见了石根，心里还是高兴，见买来了这么多的货物，就直嚷道："我爹生日，你在城里跑了一趟，准备的啥礼？"

石根说："礼大得很哩！"就拿出那截布来，又掏出一瓶罐头，当场打开吃了。罗子说："这是木胡梨嘛，咱这山上都有，何苦花钱去买。"

石根就讲了采木胡梨的合同，罗子一拍手叫道："这礼真是大哩！咱这山里真是逢了好世，任啥都变成银子钱了！赶明日给村子里都讲讲，让大家都去采，每家去抱个金娃娃。"

早饭桌上，罗子在正椅上坐了，两边是石根和何文清。石根先给店主敬酒，又给何文清敬酒，三个人杯杯相碰，老汉就又喝到七成八成，竟问道："兰兰，你看他俩是不是还有些像呢！"兰兰说："爹又说醉话了！"到锅台上盛饭，偷眼瞧瞧两个年轻人，心里说：倒像爹说的，还真的有点儿像哩，但毕竟一个是城里人，一个是山里人，可惜石根没生在好地方。世上的人原来都是一样的，所生的地方不同，环境不同才分出了高下贫富贵贱吧？那何文清果真风度翩翩，当下站起来，端了酒杯，彬彬有礼地说："今日有幸在这儿过大伯生日，也是我的命好。赶几时都到我们城里去，我也一定摆宴席招待哩！"兰兰端饭过来，给石根递个眼色，让他将衣领翻好了，说："真的到了城里，你倒怕认不得我们山里人了！"何文清说："哪里，像你这么人才，在我们城里也是少见哩。"兰兰说："瞧你说的，我们就是穿上什么衣服，也不像你们城里人哩，石根不是去了一趟，回来还不是这个样吗？"何文清说："一两个月什么都习惯了，风度是随环境变的，你要在那儿，就不定真的就上了大学，当了演员呢！"说罢就去取了相机，将他们一店三人照了，并说："我给你们照个全店福吧！"石根端了酒杯说："你这人真够热情，能和我们在一起吃饭，也是我们光荣。我是粗人，你别计较，欢迎你多住几天，来，干了！"

一大壶酒顿时喝了精光。

吃过饭，石根对兰兰说："大伯好日子，我上山打些下酒菜，你去不去？"

兰兰说："人都说你枪法好，让我见识见识去。"

两个人背了猎枪，走到东沟岔，翻上了后边的山梁。东瞅瞅，西瞅瞅，没有什么可打。石根就引着兰兰下了山梁，来到几条岔沟畔里。沟畔里满是散子蒿，人进去就没了腿；太阳暖暖地照着，没有雾，也没有风，安静得只是一些深秋后的蚂蚱一尺半尺的扇着翅膀飞叫。石根突然卧倒了，兰兰也赶快趴下，问道："有什么了？"石根努努嘴，就在前面的黑石崖上，站着一只崖鸡子，灰灰的毛，身子肥嘟嘟的。兰兰说："让我打！"石根装上子弹，指点了三点一线原理，又趴下看看是否瞄准了，说："放！"一声枪响，兰兰连枪带人从地上弹起多高，惊得目瞪口呆。看那崖鸡时，早飞走了，同时惊起了草丛中十几只崖鸡子一起扑棱棱飞去。

石根说："你不行，你快上到那边崖头上，往这边吆喝，这崖鸡飞不远的，它必要飞过这边崖头上，我躺在下边，保管能打中哩！"

兰兰就跑上那边崖头，一声声吆喝，声调里充满了一种玩耍的放肆和得意。崖鸡子果然就全飞过来，石根蹴在崖上草丛，阳光照了半个身子，样子优美，枪一响，一个就掉下来。其余的又飞过去，兰兰再吆喝过来，再是枪响；如此反复七八次，石根八枪打中了七只。兰兰乐得大呼小叫，跑过来一步未站稳，打个趔趄，石根来扶，同时被惯性的冲击力掀到草丛里，两个人的脸唰地都红了。

石根说："兰兰，这儿没人。"兰兰看看四周，沟畔里又一片安静，树在端端长着，草在直直竖着，倒说："没人咋？有人咋？"

石根倒一时不知如何回答，怏怏坐起来，问："兰兰，我在城里，老想你，你想不？"兰兰说："我不想，我恨呢。你一个人到城里去，不领我！"说罢就看石根，石根正看她，自个儿忍不住先倒笑了。

这一笑，石根就受不了，挪近身子，支支吾吾起来："兰兰，那天夜里……"他不说了，手慢慢移过来，手在抖着，上边的血筋突突跳。城里人说音乐指挥家的手能说话，却不知道山里人的手也能说话。兰兰懂得那要说的话。石根说："你让我摸摸你的手。"

"手有什么摸的。"兰兰说，却伸过去让他抓住了，"给，你摸，你摸，能顶了饥解了渴？"那只手很有力，把她捏痛了。她一抽而回，站起来，说：

"你没够数！你给我说说，都在城里看见什么好景致了！"

石根满足了，出了一身汗，他完全顺从了她，像她的白狗儿一般。问什么，说什么，没有问的，也说了。说了楼，说了街，说了楼上街上的男人和女人；拿石头和树枝在地上摆图形，说得一口白沫，末了，却将石头树枝摆的图形一脚扫了，说："到底还是山里好。"

兰兰说："我不信，城里不好，城里住那么多人？城里人那么体面，那么气派？你是穷命哩，吃不到葡萄说葡萄酸！"

"城里富是富，洋是洋，当然现在比咱山里要舒服，但我在那里待不惯，人那么多，谁也不认识，到楼上问个人，紧邻居的都不知道！货那么多，买东西还总排队，住了几天也就烦了。"

兰兰一指头指过去："你好个没出息，爹还说你心高眼远哩！"

石根说："能有机会进进城当然是好事。要是前几年我倒没这份想法了，现在眼界开了，倒觉得城里有的，咱这儿慢慢也会有，咱这儿有的，城里却永远不会有。"

"咱这儿有什么？"兰兰说，"有个九叶树？"

"有真山真水，山上木耳、核桃、柿子、板栗、橡子、龙须草、木胡梨，还有桐油、生漆、花生、黄花……哪样城里有？要不城里人怎么往山上来？就是山上没有什么特产土货，还有空气，山里的空气都能卖钱哩！"

兰兰咯咯咯地笑起来："还卖空气！你是疯了，空气多少钱一斤？"

"这是真的呢！"石根涨红了脸，"听说咱这儿还要通班车，县上要建设咱这儿，等办了旅游点，成个天然公园，城里人来这里为了图清静，呼吸新鲜空气，咱在山弯修个进口收进山票，那不是卖空气钱吗？"正说着，山沟下的小河边有人喊兰兰。兰兰一看是何文清。他是去后山沟那几户人家照相去的，路过这里看见了他们。

石根说："刚才的事他看见了？"

"他是兔子眼？"兰兰说着就先下去，石根捡了崖鸡跑下来时，脸上的红晕还不曾消失。

八

其实，何文清把什么都看见了，他装作不知道。中午的寿席上吃崖鸡肉，他说："这肉真个有味，石根，再要打猎，让我也去吗？半中午我路过沟口，看见一丛蒿草摇得哗哗响，我猜出是你俩在后边，一喊，果然就在后边……"石根羞耻上脸，慌乱中说句："一定叫你，一定。"给罗子夹肉时，却放到了自己碗里。

罗子一块儿肉正在嘴里嚼，就咽不下去了，看看石根，又看看兰兰，两个高高大大的男女，他没有说话，却突然嘴里掉出一颗牙来，叫声"不好！"站起来去漱口了。

石根见老汉离了饭桌，自己也紧扒了两碗饭，就去村里跑动，将收购木胡梨的事宣传了一番。山地人都以为是趣话：天下哪儿能有这等好事，连野生果子也能变钱？石根说不服他们，只气得发火："咱山上人吃亏就吃在身在宝山不识宝，别说木胡梨，就崖上那牛不理的兰草，城里栽一盆几元钱的价哩；还有那吸水石，知道吗，那有什么用，可背一背篓到城里去，十天半月吃的也有了，逛的也有了！"

他回店来，和兰兰上了山，自个儿动手先采摘起来。

石根自己一动手，村里人才信服了。半下午后，各家各户大人小孩都上了山。石根就说明：采摘回来都保管好，用麻袋装了，等城里车一来，再过秤计量，一手交货，一手拿钱。村里人说："石根，你是好样的，你积了功德，上天一定保佑能娶了罗子的女儿的。"石根说："我就不要媳妇。"那人说："这是为啥？""叫你看怯了，你有了媳妇，屁都不敢大声放。""你娃瓜哩，媳妇爱嘟囔，爱骂你，给你流眼泪水儿，可媳妇能给你做饭，缝衣服，看家生娃娃，白日陪你说话，夜里能暖你脚。罗子的女儿是黄花闺女，金枝玉叶的，眉里眼里能勾人魂儿，你还不愿意？可别让人占去，给你一个捏不出水的老皮！"石根低了头，只是哧哧地笑。

石根和兰兰再要到山上去，罗子让兰兰留下了。兰兰不乐意，噘了嘴坐在家里不说话。罗子取了酒来喝，喝得脸红紫紫的，歪过头来说："兰兰，爹要给你说话，你也不愿意听了？"兰兰说："人家都去山上挣钱了！"罗子说："山上是畅快，可以放野马子跑呢。爹只是问你一句话，石根可好？"兰兰说："爹怎么问起这个？你不是提出让他入的股吗？"罗子说："那仅仅是我的意思，你觉得他好吗？"

兰兰安静下来，猜爹话里的意思。爹再问过一句，她说："我不知道，爹，你说呢？"

罗子说："昨日生日，饭间我一颗牙掉了，这不吉利哩，我也觉得这些日子里，身子骨不济了，或许是说死就死的人。你娘去世的早，我拉扯你大了，你也为你爹争了一口气，但你的事不定下来，我没脸去见你娘哩。"

一句话把兰兰说得心里酸酸的难受，说："爹迷信，掉一颗牙有什么不吉利的！"眼泪却扑答答落下来，父女俩好长时间没有再说话。

"我看得出来，你也是对石根好呢。"罗子又说，"我要说得对了，你去给他说，这事由你们来定。咱家虽不是人前英武的家，也是正南正北的人，他要成心做这门亲戚，要找一个媒人来遮村人眼目；要不，两家合开一个店，不明不白的，惹外人闲语。"

兰兰说："爹，要说你去说。"

罗子说："我怎么去说？我要装作糊涂，一概不知道这事呢。"

几天后，兰兰和石根去采摘木胡梨，走到山背洼，远近没人，兰兰说："我有一个好东西要给你，你喜欢不喜欢？"石根说："我喜欢，你的什么我都喜欢。"兰兰就掏出何文清给她照的那张照片。石根捧在手心，看了十眼八眼，就凑近去亲了一下，让兰兰看见，说："那是纸，不是能吃的东西！"石根就又要去拉她的手，兰兰没说出爹要她说的话，却说："你别轻狂，我爹骂了你呢！"石根吓了一跳："骂我什么？"兰兰平静了脸："骂你不稳重，住在我们家，外人说三道四的！"石根当下没了一切冲动，老老实实地到一棵木胡梨树下去了，痴痴地待了半日，就背了背篓走下山去。兰兰直笑得肚子疼，坐在草窝里站不起身。

何文清正好从山那边照相过来，看见了，说："兰兰，什么事乐成这样？"兰兰忙往起站，何文清却说这姿势好看极了，就拿相机子照了一下。

又问："石根呢？"兰兰说："和我闹气了，走了！"何文清便说："这石根，这么不会体谅人！为什么事儿？"兰兰却只是笑着不肯说。

石根一连三天，情绪很低沉，话也分明少了，饭也吃不多。再要上山去采摘木胡梨，兰兰要去，他总是找各种原因便独独地走了。

也就在这天晚上，石根对罗子说："大伯，我在这儿好长时间了，东沟岔的房子一直闲着，人不住，怕是老鼠翻了天要糟蹋粮食。我想夜里就睡过去。"罗子听了，有些不解。已经好多天了，不见石根找媒人给他说话，小伙子好像心事重重，现在又突然提出回去睡觉，心里就叽咕：石根是不愿意做我的女婿吗？反过来又一想：婚姻之事，孩子们有孩子们的心思，能箍了盆子，箍不了人的，如果石根没有那个意思，自己就讨得没趣了；既然他要回去睡，这也是好事，年轻人住在一个房里，柴草离锅灶近了，容易生火灾，免得叫外人骂咱祖先。就说："你也说得对，是该回去经管。清早起来，那你就过来吃饭呵！"

回到冰锅冷灶的东沟岔家里，石根心里苦得直想哭。他检点自己，是不是有了逊眼之事，惹罗子生气？就拿出兰兰的相片呆呆出神儿。邻居姓韩的见石根突然又回来了，觉得奇怪，过来相问，见石根拿着兰兰的照片抹眼泪，就说："你活该就要回来。碌碡拽到半坡，一松劲就要下来了！罗子父女待你那么好，你何不及早就做了他的女婿？"石根说了事情的原委，姓韩的却连连叫好："人家罗子这话也不错啊，虽然你和兰兰有情有意，可你毕竟言不正名不顺。"石根说："自由恋爱怎么说言不正名不顺？"姓韩的说："罗子毕竟是上了年纪的人，你和兰兰都是大人，若不正经将那事定明，弄出什么丢人事来，老汉的脸往哪里放？你没找个媒人？能成，把婚就结了。现在的女儿家金贵，何况是兰兰，你知道，山上的香獐子身上有麝香，追捕它的猎人就不止你一个呢。"

石根心窍大开，正是行到路穷处，坐起看云开，又是一处前途。他要姓韩的来做他的媒，姓韩的说："我堂兄当年娶的是他家的大女儿，结果一家人都死绝了，我去，罗子一定忌讳哩。你何不就托了那照相的何师傅，他和那家混得熟，又是城里人，一说准成的。"

石根便请何文清喝了一次酒，提说了这事，何文清说："你原来还有这等好事呵！若成了，你该怎么谢我？"石根说："下了雪我打三只狐子，给你做了皮褥子！"

事情自然而然就成功了。罗子逢人就说这门亲事，想让所有山地人都知道。订亲的那天，特意叫了三桌村里的三朋四友，在店里吃肉喝酒。罗子拉着何文清的手，对石根和兰兰说："小何师傅是信得过的人，你们都要记着他的好处啊！"未婚的一对年轻人双双敬酒，使何文清喝得眼球子都红了。

从此，这杂货店的三个少的好得如兄如妹。石根心里有了着落，干什么又恢复了以往的精力，他又深刻地吸取了上次的教训，处处表现出稳稳实实。虽然到店里来的人常取笑他和兰兰，自己还是回到东沟岔山房子去睡。半夜里醒来，当然有想入非非之事。心里说：忍着吧，好果子等熟了再吃，才真正有味哩。

他也添了些筹算：岳丈家有财产的，日后结婚花费自有着落，可自己终究是男方，一定还得积攒一笔钱，要不就太对不起兰兰和岳丈了。他没黑没明往山上采摘木胡梨，去各家各户查看木胡梨存放得如何，又给城里的食品加工厂发了信，专等着来取货哩。接着，又去马王镇卖了一批核桃、板栗，人累得几乎要失了形。罗子看着心疼，劝他歇歇。他给岳丈拍腔子说没事，当着老汉面用屁股将九叶树下的碾场石碌碡一撅，撅个立栽。

兰兰也偷偷地给自己准备日后结婚的床上之物，她最得意的是绣一对枕头，使出了自己的全部手段。何文清照相回来，常看见店窗开着，太阳照了窗里兰兰半个身子，飞针走线，他就说："你绣得真好，这是民间工艺品，若在我们城里，让外国人看见了，能卖好多钱呀！"兰兰说："外国人还能看上这？"何文清就说："城里专有人搞这一套赚外国人的钱呢。洋人有的是钱。现在的年头，趁机会能得到就要得到呢。"兰兰说："那我送你一双袜底吧。"从窗子里丢出一双纳好的袜底。

何文清得了绣花袜底，心里美得如念了佛，几天里也不再往别处照相，常在店里逗白狗玩。白狗并不和他友好，动不动就向他叫咬。兰兰笑着说："这白狗也怪，先是咬石根，现在倒咬你。你近日也不出外了，好自在！"何文清说："这么冷的天，哪像石根那么泼了命，要挣回你这个媳妇呀！"

兰兰听了这话，曾经对石根说："你真是二杆子了！现在天冷地硬的，城里人来的少，店里爹一人守着，咱们跟何师傅一块儿照相去，让他教教咱们！"石根说："你去吧，看样子要下雪了，山上野物毛都长好了，我想去打打猎。你学会了，将来给你也买个照相机，咱杂货店就多一种服务项目了。"

九

兰兰跟着何文清在九叶树下照相。这个年轻清秀的人儿，差不多来这里的女子，甚至那些城里来的女子，都忍不住拿眼睛瞅他。他不羞，也不孤傲，脸上总是笑笑的，露出一排白生生的牙齿，态度热情又和蔼。来观赏九叶树的人，乐意让他照相，他也反复看角度，不断走过去指挥那些女子应该如何站，示范着优美的姿势，间或就帮她们摆摆头，侧侧肩，一切显得雅而不俗，磊落大方。

照完相后，就会有人来问兰兰："他长得多帅！多大年纪了？"或者打问："你们是一起的吗？"兰兰在这种询问中间，觉得自己也体面了许多，这么一个惹人显眼的城里男人，能器重自己，要她做他的助手，她心理上得到了一个青春少女的一种自己也常常莫名其妙的满足。但过后一想，"你们是一起的吗？"一阵自卑感袭上心头。所以照相的时候，她总是不多说话，何文清冲她笑笑，她立即也回个笑。有一次下意识地竟冒出一个念头：哪一个姑娘会嫁给他？

"你教教我。"她对何文清说。他站在她身边，将照相机的每一个部位、功能、用法介绍给她。她闻到了一种年轻男人的粗粗的呼吸声。女孩子有女孩子的浪漫。浪漫是在一种被男性钟爱的气氛里施展的，兰兰多少有了些撒娇的成分了，硬将照相机自个儿拿起要为何文清拍照一下。何文清说："兰兰，石根回来了。"

石根是从山上回来的。山上冷，虽没有驻雪，但霜潮得很厚，一整天里也不能消退。他穿得鼓鼓臃臃的，腰里系了一条皮带，脚上穿了一双草鞋。这草鞋极不中眼，里边塞满了苞谷缨子，棉花絮套，是爬山最适用的也是最暖和的脚具。那只猎枪就斜挂在肩上，枪头上挑着一条狐狸，还有一只长尾巴的色彩夺目的山鸡。石根样子很疲倦，他看见兰兰在照相，一个微微的笑，就坐在店门口的石阶上，大口大口地喘气。

夜里，石根说手心扎了棘，要兰兰替他挑挑。兰兰一看见那双手满是血道，心里酸酸的，说出来都是气话："你为什么不歇息？"石根说："我忙。"兰兰说："我知道，你是不愿意和我在一起！"石根看她总不敢往深处挑，就让她捏紧了手，自己拿针来别。一狠劲，一片皮肉和棘都出来了。"兰兰，爹在面前，咱一天光知道在一起耍吗？"兰兰说："你老虎豹子都不怕，怕我爹？"石根笑笑，心里说：傻兰兰，我现在是什么人了，我不干能成吗？口里却说："何师傅时间多，说说话儿，你也就不孤单了。"兰兰说："人家是我的什么人？"石根正要解释，罗子进来了，石根就借故出去，在门口劈柴火。

兰兰越来越生起石根的气了，想：九叶树下能抓我的手，东沟岔里能抱我，现在倒正经，生分我起来了！又想：你以为婚事完了，万事大吉，对我兰兰不再殷切我也是你的人了？

当她帮着何文清去照相，两人坐在一起清点一天来所挣得的钱票时，她少不了又想起这阵正在山林里打猎的石根。心里便叹息：唉，可怜的石根，那么累死累活能挣下多少钱呢？她就问何文清："你在我们山里也待了这么长时间了，你说，山里好吗？"何文清说："说好也好，说不好也不好。这里清静，有的人在城里过腻了，出来散散心，就觉得好；有的人，就说我吧，进山来照照相，赚赚钱，也就觉得好。但若老待在这里，日子单单调调，就不好了。就像山洼里一朵花，你说美不美？也美，可自生自灭，谁知道呢？"兰兰沉吟了，又说："山里人只求吃饱肚子呀，这几年确实比前几年强了十倍百倍，如果那几年，你来了别说照相，吃饭的地方都没有哩。"何文清说："当然了，人总是得有吃的，山地里可能还会再富裕，这里的富裕也就是能吃得再好些，但人活在世上总不是仅仅为了吃得好吧？"

兰兰不言语了。

何文清的话使她想了好多日子。她觉得石根出那么多力，挣的钱来结婚，就是想使这个家有吃有喝吧，可即使就那样了，山里还能有什么呢？不能看戏，不能看电影，城里人都可以悠悠闲闲到山里来玩，山里人却不能到城里去逛逛！就是吃的，有城里人吃得好吗？穿的呢……我兰兰或许在山里日子已经不错了，都眼红这个杂货店。难道就要一辈子是开店？现在是店主女儿，将来是店老板娘？！

从此，她再看见石根从山里、地里回来，一头尘土，一身泥水，就锐声叫道："瞧你，土蛆儿一样，你看看人家何文清！"

石根说："你怎么拿我和人家比？"

兰兰说："都是人，为什么就比不得！"

石根气得直喘气，却又说不过她。

到了冬至那日，家家都包饺子吃。罗子在头一天晚上，突然提起明日一家要去兰兰娘的坟上。天明一开门，雪下得一鸡爪子厚，老少三口到了山峁上的坟地，献了饺子，烧了纸衣纸裤，罗子对兰兰和石根说："给你娘磕磕头，让你娘也知道知道。"罗子自己却手拍着坟土眼泪哗哗淌下来。两个儿女吓了一跳，老汉说："没啥，爹是高兴哩。爹把你们拉拢在一起，这个家就是你们的了，这日月就是你们的了。你爹现在什么也放了心，就等着去给你娘做伴儿去了。"说罢，泪水纵横，却笑个不止。也就在这当儿，山峁下有人喊石根，说是城里拉木胡梨的拖拉机到了，让他快下去交货。石根就小跑下了山峁。

拉运木胡梨的竟是那个湖北佬和另一个人，每人开了一辆小四轮拖拉机。熟人相见分外亲热。湖北佬讲了他这时期如何又组织了他们村几家联合办了小运输队，专在外边承包一些活计。石根又佩服又请教。湖北佬说："你们也搞得不错呀，全村人采摘了这么多！加工厂说是你们这儿的货，我一听就猜出必是你牵的头，半夜里就起身了。"

木胡梨拢共是四吨，当场交货领款。村子里喜气洋洋，好多人就在雪地里一遍一遍点钱，然后跑着叫着，抓起大把的雪往别人的脖子里塞。当天中午，就有好多妇人到杂货店买了许多衣服、毛线，积压了好久的三台收音机也被从货架上抱走了。

389

罗子很乐，要兰兰温酒喝。兰兰倒冷冷地说："那么点钱，又不是从地上捡的，烧燎得那个样子！"

石根说："兰兰，你怎么是这样口气？满村人都高高兴兴的，你说这话不伤了多少人的心！"

兰兰说："像你们这样，城里人该披被子上天了！"

石根说："城里人是城里人，别忘了咱是山地人！"

他第一次这么对兰兰说了硬话。兰兰受不了，眼泪花花起来。罗子气得骂了兰兰一顿，半下午就睡下了。没想半上午在山峁吸了凉风，又让兰兰噎了几口气，身子不舒服，就咳嗽起来。这一咳嗽，三天竟没有好。石根就对兰兰说："我说话太冲，但你也不该那么待爹。以后有什么事你冲我来，爹上了年纪的人，身子不好，别使他不痛快。"兰兰也后悔了，给爹赔了不少不是，日子又打发了几日过去。

石根还是天天去山上打猎，但从此把兰兰也叫上。

山里又下了一场雪，各种杂木的叶子全脱了，冰凌子结得明晃晃的，每个树枝犹如玻璃做的棒儿。只有那些常青的松柏、竹子却显得更翠、被雪压着，人走过去，稍不小心触动了，就唰唰掉下一大堆雪来。兰兰总还是山的女儿，从小在山林里跑长大的，闷闷不乐的情绪一到了这里，她和她的白狗在雪窝子里追赶受伤的野物，一时把什么都忘却了，活泼、顽皮，充满着一种朝气和野气的美。冬天的山林是年轻人的力和欲的世界。石根盼望着在这个冬天里，让他们的心身里更多地注入捕追猎物的那种强烈进取的精神，更多地揳进那种对新的收获和新的希望所抑制不住的满怀激情。

但是，每次他们在山坳里，只要枪一响，只要白狗一咬，何文清就来了。清秀的人儿最近回城了一次，只说他不会再来了，但他还是来了。他似乎迷上了这块土地，迷上了石根和兰兰的山林生活。他总是赞叹不已，希望自己也能亲手猎到一只可爱的小动物。但他放不了枪，末了只是对石根说："你能不能让兰兰跟我出去，帮忙照照相呢？"

石根自然答应。兰兰一走，白狗也走了。何文清掏出饼干喂狗，狗已经不再咬这个城里人了，他一打口哨，白狗听了就汪汪回应，语言互相通起来。

何文清找得次数多了，兰兰也有些嫌弃，但何文清一次不再来找了，却又觉得少了什么事，她不知道这是怎么了，自己研究不透了自己，她感到奇怪。

石根说："再打猎，咱跑得远远的，不让何师傅听到枪声。"

兰兰说："为什么？"

石根说："没什么，我想不让他听见好。"

兰兰说："是不是我和他在一起待得太多了？"

石根没有说是，也没有说不是，只在雪地里踏着窝子走。

他们到了山后，发现了一只香獐子。石根已经认出，这是秋天他在东沟岔发现的那只大香獐子，顿时抖擞了精神，趴下瞄准了放枪。香獐子应声倒下，却立刻又翻身跑去，明显看出后腿已经受了伤，血洒在雪地上。

石根拉起兰兰，拔腿就去追，白狗也在雪地上撒欢子。受伤的香獐子沿坡跑上山梁，又从梁畔上往后洼跑，雪地上滚动着一团灰黄色，血滴满地，点点红如寒梅。追到后洼，兰兰就没力气了，双腿瘫在地上，气喘得说不出话来。石根一直追过去，回头喊道："兰兰，你不行，你回去，我去追，我一定要追上它的！"兰兰歪在雪地里，眼看着他追过后洼，闪进一片桦树林子不见了。

她站起来，召唤了在一边欲追又止的白狗，说："他会追上的，咱们回去吧。"就一步一步走下山洼，来到一条已结了冰的小溪边。

远远却响起了口哨声。白狗竖起耳朵，立即身子往空中一跃，做了一个弯弯的弓形，大叫起来。不一会儿，前边的树丛后幽灵般闪出了何文清。

"兰兰，打着什么了？"他笑笑地问。兰兰说："你真鬼，怎么就知道我在这儿？一只香獐子，已经打伤了，石根追去了。"何文清说："石根一身力气，枪法也好，一定能猎到呢。我从沟那边照相回来，你愿意和我到后沟马家去照相吗？"兰兰说："去就去。"相跟着走了。

走过一段河沟地，两个人都冷了起来。兰兰刚才跑出了一身汗，现在更冷得打战，跑进一片空地头，有一所树枝搭成的小庵，是秋天里山里人防獾看庄稼歇脚的地方。何文清说："进去生火烤烤吧。"俩人进去生了火。

火很旺，冻硬的裤管立即就软了，咝咝地冒气。兰兰脸上褪去了那层鸡皮疙瘩，越发白是白，红是红。何文清看着，就拿照相机照了一下。兰兰说："冻得像猴儿似的，照出来难看死人！"何文清说："这才有意思哩，在这冰天雪地的柴庵里，咱们像是到了月球上了。咱们一块儿照一张，留个纪念吧。"说罢就把相机吊在庵口树枝上，按了机关，蹲在了兰兰身边。兰兰显得很羞。何文清却闻见了什么，说："兰兰，你这么香？"兰兰说："我戴有香包哩，包的是麝药。"拿过让何文清看。何文清眼里却有了异样的光彩，接香包时连送香包人的手也一块儿接过去。兰兰要抽回，这个清秀人儿却跪在她的面前，说："兰兰，我在山里也住了这么长日子了，你知道吗，我为什么不走，是你把我的魂儿勾住了。我多么爱你，打第一眼看见你，我就爱上了，要是石根和你不订婚，我一定要娶你的。你可怜可怜一个爱你的，爱得受尽折磨的人吧！"

兰兰吃了一惊，浑身发抖，不知道这是怎么回事。她要站起来，何文清死死抓着她的手，脸上是一种可怜的哀求，她有些心软，把手让他摸去，像对待石根一样。心里说：这不能怪我，他确实爱我……脑子就再不能思想了。但是，这个清秀人却抱住了她，用手在触动她的一些部位。她第一次接触了一个清秀男人的抚摸，霎时没有了力气，说不出话，口里喃喃道："不敢，不敢。"何文清只是说："没有人，谁也不知道。"

白狗在庵外边汪汪叫起来。兰兰出来了，出来的是一个已经不是处女的身子！她头昏昏的。这时候，远远的山地那边，沉沉地响了一枪，是石根又打中了那只受伤的香獐子吧？兰兰腿一软，倒在雪地上，低低地几乎是拖着哭腔说："你一定要给我保密！你给我起咒，起咒！"

十

何文清也确实严守了机密。在以后的日子里，店里没人，何文清也向兰兰要求过，兰兰都拒绝了。她痛恨起自己的善良、心软，自己的一时糊涂，让何文清拿走了她做女子最宝贵的东西！但也庆幸事情毕竟是过去了，而且奇怪何文清竟还是那么从容、大方，好像无事一样自自然然。何文清看出她的心思，曾将手腕上的电子表取下要送她，说："我钱也挣得多了，这个给你吧。"她不要，想：是的，你想要的都要到了，你是满足了。给了手表，就算回报了对我的不恭，从此就于心无愧了？你夺走了我一个纯洁的人格，我要你永远心里有一块儿病，总觉得你对不起我兰兰，对不起石根和我爹，对不起供你吃喝的这块山地！

但何文清当着众人面，却把表送给了罗子，千声万声说他要谢这一家人对他的照顾，以此表表心意；糊糊涂涂的罗子也乐意收礼，说将来女儿出嫁，可以做一件嫁妆。兰兰气得又说不出口，只是再和石根干活的时候，何文清再叫他，她横竖不去。

石根自那次出猎后，便不再上山了，因为那一天他追赶受伤的香獐子，一直追过三面山两条沟，实在也累得不行了。再补了一枪，香獐子又一次中弹，但又一次翻身逃跑，当他继续穷追，那香獐子就停下来看他，他眼看着将近了，香獐子却奇迹般地在雪地上打了几个滚，流出更多的血来，然后向一棵白桦树撞去身亡。他过去看时，这不屈服的香獐子在打滚时，已用蹄爪弄破了自己的麝囊，将那最珍贵的，也是猎人因此才捕猎的东西掏光扬散得一干二净！这事使石根惊骇不小，多年的捕猎生涯中还未经历过的一种罕事！他回来给罗子说了，老汉迷信，虽说不上这是为什么，但总认为不祥，不让他再去上山。

石根清点着猎获的各种兽皮，大大小小一百零八张。他将三张狐皮交付给何文清作为谢媒，其余全部拿向山下马王镇收购站出售了三百五十二元。

"够了，石根。"石根把钱一文不少交给罗子，罗子噙着口水数了一遍，又交还了他。说，"你拿上吧，你们年轻人，身上穿的，床上铺的，看上什么买什么，几时备齐了，结婚就结婚。吃的喝的，招呼亲邻众友的一摊花销有我哩。"

一场好事已经看得着地向石根走来，他松泛下来，多时不唱的花鼓《十唱姐》又唱起来，脸刮得光光净净的，喜欢起往村里人家去串门。大家都祝贺他，说他不迟不早，正在年纪，遇到了这好的年月，才有了这么一个水灵水气的兰兰做媳妇；才有了罗子这个好人缘好长寿的岳丈，能连女儿和杂货店一起送给他。他们谈得投机，天上一宗，地上一宗，自然还要谈到九叶树，说到来这里的城里人，说到城里人既然奔咱们这里来了，难道仅仅只有一棵九叶树供观赏吗？要吸引城里人大批大批到这里来，这里也就有了钱，有了文明，也会有新的变化。甚至又盘算起，要把清水潭改造改造，修那么

393

一些游船，像城里公园一样可以收游湖费呢！

这主意一经提出，大家都很振奋，石根便说："咱们联合干吧，到山下请些木匠来，趁冬天没事就可以造出它十条二十条！各家出木头，别的零花我先垫了，我身上有三百五十元钱呢。"

别人说："那借不得，你那钱是要结婚的。"

石根说："馍不吃在笼里放着的，先做了船，过年结不了婚，明年春上、夏天都可以。我爹开通，兰兰也更愿意哩，到时候，让我俩撑个鸳鸯船好吧！"

罗子和兰兰自然同意石根的意见，第三天石根就下山请了木匠，寒冬的一个半月里，就日日夜夜地忙活不停了。

眼见得大年将近，有的人家开始筹备年货，兰兰的身子却起了反应，整日不思茶饭，四肢无力，想吐口水。她知道是怀孕了。当这个反应一来，她一下子慌了六神，不知所措。本来已经过眼的烟云无影无踪了，现在却不肯善罢，使她陷进了不可自拔的窘境。她夜夜愁得睡不着，流眼泪，想到可怕的结果。清早起来，又在镜前看眼睛红不红，怕爹和石根看出，强打了精神干活。

她喝过几次凉水，想把那个东西堕下来，但没成功。去山坡故意扛过重的柴火，但也没效果，她只好去找何文清，要他解铃还得系铃人。这何文清也失了一脸清秀，他有鬼办法？兰兰说："我说不敢不敢，你说没事没事，现在好了！你若不拿主意，让爹和石根知道了，我没了脸面，九叶树上一条绳就吊死，你也不得下山！"何文清说："千万不要让谁知道，我给你想办法，领你到城里医院堕了胎去。"

三天后清早起来，何文清收拾了东西，给罗子说是到十八道弯路下的山沟人家去照相，要兰兰帮帮忙，俩人就走了。结果，当天晚上两个人没有回来。急得罗子以为出了什么事故，跑到游船作坊喊了石根，让他去十八道弯下去看看。石根去了一遭，回来说他们根本就没有去。罗子当下到何文清的客房里，看见一切带的东西都没有了，骂了一句："狗日的把兰兰拐到城里去了！"就口吐白沫，昏倒在地上。石根忙将岳丈背到炕上，捏人中，灌开水，揉胸口，老人才缓过气来，竟发疯一般扑起将那块电子表摔在炕头，又捡了秤锤砸个稀巴烂。石根忙去挡他，他一把抱住石根，号啕大哭："石根，我对不起你啊！你打我，打我这老不死的东西！"接着就又昏过去。

石根一肚子的冤枉和苦楚，此时又不能当着岳丈发泄。家里没人，他还得顾住这死去活来的老人。老人一醒过来，就叫着兰兰的名字，要石根到城里去找人。城那么大，人那么多，石根到哪儿去找呢，他要一走，老人又有谁来照料呢？

三天里，兰兰没有回来，罗子在炕上一会儿醒了，一会儿昏迷，不吃不喝。第四天早上，突然大声叫石根，说："孩子，城里人交不得，是来吃咱们的利儿来的。你若是我的儿，你不要开这个店了，城里人再来，你就赶了，打了！我看透了，全看透了！她兰兰不是山里人了，让她去吧、去吧，我没这个女儿了！"接着一阵咳嗽，吐出一口血水，人便死了。

老人一死，石根大放悲声，他把他四天来窝在肚里的泪水一起喷泉似的涌出。哭声在山地里传得很远。村子里的人都跑来了，把他拉开，用单子将罗子盖了。

石根已经失去了理智，只是哭声不停。村里人就让两个人看护他，又分头料理罗子的后事。打墓的打墓，做老衣的做老衣，钉棺材的钉棺材。灵堂升起来，人却不能入棺，石根说再等等，等兰兰回来再看上爹一眼。可一直等到三天，兰兰还是没有回来，罗子就入了殓，拿钉子把棺材盖钉死了。

下葬的那天，雪纷纷扬扬地下，整个山地的人家都来了人。罗子一生人缘好，又平白遭了如此不幸，谁都愿意扶棺材，最后送老人入土。哀乐声中，石根为岳丈唱了一道花鼓葬调，唱得声声入耳，心裂肠断。唱毕，说："岳丈可怜，一生没个儿子，临走女儿也不在身边，我摔了孝子盆吧！"就在棺材前摔了孝盆。老人爱酒，石根又洒了一大葫芦烧酒，直哭得浑身软瘫，硬是被两个人架着去了坟上。

罗子入土以后，石根就孤孤零零守着杂货店。每晚关了店门，就喝闷酒，酒一下肚，就哭一场。恓恓惶惶打发了十几天，眼泪也便哭干了。想这兰兰是不会回来了，是跟城里人走了，过城里人日子去了。又一想：罢罢罢，荞面包韭菜，各有其爱，好日子使兰兰开了眼界，外界的迷惑却使她轻贱了自己的人格！如此想想，也就不再伤心落泪，也再不恨她心硬，也不骂何文清丑恶。自己又振作了精神，将店门大开，照常营业。先是磕了头在罗子的像下说："爹，你原谅我，这店我还要开，山地人让来，城里人也让来，我还要把杂货店办得更红火！"

雪又下了几场，山全封了。来这里游玩的城里人几乎没有了，石根就让做船的木匠到店里来做，他拼命地扯锯，双胳膊都扯肿了。实在累了，出来到九叶树下转转，不觉也往十八道弯路上瞧瞧。那里茫茫一片，一个脚印也没有。兰兰出去已经是二十二天了。石根回来喂喂那只可怜的没了主儿的白狗，就对木匠说："咱做咱的船吧，咱是山里人，咱离不得这山。我就不信这山里没有城里好。等着瞧吧，明年潭里有了游船，咱全村再联合起来盖它几座洋房子办大商店、大旅馆，以后也要有影院、剧院，看这里是不是和城里一样，比城里好不？！"

十一

两年后，这里果然成了游览胜地。国家投资，又将北通陕西边城、南到湖北大县的公路扩宽了。铺了柏油，接通了班车；又大兴土木，就在潭水西边的平地上修建一座疗养院。这里正式有了自己的名字，就是三个字：九叶树。

村子里，以石根领头，山民们联合办企业，修盖了两排五十大间的砖墙宽檐大瓦房，分别挂上了商店、旅店、饭店、酒店的牌子，还有一个照相馆，对外的总名称是"九叶树服务社"。石根是服务社的总负责人。酒店的服务员却是兰兰。

兰兰是那年二月二十四到山上来的。谁也不知道她是究竟到什么地方去了，三个月里，又住在哪儿，吃在哪儿，又为什么回来了？她只给石根一个人说了，说她年轻，浅薄，信任了何文清领她进城去打胎。到了城里，她又后悔离开了爹和石根，觉得再没脸回山去。她央求何文清：既然爱她，就娶了她，让她不要再回山去，看见石根受刺激。何文清同意了，一定要让她先去打胎，送她进了一所医院。手术后，她出来却不见了在外等候的何文清，这才彻底破灭了一切幻想，知道是上了当受了骗。她没了办法，站在大街上不知该往哪里去，天黑才寻到一家旅社住下。住了三天，她关了房门哭了三天。身上所带的五元钱全花了，没有办法搭到马王镇的汽车。后来在街头看见了一批针织姑娘，就凭着自己的针线功夫，也开始揽起了生意。她日日夜夜想着年老的爹，想着已经订亲准备结婚的石根，但她没有了脸皮回去。流落街头，替人织衣补裤，她恨死了何文清，厌恶起这个使她不能回去团圆的边城。她更恨死了自己，几次想过死去，但每一次她又都打消了念头。她说：我要回去，我要靠自己的力量从这个边城挣下钱再从这个边城走出去，要死，就死在生我养我的山里，死在九叶树下！

二月二，她回到了九叶树。

石根并没有骂她，也没有打她。她跪在石根面前，石根抱住她，俩人放声大哭。他们便很快结婚了。

现在，每天定时的两趟班车从城里开了来，成批成群的城里人来九叶树观赏游览。兰兰坐在酒店里，显得那么时兴，那么漂亮，那么和善。她经营的酒店来客最多，盈利最大。常常那些城里人在九叶树下照相的时候，一定拉兰兰加入他们的队列，兰兰就腆个大肚子，笑笑的，又几分害羞，她已经有七个月的身子了，那一个新的生命，一代九叶树的希望就在肚子里不安分起来了。

冰　炭

——一个班长和一个演员
一个女人的故事

　　一堆篝火在山洼里燃起来了。夜显得更黑，雪也下得无声，从山头上望下去，可怕的不是那夜，不是那雪，篝火堆好像是夜的血口。影影绰绰的人出现在那里，光的照射使之缺陷不全，抬脚动手，雪地就拉长缩小着他们的影子，幽幽如鬼。

　　这是××年某一夜在青虎沟，商州的一帮人被困在了这里。他们本来从很远的山沟里承包了把一批药材运往专区药材公司的任务，靠力气挣着脚夫钱，没想雪将他们封冻在这里。他们从黄昏一直到子时，脚不停歇地行走，但几次迷失了方向，使他们产生了恐惧，疑心是遇着了"迷魂鬼"。结果谁心里明白，谁也不敢说破，就歇下来烤火，一是为了驱邪壮胆，二是为了祛寒取暖，准备熬过这一夜，到天明再上路。

　　做燃料的柴火是从深深的雪窝里拉出来的，已经被雪浸湿，故点着之后，好长时间里只是冒烟，像是守着这烟火人的丧气，终憋得足足，呼的一下红光爆腾，一个偌大的袅袅浮飞的火球。七个男人立即凑上来，前面的半个身子有了暖和，就扭过去烤后边的身子；头上也不再有那凉凉的雪片落下来，似乎从地往天烘热了一个无形的圆柱。篝火越烧越大，红焰并不是附在柴火上，若即若离，保持着二指远的距离，如出了壳的离开柴火骨骸的一束敏感而胆怯的灵魂。十四只垫着苞谷胡子的龙须草鞋泥脚，挨着，形成一圈花瓣，一起发着嗞嗞声，散蒸白气，弥漫了一种刺鼻的臭味。同时有三个人张大了口，极力将肚里的疲倦吐出来，那种一吐为快的满足感充溢在呆滞的面皮上。

"妈的，人是贱虫，享不得福的，一暖和倒想瞌睡了！谁给咱讲些故事吧，刺激性儿的。"

说话的是一个四十岁的汉子，脸粗糙得如斧子劈出，一只耳朵又缺陷了一个豁口。那是做婴儿时候，被老鼠当点心啃掉的，以致这不囫囵之耳，使他终不能享受到夫妻的敦伦之乐。一路上，他总是要说那些带酸味的话，编出许多"顺口溜"，比如"铁匠的钳，石匠的錾，小伙子的什么和金刚钻"是"四硬"呀，"下了竿的猴，卸了套的牛，炸了麻花的油和什么什么"是"四乏"呀。虽然逗得众人笑一阵，但随即便对他一通嘲笑：想象的大王，实践的可怜虫。所以，他的号召并没有引起多大反应，六个同伴，虽有二十六七岁的，也有三十四十，以至六十六岁的，皆都真真正正做了人，享受了做人的享受。但正因为享受了豁豁耳朵未能享受了的东西，便显出不足一谈的神色，当下几个就离开篝火，到身后黑影处的药材担子上解下干粮布袋，掏出冻得如石头一样的窝窝头放在火边烤吃，骂道："讲那个有什么趣味！你以为说女人是最受活的事吗？你是没结过婚的，不知道女人给男人的烦恼！我要是你没结婚，我一辈子也不找女人，做一个自在神仙！"

豁豁耳朵自然回敬一句："饱汉子不知饿汉子饥！"其余的人却都支持那讨厌说酸话的人，"娘儿们的事有什么刺激，要说，说别的吧！"他们说。

立即有一个说起来，说的一宗案子。六里村一个后生，姓张，自小死了爹，娘守寡拉扯成人。这张生如何脾气不好，在乡里惹出许多事故，冬天里又和人打了一架，将人打死，畏罪逃跑了。公安机关四处缉拿，皆无线索，有人说：不必撒天罗地网，只要守住一个地方！问：何地？答：县医院。医院里正住着他的老娘。公安人员就在其母的病房里蹲守，守过半日，毫无踪影。这一夜蹲守的人也松懈了，到对面的值班室去闲聊，没想恰这时张生从病房的后窗里跳进来，给娘磕了三个响头，洒泪告别。这寡妇也老泪纵横，却突然失声叫喊："抓杀人犯！"公安人员闻声过来，那张生就被生擒了。张生被戴上了铐镣，自认他已经来过三夜，在窗外看见公安人员在此，又反身逃了的。那重病的寡妇见儿子被逮住，大哭了一声，当即也气绝身亡。

"这事在六里村影响很大。"故事讲完了，讲故事的睁大着眼睛看众人，"这真是叫人思解不清！这张生既能惨无人道地持刀杀人，却三番五次要和患病的老娘告别。这寡妇既能大义灭亲，却最后还是悲伤身死。实在说不清这些人都是怎么想的，心又是怎么长的。"

众人都回答不了这种提问，但都觉得这故事够刺激的，就要求下边的人也都这么讲，都要讲实际的故事，不能虚构，也不要道听途说。当然，这些人都是山地的农民，不晓得当今文坛上有报告文学这一体裁的。接着他们就挨个轮下去讲，有一个汉子就讲了县城东四十里的火烧寨有一个女子，品德容貌俱佳，号称"盖全县"，从十六岁起，求爱的男子就如过队伍一样。但女子全不应允，以致使许多痴情者丧魂落魄，或从此发疯了的，或从此出山移居山外去的，或以爱生妒，恼羞成怒做出违犯法律之事受到关押的。总之，使所有的男青年感到了自卑和羞辱。便有一后生，出身于干部家庭，又是大学生，硬是要长男人的志气，爱上这女子，也发誓不成夫妻不为人。后生有钱有貌又会帮衬，是一个情种，软硬兼施了三年，女子奈何不得，同意了，却说："我是长有一条尾巴哩，你肯愿意？"后生一听就笑了，揽在怀里抱住热腾腾的人肉香包，说："你这个人魂儿，就说你有十条尾巴，十个犄角，我也永远爱你！"后来他们就举行婚礼，宴请了四十八桌宾客，没人不企羡这后生的艳福。当晚闹过洞房，众人散去，一对新人儿掩门上炕，被窝里那后生手一触到什么东西，失声锐叫，翻身起来踢开窗子就逃走了。家人都不知何事，问那呆了一般的后生，后生说："她果真长着尾巴！"当然尾巴并不大，无毛，指头般长短粗细。众人不信，返回洞房看时，那女子却已经上吊死了。

"真可惜！"豁豁耳朵说，"那后生算他娘的什么情种，长那么一点儿尾巴算个什么？"

众人并不接应，皆沉在一种难堪之中。当下就又产生怀疑，说此事可是虚构？那汉子指天发咒了一通。众人就又议论了一番：天地这般大，真个无奇不有；这女子本不该轻信那浅薄的后生的爱情，也更不解的是这女子身上既有那么个毛病，人品容貌却如此姣好？！

接着又一个人讲了一段故事，说是留仙川一个女人，年轻时很风流，惹过许多是是非非之事。十六岁上开始嫁人，却接连离过两次婚。世上的男人越离婚胆儿越小，女人则不然，越离婚胆儿越大。第三房到了留仙川孙家，行为也不检点，更苦恼的则是生养不下个儿来。到了三十五岁上，拢共生过七个娃娃，七个皆是女的，全在剪下脐带后就害死了。她跑到山上娘娘庙里去求神祈祷，虔诚地烧香磕头，说："娘娘神呀，娘娘神，你怎么不让我抓养一个儿呢？说是怪我吧，我以前在娘家也是生过几个男娃呀，说是怪我男人吧，可我并不依靠他一个人呀！"但是，结果还是只生女的，不生男的。四十岁上，她又生了一个女娃，寻思着收留还是不收留，夜里就做了一个梦，梦见八九个女娃全拥向她啃她的腿，啃得她哇哇大叫惊醒过来。从此每晚只要一闭眼，那娃娃就来啃她的腿了。她害怕起来，再不敢害那女娃，结果出了月子后，那梦也消除了。

这故事说得让人毛骨悚然，那汉子却又反复说明这是真事："不嫌丢人的话，这是我三舅的媳妇，我叫她妗子呢。"这当儿，远处的什么地方，有一声狼叫，那豁豁耳朵就害怕了，不住地吣喝。有年长的说："不碍事的，狼是不会到火边来的。"他们就又从雪窝里拉出许多枯树枝来，重新在篝火四周又燃起四堆篝火，而将最早的篝火熄灭，那地面已经干白，热乎得像是一块儿温炕。几个人坐在火边感觉腰有些酸疼了，就仄在那热土上伸懒腰。故事还在一个接一个地讲下去，唯独一个三十一岁的汉子缄口不语，只是默默地听着，动不动起身去从雪窝里拉出些柴火加在火堆上，或者不住用一根火棍去捅捅火堆，让灰屑闪动着火花飞溅到各人的脚上、怀里。

"庆明，你小子怎么不讲讲？"年岁稍大的骂起来，"你别装着傻听，你当了那么几年看守兵，你肚里能没几个故事？吃吧，这个窝窝头吃了，你要讲一个长的！"

这庆明就咧嘴笑笑，他正是好年纪，门牙却没有了两枚，镶着两个金牙，说："说些什么呢？"众人说："拣有趣的，比如怎么枪崩人，不是传说你也亲手执行过一次吗？说是执行路上，你还给了那死刑犯一支烟，说：'你要和我配合好呢，打你的时候，头不要摆，身子也不要动，只一下，并不疼的，就过去了。若不配合，我一枪打不死你，你也要受疼，反正总要打死，你就多挨几颗子弹，一颗子弹你家里还要出五角钱的。'那死刑犯还给你说：'那当然，我跟你配合，我是不恨你的，你是执行命令的，我会记着你，你给了我这支烟呀！'多有意思！有这事吗，你就讲讲。"

张庆明就笑说道："甭说那些事了，为了消遣，不至于瞌睡在雪地里冻坏，我说说别的事吧。我也不知道该怎么说，我实实在在就把我经过的一段事说出来，你们听听，觉得是个什么样子，就是什么样子，只要不招大家瞌睡就是了。"

他就开始大口地嚼那窝窝头，眼睛一直盯着火堆，似乎在做回忆，那脖子就伸了伸，是窝窝头噎住了，然后就慢声慢气地说起来——

这是十多年前的事了。

那时"文化大革命"似乎是进入了末期，走到任何地方，墙壁上，门框上，大大小小的建筑物上，还都刷着各式各样的标语和红漆喷出的领袖的头像。说老实话，我那时也是红卫兵，戴着袖章造过反的，清理阶级队伍之后，我就去参了军。先到了青海，在那里的一座劳改农场当警卫兵，学会了放枪，是放了二十发子弹；手榴弹掷过五个，第一个因为紧张，掷出去并没有拉导火索，拢共爆炸了四个。你们瞧瞧，我的个头儿不高，体质那时也没有现在壮，擒拿格斗那一套是不让我学的，我的工作就是守守电话，传传信件，接来送往一些首长和战友乡下来的家属。总之，我是个不起眼儿的小角色。

干过一年，我真有些窝火：这也算得是当了一次兵吗？后来，我就调动了，坐了三天三夜火车，又坐了一个白天汽车，谁也没想到我竟到了商州！这是在××沟，倒霉的仍是个劳改农场，我仍是个警卫，命里注定我的当兵生涯就是看管那些犯人了。

××沟，该是天造地设的劳改场地方，从沟垴到沟口，一百二十里地，南北两山相夹，中间的川道最宽时为五里，窄时则仅仅半里。山特别地大，走到南山顶上往外看，悬崖峭壁，横断猴猿飞雁，远去二百里没有人家，北边的山外是原始森林，莽莽丛丛，哪有人走的路，就是有野兽踏出的毛道，人进去也没有不转来转去迷失方向而死在那里的。曾经有两个犯人逃跑过，他们是积攒了五天的定量窝窝头，在南山里窜了两天两夜，方向迷失了，干粮也吃尽了，走投无路，第四天就又返回来自首。

　　一百二十里的川道，土地是顶好的土地，黑黏质的，夹加了大大小小的石片，石片就像是油浸一般的黑色漆光。正因为有石片，人赤脚是不能上地的，开垦也只能选用特制的牙子镢。也就是这种土，种什么，就长什么，尤其是苞谷、土豆。苞谷可以每棵揣两个羊犄角大小的棒子，颗粒饱满，色泽金黄，糁子磨细做一种糊汤，一抄一个疙瘩，塞在嘴里一口一个响声。那土豆是木碗大的家伙，一律紫皮，煮可以吃，炒可以吃，若与老南瓜一起炖做，干面甜腻，是任何山珍海味都不能比拟的。但是，很古以来，这里却很少住人。因为流水清净，却含有一种矿物，人食用易患一种心慌病，久而久之，居家渐渐远避，宁肯到人均六七分田的外地去拥挤，恓惶度日，也不肯在这儿安家立业生儿育女。整条沟就只好做了农场，住着犯人和看守犯人的我们。

　　犯人一共是三千人，分六个点；我们这个点六百人，三十六个为一排的兵，和十二个农场劳改管理人员，总共六百四十八个男人。是的，都是男人。没有女人的地方，是可怕的地方，世界也会失去了一半的色彩。当然，作为六百名犯人，他们是犯了罪的，无论是刑事罪，还是政治罪，他们是不应享受这个世界的另一半色彩，但苦了的却是我们。我们每天押着犯人出去做工，犯人里什么角色都是有的，很有些能人，有各种各样的特长。既然我们共同要生活在这个地方，各行各业也都要人干的，比如烧砖瓦，烧木炭，烧石灰，也有建筑队，也有放牛放羊放猪的，也有从事缝纫的，饮食的，编筐打席的篾工，安椅修桌的木工。而体力好却没手艺特长的，那就是种地。他们全穿阴阳囚服，一半是白的，一半是红的，样子丑陋可笑。清早里哨子一吹，犯人们从每个号舍里准时出来，准时列队，班长就宣布今天的活路。对了，犯人们对武装战士都称呼是班长，对农场干部都称呼是队长。班长宣布活路的时候，那脸面是严肃的，犯人的脸则是不能阴沉，也不能嬉笑，定得平平的，是憨的、呆的石头人、木头人。然后出发了，前边是一个荷枪实弹的班长引路，后边是一个扛机枪的班长压阵，我这个班长，个头儿不高，手脚是利索的，就和犯人保持四步远而平行，拿着眼睛盯着每个人，估摸那些最不老实服法的犯人和那些表面上肉肉乎乎却一肚子鬼主意的犯人是否在今天要惹是生非或哗变逃跑。当然，这种事变是很少发生的，我更多的是看见一只两只野兔突然从前边的草窝蹿出，箭一般地跑去，像闪过一道黄色影子，甚至要留神倏忽出现的一种彩花长虫，就用刺刀一下子扎断它的三角头颅。到了地里，犯人们开始干活了，我们就远远地站在一个高地监视，他们是带有农具的，不允许他们太靠近我们，有什么事可喊："报告班长！"我们站在那里，或是蹲着，抽烟，喝少量的酒，天上地下地聊，想理了就应一声，不想理了，就吼一声："快干活！"开头过这种生活，我们俯视着这些不是人的人，感到我们做人的自豪和得意，但草烟吸过了，酒也喝完了，三个人的父母、妻子、儿女的事也聊尽了，我们也感到我们如这些犯人一样地可怜。于是，苦中作乐，三个人就可以轮流值班，空出两个人在那草窝里睡觉。

睡觉的事，排长是极不允许的，排长就是我们这里的最高司令，他的话就是一切。因为睡觉是十分危险的，犯人毕竟是犯人，其中不乏老实人，但更多的是奸刁恶徒，他们一等我们稍不注意，就要偷懒，甚至暴动。那一次我和一个战友睡着了，留下我们的老王看守，风很大，他就蹲在那里将大衣披在头上，从口袋掏出他老婆的信在重新温读，就有一个犯人悄悄走近来，只一锹，砍倒了老王，老王当时就死了。响声惊动了我们，我当时可真慌了，连忙去抓枪，枪一时又拉不开栓，那位抱了机枪的战友就哒哒哒扫射起来。犯人们全伏在土堆下，没有能打着，这么沉寂了一刻，我知道这些犯人手里只有工具，没有可以远距离杀伤的武器，就跑开来，大声喊他们束手站过来。那个蛮汉子，就是砍死老王的那个，突然撺掇了几个人四面散开逃跑，战友的机枪就可以瞄准目标来打了。这是规定，平时我们是不准随便杀伤犯人的，但只要他逃跑，就可以往死里打了。当时就撂倒了两个跑得最快的人。其余的犯人见逃跑不成，就又返回去，竟一起围住了那个蛮汉子，三下两下将他打倒在地，用石头砸断了他的腿，然后都乖乖列队站定。我向那断腿的蛮汉走去，他却像疯狗一样，抓起一个石子打过来，妈的，不偏不倚，就打在我的嘴上，这就是我为什么补了金牙的原因。我叭的一枪，就把他打趴在那里了。

这一枪并没有让他死去，留个活口可以把事情弄明白，也可以使他多受些疼痛。第四天，上报他的罪状批核之后，我们就在农场全体犯人面前将他正法了。正法人就是我。我第一次亲手打死了他，怎么打的，那情形我已经在村里说过了，你们也差不多听说了。打过之后，我真后怕，夜里出去办事，一个人路过打死那人的地方，我就要说："死鬼，你别缠着我！"就要划一根火柴吃烟，鬼是害怕火的。有一天排长派我到另一个农场去送一封信，出发时天还黑麻麻的，正经过那儿，衣服突然被拉住了，扯也扯不动，我想，这一定是鬼要报复了，就头也不回，说："死鬼，你要怎么样？再不松手，我可要砍你一条胳膊了！"就一枪刺下去，听得咔嚓一声，回头看时，原来是一个树枝挂住了后襟。第二天里，我就去找那个犯人的坟，犯人的坟是随便埋在东边那个土梁上的，已经埋了数十个，有老死的，有病死的，也有挨了枪子的，每个死者一个小土丘，丘顶上一块儿砖，上边用刀子深刻着他们各自的名字、籍贯和死于某年某月，因何死去。我按顺序找着那个蛮汉的坟，他的坟已经被野狗扒开了，只剩下一个头骨，我就用刺刀挑起，带到深深的峡谷里扔掉。从此，我就彻底忘掉了他，他也再没有使我害怕过。

日子一天天这么打发过去，犯人们每天都在扳着指头计算十年二十年的刑期是过去了多少个日子，还有多少天多少时，我们是不能计算的，或许明天一早接到命令，我们就开拔到别的地方去，或许五年六年一直要待在这里，我们都生活得乏味，想家，想女人，这当然是想入非非，属于我们最实际的幸福是那些家信。每一封信，整月地揣在身上，几乎将上边的每一个字都能背下来。白天里，这种孤独无聊的怨恨可以在犯人身上发泄，大声地呵斥他们，强迫他们干繁重的劳动。为了看守住这些犯人，我们的力量毕竟是有限的，我们想出一切办法使他们内部分化，互相仇恨，互相监督。所以，当我们走近他们，他们就要偷偷将一些打小报告的字条儿塞到我们的口袋来，全是检举别人来讨好的，比如："×× 今天中午偷吃了地里的豌豆，国家的豌豆怎么让犯人偷吃？我们决不答应！试想，一颗豌豆，可以生一棵豆苗，一棵豆苗可以结成百个豌豆，成百的豌豆再生成百的苗……"比如："报告班长，××× 夜里小便时，一边捉着生殖器，一边叫你的名字，这是攻击你。攻击你就是攻击无产阶级专政！"如此等等。当然，我们对这些条子并不怎么理会，但无事可做的时候就要惩罚一下那些刁野犯人，指示表现好的犯人去揍。得指示的便受宠若惊，会下死劲去完成任务，以致使挨揍的躺在地上不能动弹。白天的日子这般过去了，晚上，没有轮到我们值班，空坐在宿舍里闷得发慌，就到排长那儿去喝酒。

排长是一个一米八三的大个儿男人，按柳庄麻衣相衡量，简直可以当将军的，但服役九年，仅仅是个排长。他是河南人，脾气暴躁，能喝酒，一次可以喝八两也不会醉。

"喂，商州客！"他常常这样喊我。犯人里，商州籍的不少，当兵的和管理人员中，商州籍的却只有两个，一个是我，一个就是伙食管理员老巩了。"你们这里是什么鬼地方，方圆数百里没个人家，串个门儿的都不行！"

排长的意思我是知道的，他也是人，他也需要精神生活，如电影呀，戏剧呀，音乐呀，女人呀。而现在四周都是大山，都是森林，一群蕴藏着危险、随时都可如炸弹引爆一样的六百名犯人，和我们这些单身男人！我们，我们的管理人员和我们看守的六百名犯人，都是他的部下、随从、驯服的人，招之即来，挥之便去，这种至高无上的独裁式的领导地位也使他感到活得空虚，更很苦累。他在训斥我的时候，脸色就发红，这是水土的反应，在这里生活得时间长了，一激动心口就发慌，同时就显形于脸上。我忙倒了一杯盐水给他，说："排长，下午我去坡上捡些地软，让白香给咱们包了地软包子吃。"

我说这话，是无意间说的，也是习惯性地说了一句，说完就大觉后悔，赶忙拿眼睛看他，他似乎并没有多大反应，脸依然是红的，却说："你喜欢在这里干一辈子吗？"

"干一辈子是不可能的，"我说，"如果让干一辈子，排长，我愿意。"

排长说："对，这才是一个军人的话！"

他很快就走了，胸部挺得起起的，是标准的将军姿势。但远远地站在二百米的地方，告诉我，让我替他去商店买一管牙膏，下午两点他要坐车到七百里外的××监狱解押一批犯人到这里来："别的农场生产都上去了，咱们是倒数第二。劳力缺乏呀，我得去弄一批劳力来！"

下午两点，当我拿着牙膏找着他时，他已经马上就要出发，犯人们已经分别到地里去干活，送他的人并不多。和他一块儿搭车走的有伙食管理员老巩，这是个跛子，五十来岁，是去省城办一批供应的。老巩的老婆，那个叫白香的女人，提着一花布包袱的馍馍、苹果，在相送。她始终站在老巩的身后，眼睛却盯着排长，我赶忙将头偏过了。

"你们几时才能回来？"白香柔声地说。

"排长是五六天，我三天就回来了。屋檐口那串烟叶晾干了，记着夜里收回来，叠好，放在水瓮边的地上，用木板压住，再负一块儿石头，啊。"

"那么长时间，没黑没明的……"

跛子"嘿"地笑了一下，觉得老婆的话似乎是多余的，就钻上车去。排长还站在车门口，刚才说话的时候，弯腰在地上掐下一株苦菜花，这阵儿整理军帽和衣领，花放在了车的前轮挡上，一手拉开了车门，在那里站住了。这一刹那，他和白香对视了一下，我说不出他那种眼光，但看起来实在让人喜欢又害怕。车门便砰的一声拉闭了，车轰隆隆发动起来。白香向前走了一步，扶住了车门的把手，用手去抓那车轮挡上的苦菜花，车在剧烈地摇动，花就未抓住，掉下去，她眼里突然涌出泪水。

汽车鸣的一声从我们面前开走了，前几天下过雨，地面上还满是水坑，泥浆就溅了我们一身。我转身往回走，白香却还站着，我说："白香，回吧。"

她没有动，眼睛不再盯那远去的车，却在看着地面。地面上是那株被车轮碾碎的苦菜花，她弯腰要捡起来，这已不可能，花和泥土混合一起，成一片红黄颜色的浆了。她却并没有理睬我，站起来端端走回去了。

这位白香，是我们这里唯一的女人，老巩是洛南人，她是山阳人，比老巩小了十二岁。春天里，她从农村来到这里探亲，住下来便再没有回去，因为婆婆，老巩竟然还有一个七十二岁的老娘，总念叨着自己不见到孙子不瞑目死去，而老巩总是不回家去，婆婆就催督媳妇来，明言明语叫响：不怀一个孙子就不要回来。白香已经住了几个月，一切还显得平平。她第一次来到这里，立即使这山沟光亮起来，这光亮使所有的男人感到了惊奇和振奋，明白了什么是绝色的女人，这光亮也同时使白香第一次意识到了自己的特殊的地位。所到之处，包围她的都是一双双饥渴的眼睛，这又不免使她产生一种恐惧，恐惧使她不敢一个人轻易到屋子外边随便地走动。但是，一天一天过去，一月一月过去，这种恐惧消失了，她看着那一双双眼睛，看出了里边的空虚、可怜，引起她无限的同情，而正是在这种眼光的包围中，她得到了最安全的保护，任何人企图对她有不轨的举动，立即就会被别的人发觉，一顿臭骂，或者殴打。

在商州，山阳的女子是以白净而著称的，白香却并不白，她似乎和洛南籍的老巩一个样黑，可人的好坏并不在乎皮肤，而重在五官的搭配，你简直挑不出她脸上的毛病。鼻子长的是地方，眼睛长的也是地方，尤其她笑起来，先头是羞羞涩涩的样子，嘴并不大张，听得见笑声在口腔里来回撞着响，是那样好看，后来她胆子大起来，笑得放肆，令人听起来就像喝西凤酒一样敞心。为这笑声，我们当兵的争论过几次，从音色的美妙联想到她一定能唱好听的歌，邀请过她数次，她却总是不唱，这使我们十分遗憾。当我们在一起都在评价这女人是我们平生见到的最美丽的女人，排长是不言语的，他虽然不反对我们谈论她，但绝不参加我们的清谈，脸色显得很平静。我曾经问他："排长，你见过有她漂亮的女人吗？"

"没有。"他说。

"跛子老巩真有福！他怎么就能配做了她的丈夫？！"

大家就全部忌恨起老巩来，当面骂他，虽然都在笑声中，但骂是狠心的，竟然将他抬起来往空中抛，每一次的最后就要把他重重地掷在地上，又要罚他掏钱买酒喝。

这么闹得不可开交之时，排长就不见了。有一次老巩被掷在地上，跌得流了鼻血，我也觉得太那个了，走回宿舍去，突然发现排长是坐在一个石板上，痴眼儿看着远处的什么。我疑惑地往远处一看，那河边的青石头间，白香正在洗衣服，她是穿了一件粉红的衫子，衬在河对岸碧碧的树林子之下，鲜艳得就像开了一朵花。我不敢惊动排长，明白了排长之所以平日严肃地不进入评论白香的队列，并不是他不喜欢这个女人，而是他的喜欢比别人来得更深，不是在嘴上，是在心里，何况他还是个排长。

但是，就在我轻轻退去之时，排长还是发现我了，他是有兔子一样的耳朵的，多年的工作，锻炼了他这种本领。我只好笑着问："排长，你怎么在这儿，去喝酒呀，又榨出老巩一瓶酒了！"

"你瞧，那行大雁。"他显得有些不自然，将头仰在空中。

这正是三月天，大雁向南飞去。

"排长想家了吗？"我胡乱地作答，便拿眼看见他在石板上画着的无数的人的眼睛。他画得并不好，但我立即看出来，他画的是白香的眼睛。

"排长，你画的是什么呀？"我又装傻了，"是月亮？"

"就是月亮吧。"

"月亮怎么能画成这样？多像是眼睛，多好看的，简直像是白香的眼睛了！"

"你怎么看得出来？"他脸色通红，却严肃地质问我，"白香的眼睛怎么会是这样，这样多难看！"

"把任何最美丽的眼睛单独画出来，都是看不出美的，只有配在那张脸上。我敢说，你画的眼睛要真能长到白香的脸上，那一定比她现在更好看哩！"

"你胡扯到哪一岸子去了！"排长却训起我来，然后就站起身回去了。自然，我还是发现他临走的时候又望那河边一眼。

排长的变化很快就不成其秘密了，所有的部下都在议论着他和白香的关系，只有老巩一人蒙在鼓里，谁也不给他说，因为他们都忌恨他，不愿意让白香属于他的私有物，白香应该是大家的。当然，排长的举动也同时引起了部下的不满，他是这里的最高领导，他有比任何人都优越的条件呀！但是，排长毕竟并没有做出违犯法律和道德的行为，大家也就并不那么强烈地嫉妒他，理解他，原谅他，因为每个人都怀有对这个女人的好感，接近这个女人，与这个女人多说一句话，或这个女人能对自己一点儿好处，那将是最大的荣耀和永作回忆的。

老巩和排长走了以后，我们几十人就更毫无忌惮地谈论白香，寻找着一切机会和借口去接近她。她也常到我们宿舍来。吃饭的时候，也端着饭菜和我们蹲在一起吃，这顿饭我们就吃得特别香，在食堂的意见本上，就很快有人写上："感谢炊事班饭越做越香了，油也放得多了！"炊事员看了，只是发笑。

夜里，我们是轮换着值班的，本来不到谁值班的时间，都是去抓紧睡一会儿的，现在却全集中在屋里聊闲，当然还是说着白香，我们几乎在记录着白香这一白天的每时每刻的行动，可以从清早七点零五分，她开门说起，说到她八点干什么，九点干什么，十点又干什么，精确得如有仪器监测过。有人就问："谁能说她现在干什么？"立即有人说："她打水在洗脚了。"立即有人悄悄走近她的宿舍边偷看，回来报告说："一点儿没错，果然在洗脚。"

这天晚上，我是十二点到两点的班，端着枪在场区巡看了三匝，每一匝都是从她的门口开始，最后又回到她的门口。一个老鼠也不敢打扰她，她睡得很安稳。但是，当我巡逻到号房那儿，一片漆黑，锁着门的小屋里竟还有许多人在里边嘀嘀咕咕。他们在谈什么，为一支烟卷在争吵吗？还是谁偷盗了谁的半块干馍？一张两张钱票？我们每个月是发给犯人三元钱的，但那钱全兑换了农场自制的钱票，他们可以按区域在商店里买东西，常常就会偷和被偷。这些人是极刁的，我们看管他们，他们也想尽一切法子躲避我们的看管，夜这么深，是不是要趁排长不在想闹什么事吗？我悄悄走近去听，这一听却使我大吃一惊，他们也是在谈论白香。

"她的左眉里是长有一颗痣的，这是聪慧痣。右耳后也有一颗，明记暗痣，她活该是一个贵人！看见了吗，耳轮上都有耳环孔，听说她是山阳人，山阳的女子小小就要扎耳环的。"

"她的牙齿细碎得像糯米一样，一定是三十四颗，牙齿越多人越有福的。她的虫牙，我看见过她几次在捂着左腮吸凉气。"

"她的右脚稍稍往外撇，却撇得好看哩。"

简直不可思议，这些犯人竟对白香知道得这么具体详细！他们在地里劳动的时候，白香偶尔去那里捡捡柴火，挖些野韭菜回来给我们包一顿饺子改善生活，她的一举一动，竟让犯人们拿眼睛挖去了。

犯人们是丧失了人性的，我想，他们这么谈论白香，无异于一群凶残的饿狼面对着一只小羊！我不禁感觉到我们这些带枪的人的责任重大了。

"谁在说话？不准说话！"我大声吼叫着，隔着那铁条做成的窗子，晃着枪，让才从云里透出的月光凝聚于刺刀，将寒光闪进屋中那黑咕隆咚的墙壁上。土屋里立即噤声了。看得见里面有一明一灭纸卷的旱烟火点。

"睡着了没有？"

"班长，都睡着了！"

"睡着了还能说话？！"

我从土屋前一间一间走过去，突然之间，极盼望排长赶快回来。

第二天早上，我刚刚起来，白香就来了，她提了一小篮地软，笑吟吟地望着我。她实在美极了，左右没人，我可以大胆地看她的脸了，她脸色绯红，鼻梁上沁着细微的汗珠，领口的扣子也解了，露出好看的脖根来。

"起得这么早呀，老巩不在也不睡懒觉了？"

"你碎娃子懂得个屁！"

"你是去捡地软了？排长没回来，你可不要起那么早就到河岸去呀！"

"那是为什么，犯了你们这儿的法了？"

"我要负责看管你哩。"

"哟，我成了你的犯人了？小张，你们排长什么时候回来呢？"

"问我？"

我那么给她弄一个鬼脸，她立即脸色绯红，但立即又定平了脸，说声："哟，你来了？"我回头往身后看去，并没有人，她却立即抓住了我的耳朵，低声却十分严厉地说："你要胡说，我真要叫排长关你一天禁闭！"这时候，四面的墙后已经冒出许多人头，笑嘻嘻围拢而来，她就走开了，走去多远，却那么亲热地大声叫道："小张子，下午来家吃地软包子啊！"

排长还是没有回来，为了防止出现什么意外，我们加强了防卫，每天一早就赶着犯人去地里干活，把饭也送到地里去，直到天黑才回来，不让他们有丝毫的喘息，让极度的疲劳去消磨生余事的精力。又将我们联络的犯人耳目召集一起，给他们一点儿好处，要他们去离间和监视那些不安分分子。但是，一天之内，我们几个人的口袋里都塞满条子，内容却全在写着某某犯人如何说些对白香不恭的话。这更使我们提心吊胆，越发要求白香不要走动。白香偏不听我们的，她竟然帮着售货员到犯人中去卖烟，卖牙膏，卖肥皂，犯人一见她来到，就轰地围上来，她喊一声："站好队买！"犯人们又都乖得像孩子，老老实实把队站好了，当付过钱，白香把货交给犯人手时，竟差不多犯人连货带白香的手都接过来。我气得眼冒火星，当场就抓过几个来，赏了他们一脚，让放老实点！口里骂着他们，我心里就扑扑腾腾地作想：女人是个什么东西变的，她的存在使这个世界发生着这么多不可思议的现象！

第七天里，排长回来了，他一共解来十五名新犯人，自己显得十分疲

411

劳,那英俊的脸庞明显地消瘦了,腮帮上、下巴上的胡子却黑隆隆长上来。我们和白香去接他的时候,几乎都有些认不出,白香却乍起手,似乎要捧起他的脸蛋似的,叫道:"噢,这副大胡子,多体面的胡子!"

"这胡子还好看呀?"我说,"毛烘烘的,排长看上去老了许多!"

白香便说:"我就喜欢大胡子!男人嘛,就得像个男人的样子,要是个当兵的,长个小白脸子,那真让人腻透了!就像小张子那张娃娃脸,将来哪能找上个媳妇?"

我便挖苦地说:"哼,排长那胡子没长上来,脸比我还白哩!"

这顿饭,是白香在她的房子里为我们做的,主饭是地软包子,主菜是土豆烧牛肉,还有一瓶酒。排长的情绪极其好,三杯酒下肚后,就说起一路上的经历。他讲起离这里二百里的龙王沟,车从草地边开过,那草里的黑蚊子如何厉害,坐在车上,它们也会飞上来,一叮红肿一片。讲了在××县城一家旅社里,半夜里痒得睡不着,爬起来掌灯一看,床头上的臭虫又大又多,抹得双手都是血。讲起押解着十五个犯人,有一个说是撒尿,领着让进一个厕所,他在厕所门口守着,可半个小时不见出来,进去一看,人竟没有了,原来是从便槽下往出溜,可便槽太小,就卡在里边,害得他们拉出他来,弄得一身都是粪便。

"你们知道吗,这次解来一位特殊犯人,"排长说,"是个演员,有名的秦腔演员。我是南方人,不知道这个省的秦腔名角,听说他在省城演戏,戏迷蜂拥而至,将一条街都堵塞了。"

白香叫道:"是那个叫刘长顺的吗?"

"是叫刘长顺的,"排长说,"你认识他?"

"这人名气可大哩,我们那儿老少都知道。我没见过他的面,前几年广播上老播他的唱段哩。他犯的什么罪?"

"听说五七年他就是右派,'文化大革命'中,他辱骂过样板戏。这人嗓子也真够好,在押解的路上,每天早晨还哼哼着吊嗓子,到了这种地步,还忘不了唱戏,天生的贱骨头。为什么耽误了这么长时间,沿途我们停歇的地方,当地都要把我们扣下来,要求刘长顺给他们唱一晚上戏。这怎么能行,他是犯人,不再是红得发紫的须生演员!可他们不行,死缠活缠,我们商量后，只好让他唱，宣布观众要严格控制，不准向外透露消息，演出中不准鼓掌，叫好。他演得确实太好了，南方人论起秦腔，都咒骂秦腔难听，但我相信他们是绝对没听刘长顺唱的。在××县城，遇见一个南方人，在街上说秦腔是驴的艺术，当场让人围住打了一顿，想不到我也上去踢了一脚。"

我们都笑起来，白香最为感动，当下叫道："这就好了，刘长顺竟然在这里要见到了！真可怜他一个演员，也做了犯人，那苦能吃得消吗？能现在领我去看看吗？"

排长的回答是："现在不行，他虽然是一位名演员，但目下是犯人，是政治犯人，不能使他得意，尤其才到这个地方。以后自然就会见到了。"

但是，第二天，白香就找到了我。

"小张子，你爱秦腔吗？"

"爱。"

"咱们一块儿去看看那个刘长顺，怎么样？"

"这……"

"这有什么为难的，你是有权力去查号房呀！"

刘长顺是住在十三号监舍里，十三号屋里原住有六个犯人，三个拦路抢劫犯，一个伤害他人犯，两个行凶杀人犯。我们去的时候，简直没有想到，这六个犯人正在土屋里压住刘长顺痛打，刘长顺倒在那里，满脸是血，一声声地呻吟求饶。我一下子冲进去，用枪托在每个人的屁股上砸了一下，他们才老实了。但追问为什么打人时，六个人全都闭口不语，腮帮鼓得圆圆的。

"哑了？为什么不说？"

六个犯人你看着我，我看着你，还是不言语。我怒火上来，照着一个鼓囊囊的腮帮就是一巴掌，那嘴张开了，却吐出一块儿豆面馍来，立即其余五人也都吐出一块儿豆面馍来。刘长顺爬起来，这是一个四十多岁的汉子，属同字形脸，额宽鼻耸，眼睛长而细眯，这就是那个名扬全省的须生演员吗？他仄跪在地上，一腿屈着，一腿拉后，胸部高挺，仍还是舞台上的姿势。白香过去将他拉起来了。

"是怎么回事？"她问。

一切都问明白了。原来这些犯人，每当新的同类来到，他们都是极端地仇恨，因为屋子的面积有限，来一个，就要多占一块儿睡觉的地方，夜里的便桶就要多溢出一摊臭尿。他们于是全要凶煞着脸质问来人："干什么到这里来？"若回答："老子杀了人！"口气很硬，他们就胆怯了，立即反过来视其为英雄，百般讨好，拥他为此屋之主，唯恐这杀人犯打了自己；若回答是小偷，是要流氓进来的，尽量说轻自己的罪状，以表示自己是受了委屈，得到的报应则是一顿拳打脚踢。因在他们觉得你并不怎么样，甚至也下瞧小偷、流氓的可耻。这刘长顺的回答就是"右派，骂过几句样板戏"，这伙人就嘲笑他并不是什么厉害角色，昨天就将他打了一顿，撕烂了浑身上下的口袋，翻寻有没有香烟。香烟是没有的，他们不了解一个名演员热爱他的艺术胜过他的生命，为了保护嗓子，那烟酒从来是不沾口的。今天早晨，他们就又欺负他，抢吃了他的饭菜。

我们把他叫了出来，一直带到农场的一块儿地边，让他坐下，他没有坐，一脸的疑惑。

"你是哪里人？"

"宝鸡。"

"捕前干什么工作？"

"在 ×× 秦剧团当演员。"

"叫什么名字？"

"刘长顺。"

"你知道你的罪行呢？"

"我是右派，骂过样板戏。"

"你敢骂样板戏？"

"团里让我演刁德一，我使劲儿唱，下边就鼓掌，领导说我把坏人演成好人了，不准我演，我骂过几句。"

"你知道你来这里的目的吗？"

"接受劳动改造。"

"还想演你的戏吗？"

"想。"

"还想？"

"……不想。"

我们尽量地做出我们的身份，拿出管人的严肃，这么明知故问。白香轻轻地叫了一下，身子有些不稳，似乎就要跌倒了，我瞪了她一眼，她脸上平静下来。我让刘长顺回去了。

"他一定患有肝炎，你瞧见了吗，他的脸多黄，手也发黄。"白香说，"他怎么是这么个样子，我真担心他是不会再唱出什么好戏了。"

我说："这说不定，他回答话的声调多浑圆，吐字毫不含糊。"

白香就放沉了脑袋，忧郁地说："十三号屋里尽是些刑事犯，狼虎一样，他哪儿是他们的对手！"

结果，不几天内，排长和农场场长交换了意见，对十三号监舍的犯人做了调整，刘长顺再也未受到殴打，每顿饭菜也不恐慌被别人抢去。他才到的几天，饭量很少，每顿都有剩余，就将菜分给同屋的人，是馍的时候，就保藏在地铺下的稻草里。但不出十天，饭量大增，每顿不够吃，要把饭碗用舌头舔过数遍。每天早晨，依旧在屋子里吊嗓子，倒立在墙根"拿顶"。这种每天早晨的吊嗓子也曾使隔壁的犯人大为反感，用很下流的话骂他。不久听说他就是秦腔名演员之后，对他却又异常客气起来，总是喊："刘长顺，来一段！"刘长顺先是不唱，后来也就唱起来，他果然唱得不错，所有的监舍里的人都静悄悄地听他唱。我们这些带枪的人，也远远地听着他唱，装作不理会，不去制止他。

一天，我们和排长正坐在值班房里聊天，刘长顺又在那里唱起来了，我们就停止了说话。刘长顺唱的是《祝福》里贺老六的唱段，一唱三叹，回肠荡气，使人听了肝肠裂断般地难受。我不觉进入了剧情，不忍心再听下去，从值班室走出来，想到外边去转转，不想却在门口，看见白香正站在那里。她来了多久，我们谁也不知道，只见她一边面墙站着用手抠墙皮；一边鼻子却在吸着，眼泪花花的。瞧见我出来，赶忙给我笑笑，说："你们都在这儿？"

我说："你也在听他唱戏吗？"

"坐在监舍里他都能唱得这么感人，不知在舞台上他又该唱得多好呢？"

"是白香吗？"排长的耳朵尖，他在屋里叫了，"怎么不进来？怕见我们当兵的了？整天钻在宿舍里和老巩说不完的亲热话了？！"

排长的脾气古怪，我已经观察到他和我在一起时，往往见到白香，要么就一言不发，要么就尽说些尖刻话刺她。白香当下走进来，拿眼睛狠狠剜了他一下，却和我坐在了门槛上，说："大排长拿这话训人？！你们这是什么地方，我一个家属能随便来吗？"

她说这话的时候，看不出有丝毫亲近的神气，但我看得出来，他们之所以如此，完全是给我们这些小兵听的。我也会装了糊涂，只是又评说刘长顺的唱腔。白香又说："你们这里，真是什么能人都有！"

我说："不是些能人就犯不了罪的。"

"这刘长顺就说过那几句话，也犯得着到这里来吗？"

"不许胡说！"排长厉声训斥了一句。排长不愧是排长，不管他别的事怎么样，在阶级斗争、无产阶级立场这一点上，他的态度是十二分的明朗和坚定，白香就不言语了。她这么不言语，使她到来时的欢悦气氛立时冷却了。排长也感觉到了，似乎有些难堪起来，就又笑着说："白香，犯人在唱，咱们更应该唱的。你给咱们来一段吧。"

"我那鸡嗓子，怎么比得上刘长顺？"

"不要你唱秦腔，你来一段商州花鼓吧。"

大家便一哇声鼓动，她就害羞上脸，连耳朵脖子都红了，沉沉地垂了脑袋。我只说她会像往常一样拒不唱的，偏就唱起来了。我从来还未听过她的商州花鼓，调儿完全同秦腔两样，虽然常常跑调，但却充满了野情野味。我听见远处的刘长顺也停止了唱动，长长的犯人居住的土屋静得如死寂了一般。

排长高兴起来，破费让我去商店买了一包点心，两盒香烟，让大家吃。我就说："白香嫂子，真谢谢你！"

白香伸手过来就拧我脸，骂道："这阵才叫嫂子了！谢我什么，应该谢你们排长！"

"没有你，排长是铁公鸡一毛不拔的！"

排长脸自然是红了，故意咳嗽了一下，并没有痰出来，突然挥着拳头向我面部打过来，我只说这一下我会鼻血满脸了，但他手过来的时候，却轻轻捏了我的鼻子，骂道："你再胡说八道，看我枪崩了你！"

我见排长嬉耍起来，也顺杆子上，回嘴道："这是必然的，朱元璋当了皇帝，他就曾将当年知道他根基的朋友全杀了的。"

全值班室的人都笑了。正闹得不可开交，场部小王送来了一沓犯人的信件。白香接住了，念着信皮上的名字，竟有一封是刘长顺的，排长立即就拿过去撕开来看了。她呀地叫了："怎么能撕看犯人的信?!"

"你真是个傻嫂子!"我说，"犯人的信必须要检查的，要么怎么是犯人呢?"

我告诉她，拆了犯人的信看内容，一是防止有什么内外勾通，二是也可摸清犯人的思想状态。改造犯人，不仅仅是劳动农场的事，更重要的是社会要配合，如果外界来信有不妥的事，一封信就可以将我们辛辛苦苦改造了几年的收效一笔勾销。我甚至讲了一件事，第四中队一个犯人，是抢劫杀人罪，在这里改造得差不多了，已由无期徒刑减成二十年，后来父母来了一封信，说是因为儿子的犯罪，使他们受尽了歧视，受尽了侮辱，工资未能升，兄妹升学、入党受到影响，他们全家决定和他脱离一切关系。这犯人正在砖瓦窑上施工，看罢信后，一根接一根地吸烟，足足二十分钟，猛地就撕碎了来信，扬空一撒，跑到窑顶，一镢头刨开窑顶扑进去了。当众人发觉，赶忙抢救，他已经在窑里烧成了一个黑炭疙瘩。白香听了我的话，吓得脸色煞白，出气都紧了，就颤着嘴唇问排长："信上说了些什么?"

排长念了一段，是刘长顺的儿子写来的，说是其母遭受批斗，受辱不过，上吊自杀了。白香呜地就哭出了声。

"白香，你这是干什么?"排长严厉地说，就从口袋里掏出一根烟来，顺手将那封信纸伸到旁边的烧水炉子上引着火，过来点烟。

"你!你怎么能这样?"

白香惊得说不出话来。她几乎是愤怒了，站在了排长的面前，排长并没有说话，目光凶狠，那支烟点着以后，手里的信纸就慢慢燃着，一直成了曲卷的黑纸灰，立即就飞散开无数的黑点，在白香的面前袅袅地飞。白香如大病了一样，痴呆呆站了一会儿，软软地扑沓在椅子上了。

这突变的局势，使我们当兵的都无所适从。这里的情况白香的确还太不懂了，这样的信怎么能让犯人看到?我们的任务是看管好他们，而在这么个

417

地方，犯人的人数几十倍地超过我们，我们就要使他们的感情上能少一点触动就少一点触动啊！

但是，白香以这件事，她对我们有了看法，也就是说，和我们有了感情上的距离，虽然她依旧尊敬着排长，喜欢排长。渐渐地，我看出她待在老巩的房子里比以前时间要多了。

曾经有一次，犯人饲养的一头小牛犊让狗熊咬死了，场部就决定把牛肉煮了给犯人改善伙食。对于这样的决定，我是很有意见的：牛肉为什么不给我们吃？我和几个战士就商量夜里去偷犯人的牛肉。我们三人到了犯人食堂，炊事员也全是犯人，我让那两人把犯人叫到一边询问一些事情，自己便走进伙房，从那煮肉锅里捞出两个牛后腿来，用报纸包了拿到排长的房子。排长并不赞成这样做，教训说"下不为例"，但见了肉他也是馋得要死，叮咛我们这事不能传出去，免得引起犯人骚乱。吃的时候，却要我去叫白香。没想白香却不来。

"你这真是！大家都在那里抢吃，你还不去？"

"你们狼一样！"

这话当然是一句玩话，她也是指吃肉的馋劲说的，可这话我再也没有忘记。夜里我睡在床上，想：在这么个没人烟的地方，在这群犯人之中，我们作为管人的人，是不是性格也有些变异了？

不久，又一件事情发生了。

这是到了秋天，正是收割庄稼的时候，这年雨水好，庄稼获得了大丰收，犯人们就每天天不明下地，天黑严了才返回，晚上还要加班剥玉米。场部的大场上，已经堆了偌大的三个玉米棒子堆，地里还有一半未收割回来。犯人们就砍树枝在河岸路边的高地上搭粮仓，那是十分粗糙但也十分巧妙的建筑，样子像是看瓜田的柴庵，玉米棒子装在木架上，底离地面三尺高低，不会发潮变霉，四面树枝编成笆，又可通风透气，玉米棒子既可风干又免得野物糟蹋。将来拉运粮食的汽车直接在这里就可以包装了。

这样的粮仓一共建起了三个，犯人们干得很起劲，这是因为不干是不行的，当然也出于人的本性，无论如何粮食是他们血汗换来的，他们有农民一样珍惜的心理，而且秋忙期间，他们的饭菜比往常要稠，分量也多。那个刘长顺却在吃饭时并不喜形于色，狼吞虎咽，劳动的时候，一个人又偷偷流泪，最后竟在扛玉米麻袋包装仓时昏厥了，从木板架上跌下来头破血流。

我让人将他背回去，他醒来还是哭。这情景使我疑惑，追问他，才说出他得到消息，其妻去世了，这消息是谁传给他的？是排长？不可能，排长的无产阶级觉悟，在这里是最高的，他在犯人的眼目中，威严得如阎罗一般，他不轻易给犯人说什么，犯人也不敢打问他的。是别的战士？这也不可能，谁敢违犯一个看守人员的职责！我去悄悄问白香，白香点了点头，说她在一次劳动休息时，刘长顺到河边喝水，她正好在那里洗菜，说给他的。

"你怎么能这样？"我当时也火了，"排长知道了，他会给你处分的！你别看他待你好，出了原则的事，他这人会六亲都不认的！"

白香却并不紧张，平静得如往常一样，说："我看他并不是个坏人，这么大的事应该让他知道。出什么事，我甘愿受处罚，让我也住到那土屋子去，反正犯人和管犯人的，我看也差不多。"

我简直不相信她会说出这样的话来，但我理解一个女人的心思，心想也不必给她过大的压力，就强装了一下笑脸，说这事既然已经做过了，也就算了，我是不会告诉排长的。白香说了句"谢谢你"，就问道："刘长顺现在怎么样了？"

"他哭了几天，饭也不吃，已经昏倒了。"

白香不言语了，口里喃喃地说："这么说，我是不该对他说了？"

这件事我当然没敢对排长说，也警告刘长顺不要在排长面前流露出一切。而白香听说刘长顺昏倒的消息后，她总是寻着机会接近他。三天后的一个中午，我竟看见刘长顺在院子里的水池子上喝水，白香就提了一把壶也去打水，刘长顺正把水捧起来，仄眼看见了她，就发瓷了眼神，水从指缝里流下去，白香稳稳走过去，并没有对他说话，经过身边，那么看了一下，手就从口袋掏手帕擦鼻子，但两元钱票叠得小小的就那么从口袋里轻轻落下来。这一切是有意的，但一切做得又那么不经意，又看了他一眼就过去打水，然后稳稳地走去了。当时院子里并没有很多人，刘长顺低头看了一下四周，过去用脚将那钱票踏住了，接着极快地捡起来，回到了十三号土屋去。

我真替白香担心，要是这样的举动被别的战士看见，或者被别的犯人看见，汇报上去，那她就会吃不了兜着走！以后我不止一次发现过她用这种手段送过刘长顺钱，或者是半块馍，一块儿半块肥皂，我就对白香说："嫂子，有一句话我要给你说呢。"她说："什么话？"我说："这儿人多，到个背静的地方。"她就笑了："你这个碎猴子，你要说什么话，寻着让我老巩揍你吗？"我说："嫂子把我当什么人了？！"我们到了没人处，她要我说，我却不知道怎么说。她逼急了，我说："嫂子，你毕竟是这里的家属，你以后不要多到犯人那边的院子去。你那样做太危险。"她脸上的笑容没有了，问："哪样做？我做什么了，你看见了什么？"我说："我什么也没看见，真的。嫂子，我只是给你说说。"我这样说，她也什么都明白了，嘴上却说："好吧，我什么也没做，你什么也没看见。就是这事吗，还有要给我说的什么吗？"

白香在犯人的眼里，已经有着菩萨一般的向心力了，他们其中大多数人，在这里差不多度过了上十年，从未这么长时间见过一个女人，看她是天上的太阳和月亮，神圣而靡丽。刘长顺到来之后，其歌声又使他们得到了耳朵的受活，以致刘长顺干些轻省活计，他们也并不恶感，反倒觉得完全应该。一个白香，一个刘长顺，似乎使他们的生活发生了改变，得到了精神上的满足和享受。但是，随着白香自知刘长顺因为自己告知了家妻亡故后痛不欲生，她越发同情他，利用各种机会接近他，这便慢慢引起了犯人们的强烈的嫉妒。这种嫉妒几乎发展成一种仇恨，一段时间里，犯人们塞在我口袋里的条子，大多在攻击刘长顺了，说他是流氓，恶习不改，在引诱白香了，说他夜里说梦话，也叫着白香的名字。这些条子，我全部在上地劳动的路上用来卷烟末抽掉了。

这条沟里气温低，地土较凉，土豆挖得是很迟的。我押着犯人们去挖土豆，到了远处的田地里，我就端着枪独独地站在一条沙梁上，站得实在乏味了，就从旁边扯了些秸柴败草，燃起一堆篝火烤。白香就来了，她和我坐在火堆边，有盐没醋地闲聊起来。我说："你喜欢吃土豆吗？"她说："喜欢。"我就说："我给你烤几个吃吧。"因为我们经常在收获土豆时干这种玩意儿。我就用刺刀在地堰上挖出一个小洞，把柴火搭在里边，土豆放在柴火上，从下边点着，然后掌握好时辰，用土埋住，约莫半个小时后扒开，那土豆就熟了，干面如栗。我和白香坐在那里剥土豆吃，犯人们就拿眼睛看我们。

"咱们多烤几窝吧，让他们也吃吃，怎么样？"白香说。

我说："这么多人，那要烤多少？"

"谁表现好叫谁来吃。"

"那由你叫吧，第一个一定是刘长顺了！"

她并不回避，说："他身体最差，冬天就要到了，我真担心他熬不过去。"

这么说着，我也是出于一种无事可做的好玩儿吧，竟一连开挖了六个土豆洞，全生上火，埋好了一窝一窝土豆。白香就叫犯人来吃，一人一个，第一名果然就是刘长顺。他走过来，双手接了一颗最大的，先是紧紧地捂着取暖，接着连皮也不曾剥就狼吞虎咽起来。一共是三十六个土豆，所有的犯人都拿眼看着，每叫一个出来，他们就受宠若惊，感激涕零，而其余的就瓷着眼，口里充满涎水。三十六个土豆散完了，我的兴趣也尽了，三脚两脚踏灭了火，那些没有得到土豆的犯人眼里就发出一种凶残的光芒。我是军人，我有枪，他们敢怒不敢言，就将对同类的企羡变成仇恨，有的故意走过那些得到土豆的犯人身边，要用膀子扛一下，或踩一下脚，几个人就争吵起来。后来，不知怎么，刑事犯和政治犯吵起来了。

政治犯说："你们算什么东西，社会的败类、渣滓，我要是掌了权，我也会杀掉你们的！".

刑事犯说："哼，杀掉我们？咱们走着瞧吧，看谁的脑袋先掉！要是外国人打进来，国家一声令下，我们也可以像班长一样拿枪去上前线，而你们行吗，稍有风吹草动，就先杀你们！"

我立即赶过去，将他们打开了，命令他们只准老老实实劳动，不准胡说乱吵。他们是听我的，绝对听我的，因为谁不听从，我不仅可以当场教训他，还会在日记本上记下。任何一个犯人，如果在小组里受表扬三次，可以在大组里记一次好；在大组里得到三次好，可以在中队记一次大好；有过三次大好，方能在全农场记一次功；三次得功，我们就要上报有关部门，建议减一月到五年的刑期。否则，就永远不能减刑，而要加刑。

可是，就这次给犯人吃烤土豆的事，有一个犯有仇杀罪的麻子犯人竟写了条子交给了排长和场部领导。结果我受到了内部批评，而且通报了所有农场。我真恨死了这个麻子犯人，以后总是让他干最重的活。他少不了也恨我，恨我又不能发作，每每见到白香对刘长顺好一点，就寻岔将气出在刘长顺身上，而且又不断陷害白香，写条子揭发刘长顺怎么对白香有企图，将条子一连三次送给场部领导。场部领导就给跛子老巩谈了，要求不让白香与犯人接触。这跛子是个胆小人，便把白香打了一顿。这事自然外人是不知的，白香却告诉了我，我又告诉了排长。我们只知道老巩打白香，对老巩极有意见，但又不好干涉。排长就对我说："你知道老巩为什么要打白香吗？"

"是不是嫌白香经常到咱们这儿来？"

排长不言语了，他陷于极度苦恼之中，在太阳底下久久地看自己脚下的影子，说："小张，这里没外人，你说，我有什么不检点的地方吗？"

"排长……"

"对白香，我们都是尊重的，她是一个最好的女人……"

"这跛子他娘的也太那个！他要再敢打白香，我宁愿坐禁闭，也要揍他的！"

"咱们是军人，军人！"排长突然吼叫起来，样子十分凶狠，末了就颓废般地靠在一棵树上，挥挥手说，"好了，你去干事去吧。"

我离开了排长，心情也十分糟乱，带了犯人再去挖土豆，就一个人又在地边烤着吃，那个麻子犯人走了过来，说："报告班长，这土豆是喂农场猪的，你为什么要吃？"

他妈的，他竟这么对我说话，我站了起来，抓住了枪，让他跟我往河边走。走到河边，我让他站住，放下手中的锄镢，然后转过身去向前大步走十下。他走了十下，我一下子将锄镢拾起撂到十米远的地方，几步跃上，一枪托就将他打倒了。他大叫一声，凶恶得像一头狼，要爬起来，又一枪托砸下去，正砸在他的脚踝上，我哗啦拉动了枪栓，叫道："你他妈的敢这样骂我！你跑吧，跑吧！！"只要他向远处跑，我就可以开枪打死他，这是我的职权范围，我可以说他是企图逃跑，打死不犯错误而要记功的，这鬼一样精灵的麻子，却宁愿挨揍，也不肯跑出一步。

麻子是亡命之徒，心里明白反正自己将要永远在这个农场了，他回去后，就又在刘长顺身上出气，连写四个条子，揭发刘长顺唱过《血泪仇》中王老五的唱段，那段唱词是王老五家破人亡后痛骂蒋介石的，他说唱时，正是面对着墙上最高指示牌，是意在咒骂伟大的领袖。场部领导就将条子转给了排长，又说明了以前有几个条子都反映白香对刘长顺好，在犯人中产生了不良影响。到此时，排长才明白了老巩打白香的真正原因，排长一怒之下，便召集了全体警备人员，严禁白香与犯人接触。

"排长，这麻子是刁徒，他是接触不上白香，故意陷害的。"我着急地说。

"这我知道。"排长说，"但刘长顺来了之后，白香是和以前不一样了。你没感觉到她已经很少到我们这儿来了吗？"

我捉摸不透排长心中在如何作想，似乎白香对于他，比白香对于我们更需要，他不允许白香与犯人接触，这不仅是怕引起违法之事，更是怕冲淡他们之间的交情，他似乎要拿刘长顺作为他的阶下囚、阶级敌人，又同时是他的情敌看待了。但我不能抗拒他，也不能揭露他心中的难言之苦，遵命将刘长顺和那个麻子分别转到另一个院子去，那里是禁闭房间，让他们在那五平方米的无光无亮潮湿阴暗的小屋里受更严厉的惩罚了。

刘长顺转走后，就再不属于我的管辖范围了，过了不久，我也就将他遗忘了。

转眼到了八月十五，按规定犯人们是要放一天假的。犯人们最盼望的是放假，一是可以休息，再是可以改善一下伙食，但是，休息时间，又是最使我们担心的时候，因为犯人们不去参加繁重的劳动，他们待在房子里就无事，无事就可能生非。为了不让他们有生非的时间，我们在放假的这天早晨，将全体犯人集合在院子，由排长训话，我们当兵的就走进每一个号房，将犯人们的被褥、衣服、床铺，翻弄得一塌糊涂，撕坏那铺草下边的信件，弄脏他们的墙壁，掀倒他们垒砌的土台，总而言之，要乱得使他们在这一天里花费全部精力才能重新收拾好为止。这样的举动，犯人们也是习惯了的，他们一直忙活了多半天，然后到吃饭的时候，就都争先恐后地站好了队，一起用筷子敲碗，叮叮当当，叮叮当当，像是孩子们过大年一样快活。饭是一个馍头，大到六两，形如枕头，为特制的模子像做砖一样做出来的。平日里，几百人的大灶，炊事员在水池里将莲花白用水冲了，拿刀剁了，在温水锅里浸过半天，就捞上来，下了调料搅了麦面豆面荞麦面，装在四个屉的木模子里，抹泥一样地涂平，然后叭的一声倒在蒸笼里。那蒸出来的是何等的模样，吃到嘴里又是何等的滋味？现在嘛，是白生生虚腾腾的麦面馍！更了不得的是有肉，每人三片，肉一片和一片是绝对的大小厚薄轻重。犯人们将碗伸过来，眼睁睁看打饭人先用筷子夹了三片肉来，再用小勺舀来半碗油汤，便双手高捧，有性急的转身一刹那间，那肉那汤一口入了肚。要穿穿皮袄，不穿就赤净身子，他们讲究最痛快的享受，虽然这种享受时间非常短暂。有的则不同了，他们先是久久地端着，让饱过眼福，然后凑近鼻子，让嗅觉器官尽情享用，然后才那么小心地夹起一片来，在嘴里放了一会儿，吸着，舔着，夹出来，肉还是完整的，再高高举着，对着太阳看肉的黄的红的白的颜色。如此反复数遍，方才在一片的边沿轻轻咬下一点，慢慢地嚼动，嚼着嚼着，并不见咽，但口里却什么也没有了。而余下的两片完整的肉和一片不完整的肉就要这么连续吃过十五天。

我正看着这一幅吃肉图，脊背上有筷子顶了一下，回头是白香，她正端着肉碗，悄声地说："你见着刘长顺吗？"

"没有。"我说，"没见他来打饭，他和那麻子在禁闭室关得时间太长了，排长还是不放他们，今天还是给送饭吃吧。"

"你知道他的事吗？"

"什么事？"

"你真的一点也不知道？"她说，"他快要死了呢！"

这话使我大惊，本来农场里经常死人，是不应有什么吃惊的，但刘长顺年纪并不大，进禁闭室前还是好好的，怎么就要快死了？白香把我拉到一边，告诉说，禁闭室那边十分苛刻，每天只放风一次，十分钟时间。这早晨的十分钟内，必须去上厕所，去打水洗脸，刷牙，然后哨子一响就得返回，若迟一分钟，看守人，那个新入伍来的二十岁的红卫兵出身的战士，就要用枪托狠打了。刘长顺前天拉肚子，拉得够厉害，早上放风的哨音一响，他提着脸盆，脸盆里放着挤好了牙膏的牙刷，忙去接了水，就端着水往厕所跑，然后一边拉屎，一边洗脸刷牙。但是，脸洗好了，牙刷好了，肚子还未拉完，收风的哨音又响了，他提不起裤子来，等跑回禁闭室，时间超过了二分钟。那小兵就罚他跪下，他怎么也不肯，一个四十多岁的人给二十岁的人跪下？何况他是个名演员，一个知识分子，他有他的自尊心。那小兵就骂一句"你这牛鬼蛇神敢不老实?!"一枪托打在他的屁股上,咔的一声趴下了。小兵命令他再站起来,他站不起来了,血从裤管下流出来,把地板也染红了一片,最后被拖进禁闭室去,昏迷了整整一天。

"那天夜里,我见到了小兵,询问刘长顺的事。"白香说,"这小兵告诉了我,我说,你怎么能这样打人?为什么打伤了他不让医生去治治?小兵也慌了,他知道他这样做也是违犯了纪律的,上边要是知道了,他就得受处分,所以也不敢去叫医生来治。他求我万不要告诉排长和场部的领导。"

"这就胡闹了。"我说,"不让医生看,那不是要出人命吗?"

"所以我来找你,我已经带来了一些消炎粉和止痛片,咱们去找那小兵,行吗?"

"白天不行,晚上吧。"

到了晚上,中秋节的月亮出来得十分满圆和明亮,我去找白香的时候,排长却正坐在白香的房子里喝酒,吃月饼。跛子老巩因为前一天到农场总部去开会,他们两人就都喝得脸色赤红起来。排长见我来,就举着酒说:"来,咱们也团圆团圆!你们都是商州人,本乡本土的,也都为我这南方人喝干这一杯吧!"

说毕,他就先喝了。

三杯下肚,我的脸也烧起来,但排长还是不停地要碰杯。我直担心要误了晚上的事,用眼睛看着白香,白香却似乎并不理我,说:"小张,喝吧,难得一年一度的中秋!"

她自己也就一口喝下了。白香的酒量我是知道的,她是山阳人,山阳人有喝酒的传统,尤其是女的,不喝就不喝,要能喝,就是半斤八两也不会醉的。但排长却已经喝醉了,突然伏在桌上呜呜地哭起来,诉说他当了九年的兵,九年里就一直没有离开过这个地方,今天夜里,他的南方的小镇上,年老的父母和妻子一定是坐在月下念叨着他。越诉说越激动,后来抓开衣领,拍着胸膛说:"为了革命,就是远离家乡,我是毫无怨言的,如果可能,我就甘愿在这儿待过这一生!可是,咱们待在这里,谁来关心咱们,体贴咱们,还想到咱们?!社会上那么多机关单位都是干什么的,产生了这么多罪犯,收拾不了了,就让咱们来管,来改造!改造犯人,也是在改造咱们吗?我们毕竟是人，是正正经经的人！"

排长的话使我大受感动，他难得这么说话，每当我们这些当部下的发牢骚的时候，他是厉声训斥，原来他竟和我们是一样的，感到了孤独，感到了自己不能孝敬父母，不是个好儿子，不能体贴妻子，不是个好丈夫，享受不到一个人应享受的一切！我也不觉想起自己的亲人来，一时愁闷，也就端起杯子又喝。白香却用那好看的眼睛瞪起我了，说："你喝杯茶吧，小张！"

我立时明白了她的用意，知道她并没有忘记今晚要去干的事，就将酒喝在口里，又端了茶杯来喝，那口里的酒就吐在茶杯了。但是，排长彻底是不行了，他开始不说话，头伏在了桌上。

"排长，你是醉了，你在我床上躺一会儿吧！"白香说。

"不，"排长说，"那不行，我要回去，小张子，你扶我回去。"

白香就说："这有什么啦？你是排长，我又不是坏女人，喝多了，在这儿躺躺，有什么关系？"

排长说："我是军人，我是排长！小张，你说是不是？"

我说，那有什么呀，你躺一会儿，稍好些了，我来接你回去罢了，排长就被我扶在了床上，他一躺在床上，立即就睡着了。我和白香就掩了门，悄悄到禁闭室院子去了。

那小兵知道我们并没有反映他，也乐意我们来为刘长顺治伤。我们走进禁闭室里，里边没有点灯，月亮却从门口透进来，刘长顺就仄卧在那里死死盯着天上的月亮。见了我们，先是那么苦楚楚笑了一下，笑得面目可怕，当我们为他包扎伤口，突然就嘤嘤地哭起来。他的半个屁股已经血肉模糊，腿和脚肿得酵面一样。

"怎么能打成这个样子！怎么能打成这个样子！"白香一边轻轻涂药膏，一边就抽泣起来，"你不要唱戏了，你以后再不要唱戏了！"

刘长顺却哭得更厉害。那个小兵在外边就大声咳嗽，他立即就噤了声。我们知道这地方是不能久待的，我就劝白香快走，白香便将剩下的药放下，叮咛两天换一次，稍能走动，就要慢慢锻炼，不敢使肌肉萎缩了。刘长顺像她的孩子一样捣米似的点头。她又从怀里掏出一个纸包，打开了，里边竟是六片肉和一个月饼。这六片肉是白天灶上分的全部菜，她是一片也没有吃啊！刘长顺突然就抓住了她的手，死劲地握住不放，他没有哭声了，也不说话，浑身在打抖。我们走出来，白香的手心已经烂了，那是刘长顺在激动中抠破的。

返回到白香的房子，排长已经坐起来了，他正昏昏沉沉地在那里喝茶，瓷眼儿看着桌上那镜子的背面，镜子的背面嵌着白香的一张彩色照片。见我们进门，忙将镜子翻过来，自己脸绯红，白香也羞得低了头。我赶忙打圆场说："排长酒醒了？"他就顺话答话，说头还在晕，问我们到哪儿去了？我说到值班室那儿看了看别的同志。三个人就又坐着说了许多话。自然，话题又拉到了刘长顺，白香说："排长，他是唱戏的，唱了半辈子，不唱他就会生病的，就像你们对枪的感情一样。他随便唱了几句，怎么能说是攻击伟大领袖呢？"

排长说："让他坐禁闭，坐坐也好。过几天就让他回队吧。他的戏的确唱得好，什么时候，让他好好唱唱，咱们在这儿，成年看不到一场电影一台戏的。"

不知怎么，白香眼圈却红了，排长疑惑地说："白香，你怎么啦，有人反映你对刘长顺挺关心的？"

没想到排长会这么直截了当地问白香，我忙辩护说："这尽是别人胡扯！一个犯人，有什么值得白香关心的！"

"是同情。排长，我觉得他挺可惜的。"白香却说。

"他是犯人。"

"他只对样板戏说了几句牢骚，就是犯罪吗？就是有罪，这又算是什么天大的罪？"

"这我不管；他到这儿来，他就是犯人，是阶级敌人！白香，你不要管这些，你是不懂！"

两天后，刘长顺回到十三号土屋，但他已经残废了，那左屁股蛋的肌肉从此萎缩，一条腿就跛了起来。排长也就从那以后，老提出刘长顺来为大家唱戏，这样开了先河，别的人动不动一高兴，就去把刘长顺叫来，让他站在那里唱。他身体越来越不好了，常常咳嗽，但还是唱。唱完了，听戏的说句"去吧！"他就去了，样子显得十分可怜。先头，每当刘长顺唱戏，白香总是来听的，到后来，她就不来了。有一次我带着犯人出外挖地，歇息时间犯人们都趴在河边喝水，白香就提着水壶来了，她叫过了刘长顺，却板了脸面训道："你就那么爱唱戏？你唱什么呀？！"

"我……我是犯人！"

"给，你把这杯热水喝了，再不要唱了！"

刘长顺接过了水，一仰脖子喝了。

"你知道水里是什么吗？"

"有糖。"

"还有哑药！"

"哑药？"

"我不忍心你这么唱，我用哑药把你嗓子弄哑。"

刘长顺冷不丁痴在那里，呆呆地看着白香，突然趴在地上，双手痉挛着，深深插在土里，眼泪无声地流下来。

刘长顺的嗓子再也唱不出来，土屋子里没了他的哀怨的唱段，场里的犯人和看守犯人的人都不再听到他的唱声取乐。他失去特殊犯人的资格，看守的人也就慢慢将他遗忘了，他就同任何犯人一样，穿两色衣服，吃菜枕头馍，苞谷糊糊，白天里去田里劳动，晚上回土屋安息，喝劣质酒，吸纸卷的烟末。他是一个犯人，普普通通的一个犯人了。

但是，遗忘不了他的，却有一个人，这就是白香。她依然那么素衣，却依然那么美丽动人，刘长顺的唱声失去，她成了唯一最受人注目的角色，在所有人的精神生活中，她又恢复了先前那种独一无二的尊贵地位。天知道她竟学会了吸烟，而且烟瘾极大，每一次出外劳动，只要我押着犯人，她就来了，总站在刘长顺不远的地方吸烟，一根烟吸到一半，她就很大方地丢掉了，而且接连如此。我就发现刘长顺趁人不注意之时，装作蹲下结鞋带，便将那半截烟捡去了。当犯人们按规定住在土屋不能出来时，她就又来到院子里，和看守人员在那里聊话，又是不断吸烟，又是吸一半就丢掉了，烟头又是丢在十三号土屋门前。不久，刘长顺就提出要上厕所，走出来，那大拇脚指头上就挤了一块儿牙膏，用脚跟走路，走到那烟头边，轻轻一粘，烟头就粘在指头上，又用脚跟走路回土屋去了。

这事让别的看守人也发现了，就把一切汇报了排长。这正是一个早晨，排长来到大宿舍，我们这些当兵的一夜休息，精力恢复，一起床，那个生命的根系就冲动，令人难堪。排长就笑着说："起床往快，别胡思乱想！"大家也就不避讳，说军人到底还是人，是人就有人的本性。排长就让大家坐在床上掏耳屎，这法子真绝，果然一掏，什么胡思乱想也没有了。大家见排长今日情绪好，也就一反往日的严肃，耍闹开来，说："排长，你哪儿就总结了这经验？"排长说："扯淡！我哪儿就像你们！"说罢走出去了。有几个嘎小伙子就叽咕一声："你当然不是我们，你是有白香嘛！"话出口就吐舌头，幸亏排长没有听见，我们就嘻嘻哈哈了好长时间。但是，就在半早晨，我得到消息，有人将白香丢烟头的事告诉了排长，排长就下令罚去了刘长顺三个月的补助费，又把白香叫到他办公室了，我赶忙跑到那里，他在房子里大发雷霆，白香则痛声哭泣。好多看守人员都不知发生了什么事，也跑来相看，排长似乎觉得大丢了脸面，竟一下子将哭着的白香推出了房门，命令我们不准接近她，不准她在农场里乱跑乱钻。

"我不是犯人！"白香在门外的台阶上爬起来，大声地说。

"你和犯人来往，就是犯罪！"排长完全变了脸面。

跛子老巩要把白香送回老家去，白香却偏不走。但从此就安安分分，再不来找我们说笑了，她明显瘦了许多，脸色忧郁，每每一看见排长，低头就走了。我发现排长的情绪也不好起来，每当看见白香见他低头而过时，就站在原地发一阵愣。

"排长，咱们这样做是不是有些过分了？"我曾经对排长说。

"她是个好女人，可她太不懂咱们这工作。"

排长说完，就走了。但又返回来说："这样也好，让她清醒清醒。你知道吗，第六农场的犯人闹了一次暴动，咱们这边前几天从六场转来一批人，风声会传过来的，咱们一定要提高警惕，万不敢发生什么意外。等这一段时间过去了，我给白香赔情去，你们见她，也不要横眉冷眼的。"

我记着排长的话，但我见了白香，仅仅只是笑笑，也并不敢对她再多说什么。

到了冬天，下了一场大雪，雪住之后，紧接着就刮了三天三夜的大风，山的崖角，路的拐弯处，风把雪全吹走了，背阴处和路旁的沟道里，雪却积得有半人来深。本来这个没人去的地方，这一下连鸟都要飞绝了。我和两个战士一块儿押了犯人到前边山坡处去砍柴，我们看着犯人们砍好了柴，一个个胡子眉毛上都结了冰花，那裤管在雪窝里蹚着，就冻得硬邦邦的，然后一个人踏着一个人的脚窝背下坡来。因为这一年天太冷，我的脚指头被冻伤，经这么跑了半天，伤口又冻裂了，流出很多血，战友们就让我先回去。我一瘸一跛往山坡下走，路过刘长顺身边，他正用绳子捆扎树枝，满脸黑青，瞧我过来，就拿眼光直看我，似乎要对我说什么，我叫道："别人都捆扎好了，你怎么这么慢？"

"班长……"

"班长什么，好好干你的活！"

我走过河边，河岸远远的地方正站着白香。她那天穿了一件黑棉衣，在冰天雪地里衬得非常显目，她是在那里凿冰捕鱼。整个冬天里，这条河是封冻着，但也正是捕鱼的好时节，只要在冰上凿洞下去，吊一个竹筐，一会儿拉上来，里边就有几尾鱼。我叫道："白香嫂子，捕到几条了？"

"三条！小张子，一条足有一斤二两哩！"

"能给我吃吗？"

"你们是军人嘛，不害怕我在里边放了毒药吗？"

她说罢就咯咯地笑，又低头捕她的鱼了。我知道白香对我们还多少有意见的，我也嘿嘿回她笑了几下，踽踽走开了。

到了农场驻地，排长正从岗哨上下来，见我冻伤的样子，就扶我到医疗所去。从医疗所回来，刚刚说要喝口酒暖暖身子，远处就清脆脆地响了一枪。

"哪儿打枪？"排长一下子丢掉酒瓶，提着枪就跑出去了。我也抓了枪，一瘸一跛跑出来，出了农场大门，排长已经在雪地里跑去老远了。远远的河岸开阔地上，那群砍柴归来的犯人集中在那里，看守犯人的那个战士大声地叫喊："站住！站住！"接着又是一枪。

就在河岸边，一个人在没命地逃跑，他正在跑近那穿着黑衣的白香，而且看见那人扯了白香的手，又一块儿往远处跑，白香惊叫着，跌倒在地上，那人在说着什么，扬着手。我立即脑子里嗡地大起来，知道这里有犯人在逃跑了，临逃跑还想抢了白香去。

"逃跑的是谁？"排长已经跑近了去，大声问着。

"是刘长顺！"战士叫道，"排长，刘长顺已经下山到河这边了，一看见了白香就没命地跑了，我喊他站住，他只是不理。我要看守这些犯人，又不能去追打，拿枪打，又怕伤着了白香，两枪没有打住！"

"你把这些犯人押回去，让我来！"

排长提着枪，向前跑去，又大声叫喊站住，但那刘长顺回头看见是排长，越发跑得厉害，而且总不放白香。枪响了，"叭"的一声，接着又是一声，听见了白香的一声尖叫，然后什么响动也没有了，雪地上死一般的寂静。

同时，已经有七八个战士旋风般地冲出去了。

我艰难地跑过去，雪地里，刘长顺已经被打死了，那是第二发子弹打中的，正打在脑袋上，子弹是从后脑勺进去，从右眼里出去，但左眼还在睁着，口大张，雪地上的血喷出一个扇形。排长却跪在那里，怀里抱着受伤的白香。白香在一片呼叫中醒了过来，直着眼看着排长。

"排长，是你打倒我的。"

"是我误伤了你，可罪犯已经打死了。你觉得好些了吗？"

"刘长顺死了？"白香叫了一下，要挣扎坐起来。

"死了，他要逃跑，还要在死前害你，他死有余辜！"

白香却一下子软起来，身子沉重得往下坠，排长已经抱不住她了，满脸的泪水，又连声叫喊着白香。

"排长，"白香出气已经十分微弱，"你打错了，你不该把他打死，他不是逃跑，他是来告诉我一件重要的事：他听到那个麻子犯人说过要暴动的话，而且他发觉他们有动静，说这些人可能事发后要抢我……"

白香的话使我们都呆住了。

排长就叫道："这是真的？他能给你说，为什么不报告呢？"

"他说他还没什么证据，怕报告了查不出来，他更说不清。他要我无论如何离开这里，以防万一。排长，你把他打错了，你们快回去搜查，啊……"

白香的头猛地扎下去，垂在了排长的胳膊上。

当天，我们立即集合了全体犯人，进行了细致的搜查。果然，我们在十号土屋、十五号土屋、十九号土屋分别从床铺下的草里和草下的地里挖出十几节铁条来，在七号土屋，也就是那个麻子犯人的屋里，无意间在窗台上发现了一本政治宣传小册子，这小册子是以前发给犯人的，已经被犯人看得如破纸一般，偶尔翻开，里边的字行里，竟记录了犯人们暴动的计划。里边有具体的方案，第一小组去占领岗楼，夺取机枪；第二组去占领值班室，杀掉排长和场部领导；第三组就去杀跛子老巩，抢夺白香。

审问的结果，麻子犯人交代了，他就是这次暴动的首犯。经过上级批准，我们在河滩枪决了八名要犯，给九名犯人分别加了刑。一切又安静了下来。上级表扬了我们。但是，表扬的奖状送来之后，我们所有看管犯人的人并没有喝酒相庆，却陷入了极度的悲哀之中。清查暴动分子的战斗中，我们是太紧张了，几乎顾不及了白香，但平息了暴乱，白香的死，刘长顺的死却深深刺痛着我们，使我们不安。刘长顺的家属我们已通知了，他没有了老婆，来了一个儿子，痛哭了一场，却并不将父亲的尸体搬运回去。因为父亲生前是反革命，死了还是反革命，回去不回去是一样的。我们就协助他将刘长顺埋在了山坡上，他的坟墓比任何死去的犯人堆得土要多，而且栽下一块儿大石，上边写了他的名字。白香的尸体，跛子老巩却一定要求送回老家去，相送的这天，尸体是装在一辆卡车上的，我们全来送行，排长安排了场里工作，又要求总部新派来了一名代排长，他就亲自护送白香去了。

第二天，我们得到消息，排长在送尸车上，一句话也没有说，车行至二百里外，他却用枪自杀了。当时因为车上很冷，他让老巩坐到司机台去，司机突然听到枪响，停下了车看时，他已经死去了，子弹是从太阳穴打进去的，血流了一身，但面部表情坦然，尸体正倒在白香的棺木上。

这是十多年前我经历的一场真实故事，白香死后，排长死后，我第二年就复员了。这件事每日每时却刻印在我的脑海里，但我从未把它讲出来，我不愿意提说这件事，因为它是那些年代的事了，一说起我就不知道该怎样评价白香，评价排长，还有那个刘长顺，其实还有我，我也不知道我该是个什么样的人。这些年来，我只是在心中默默地为他们祈祷，祈祷他们的亡灵都能得到安宁。今天我第一次给你们讲了，这当然不是一个愉快的故事，你们听完也就算完了，也希望你们明天一早醒来什么也记不得就好了。

张庆明讲完之后，果然大家都没有言语，都低了头默默烤火。豁豁耳朵嘴咧了咧，也没有说出什么话来，在篝火上添了柴，偎着张庆明坐下来。这时候，雪原沉寂，只有火在燃烧。雪还在纷纷地下，但雪永远下不到火上来，七个男人脸膛通红，火的热量通过烤热的身子又散发开去。夜变得更冷，更黑，快是到黎明的时候了。

贾平凹
一九八四年九月二十七日草
一九八四年十一月三十日抄